Tip des Monats

**In derselben Reihe erschienen
außerdem als Heyne-Taschenbücher:**

Alistair MacLean · Band 23/1
Johannes Mario Simmel · Band 23/2
Sandra Paretti · Band 23/3
Willi Heinrich · Band 23/4
Desmond Bagley · Band 23/5
Victoria Holt · Band 23/6
Michael Burk · Band 23/7
Marie Louise Fischer · Band 23/8
Will Berthold · Band 23/9
Mickey Spillane · Band 23/10
Robert Ludlum · Band 23/11
Susan Howatch · Band 23/12
Hans Hellmut Kirst · Band 23/13
Colin Forbes · Band 23/14
Barbara Cartland · Band 23/15
Louis L'Amour · Band 23/16
Alistair MacLean · Band 23/17
Victoria Holt · Band 23/18
Jack Higgins · Band 23/19
Utta Danella · Band 23/20
Desmond Bagley · Band 23/21
Caroline Courtney · Band 23/22
Robert Ludlum · Band 23/23
Gwen Bristow · Band 23/24
Heinz G. Konsalik · Band 23/25
Leon Uris · Band 23/26
Susan Howatch · Band 23/27
Colin Forbes · Band 23/28
Utta Danella · Band 23/29
Craig Thomas · Band 23/30
Daphne Du Maurier · Band 23/31
Robin Moore · Band 23/32
Marie Louise Fischer · Band 23/33
Johanna Lindsey · Band 23/34
Alistair MacLean · Band 23/35
Philippa Carr · Band 23/36
Joseph Wambaugh · Band 23/37
Mary Stewart · Band 23/38

3 Romane in einem Band

John D. MacDonald

Madonna der sieben Sünden
Paradies der Betrogenen
Eine Stunde für den Mörder

**WILHELM HEYNE VERLAG
MÜNCHEN**

HEYNE TIP DES MONATS
Nr. 23/39

MADONNA DER SIEBEN SÜNDEN/THE DROWNER
Deutsche Übersetzung von Elisabeth Zedelmaier

PARADIES DER BETROGENEN/THE ONLY GIRL
IN THE GAME
Deutsche Übersetzung von Henry Hartmann

EINE STUNDE FÜR DEN MÖRDER/THE EMPTY TRAP
Deutsche Übersetzung von Werner Kortwich

Copyright © für »Madonna der sieben Sünden«
1963 by Fawcett Publications, Inc.
Dieser Titel erschien bereits als Heyne Krimi mit der Band-Nr. 02/1222

Copyright © für »Paradies der Betrogenen«
1980 by Fawcett Publications, Inc.
Dieser Titel erschien bereits als Heyne Krimi mit der Band-Nr. 02/1256

Copyright © für »Eine Stunde für den Mörder«
1957 by John D. MacDonald
Dieser Titel erschien bereits als Heyne Krimi mit der Band-Nr. 02/1572

Copyright © dieser Ausgabe 1989
by Wilhelm Heyne Verlag GmbH & Co. KG, München
Printed in Germany 1989
Umschlagfoto: Photodesign Mall, Stuttgart
Umschlaggestaltung: Atelier Ingrid Schütz, München
Gesamtherstellung: Presse-Druck Augsburg

ISBN 3-453-02961-5

Inhalt

Madonna der sieben Sünden
Seite 7

Paradies der Betrogenen
Seite 163

Eine Stunde für den Mörder
Seite 351

Madonna
der sieben Sünden

1

Als alles getan war und es kein Zurück mehr gab, stieß Paul Stanial auf einen merkwürdigen Umstand: Beim Vergleich der Daten fiel ihm auf, daß er und diese Mrs. Hanson zur selben Stunde – wenn auch über mehr als hundert Meilen voneinander entfernt – das gleiche getan hatten. Unter der brütenden Sonnenglut Floridas Abkühlung suchend, war er – wie sie – am Mittag zum Baden gegangen. Damals hatte er noch nichts von ihr gewußt – auch nichts von dem einsamen Waldsee, der sie erst als Leichnam wieder freigegeben hatte.

Ihr Tod hatte seinem Leben die entscheidende Wendung gegeben. Er sah eine geheime Bedeutung darin, daß ihr Dasein zum selben Zeitpunkt geendet hatte, da ihm das seine unerträglich widerwärtig geworden war. Das Schicksal hatte sie beide im gleichen Element erreicht: sie der Tod, ihn der Umschwung, den er sehnlich herbeigewünscht hatte.

Bisweilen wurde Paul Stanial von Anfällen blinden Jähzorns heimgesucht. Gleichwohl besaß er eine kühle, besonnene Natur, dazu Intelligenz und Urteilskraft. Keineswegs neigte er dazu, Beziehungen zwischen Vorfällen zu konstruieren, die nichts miteinander zu tun hatten. Als er aber jene frappierende Übereinstimmung feststellte, wußte er, was in der Frau vorgegangen war. Er hatte sie nie lebend gesehen – und doch war ihm ihr Wesen vertraut, denn er hatte ihre Briefe gelesen und mit den Menschen gesprochen, die Lucille Hanson nahestanden.

Überdies kannte er jetzt den Schauplatz ihres Sterbens. Er sah ihn vor sich, als wäre er Augenzeuge der Vorgänge am Daykersee gewesen.

Das alte Auto fuhr den Sandweg entlang und hielt an. Die Frau stieg aus, legte ihren grobleinenen Wickelrock ab und warf ihn in den Wagen.

Sie trug einen weißen Badeanzug und Sandalen. Ihr Haar war platinblond, ihr Körper sonnenbraun. Das schmale Gesicht, der lange Hals, die kleinen Brüste und die schlanke Taille verliehen ihr fälschlich ein zerbrechliches Aussehen. Aber ihre Schenkel und

Waden waren wohlgerundet, und ihre stämmigen Hüften verrieten Stehvermögen. Sie zerquetschte auf dem Oberschenkel einen Moskito, nahm ihre Habseligkeiten aus dem Auto, warf den Wagenschlag zu und lief zum Ufer hinunter. Dicht am See breitete sie ihr Handtuch aus, stellte die übrigen Gegenstände ab, schlüpfte aus den Sandalen und ging, während sie ihr helles Haar unter die blaue Badekappe schob, mit dem ernsten, abwesenden Gesichtsausdruck einer Frau, die sich allein weiß, ins Wasser.

Mit gleichmäßigen, kräftigen Arm- und Beinbewegungen schwamm sie hinaus und wandte genau im richtigen Takt den Kopf, um tief und mühelos Atem zu holen – bis ihr das zustieß, wogegen ihr nicht die geringste Chance blieb.

Körperlich unverändert, bis auf die schauerliche Leere in ihrem Gesicht, tauchte sie langsam und sich drehend ins bernsteinfarbene Dunkel, sank auf den schlammigen Boden, schien durch eine leichte Strömung noch einmal zum Leben zu erwachen und blieb dann auf der linken Seite liegen. Ihre Augen standen offen. Man sah den weißen Rand ihrer unteren Zähne.

Ein letzter Reflex bewegte ihre linke Hand. Luftblasen stiegen auf, und dann senkte sich Stille über den braungoldenen Grund des Sees.

Paul Stanials Bad am demimondänen Strand von Hallandale mit seinen aufgeputzten Motels war ganz anders verlaufen.

Es war ihm klar, daß ihm die Agentur den Fall nur deshalb gegeben hatte, weil er dem Urlaubergesindel so weitgehend glich, daß er in der Menge nicht auffiel. Seine dunkle Hautfarbe konnte man für Sonnenbräune halten. Er hatte schwarzes Haar und tiefliegende blaue Augen, war groß und langbeinig, hatte schmale Hüften und eine schlanke Taille, dazu einen mächtigen Brustkasten, einen kurzen, starken Hals und breite, muskulöse Schultern. Zumindest aus der Ferne schätzte man ihn um Jahre jünger ein.

Die Person, die er beobachten sollte, war ein schwammiger jüngerer Mann namens Geoffrey Rogers aus Bloomfield Hills in Michigan. Er hatte eine wohlhabende Frau geheiratet, die sich jetzt mit allen Mitteln von ihm scheiden lassen wollte. Geoffrey aber strebte eine private Abmachung an, ehe er seine Zustimmung geben wollte. Die Agentur hatte einen Wink bekommen, daß er sich zur Zeit in der Umgebung von Miami mit einer blonden Animierdame aus einem Detroiter Nachtlokal ein paar vergnügte

Tage mache. Mit Hilfe der Telefonnummer, die Rogers beim Luftreisedienst zur Platzreservierung für seinen Rückflug angegeben hatte, war es ein Kinderspiel gewesen, sie in Block G des Beachscape-Motels aufzustöbern, wo sie als Mr. und Mrs. Jeffries aus Lansing eingetragen waren.

Paul Stanial hatte Anweisung, belastendes Material zusammenzutragen, um Rogers der Klientin mit den geringstmöglichen Kosten vom Hals zu schaffen. Also quartierte er sich ins billigste Einzelzimmer des Beachscape ein, damit er sich im Hotelgelände und am dazugehörigen Strand ungehindert bewegen konnte.

In einen kleinen Werkzeugkasten aus grünem Plastik baute er eine Kleinbildkamera ein, die er mit einem Kodachrome-Farbfilm zu sechsunddreißig Aufnahmen geladen hatte, und schnitt unter den Seitenverschluß des Behälters ein Loch für das Weitwinkel-Objektiv. Durch eine weitere Öffnung, die er neben den Tragegriff bohrte, konnte er mit dem Zeigefinger unauffällig den Auslöser bedienen. Das helle Sonnenlicht ermöglichte es ihm, auf eine Tiefenschärfe von vier Fuß bis Unendlich abzublenden. Durch das Weitwinkel-Objektiv war das Zielen kein Problem.

Die beiden waren derart in ihr Liebesspiel vertieft, daß Stanial sogar einige Aufnahmen aus fünf Fuß Entfernung schießen konnte, ohne von ihnen bemerkt zu werden. Das Gesicht der Frau war völlig inhaltslos, ihr üppiger Körper zeigte bereits die ersten Spuren der Erschlaffung. Ohne ihrer Umgebung Beachtung zu schenken, räkelten sie sich auf ihren grellbunten Badetüchern, und Stanial, der sich in nächster Nähe sonnte, gelang es einmal, einige der kompromittierendsten Szenen im Bild festzuhalten. Er nahm sie auf, wie sie in ihrer Cabana aus und ein gingen, und als sich Rogers einmal in den weißen Liegestuhl flegelte und die Frau sich rittlings auf seine Schenkel setzte und sich zu ihm niederbeugte, knipste er auch diese Szene. Sekunden später standen sie auf, gingen ins Haus und zogen die Vorhänge zu.

Stanial brachte die Kamera in sein Zimmer und ging zum Baden. Er schwamm hinaus und ließ sich von der Dünung schaukeln, aber nichts vermochte seinen Ekel vor diesen beiden Menschen wegzuschwemmen. Plötzlich wußte er, daß er dieses Leben nicht mehr lange ertragen konnte. Es mußte etwas Einschneidendes geschehen, sonst war er eines Tages so weit gesunken, daß er sich den Teufel darum scherte, welche Arbeit er tat, wenn sie ihm nur genügend Geld einbrachte.

Er trug den Film in ein Fotolabor, bestellte ein Farbdia pro Aufnahme und wartete fünfzig Minuten in einer gegenüberliegenden Bar, bis der Kontaktstreifen durch den elektronischen Entwickler gelaufen war. Nachdem er den Auftragszettel unterschrieben hatte, setzte er sich auf eine Bank und besah sich eine Aufnahme nach der anderen. Die Bilder waren kunstlos, doch ging die Identität der beiden Personen und das Verhältnis zwischen ihnen unmißverständlich daraus hervor.

In die Agentur zurückgekehrt, händigte er Kippler die Aufnahmen und eine Fotokopie der Gästebuch-Eintragung aus.

Kippler sah sich die Beweise sorgfältig an. »Ein steiler Zahn«, murmelte er. »Und ein emsiger. Sieh mal, allein mit diesem Bild können wir ihn schon festnageln. Sie öffnet die Tür – die Nummer darauf ist klar zu erkennen –, und er geht mit den Handtüchern und dem übrigen Krimskrams ins Haus. Übrigens hat Charlie eine Fotokopie des Auto-Leihscheins organisiert. Rogers hat mit seinem richtigen Namen unterschrieben, um seinen Bankausweis benutzen zu können.« Er spitzte die Lippen und hielt sich eines der Bilder nah an die Augen. »Das hier haben Sie wohl kaum mit dem Teleobjektiv gemacht, dafür ist der Bildwinkel zu groß. Wie nah sind Sie denn da 'rangegangen? Haben Sie gleich selber ein bißchen mitgemischt?«

»Ist das die nächste Stufe?«

Kippler sah ihn nachdenklich an. »Sauer?«

»In letzter Zeit habe ich nur noch solche widerlichen Scheidungsgeschichten bearbeitet. Jetzt reicht's mir bis oben hin. Kriegen Sie denn hier unten gar keine anderen Aufträge?«

»Sicher, aber nur sehr wenige.«

»Geben Sie mir um Himmels willen mal eine kriminalistische Arbeit. Ich bin ja schon kein Mensch mehr. Da hat man nun Polizeiausbildung – umsonst. Wenn das so weitergeht wie bisher, drehe ich noch durch.«

»Vielleicht sind Sie bloß ein bißchen überarbeitet, Paul. Lassen Sie sich mal richtig vollaufen.«

»Eine Frage, Mr. Kippler: Liegt Ihnen daran, mich zu behalten?«

»Sie machen Ihre Sache nicht schlecht.«

»Dann teilen Sie mir bitte so etwas wie Polizeiarbeit zu – und zwar bald, weil ich sonst kündigen müßte. Es braucht keine Staatsaffäre zu sein. Eine Unterbrechung dieser Schlafzimmerroutine, und ich bin zufrieden.«

»Ach was, wir sind hier nun einmal im größten Schlafzimmer der Welt.« Kippler seufzte. »Man sollte sich auf so was nicht einlassen. Aber ich verspreche Ihnen, den nächsten dicken Hund bekommen Sie. Kommen Sie morgen früh wieder, Paul, und bringen Sie einen kleinen Kater mit.«

Stanial verabredete sich für den Abend mit einem Mädchen, das er flüchtig kannte. Sie segelten und tranken ein wenig über den Durst, und Paul redete sich ein, daß er sich amüsiere. Schließlich brachte er sie nach Hause.

Sie hatten ihr dunkles Wohnzimmer kaum betreten, da drehte sie sich schon nach ihm um, suchte in atemloser Gier mit ihren Lippen seinen Mund, grub ihm die Fingernägel in den Rücken und preßte sich gegen ihn. Für Sekunden genoß er ihre Nähe, bis er daran dachte, daß es nicht anders war als zwischen Rogers und dieser Frau.

Er schob sie weg und polterte die Treppe hinunter. Sie rief ihn beim Namen, und ihre Stimme klang zornig und enttäuscht.

Er setzte sich ins Auto und fuhr ohne festes Ziel in nördlicher Richtung aus der Stadt hinaus, bis er eine einsame Küstenstraße und ein unbebautes Stückchen Ufer fand. Nachdem er den Wagen abgestellt hatte, watete er durch Strandhafer und Seegras bis zu einer Düne, an deren Fuß die Brandung rauschte. Er setzte sich in den trockenen Sand. Die Wirkung des Alkohols hatte sich verflüchtigt, aber nun peinigten ihn Gedanken und Vorstellungen, wie er sie seit seiner Jugendzeit, die anderthalb Jahrzehnte zurücklag, nicht mehr gehabt hatte.

Eine innere Stimme sagte ihm, daß er Gefahr lief, seine Individualität zu verlieren, wenn er nicht bald zu seinem eigenen Wesen zurückfand. Er brauchte eine Aufgabe, die ihn voll und ganz in Anspruch nahm. Und er brauchte eine Frau, die Sinn für eine solche Aufgabe besaß, die ihn verstand, so daß er sich ihr vorbehaltlos anvertrauen konnte. Sie sollte nicht mehr kindlich und noch nicht abgebrüht sein, sie sollte Geschmack und Sensibilität besitzen und so viel Zurückhaltung, sich nicht zu verschenken, ehe sie nicht ganz sicher war, daß die Kostbarkeit einer solchen Gabe auch gewürdigt wurde. Ihn verlangte nicht nach einer atemberaubenden Schönheit. Er brauchte einen Menschen, der ihn und sich selbst schätzte, der ihm und seiner Arbeit einen Wert verlieh. Mit einiger Bitterkeit machte er sich klar, daß er zur Zeit dem Tagtraum von Millionen Menschen nachjagte: selbständig, welterfahren und stark zu sein, gut zu verdienen und einen Job im Bezirk Miami zu haben, der einem genügend Bewegungsfreiheit ließ, lohnenswerte Bekanntschaften zu schließen.

Im Süden, über Hallandale, schimmerte der Himmel blaßrosa.

Da wurde nun in aller Welt ausposaunt, dieser Fleck Erde sei ein einziger Born der Lebensfreude. Und dann empfing er einen mit der geballtesten, der herzzerreißendsten Einsamkeit, die sich der Mensch nur ausdenken konnte.

Nach langer Zeit stand er auf, streckte sich und gähnte, bis ihm das Kinn weh tat.

Die letzte Auflehnung, dachte er, spuckte in den Sand und ging zu seinem Wagen.

Später sollte er sich noch oft an diesen Tag und seinen Abschluß erinnern. Da er mittlerweile alles Wissenswerte über Leben und Sterben Lucille Hansons erfahren hatte, fiel es ihm leicht, sich den alten Musiker vorzustellen, wie er in der glühenden Nachmittagssonne zum Bootshaus am Lake Larra hinunterging, um Hanson mitzuteilen, daß seine Frau tot sei ...

Kelsey Hansons Gelüste waren gestillt. Entspannt wie ein schlafendes Tier lag er auf dem zweiten Deck seines raffinierten Bootshauses in einer weißen Hängematte und schnarchte. Sein Mund stand offen. Kein sonderlich begeisternder Anblick für das nackte Mädchen, das sich mit einem großen Badetuch als Unterlage auf den Planken aus Zypressenholz ausgestreckt hatte und vor sich hin döste.

Sie war neunzehn Jahre alt, studierte am örtlichen College und hieß Shirley Feldmann. Es störte sie, daß Kelsey so wenig attraktiv schlief. Sie gähnte und räkelte sich wohlig. Durch die Holzwand, die das Sonnendeck umgab, wußte sie sich den Blicken Außenstehender entzogen. Sie war ein süßes, vitales Geschöpf mit schmaler Taille, fraulich gerundeten Hüften, großen Brüsten und einem sensiblen, kleinen Gesicht unter einem pilzförmig geschnittenen Mop drahtigen schwarzen Haares.

Ihr gelbgrüner Strandanzug, die niedergetretenen Sandalen und das hauchdünne Nichts von Unterwäsche lagen noch immer verstreut am Boden herum. Er hatte sie so ungestüm überfallen, daß ihr keine Zeit zum Aufräumen geblieben war.

Wenn er im Schlaf nur nicht so vertrottelt aussähe. Wie ein

Zigarrenraucher am Stammtisch. Dieser Gedanke brachte ihre ganzen Vorstellungen durcheinander; sie kam sich wie ein Gebrauchsgegenstand vor. Dabei hatte sie sich alles so hübsch zurechtgelegt: Der alternde Mann – er war mindestens schon dreißig – sucht neue Einsichten durch eine intellektuelle Frau, die imstande ist, ihm das Unechte an seinem Gefühlsleben zu enthüllen und ihn durch verständige Rede von seinem sozio-sexuellen Komplex – einem Ausfluß puritanischer und primitiver Vorstellung von Sünde – zu befreien.

Oft hatte sie in diesem Sinne mit Debbie über ihn diskutiert, doch Debbie, von der sie Kelsey quasi geerbt hatte, war anderer Meinung gewesen. Sie behauptete, er habe nur deshalb ein paar Kurse belegt, um sich am College herumzutreiben und in der Rolle des elternlos aufgewachsenen Waisenknaben mit leichtgläubigen Studentinnen anbändeln zu können. Statt in diesem Verhalten das Krankheitssymptom zu sehen, hatte Debbie sogar gesagt, Kelsey könne auf Kommando weinen, er brauche dazu nur an geschnittene Zwiebeln zu denken. Nun, Debbie hatte eben versagt, und ihre, Shirleys, Aufgabe war es, ihm beizubringen, daß er dem Geschlechtlichen viel zuviel Bedeutung beimaß. Sie selbst war durch ihre liberale Einstellung und ein wirksames Verhütungsmittel gegen jede Form sexuellen Aberglaubens gefeit.

Plötzlich hörte sie, wie jemand die Außentreppe zum Sonnendeck herauftappte. Mit einem Ruck setzte sie sich auf. Ein panischer Schreck, dessen Ursache sie sich nicht erklären konnte, nahm ihr den Atem. Dann aber erkannte sie am schwerfälligen Takt der Schritte, daß es der alte Komponist sein mußte, dem Hansons Eltern für die Dauer ihrer Weltreise ihr großes Haus zur Verfügung gestellt hatten.

Langsam stand sie auf und wand sich das große Badetuch wie einen Sarong um den Leib. Einem alten Knaben wie Habad Korody freie Kost und Logis zu gewähren, war ihrer Meinung nach eine typische, pathetische Geste, mit der reiche Spießbürger ihren Hang zur Kultur befriedigten.

Shirley hatte über ihn nachgeschlagen. Bei der vorigen Generation war er in geringfügigem Ansehen gestanden. In einem neueren Musiker-Lexikon war er nur noch eine Fußnote. Natürlich gaukelten sich die alten Hansons vor, er würde während ihrer Abwesenheit in ihrem Haus komponieren. Wenn er aber in der Zwischenzeit das Zeitliche segnen sollte, was sehr viel wahrscheinlicher war, käme niemand auf die Idee, deswegen eine Gedenktafel über die Tür zu hängen.

Mittlerweile hatte Korody die Treppe erklommen, stand um Atem ringend still und starrte sie an. Er trug einen großen Gärtnerhut, Sandalen und schlottrige Khaki-Shorts. Sein altersschwacher Körper war ausgemergelt; unter der pergamentenen, ausgedörrten Haut zeichneten sich die Knochen und Sehnen ab. Auf seiner engen, eingefallenen Brust wuchs ein Büschel schlohweißen Haares. Unter der breiten Krempe seines Strohhuts glänzten schlaue, alte Affenaugen.

»Was haben Sie denn hier zu suchen?«

»Eine Botschaft für den König, holde Jungfrau«, sagte er, trottete zur Hängematte hinüber und stieß Hanson einen Finger in den weichen Bauch.

Knurrend fuhr Hanson aus dem Schlaf. Benommen setzte er sich auf und stierte den Alten an. »Was, zum Henker...«

»Das Telefon auf Ihrem Hausboot funktioniert nicht, deshalb hat man mich belästigt. Sie sollen ins Krankenhaus kommen. Es handelt sich um Ihre Frau. Wenden Sie sich an einen gewissen Walmo.«

»Lucille? Lucille ist etwas zugestoßen?«

»Ich weiß nicht mehr, als ich Ihnen bestellt habe.«

Einen Augenblick lang saß Kelsey Hanson wie gelähmt da, dann kam er zu sich und raste, ohne die gläserne Schiebetür hinter sich zu schließen, ins Wohnabteil. Der Alte sah Shirley starr an.

»Ein feines Studium«, sagte er.

»Das geht Sie gar nichts an. Wer kennt Sie denn schon?«

Der Alte grinste verlegen. »Wozu der herausfordernde Ton? Greift Sie denn jemand an?«

In Slacks und Sporthemd kam Hanson durch die Tür geschossen. Er warf den beiden einen leeren Blick zu und hastete, seine Hosentaschen beklopfend, zur Treppe.

»Und was wird aus mir?« rief Shirley ihm ärgerlich nach.

Hanson blieb stehen, drehte sich um und warf ihr einen Zehndollarschein zu. Sie griff daneben, und die Note fiel zu Boden.

»Ruf dir ein Taxi«, sagte er und rannte die Treppe hinunter. Ein Motor heulte auf, Kies spritzte, und der Wagen jagte die geschwungene Zufahrt hinauf.

Shirley klaubte das Geld und ihre Kleider auf. »Ihre Botschaft sind Sie ja nun glücklich losgeworden, altes Gespenst.«

Er sah sie von der Seite an. »Für Sie habe ich auch eine – falls Ihnen das etwas bedeutet. Die menschliche Stimme ist ein Instrument ohne Feinheiten. Man hat's mir am Telefon zwar nicht ausdrücklich gesagt, aber es lag auf der Hand. Seine Frau ist tot.«

Trotz der Sonnenglut überlief es sie kalt.

»Sie wissen aber auch alles«, sagte sie.

Er zuckte die Schultern. »Ich weiß einiges über patente kleine Frauenzimmer, wie Sie eines sind. Nichts ändert sich. Für kurze Zeit lehnt ihr euch auf und habt Gewissensbisse und tändelt mit Hohlköpfen, wie er einer ist. Und dann zieht es euch zu den Dingen zurück, die ihr verachtet habt und vor denen ihr davonlaufen wolltet: Heim, Ehemann, Kinder – das fruchtbare Leben.«

»Einen feuchten Staub wissen Sie über mich!«

»Ich kenne euch... Ach was, diese Zeit liegt vierzig Jahre zurück. Ihr habt euch nicht gewandelt. Zieh dich an, Mädchen, und kämm dich. Und dann komm mit ins Haus und ruf dir ein Taxi.«

Er drehte sich um, ging die Treppe hinunter und stapfte, ans Geländer geklammert, langsam die Stufen hinunter.

2

Sam Kimber saß zusammengesunken auf dem Eichenholzstuhl in Sheriff Walmos kahlem Büro.

»Meiner Meinung nach machst du dir für einen Todesfall durch Ertrinken viel zuviel Arbeit, Harv«, sagte er müde. »Du weißt genau, daß es ohnehin schon hart genug für mich ist.«

Harv Walmo schüttelte den mächtigen Schädel. Sein Gesicht trug gewohnheitsgemäß den Ausdruck von Kummer und Trauer. »Ja, ich weiß, aber ich kann dir leider nicht helfen, Sam. Es ist nun einmal deine Aufgabe, Mrs. Hansons Handel und Wandel zu ermitteln. Dir zuliebe habe ich schon auf den Stenografen zum Mitschreiben verzichtet. Wir sind völlig unter uns. Also: Welches Verhältnis bestand zwischen dir und der Verstorbenen?«

»Gott im Himmel«, sagte Sam Kimber leise, »als ob du die Antwort nicht selber wüßtest. Wie alle Welt vermutete und niemand beweisen konnte, lebten wir wie Mann und Frau.«

Walmo rutschte unbehaglich hin und her und rückte auf seinem Schreibtisch Papiere gerade. »Wann hat diese intime Beziehung begonnen?«

Sam Kimber richtete sich ruckartig auf und warf Harv aus seinen fahlen Augen einen erstaunten und zornigen Blick zu. »Also was, zum Kuckuck...«

Ein Alarmsignal, in seinem Unterbewußtsein ausgelöst, ließ ihn abrupt abbrechen. In Sekundenschnelle begriff er, daß in diesem Augenblick eine alte Rechnung beglichen wurde.

Weil er Harv seit frühester Jugend kannte, hatte er ihn von seiner Lebensregel ausgenommen, jegliche Freundschaft als bedingt und zeitlich begrenzt zu betrachten. Sie waren gemeinsam zum Jagen und Fischen gegangen, hatten zusammen Spielhöllen unsicher gemacht und den Mädchen nachgestellt. Und da Sam Kimber zudem vor einigen Jahren sanften Druck ausgeübt hatte, damit Harv Walmo zum Sheriff gewählt wurde, glaubte er sicher, die Kameradschaft zwischen ihnen sei echt und dauerhaft. Statt dessen hatte sich in diesem Menschen ein Vorrat an Groll und Eifersucht angesammelt, der ihn die erste Gelegenheit, seinen Wohltäter seine Macht fühlen zu lassen, mit Wollust ergreifen ließ. Ihre Startbedingungen waren die gleichen gewesen, und Harv konnte es offenbar nicht verwinden, daß Sam mehr Erfolg gehabt hatte. Statt ihn als den besseren Mann anzuerkennen, glaubte er sich vom Schicksal benachteiligt.

Sam Kimber lehnte sich nachlässig zurück, schlug die Beine übereinander und grinste Walmo mit tückischer Liebenswürdigkeit an. »Jeder andere, der in dieser Gegend so viel Waldbestände, Beteiligungen und sonstigen Kram hat wie ich, würde auf seine Rechte pochen und nach einem Anwalt schreien, sobald ein Sheriff ihm dumm kommt. Aber wir beide, Harv, waren doch zeitlebens Freunde, stimmt's?«

»Ich tue lediglich...«

»Du tust lediglich deine Pflicht, wie du es dem Volk geschworen hast, das dich in dein Amt berief. Meine Hochachtung, Harv! Ich bin richtig stolz darauf, einen Mann zum Freund zu haben, der seine Grundsätze über die Chance stellt, wiedergewählt zu werden!«

Einen Moment lang war Walmo verblüfft. »So hast du noch nie mit mir gesprochen, Sam.«

»Du hast mir auch noch nie Grund dazu gegeben. Wir haben einen heißen Monat und einen schwülen Tag. Lassen wir's gut sein. Du möchtest, daß ich über Lucille spreche. Ich tu' dir den Gefallen, und wir zwei sind wieder die alten.« Was, wie wir beide sehr gut wissen, eine verdammte Lüge ist, dachte Sam, und zwar eine, mit der wir von heute an leben müssen.

»Es wäre mir wirklich lieb, wenn du reden würdest, Sam«, sagte Walmo.

»Es geht mir eigentlich gegen den Strich, über diese Frau zu sprechen wie über jene kleinen Dinger im ›Arkadia‹, mit denen wir seinerzeit unsere Faxen gemacht haben. Weißt du, Lucille war ganz anders. Ich kannte sie schon vor ihrer Trennung von Hanson, machte mir aber kaum Gedanken über sie. Für mich war sie nichts weiter als eine ausnehmend hübsche junge Frau, die Hanson in Boston aufgegabelt hatte und nun in seinem Kreis trunksüchtiger junger Leute von Party zu Party schleifte.

Der Anlaß ihres Auseinandergehens war Stadtgespräch, also wirst wohl auch du Bescheid wissen. Mir hat sie selbst erzählt, wie es zugegangen ist. Vor elf Monaten, im April vergangenen Jahres, fuhren sie von Stuart aus mit den Keavers nach Bimini hinüber. Sie waren damals drei Jahre verheiratet, Hanson trank und lumpte herum, und Lucille wartete darauf, daß er endlich erwachsen würde. Jase und Bonny Yates, die sie anfänglich begleiteten, mußten zurückfliegen. Tags darauf unternahmen sie mit ihrer Jacht eine Rundfahrt und warfen vor irgendeiner Küste Anker. Lucille und Stu Keaver ruderten mit dem Dingi zum Strand hinüber, Kelsey und Lorna Keaver blieben an Bord.

Auf einmal bekam Lucille Lust, den Rückweg schwimmend zurückzulegen. Geräuschlos, aber ohne Hintergedanken kletterte sie die Bootsleiter hinauf und ertappte Kelsey und Lorna in flagranti. Sie machte einen gewaltigen Wirbel, aber die beiden Sünder schienen keineswegs so beschämt, wie sie erwartet hatte. Auch Stu, der unmittelbar nach ihr an Bord kam, regte sich nicht sonderlich auf. Jeder genehmigte sich ein paar Drinks, und dann begannen Andeutungen zu fallen, die sie zunächst nicht begriff. Urplötzlich aber ging ihr auf, daß man stichelte, sich an Stu schadlos zu halten. Wie Lucille mir erzählte, war sie mit einem Schlag stocknüchtern. Sie sah die Schadenfreude in ihren Augen und das anzügliche Grinsen auf ihren Gesichtern, und da erst wußte sie, daß sie weder zu diesen Menschen noch zu deren Welt gehörte und daß alles aus und vorbei war.«

»Wie schrecklich«, sagte Harv Walmo.

»Nun, als sie an der Mole von Bimini angelegt hatten, packte sie ihre Sachen, ging an Land, flog zurück nach Lauderdale und fuhr hierher. Bis Hanson ihr nachkam, war sie bereits ausgezogen und hatte sich im Orangeland-Motel einquartiert, fest entschlossen, in ihr Elternhaus zurückzukehren. Winselnd und Besserung gelobend kam er angekrochen. Aber Lucille blieb fest. Weil sie nicht unfair sein wollte, ließ sie sich schließlich so weit erweichen, es zunächst bei einer Trennung zu belassen. Sie versprach ihm, im Land zu bleiben, finanzielle Unterstützung von ihm anzunehmen und die Scheidung erst nach einem Jahr zu betreiben, falls sie es sich bis dahin nicht anders überlegt habe. Bei der Verfassung, in der sie sich befand, war dieses Zugeständnis das Äußerste, was Hanson von ihr erreichen konnte. Im kommenden Monat wollte sie den Antrag stellen, die Ehe aufzulösen.«

»Was sagten denn seine Eltern dazu?«

»Die alte Dame vergöttert ihn seit jeher und hielt die ganze Affäre für nichts weiter als einen kleinen Ehezwist. Aber der alte John Hanson weiß schon seit langem, daß sein Stammhalter keinen Schuß Pulver wert ist. John mochte Lucille und hielt diese Ehe für Kelseys letzte Chance. Er war entschlossen, ohne Rücksicht auf die alte Dame Kelsey endgültig den Stuhl vor die Tür zu setzen, falls die Scheidung zustande käme. Wie es jetzt damit steht, weiß ich natürlich nicht. Als sie im Februar ihre Weltreise antraten, übergab der Alte seine Besitzung der Obhut von Kelsey, aber ich möchte bezweifeln, daß der Junior öfter als zweimal draußen war.«

»Demnach hast du also mit Lucille erst nach ihrem Umzug Freundschaft geschlossen?«

»Über einen Monat später, Harv. Sie wohnte inzwischen in dem Appartement in der Lemon Street und arbeitete halbtags bei Doktor Nile. Kelsey war, wenn's ans Zahlen ging, nicht gerade der Pünktlichste, aber sie hatte ein bißchen Bargeld, das aus einem verkauften Anteil an einem Großunternehmen im Norden stammte. Sie wollte das Geld gewinnbringend anlegen, um damit ihr Einkommen ein wenig aufzubessern.

Irgend jemand hatte ihr mal gesagt, in meinen Händen verwandle sich sogar Dreck in Geld, und weil wir uns ein paarmal auf Gesellschaften begegnet waren, kam sie in mein Büro und bat mich um Rat. Ich fertigte sie ziemlich kurz ab, indem ich ihr sagte, ich sei kein Finanzberater. Insgeheim warf sie mich nämlich mit dem ganzen Gesindel wie den Yates, den Keavers und den Bryes in einen Topf. Vielleicht hatte sie geglaubt, ich sei ihre letzte Rettung, vielleicht war ich auch ein bißchen barsch gewesen, jedenfalls legte sie plötzlich das Gesicht in die Hände und heulte. Weil sie so jung und hübsch war, ließ ich mich erweichen und machte eine Besichtigungsfahrt mit ihr. Unterwegs erzählte sie mir in groben Zügen, wie es zu der ganzen Geschichte gekommen war.

Ich verschaffte ihr eine Beteiligung an einem Warenhaus, die ihr auf Anhieb neunzig Dollar im Monat einbrachte. Es tat uns wohl, beisammen zu sein. Ihr gegenüber ging ich aus mir heraus wie noch nie. Bald wurde über uns getratscht. Dabei war gar kein Grund vorhanden. Schließlich ist Kitty 1953 gestorben, meine Kinder sind schon erwachsen, ich bin siebenundvierzig, und Lucille war erst siebenundzwanzig.

Jetzt wird dir wohl gleich der Schweiß ausbrechen, Harv. Mach kein so ängstliches Gesicht – von mir sind keine pikanten Einzelheiten zu fürchten. Aber weiter. Einer Verhandlung vor dem Finanzgericht wegen mußte ich nach Jacksonville. Ein geschlagenes Wochenende lang hockte ich einsam und elend in einem Hotelzimmer herum und grübelte darüber nach, womit mich die Burschen wohl fertigmachen wollten. Schließlich streckte ich ganz einfach die Hand aus, hob den Telefonhörer ab, klingelte Lucille aus dem Schlaf – es war an einem Freitagabend um elf Uhr – und sagte ihr, ich sei völlig auf dem Hund, stecke da und da, und sie solle doch so schnell wie möglich zu mir kommen. Lange Zeit blieb die Leitung still, dann klickte es. Sie hatte aufgelegt.

Als ich am Samstagabend abgekämpft ins Hotel zurückkam, saß sie in meinem Zimmer und war kreidebleich. Sie bemühte sich krampfhaft zu lächeln und etwas zu sagen, doch im selben Moment liefen ihr auch schon die Tränen übers Gesicht. Ich weiß nichts von Liebe, Harv. Liebe ist ein Wort, mit dem Schindluder getrieben wird. Wir haben es nie in den Mund genommen. Sie war viel fraulicher, als sie aussah, und wir machten einander sehr glücklich. Ich weiß nicht, ob ich sie geheiratet hätte. Es stand nie zur Debatte. Aber ich weiß, daß sie mir zeitlebens fehlen wird.«

Eine lange Stille trat ein. Schließlich befeuchtete Harv sich die Lippen.

»Und was geschah gestern?« fragte er.

»Wir hatten die Nacht draußen in meiner Hütte unterhalb Beetle Creek verbracht. Weil ich früh am Morgen geschäftlich nach Lakeland fahren wollte, sie aber zum Arbeiten in die Stadt zurück mußte, war jeder im eigenen Wagen gekommen. Mir wäre es lieber gewesen, sie hätte ihren Beruf aufgegeben, aber sie sagte, dann käme sie sich wie eine Landstreicherin vor. Sie wollte von mir weder Geld noch Geschenke annehmen und gab mir so viel wie ich ihr. Sie brach als erste auf, ich räumte noch das Frühstücksgeschirr weg und machte mich dann auf den Weg nach Lakeland. Als ich in die Stadt zurückkam und aus dem Wagen stieg, stolperte ich über Charlie Best, der mir sagte, sie sei tot. Das war so um drei Uhr herum. Ich konnte mich weder rühren noch klar sehen, geschweige denn logisch denken. Und gestern abend habe ich mich vollaufen lassen wie noch nie im Leben.«

»Sagte sie dir, was sie am Nachmittag unternehmen wollte? In der Praxis von Doktor Nile war sie doch immer nur bis Mittag beschäftigt.«

»Wir wollten gestern abend gemeinsam in ein Freilichtkino gehen und hatten verabredet, daß ich sie etwa um sechs Uhr in ihrer Wohnung abholen würde, weil wir vorher noch auswärts essen wollten. Ich erinnere mich nicht, daß sie von ihren Plänen für den Nachmittag gesprochen hätte.«

»Sie soll eine gute Schwimmerin gewesen sein.«

»Das Wasser war ihr Element. Ich habe nie erlebt, daß sie außer Atem gewesen wäre, wenn sie ans Ufer gewatet kam. Ich selber hab's ja nicht sehr mit dem Schwimmen. Aber ich habe ihr oft dabei zugesehen.«

»Ich frage nur routinemäßig, Sam.«

»Das sagtest du schon.« Langsam richtete sich Sam Kimber auf. Er war ein großer Mann, dessen geschäftliche Nonchalance sich auch ins Private übertrug. »Ich möchte dich noch um eine kleine Gefälligkeit bitten, Harv. Zwischen Lucille und mir gab es keine Geheimnisse. Weil die Steuerbehörde mir so aufsaß, machte sie ein bißchen private Buchführung für mich, und jetzt brauche ich ein paar von den Unterlagen. Ich möchte sie gern aus ihrer Wohnung holen.«

»Wo bewahrte sie sie auf? Ich lasse sie dir bringen.«

»Ich weiß es nicht genau. Ich hatte sie nur gebeten, sie nicht herumliegen zu lassen.«

»Wie sehen sie aus?«

»Mir wär's wirklich lieber, Harv, wenn ich selbst nach meinen Papieren schauen könnte.«

Hoffentlich hatte seine Stimme gleichgültig genug geklungen, Harv umzustimmen. Der Jugendfreund kostete seine kleine Macht aus, was schätzungsweise auch mit seinem Steuerprozeß zusammenhing. Sam konnte sich ausrechnen, welche Gerüchte ihm mittlerweile zu Ohren gekommen waren: Sam Kimber sitzt arg in der Patsche. Das Finanzamt ist drauf und dran, ihm Betrügereien nachzuweisen. Und wenn's dazu kommt, ist er ruiniert und wandert womöglich noch ins Gefängnis.

Nun, Harv würde eine unliebsame Überraschung erleben, sobald der aufgewirbelte Staub sich gesetzt hatte. Zwar drohten die Burschen in Jacksonville tatsächlich, ihn wegen Betrugs anzuzeigen, aber es bestand wenig Gefahr, daß die Sache bis vors Gericht ging. Es kam lediglich darauf an, wie man solche Situationen deichselte. Wie üblich, hatten sie im stillen Material gegen ihn gesammelt und dann überraschend eine große Rechnungsprüfung angesetzt. Das Ergebnis war, daß er 822 000 Dollar an Steuerrückzahlung, Strafgebühren und Zinsen begleichen sollte. Damit wäre er in der Tat wirtschaftlich geliefert gewesen.

Kimber aber hatte seine eigenen Buchprüfer und Anwälte an die Front geschickt und Unterhandlungen eingeleitet. Jacksonvilles letzte Forderung belief sich auf etwa 340 000 Dollar und sein Gegenangebot auf 170 000, die Hälfte, mit einer Zahlungsfrist von drei Monaten, damit ihm Zeit blieb, den Betrag in bar aufzutreiben. Gus Gable schätzte, daß man sich in der Nähe von 225 000 Dollar auf einen Kompromiß einigen würde. Da sie Einsicht in seine komplette und detaillierte Geschäftsbilanz besaßen, wußten sie, daß sie nicht mehr verlangen durften. Wenn sie Sam zwangen, die meisten ertragreichen Grundstücke und Anteile loszuschlagen, schlachteten sie die Gans, die ihnen auch in den nächsten Jahren noch goldene Eier legen sollte. Freilich war die Summe auch so noch groß genug, ihn in Bedrängnis zu bringen. Aber deswegen war er noch lange nicht am Ende.

Allerdings existierte da noch ein kleiner Posten, von dem niemand etwas wußte, ein hinterzogener Betrag, der ihn, erschiene er in seiner Bilanz, automatisch auf die Anklagebank bringen würde. Bei ihrem Überfall hatte die Steuerfahndung aufgrund einer gerichtlichen Vollmacht alle Kassen plombiert, dabei aber die zwei wichtigsten übersehen, die Sam besonders vorsichtig deponiert hatte. In aller Eile war er nach Waycross und Pensacola gefahren, hatte die Banknoten in eine kleine blaue Flugtasche gestopft und dann doch tatsächlich nicht gewußt, wo er damit hin sollte. Schließlich hatte er sie kurz entschlossen Lucille übergeben und sie gebeten, sie in ihrer Wohnung zu verstecken. Um ihre Neugier zu befriedigen, sagte er ihr, sie enthielte Bargeld, verschwieg ihr aber die Höhe des Betrags. Auf ihre Frage, woher es stamme, erzählte er ihr, es handle sich um den Anzeigenetat eines Syndikats von Bodenspekulanten und sei ihm ohne Quittung anvertraut worden, da das Geschäft, für das es bestimmt war, noch geheim bleiben müsse. Nun wolle er nicht riskieren, daß die Spürhunde von der Steuer das Geld fänden und ihn womöglich noch beschuldigten, er habe es hinterzogen. Zwar könne er belegen, daß es ihm nicht gehöre, doch ginge ihm dann das Geschäft durch die Lappen, das er mit dem Syndikat abschließen wolle.

Lucille hatte sich damit zufriedengegeben und versprochen, die Tasche an einem sicheren Ort zu verwahren und sich weiter keine Gedanken darüber zu machen. Wie komisch, dachte Kimber, während er den mit sich ringenden Harv Walmo beobachtete, daß das Geld jetzt, da Lucille nicht mehr lebte, lange nicht mehr so wichtig war. Und dennoch – es ging um einen ordentlichen Betrag, der ihm bei künftigen Parforcetouren noch gute Dienste leisten konnte.

Harv seufzte und schrieb einen Zettel für Mrs. Carey, in dem er sie bat, Sam in die Wohnung einzulassen, damit er sich einige Gegenstände, die ihm gehörten, abholen könnte.

»Ich habe ihr nämlich befohlen, das Appartement verschlossen zu halten«, sagte er, Sam das Papier reichend, »bis mir das Gericht mitteilt, wem der ganze Kram gehört. Vermutlich werden das ihre Verwandten und Hanson schon untereinander ausmachen.«

Höflich lächelnd, aber mit Nachdruck schloß Sam Kimber die Tür vor Mrs. Careys Nase. Kaum war er in dem kleinen Appartement allein, befielen ihn Übelkeit und Schwäche. Er setzte sich auf die Couch und erwartete, im nächsten Moment aus der Küche das Klappern von Geschirr und Lucilles fröhliches, aber unmelodisches Summen zu hören. Lucille hatte der Wohnung eine Note aufgeprägt, die keiner gängigen Norm unterlag. Vielleicht vermeinte man deshalb, sie sei selbst gegenwärtig. Dieser Eindruck verstärkte sich schmerzhaft, als er im Wandschrank ihres Schlafzimmers mit seiner Suche begann. Unter den Kleidern, die säuberlich auf Bügeln hingen und Lucilles Parfüm verströmten, war keines, das er nicht kannte. Als er sich vergewissert hatte, daß die Tasche nicht im Schrank versteckt war, setzte er sich auf ihr Bett und versuchte, darüber nachzudenken, wo sie sie wohl aufbewahrt haben mochte. Doch im Nu überwältigte ihn die Erinnerung an die Frau, die hier gelegen hatte, an ihre kleinen Neckereien, ihr huschendes Lächeln, an den Reiz ihres Leibes, der nun für immer dahin war. Sam Kimber stöhnte laut auf und erschrak zugleich, weil er daran dachte, daß Mrs. Carey ihn hören könnte.

Es dauerte nicht lange, bis es keinen Zweifel mehr gab, daß die Tasche überhaupt nicht in der Wohnung war. Alle Behältnisse der entsprechenden Größe hatte er durchstöbert. Er konnte sich keinen Reim darauf machen. Vielleicht war ihr mit dem vielen Geld in der Wohnung nicht wohl gewesen und sie hatte es woandershin geschafft. Aber dann hätte sie ihn bestimmt um seine Meinung gefragt. Sie hatte es richtig genossen, alle Entscheidungen ihm zu überlassen. Wie oft hatte sie ihm gesagt, daß er für sie der erste Mann von Gewicht und Autorität sei, der erste Mann, bei dem sie sich wie ein ganz kleines Mädchen fühle.

Vor der Wohnungstür erwartete ihn Mrs. Carey. Ihr fleischloses Gesicht drückte Mißbilligung aus. »Sie haben ja reichlich lange gebraucht. Haben Sie Ihre Sachen wenigstens gefunden?«

»Ja, vielen Dank.«

Sie steckte den Schlüssel ins Schloß und drehte ihn nachdrücklich um.

»Dem Alter nach hätten Sie ihr Vater sein können, Sam Kimber«, sagte sie.

»Wie wahr, Martha!«

»Die Tage, an denen sie nicht nach Hause gekommen ist, kann ich gar nicht zählen. Vielleicht war sie dann jedesmal bei Ihnen. Vielleicht auch nicht. Daß doch jeder alte Narr zum verliebten Gockel wird, sobald ihm was Blondes über den Weg läuft!«

»War irgend jemand anderer in der Wohnung, seit es passiert ist?«

»Nein. Es sei denn, er hätte einen eigenen Schlüssel gehabt. Meine Wohnung geht nach vorn hinaus, diese hier nach hinten, und schließlich habe ich auch noch was anderes zu tun, als dauernd aufzupassen, wer kommt und geht.«

»Gehörte der Schlüssel, den Sie da in der Hand halten, ihr?«

»Zu jedem Appartement gibt es zwei Schlüssel. Dieser hier ist das Ersatzstück. Die Schlösser sind noch gut. Sagen Sie Harv, daß ich entweder ihren Schlüssel zurückhaben will oder aber das Geld, um mir einen nachmachen zu lassen.«

»Haben Sie sie gestern noch gesehen?«

»Von weitem. Gute Freundinnen waren wir ja nie. Kurz nach

zwölf Uhr sah ich sie auf dem Rückweg von Doc Nile vorn um die Ecke biegen und etwa um halb eins mit ihrem Auto wieder abbrausen. Die vorhergehende Nacht war sie wieder mal nicht daheim. Erst am frühen Morgen kam sie nach Hause. Und da sie anders angezogen war als beim Weggehen, nehme ich an, daß sie auch noch woanders wohnte. Aber wahrscheinlich wissen Sie darüber besser Bescheid als ich.«

»Das schätze ich auch«, sagte Sam und zwinkerte Martha so anzüglich zu, daß sie schockiert nach Luft schnappte.

»Schamloses Pack!« zischte sie empört.

Kimber ging nach unten, stieg in seinen großen, hellen Chrysler und fuhr langsam die Lemon Street hinunter. Er stellte die Klimaanlage an und öffnete für einen Augenblick sämtliche Fenster, damit die heiße Stickluft entweichen konnte. Nachdem er die Scheiben wieder hochgedreht hatte, trieb der Wagen wie auf einem Kanal der Stille dahin. An abgestellten Autos, leeren Gehsteigen und spiegelnden Schaufensterscheiben vorbei durchquerte er das Zentrum der kleinen Stadt, umrundete einen kleinen, von öffentlichen Gebäuden umgebenen Park und merkte plötzlich, daß er sich bereits auf der Brower Highway mit ihren Supermärkten und Läden für Autokunden befand und Kurs auf den Ort genommen hatte, an dem sie gestorben war.

Er ließ die Stadt hinter sich, benutzte zehn Minuten später eine Abzweigung nach rechts, fuhr noch eine halbe Meile weiter und bog dann linkerhand in eine von Unkraut überwucherte Sandstraße ein. Zu beiden Seiten streifte Laub die Wagenfenster. Die dreihundert Yards von hier bis zum Seeufer waren sein Eigentum. Das Gelände war unbebaut, und er hatte auch nicht vor, es erschließen zu lassen. Erleichtert stellte er fest, daß keine anderen Autos da waren.

Wenn Lucille ihre Wohnung um halb eins verlassen hatte und sofort hierhergefahren war, mußte sie um drei Viertel eins eingetroffen sein.

Er ging zum Strand hinunter. Er überlegte, ob sie wohl um Hilfe geschrien hatte. Dann schüttelte er den Kopf. Er wuchs sich offenbar zum regelrechten Masochisten aus, daß er sich jetzt noch mit solchen Fragen quälte. Plötzlich hörte er Maschinenlärm, suchte mit den Augen das Ufer ab und sah ein blaues, von einem kleinen Außenbordmotor getriebenes Ruderboot nahen. Er erkannte zwei drahtige, braungebrannte Burschen, denen die Sonne das Haar beinah weiß gebleicht hatte. Die Stimme des einen war trotz des Geknatters klar zu verstehen.

»Da vorn, auf der Höhe von dem Kerl da drüben, ist sie abgesoffen. Und Jug hatte weder seine Sauerstoffflasche noch sonst was dabei, bloß seine Maske und die Flossen. Und doch hat er sie gleich beim zweiten Versuch gefunden. Die Polizisten, die sie mit dem Schleppnetz suchen wollten, hatten ihren Kahn noch nicht mal zu Wasser gelassen, als er sie schon hochbrachte. Etwa hier muß es gewesen sein.«

Der Größere stellte den Motor ab, und sofort verlangsamte das Boot die Fahrt. Sie starrten aufs Wasser.

»Wie tief ist es hier?« fragte der Kleinere.

»Jug sagt, zwanzig Fuß.«

»War sie schon lange da unten?«

»Es hat gereicht.«

»Wie kam denn gerade Jug in die Sache rein?«

»Nun, er sah die vielen Leute und fuhr herüber. Wie immer, hatte er seine Tauchersachen im Boot. Schätze, daß es etwa zwei Uhr war. Zu sehen gekriegt habe ich sie zwar nicht, aber bei der Abfahrt der Ambulanz war ich dabei.«

»Sie war doch aber allein, Jimmy. Wer konnte wissen, daß sie ertrunken ist?«

»Du bist wirklich ganz schön bescheuert.«

»Sag das noch mal!«

»Es kommen ein paar Leute und wollen hier schwimmen, kapiert? Und nun finden sie ein geparktes Auto, ein Badetuch, ein spielendes Kofferradio und das und jenes. Und weit und breit keine Menschenseele. Sie schauen hinter jeden Busch, werden nervös, fangen zu rufen an, aber niemand antwortet. Einer sagt, daß der Besitzer der Klamotten vielleicht eine Kahnpartie macht, aber nirgends ist ein Boot zu sehen. Und weil es die Nacht zuvor geregnet hat und man im glatten Sand nichts als die Abdrücke bloßer Füße sieht, die aufs Wasser zulaufen, fährt jemand an die Tankstelle und ruft den Sheriff an. Inzwischen sammeln sich immer mehr Menschen an. Und nun schaukelt Jug herüber und findet sie. Es heißt, sie hätte wahrscheinlich einen Krampf gehabt.«

Sam Kimber ging langsam zu seinem Wagen, wendete und fuhr davon. Was er gehört hatte, stimmte mit dem Zeitungsbericht überein. Alles fügte sich vorzüglich ineinander, abgesehen von den fehlenden 160 000 Dollar. Und daß keine Möglichkeit bestand, den Verlust des Geldes zu melden, machte die Sache faul.

Er kehrte in die Stadt zurück, parkte hinter seinem Bürohaus, schloß die rückwärtige Tür auf und fuhr in seinem Privatlift zum obersten Stockwerk hinauf. Das Gebäude bestand aus vier Etagen. Er hatte es sich vor fünf Jahren errichten lassen, um nicht länger in dem verwaisten Haus wohnen zu müssen, das er einst für Kitty gebaut hatte. Erstellt hatte es die Sam-Kim-Baugesellschaft mit Bundesmitteln, dann hatte er das Anwesen anhand eines Vertrages mit langer Laufzeit an Kimberland Enterprises verpachtet, und Kimberland seinerseits hatte die zwei unteren Stockwerke weitervermietet. Durch eine Klausel in ihrer Abmachung hatte er sich vorbehalten, im Dachgeschoß sein Junggesellenquartier und sein Privatbüro aufzuschlagen. Das Personal der Sam-Kim-Baugesellschaft, von Kimberland Enterprises, Kitty-Kim Groves und den übrigen Unternehmen arbeitete im dritten Stock.

Er ging in seine Küche, öffnete eine Büchse Bier und stellte sich ans Fenster. Drüben im Westen lag Lake Larra und der Besitz der Hansons, wo Lucille ein paar kurze Jahre mit Kelsey gelebt hatte. Am Ufer von Lake Larra war das Geld anders als hier. Es war reelles, langsam erworbenes Geld, das aus soliden, alten Firmen im Norden stammte. Das war nicht diese Gilde der Glücksritter, die wie er mit einem alten Lastwagen, einem Hammer, einer Hosentasche voll Nägel und einem Stapel imponierender Messingschilder angefangen und für ihren Start durch Zufall einen günstigen Zeitpunkt erwischt hatten.

Da ihm einfiel, daß er sein Mittagessen vergessen hatte, aß er eine Stange Käse und öffnete noch eine zweite Dose Bier. Auch in dieser Umgebung erinnerte ihn manches an Lucille. Zwar hatte sie sich hier nie recht behaglich gefühlt und besonders das Ankommen und Wegfahren gehaßt. Am glücklichsten war sie in der abgelegenen Hütte. Dort draußen, wo kaum ein anderer Mensch hinkam, war sie gelöst und selbstvergessen, während hier stets ein Teil ihres Denkapparates die Geräusche im Haus registriert hatte.

Mit dem Bier in der Hand lief er durchs Wohnzimmer. Lucille hatte immer behauptet, der schwule Innenarchitekt aus Orlando habe diesen großen Raum wie das Foyer eines Kinos hergerichtet. Als er die schalldichte Tür zum Vorzimmer seines Büros aufstieß, empfing ihn das geschäftige Klappern einer Schreibmaschine. Es riß abrupt ab, als Angie Powell in jähem Erschrecken aufsprang und sich mit der Hand an die Kehle fuhr. Mrs. Nimmits saß am Ecktisch und bediente den Tabellierer.

»Ich möchte schwören, Mr. Sam, daß Sie vierzigmal in der Minute durch diese Tür kommen könnten, und unsere Angie bekäme vierzigmal einen Anfall.«

»Ich wußte gar nicht, daß Sie da sind«, sagte Angie vorwurfsvoll.

Sam Kimber ging in sein weiträumiges Büro, und Angie Powell folgte ihm, ein dickes Bündel Notizzettel in der Hand. Er setzte sich, trank sein Bier aus und warf die Büchse in den Papierkorb.

»Was haben wir denn heute für Hiobsbotschaften?« fragte er.

Wie es ihre Gewohnheit war, begann sie mit dem Unwichtigsten und legte jedesmal eine Pause ein, um Anweisungen entgegenzunehmen und sich Notizen zu machen. Angie Powell war ohne Absätze fast so groß wie er. Sie war ein erstaunliches, Wärme ausstrahlendes, ernsthaftes Mädchen Anfang Zwanzig, mit einem reinen Gesicht, lavendelblauen, großen Augen, schimmernden weißen Zähnen und lockigen goldblonden Haaren. Sie war eine vorzügliche Schwimmerin, Taucherin, Keglerin, Wasserskifahrerin, Leichtathletin, Rollschuhläuferin, Tänzerin und Sekretärin. Ein überwältigendes Menschenkind, das jeden Rahmen sprengte. Ihre Mutter, bei der sie wohnte, war ein altes, zänkisches Weib. Ihr Vater war so winzig, so schmal und so sehr auf Unauffälligkeit bedacht, daß man ihn kaum noch wahrnahm. Geschwister hatte sie keine. Drei Jahre arbeitete sie jetzt für Sam, die letzten beiden als seine Sekretärin, und hatte sich stets als hundertprozentig ergeben, loyal, ausgeglichen und humorlos erwiesen.

Lange vor seinem Verhältnis mit Lucille hatte er, von ehrfürchtigem Staunen und Neugier gepackt, mit dem Wagemut eines Gipfelstürmers den ersten und einzigen Angriff auf ihre Tugend unternommen, indem er sie nach der Ableistung von Überstunden unter einem glaubwürdigen Vorwand in seine Privaträume lockte. Als er den Arm um sie legte, schrumpfte sie förmlich ein und begann zu zittern. Als er sie küßte, glaubte er ein verschrecktes Kind vor sich zu haben. Mit Tränen in den Augen sah sie ihn an.

»Ich kann Sie doch nicht schlagen«, sagte sie.

»Wie bitte?«

»Was soll ich denn bloß tun? Wenn junge Burschen mit mir anbändeln wollen, klebe ich ihnen eine. Bitte, lassen Sie mich los, Mr. Sam.«

Er tat ihr den Willen. »Sie geben ihnen wirklich jedesmal eine Ohrfeige?«

»Ich habe Gott und meiner Mutter gelobt, daß ich mein Leben lang nie etwas Schmutziges tun will.«

»Etwas Schmutziges!«

»Mr. Sam, ich ersuche Sie in aller Form um meine Entlassung.«

»Wie wäre es, wenn wir vergessen würden, was geschehen ist, und ich Ihnen verspräche, daß es nie wieder vorkommt?«

Sie überlegte. »Dann würde ich vermutlich auch nicht kündigen.«

Seit dieser unliebsamen Episode hatte er durch Beobachtungen und gelegentliche, höchst behutsame Fragen herausgebracht, daß dieses große, lebensprühende Mädchen offensichtlich noch nie den minimalsten Anflug von Verlangen oder Neugier verspürt hatte und daß es höchstwahrscheinlich auch nie dazu kommen würde. Angie Powell war das unbegreiflichste Neutrum in ganz Mittelflorida.

Mittlerweile war sie bei ihrem letzten Merkzettel angelangt.

»Mr. Sam, Gus Gable hat dauernd versucht, Sie zu erreichen.«

»Er soll herkommen.«

»Von Jacksonville?«

»Ich wußte gar nicht, daß er wieder nach Jacksonville gefahren ist. Sehen Sie zu, daß Sie ihn ans Telefon bekommen.«

»Wird sofort erledigt. Als er zuletzt anrief, hinterließ er drei Nummern, auf denen wir's versuchen sollten.« Sie war schon im Gehen, als ihr noch etwas einfiel. »Mr. Sam?«

»Ja, Angie?«

»Ich – ich bin traurig wegen Ihrer Freundin.«

»Danke, Angie.«

Warum hatte er nicht ihr die blaue Leinentasche anvertraut? Angie würde sie versteckt, nie geöffnet und wie ein Grab geschwiegen haben. Aber war Lucille denn weniger vertrauenswürdig gewesen? Er hatte zwischen beiden die Wahl gehabt und sich für Lucille entschieden, weil sie die Klügere war und nicht so leicht in eine Falle ging.

Das Telefon klingelte. Gus war am Apparat. Wie üblich, war er dermaßen auf der Hut, daß man kaum verstand, wovon er sprach. »Sam, einer unserer Freunde hat mich angerufen. Sein Bescheid schien es mir wert, schnellstens hierherzufahren. Ich kann mit gutem Gewissen sagen, daß die Sache nach Wunsch laufen wird.

Die Zahl, mit der alles bereinigt sein soll, liegt augenblicklich bloß um zehntausend höher als mein Kompromißvorschlag. Die Gegenseite macht ein ernst zu nehmendes, ja ich möchte sogar sagen ein interessantes Angebot, damit es bei dieser Zahl bleibt. Morgen geht die Sache über den entscheidenden Schreibtisch. Ich bin der Meinung, du solltest mich bevollmächtigen, ihnen auf dieser Basis deine Zustimmung zu geben. Unser Fall steht wahrscheinlich als erster auf der Geschäftsordnung und sollte um zehn Uhr vormittags erledigt sein.«

»Hört sich nicht übel an.«

»Haarig wird's allerdings mit unseren neunzig Tagen Frist. Vielleicht drücken sie uns auf sechzig, und wir kommen ins Gedränge.«

»Wenn sie absolut darauf bestehen, dann akzeptiere in Gottes Namen die sechzig Tage.«

»So wie ich die Dinge sehe, ist das der einzige Wermutstropfen. Allerdings wird es sich nicht vermeiden lassen, daß wir künftig laufend Rechnungsprüfungen über uns ergehen lassen müssen, und offen gestanden ist mir das auch gar nicht unlieb. Wenigstens wissen wir dann immer, wo wir stehen.«

»Paßt auch mir in den Kram, alter Freund.«

»Übrigens – eine verteufelte Geschichte, das mit Lucille. Es hat mir wirklich und wahrhaftig das Herz weh getan, als ich davon hörte. Eine so reizende kleine Dame. Wenn ich auch weit weg bin, so möchte ich dir doch wenigstens telefonisch mein Beileid aussprechen.«

»Danke, Gus.«

»Wie das Leben eben so ist. Wenn wir das Problem hier gelöst haben, könntest du vielleicht eine Seereise unternehmen. Ein Tapetenwechsel und neue Ausblicke werden dir guttun.«

»Wir werden sehen. Ruf mich morgen wieder an, sobald du den endgültigen Bescheid hast.«

»Du weißt, ich bin ein alter Schwarzseher, aber morgen werde ich wohl eine gute Nachricht für dich haben. Auf Wiedersehen, Sam.«

3

Im Mai tritt die Hitze ihre fünfmonatige Herrschaft über das Flachland und das Seengebiet von Mittelflorida an. Zwar gibt es an der Küste frische Brisen, Sommerurlauber und übervölkerte Strände, das Landesinnere aber ist menschenleer. Wer nicht unbedingt bleiben muß, ist geflüchtet, und die übrigen haben sich hinter den surrenden Klimaanlagen mit ihrem kalten Klinikhauch verschanzt. Es ist eine stehende, feuchte, gnadenlose und zur Verzweiflung treibende Hitze, und jene, die sie ertragen müssen, gleichen den zurückgelassenen Kriegern, die eine Festung halten, einander zu ihrer Widerstandskraft beglückwünschen und über die Ausreißer spotten.

Manchmal erzeugen Höhengewitter die kurze Illusion, es kühle sich ab, doch gleich darauf stöhnt das Land wieder unter der erbarmungslosen Hitze. Nur das schrille Dauerkonzert der Insekten und Frösche ist zu vernehmen, und hin und wieder hört man den Ruf eines Vogels.

Die gepeinigten Menschen verlieren ihre Bräune, und ihre Haut bedeckt sich mit Ausschlag. Wer den Türgriff eines Autos anfassen will, wickelt sich zuvor ein Tuch um die Hand. Nur in den frühen Morgenstunden und abends nach Sonnenuntergang rührt sich ein wenig Leben, während der langen Tage aber gleichen die Straßen der kleinen Städte leeren Brutöfen. Die glücklichen Besitzer von Swimming-pools beschaffen sich Stangeneis, um das Wasser so weit abzukühlen, daß man wenigstens abends darin baden kann. Die Kinder sind unleidlich und häufig krank. Alle Freundschaften gehen schlagartig in die Brüche.

Die Klimaanlage des Bestattungsinstituts Crocker & Gain hatte die Temperatur in seinen Räumen rigoros auf Grabeskälte herabgedrückt. In der Kirche aber war es heiß gewesen.

Harv Walmo betrachtete seine Teilnahme an der religiösen Trauerfeier als überflüssige Geste. Der Anhang der Hansons hatte sich so vollzählig eingefunden, daß es auch ohne ihn nach einem großen Leichenbegängnis ausgesehen hätte. Und überdies waren alle Leute gekommen, die in irgendeiner Beziehung zu Sam Kimber standen. Der Autokonvoi von der Kirche zum Friedhof hatte sich sehen lassen können. Sicher hätte niemand ihn vermißt, wenn er weggeblieben wäre, außer Sam. Und Sam wurde neuerdings entsetzlich schwierig.

Mit würdevoller Gelassenheit, den grauen Rancherhut aus Stroh waagerecht auf den mächtigen Schädel gestülpt, ging Sheriff Walmo seiner Wege.

Als er im Büro eintraf, wartete der Mann schon einige Zeit auf ihn. Walmo ließ ihn noch weitere zehn Minuten im Vorzimmer sitzen, ehe er ihn hereinbat.

Der Besucher war jung, groß und gelenkig, und an Hals und Schultern derart muskelbepackt, daß er den Eindruck eines aktiven Sportlers erweckte. Seiner olivgetönten braunen Haut und seines tiefschwarzen Haares wegen argwöhnte Walmo zunächst, es handle sich um einen Kubaner. Aber die tiefliegenden Augen unter den buschigen schwarzen Brauen waren von einem leuchtenden, durchdringenden Blau. Er trug einen leichten Kordanzug, ein blaßblaues Hemd und eine dunkelblaue Fliege. Sein Benehmen und sein Mienenspiel verrieten sowohl Zurückhaltung wie Selbstsicherheit. Und er wartete, bis man ihm einen Stuhl anbot.

»Ein Höflichkeitsbesuch, Sheriff«, sagte er. »Ich heiße Paul Stanial und möchte in Ihrem Bezirk arbeiten. Hoffentlich haben Sie nichts dagegen. Hier sind meine Beglaubigungsschreiben.«

Walmo begutachtete die verschiedenen Karten. Sie besagten, daß ein gewisser Paul Stanial als Privatdetektiv im Staate Florida und in Dade County zugelassen und bei einer Firma in Miami angestellt war, die Walmo dem Namen nach kannte, und daß er laut Waffenschein Nummer soundso eine Pistole mitführen durfte.

»Nun gut«, sagte Walmo. »Soviel ich sehen kann, sind Ihre Papiere in Ordnung. Falls es sich bei Ihrem Auftrag um eine zivilrechtliche Angelegenheit handelt, können Sie mich instruieren und ohne weiteres an die Arbeit gehen. Wenn aber ein Verbrechen im Spiel ist, soll unsere Polizei mit Ihnen zusammenarbeiten, damit es kein Durcheinander gibt.«

»Ich bin beauftragt, in aller Stille nachzuforschen, ob eine verbrecherische Handlung stattgefunden hat«, sagte Stanial vorsichtig. »Wenn ich Material finde, das diesen Verdacht erhärtet, gebe ich es an Sie weiter. Selbstverständlich werde ich mich auch mit dem städtischen Polizei-Departement ins Benehmen setzen.«

»Nun, wir Landbewohner sind vielleicht nicht so ganz auf der Höhe, Mr. Stanial, dennoch sollte es mich wundern, wenn wir einen Vorfall übersehen hätten, der es wert ist, daß man eigens einen Mann aus Miami herschickt. Dieser Bezirk steht in gutem

Ruf. Also raus mit der Sprache: Was für eine Untat soll hier passiert sein?«

»Der Klient wünscht sich zu vergewissern, daß Mrs. Kelsey Hanson nicht durch Mord ums Leben gekommen ist.«

Walmos fleischiger Unterkiefer klappte nach unten. »Sagten Sie wirklich Mord? Lieber Gott, die Frau ist doch ertrunken!«

Stanial lächelte dünn. »Ohne das jemand nachgeholfen hat. Das ist der springende Punkt.«

»Sie können doch nicht einfach hierherkommen und die Leute kopfscheu machen mit Ihrem ...«

»Ich möchte ebensowenig Aufsehen erregen wie Sie, Sheriff. Die Tarnung, unter der ich operiere, wird so leicht keiner in Zweifel ziehen.« Er händigte dem Sheriff einen Brief und eine Geschäftskarte aus. Die Karte identifizierte Stanial als Schadenssachbearbeiter einer Lebensversicherungsgesellschaft in Neu-England, das Schreiben war die branchenübliche Anweisung, über den Tod von Lucille Larrimore Hanson im Zusammenhang mit Police Nummer soundso vom Soundsovielten in Höhe von 25 000 Dollar Nachforschungen anzustellen und einen Bericht zu liefern. Dieser Formbrief war offensichtlich vom Hauptsitz der Versicherung an ihre Vertretung in Miami geschickt worden.

»Schätze, die Leute schlucken das«, sagte Walmo zögernd.

»Ich werde meinen Gesprächspartnern erzählen, daß bei Unfall ein Entschädigungsanspruch in doppelter Höhe besteht, bei Selbstmord dagegen keiner. Das gibt mir die Möglichkeit, Fragen mehr privater Art zu stellen.«

»Es liegt aber weder Mord noch Selbstmord vor.«

»Vielleicht werden wir, wenn die Untersuchung abgeschlossen ist, unserem Klienten haargenau dasselbe sagen. Durchführen müssen wir sie, das ist unser Auftrag.«

»Da wirft doch jemand sein Geld glatt zum Fenster raus. Wer ist es?«

Stanial biß sich auf die Lippen. »Die Gerichte haben mein Recht, diese Information für mich zu behalten, bisher nicht widerrufen, Sheriff, aber im vorliegenden Fall kann ich Ihnen den Namen wohl unbedenklich nennen. Es handelt sich um die Schwester der Toten – eine Miß Barbara Larrimore.«

»Die Schwester? War sie nicht auch beim Begräbnis?«

»Ja. Ich habe sie allerdings noch nicht gesehen.«

»Wer ihr bloß diesen Floh ins Ohr gesetzt hat?«

»Keine Ahnung«, sagte Stanial.

Walmo starrte den jungen Mann skeptisch an. »Sie sagten vorhin etwas von Beweismaterial und weitergeben. Sie werden zwar keines finden, aber wären Sie überhaupt imstande, Beweismaterial im juristischen Sinne als solches zu erkennen?«

Stanial schaute Walmo so frostig an, daß dieser das Alter, auf das er sein Gegenüber schätzte, eilends um vier bis fünf Jahre aufschlug. »Ich habe studiert, beim CIC gearbeitet und sechs Jahre lang Dienst als vollbeamteter Polizeioffizier getan, Sheriff.«

»Warum sind Sie ausgeschieden?«

»Ist das wichtig?«

»Nur eine Frage unter Freunden.«

»Ich arbeitete in einer Großstadt im Norden. Unsere Polizei galt beim FBI als Elite. Dann aber wählte die Bürgerschaft eine andere Partei ins Rathaus, die Politiker warfen die Berufspolizei aus den oberen Dienststellen und besetzten sie mit Schwachköpfen vom Gericht. In weniger als einem Jahr brach der ganze Apparat zusammen. Meinen jetzigen Beruf übe ich seit zwei Jahren aus. Ich trage zwar keine Uniform mehr, aber Sie können versichert sein, daß ich trotzdem über die Vorschriften hinsichtlich von Beweismaterial und über den ordnungsgemäßen Dienstweg im Bilde bin. Außerdem weiß ich aus den Zeitungsberichten, daß Sie nicht hinlänglich beweisen können, daß die Frau allein war, als sie ertrank.«

»Ich fragte Sie rein aus freundschaftlichem Interesse«, sagte Walmo.

Stanial lächelte gewinnend. »Falls es sich bei dem Verdacht meiner Klientin um die Ausgeburt einer kranken Phantasie handelt, werde ich die Untersuchung so rasch abwickeln, daß das Honorar niedrig bleibt. Lassen Sie mich gleich anfangen, Sheriff. Welche drei Personen standen Mrs. Hanson am nächsten?«

»Welche drei? Ihr Ehemann. Und Doc Nile, für den sie gearbeitet hat. Und dann wäre da noch Sam Kimber – ein guter Freund.«

»Wenn Sie augenblicklich zu beschäftigt sind, Sheriff, kann ich auch ein andermal wiederkommen. Ich möchte nämlich gern ein bißchen mehr über diese drei Leute erfahren.«

Walmo lehnte sich zurück. »Ich habe Zeit, mein Sohn. Soviel wir brauchen.«

Barbara Larrimore war froh, nach dem letzten Teil der Begräbnisfeier ins Orangeland-Motel zurückkehren zu können. Der Gottesdienst hatte um zwei begonnen. Um halb vier war sie wieder in ihrem Zimmer. Unverzüglich streifte sie die dunkle, verschwitzte und viel zu warme Kleidung ab, richtete die Lüftung der Klimaanlage auf ihr Bett, zog sich vollends aus und legte sich erlöst nieder.

Hoffentlich hatte sie Jason und Bonny Yates nicht vor den Kopf gestoßen. Gräßlich, wie sie sie bedrängt hatten, aus dem Motel auszuziehen und in ihrem Haus am Seeufer zu wohnen. Den ganzen Gästetrakt hatten sie ihr angeboten. Auch Kelsey Hanson schien die Idee zu gefallen.

»Ich werde Ihnen beim Packen helfen, meine Liebe«, hatte die blonde Frau gesagt. »Jason kann inzwischen die Formalitäten mit der Hotelleitung regeln.«

Barbara hatte beinah grob werden müssen, bis sie sich geschlagen gegeben und sie allein gelassen hatten.

Lucilles erbitterte Kommentare über Kelseys Freundeskreis fielen ihr ein. Sie standen in einem der Briefe, die Lucille ihr nach ihrer Trennung von Kelsey geschrieben hatte.

»Es sind reizende Leute, furchtbar herzlich, generös, offenherzig und manierlich. Sie drücken dich an ihr Herz, bis dir die Luft wegbleibt, und Männlein wie Weiblein schauen dir mit dem gleichen zärtlichen Wunsch in die Augen, dich zu lieben und von dir wiedergeliebt zu werden. Alle verfügen über eine Menge Geld und führen – wie es von außen den Anschein hat – ein großzügiges Leben. Die Männer arbeiten ein wenig. Nicht sehr viel; es reicht gerade für die Vorstellung, sie hätten Büros, in die sie gehen, und Geschäfte, die sie regeln müßten. Sie werfen mit Redensarten und kleinen Scherzen um sich, die nur für Eingeweihte verständlich sind, und sie sind Meister im Erzählen witziger Histörchen. Und gerade wenn du anfängst zu denken, es seien die prächtigsten Menschen der Welt, verändern sie sich. Vielleicht fallen einem auch nur gewisse Dinge auf, die man vorher übersehen hatte. Die Gedanken hinter ihren glatten Stirnen gelten ausschließlich und ohne jede Scham der Frage, wer sich wo und wann wie sehr betrunken und wer mit wem ein Verhältnis hat. Vielleicht tun sie es nur aus Geistlosigkeit und Langeweile, für mich jedenfalls sind diese Menschen verderbt bis ins Mark. Und Kelsey ist durch und durch einer der ihren. Seine Einstellung zum Leben ist nicht die meine, und wahrscheinlich kam unsere Trennung deshalb zustande, weil er sich die Hoffnung anmerken ließ, ich könne mich mit der Zeit an seine Denkungsart gewöhnen. Und jetzt, kaum daß ein paar Wochen dazwischenliegen, ist das alles für mich bereits irgendwie unwirklich geworden.«

Ein fabelhaftes Wort, dachte Barbara. *Unwirklich.* Während der ganzen Zeremonie war nicht der geringste Hinweis aufgetaucht, daß Lucille und Kelsey schon beinahe seit einem Jahr getrennt gelebt hatten. Alle hatten sie sich verhalten, als habe Lucille ihren tödlichen Unglücksfall auf einer kleinen Reise erlitten, zu der sie sich widerstrebend von der Seite ihres liebenden Gatten losgerissen hatte. Unvorstellbar, daß etwa jemand auf den Gedanken verfallen wäre, sie nicht in der Familiengruft der Hansons zu beerdigen. Schließlich war sie ja bis zuletzt mit einem Hanson verheiratet gewesen. Und Kelseys Schmerz war unbestreitbar echt. Er war wie betäubt und sah aus, als habe man ihm den Kopf über ein langsam schwelendes Feuer gehalten. Auch seine unsicheren Bewegungen ließen keinen Zweifel darüber, daß er einen schmerzlichen Verlust erlitten hatte.

Blutsverwandte waren keine gekommen, was den Eindruck der Unwirklichkeit verstärkte. Barbara war daran gewöhnt, daß bei Begräbnissen Familienmitglieder in hellen Scharen herbeiströmten. Aber die alten Hansons hielten sich, wie aus ihrem weitschweifigen und ziemlich hochtrabenden Beileidstelegramm hervorging, fünf Tagereisen vor Bombay auf, als sie die Todesnachricht per Funk erreichte. Kelsey war ein Einzelkind. Er hatte nur noch ein paar Vettern in Kalifornien. Und für die Larrimores war der Weg eben zu weit gewesen.

Mit der Kühle und dem zurückkehrenden Wohlbefinden kam auch der Auftrieb für das unumgängliche Telefongespräch. Die Verbindung klappte auf Anhieb. Ihre Tante war am Apparat.

»Wie war die Beerdigung, Liebes?«

»Schläft Mutter schon?«

Eine vertraute, brüchige Stimme schaltete sich ein. »Ich hörte es klingeln, Liebling, und dachte mir gleich, daß du es bist. Ich horche am Schlafzimmer-Anschluß mit.«

»Wie fühlst du dich, Mom?«

»In Anbetracht der Umstände soweit ganz gut. Wie war das Begräbnis?«

»Wirklich wunderschön. Die große Kirche war gerammelt voll, und Blumen gab's in Hülle und Fülle.«

»Lucille war eben überall beliebt«, sagte Tante Jen.

»Wie hat mein armer Liebling ausgesehen?« fragte Mrs. Larrimore. »Hast du sie noch anschauen können?«

»Heute morgen, gleich nach der Ankunft, Mom. Sie strahlte großen Frieden aus.«

»Die Leichenbestatter tun doch immer zuviel des Guten.«
»Bei Lucille war das nicht der Fall, Ehrenwort.«
»Ist der Friedhof hübsch?«
»Er liegt auf welligem Gelände und ist äußerst gepflegt. Neben der Grabstätte der Hansons wächst eine große, dichtbelaubte Eiche und Spanisches Moos.«

Ein herzzerbrechender Schmerzenslaut ertönte. »Bleib noch einen Moment dran, Barbie«, sagte Tante Jen. Nach ein paar Minuten meldete sie sich wieder. »Ich habe darauf gedrungen, daß sie einhängt«, sagte sie. »Deine Mutter ist heute ziemlich am Ende; mehr erträgt sie nicht. Sie möchte gern wissen, wer alles da war, wie viele Autos du gezählt hast, was für Blumen und was für einen Sarg Lu bekommen hat, in was für einem Kleid sie beerdigt wurde, was mit ihrem Eigentum geschieht und so weiter und so fort. Allerdings muß ich mich jetzt um sie kümmern und möchte daher keine Zeit mit diesen Einzelheiten verschwenden. Schreib uns also einen ausführlichen Brief und gib ihn noch heute abend zur Post. Und dann komm geschwind heim.«

»Tante Jen, ich muß vielleicht noch ein paar Tage hierbleiben.«
»Warum, Kind?«
»Es gibt noch rechtliche Dinge zu regeln.«
»Kannst du damit nicht einen ortsansässigen Anwalt beauftragen?«
»Ich muß mir doch erst selbst ein Bild machen, ehe ich ihm sagen kann, was er tun soll, nicht wahr?«
»Solltest du solche Angelegenheiten nicht lieber Mom und mir überlassen?«
»Tante Jen, ich bin weder ein Kind noch schwachsinnig. Ich bin fünfundzwanzig Jahre alt. Du könntest mir wirklich zutrauen, daß ich meine Verantwortlichkeiten kenne.«
»Wie schnippisch du bist!«
»Jedenfalls bleibe ich möglicherweise ein paar Tage hier. Ich werde euch selbstverständlich verständigen und so früh wie möglich nach Hause kommen. Leicht ist das alles auch für mich nicht.«
»Ich weiß, Kind. Ich wollte dich auch nicht schulmeistern.«

Nachdem sie eingehängt hatte, legte sie sich noch einmal nieder, obwohl sie wußte, daß sie sich binnen kurzem zum Duschen aufraffen mußte. Hoffentlich hatte sie am Telefon sicherer gewirkt, als ihr zumute war. Die Lüge, sie müsse noch Rechtsfragen klären, war fadenscheinig gewesen. Wie Tante Jen und Mutter wohl reagieren würden, wenn sie den wahren Grund für ihr Hierbleiben erführen?

Natürlich war es ausgeschlossen, sie damit zu belasten, solange sich ihre Vermutung als Irrtum erweisen konnte. Es war schon schrecklich genug, Lu zu verlieren, auch ohne den Argwohn, sie sei ermordet worden. Sobald sie Gewißheit hatte, würde sie ihnen freilich reinen Wein einschenken müssen.

Ihr allerdings hatte der Mordverdacht, so gräßlich er auch war, geholfen, all die salbungsvollen Reden und die Beerdigung selbst lebend zu überstehen. Hätte es sich um einen Unglücksfall gehandelt, die Welt wäre ihr als Tummelplatz baren Widersinns erschienen. Lu hatte ein soviel besseres Los verdient, und nach ihren Briefen zu urteilen, war sie drauf und dran gewesen, es zu finden.

Auch der plötzliche und rigorose Ortswechsel, der sie innerlich stark in Anspruch nahm, linderte Barbaras Schmerz über ihren Verlust. Die Düsenmaschine hatte sie blitzschnell aus dem beklemmend aufgeräumten und doch so schmutzigen Boston herausgehoben, sanft über eine pastellfarbene, sich langsam drehende Landkarte hinweggetragen und an einem üppigen, feuchtheißen Ort niedergesetzt, wo reizende Leute ihre Schwester begruben und ihr dabei ohne Scheu ins Gesicht sahen, als wollten sie sagen: Siehst du, wie hübsch wir das machen?

Sie hatte sich geduscht und steckte eben die dünne weiße Bluse in den Bund ihres dunklen Rocks, als es draußen klopfte. Sie ging an die Tür und fragte, wer da sei.

»Stanial.«

Sie schlüpfte in ihre Sandalen, strich sich mit der Bürste über das dichte braune Kräuselhaar, fuhr sich rasch mit dem Lippenstift über den Mund, zog die Bettlaken glatt, ließ herumliegende Kleidungsstücke im untersten Schubfach der Kommode verschwinden und ging, nachdem sie alle diese Tätigkeiten ohne Hast verrichtet hatte, zur Tür und öffnete.

Das Licht in seinem Rücken war so grell, daß sie sein Gesicht erst erkennen konnte, als er eingetreten war. Sie hatte gehofft, ihm Zutrauen entgegenbringen zu können. Aber er sah zu gewöhnlich aus. Ein jüngerer Mann von durchschnittlich gutem Äußeren und dunklem Teint, der für Klima und Gegend zu sorgfältig gekleidet war, das war alles.

Sie schüttelten sich ziemlich steif die Hände. Er könnte gekommen sein, um mir einen Kostenvoranschlag zu machen, dachte sie.

Nicht um etwas zu verkaufen. Dazu gibt er sich nicht verbindlich genug. Ein Mann, der sammeln oder ein Formular ausfüllen will und am Erfolg seiner Bemühungen nicht sonderlich interessiert ist, weil zuwenig dabei herausspringt.

Das einzige nicht Alltägliche war der Eindruck von körperlicher Leistungsfähigkeit, der von ihm ausging, und zwar weniger seiner straffen Schultern als der gewandten und bestimmten Art wegen, mit der er sich bewegte. Es gab im Raum nur zwei Stühle. Sie trug den steiflehnigen vom Schreibpult ans Fenster. Sie setzten sich und sahen einander über das Lampentischchen hinweg forschend an.

»Vielleicht ist an der Sache gar nichts dran«, sagte sie.

»Vielleicht, vielleicht auch nicht. Wir werden uns auf die eine oder andere Art Gewißheit verschaffen, Miß Larrimore.«

»Haben Sie den Brief mitgebracht?«

Er zog ihn aus der Innentasche seines Jacketts. »Sie können ihn wiederhaben. Ich besitze eine Kopie davon.«

»Finden Sie auch, daß der bewußte Absatz – seltsam klingt?«

»Ja.«

Diese Antwort war so karg, daß sie den Brief noch einmal auseinanderfalten und nachsehen mußte, ob sie sich nicht doch getäuscht hatte. Er war am gleichen Tag eingetroffen wie die Todesnachricht.

Der merkwürdige Teil lautete: *Probleme über Probleme. Ein ganzer Knäuel aus Gefühlen, ethischen Bedenken und Geheimnissen. Ich versuche, ihn zu entwirren und mir schlüssig zu werden, was zu tun ist. In manchen Dingen bist du mein einziges Ablaßventil, Schwesterchen. Trage diese Last mit mir. Einzelheiten später. Für heute nur so viel, daß ich in eine äußerst raffinierte Falle gegangen bin und ein Schweigegelöbnis gebrochen habe. Noch fehlt mir der Mut, dem Menschen, dem ich es abgelegt habe, zu gestehen, daß sein Geheimnis verraten ist. Zwar habe ich nicht alles ausgeplaudert, aber doch genug, mich unbehaglich zu fühlen. Nun hat unerwartet eine dritte Person die Bühne betreten. Zum erstenmal im Leben will es mir scheinen, als schwebte ich in ernster Gefahr. Ich habe keine spezifische Vorstellung davon, wer oder was mir droht, nur ein ungutes Gefühl. Natürlich dreht sich's um eine Sache von beträchtlichem Wert. Sonst wären die Menschen ja nicht so verschlagen und gefährlich. Ich kann nur ein paar Haken schlagen, um B und C abzuschütteln, ich kann aber auch A einweihen, was das einfachste wäre. Vielleicht tue ich beides, damit ich nicht gar so eine schlechte Figur mache.*

Es tut mir leid, daß ich Dir mit Ian-Fleming-Mätzchen kommen muß. Wenn alles vorbei ist, erzähle ich Dir die Geschichte in sämtlichen Einzelheiten.

Barbara schaute Stanial vorwurfsvoll an. »Zum Kuckuck, was wollen Sie denn noch mehr? Lucille schwamm wie ein Fisch. Nicht der Krampf – die Panik führt zum Ertrinken.«

»Ihre Lungen waren voll Wasser, und an ihrem Körper fanden sich keinerlei Spuren von Gewaltanwendung.«

»Sie sind wohl schon fertig mit Ihrer Untersuchung?«

Der Blick seiner sehr blauen Augen übte auf sie eine bannende Wirkung aus, die sie beunruhigte. Jetzt verriet er Belustigung.

»Ich kann Ihren Fall auch auf Fernsehmanier behandeln, wenn Ihnen das lieber ist, Miß Larrimore.« Er machte ein düsteres Gesicht. »Bei Gott, kleine Dame, hier ist kein Zufall im Spiel, oder ich will nicht Privatdetektiv Maloney heißen.« Er wurde wieder ernst. »Oder wir können uns an Tatsachen halten. Und wenn sich verschiedene Tatsachen mit unseren Vermutungen in Einklang bringen lassen, können wir die Vermutungen ausschalten.«

»Bitte, verstehen Sie mich nicht falsch.«

»Dramatisch verlaufen solche Dinge so gut wie nie, Miß Larrimore. Die Allgemeinheit erfährt bloß von den aufregenden Fällen und glaubt daher, sie wären die Regel. Dabei kommen auf jede sensationelle Begebenheit tausend kleine, dreckige Delikte, von denen niemand etwas hört. Und wer weiß wie oft greift man überhaupt ins Leere. Man wartet, beobachtet, redet, zerbricht sich den Kopf, und am Ende hat sich rein gar nichts ergeben. Darüber müssen Sie sich im klaren sein.« Einen Augenblick zögerte er. »Sie selbst sind ebenfalls ein Faktor.«

»Wieso?«

»Man schätzt Anklagen nach den Leuten ein, die sie erheben. Sie scheinen ein disziplinierter Mensch zu sein. War Ihre Schwester das auch?«

»Diszipliniert? Sie besaß einen absolut ausgeglichenen Charakter, Mr. Stanial. Weder neigte sie zu Übertreibungen, noch erfand sie Schauergeschichten. Dasselbe gilt für mich.«

»Das macht den Brief und den Verdacht um so schwerwiegender. Verstehen Sie, was ich meine?«

»Ich glaube schon.«

»Ein wenig Hintergrundmaterial über sie beide würde mir weiterhelfen.«

»Über die Larrimore-Mädchen also«, sagte sie mit einem Anflug von Bitterkeit, nahm die angebotene Zigarette und ließ sich Feuer geben. »Sie war die hübschere. Gute Familie, aber mittellos. Sicher, ein paar Dollars fielen uns durch Erbschaften aus der Verwandtschaft zu, so daß wir uns nicht gar so abstrampeln mußten, aufs College gehen zu können. Mühselig war es trotzdem. Als Daddy starb, waren wir noch klein. Er steckte damals mitten in einer Spekulation, die vielleicht Ertrag gebracht hätte, wenn er am Leben geblieben wäre. Mutter ist eine von den Frauen, die kein zweites Mal heiraten. Widerstrebend erwies uns die Familie von beiden Elternteilen Wohltaten. Und dazu die alte Wohnung am verkehrten Ende einer guten Straße. Mutter klappte zusammen, und Daddys unverheiratete Schwester, Tante Jen, sprang zeitweilig ein und hielt das Hauswesen in Schuß. Sie machte ein geeignetes Apartment ausfindig, besorgte unseren Umzug und blieb von da an ganz bei uns.

Ich möchte nicht Henry James nachplappern, aber verschämte Armut ist wirklich die schlimmste Form der Not, weil man den Lebensstandard, der einem unterstellt wird, imitieren muß. Eine Tragödie, wenn eine Tasse vom guten Service entzweibricht. Dauernd ändert man Säume und Halsausschnitte, färbt seine Kleider auf die Modetöne der Saison um und bettelt sich die Mitgliedsgebühren für irgendeine Vereinigung zusammen, der fernzubleiben man sich nicht leisten kann, weil man sonst Verbindungen verlieren würde. Für vier Frauen, die zusammengepfercht in einer kleinen Wohnung hausen müssen, kann das Leben sehr trist sein.

Lu gelang der Absprung. Kelsey war äußerst charmant und bot ihr durch Reichtum und Abkunft einen stattlichen Rahmen. Es gab eine entzückende kleine Hochzeit, die uns fast den letzten Dollar kostete. Aber Lu war wenigstens über den Berg. Und dann stellte sich heraus, daß davon gar keine Rede sein konnte. Ich habe für alle Fälle Lus Briefe mitgebracht. Ich hebe nämlich jeden Ramsch auf: Bindfäden, Briefe, Marken ohne Gummierung. Mutter ist herzleidend; niemand weiß, ob sie es noch sechs Monate oder sechs Jahre macht. Ich arbeite im Büro einer Maklerfirma, gehe morgens zur Arbeit und abends wieder nach Hause und könnte statt fünfundzwanzig genausogut fünfundfünfzig Jahre alt sein.« Sie brach ab und schaute ihn erschrocken an. »Sie sind der erste Mensch, mit dem ich so rede. Dieser verrückte Tag, die irrsinnige Hitze und die Reisemüdigkeit müssen schuld sein.«

Sie drückte ihre Zigarette aus, und da ihr die Tränen kommen wollten, stand sie auf und trat ans Fenster.

»Um die Briefe bin ich recht froh, Barbara.«

»Bedauern Sie mich bloß nicht!«

»Igeln Sie sich doch nicht so ein. Unsere Zusammenarbeit wird sicher ein Weilchen dauern. Es ist einfacher, wenn wir uns Paul und Barbara nennen. Außerdem hilft es mir. Als Barbara werden Sie freimütiger sprechen.«

Sie wirbelte herum und funkelte ihn an. »Noch freimütiger als gerade eben? Besten Dank. Ich habe mich da ins schönste Selbstmitleid hineingesteigert. Beinahe hätte ich statt über meine Schwester über mich geweint.«

»Bekomme ich jetzt die Briefe?«

Sie holte sie aus ihrem Koffer, steckte sie ein und setzte sich wieder. »Es ist so etwas wie eine – eine repräsentative Auswahl. Man könnte sie die Bürobriefe nennen. Nach Hause schrieb sie nämlich von nur alltäglichen Dingen, und zwar meistens an unsere Mutter. Die – vertraulichen Mitteilungen schickte sie mir ins Büro.«

»Warum sind Sie so unsicher, Barbara? Wenn man den Tod einer Frau aufklären will, muß man sich auch mit ihrem Gefühlsleben befassen.«

Er streckte die Hand aus, und sie legte das Bündel Briefe hinein.

»Ich kann mir einfach nicht vorstellen, Paul, wie Sie hier von Tür zu Tür gehen und die Leute ausfragen wollen.«

Er erzählte ihr von seiner Tarnung und zeigte ihr die zurechtgemachten Versicherungsausweise. Sie begriff erheblich rascher als Walmo.

»Und nun denken alle, Sie wollten einen Selbstmord nachweisen, um Ihrer Gesellschaft Geld zu sparen«, meinte sie beifällig. »Hoffentlich schadet es Ihrer Arbeit nicht, daß ich noch ein paar Tage hierbleibe. Könnten die Leute nicht stutzig werden, wenn sie sehen, daß wir uns treffen und miteinander sprechen?«

Er zuckte die Schultern. »Eher umgekehrt. Sie und Ihre Mutter sind schließlich die Nutznießer dieser erfundenen Police, die Untersuchung empört Sie, also wollen Sie sich vergewissern, daß Sie nicht übers Ohr haue. Solche Praktiken sind tatsächlich an der Tagesordnung. Man muß den Menschen nur eine Geschichte erzählen, die sie verstehen und gutheißen, und schon reden sie.«

Sie schaute ihn prüfend an. »Dann ist es ja nur gut, daß Sie so gewöhnlich aussehen.« Sie errötete. »Ich – ich meinte bloß...«

»Man muß sich bemühen, dem zu gleichen, für den man gehalten werden will. Es macht sich bezahlt.«

Obwohl sie wußte, daß es trivial klingen würde, sagte sie wie unter Zwang: »Ich stelle mir Ihre Arbeit sehr interessant vor.«

In seinem Gesicht ging eine Veränderung vor, die sie ebenso erschreckte, wie sie ihre Neugier erregte. Es spiegelte Bitterkeit, Zorn und Elend und sah nun ganz und gar nicht mehr gewöhnlich aus. Doch schon im nächsten Moment hatte er sich wieder in der Gewalt.

»Hin und wieder ist sie es«, sagte er freundlich. »Darf ich Sie jetzt fragen, wie weit Ihre Geldmittel reichen?«

»Ich habe eine Industrie-Obligation für tausend Dollar verkauft – um genau zu sein: für fünfzehnhundert. Tausend hatte ich für die Untersuchung gerechnet. Die Detektei in Boston erklärte mir, daß es – nicht sehr lange dauern würde. Nun kommt mir der Betrag allerdings doch ein bißchen gering vor. Fünfhundert hat schon die Reise mit allem Drum und Dran gekostet. Den Rückflug habe ich jedenfalls, ebenso die Mittel, eine Weile hierbleiben zu können. Ich bekomme die Zeit auf meinen Urlaub angerechnet.«

»Ich möchte Sie noch auf etwas vorbereiten, Barbara – damit Sie keine Unbesonnenheiten begehen, wenn der Fall tatsächlich eintritt.«

»Was, in aller Welt...«

Der Blick aus seinen blauen Augen war kalt und gerade. »Das Gesetz schafft den Ausgleich zwischen gegenläufigen Interessen, Barbara. Sie müssen sich die einzelnen Teile eines Kriminalfalls – das Sammeln von Beweismaterial, die Aufdeckung der Motive, die Erhebung der Anklage, die Verhandlung, Überführung, Verurteilung und Bestrafung – als zu einer Art Kette zusammengefügt vorstellen. Geld und Macht aber können diese Kette wie eine große Kneifzange an jedem beliebigen Glied durchtrennen. Und damit ist alles aus. Schließlich sind Personen in unseren Fall verwickelt, die hier in großem Ansehen stehen. Hanson. Kimber. Das sind Tatsachen, die Sie nicht aus den Augen verlieren dürfen.

Unter Umständen gelingt es mir, das Rohmaterial für eine aussichtsreiche Anklageschrift zusammenzutragen, und wenn ich es den Behörden übergebe, verläuft alles im Sande. Die Unterlagen müssen absolut hieb- und stichfest sein, es sei denn, es handle sich um jemand Unbedeutenden. In halb ländlichen Bezirken wie diesem wirkt sich die Macht einzelner noch weit stärker aus als anderswo. Hier gibt es weder aufrechte Beamte noch mutige Zeitungen, die sich für die Sache der Gerechtigkeit in die Schanze schlagen. Dazu ist jeder viel zusehr vom anderen abhängig. Dies ist gewiß nicht die beste aller Welten, aber mehr wird nun einmal nicht geboten. Und ein paar große Tiere haben wir trotz allem schon an den Galgen gebracht.«

»Sie wollen mir weismachen, daß Sie den Mörder meiner Schwester finden könnten und es womöglich nicht fertigbrächten...«

»Sie werden sich vielleicht damit abfinden müssen, daß dieser Mensch hier unten herrlich und in Frieden weiterlebt und daß Sie ihn nicht belangen können.«

»Ich würde es durch alle Straßen schreien...«

»...und wegen Verleumdung eingesperrt werden oder in einer Irrenanstalt verschwinden. Liebe Barbara, entweder behandeln wir die Sache völlig nüchtern, treiben sie so weit voran, wie wir nur irgend können und lassen es damit gut sein, oder wir fangen erst gar nicht an.«

Lange sah sie vor sich hin, dann nickte sie zustimmend und hob mit trübem Lächeln den Blick. »Die Erziehung der Barbara Larrimore«, sagte sie. »Kann ich Ihnen wenigstens behilflich sein?«

»Möglicherweise ja. Ich kann es nur noch nicht überschauen. Übrigens habe auch ich mich hier eingemietet. Ich wohne auf der anderen Seite im rückwärtigen Teil – Anlage 51.« Er sah flüchtig auf die Uhr und stand auf. »Ich bin mit Doktor Nile verabredet. Haben Sie ein Auto?«

»Nein. Von hier bis zur Stadtmitte ist es ja bloß drei oder vier Häuserblocks weit.«

»Aber die Leute werden Sie anstarren und einander zutuscheln, wer Sie sind, und die Unverfrorenen werden kommen, um Ihnen zu kondolieren. Sind Sie darauf vorbereitet?«

»Ich – ich habe mich das selbst schon gefragt.«

»Warum versuchen Sie nicht, ein bißchen zu schlafen? Kurz nach sechs hole ich Sie ab, und wir fahren nach Leesburg oder Ocala zum Essen. Beide Ortschaften liegen dreißig oder vierzig Minuten weit weg.« Er lächelte. »Und die Fahrspesen werden nicht in der Abrechnung erscheinen. Paßt Ihnen mein Vorschlag?«

»Ja, Paul. Vielen Dank.«

4

Doktor Rufus Nile war fünfzig Jahre alt, ein kleiner Mann ohne ein Gramm Fett am Leib. Seine Haut schimmerte rosa vom vielen Schrubben, und seine gestärkte Wäsche raschelte. Die graue Mähne trug er wie Einstein, die hervorquellenden Augen lagen hinter dicken Brillengläsern. Seine Reden begleitete ein unerschöpflicher Vorrat an Gesten und Grimassen, dauernd blies er die Backen auf, schmatzte mit den Lippen, rollte die Augen und schlug sich aufs Knie. Stanial glaubte ein kleines Kind vor sich zu sehen, das Unbehagen in ziellose Energie umsetzt.

Besonders verblüffend war Niles Gewohnheit, eine Frage zu stellen, dann ruckartig den Kopf schief zu legen, sich dabei vorzubeugen und mit völlig ausdrucksloser Miene ein drängendes »Hah?« anzuhängen.

»Machte Lucille Hanson in den letzten Wochen den Eindruck, als sei sie beunruhigt, Doktor?«

»Beunruhigt? Wie wollen Sie das verstanden wissen, Stanial? Wollen Sie, daß ich deprimiert sage? Hah? Nein, mein lieber Junge, damit schießen Sie weit übers Ziel hinaus. Ich mochte Lucille ausgesprochen gern, behielt sie aber nichtsdestoweniger wie alle meine Angestellten scharf im Auge. In einer Arztpraxis wechselt das Personal unaufhörlich, deshalb möchte man wenigstens im vorhinein wissen, wann man die nächste Helferin verliert. Auf Lucilles Weise ist mir allerdings noch keine abhanden gekommen.«

»Rechneten Sie schon damit, daß Sie sie verlieren würden?«

»Eines Tages schon. Sie trat ja auf der Stelle, da sie die Grütze gehabt hatte, diesen Hanson-Frischling sich selbst zu überlassen, aber das Jahr Frist abwarten mußte, in dem sich die Gemüter abkühlen sollten. Natürlich wußte ich, daß sie mich danach verlassen würde.«

»War sie über das Scheitern ihrer Ehe bekümmert?«

»Was glauben Sie eigentlich? Für eine solche Frau ist eine Ehe eine ernste Angelegenheit. Natürlich war sie bekümmert. Und durcheinander. Sie glaubte, versagt zu haben. Das beunruhigte sie. Da ist das Wort wieder, von dem wir ausgegangen sind. Außerdem hatte sie sich mit Sam Kimber eingelassen, und das beunruhigte sie ebenfalls. Ich bin kein Moralapostel, Stanial. Jeder gerät dann und wann in Konflikt mit seinen Grundsätzen, oder er ist keinen Schuß Pulver wert. Sie aber taugte was.

Viele Leute wunderten sich über diese Verbindung, weil sie Sam Kimber nach seinem Äußeren beurteilen. Ich kenne Sam schon lange. Er hat mehr Gesichter, als er zeigt. Und seit Kitty Kimbers Tod hat er sich mit keiner anderen Frau mehr näher befaßt, obwohl es genug gab, die versuchten, ihn herumzukriegen. Sein Vergnügen suchte Sam sich außerhalb, und meines Erachtens nicht sehr oft. Wie dem auch sei, Lucille sah sich einfach nicht als eine Frau, die in eine solche Situation geraten kann. Sie war ein ruhiger Mensch, hübsch, ein wenig kühl und sorgsam auf ein gepflegtes Äußeres bedacht. Dazu aber ein prächtiges, gesundes Weib in den besten Jahren. Sie fing bereits an, ein bißchen zimperlich und pedantisch zu werden. Sie war empfindlich, viel allein und krank vor Heimweh. Sam verwandelte sie wieder in eine Frau zurück.

Vermutlich erschreckte es sie, daß sie eine Verbindung hatte eingehen können, in der das Körperliche so stark dominierte. Ich schätze, daß Sam das Weib in ihr weckte, wie es ihre ganze Ehe nicht vermocht hatte. Alle diese Dinge gehen zwar weder mich noch Sie, noch die North-Atlantic-Mutual-Lebensversicherung etwas an, aber wenn Sie schon Andeutungen über einen Selbstmord fallen lassen, dann muß ich Ihnen zumindest erklären, warum diese Vermutung nicht zutreffen kann.

Das Schuldgefühl, mit dem Lucille sich zweifellos herumschlug, wog die körperliche Befriedigung nicht auf. Manchmal kam sie morgens wie traumwandelnd zur Arbeit, hatte Schatten um die Augen und ein hintergründiges Mona-Lisa-Lächeln auf dem Gesicht, und ich als praktizierender Arzt sage Ihnen, daß nur bei einer von zehn Frauen diese harmonische Verbindung von Drüsensekretion, Glück und ungetrübter Sinnlichkeit auftritt, die eine solche Verfassung bewirkt. Sie schmeckte die Süße des irdischen Daseins und war von dem Gedanken, sich das Leben zu nehmen, himmelweit entfernt.«

»Ich wollte wissen, wie es in den letzten paar Wochen um sie stand.«

»Nun sind wohl die üblichen Selbstmordmotive an der Reihe? Hah? Ich untersuche meine Leute, sooft sich mir halbwegs ein Anlaß bietet. Vorigen Monat ergab sich einer bei Lucille. Sie machte sich Sorgen und bat mich um einen Schwangerschaftstest. Er fiel negativ aus, und einen oder zwei Tage später bekam sie dann auch ihre Regel. Doch selbst wenn es anders gekommen wäre, hätte sie nichts dagegen unternommen. Das lag nicht in ihrer Art. Ich habe damals eine Totaluntersuchung durchgeführt. Sie war so erzgesund, daß ihre Vitalität für drei Frauen ausgereicht hätte.

Auch an ihrem Verhältnis zu Sam hatte sich nichts geändert. Den Gedanken an Geld können Sie ausklammern, Stanial. Von ihrem Gehalt, ihrer Unterstützung durch Hanson und einer kleinen Investition blieb ihr so viel übrig, daß sie ihrer Mutter jeden Monat einen kleinen Betrag schicken konnte. Die Ehe war tot, und dabei wäre es auch geblieben, und zwar nicht nur, weil sie inzwischen den Unterschied zwischen einem Mann und einem Jungen herausgefunden hatte, sondern weil auch Hanson keine Anstrengungen mehr machte. Der war viel zusehr damit beschäftigt, sich über die Zwischenstation des College-Boys zum Embryo zurückzuentwikkeln. Sobald das Jahr um gewesen wäre, hätte sie die Scheidung betrieben und wäre nach Hause gefahren. Und Sam hätte sehr bald gemerkt, was sie ihm bedeutete, wäre ihr nachgereist und hätte sie als seine rechtmäßige Ehefrau zurückgeholt.«

»Sie weichen mir noch immer aus, Doktor.«

»Lassen Sie mich's noch mal versuchen. Momentane geistige Umnachtung? Lucille war seelisch stabil wie ein Felsen und bot keinerlei Ansatzpunkte für Neurosen. Wie es die letzten paar Wochen um sie stand? Hah? Ich würde schon sagen, daß sie irgend etwas umtrieb. Nur weiß ich nicht, was es war.«

»Vielleicht haben Sie eine Vermutung?«

Rufus Nile hüpfte vom Behandlungstisch herunter, riß ein Schubfach auf, zog eine angebrochene Flasche Jack Daniels heraus und hielt sie hoch.

»Hah?« sagte er.

»Recht gern. Mit gewöhnlichem Leitungswasser bitte.«

»Zum Tagesabschluß.« Nile füllte die Drinks in große Pappbecher. »Vermutungen sind eine Schwäche von mir. Nehmen wir einmal ihr Verhältnis zu Sam unter die Lupe. Sam spricht nicht mit jedem, und wenn kein guter Grund vorliegt, macht er den Mund überhaupt nicht auf. Er hat es verdächtig rasch zu was gebracht. Ehrenhaftigkeit ist ein relativer Begriff. Sie aber hält trotz ihres Verhältnisses an ihren strengen Grundsätzen fest.

Ein Mann wie Kimber ist ihr vermutlich noch nie begegnet. Gesetzt den Fall, er taut ihr gegenüber auf und erzählt ihr mehr von seinen manchmal nicht gerade astreinen Geschäften. Eine Frau wie Lucille wäre in dieser Lage gerade so beunruhigt, wie sie es mir zu sein schien. Sie würde wissen, daß man einen Menschen wie Sam nicht ändern kann, und sie würde sich fragen, ob seine Praktiken ihre Verbindung nicht noch ein wenig anrüchiger machten. Verstehen Sie mich richtig, ich stelle lediglich Mutmaßungen an. Hier gibt es Leute, von denen sie ein paar Geschichten über Sam hätte hören können, die ihr gar nicht gefallen hätten. Und trotzdem hätte sie sich nicht umgebracht deswegen. Sie hätte entweder beschlossen, sich von ihm zu trennen oder den Dingen ihren Lauf zu lassen. Eine dritte Möglichkeit war mit ihrem Wesen unvereinbar. Ich weiß, daß Sie vor Ihrer Versicherung als großer Mann dastehen und wahrscheinlich eine Prämie bekommen, wenn Sie ihr die fünfundzwanzigtausend Dollar einsparen. Aber es wäre weder fair noch begründbar.«

»Sie war aber doch eine vorzügliche Schwimmerin.«

»Und es hatte etwa dreiundneunzig Grad Fahrenheit im Schatten. Außerdem ist dieser See etwas kälter als die übrigen. Gegen einen Abdominalkrampf oder dergleichen ist nicht einmal ein Champion gefeit. Und hinterlassen Selbstmörder denn nicht Abschiedsbriefe?«

»Nicht, wenn sie die Versicherungsbestimmungen kennen, Doktor.«

Nile schüttelte energisch den Kopf. »Sie geben sich wirklich alle Mühe, Stanial, aber erreichen werden Sie trotzdem nichts.«

Stanial schlug einen spaßhaften Ton an, behielt aber insgeheim den Arzt scharf im Auge. »Vielleicht hätte ich mehr Chancen, wenn die Police auch eine Rücktrittsklausel bei Mord enthielte.«

»Dann ist Mord also einleuchtender als Selbstmord?«

»Sind Sie dieser Meinung?«

»Jetzt machen Sie aber einen Punkt!« sagte Nile ärgerlich. »Davon war keine Rede. Ich versuchte lediglich, Ihnen klarzumachen, daß mir von allen denkbaren Todesursachen Selbstmord als die unwahrscheinlichste vorkommt.«

Stanial lehnte sich gegen das Fensterbrett und schlürfte seinen Brandy. Sein Beruf hatte ihn gelehrt, die Leute, die er ausfragte, in bestimmte Kategorien einzuordnen. Und zwar unterschied er sie, ohne Rücksicht auf Stand und Herkommen, nach solchen, die glaubten, was sie sagten, und anderen, die sagten, was sie ihrer Meinung nach glauben sollten. Mit den ersteren, zu denen auch Doktor Nile zählte, war gut auszukommen, weil sie nicht das Bedürfnis plagte, ihre Bedeutung vor ihm hochzuspielen oder herabzusetzen. Wenn sie in ihren Aussagen etwas wichtig nahmen, so war es in der Tat wichtig und nicht etwa der Versuch, Aufmerksamkeit zu erregen oder zu vermeiden. Wenn sie logen, waren ihre Motive für gewöhnlich durchsichtig und verständlich.

»Dann ist also Unfall wahrscheinlicher als Mord?«

»Selbstverständlich. Wer sollte denn Lucille umgebracht haben?«

Stanial grinste Nile entwaffnend an. »Wir wollen mal nachdenken. Sie zum Beispiel, weil Sie sich in sie verliebt hatten und es nicht ertrugen, daß sie dauernd mit Sam Kimber zusammensteckte. Hanson, weil er wußte, daß sie nicht mehr zu ihm zurückkehren würde. Sam Kimber, weil er ihr zu viele Geschäftsgeheimnisse anvertraut hatte und sie ihm drohte, ihn hochgehen zu lassen. Ein Partner von Sam, dem sie im Wege war. Oder irgendein Betrunkener, der sich zufällig am Seeufer herumtrieb.«

»Teufel noch eins, alter Junge, Sie leiden ja an Imaginitis. Eine so akute Entzündung der Einbildungskraft ist mir noch selten untergekommen.«

»Bloß eine Reaktion auf zu viele fade Fälle. Kriege ich einmal einen, in den eine schöne Frau verwickelt ist, geht mir die Phantasie durch.«

»Genausogut könnte Martha Carey, ihre Vermieterin, im Namen der verletzten Moral Vergeltung an ihr geübt haben. Vielleicht war's auch eines von Hansons College-Girls, das sichergehen wollte, daß die Ehe nicht wiederaufgenommen wurde. Oder einer von Hansons Freunden, der die Schande nicht ertrug, daß Lucille ihm einen Korb gegeben hatte. Hah?«

»Sie können es aber auch ganz gut, Doktor.«

»Möglich ist alles. Aber es war Unfall. In Florida ertrinken die Leute Jahr für Jahr scharenweise. Hier gibt es so verdammt viel Wasser, daß sie allen Respekt davor verlieren. Am ärgsten ist es mit den Kindern, die in die Teiche und Seen, die Entwässerungsgräben und Swimming-pools purzeln, sobald man sie eine halbe Minute aus den Augen läßt. Ich hatte vorigen Monat so einen Fall, einen Zweijährigen. Ich brachte ihn zwar wieder zum Atmen, aber das Herz war so lange stillgestanden, daß das Gehirn Schaden gelitten hatte. Am fünften Tag starb er an Lungenentzündung.«

»Haben Sie Lucilles Leiche untersucht?«

»Coroner ist Bert Dell. Er hat die besseren politischen Verbindungen, ist aber ein guter Mann. Dem Grad der Zyanose nach zu schließen, war unzweifelhaft Ertrinken die Todesursache. Er schätzt, daß sie mindestens dreißig Minuten unter Wasser gelegen hat. Billy Gain hat hübsch lange gebraucht, sie so herzurichten, daß man den Sarg offenlassen konnte. Verdammt barbarische Sitte.«

»Ganz meine Meinung.«

»Wollen Sie noch so eine Arznei gegen Kummer und Sorgen?«

»Einen kleinen Schluck.«

»Können Sie Ihre Zelte jetzt abbrechen, oder werden Sie noch weiter herumhören?«

»Meine Gesellschaft erwartet von mir mindestens fünf Interviews. Außerdem muß ich mit ein paar Leuten reden, die an Ort und Stelle waren, damit ich einen detaillierten Bericht liefern kann. Und dann muß ich mich noch mit der jüngeren Schwester der Toten auseinandersetzen.«

»Ich sah sie beim Trauergottesdienst, habe aber nicht mit ihr gesprochen. Dem Äußeren nach ein nettes Mädchen.«

»Sie fürchtet, unsere Gesellschaft wolle ihr einen Streich spielen. Es ist ihr nicht klarzumachen, daß wir uns nie die Blöße geben würden, auf Betrug auszugehen.«

»Werden Sie mit Sam Kimber sprechen?«

»Ich muß wohl.«

Nile blies die Backen auf und klopfte sich auf den Bauch.

»Ein guter Rat, mein Junge. Versuchen Sie's bei Sam auf gar keinen Fall mit Winkelzügen. Mich wollten Sie ein paarmal aufs Glatteis führen, wie das vermutlich zu Ihrem Job gehört. Aber Sam dürfen Sie nicht unterschätzen, selbst wenn er Ihnen nach Aussehen und Gehabe ein wenig bäurisch vorkommen sollte. Er würde Sie bloß anlächeln und ein wenig verschlafen dreinschauen, und Sie bekämen bei all Ihrer Schlauheit nichts aus ihm heraus. Zehn Minuten nach Ihrem Weggehen aber hebt er das Telefon ab und führt ein oder zwei Gespräche – und schon sind Sie Ihre Stellung los.«

»Schönen Dank für die Warnung. Was können Sie mir über Hanson sagen?«

»Daß er nichts für oder gegen Sie tun kann, es sei denn, Ihnen eins auf den Mund zu geben, falls er gerade trinkt. Und so wie Sie aussehen, wäre das ein Fehler. Man soll sich's nie mit einem Mann verderben, der kleiner aussieht, als er ist. Waren Sie Ringer?«

»Und Gewichtheber und Geräteturner. Hat mir einmal großen

Spaß gemacht. Aber heute zahle ich dafür, weil ich mich anstrengen muß, diese Kondition zu erhalten. Vielen Dank für den Brandy und das Gespräch, Doktor.«

»Sie haben mich bis jetzt weder Doc genannt noch um meinen Rat gebeten. Wenn Sie das nachholen wollen, dann kommen Sie an jedem beliebigen Wochentag um diese Zeit vorbei und klopfen an die Hintertür. Diese Pause in des Tages Hast und Mühe ist als die Daniel-Stunde allgemein bekannt. Ihrer Mission wünsche ich einen Mißerfolg, Ihnen selbst aber viel Glück, mein Junge.«

»Danke, Doktor. Ich habe nicht vor, irgend jemand auf die Zehen zu treten. Es gibt Städte, wo die Leute nicht die harmlosesten Fragen vertragen können.«

»Das brauchen Sie hier nicht zu befürchten, Stanial. Eine gewachsene Gesellschaft gibt es hier nicht. Von wenigen alten Familien am Lake Larra und in der Stadt abgesehen, besteht die gesamte Einwohnerschaft aus Zugereisten. Sie wächst rasch und ändert sich fortwährend. Nicht zum Besseren. Die Bevölkerung unseres Bezirks hat sich innerhalb der letzten zehn Jahre verdoppelt. Ich glaube, Städte, wie sie früher waren, gibt es gar nicht mehr. Nur noch Einkaufszentren mit Häusern drumherum.«

Barbara Larrimore war sehr still, als er sie abholte. Im schrägen Licht der Abendsonne sah er, daß ihre Augen verschleiert, die Lider gerötet und die Lippen geschwollen waren.

»Haben Sie ein Nickerchen gemacht?« fragte er, als sie losfuhren.

»Ja. Ein kurzes. Ich – ich hatte nicht gedacht, daß ich schon so bald weinen würde. Ich glaubte, das käme später. Aber nachdem Sie gegangen waren, legte ich mir – ohne aufzupassen vermutlich – die Form zurecht, in der ich Lucille von unserem Gespräch berichten würde. Und mit einem Schlag wußte ich, daß es damit für alle Zeiten aus war. Ich glaube, erst da ging mir die fürchterliche Unwiderruflichkeit des Vorgefallenen im vollen Umfang auf. Haben Sie jemals einen Menschen verloren, der Ihnen ebenso nahestand, Paul?«

»Es führte mich zu meinem Beruf.«

»Oh?«

»Verzeihen Sie, das klang unverschämt. Meine Eltern leben noch. In Michigan. Mein Bruder ist tot. Er war die Heldengestalt in der Familie. Ich konnte ihm nichts recht machen. Und ich wünschte mir ehrlich seine Zustimmung. Als mir endlich das eine oder andere gelang, war er nicht mehr da. Aber wenn ich irgendeinen Erfolg habe und mich darüber freue, fährt mir blitzartig die Frage durch den Kopf: ›Wie gefällt dir das, Joe?‹ Und dann spüre ich den Verlust.

Er war in körperlicher Hinsicht der leistungsfähigste Mensch, der mir je begegnet ist. Und schon als Kind eiferte ich ihm nach. Ich glaube, ich sehne mich heute noch nach seiner Billigung. Auch eine Ehefrau habe ich verloren. Zwar nicht auf dieselbe Weise, aber ebenso endgültig. Und gerade das gibt einem so ein komisches Gefühl. Wäre Jane tot, dann müßte ich mich mit der gleichen Unwiderruflichkeit abfinden, von der Sie eben sprachen. Ich meine eine Unwiderruflichkeit, mit der man nicht rechten kann. Aber Jane lebt, und zwar in Kerrville, Texas. Wir sind geschieden und werden nie wieder zusammenkommen, aber manchmal träume ich von einem Wiedersehen mit ihr, und dann wache ich auf und weiß, daß es das verdammt allerletzte ist, was ich mir wünsche.«

»Erzählen Sie mir das, um mir zu helfen?«

»Vielleicht will ich mir selber helfen, Barbara. Ich kann es nicht sagen.«

Nachdem er ein langsameres Auto überholt hatte, schaute er zu ihr hinüber. Er hatte die Miene, die sie für gewöhnlich zur Schau trug, als einen Ausdruck immerwährender üblicher Laune mißgedeutet. Jetzt schien es ihm, daß die feinen Stirnfalten und der Schnitt ihres Mundes auf Resolutheit und Ausdauer hinwiesen.

Die Sonne war fast völlig untergegangen. Mit vorgeneigtem Kopf blinzelte Barbara ins Licht. Ihr Haar war glänzend braun mit einem blonden Schimmer, ihre Stirn hoch, die Augenfarbe graugrün und das ein wenig grobe Gesicht oval. Sie hatte Lucille als die hübschere Schwester bezeichnet. Den Fotos nach zu urteilen, mochte das bedingt richtig sein. Aber die Frau neben ihm war auf ihre eigene, weniger augenfällige Weise ebenfalls anziehend.

Ihre langen, wohlgerundeten Arme und Beine und eine gewisse Sanftheit, die von ihrem ruhenden Körper ausging, vermittelten den Eindruck von Lässigkeit, während ihre Bewegungen rasch und geschmeidig waren. Bei seinem ersten Gespräch mit ihr hatte er sie für ziemlich indifferent gehalten und keinerlei sinnlichen Widerhall empfunden. Wie sie aber so im Auto neben ihm saß, merkte er, daß auch sein Körper all die unaufdringlichen Vollkommenheiten wahrnahm, die dem flüchtigen Blick entgehen: den Sitz ihres Ohrs, die Rundung ihres Handgelenks, die Wölbung ihrer Knie.

Als sie halbwegs mit Essen fertig waren, hatte sie so weit zu ihrer normalen Gemütsverfassung zurückgefunden, daß er ihr von seinem Gespräch mit Doktor Nile erzählen konnte. Ohne es recht zu wollen, beschrieb er ihr den Arzt auf eine Weise, die sie zum Lachen brachte. Doch als er ihr berichtete, wie Nile Lucilles jüngste Beklommenheit ausgelegt hatte, wurde sie sofort wieder ernst.

»Es stimmt mit ihrem letzten Brief überein«, sagte sie. »Mr. Kimber hatte ihr ein Geheimnis anvertraut, und jemand anderer hat es ihr herausgelockt. Vielleicht hat sie auch festgestellt, daß es neben der Erklärung, die Mr. Kimber ihr dazu geliefert hatte, noch andere Deutungen gab. Wir tappen im dunkeln, wie?«

»Ich werde noch eine Menge andere Leute befragen.«

»Wie wollen Sie denn herausfinden, um was es sich bei dem Geheimnis drehte?«

»Vielleicht indem ich feststelle, um was es nicht ging. Wie bei einem Kreuzworträtsel. Hat man erst einmal zwei oder drei Buchstaben des gesuchten Wortes, verringern sich die Möglichkeiten.«

Als er zu Bett gegangen war, las er die ausgewählten Briefe Lucilles an ihre Schwester. Einer war ungewöhnlich lang. Er lautete:

Wenn ich Dir, liebe Barb, in dieser Form über Sam schreibe, dann vermutlich deshalb, weil ich mir selbst über manches klarwerden will. Deinem letzten Brief entnehme ich, daß Du vieles zwischen den Zeilen gelesen hast. Also ist es jetzt wohl an der Zeit, Dir alles zu erzählen.

Es ist komisch – wenn die Sache zwischen Dir und Roger nicht gewesen wäre, könnte ich mich Dir längst nicht so rückhaltlos anvertrauen. Du warst so tapfer, mit ihm Schluß zu machen. Eure Verbindung hatte keine Zukunft, und vielleicht trifft das auch auf meinen Fall zu. Aber ich lebe so ausschließlich in der Gegenwart, daß ich kaum an morgen denke. Ich nehme an, daß es Dir mit Roger eine Weile genauso ging. Vielleicht hält jeder seine eigene Liebesgeschichte für einmalig und unvergleichbar, statt dessen ist es bei allen Menschen und zu allen Zeiten dasselbe. Aber wer will das schon wahrhaben?

Ich bin eine gefallene Frau, Barbie. Es wäre billig, mich darauf zu berufen, daß ich einsam und schutzbedürftig war. Das erklärt nicht, warum es ausgerechnet Sam sein mußte – und bei Sam geblieben ist.

Ich habe Dir in früheren Briefen sein Alter genannt, sein Herkommen und seine Lebensumstände geschildert, aber ich habe ihn Dir noch nicht beschrieben. Er ist sehr groß, hat ein langes, gelblichblasses und unschönes Gesicht und eine derart helle Iris, daß man kaum von einer Augenfarbe sprechen kann, und dunkles, strähniges Haar. Er ist eine lange, knotige, knorrige Latte, ein Mann aus lauter Ecken und Kanten, hat aber auf eigenartige Weise Stil. Man merkt es an seinen Bewegungen, an der Art, wie er sich kleidet, wie er sich in einen Stuhl setzt und wieder aufsteht. Er sieht grausam und gewalttätig aus, und es ist mir noch kein Mann begegnet, vor dem ich mich so unglaublich kindisch gefühlt habe.

Er machte keine Annäherungsversuche. Der Typ ist er nicht. Er war einfach nett zu mir, und wir kamen gut miteinander aus. Keiner von uns beiden dachte, es könne aus unserer Bekanntschaft noch etwas anderes entstehen. Aber dann war er einmal wegen irgendeiner Steuergeschichte fürchterlich niedergeschlagen, rief mich von weit her an und bat mich mit einer Stimme, aus der Erschöpfung, Depression und tiefe Enttäuschung klangen, ich möge zu ihm kommen. Ohne alle Umschweife. Es war absurd. Ich legte ohne Antwort auf. Wofür hielt er mich eigentlich? Wo nahm er das Selbstbewußtsein her?

Und zwölf Stunden später, während ich einen kleinen Koffer packte und zum Flugzeug nach Jacksonville raste, sagte ich mir noch immer, die ganze Sache sei einfach lächerlich. Ein derartiges Entgegenkommen schuldete ich ihm wahrhaftig nicht. Wie konnte er erwarten, daß ich auf dem schnellsten Weg antanzen würde?

Du darfst mir glauben, daß ich vor Angst wie gelähmt war. So ein großer Mann mit einer derartig intensiven Ausstrahlung von roher Gewalt und Brutalität. Ich kam mir vor wie ein willenloses Opfertier. Und dann war er so zartfühlend und nicht im mindesten selbstbewußt. Wir waren närrisch und schüchtern, fast wie sehr junge, frisch getraute Eheleute. Damit hatte ich zuallerletzt gerechnet. Heute kann ich mich an diese Zeit kaum noch erinnern, Liebes, denn inzwischen hat sich aus diesem Anfang so vieles entwickelt.

Alle Zweifel, ob ich Kelsey endgültig verlassen soll, sind zerstreut. Ich möchte in diesem Brief zwar nicht vulgär werden, aber im Bett verhielt sich Kelsey, als trainiere er auf eine Anwartschaft im Olympia-Team. Oft überkam mich der Eindruck, daß er, hätte ich ihm nach vollbrachter Tat zugejubelt und applaudiert, aufgesprungen wäre und sich verbeugt hätte. Wenn ich keine Begeisterung heuchelte, sah er darin eine Mißachtung seines Talents. Sam aber ging auf mich ein. Ich habe nie gewußt, daß es möglich ist, so viel Glück zu empfinden. Früher war ich stets ernst und ein bißchen ängstlich, schon weil ich die Überzeugung hatte, ich sei von Natur *aus nicht wirklich sexy. Und nun hat Sam mich in einen ausgesprochenen Nimmersatt verwandelt. Daher vermute ich, daß ich mich nie richtig gekannt habe. Allerdings glaube ich kaum, daß ich das, was Sam aus mir gemacht hat, wirklich bin. Vielleicht schlägt nur das Pendel gerade nach der anderen Seite aus. Aber solange dieser Zustand andauert, wehre ich mich gegen eine Heilung.*

Als Du mir von Roger erzähltest, heuchelte ich Verständnis. Zwar glaubte ich zu begreifen, aber in einem Winkel meiner Puritanerseele entsetzte ich mich darüber, daß meine kleine Schwester ihren Sinnen derart hörig war. Ja ich glaubte sogar, Du seist womöglich aus einem gröberen Stoff gemacht als ich. Aber nun weiß ich, was Du mir mitzuteilen versuchtest, und ich bewundere Dich, daß Du die Kraft aufgebracht hast, einfach Schluß zu machen. Wenn man mir so unvermittelt sagte, ich dürfe Sam nie wiedersehen, ich würde mir die Haare raufen, mich in Asche wälzen, an einen Straßenrand setzen und wie ein Hund heulen.

Nun kennst Du also das Beste oder das Schlechteste von mir, Barbie. Der einzige Wermutstropfen in meinem Freudenbecher ist das Bewußtsein, zu sündigen. Wir bemühen uns zwar, unser Verhältnis geheimzuhalten, aber ich glaube, daß jeder, der mich ansieht, sofort Bescheid weiß.

Er hat ein kleines Häuschen im Wald, das er eine Hütte nennt. Ich schreibe meinen Brief in dieser Hütte, warte dabei auf das Geräusch seines Autos auf der schmalen, sandigen Privatstraße und weiß, daß mir das Herz bis zum Hals schlagen wird, sobald ich es höre. Du siehst, meine Liebe, ich habe die Gewohnheit angenommen, Dir mehr zu schreiben, als ich Dir von Angesicht zu Angesicht erzählen könnte. Aber ich habe nun einmal keine andere Vertraute.

Nachdem er auch die übrigen Briefe gelesen und das Licht gelöscht hatte, kehrten Stanials Gedanken zu diesem Schreiben zurück. Wer mochte Roger sein?

Plötzlich wünschte er sich, er hätte Lucille Hanson gekannt. Sie schrieb so ungewöhnlich klar und anschaulich. Gewiß hätte er sie gut leiden können, wäre er ihr nur zu Lebzeiten begegnet.

5

Augustus Dumas Gable wischte sich das Gesicht am Handtuch ab und lauschte in sich hinein. Wenn nur sein Herz durchhielt und ihm nicht gerade jetzt, wo er so nah vor dem Ziel seiner Wünsche stand, einen Streich spielte. Lange würde er diese Strapazen nicht mehr aushalten. Einmal fror er, fühlte sich entmutigt und ausgehöhlt. Im nächsten Moment durchrann ihn wieder eine Welle heißer Siegesfreude, daß er hätte jauchzen und sich mitten in seinem Hotelzimmer in Jacksonville auf den Kopf stellen mögen.

Am ärgsten nahm ihn der unerwartete Aufschub der Entscheidung mit. Vielleicht war irgend etwas schiefgegangen. Er hatte nicht zu fragen gewagt. Diese Burschen vom Finanzamt wollten mit äußerster Delikatesse angefaßt sein. Auf geschäftlicher Basis konnte man sich ja mit ihnen herumraufen. Hatte ihnen einmal ein Bürger mit einer frisierten Steuererklärung eine Handhabe gegeben, nahmen sie ihm rigoros die goldenen Eier weg, vermieden es aber nach Möglichkeit, die Gans zu schlachten, die sie legte. Wenn man aber versuchte, sie zu drängen, zu beschwatzen oder gar diskret zu bestechen, dann drehten sie dem Vogel den Kragen um und rupften ihn. Er wußte, daß er sich bis an die äußerste Grenze vorgewagt hatte und daß ihm nun nichts anderes übrigblieb, als abzuwarten.

Vor langer Zeit hatte Gus Gable einmal einen Einbrecher auf die Frage, warum er gerade Banken ausgeraubt habe, antworten hören: »Weil dort das Geld ist.«

Gus hatte sich über diese einleuchtende Begründung köstlich amüsiert, schon weil er unparteiisch genug war, sich einzugestehen, daß sie sich mit seinen eigenen Motiven deckte. Er hatte Vermutungen angestellt, wo Geld zu finden sein würde, und sich darauf vorbereitet, sich sein Teil zu verschaffen.

Zunächst brachte er sich als Buchhalter durch, bildete sich aber gleichzeitig als Steuerberater aus. Im dritten Anlauf gelang es ihm, bei Gericht zugelassen zu werden. Dennoch blieb er bei der Buchhalterei und bemühte sich um seine Anerkennung als CPA, als Sachverständiger in Wirtschaftsfragen. Die Staatsprüfung bestand er ohne große Schwierigkeiten.

Und nun erwies es sich, daß er auf dem richtigen Weg war. Ein Steueranwalt, der gleichzeitig CPA ist, genießt Seltenheitswert. Es ging aufwärts mit ihm, doch lebte er weiter bescheiden und hielt sich von seinen steigenden Einnahmen Angestellte, die ihm die Kleinarbeit abnahmen. Mittlerweile unterhielt er im zweiten Stock von Sam Kimbers Haus florierende Büros und vertrat fünfzig Prozent der Geschäftsinteressen des Bezirks. Er hatte nur einen wackeligen, aber durch und durch einwandfreien Präzedenzfall zu finden brauchen, bei dem er dem Mandanten eine unerwartete Einsparung von fünfhundert Dollar auf die Jahressteuer verschaffte, und schon sang dieser beim nächsten Treffen in seinem Klub das Loblied auf Gus Gable. Und was noch besser war, sein Nimbus als Helfer in allen Nöten sprach sich herum.

Dabei war seine Weste blütenweiß. Seine Kontakte zu den Leuten von der Steuerbehörde basierten auf fruchtbarer, wechselseitiger Zusammenarbeit. Er log nicht und manipulierte keine Zahlen, wer sein Auftraggeber auch immer sein mochte. Sorgsam und geduldig legte er Geld beiseite und wartete auf seine Chance. Er war nicht verheiratet, brauchte für niemanden zu sorgen und trieb keinerlei persönlichen Aufwand. Mochten andere Leute – er kannte genügend – sich auf waghalsige Spekulationen werfen und unerwartete Haupttreffer erzielen. Für so etwas hatte er nicht die Nerven. Er mußte für seinen Coup absolut korrekte, tadelfreie Verhältnisse ausfindig machen. Im Lauf der letzten Jahre hätte er schon so manche Situation ausnützen können, doch hatte er jedesmal widerstrebend darauf verzichtet. Aber jetzt wußte er, daß dank Sam Kimber sein Ziel in Reichweite lag.

In gewisser Beziehung beging er ja einen Verstoß gegen die Regeln des Anstandes. Wenn Sam dahinterkam, was für ein Spiel er mit ihm getrieben hatte, würde er vermutlich toben. Doch sobald er sich alles in Ruhe überlegt hatte, würde er ihn zweifellos verstehen. Gus packte schließlich nur eine Gelegenheit beim Schopf, die sich sonst ein anderer zunutze gemacht hätte, und half ihm dabei noch mit größerem persönlichen Einsatz aus der Patsche, als Sam beanspruchen konnte.

Auf den einfachsten Nenner gebracht, bestand Sams Steuerschwierigkeit darin, daß er Besitztitel abstoßen mußte. Und Gus Gable stand bereit, sie sich anzueignen. Mit ein wenig Unterstützung von außen.

Wenn alles vorüber war, hatte Gus Gable ein schönes Stück Geld auf der Seite. Sein Leben würde sich ändern. Er war schließlich zweiundvierzig Jahre alt und hatte lange genug gewartet. Es würde legal erworbenes Geld sein, das ihm niemand streitig machen könnte. Außer an das Geld selbst auch noch an dessen Gegenwert zu denken, fiel ihm schwer. Seine Vorstellungen darüber, was er damit anfangen würde, glichen bunten Reklamebildern aus dem Magazin. Gus Gable auf der Luxusjacht seines Kunden Rybowitsch beim Fang eines Thunfisches von Rekordgröße, mit dem Dock von

Cat Cay im Hintergrund. Gus Gable am Steuer seines weißen Jaguars. Gus Gable in Rom. Und neben ihm auf der Kommandobrücke, im Auto, im Straßencafé als ständige Begleiterin die Goldene Maid – lachend, fröhlich und süß. Abwechselnd sechs Monate Arbeit und sechs Monate Vergnügen – so würde er den Rest seines Lebens zubringen.

Hin und wieder sagte er sich, daß dieser Traum ihm nicht angemessen sei und sich wohl nie verwirklichen würde. Schließlich lichtete sich bereits sein Haar, hatte er ein Bäuchlein und trug seiner Kurzsichtigkeit wegen eine Brille. Die Büroluft hatte sein Gesicht gebleicht, seine Kleidung stammte aus dem Warenhaus, die zwanzig billigen Zigarren pro Tag hatten seine Stimmbänder und die dauernde Tiefkühlkost seinen Magen angegriffen.

Er besaß einen drei Jahre alten Chevrólet, den er erbärmlich schlecht fuhr, lebte in einem schäbig eingerichteten Apartment und gönnte sich keine Liebhaberei. In den letzten paar Jahren hatte er insgesamt etwa siebzigtausend Dollar eingenommen, davon vierzigtausend in Gehälter und laufende Geschäftsunkosten gesteckt und die fünfzehn- bis achtzehntausend, die ihm nach Abzug der Steuern und Lebenshaltungskosten pro Jahr übrigblieben, in Wertpapieren angelegt.

Durchschnittlich einmal im Monat, und zwar jeweils an einem Samstag, fuhr er nach Tampa hinüber, wo er sich Robert Warren nannte, eine bestimmte Nummer anrief und die Nacht mit einem blonden Weib verbrachte. Wie er es als Stammkunde, der gut bezahlte und nichts Ungewöhnliches verlangte, erwarten durfte, belieferte man ihn stets mit kundigen Damen und stellte ihm gelegentlich sogar mehrmals hintereinander dieselbe, obschon er das gar nicht verlangte. Die Goldene Maid befand sich natürlich nicht unter ihnen.

Aber das Geld würde alles ändern. Es würde die Stubenfarbe in Bronzebraun verwandeln, überhaupt alles aufpolieren, ihm ein Image verleihen, und er würde dann in der Lage sein, die Goldene Maid zu finden und ihr Liebe um seiner selbst willen einzuflößen, so daß ihr sein Wohlstand nicht mehr als eine angenehme Zutat bedeutete. Und alle Welt würde ihn um sie beneiden.

Wieder wischte er sich das Gesicht. Dann putzte er seine Brille, öffnete seine Aktenmappe und zog die zusammengefaßten Unterlagen des schwebenden Verfahrens heraus. Doch in seiner augenblicklichen Verfassung entglitt ihm immer wieder der Sinn der

Ziffern und Vergleichszahlen. Gerade wollte er die Papiere beiseite legen, als das Telefon klingelte. Noch vor dem zweiten Läuten hatte er den Hörer von der Gabel gerissen.

»Gus?«

»Am Apparat. Ich warte schon auf Ihren Anruf, Clarence.«

»Der Bescheid ist eben erst durchgegeben worden. In großen Zügen: 231 300 Dollar – und sechzig Tage Zahlungsfrist. Die formelle Bestätigung geht am Montag hinaus. Sind Sie jetzt glücklich?«

»Nun, sagen wir, erfreut, lieber Clarence. Es trifft Sam zwar noch immer ziemlich hart, aber ich glaube, alles in allem ist der Spruch außerordentlich fair ausgefallen. Er wird ihn auf der Stelle akzeptieren. Ich bin Ihnen ungeheuer dankbar.«

»Ich bedaure die zusätzliche Verzögerung, aber es ging nun mal nicht anders. Da in letzter Zeit Kompromißvereinbarungen viel unerfreuliches öffentliches Aufsehen erregt haben, war eine neuerliche Revision nicht zu umgehen. Es wäre uns nicht lieb, wenn Kimber herumprahlen würde, wie billig er weggekommen ist.«

»Von billig kann wohl kaum die Rede sein. Sie haben doch mein Wort, Clarence, außerdem besaßen Sie genauen Einblick in seine wirtschaftlichen Verhältnisse. Mehr hätte er nicht verkraftet.«

»Ich brauche Ihnen nicht zu sagen, daß Sie, ehe der amtliche Bescheid ergeht, von nichts wissen?«

»Ich werde es auf der Stelle ausposaunen, alter Freund, damit mich euer Verein für alle Zeiten abschreibt.«

»Der Form halber mußte ich es erwähnen.«

»Aber natürlich, mein Lieber.«

Kaum hatte er diese Unterredung beendet, bestellte Gus Gable auf der Privatleitung, die nicht durch die Hotelzentrale ging, ein Ferngespräch mit Charlie Diller von der Citrus-Central-Bank. Gus war sehr verärgert, als sich statt jenem die Sekretärin meldete. Mit verstellter Stimme sagte er, er hieße Mr. Warren und riefe aus Jacksonville an, da er wußte, daß Charlie im Bilde war, sobald er den Namen dieser Stadt hörte. Das Mädchen teilte ihm mit, Mr. Diller sei im Moment nicht in seinem Büro, Mr. Warren möge sich doch bitte einen Augenblick gedulden. Sekunden später war Charlie am Apparat.

»Hallo? Ich – ich habe schon auf Ihren Anruf gewartet.«

»Wir haben den Kompromiß auf einer Basis von sechzig Tagen. Sie können also das Signal auf freie Fahrt stellen.«

»Nun, ich nehme an, daß die Voraussetzungen dafür gegeben sind.«

»Das klingt ja, als ob Sie sich ein Bein ausreißen müßten, Charlie. Sie haben die von mir unterzeichneten Blankovollmachten, Sie haben die Zertifikate, und Ihr Stück von meinem Kuchen steckt auch schon in Ihrer Tasche. Also möchte ich untertänigst vorschlagen, daß Sie die Geschichte mit aller verfügbaren Vehemenz bei Ihrem Darlehens-Komitee durchboxen. Und zwar heute noch.«

»Nun sieh mal einer an!«

»Charlie, das Vorgeplänkel ist vorüber und der Handel geschlossen. Vielleicht klingen meine Worte nicht sonderlich respektvoll, aber der zustimmende private Brief mit Ihrer Unterschrift ist ebenso in meinem Ordner abgeheftet wie die Kopie in dem Ihren. Wenn ich auch nur eine Sekunde zögerte, sollten Sie mich auf die gleiche Weise in Trab bringen, wie ich das jetzt mit Ihnen mache.«

»Bisher frage ich mich noch, wieso Sie so sicher sind, daß er darauf eingeht.«

»Weil es das Beste ist, was er tun kann, und weil ich ihm das klar beweisen werde. Mr. Sam hat noch nie im Leben das Zweitbeste getan.«

»Ich werde mich sofort an die Arbeit machen«, sagte Charlie.

»Ich rufe als nächstes Sam an.«

Gus ließ sich mit Kimbers Bürohaus verbinden und verlangte Sam persönlich zu sprechen. Er hörte, wie Angie der Vermittlung mitteilte, Mr. Kimber sei ausgegangen, und niemand wisse, wann er zurückzukehren gedächte. Also ließ er sich Angie geben.

»Hallo, Gus«, sagte sie. »Das war keine faule Ausrede vorhin, Ehrenwort. Wir haben wirklich keine Ahnung, wo er steckt. Eben erst hab' ich's mit seiner Hütte versucht, aber niemand nimmt ab. Sie wissen doch, daß er uns fast immer sagt, wo er hingeht. Aber seit diese Lucille ertrunken ist, erkennt man ihn nicht wieder. Er läuft herum wie benebelt und tut, als ob ihm alles egal wäre. Ich habe ihm einen Stapel Briefe auf den Schreibtisch gelegt, aber als er vor einer Stunde wegging, hatte er sie noch nicht einmal unterschrieben. Ich glaube, er hat sie gar nicht durchgesehen. Ich kann mir nicht denken, was er die ganze Zeit über in seinem Büro getrieben hat. Gestern hatten wir doch zur Zeit der Beerdigung geschlossen, und nun höre ich, daß er sich, als das ganze Personal schon gegangen war, noch immer hier aufhielt und bloß unten in seinem Auto saß. Kann ich irgend etwas für Sie tun?«

»Das beste wird sein, ich vertraue Ihnen meine Botschaft an, Angie. Und Sie geben sie an ihn weiter, sobald Sie ihn aufgespürt haben. Sagen Sie ihm, daß die Sache durchgegangen ist und daß der Endbetrag um rund 6300 Dollar über meinem letzten Voranschlag liegt. Bezahlt werden muß innerhalb von sechzig Tagen.«

»Bloß 6300 Dollar drüber! Du meine Güte, Gus, ich weiß, daß ihm noch vor einer Woche bei dieser Nachricht ein Stein vom Herzen gefallen wäre. Aber wenn ich es ihm jetzt erzähle, schaut er mich wahrscheinlich nur verständnislos an.«

»Sagen Sie ihm, daß ich sofort nach Hause komme. Wir werden uns gemeinsam überlegen, wie er das Geld am leichtesten aufbringt. Und wären Sie wohl so nett, mein Büro anzurufen und Betty zu sagen, daß ich spätestens um drei zurück bin und um halb vier Jimmy und Roscoe mit der Bilanz von Juice-Master bei mir erwarte. Und mich, Süße, bringen Sie bitte, wenn's irgend geht, um fünf mit Mr. Sam zusammen.«

»Ich werd's versuchen. Mehr kann ich nicht tun, Gus.«

Als Angie Powell die Tür von Sam Kimbers Privatbüro hinter sich schloß, blickte Paul Stanial von seinem Magazin auf und zog fragend eine seiner buschigen, schwarzen Augenbrauen hoch. Sie deutete seine Miene richtig.

»Das war er nicht, Sir. Jemand anderer versuchte, ihn zu erreichen.«

Sie setzte sich hinter ihren Schreibtisch, und Paul hörte, wie sie jemand namens Betty anrief und die Instruktionen eines gewissen Gus an sie weitergab. Die zweite Schreibkraft, eine ältere Frau, war mit einem Stoß Aktenordner nach unten gegangen. Zum erstenmal blieb er mit dem ausgiebigsten Mädchen, das ihm je begegnet war, allein im Zimmer.

Zwar hatte er gleich zu Anfang gesehen, daß sie ihn noch um einen reichlichen Zoll überragte, als sich dann aber zeigte, daß die Sandalen an ihren Füßen auch nicht die Andeutung eines Absatzes aufwiesen, war er ehrlich erschrocken. Ehrfürchtige Scheu befiel ihn bei der Frage, wie sie wohl in Stöckelschuhen und einer jener bienenkorbartig aufgetürmten Frisuren wirken würde, die gerade in Mode waren.

Zunächst vermutete er, daß Sam Kimber sich dieses Mädchen bloß als maßgeschneiderte Spielgefährtin fürs Büro hielt. Doch im Verlauf der langen Wartezeit merkte er, daß sie mehr als eine

Verzierung war. Wie sie mit höchster Rasanz und offensichtlicher Tüchtigkeit ihre Arbeit verrichtete, Anrufe erledigte, Besucher abfertigte und selbständig kleinere Entscheidungen traf, bot sie ein Bild strahlenden Selbstvertrauens. Wenn sie ging, wippten ihre dunkelblonden Locken. Zu einem zitronengelben Rock trug sie eine Bluse in gebrochenem Weiß. Sie war vollendet proportioniert, hatte sogar, wie ihre stattliche Figur es bedingte, ein wenig mehr Gesicht, schimmernde Zähne und größere Augen als ihre Geschlechtsgenossinnen. Seine Vermutung, sie trüge ein enges Korsett, ließ er fallen, als er merkte, daß das Fehlen wogender Üppigkeit auf eine straffe, sportgestählte Muskulatur zurückging. Sie mochte Anfang Zwanzig sein. Weiter stellte er fest, daß sie weder einen Ring noch sonstigen Schmuck trug und einen Duft nach Seife und einfachem Parfüm um sich verbreitete.

Mit einem Ruck zog sie ein Schriftstück aus ihrer Schreibmaschine, sortierte die Durchschläge und legte einen davon auf das Pult der älteren Frau. Die Arbeitsweise in diesem Büro hatte Paul Stanial vom ersten Moment an überrascht. Er stellte fest, daß hier eine Vielzahl von Vorgängen selbständig nebeneinanderherlief.

»Ich nehme an, Mr. Kimber verfolgt eine Menge unterschiedlicher geschäftlicher Interessen«, sagte er.

»Selbstverständlich haben wir einen Haufen verschiedener Briefköpfe«, sagte sie lächelnd, »sonst würden wir ja mit dem Holzhandel, dem Immobiliengeschäft, den Vertragsabschlüssen und all dem übrigen Kram heillos durcheinanderkommen. Aber das hier ist mehr oder weniger bloß Freizeitbeschäftigung. Eine gute Gelegenheit, Liegengebliebenes zu erledigen. Mir ist es freilich lieber, wenn es hier zugeht wie in einem Tollhaus. Ich bin nämlich ein Arbeitspferd.«

»Läßt Mr. Kimber zur Zeit die Zügel ein bißchen schleifen?«

Der unvermittelte Wechsel ihres Gesichtsausdrucks zeigte ihm, daß er ein wenig zu weit gegangen war. »Wie ich Ihnen schon vor einer Stunde sagte, Mr. Stanial, bin ich Mr. Sams Privatsekretärin und genieße sein volles Vertrauen. Wenn Sie mir sagen wollten, was Sie auf dem Herzen haben, könnte ich Ihnen möglicherweise eine Menge Wartezeit ersparen. Ich habe in unserer Kundenkartei nachgesehen: Mit der North Atlantic Mutual hatten wir noch nie das geringste zu schaffen. Falls Sie sich vorgenommen hätten, ihm etwas zu verkaufen, würden Sie nicht über das dritte Wort hinauskommen.«

»Ich will nichts verkaufen, Miß Powell. Es handelt sich lediglich um eine Routineuntersuchung in einer Versicherungsangelegenheit.«

Sie ging an ihren Platz zurück, setzte sich auf den Rand ihres Schreibtischs, verschränkte die kräftigen, braungebrannten Arme und schaute ihn stirnrunzelnd an. »Wenn es sich nur um eine Routinesache dreht, brauchen Sie doch nicht ihn damit zu behelligen.«

»Nun... Das Verhältnis, durch das er in den Fall verwickelt zu sein scheint, ist eine rein persönliche Angelegenheit, und ich bin sicher, daß er mir lieber unter vier Augen darüber Auskunft gibt.«

Sie riß die Augen auf und spitzte die Lippen.

»Es geht doch nicht etwa um die Versicherung dieser Mrs. Hanson?«

Stanial heuchelte Überraschung und Befangenheit. »Es handelt sich um eine Privatsache.«

»Er wird nicht sehr erbaut sein, wenn Sie ihn ihretwegen belästigen.«

»Wenn sich jemand weigert, mit uns zusammenzuarbeiten, bleibt mir nichts anderes übrig, als einen negativen Bericht zu erstatten.«

»Also dreht sich's doch um sie!«

»Das habe ich nicht gesagt.«

»Wahrscheinlich müssen Sie wirklich mit ihm selber sprechen. Ich weiß nicht das geringste über diese Frau. Und ich hatte auch nie das Verlangen, etwas über sie zu erfahren.«

Ihr Ton klang unwirsch. Sie setzte sich an ihren Platz und spannte frisches Papier in ihre Schreibmaschine ein.

»Arbeiten Sie schon lange für Mr. Kimber?« fragte Stanial.

»Drei Jahre.«

So gleichmütig, wie er nur konnte, sprach er weiter.

»Wahrscheinlich ist es nur natürlich, daß Sie Lucille Hanson ablehnten.«

Die Bewegung ihrer Hände stockte. Sie drehte sich um und sah ihn an. Ihr Gesicht zeigte nicht den Ausdruck, den er erwartet hatte. Sie war ehrlich erstaunt.

»Warum hätte ich sie denn ablehnen sollen? Ich lehne keine von Mr. Sams Freundinnen ab, es sei denn, sie wollten ihm etwas zuleide tun. Und selbst in diesem Fall könnte er wohl allein auf sich achtgeben. Es liegt in der Natur des Mannes, daß er das Weib begehrt. Ich brauche das nicht zu verstehen. Ich kann zwar Trauer und Mitleid darüber empfinden, daß das so ist, aber der Mensch trägt diese Bürde seit seiner Vertreibung aus dem Paradies, und ob ihm seine Sünden vergeben werden, steht bei Gott. Ich brauche auch nicht zu verstehen, warum es Frauen gibt, die die Männer locken und sie trunken machen, daß sie dem Verlangen ihrer Leiber nachgeben und nicht einmal den Segen der Kirche einholen, um vor den Augen Gottes wenigstens halbwegs sauber dazustehen. Ich brauche solche Frauen weder zu verstehen noch über sie nachzugrübeln, Mr. Stanial. Es tut mir leid, daß sie starb, ehe er ihrer überdrüssig wurde, denn jetzt verwechselt er Trauer mit ungestillter Fleischeslust. Aber er wird darüber hinwegkommen und sich mit einer anderen Frau einlassen, und auf die wird wieder eine andere folgen. Ich werde darum beten, daß er seinen Frieden mit Gott macht und sich läutert.«

Ihre Stimme war in einen Singsang übergegangen, der entfernt an sektiererisches Predigergehabe erinnerte. Nun erschauerte sie und lächelte ihn an.

»Es liegt kein Grund vor, warum ich diese Frau ablehnen sollte«, sagte sie in ihrem normalen Tonfall.

»Bitte entschuldigen Sie. Ich war nicht recht im Bilde.«

»Die wenigsten Menschen verstehen das, aber es macht mir nichts aus. Das Böse berührt mich nicht, Mr. Stanial. Es ist mir bestimmt, daß die Männer um mich herumstreichen, mich anstarren, mir zuzwinkern und ihre gierigen Hände an mir abzuwischen versuchen. Gott hat mich begehrenswert gemacht, um mich unausgesetzt zu prüfen. Als ich fünfzehn war, lag ich zwei Tage und zwei Nächte auf den Knien und befragte ihn, ob ich meinen Körper vor dem Manne verbergen und mein Leben im Gebet zubringen solle. Doch er wies mich an, in dieser Welt zu leben und der Versucher und Verräter nicht zu achten, weil mein Beispiel ihnen den Weg zum himmlischen Königreich weisen könne.« Wieder wechselte sie abrupt vom Singsang zum normalen Plauderton. »Das werden wohl nur die wenigsten verstehen, Mr. Stanial.«

»Gehört Mr. Kimber zu diesen wenigen?«

Sie seufzte. »Halb und halb, nehme ich an. Wenn er mir auch absolut nicht gestatten will, ihm zu predigen. Er sagt, wir alle müßten unseren eigenen Weg gehen und unsere Erfahrungen selber machen. Nur braucht er schrecklich lang, bis er einsieht, daß seine Wege Irrwege sind. Manchmal bin ich richtiggehend entmutigt und verliere alle Hoffnung für Mr. Sam. An solchen Tagen laufe oder schwimme ich ein paar Meilen, bis ich total ausgepumpt bin, und schon geht's mir wieder besser. Sie sehen aus, als hätten Sie einen starken und gesunden Körper, Mr. Stanial, aber seit Sie hier sitzen, haben Sie schon zwei Zigaretten geraucht. Es ist eine Schande, daß Sie sich selbst gegenüber so schwach sind.« Sie zog die Stirn kraus und schüttelte den Kopf. »Ich möchte wirklich wissen, wo dieser Mensch hingegangen ist. Vielleicht kommt er heute überhaupt nicht wieder. Ich kann Ihnen gar nichts versprechen.«

Paul stand auf. »Ich werde Sie anrufen und mich erkundigen, ob Sie etwas von ihm gehört haben.«

»Ich werde mir von Mrs. Nimmits etwas zum Essen mitbringen lassen und daher den ganzen Tag im Büro sein. Möchten Sie, daß ich ihm sage, warum Sie ihn zu sprechen wünschen?«

Paul lächelte sie an. »Tun Sie, was Sie für richtig halten, Miß Powell.«

Als Stanial in die Zufahrt zum Anwesen der Hansons am Lake Larra einbog, war es drei Viertel elf. Er parkte vor dem Hauptgebäude, stieg aus und schaute sich um. Durch die Bäume am Seeufer schimmerte das Bootshaus. Neben der Außentreppe sah er Hansons Wagen stehen. Der blaue Wasserspiegel glitzerte.

Als Stanial die Stufen zum Oberdeck hinaufstieg, erschien Kelsey Hanson in schillernder, dunkelblauer Badehose am oberen Absatz.

»Bleiben Sie, wo Sie sind«, sagte er. »Was suchen Sie hier?«

Stanial schaute zu ihm hinauf. Hanson machte gar keine so üble Figur. Sein Körper war gebräunt und muskelbepackt, sein Haar von der Sonne gebleicht. Sein unwilliges Gesicht war gut geschnitten, wenn auch ein wenig fleischig. Auf den zweiten Blick sah Stanial allerdings, daß die tiefe Sonnenbräune über einen beträchtlichen körperlichen Verfall hinwegtäuschte. Hanson hatte einen Bauchansatz, seine Muskeln und Sehnen waren in eine Fettschicht eingebettet, und seine Züge hätten ohne die gute Farbe schwammig gewirkt.

»Ich möchte mit Ihnen über die Versicherung Ihrer Frau sprechen.«

»Was ist damit?«

»Es gibt da einige Fragen, die ich...«

»Schreiben Sie mir einen Brief, Sportsfreund.«

»Es wird nur wenige Minuten Ihrer...«

»Machen Sie kehrt und dampfen Sie ab.«

Stanial mußte insgeheim über das treffende Urteil des alten Arztes lachen. Er durchbohrte Hanson mit einem bösen Blick und ging auf ihn zu. »Sie alberner Mensch«, sagte er laut und zornig, »ich bin kein Klinkenputzer, ich untersuche den Selbstmord Ihrer Frau. Ich handle im Einverständnis mit der Polizei, und wenn Sie nicht umstecken, mache ich Ihnen die Hölle heiß.«

Damit nahm er die letzte Stufe vor dem Treppenabsatz. Hanson wich zurück.

»Warum haben Sie das nicht gleich gesagt, Sportsfreund?«

»Jetzt wissen Sie's.«

»Sie machen sich keine Vorstellung, was für ein Gesindel sich hier herumtreibt und versucht... He, es ist doch gar nicht wahr, daß Lucille Selbstmord begangen hat.«

»Darüber wollen wir uns ja gerade Klarheit verschaffen. Wenn Sie also ein wenig von Ihrer unschätzbar kostbaren Zeit erübrigen könnten, Mr. Hanson...«

»Meine Güte, ich habe mehr Zeit, als mir lieb ist.« Hansons gewinnendes Lächeln heischte Vergebung. »Kommen Sie herein, drinnen ist es kühler. Und nichts für ungut. Ich habe schreckliche Tage hinter mir.«

Stanial hatte die Wurzel des Übels, an dem Hanson litt, längst ausfindig gemacht. Es war seine innere Leere. Hanson schien außerstande, seine Empfindungen zu relativieren. Ärger und Freude, Liebe, Haß und Eifersucht dienten ihm lediglich dazu, seine eingefleischte Unsicherheit zu bemänteln und ihm Entschuldigungsgründe zu liefern.

»Ich bin nicht empfindlich«, sagte Stanial. Sie schüttelten sich die Hände. Hanson führte ihn in ein langgestrecktes, holzgetäfeltes Herrenzimmer mit schweren Möbeln, eingebautem Musikschrank, gemauerter Feuerstelle und einer umfänglichen Bar und bot seinem Gast einen Drink an. Stanial lehnte ab.

»Nun denn – wer ist auf die Schnapsidee verfallen, Lucille hätte sich umgebracht?«

»Es ist eine Möglichkeit, mehr können wir bis jetzt noch nicht sagen. Soviel ich weiß, lebten Sie in gesetzlicher Trennung?«

»Seit fast einem Jahr.«

»Würden Sie es als den Fehler Ihrer Frau bezeichnen, daß die Ehe scheiterte?«

»Nicht so vorschnell. Ich bin nicht überzeugt, daß der Bruch endgültig war.«

»Sie glaubten also, sie würde zur Vernunft kommen?«

»Nun, ich hoffte es natürlich. Und ich war bereit, sie im selben Augenblick, da sie das entscheidende Wort gesagt hätte, wieder zu mir zu nehmen.«

»Obwohl sie inzwischen intime Beziehungen zu Sam Kimber angeknüpft hatte?«

Hanson zuckte zurück, als hätte man ihn geschlagen. »Sie schnüffeln herum, Mr.« – er schaute auf die Karte, die Paul ihm gegeben hatte – »Mr. Stanial. Sie haben keinen Beweis für Ihre Behauptung.«

»Es handelt sich um eine allseits bekannte Tatsache, Mr. Hanson.«

»Ich... Das mag schon stimmen. Nur ist das eins von den Dingen, an die man nicht gern denkt. Ich kann es einfach nicht begreifen. Lucille war so ein – so ein vorsichtiger Mensch, so wählerisch und wohlerzogen. Und dieser Kimber ist zweimal so alt wie sie und ein großer, ungehobelter Hundesohn. Ich werde nie verstehen, wie er sie rumgekriegt hat.«

»Vielleicht wäre sie gern zu Ihnen zurückgekehrt, Mr. Hanson, fürchtete aber, sie habe sich durch ihre Verbindung zu Sam Kimber den Weg verbaut, und nahm sich von Schuldgefühlen gepeinigt das Leben?«

»O nein, sie wußte, daß meine Tür für sie offenstand. Zum Kuckuck, Stanial, ich kann mir einfach nicht vorstellen, daß Lucille freiwillig Schluß gemacht hat – und gar auf diese Art und Weise. Sie schwamm ebenso gut wie ich. Wenn man mit dem Wasser vertraut ist, fällt es einem sehr schwer, sich zu ertränken. Alle Instinkte wehren sich dagegen. Es würde mir noch eher einleuchten, wenn jemand sie ersäuft hätte. Aber wahrscheinlich ist auch das nicht. Es war heller Mittag, und der See ist längst nicht so groß wie dieser. Von der Stelle aus, an der sie ertrank, kann man die Häuser jenseits der Straße sehen. Wie sollte der Betreffende wissen, daß sie nicht zufällig durch ein Fernglas beobachtet wurde? Außerdem hätten sich Spuren an ihrem Körper finden müssen. Vielleicht hatte sie einen Sonnenstich und bekam einen Schwächeanfall. Es kann auch eine Lebensmittelvergiftung schuld gewesen sein. Möglicherweise schluckte sie aus irgendeinem Grund Pillen und hatte zu viele erwischt. Wie wollen Sie das jemals herausbekommen?«

»Sobald wir den Verdacht auf Selbstmord hinreichend begründen können, fechten wir den Anspruch auf die doppelte Versicherungssumme an, die bei Tod durch Unfall fällig wird.«

Hanson verzog angewidert das Gesicht. »Jetzt wird mir vieles klar, alter Schwede. Warum sollte ich Ihnen helfen, Ihr dreckiges Geld zu sparen?«

»Das Geld der Gesellschaft, nicht das meine.«

»Wenn sie einen Abschiedsbrief hinterlassen hätte, wären Sie aus dem Schneider.«

»Vielleicht hat sie Ihnen einen geschickt? Dann sähe es freilich böse für Sie aus, Hanson.«

Hanson blickte überrascht auf. Dann lachte er, aber es klang unfroh. »Kann es für mich noch schlimmer kommen?«

Unvermittelt ging eine derart radikale Verwandlung mit ihm vor, daß Stanial zu verstehen begann, warum eine Lucille Larrimore in Kelsey Hanson einmal einen wert- und gehaltvollen Menschen hatte sehen können.

»Ich habe in meinem Leben schon manches eingebüßt, Stanial, hauptsächlich aber Chancen. Und wenn sie dahin sind, ist es die einfachste Sache von der Welt, sich einzureden, man hätte sich sowieso nichts aus ihnen gemacht. Ich betrachtete Lu nicht als eine Chance. Mein Vater vielleicht, ich nicht. Ich wußte gar nicht, daß sie eine Chance war, bis sie mich verließ und ich merkte, daß ich sie verspielt hatte. Also versuchte ich, mir weiszumachen, ich hätte sowieso keinen Wert auf sie gelegt. Aber diesmal wollte es nicht klappen. Ich wünschte mir die durch Lu verkörperte Gelegenheit zu einem neuen Start so inständig zurück, daß es geradezu weh tat. Nicht wegen der Drohung von Old John, mir nach der Scheidung den Stuhl vor die Tür zu setzen, sondern meinetwegen.«

In das Surren der Klimaanlage mischte sich das nahende Geräusch eines starken Schiffsmotors. Drei Hupensignale ertönten. Hanson sprang auf und ging rasch nach draußen. Stanial folgte ihm gemächlich. Ungefähr zwanzig Fuß vor dem Dock unter ihnen schaukelte ein leichtes, hervorragend gewartetes Motorboot aus Teakholz und Mahagoni. Die Frau am Steuer drehte den Zündschlüssel um und lächelte zu ihnen hinauf. Hinter ihr saßen zwei kleine Kinder, die überdimensionale, orangefarbene Schwimmwesten trugen und die beiden Männer tiefernst beäugten.

»Kurierdienst, mein Schatz! Lornas Telefon funktioniert nicht, meines ebensowenig, und bei dir wird es genauso sein. Bei Stu und Lorna steigt eine Fete. So gegen fünf.« Sie war ein gelbhaariges, handfestes Persönchen mit Sommersprossen und einer netten, kernigen Figur. »Bring den großen Schweiger neben dir nur auch mit, Süßer.«

»Bloß ein Versicherungsvertreter«, sagte Hanson, ohne Anstalten zu treffen, Stanial vorzustellen. »Ich erzähl' dir später, um was sich's dreht.«

»Fahren, Mom«, bettelte eins der Kinder, »und richtig schnell.«

Die Frau winkte, gab Vollgas und zog in weitem, glitzerndem Bogen ab.

»Sie hat Lu nie gemocht«, sagte Hanson.

»Wie bitte?«

»Mrs. Brye. Wir sind Nachbarn. Sie hat sich nie viel aus Lu gemacht. Ich erinnere mich, daß Lu sagte, Suey sei trivial. Was, zum Teufel, hätte Suey ihrer Meinung nach tun sollen? Vor dem Weißen Haus Posten stehen?« Er wandte sich um, nickte Stanial geistesabwesend zu und sah auf seine Armbanduhr. »Tut mir leid, daß ich Ihnen nicht helfen kann. Ich habe eine Verabredung zum Tennis. Ich muß den alten Alkohol erst ausschwitzen, ehe ich neuen nachgieße.«

Stanial stieg die Treppe hinunter.

»Wollen Sie mich verständigen, wenn Sie auf etwas gestoßen sind?« rief Hanson hinter ihm her.

»Wenn Ihnen daran liegt.«

»Mir liegt daran. Vielen Dank.«

Stanial fuhr zum Motel. Barbara war nicht auf ihrem Zimmer. Er ließ den Wagen stehen und ging zu Fuß in die Stadt. Sie saß an der Bar des ersten Speiserestaurants, an dem er vorbeikam. Nachdem sie sich von ihrer Überraschung erholt hatte, begrüßte sie ihn mit einem raschen, warmen Lächeln. Er bestellte und wartete, bis die Kellnerin gegangen war.

»Es gibt etwas zu tun für Sie«, sagte er dann im Flüsterton. »Zwar ist es etwas Unerfreuliches und vermutlich auch Zweckloses. Hanson scheint ein kaltherziger Bastard zu sein. Sie könnten meine letzten Zweifel beseitigen.«

»Mit Freuden.«

»Vielen Dank. Handelt es sich bei Stu und Lorna um die Keavers?«

»Ja.«

»Wenn Sie dort anrufen und sagen, Sie fühlten sich einsam, werden Sie zum Cocktail und Abendessen eingeladen. Sobald die

Versammlung ausreichend alkoholisiert ist, fangen Sie an, über mich und meine Absichten zu jammern. Versuchen Sie, Kelsey dazu zu bringen, daß er seine Behauptung wiederholt, sogar Mord – so absurd der Gedanke auch sei – läge näher als Selbstmord. Und sehen Sie zu, daß sich möglichst alle an dem Gespräch beteiligen.«

»Paul, glauben Sie wirklich, daß einer von diesen Leuten...«

»Nein. Aber sie leben hier und wir nicht. Wir sind zwei Unparteiische. Vielleicht wirft die Unterhaltung ein wenig Licht auf das Motiv, ohne daß sie es merken. Prägen Sie sich alles ein, was einigermaßen vernünftig klingt. Glauben Sie, daß Sie es schaffen?« Sie hielt ihm die offene Hand hin. »Was wollen Sie?«

»Geld für das Telefon da drüben.«

Befriedigt kehrte sie zurück.

»Lorna sagte, sie freue sich über meinen Anruf, weil er ihr zeige, daß ihr Telefon wieder geht. Stu wird auf dem Heimweg – etwa um halb fünf – bei mir vorbeifahren, mich mitnehmen und hinterher wieder zurückbringen.«

»Wenn Ihnen die Sache über den Kopf wächst, sehen Sie sich nach einem Telefon um, rufen mich im Motel an und gehen auf die Straße hinaus. Ich komme dann und lese Sie auf.«

»Ich bin nicht so leicht unterzukriegen, Paul. Allerdings steht mir jetzt etwas recht Unangenehmes bevor. Kelsey möchte, daß ich mich um Lus Habseligkeiten kümmere und ihm die Dinge zuschicke, auf die er meiner Meinung nach Wert legt. Mrs. Carey habe ich bereits angerufen; ich kann mir den Schlüssel jederzeit bei ihr abholen. Das Gericht hat die Sachen, die am Strand gefunden wurden, in ihr Apartment zurückschaffen lassen. Ihr Auto steht vor dem Haus. Ich habe per Telefon mit ihrem Anwalt gesprochen. Er heißt Walter Ennis und scheint ganz nett zu sein. Er will dafür sorgen, daß ich das Geld von ihrem Girokonto bekomme. Viel sei es nicht, sagt er. Etwas über achtzig Dollar. Außerdem muß ich die Wagenpapiere und die Schlüssel suchen und ihm übergeben. Er wird das Auto für mich verkaufen. Ich werde aussortieren, was nach Hause geschickt wird, und den Rest hierlassen. Er wird sich dann darum kümmern. Aber bei dem Gedanken, daß ich in ihre Wohnung gehen soll, wird mir doch recht flau im Magen.«

»Wenn es Ihnen nichts ausmacht, würde ich gern mitkommen und mich ein bißchen umsehen.«

»Das hatte ich gehofft.«

»Aber ich werde Sie nach einiger Zeit allein lassen müssen und erst wiederkommen, um Sie abzuholen.«

»Das macht nichts. Sobald ich einmal in Gang gesetzt bin, ist alles in Ordnung.«

6

Als Stanial zum drittenmal Kimbers Büro anrief, sagte ihm Miß Powell, er könne um sechs Uhr vorbeikommen, und falls er dann noch warten müsse, würde es jedenfalls nicht mehr lange dauern.

Punkt 3.30 Uhr trat er wieder in Lucilles Apartment ein. Barbara gab sich zwar betont gleichmütig, doch die Anspannung, unter der sie litt, war ihr deutlich anzumerken. Sie saß in der Küche. Auf dem Tisch standen ein Schmuckkästchen und eine verschließbare Metallkassette.

»Hier ist mehr auseinanderzuklauben, als ich dachte. Ich werde wahrscheinlich erst morgen damit fertig. Das stand im Wandschrank, und im Schmuckkästchen lag ein Schlüssel, der zu der Kassette paßt. Hier sind die Wagenpapiere für Mr. Ennis. Und Lucilles persönliche Dokumente. Ist das da das Investment-Dingsbums, das Mr. Kimber ihr verschafft hatte?«

Er überflog den Text. »Es ist die Kopie einer Partnerschafts-Vereinbarung.«

»Sie bekam dadurch neunzig Dollar pro Monat. Was geschieht jetzt damit?«

Stanial spürte den entsprechenden Paragraphen auf. »Die anderen Teilhaber kaufen den Anspruch für den Preis ihrer Einlage zurück. Siebentausend.«

»Und wer kriegt die?«

»Sie haben kein Testament gefunden, wie?«

»Nein.«

»Dann geht das Geld, soviel ich weiß, an Hanson.«

»Verflixt, das ist unfair.«

»Vielleicht will er es gar nicht haben. Sie sollten diese Dokumente ebenfalls Ennis übergeben. Ich denke, er wird aus Hanson eine Art Abfindung herausholen wollen.«

Sie schob ihm den Ehering und einen Verlobungsring zu. »Und was wird damit? Ich glaube, der Diamant ist gut.«

Er nahm ihn in die Hand und besann sich auf die Grundbegriffe eines zweistündigen Polizeiseminars über Schmucksachen. Ein Karat, schätzte er. Der Schnitt war schön, die Farbe reinweiß.

»Vermutlich sogar sehr gut.«

»Soll ich ihn zurückgeben?«

»Warum fragen Sie da mich, Barbara?«

»Ich hasse solche Sachen. Vermutlich bin ich gierig und neige deshalb zu sentimentalen Gesten. Aber verdammt noch mal, das bißchen Kleinkram hier ist wirklich kaum etwas wert. Als sie von ihm wegging, hat sie alles zurückgelassen, was er ihr geschenkt hatte. Und die Hochzeitsgeschenke, die sie von seinen Freunden bekommen hatte, dazu. So war sie nun mal. Sie hatte ihren Stolz. Vielleicht ist das auch mein Problem. Ich möchte ihm seinen dreckigen Diamanten zu gern zurückschicken, aber wenn ich ihn für tausend Dollar verkaufen könnte... Die Arztrechnungen meiner Mutter machen uns ganz krank. Und es kann noch viel schlimmer kommen.«

»Dann behalten Sie ihn doch.«

Sie lächelte schwach. »Das war der Schubs, den ich brauchte. Vielen Dank. Den Ehering kann er wiederhaben, er ist innen graviert. Und diese kleinen Steine ebenfalls. Ein Kompromiß also. Mein Leben ist voll von Kompromissen. Und hier ist eine Serie Fotos, die er auch bekommen sollte. Und der Trauschein – für seine Trophäensammlung. Ich kann die Sachen eigentlich gleich heute abend mitnehmen, dann hab' ich's hinter mir. Die Wohnung hatte sie möbliert gemietet. Die Fracht wird nicht sehr groß ausfallen: ein paar gute Koffer, etwas Silber, ein paar von ihren Kleidern.«

»Wenn Sie alles zusammengepackt haben, werde ich mich ums Verschiffen kümmern.«

»Vielen Dank, aber ich werde die Sachen gleich selber mitnehmen und falls nötig das Übergewicht bezahlen. Ich vermute, ich muß dieser Mrs. Carey mitteilen, daß ich morgen wiederkomme. Sie wird ein großes Theater machen, weil sie mich noch einmal einlassen soll.«

»Hat sie Ihnen denn keinen Schlüssel gegeben?«

»Es ist bloß einer da.«

»Wo ist der von Ihrer Schwester?«

»Ich konnte keinen finden.«

Er runzelte die Stirn, ging nach draußen und besah sich die

Wohnungstür. Sie war so konstruiert, daß man sie beim Weggehen abschließen mußte.

»Was ist los, Paul?«

»Ich weiß es nicht. Sie muß den Schlüssel zum Baden mitgenommen haben.«

»Bei den Autoschlüsseln ist er nicht, und in der Strandtasche und in ihrem Geldbeutel auch nicht.«

Er hob den Telefonhörer ab. Es kam kein Amtszeichen.

»Wenn man's sich recht überlegt«, sagte Barbara, »so ist das doch ein wenig sonderbar.«

»Wahrscheinlich hat ihn Sheriff Walmo behalten. Ich werde ihn danach fragen.«

Nachdem er Barbara im Motel abgesetzt hatte, damit sie sich für die Party bei den Keavers umziehen konnte, rief er Walmo an.

»Kann uns jemand zuhören, Sheriff?«

»Schießen Sie nur los, Mr. Stanial.«

»Haben Sie im Zuge Ihres Ermittlungsverfahrens im Fall Mrs. Hanson auch ein Verzeichnis ihrer Besitztümer angelegt, die am See eingesammelt wurden?«

»Nun, nicht bis in alle Einzelheiten, also nicht bis hinunter zu Lippenstift, Börse und diesen Dingen. Aber ihre Barschaft ist aufgeführt: sechs Dollar und etwas Kleingeld. Und das kleine Radio und dergleichen mehr.«

»War ein Hausschlüssel dabei?«

»Lassen Sie mich nachdenken – nein. Ich habe aber nicht eigens danach gesucht.«

»Sind Sie nicht der Ansicht, daß einer hätte da sein müssen?«

»Hier schließen viele Leute das ganze Jahr über keine Tür ab.«

»Ich habe Mrs. Carey befragt. Lucille sperrte ihre Wohnung jedesmal beim Weggehen zu. Man braucht dazu einen Schlüssel; die Tür hat nämlich kein Schnappschloß. Können Sie sich erinnern, ob sie damals am See ihre Autoschlüssel im Wagen gelassen hatte?«

»Warten Sie einen Augenblick.« Als Walmo wieder an den Apparat kam, sagte er: »Sie waren tatsächlich im Auto. Zwei Wagenschlüssel und zwei andere Schlüssel an einem gespaltenen Ring. Aber keiner von den anderen beiden paßt zu ihrer Wohnungstür. Ich weiß nicht, wozu sie gehören.«

»Der eine ist vermutlich für Doktor Niles Büro. Mrs. Carey ist sich ganz sicher, daß Lucille ihren Hausschlüssel an diesem Ring befestigt hatte. Sie war ein paarmal dabei, als sie ihre Tür aufschloß.«

Stanial hörte Walmo tief Atem holen.

»Ich will doch nicht hoffen, daß Sie so eine verdammte Bagatelle ausschlachten werden, Stanial«, sagte er nach langem Schweigen.

»Ich habe nicht die Absicht. Aber ich möchte gern wissen, wo dieser Schlüssel hingekommen ist. Sie werden zugeben, Sheriff, daß sich durch sein Verschwinden der Bereich der möglichen Motive erweitert.«

»Falls sie überhaupt etwas besaß, das das Wegnehmen wert war. Jedenfalls kann ich Ihnen sagen, wer den Schlüssel nicht hat: Sam Kimber. Am Tag nach ihrem Tod beschwatzte er mich, daß ich ihm eine Erlaubnis für Mrs. Carey ausstellte, sie solle ihn einlassen, damit er sich ein paar private Papiere abholen könne. Und soviel ich weiß, hat er genau das getan.«

»Sagte er das nur?«

»Gibt's um diese Jahreszeit in Ihrem Büro nicht genug Arbeit?«

»Was meinen Sie damit?«

»Wenn Sie für jede Kleinigkeit eine Erklärung verlangen, können Sie hier Wurzeln schlagen. Vielleicht ist die Erklärung dafür, daß die Schlüssel nicht da sind, völlig harmlos. Sind Sie sicher, daß Sie sich in den Vorschriften über Beweismaterial auskennen?«

»Sheriff, ich habe die Verbindung zu Ihnen nicht wiederaufgenommen, um Sie zu veranlassen, das Ermittlungsverfahren neu zu eröffnen. Ich habe lediglich angerufen, um eine Frage zu stellen. Wenn ich tatsächlich einen Beweis in Händen habe, werde ich Sie selbstverständlich verständigen.«

»Tun Sie das.«

Nachdem Stanial den Hörer aufgelegt hatte, streckte er sich auf seinem Bett aus und ließ die Vermutungen, die sich inzwischen ergeben hatten, Revue passieren. Der Mörder war X, die unbekannte Größe. X mußte eine Position innehaben, durch die er dahinterkommen konnte, daß Lucille in ihrer Wohnung einen Gegenstand von Wert beherbergte. Er war ihr entweder zum See gefolgt oder hatte sich dort mit ihr verabredet. Dann mußte er sie ertränken, ohne daß an ihrem Körper Spuren auftraten, und außerdem noch wissen, welcher von den drei Hausschlüsseln zu ihrer Wohnung paßte. Wie er diese Wohnung ungesehen betreten und verlassen konnte, mußte er zuvor schon ausgekundschaftet haben. Aber war es denn nötig, die Frau zu töten, nur um etwas aus ihrer Behausung entfernen zu können? Doch wohl nur, wenn sie nach dem Verschwinden des Objekts als einzige wußte, wer es genommen hatte.

Es bestand aber auch die Möglichkeit, daß ein Plan überhaupt nicht vorgelegen hatte. Daß der Mord einer momentanen Eingebung gefolgt und das übrige eine vom Glück begünstigte Improvisation war.

Der verschwundene Schlüssel konnte verloren, gestohlen oder ausgeborgt worden sein. Oder man hatte ihn ihren Besitztümern nachträglich entnommen. Oder Sam Kimbers Forderung, die Wohnung betreten zu dürfen, hatte dazu gedient, eine falsche Spur zu legen und den Verdacht von sich abzuwenden.

Stanial hatte in früheren Zeiten schon wiederholt Denkgerüste wieder umgeworfen, die auf festerem Boden standen, nur weil sie künstlich zusammengebastelt waren. Dieses aber schien zu tragen. Es verursachte ihm ein Kribbeln am Hinterkopf. Und als Hilfsmittel bei Nachforschungen war ein sensibler Hinterkopf nicht zu verachten.

Wenn Lucille aber nun in dem Schlüssel das Symbol für alle Fehlschläge ihres Lebens gesehen, ihn ins Gebüsch geschleudert und sich doch ertränkt hatte?

Mord – das waren für gewöhnlich verwahrloste, blutbesudelte Wohnküchen, in denen jemand hockte, der benommen vor sich hin murmelte, das habe er nicht gewollt. Man blieb innerlich unbeteiligt dabei und tat das Unumgängliche so schnell es ging, etwa so, wie man mit angehaltenem Atem Hundekot vom Wohnzimmerteppich wischt.

In diesem Fall aber wurde man auch als Mensch hineingezogen, noch dazu auf eine Art, die in der Sache gar nicht begründet lag. So sah er zum Beispiel eben jetzt mit erschreckender Klarheit die Schädelpartie hinter Barbaras Ohr und den eigentümlich eleganten Verlauf der Kurve vor sich, die von der Rundung ihres Hüftansatzes zur Einbuchtung ihrer Taille lief. Ein sprödes, nicht einfach zu begreifendes Mädchen, das für ihn in jeder Hinsicht zu weit weg war. Nichts für einen Excop. Der paßte besser zu den fröhlichen, unkomplizierten Badenixen und Besucherinnen von North Miami Beach, wo man einander keine mit Herzblut geschriebenen Andenken hinterließ.

Aber wer, zum Teufel, ist Roger?

Plötzlich funkte ihm sein Unterbewußtsein, zu welcher Tür der andere Schlüssel paßte: zur Tür von Sam Kimbers Hütte.

Allmählich gewann Sam Kimber in Stanials Vorstellung Kontur. Er witterte, daß es gefährlich werden konnte, diesen Mann zu unterschätzen.

Gus Gable hatte das Jackett abgelegt. Über seine weiße Hemdbrust zog sich ein breiter Streifen Zigarrenasche. Alle Unterlagen waren auf Sams Schreibtisch ausgebreitet. Sam lag mit halbgeschlossenen Augen auf dem großen roten Ledersofa und streckte alle viere von sich. In der Hand hielt er eine Büchse Bier. Seine Slacks und sein Sporthemd waren zerknüllt, und auf seinen Wangen und dem kantigen Kinn sproß ein vierundzwanzig Stunden alter Stoppelbart.

Gus Gable schaute ihn erbittert an. »Du scheinst dir über die Bedeutung der Frage, wie du deine Steuerschuld begleichen willst, nicht im mindesten klar zu sein, Sam.«

»Du hast deine Sache gut gemacht, und ich kann verstehen, daß du sie jetzt vollends über die Runden bringen willst«, sagte Sam träge. »Aber sie werden ihr Geld schon bekommen. Mach dich bloß nicht verrückt deswegen.«

Gus ging zu ihm hin und schaute auf ihn hinunter. »Darum geht's doch nicht. Natürlich bekommen sie ihr Geld. Dafür sorgen sie schon. Es handelt sich darum, welches der beste Weg ist, es aufzutreiben. Wir haben keine Zeit zu verlieren. Ich habe bereits eine Methode ausgeknobelt, aber mir scheint, du hörst überhaupt nicht zu.«

Kimber gähnte. »Vermutlich ist es das gescheiteste, ich befasse mich damit, weil ich dich sonst ja doch nicht loswerde.«

Gus zog sich einen Stuhl heran und setzte sich. »Wage bloß nicht, etwas von deinem Grundbesitz zu verkaufen, weil du dann als Grundstückshändler eingestuft würdest und außerdem jeden Cent aus dem Erlös einkommenversteuern müßtest. Du hast das Land verdammt billig erworben, aber selbst wenn es dir heute eine Viertelmillion einbrächte, deine Steuerschuld könntest du mit diesem Geld doch nicht bezahlen, weil nämlich dein Jahreseinkommen durch diesen Verkauf um eine Viertelmillion wachsen würde, du damit in der Einkommensteuertabelle höher rangierst und zusätzlich noch Umsatzsteuer blechen mußt. Es kann dir passieren, daß du dabei vom Regen in die Traufe kommst. Und greifst du deine liquiden Kapitalreserven an, so entblößt du dich von den Mitteln für kommende günstige Geschäfte.«

»Richtig entmutigend klingt das«, brummte Sam.

»Also, wir machen folgendes: Wir nehmen das Gelände am Flamingo Lake und das am Beetle Creek und vereinigen die beiden zu einem Objekt. Falls wir nun selbst versuchten, eine Erschließungsgesellschaft aufzuziehen, würde Jacksonville einen faulen Trick wittern. Also halten wir nach Leuten Ausschau, die Geld in eine solche Gesellschaft investieren möchten. Wir lassen sie wissen, daß sie das Objekt kriegen können, sofern sie dir eine Teilhaberschaft einräumen. Du trittst namentlich gar nicht in Erscheinung, bringst lediglich die Grundstücke ein und erhältst dafür einen Anteil. Mit einem gewissen Verlust wirst du dich abfinden müssen, Sam, schließlich steckst du in der Klemme. Und da du dich zwangsläufig im Hintergrund halten wirst, kannst du auch kein Mitspracherecht beanspruchen; das sähe sonst komisch aus. Dann bietest du Charlie Diller deinen Anteil als Deckung für ein Darlehen an, mit dem du deine Steuerschuld bezahlen kannst. Ist darüber genügend Zeit vergangen, verkaufst du den Anteil an die Bank und tilgst mit dem Erlös das Darlehen und die angelaufenen Zinsen.«

»Scheint mir ein möglicher Weg.«

»Hast du auch richtig zugehört, Sam?«

»Bedeutet das nicht, daß sich da irgendwer erstklassiges Land ohne das geringste Risiko unter den Nagel reißen könnte?«

»Immerhin brauchst du dich um nichts zu kümmern, während die anderen eine ordentliche Menge Bargeld für Betriebsausgaben und Arbeitskapital reinbuttern müssen.«

Sam riß die Augen auf. »Wieso Bargeld? So was geht doch auch mit Wechseln und Anleihen, alter Junge. Ich habe vielleicht ein wenig das Interesse an meiner Umwelt verloren, aber doch nicht den Verstand. Zum Teufel, eine fingierte Geschäftsgründung wäre viel rentabler.«

»Ohne jeden Zweifel«, sagte Gus ärgerlich, »schon wenn man bedenkt, daß sie dich beobachten werden wie ein Geschwader Habichte ein Küken. Ich sage dir rundheraus und in aller Offenheit, Sam: Bei dieser Geschichte steht auch mein Renommee auf dem Spiel, und wenn du nur einen einzigen Winkelzug versuchst, steige ich aus und verständige Jacksonville, daß ich dich nicht mehr vertrete. Du bist für mich ein bedeutender und wertvoller Klient, Sam, und ich habe an dir schon eine Menge Geld verdient, aber wenn du's auf die krumme Tour versuchst, werden die sofort annehmen, wir hätten die Sache zusammen ausgeknobelt. Und was für ein Empfang blüht mir dann beim nächstenmal? Hör mir zu, Sam, und glaube mir! Für den Rest deines Lebens darfst du dir...«

»...nicht mehr das geringste zuschulden kommen lassen.« Sam stand gemächlich auf und warf die leere Bierdose in den Papierkorb neben dem Schreibtisch. Dann durchquerte er sein Vorzimmer. Gus folgte ihm langsam.

»Gehen Sie nach Hause, Angie«, sagte Sam, als er an ihrem Schreibtisch vorbeikam.

»Sobald ich fertig bin«, erwiderte sie unwirsch.

Mit Gus dicht auf den Fersen, betrat Kimber sein Junggesellen-Apartment, suchte sich frische Kleider aus dem Schrank und warf sie auf das überdimensionale Bett.

»Ich möchte deine persönliche Zusicherung, Sam, daß du tun wirst, was den Umständen nach das gescheiteste ist.«

Langsam knöpfte Sam Kimber sein beschmutztes Hemd auf. »Wenn ich mich als Kind mal so richtig waschen wollte, schnappte ich mir ein Stück Kernseife und lief zum Bach, wo er am tiefsten und schwärzesten war. Bloß hatten die Moskitos was dagegen. Sie waren groß wie Kolibris und hatten Stacheln wie Schusterahlen. Gewöhnliche Moskitos haben mich immer kalt gelassen, aber die Satansbraten, die da draußen herumschwirrten, stachen einen bis ins Mark.«

»Ich versuche lediglich...«

»Wie man es auch anstellte, man handelte seinen Dreck gegen Quaddeln ein. Wenn sich mehrere von den Biestern zusammentaten, konnten sie einen erwachsenen Mann so zurichten, daß ihn seine eigene Mutter nicht wiedererkannte.« Er knüllte die schmutzigen Kleider zusammen und warf sie in einen mit Schweinsleder überzogenen Wäschepuff. »Eines Tages angelte ich mir aus einer Pfütze eine Zeitschrift für Wohnraumgestaltung, die eine vornehme Touristin aus ihrem Sportwagen geworfen hatte. Darin war das verdammt größte, weißeste, blitzendste Badezimmer abgebildet, von dem du je gehört hast. Damals habe ich mir gelobt, es zu so einem Badezimmer mit guter, wohlriechender Seife, großen weichen Bürsten an langen Stielen und flauschigen, bettuchgroßen Badelaken zu bringen und den ganzen Sommer über nicht mehr aus der Wanne zu steigen.«

Während er an der Brause Wärmegrad und Wasserdruck regulierte, lächelte er Gus abwesend an.

»Ganz schön komisch für einen Mann, ein Leben lang zu robotern, nur um sich das tollste Badezimmer von ganz Florida anschaffen zu können, was?«

Das Wasser rauschte und dampfte. Sam betrat die riesige Kabine und schloß die Glastür hinter sich. Verzweifelt trottete Gus in die Küche, wo er sich, von Gewissensbissen geplagt, eine Dose Bier aufmachte. Dieser verdammte Kimber konnte den ganzen Tag über Bier saufen und bekam doch keinen Bauch davon. Gable aber hatte den Eindruck, daß mit jeder Büchse Bier, die er getrunken hatte, sein Bauch um einen weiteren Zentimeter gewachsen war und daß er diese Körperfülle nie wieder losbekäme.

Sobald das Brausen der Dusche verstummt war, ging Gus zurück ins Badezimmer. Sam stand mit einem Handtuch um die Hüften vor dem Waschbecken und schabte sich mit einem Rasiermesser den Bart. Auf Sams Rücken wuchs büschelweise schwarzes Haar, unter der gelblichen Haut spielten seilartige Muskelstränge, seine Beine waren so dicht behaart wie das Fell eines Grizzlys.

»Wo hast du den Tag über gesteckt?«

»Draußen in der Hütte.«

»Deine Leute haben dauernd versucht, dich dort zu erreichen.«

»Ich hörte ein paarmal das Telefon klingeln, hatte aber keine Lust, mich zu melden.«

»Was hast du denn getrieben?«

»Ich bin ein bißchen herumgelaufen. War schon beim ersten Tageslicht munter. Hab' mir dann einen Barsch gefangen. Aber bis ich ihn gebraten hatte, war mir der Appetit vergangen. Ich spiele mit dem Gedanken, den ganzen Krempel zu verkaufen.«

»Nicht in diesem Jahr. Du kannst es dir nicht leisten, irgendwelchen Grundbesitz zu veräußern.«

Sam spülte und trocknete das Rasiermesser ab, legte es ins Etui und klatschte sich prustend kaltes Wasser ins Gesicht.

»Und wenn ich ihn nun einfach weggäbe?« fragte er.

»Jedenfalls keiner Privatgesellschaft.«

»Was würdest du zu den Pfadfindern sagen?«

»Ich kann ja mal feststellen, welche Auswirkungen das für dich hat.«

»Mach das, Gussy.« Sam verließ das Badezimmer, und Gus folgte ihm. »Ich habe aber nicht vor, jemals wieder da hinauszugehen.«

Sam zog ein blaßblaues Hemd und dunkelgraue Slacks an, ging in die Küche und richtete, ohne Gus zu fragen, in übergroßen, dickwandigen und altmodischen Gläsern zwei starke, geeiste Bourbons an. Einen reichte er Gus, mit dem andern prostete er ihm wortlos zu und trank einen kleinen Schluck.

»Jetzt hab' ich's so schön weit gebracht, und nun ist alles für die Katz«, sagte er und sah Gus an. Sein düsteres Lächeln drückte eine seltsame Mischung aus Ironie und Seelenpein aus. »Und dabei bin ich nicht mehr der jüngste.«

»Was soll das heißen, Sam?«

Kimber ging ins Wohnzimmer und ließ sich aufs Sofa fallen. Gus tappte hinter ihm her. »Wenn hier alles bereinigt ist, segle ich vielleicht die Küste hinunter und befasse mich mal mit Delphinen, diesen Riesenbiestern, von denen soviel die Rede ist. Wäre doch wenigstens mal was Neues für mich.«

»Möglicherweise kann ich mit den Leuten vom Marinestudio in Miami eine Vereinbarung treffen, die dir eine teilweise Abschreibung der Reisekosten ermöglicht, Sam. Wenn du willst, leite ich das in die Wege.«

Sam starrte ihn an und schüttelte den Kopf. »Du brichst wirklich jeden Rekord.«

»Zum Teufel, du bezahlst mich doch dafür, daß ich an solche Sachen denke. Und ich habe dir schon zehnmal soviel Geld erspart, wie ich dich gekostet habe.«

»Vielleicht fahre ich heute abend nach Orlando und ziehe mir einen kleinen Rotschopf an Land, den ich schon drei Jahre nicht mehr besucht habe. Könntest du dir was einfallen lassen, wie man auch das abschreibt?«

»Ich möchte jetzt endlich wissen, ob du dich nach meinem Vorschlag richten willst.«

»Ich werd' ihn mir durch den Kopf gehen lassen.«

Gus rutschte an die Stuhlkante vor. »Sam, darf ich ganz offen sprechen?«

»Probier's und wart's ab, was dabei herauskommt.«

»Ich darf von mir wohl ohne Übertreibung sagen, daß ich kein kompletter Narr bin.«

»Was deine Arbeit betrifft, bestimmt nicht, Gussy.«

»Du nimmst den finanziellen Ärger, in dem du steckst, viel zusehr auf die leichte Schulter. Zum Teufel, ich weiß, daß die Viertelmillion nichts bedeutet im Vergleich zum Nettowert deines Besitzes, falls wir ihn nach und nach, mit Überlegung und im Verlauf einer langen Zeitspanne liquidieren würden. Trotzdem ist die Lage ernst. Siehst du das ein?«

»Es hat ganz den Anschein.«

»Ich habe das dir gegenüber nie erwähnt, weil ich gewissen Antworten aus dem Weg gehen wollte. Ich glaube, ich kenne dich mittlerweile ziemlich gut. Du behältst vieles für dich und gibst niemandem völligen Einblick in deine Verhältnisse.«

»Wenn man seine Karten schon zuvor sehen läßt, macht das ganze Spiel keinen Spaß mehr.«

»Sam, ich habe mir einzureden versucht, daß in der Steuererklärung, die wir zusammen aufgesetzt haben, tatsächlich dein ganzes Einkommen aufgeführt ist. Aber ich bin kein verdammter Narr. Laß mich ausreden. Ich bin ein paar Jahre zurückgegangen, Sam, und habe versucht, den Reingewinn mit einer Methode zu überschlagen, wie sie das Finanzamt gelegentlich anwendet. Sie nehmen das nach Abzug der Steuern verbliebene Einkommen, ziehen einen Schätzungsbetrag für Lebenshaltungskosten ab und vergleichen den Rest mit deinen Angaben darüber, wieviel du in den vergangenen Jahren an Vermögen angesammelt hast. Ich habe weit genug nachgebohrt. Dem Himmel sei Dank, daß nicht auch Jacksonville das probiert hat.«

Mit einer gleitenden Bewegung stand Sam Kimber auf. »Jetzt bin ich ganz Ohr, Gus. Mach bloß aus deinem Herzen keine Mördergrube.«

»Ich – ich meine eben, daß du eine gezinkte Karte hast. Um wieviel sich's dreht, weiß ich nicht. Bargeld vermutlich. So zwischen fünfzigtausend und hundertfünfzigtausend Dollar. Das macht mir Sorgen, Sam.«

»Du machst mir Sorgen.«

»Jede einzelne deiner Transaktionen wird scharf überwacht werden. Du darfst nicht glauben, daß du etwas von dem Geld in deine Steuerzahlung hineinbuttern kannst, ohne daß es bemerkt würde. Ich wiederhole noch einmal: Es ist jetzt die denkbar ungünstigste Zeit, auf krummen Touren zu reisen.«

Sam Kimber machte einen langen Schritt, umklammerte mit seinen riesigen Pranken die Oberarme von Gus und riß ihn vom Stuhl hoch. Gus stieß einen leisen Schrei des Schmerzes und der Überraschung aus. Das Glas fiel ihm aus den Händen. Sam hob ihn hoch, so daß ihre Gesichter nur eine Handbreit voneinander entfernt waren. »Und nun verrate mir mal, wo ich solches Geld aufbewahren würde.«

»An – an einem sicheren Ort. Laß mich los!«

»Wo zum Beispiel?«

»Ich weiß es nicht«, sagte Gus verzweifelt. »Gott ist mein Zeuge!«

»Ich werde dir jetzt mal was erzählen«, sagte Sam, und seine Aussprache gewann eine tödliche Präzision. »Dieser Raum ist schalldicht. Für mich bist du ein Lügner. Ich gebe dir eine Chance, mir mitzuteilen, wo ich dieses Geld aufbewahrt habe, – und wenn du mich belügst, trete ich dich ins Kreuz, und dann werde ich dich noch einmal fragen.«

»Wir kennen einander nun schon...«

Die stählernen Finger gruben sich nur noch tiefer in seine Arme. »Die richtige Antwort!«

»Um Gottes willen, Sam! Du hast es Lucille gegeben!«

Sam durchbohrte ihn mit einem Blick, der ihm das Blut gefrieren ließ, und öffnete dann ruckartig seine großen Hände. Gus landete so unsanft auf seinen Fersen, daß er sich auf die Zunge biß, was sehr weh tat. Er ächzte, ging in die Knie und hockte sich wie ein dickes, müdes Kind auf den Fußboden. Seine Hände waren eigentümlich weiß und völlig abgestorben, auch konnte er die Arme nicht heben. Als er die Finger bewegte, setzte ein schmerzhaftes Kribbeln ein. »Lieber Gott«, murmelte er und schluchzte kurz auf. Das spröde Geräusch überraschte ihn.

Sam kauerte sich nieder und starrte Gus ins Gesicht. »Jetzt wollen wir der Sache mal richtig auf den Grund gehen, Mister...«

Gus seufzte. »Ich muß an meine Sicherheit denken.«

»Du bist schon so gut wie fertig. Also mach lieber freiwillig den Mund auf.«

Gus sagte sich, daß das wohl ein Scherz sein müsse. Er schaute Sam gerade in die Augen, um sich zu vergewissern. Aber noch immer lag der furchtbare Blick in ihnen, noch immer war Sams Gesicht schweißnaß und grau.

Gus schluckte krampfhaft. »Sobald ich mir einigermaßen sicher war, daß du Bargeld auf der Seite hattest, fragte ich mich, wo es wohl stecken mochte. Du bist gewitzt genug, es nicht in einem Schließfach aufzuheben. Ich erinnerte mich, daß du ohne zwingenden Grund eine Reise unternommen hattest, und vermutete, daß du weggefahren warst, um es herzuholen. Daraus schloß ich, daß du es verstecken würdest. Vielleicht draußen in der Hütte, vielleicht auch hier. Ich grübelte lange darüber nach. Gott ist mein Zeuge, Sam, wenn mich mal die Neugier gepackt hat, komme ich nicht mehr zur Ruhe, bis ich Bescheid weiß. Ich bin nun mal so. Schließlich kam ich zu einem anderen Ergebnis. Du hattest mich so dringend aufgefordert, dich unverzüglich zu verständigen, sobald von einer Anklage wegen Betrugs oder von einer Gefängnisstrafe die Rede wäre. Du bist nicht der Mensch, der einen Freiheitsentzug verträgt. Außerdem mußtest du ja auch Geschäftsreisen machen. Und du konntest das Geld doch nicht immer mit dir herumschleppen. Also mußtest du es bei jemand deponieren, der es dir bringen würde, sobald Not am Mann war. Je mehr ich darüber nachdachte, desto sicherer erschien es mir, daß nur Lucille in Frage kam. Also tüftelte ich eine Fangfrage aus, die ihr unverständlich geblieben wäre, wenn sie das Geld nicht gehabt hätte. Andernfalls aber mußte sie sich verraten.«

»Und dich plagte nun mal die Neugier. Wann ist es denn passiert?«

»Schätzungsweise vor drei Wochen. Du warst nach Tampa gefahren. Ich hatte mich bei Doc Nile angemeldet und traf sie allein im Wartezimmer an. Also beugte ich mich über ihren kleinen Schreibtisch und flüsterte ihr ins Ohr: ›Hoffentlich haben Sie's gut aufgehoben.‹ Wenn sie mich verwirrt angesehen und gefragt hätte, was ich meine, hätte ich gesagt, ich spräche von meinem Krankenblatt. Aber sie erschrak, bekam runde Augen und sagte: ›Gewiß, es ist in... Wovon sprechen Sie eigentlich?‹ Aber der Nachsatz kam zu spät. Ich erwiderte, ich meine das Geld. Da biß sie sich auf die Lippen und sagte, du hättest ihr versichert, daß niemand sonst davon wisse. Nun begann ich nervös zu werden, weil ich fürchtete, sie könne dir erzählen, wie ich sie aufs Kreuz gelegt hatte. Dann nahm Doc Nile mich dran, und als er fertig war, wartete ich, bis sie Dienstschluß hatte, und lud sie zu einer Tasse Kaffee ein. Ich sagte ihr, ich versuchte nach besten Kräften, dich aus deinem Steuerdebakel herauszupauken, aber du machtest einem die Zusammenarbeit schwer, weil du so zugeknöpft seist. Nun hätte ich mir errechnet, daß du irgendwo Bargeld versteckt haben müßtest, um es im Ernstfall sofort zur Hand zu haben, und es läge auf der Hand, daß sie es für dich aufbewahre. Sie schien verwirrt, da sie über die Höhe des Betrags gar nicht Bescheid wußte und geglaubt hatte, es gehöre dir nicht einmal.«

»Also mußtest du ihr notgedrungen mitteilen, daß es sich um Geld handelte, das ich hinterzogen hatte.«

»Nein, Sam, Ehrenwort! Sobald ich deine Version herausbekommen hatte, schlug ich in dieselbe Kerbe. Sie versprach mir halb und halb, diese kleine Unterhaltung vor dir nicht zu erwähnen. Zunächst schien sie sich wegen des Geldes Sorgen zu machen, dann aber beruhigte sie sich wieder. Ich erklärte ihr, daß ich schon sehr lange mit dir zusammenarbeite und keinen anderen Wunsch hege, als dich zu schützen.«

Ein blauweißer Blitz schien in Gus Gables Kopf eingeschlagen zu haben. In seinem linken Ohr klingelte es schmerzhaft, und im Mund schmeckte er Blut. Erst während er sich bemühte, wieder in seine sitzende Stellung zu finden, ging ihm auf, daß Sam ihn geohrfeigt haben mußte. Denn ehe Sams geöffnete Hand ihn traf, hatte er nicht die geringste Bewegung gesehen.

»Und dann hast du dich natürlich mit deiner Schlauheit gebrüstet. Wem gegenüber?«

»Ich habe kein Wort weitergesagt. Auf Ehre und Gewissen. Ich bemühte mich sogar, die ganze Sache zu vergessen, weil ich für die Besprechungen in Jacksonville den Kopf frei haben wollte.«

Kimber richtete sich aus seiner kauernden Stellung auf und streckte seine riesige Hand nach Gable aus. Gus zuckte zurück.

»Los, steh auf«, sagte Sam. Gus ergriff die dargereichte Pranke. Sam riß ihn so jäh hoch, daß Gus den Boden unter den Füßen verlor und erst nach ein paar hastigen Stolperschritten das Gleichgewicht wiedererlangte. Er stürzte auf einen Sessel zu, vollführte eine halbe Drehung und ließ sich, nach Atem ringend, hineinfallen. Dann zog er sein Taschentuch hervor und trocknete sich das Gesicht.

»Mein voller Ernst, Sam, in den fünf Jahren, seit ich dich kenne, habe ich dich nie so handeln ...«

»Ich muß wohl ein bißchen durcheinander sein, Gussy.«

»Du solltest es dir vorher überlegen, ehe du einen so herumpuffst.«

Sam trat näher. »Soll das eine Warnung sein?«

»Ich meinte lediglich ...«

»Begreifst du immer noch nicht, was hier gespielt wird, du dämlicher kleiner Hundesohn? Lucille ist tot und das Geld verschwunden!«

Gus bewegte die Lippen, als wollte er etwas sagen, doch dann klappte ihm der Unterkiefer herunter. »Verschwunden?«

»Einhundertsechstausend Dollar Bargeld. Vor dreißig Jahren war ich einmal sieben Wochen auf Garnelenfang, und wir legten in Key West an. Ein Schwede aus St. Pete hatte alles Bargeld gewonnen, das an Bord war, aber er war noch keine Viertelmeile vom Dock weg, als ihm schon jemand ein Fischmesser in den Bauch steckte und ihn ausraubte.«

»Aber das bedeutet doch noch nicht, daß...«

»Was bedeutet es denn deiner Meinung nach?«

»Vielleicht hat sie es bloß besser versteckt, als du glaubst, Sam.«

»Es ist weg.«

»Ich – ich weiß einfach nicht, was ich sagen soll. Einen solchen Batzen Geld einzubüßen!«

»Das ist es nicht, was ich verloren habe.«

»Ich sehe einfach nicht, wieso diese beiden Dinge zusammenhängen müssen.«

»Irgend jemandem mußtest du doch ganz einfach erzählen, was für ein Schlauberger du bist.«

»Sam, ich schwöre dir, daß ich es niemandem gesagt habe. Vielleicht – vielleicht hat Lucille jemanden ins Vertrauen gezogen. Womöglich war sie beunruhigt und suchte Rat.«

»Weil du sie aus dem Gleichgewicht gebracht hattest.«

»Sam, ich versuchte lediglich, auf die einzige Art und Weise, die mir eingefallen war, mein Bestes für dich zu tun.«

Kimber musterte ihn, nickte und sagte, als spräche er mit sich selbst: »Du hättest einfach nicht den Schneid gehabt, es dir zu klauen oder dir jemand dafür zu ködern. Aber du hast mich hintergangen, hast mein Mädchen hereingelegt und seinen Seelenfrieden zerstört.«

»Sam, ich habe nur...«

»Du hast mir genug geholfen, Gussy. Ich wünsche, daß du alle Unterlagen, die mich oder meine Geschäftsverbindungen betreffen, bis auf den letzten Notizzettel aus deinen Akten herausziehst und morgen bis Geschäftsschluß bei Angie abgibst.«

»Nun warte doch einen Augenblick.«

»Dein Mietvertrag läuft am Jahresende ab, aber du tätest gut daran, dir schon früher eine andere Bleibe zu suchen.«

»Sam, du bist nicht bei klarem Verstand.«

»Jedesmal, wenn du mich künftig auf dich zukommen siehst, gehst du auf die andere Straßenseite hinüber, verstanden?«

»So hör mir doch zu!«

»Was hast du mir noch zu sagen?«

»Du brauchst mich, Sam. In Steuersachen kann niemand anderer so viel für dich tun wie ich. Ich kenne alle deine Probleme aus erster Hand, und ich weiß den hundertprozentig sicheren Weg, der dich aus deiner gegenwärtigen Klemme herausführt. Ich möchte dir in allem Ernst raten, Sam, nicht Gefühle die Oberhand gewinnen zu lassen. Überleg es dir noch ein paar Tage. Was habe ich denn so Schlimmes verbrochen?«

»Komm, Gussy, ich schaff' dich raus.«

»Wirst du dir meine Worte durch den Kopf gehen lassen?«

»Ich bin schon dabei.«

»Du wirst doch nichts Übereiltes tun wollen? Ich meine – ich könnte den Leuten vom Finanzamt ja auch erzählen, ich hätte in deiner Steuererklärung versehentlich etwas ausgelassen.«

»Ich lerne dich von Minute zu Minute besser kennen, Gussy.«

Gus Gable ging zur Tür und fuhr erschrocken zusammen, als Sam ihm wie beiläufig den Arm um die Schulter legte. Gemeinsam betraten sie das Vorzimmer. Angie tippte. Ein Mann im hellen Anzug saß auf einem Stuhl und wartete. Gus wollte sich umwenden, doch schon packte ihn eine große Hand am Kragen.

»Angie, mein Goldkind, halten Sie mir die Tür auf«, sagte Sam.

»Überlege dir, was du tust«, piepste Gus.

»Oder du zeigst mich an«, ergänzte Sam friedlich.

Angie hielt die Tür auf. Gus wußte, daß Sam nicht ernst machen würde. Sein augenblickliches Verhalten mußte sich als Jux entpuppen. Es konnte einfach nicht ernst sein, weil der große Fischzug damit ins Wasser fiele. Und Charlie Diller hatte doch schon alles in die Wege geleitet.

Plötzlich wurde er mit großer Geschwindigkeit auf den Ausgang befördert. Im letzten Moment packte ihn etwas am Hosenboden und riß ihm die Beine unter dem Leib weg. Er hörte einen angestrengten Grunzlaut. Dann rutschte er auf Bauch und Händen den gefliesten Flur entlang und krachte mit dem Kopf an die gegenüberliegende Wand. Zischend schloß sich hinter ihm die Tür. Taumelnd stand er auf, betastete seine Schädeldecke und betrachtete fassungslos das Blut an seinen Fingern. Plötzlich sah er seine ganze, trostlose Zukunft vor sich. Er lehnte sich an die Mauer, drückte seine Stirn gegen die rauhe Wandverkleidung und begann hemmungslos zu schluchzen.

Sam bemerkte, daß Angie, als sie zu ihrem Schreibtisch zurückging, einen ziemlich weiten Bogen um ihn machte. Es amüsierte ihn beinahe.

»Schätzungsweise werden wir neue Steuerberater brauchen«, sagte er. »Gussy wird morgen die ganzen Akten heraufschicken.«

»Sehr wohl, Mr. Sam.«

»Wie heißen doch gleich diese Leute in Orlando? Brewer und...«

»Bruner und McCable, Mr. Sam.«

»Bestellen Sie sie für morgen nachmittag hierher. Die werden sich die Beine ausreißen.«

»Okay, Mr. Sam.«

Plötzlich bemerkte er den gelassen und ausdruckslos dasitzenden jungen Mann im hellen Anzug. »Wer, zum Teufel, ist denn das da, Miß Angie?«

»Wieso? Das ist doch der Mann von der Versicherung, Mr. Paul Stanial.«

»Sagen Sie ihm, daß er hereinkommen soll«, knurrte Sam und ging in sein Büro.

7

»Setzen Sie sich«, sagte Kimber zu Stanial und öffnete eine kleine Kühlbox, die in die vertäfelte Wand eingelassen war. »Sie trinken doch ein Bier mit mir, Mr. Stanial?« Er knackte die Dosen auf, händigte eine davon Stanial aus und setzte sich hinter den Schreibtisch. »Ich pflege sonst Geschäftsverbindungen nicht so zu beenden, wie Sie es gerade miterlebt haben. Nun, was haben Sie auf dem Herzen, Mr. Stanial?«

Paul Stanial sagte sein Sprüchlein auf und legte die Beglaubigungsschreiben der Versicherung vor. Währenddessen sah Kimber ihn träge an, und in dem Blick, der unter den gelblichen Brauen hervorkam, lag etwa soviel Anteilnahme wie in den Glasaugen eines ausgestopften Hasen.

»Sie wollen demnach den Verdacht auf Selbstmord entkräften.«

»Oder erhärten, Mr. Kimber.«

»Interessant. Und warum kommen Sie damit ausgerechnet zu mir?«

»Es scheint allgemein bekannt zu sein, daß Sie mit der Verstorbenen eng befreundet waren.«

»Und der Vermutung entsprechend, die Sie beweisen oder widerlegen wollen, glauben Sie offenbar, ein natürliches Recht darauf zu haben, allen möglichen Leuten die persönlichsten Fragen stellen zu dürfen.«

»Das gehört zu meiner Arbeit, Mr. Kimber.«

»Verstehen Sie was von Ihrem Job?«

»Meine Gesellschaft scheint mit mir zufrieden zu sein.«

»Geben Sie mir Ihre Polizeinummer für den Fall, daß ich das Stammbüro dieser North Atlantic Mutual anrufen und dort mitteilen möchte, wie geschickt und taktvoll Sie diese unangenehme Aufgabe hier erledigt haben.«

»Das wäre wirklich sehr freundlich von Ihnen, Mr. Kimber.«

»Wenn ich etwas mag, dann ist es ein Mensch, der zu seiner Arbeit taugt. Und bei einer Pokerpartie mit Ihnen hätte ich wohl kaum was zu lachen.«

»Ich fürchte, Sie haben mich nicht richtig verstanden, Sir.«

»Wissen Sie, daß verdammt wenig fehlte, und ich hätte Ihnen Ihre Geschichte abgekauft? Bloß weiß ich zufällig, daß Lucille keine solche Versicherung abgeschlossen hatte.«

»Wie bitte?«

»Ach, nun hören Sie doch schon auf, zum Kuckuck! Ich war über ihre Finanzlage bis in alle Einzelheiten informiert. Nie hatten zwei Menschen weniger Geheimnisse voreinander.«

Schweigend ging Stanial mit sich zu Rate, holte dann seinen Polizeiausweis aus der Tasche und reichte ihn Kimber hinüber. Kimber prüfte ihn und gab ihn zurück. »Wer bezahlt, Mr. Stanial?«

»Die Schwester.«

»Warum?«

»Sie glaubt, Lucille sei ermordet worden.«

»Was hat sie auf den Gedanken gebracht?«

Wieder zögerte Stanial. Schließlich öffnete er seine Aktenmappe und suchte wortlos die Kopie des bedeutsamen Absatzes von Lucilles Brief an Barbara heraus. Kimber befaßte sich so lange damit, daß Stanial nicht hätte sagen können, wie oft er ihn las. Dann trank er sein Bier aus, drückte die leere Büchse in seiner Hand zusammen, als bestünde sie aus Stanniol, und warf sie in den Papierkorb.

»Die Person, die sie A nennt, bin ich. B haben Sie vorhin auf dem

Bauch den Flur entlangrutschen sehen. Es wäre wirklich hübsch, zu wissen, wer C ist. B jedenfalls hat sie vor drei Wochen hereingelegt. Sie hätte es mir sagen sollen.«

»Glauben Sie, daß sie getötet wurde, Mr. Kimber?«

»Glauben Sie's?«

»Ich habe meine Karten auf den Tisch gelegt. Wie wär's, wenn Sie jetzt das gleiche täten?«

Kimber schwenkte auf seinem Drehstuhl herum, bis Stanial nur noch seinen Hinterkopf und ein wenig von seinem linken Profil sehen konnte.

»Irgendwie fällt es mir schwer«, meinte Kimber, »es geradeheraus zu sagen. Schon wenn ich nur daran denke, beschleicht mich das ungemütliche Gefühl, ich könnte etwas Fürchterliches anrichten, ohne recht zu wissen, was ich tue. Als ich vorhin Gus Gable beim Kragen gepackt hielt und Angie zur Tür ging, kam mir der Gedanke, wie einfach es doch wäre, ihn nicht durch die Tür, sondern durch das große Fenster hinter Mrs. Nimmits Schreibtisch zu feuern. Als ich die Nachricht von Lucilles Tod hörte, starb etwas in mir, Mr. Stanial. Seither ist es mir egal, was ich tue. Und das ist eine gefährliche Verfassung für einen ausgewachsenen Mann.«

»Ich weiß deshalb nicht, ob sie umgebracht wurde, weil mir nicht bekannt ist, was auf dem Spiel stand, Mr. Kimber. Einiges kann ich erraten. Sie vertrauten einander ohne Vorbehalt. Und da mir gesagt wurde, daß Sie nach Lucilles Tod in ihre Wohnung gingen, nehme ich an, daß sie Ihnen etwas aufbewahrte. Ich habe keine Ahnung, um was es sich handelte und ob es noch da war. Zu Mrs. Carey sagten Sie, was Sie suchten, hätten Sie gefunden. Aber ich glaube, jemand ist Ihnen zuvorgekommen.«

Kimber fuhr herum. »Wer?«

»Ich weiß es nicht. Die Person jedenfalls, die den Schlüssel an sich genommen hatte. Allem Anschein nach befand er sich mit den Autoschlüsseln am selben Ring. Und wenn ihn nicht jemand in Walmos Büro entfernt hat, muß er schon draußen am See weggekommen sein. Ich weiß, daß Sie in steuerlichen Schwierigkeiten stecken. Walmo scheint anzunehmen, daß Mrs. Hanson Ihnen die Bücher führte, die nicht fürs Finanzamt bestimmt waren, und daß Sie sie sicherstellen wollten.«

»Von diesem Augenblick an ist Walmos Karriere in unserem Bezirk zu Ende.«

»Er weiß, wer mich zu Hilfe gerufen hat und weshalb. Und er

sagte, er lege die Hand dafür ins Feuer, daß Sie sie weder selbst noch durch Mittelsmänner getötet hätten. Seiner Meinung nach handelt es sich um Tod durch Unfall. Aber er muß sich absichern. Nehmen wir einmal an, ich erbrächte tatsächlich Beweise für eine andere Todesursache. Dann müßte er dem Staatsanwalt erklären, warum er mit erhellenden Informationen hinter dem Berg gehalten hat. Weil Sie sein alter Freund sind? Mit Offenheit mir gegenüber setzt er bloß auf Nummer Sicher.«

»Nur daß Harv nicht so scharfsinnig ist, Stanial. Er hält mich für erledigt, und zwar für alle Zeiten. Und jetzt glaubt er, er könne mir ruhig noch einen Fußtritt geben. Vielleicht behält er sogar recht.«

»Wie meinen Sie das?«

»Falls sich diese Geschichte offiziell zu einem Mordfall entwickelt, kommt unweigerlich heraus, was ich bei ihr versteckt habe. Und dann bin ich vermutlich für immer geliefert.«

»Was war es?«

»Ach, nun ist schon alles gleich. Gus Gable kann mir schaden und wird es wohl auch. Auf einen mehr oder weniger kommt's schon gar nicht mehr an. Es war Geld, mein Junge. Undeklariertes und in keiner Abrechnung erscheinendes Geld, das zufällig auch der Steuerfahndung entgangen ist. Eine kleine blaue Flugtasche mit Reißverschluß, gestopft voll. Einhundertsechstausend Dollar in bar.«

»Und warum haben Sie's gerade ihr gegeben?«

»Warum hätte ich's nicht ihr geben sollen? Wenn es zum Schlimmsten gekommen wäre, und ich mich hätte verdrücken müssen, hätte ich sie auf jeden Fall nachkommen lassen. Und da wäre es einfacher gewesen, wenn sie das Geld gleich hätte mitbringen können. Es ist schon komisch, daß ich's mir gerade heute wiederholt hätte, weil jetzt keine unmittelbare Gefahr mehr besteht. Sie wußte nicht, um was sich's drehte, Stanial. Es war das erste und einzige Mal, daß ich sie angelogen hatte. Und diese Lüge hat sie vermutlich getötet. Wie und warum weiß ich nicht, aber ich hab's im Gefühl. Hätte ich sie eingeweiht, wäre ich vermutlich in ihrer Achtung gesunken, und ich wollte doch, daß sie mich für den besten Menschen auf Gottes Erdboden hielt. Vielleicht hätte sie sich auch geweigert, das Geld für mich aufzubewahren. Sie hatte strenge Grundsätze. Nun kann ich es wohl auch laut sagen. Ja, ich glaube, Lucille wurde ermordet.«

»Ich bin derselben Meinung. Und ich denke mir, daß der Täter oder die Bande den Schlüssel erst in der darauffolgenden Nacht benutzte. Mrs. Carey schaut sich jeden Abend im Fernsehen den letzten Film an. Und der Eingang zur Wohnung liegt nach hinten.«

»Nun mal langsam, Stanial. Warum hätten sie bis zur Nacht warten sollen? Wie konnten sie wissen, ob ich keinen zweiten Schlüssel besaß und mir das Geld nicht sofort holte, sobald ich die Todesnachricht hören würde?«

»Mörder handeln nicht immer folgerichtig, Mr. Kimber.«

»Wir nennen uns besser Paul und Sam. Schließlich ziehen wir von nun an am gleichen Strick. Das heißt, falls Sie mich nicht verdächtigen, ich oder ein Helfershelfer von mir sei der Täter. Sie könnten denken, ich hätte ihr in meiner Vertrauensseligkeit zuviel von meinen Geschäftspraktiken erzählt und mir, weil sie zu Tode erschrak und mich anzeigen wollte, nicht mehr anders zu helfen gewußt.«

»Das habe ich mir auch schon durch den Kopf gehen lassen.«

»Andernfalls wären Sie auch verdammt untüchtig. Sie könnte mir ja den Laufpaß gegeben haben. Wenn ich nun den Gedanken nicht ertrug, daß sie zu Hanson zurückkehren würde? Und wenn ich seit jeher einen zweiten Schlüssel gehabt, mir das Geld geholt, es versteckt und vor Walmo Komödie gespielt hätte?«

Stanial schlug sein Notizbuch auf. »Sie fuhren an jenem Tag nach Lakeland, Sam. Für zehn Uhr waren Sie dort mit einem Mann namens Richter und einem Grundstücksmakler namens Lowe verabredet. Sie besichtigten Ländereien und gingen anschließend mit den beiden zum Lunch. Um zwei Uhr verließen Sie das Restaurant. Die Fahrt von Lakeland bis hierher dauert fünfzig Minuten. Etwa um drei Uhr, als Sie gerade aus Ihrem Auto ausstiegen, kam ein Mann namens Charles Best vorbei und erzählte Ihnen, daß Lucille im Daykersee ertrunken sei.« Stanial klappte das Notizbuch zu. »Ein gedungener Helfer? Eine solche Handhabe würden Sie keinem Menschen zuspielen.«

»Lucilles Schwester kriegt eine reelle Gegenleistung für ihr Geld. Aber könnte ich den Komplicen nicht beseitigt haben?«

»In diesem Fall hätten Sie sich einen günstigeren Platz ausgesucht als einen See bei hellem Tageslicht, wo jeden Moment hätten Leute daherkommen können. Die äußeren Umstände sprechen für eine Affekthandlung.«

»Und doch ist alles ganz glatt gegangen. Wäre nicht dieser Brief an ihre Schwester, kein Hahn hätte danach gekräht.«

»Impulsiv begangene Morde rollen manchmal genauso ab wie vorgeplante.«

»Was ist mit Hanson?«

»Ich treffe nachher einen weiteren Zeugen. Er will bestätigen, daß Hanson sich nicht am Tatort aufhielt. Ein Mädchen, das zur fraglichen Zeit bei ihm war. Hatte Lucille einen Schlüssel zu Ihrer Hütte?«

»Sie hatte einen.«

»Und einen zu Doktor Niles Büro. Wenn wir nun voraussetzen, daß jemand den Wohnungsschlüssel an sich genommen hat, so ergibt sich daraus, daß die betreffende Person entweder das Aussehen des Wohnungsschlüssels oder das der beiden anderen kannte. Sie waren nämlich nicht gekennzeichnet.«

Es klopfte, und Angie Powell trat ein. »Gibt es noch was zu tun für mich, Mr. Sam?«

»Lieber Himmel, Mädchen, es ist sieben vorbei.«

»Der Turnverein trifft sich erst um acht Uhr. Ich habe Zeit. Wenn Sie das da noch unterschreiben wollen, kann ich es nachher gleich in den Kasten stecken.« Damit legte sie ein Bündel Briefe vor Sam Kimber auf den Schreibtisch. Sam sah sie flüchtig durch und kritzelte seinen Namen darunter. Angie stand neben ihm und lächelte Stanial abwesend an.

»Und nun fort mit Ihnen«, sagte Sam. Sie nahm die Briefe an sich. »Ich habe Mr. McCabe zu Hause erreicht«, meinte sie. »Er und Mr. Bruner junior können morgen um drei hier sein. Ist Ihnen das recht?«

»Geht in Ordnung. Werden Sie Gus sehr vermissen?«

Sie sah ihn besorgt an. »Von mir ist nicht die Rede, Mr. Sam. Wenn es Ihnen nur nicht so gehen wird. Es sieht doch so aus, als hätte er gute Arbeit für Sie geleistet.«

»Aber in einem Punkt hat er doch gepfuscht.«

Voller Unbehagen wies sie mit den Augen auf Stanial. »Falls Sie mir Näheres erzählen wollen, wird sich sicher Ort und Zeitpunkt dafür finden. Ich hoffe nur, daß er – uns keine Scherereien macht.«

»Versuchen wird er's bestimmt.«

»Gute Nacht, Mr. Sam. Gute Nacht, Mr. Stanial.«

Federnden Schrittes ging das Mädchen hinaus. Stoff raschelte, ein Türschloß schnappte ein, dann herrschte Stille.

»Ich habe Sie jetzt lange genug aufgehalten«, brach Paul das Schweigen.

»Bleiben Sie noch eine Minute. Der Brief an ihre Schwester geht mir nicht aus dem Kopf. Soweit ich es übersehe, muß die Person, die sie C nennt, über Gus zu ihrer Information gekommen sein.«

»Den Anschein hat es. Aber vielleicht hat sie auch noch jemand anderen ins Vertrauen gezogen.«

»Wenn ich Ihnen eine Liste der Leute zusammenstelle, die mir ans Leder wollen, lesen Sie sich in Schlaf. Jedenfalls werde ich Gus die Daumenschrauben noch ein bißchen fester anziehen. Vielleicht hat er sich einen Mitwisser geschaffen, ohne es zu merken. Ich werde seinem Gedächtnis ein wenig nachhelfen.«

Das restliche Licht der untergehenden Sonne hatte sich in ein trübes Safrangelb verwandelt. Plötzlich war es stockdunkel im Büro. Auf einen grellen Blitz folgte unmittelbar ein lauter, grollender Donnerschlag. Kimber stand auf und trat ans Fenster.

»Das war den ganzen Tag schon fällig«, sagte er.

»Wird sich's jetzt wirklich entladen?« fragte Stanial.

»Das gibt den schönsten Wolkenbruch.«

Die Gesellschaft der Keavers bestand aus einem runden Dutzend Leuten, die Gastgeber eingerechnet, doch kam sie Barbara einmal erheblich kleiner und dann wieder sehr viel zahlreicher vor. Vor dem Haus der Keavers erstreckte sich eine allseitig zugewachsene Pergola, die ein Bindeglied zwischen einem zierlichen Gartenpavillon im chinesischen Stil und einem älteren Bootshaus bildete. Ihre Bodenfläche wurde zur Hälfte von einem ziemlich flachen Schwimmbassin eingenommen.

Die Yates, die Keavers und die Bryes erkannte Barbara wieder; Lucille hatte sie häufig in ihren Briefen erwähnt. Dann war noch ein älteres Ehepaar erschienen, George und Nina Furrbritt, und ein jüngeres Gespann, das Coop und Sis Toombs hieß.

Die Party begann zunächst recht gedämpft und mit all den höflichen Beileidsbekundungen, auf die Barbara sich eingestellt hatte. Aber in weniger als einer Stunde hatten die hochprozentigen und eilig konsumierten Getränke eine Stimmung geschaffen, in der es nur noch Albernheiten, Nachäffereien und schlüpfrige Anspielungen gab.

Barbara merkte, daß sie die Gelegenheit verpaßt hatte, die allgemeine Unterhaltung auf das Thema Mord zu lenken. Es gab gar keine allgemeine Unterhaltung. Die durcheinanderquirlenden Leute riefen sich nur noch Satzfragmente zu. Und als man ihr einen außergewöhnlich harten Drink in die Hand drückte, einen üppigen Martini in einem großen Wasserglas, der offensichtlich für jemand anderen gedacht war, sagte sie sich in einem Anfall von Gleichgültigkeit, möglicherweise könne sie ihn als Vorwand gebrauchen. Einem Mädchen mit einem derartigen Quantum Alkohol im Leib würde man einen gewissen Mangel an Takt nachsehen. Wenn sie, vom einen zum anderen schwankend, die Gäste fragte, ob sie glaubten, ihre Schwester sei umgebracht worden, würden sie ihr vermutlich aus Mitleid einen Gefallen tun und antworten.

Als sie schon fest davon überzeugt war, die Party würde in Kürze vollends auseinanderfallen, brach das Gewitter los. Die gemeinsamen täppischen Bemühungen, die wichtigsten Utensilien ins Gartenhaus zu schaffen, führten eine vorgetäuschte Nüchternheit herbei.

Bonny Yates stieß bei jedem Blitz einen schrillen Schreckensschrei aus. Der große Grill wurde unter den überdachten Teil der Pergola geschoben, und bald darauf saß die ganze Horde im Gartenhaus beisammen, schaufelte Berge von Knoblauchsalat in sich hinein, verschlang heißhungrig zarte, halbrohe Steaks und führte gleichzeitig ein halbes Dutzend sich überkreuzender Unterhaltungen.

Barbara hatte ihre Taktik inzwischen an vier oder fünf Leuten ausprobiert, dabei aber nicht einmal Überraschung, geschweige denn Schreck oder Bestürzung geerntet. Man verhielt sich, als spräche sie von einer historischen Gestalt, die im fünften Jahrhundert zu Schaden gekommen war. Als der Regen nachließ und die vollgeschlagenen Bäuche den Redefluß eindämmten, tat es plötzlich einen ohrenbetäubenden Donnerschlag. Sämtliche Lichter drinnen und draußen flackerten trüb und gingen aus. Diesmal war es nicht nur Bonny, die aufschrie.

Im Schutze der Dunkelheit und unter dem Pfeifen des mit neuer Kraft einsetzenden Windes vernahm man ein verdächtiges Geschiebe und Gemunkel und eine Erregtheit, die das Licht scheute. Als Barbara von ihrem Schemel aufstehen wollte, rempelte sie eine vorbeieilende Gestalt so an, daß sie in den Armen von jemand anderem landete. Dieser Jemand nahm sie gebieterisch beim Arm, führte sie hinaus in den geschützten Teil der Pergola, legte ihr die Hand auf die Schulter und dirigierte sie in einen Winkel, der zur Hälfte mit großblättrigen Bananenstauden zugewachsen war.

»Gehen wir den anderen hier aus dem Wege, meine Liebe.«

Das Licht reichte gerade aus, ihr zu bestätigen, daß sie sich an die Stimme richtig erinnerte. Ihr gegenüber stand George Furrbritt, der gesetzte, feingliedrige Mann mit den guten Manieren, dem grauen Tituskopf, der Jacht-Bassin-Bräune und dem ironischen, schlauen Blick. Er war der Ehemann von Nina, dem schlanken, vollbusigen Rotschopf mit der Papageienstimme und den übertrieben deutlichen Lippenbewegungen eines Menschen, der ausschließlich zu Taubstummen spricht.

Barbara war beschwipst und redselig, aber in diesem Stadium empfand sie bereits eingleisig, wie die meisten Betrunkenen. Plötzlich hörte sie sich sagen: »Niemand will darüber reden, daß meine Schwester ermordet worden ist.«

»Ich werde mit Ihnen über jeden Gegenstand der Welt reden, meine Liebe, Sie brauchen es bloß zu wünschen.« Er hielt sie an den Oberarmen und küßte sie auf den Mund, nicht lange genug, daß sie sich ihm hätte entziehen müssen, dafür aber mit einer Autorität, die keinen Widerspruch zuließ. »Lassen Sie uns das Thema als eine begründete Mutmaßung behandeln.«

»Sie halten sie also für begründet?«

»Wir gehen von der Voraussetzung aus, daß die Welt Sam Kimbers von Gewalttat regiert und primitiver ist als dieser hier und daß Ihre Schwester in jener Welt lebte.« Wieder küßte er sie, und Barbara spürte, daß das der Preis für dieses Gespräch in der regennassen Dunkelheit war.

»Wieso Gewalttat?« fragte sie, als er ihren Mund freigab. Ihr war, als hätte sich ihre Stimme von ihr losgelöst und als zähle nicht, was im Dunkeln geschah, da doch niemand sie sehen konnte.

»Wegen des Geldes und der dunklen Geschäfte und vielleicht auch wegen der Gattung Mensch, mit der Sam Kimber umgeht. Ist das denn so wichtig?«

Er schwenkte sie herum, drückte sie sanft gegen die Holzwand und beschäftigte sich, eigentümlich unbeteiligt, aber doch beharrlich, mit ihrem Mund.

Sie dachte flüchtig daran, daß sie sich eigentlich hätte weigern sollen, aber irgendwie war der Augenblick, wo sie hätte nein sagen müssen, zu rasch vorbeigegangen. Sie war benebelt, geistesabwesend und verträumt, ging jedoch auf ihn ein und sagte sich, daß dies bald vorbei sein würde.

Obwohl das Blut in ihren Ohren sauste, hörte sie Nachtgeräusche um sich her: kleine Schreie und Gelächter, das Zerreißen von

Stoff und Worte gespielter Entrüstung. Sie hatte das Gefühl, als würde ihr Inneres langsam nach außen gekehrt, und während sein Mund über ihre Kehle glitt, sank ihr Kopf zur Seite, und das Keuchen ihres Atems verstärkte sich.

Mit einem Schlag gingen alle Lichter an, und ihre Netzhaut fing wie eine fotografische Momentaufnahme das Bild der Leute im Schwimmbecken ein. Sie sah Nina Furrbritt nackt an der Einfassung des Bassins um ihr Gleichgewicht ringen, sah Coop Toombs, der ihr soeben einen Schubs gegeben hatte, sah die abgestreiften Kleider der Gäste herumliegen, gewahrte die nassen Gesichter von Menschen, die sich im seichten Wasser miteinander balgten. Dann setzte die Bewegung wieder ein, die Frau stürzte, Coop Toombs sprang ihr nach, und von allen Seiten erhoben sich spöttische Schreckensrufe über die unvermutete Bloßstellung. Die Gastgeberin schlängelte sich eilends aus dem Bassin und rannte nackt und linkisch zur Schalttafel. Barbara schob Mr. Furrbritt von sich weg und zog das Oberteil ihres Kleides über ihre linke Schulter. Lorna Keaver knipste die Lichter aus, und unter allseitigem Beifallsgeschrei wurde es von neuem dunkel.

Furrbritt drang wieder auf Barbara ein. Mit einem Schlag ihres Unterarms gegen seine Kehle stieß sie ihn von sich weg.

»Los, zum Bootshaus!« sagte er gereizt.

»Was?« fragte sie bestürzt.

»Zum Bootshaus! Auf den Speicher, liebes Kind!« rief er und packte sie beim Handgelenk. Sie riß sich los. Im schwachen Licht des Zufahrtscheinwerfers, den Lorna hatte brennen lassen, schien es, als vollführe Mr. Furrbritt einen kleinen, nervösen Springtanz. Wieder ergriff er ihr Handgelenk, diesmal aber fester, und begann, sie hinter sich her zu schleppen.

Unvermittelt tauchte ein vollständig bekleideter, mißmutiger Kelsey Hanson zwischen ihnen auf. Er drehte Barbara seinen breiten Rücken zu und machte eine kleine Drehbewegung. Es gab ein kurzes, schmatzendes Geräusch, nicht laut, aber unbeschreiblich widerwärtig. Mr. Furrbritt plumpste in den regennassen Torfmull eines Gartenbeets, und sein Kopf, der im Fallen gegen eine Parklaterne stieß, setzte den Reflektor wie einen Gong in dröhnende Schwingung. Hanson wandte sich um, packte Barbara beim Arm und zerrte sie fort, um das Getümmel im Swimming-pool herum, durch eine versteckte Tür, über ein Stück nassen Rasen und auf einen aufgeweichten Waldpfad.

Sie sträubte sich, doch er schien ihren Widerstand nicht einmal zu bemerken. Feuchte Blätter, an denen sie vorbeistreifte, durchnäßten ihre Kleider.

»Du hattest recht, Lucille«, sagte Kelsey Hanson. »Oh, du hattest verdammt recht, mein Goldkind. Ein übles Pack ist das. Hätte ich nur auf dich gehört. Du paßt nicht hierher. Aber nun sei ruhig, Liebling. Wir gehen nach Hause.«

8

Das Wettspiel des Vereins begann um acht Uhr. Angie Powell kam so spät, daß sie gerade noch die Schuhe wechseln konnte. Sie gehörte dem Kimberland-Team an. Heute hatte man ihnen die Bowling-Bahnen elf und zwölf zugewiesen. Das verdroß sie, denn Bahn elf war schon ein wenig abgenutzt und bereitete ihr seit eh und je Schwierigkeiten.

Lächelnd und nickend erwiderte sie die Grußworte, mit denen ihre Freundinnen sie empfingen. Sie trug weiße Schuhe aus Elchleder, weiße Fesselsocken, ein kurzes, weißes Plisseeröckchen und eine weiße, ärmellose Bluse, auf deren Rücken in blauer Schrift der Name Kimberland stand. Sie hatte ihn selbst aufgestickt und dabei die Buchstaben größer und zierlicher ausgeführt als die schablonierten.

Ihre weiße, in den Griffmulden rotgestrichene Kugel war so schwer wie eine Männerkugel. Um den maximalen Vorteil aus ihrer Größe und Stärke zu ziehen, hatte Angie ihre Technik sorgfältig ausgefeilt. Nach vier Schritten und einem langen Rutsch schob sie die Kugel langsam an und zog im letzten Moment die rechte Hand scharf nach oben. Das ergab ein schnelles Geschoß mit einem kleinen, flinken Drall. Sie hörte es gern, wenn man ihr sagte, sie spiele Bowling wie ein Mann. Doch vor ein paar Monaten hatte eine Freundin sie einmal beim Anschieben der Kugel gefilmt, und Angie war über ihr Aussehen – das Wippen ihrer goldenen Locken, das mädchenhafte Schwingen ihrer Hüften und das Wogen ihres Busens – bitter enttäuscht gewesen. Seither hielt sie ihr Haar mit einem weißen Band zusammen, trug einen strammeren Büstenhalter und kontrollierte ihre Hüftbewegungen besser.

Schon während des ersten Spiels merkte sie, daß sie heute

schlecht abschneiden würde. Einmal hatte sie die Kegel bereits glatt verfehlt. Als geborene Athletin wußte sie sofort, daß das allein an ihrer Zerfahrenheit lag. Zu viele Bilder und Gedanken lenkten sie ab: Gus' Gesichtsausdruck, kurz bevor Mr. Sam ihn auf den Korridor hinausbefördert hatte, Mr. Sams seltsames Verhalten und die Wahrscheinlichkeit, daß Gus Schwierigkeiten machen würde.

Mit ihrer eigenen Leistung fiel auch die ihrer Mannschaft ab. Das erste Spiel verloren sie mit über achtzig Kegeln. Als das zweite Spiel begann, riß Angie sich zusammen, gab ihrer Kugel einen größeren Schwung und konzentrierte sich scharf auf den Moment des Loslassens. Alle zehn Kegel fielen. Angie tat einen Luftsprung, klatschte in die Hände und sah ihre Kameradinnen strahlend an. Dieses Spiel gewannen sie mit sechzig und das dritte mit vierzig Kegeln, womit der Wettkampf zu ihren Gunsten entschieden war. Angies Durchschnitt für diesen Abend lag bei einhundertvierundachtzig.

Linda mußte schleunigst nach Hause. Die vier übrigen Mitglieder des Teams gingen wie üblich auf ein Sandwich in Ernies Imbißstube. Bald darauf wurde Alma von ihrem Freund abgeholt. Jeanie und Stephanie aber ließen nicht nach, Angie über den Vorfall zwischen Mr. Sam und Gus auszuquetschen. Angie ließ sich nicht anmerken, wie unangenehm ihr das war. Es gab keinen triftigen Grund, warum sie die beiden einweihen sollte. Sie arbeiteten lediglich im selben Betrieb, hatten aber keine Ahnung, was Loyalität in Wirklichkeit bedeutete. Sie suchten nichts als Stoff zum Klatschen.

Stephanie nahm Jeanie in ihrem Auto mit. Angie verließ zusammen mit ihnen das Lokal, als wolle sie gleich in ihren kleinen grauen Renault einsteigen und heimfahren; doch kaum waren die beiden fort, kehrte sie ins Restaurant zurück, betrat die Telefonzelle und wählte die Nummer von Gus' Büro. Sie ließ es acht-, dann zehnmal läuten. Als sie sich entschloß, nach dem fünfzehnten Klingelzeichen aufzulegen, meldete sich Gus.

»Gus, hier spricht Angie. Angie Powell. Ich dachte mir, daß Sie noch arbeiten würden.«

»Das heißt, Sie wissen, warum ich noch arbeite.«

»Ich nehme es an. Ich wollte Ihnen sagen, daß Sie bis morgen um drei möglichst alle Unterlagen zu uns heraufbringen sollen.«

»Wer tritt an meine Stelle?«

»Das kann ich Ihnen nicht sagen, Gus.«

»Ich schwöre Ihnen, er benahm sich wie ein Irrer. Ohne jeden Sinn und Verstand. Mich hinauszuwerfen – und zwar *wortwörtlich!* Haben Sie schon mal so was erlebt?«

»Noch nie, Gus, Ehrenwort. Er ist wie umgewandelt, seit sie tot ist.«

»Das kann man wohl sagen.«

»Aber er wird bald wieder zu sich kommen.«

»Bloß ist es dann für mich zu spät.«

»Das kommt darauf an.«

Gus' Stimme bekam einen wachsameren Unterton. »Was meinen Sie damit, Angie?«

»Ich sollte eigentlich überhaupt nicht mit Ihnen sprechen.«

»So?«

»Aber Sie waren eine so große Hilfe für ihn. Ich weiß, daß er Sie braucht.«

»Und ob. Versuchen Sie, ihm das klarzumachen.«

»Ich hab's schon probiert.«

»Vielen Dank, Angie. Geben Sie nicht auf.«

»Vermutlich liegt's jetzt mehr bei Ihnen – ich meine, ob Sie noch für ihn arbeiten wollen nach allem, was passiert ist.«

»Ich möchte schon. So leicht gekränkt bin ich nicht.«

»Nun, ich hätte vielleicht eine Idee.«

»Und die wäre?«

»Klingt wirklich, als interessiere es Sie. Aber ich kann unmöglich am Telefon darüber reden. Und bei dem Gedanken, Sie zu treffen, ist mir nicht recht geheuer.«

»Aber warum denn?«

»Jemand könnte uns beobachten. Mr. Sam bekäme ein falsches Bild von mir, wenn er davon erführe. Bei seiner Verfassung glaubt er mir womöglich nicht, daß ich nur um seinetwillen mit Ihnen zusammengekommen bin. An Ihnen, Gus, liegt mir nicht das geringste, das wissen Sie. Ich wünsche mir lediglich, daß Mr. Sam in seiner augenblicklichen Situation die beste Hilfe bekommt.«

»Niemand braucht uns zusammen zu sehen.«

»Und Sie würden auch niemand von unserer Verabredung erzählen?«

»Keiner Menschenseele.«

»Dann machen Sie einen Vorschlag.«

»Könnten Sie vielleicht in meine Wohnung kommen?«

»O nein, Gus. Das schlagen Sie sich nur gleich aus dem Kopf.«

»Sam möchte mich sehen. Er rief mich an und war niederträchtiger zu mir denn je. Er hat noch kein bißchen Dampf abgelassen.«

»Weshalb will er Sie sprechen?«

»Das sagte er nicht.«

»Haben Sie sich für heute mit ihm verabredet?«

»Nein. Man kann einfach noch nicht vernünftig mit ihm reden. Wenn Ihnen irgendein Gedanke gekommen sein sollte, wie man ihn zur Vernunft bringt, würde ich das von ganzem Herzen begrüßen.«

»Ich muß jetzt heimfahren, weil Mama immer bis zu meiner Rückkehr aufbleibt. Aber ich könnte mich wieder fortstehlen. Auf einer kleinen Rundfahrt in Ihrem Auto könnte ich Ihnen erzählen, was ich mir ausgedacht habe. Vielleicht klappt es, vielleicht auch nicht. Wie wär's, wenn Sie kurz nach Mitternacht in der Tyler Street neben dem abgebrannten Möbelhaus parken würden? Ich brauche dann bloß über ein paar Bauplätze hinter unserem Haus zu gehen.«

»Ich kenne die Stelle, Angie. Ihr Vorschlag ist mir sehr angenehm.«

»Ich tue es nur, weil es für Mr. Sam das beste ist.«

»Aber natürlich, meine Liebe.«

Als Angie das Lokal verlassen wollte, trat Ernie ihr in den Weg. »Du kennst doch meine kleine Schwester Pam. Sie trägt sich mit dem Gedanken, auf eine Handelsschule zu gehen. Was war denn das für eine Schule in Orlando, die du seinerzeit besucht hast?«

Angie Powell wandte dem Problem ihre ungeteilte Aufmerksamkeit zu. »Ich weiß nicht, ob man sie einem Mädchen empfehlen soll, das in Orlando nicht so gut aufgehoben ist, wie ich es bei meiner Tante war.«

»Glaubst du, daß sie dort was Ordentliches lernt?«

»Das hängt wohl ganz davon ab, wieviel Mühe sie sich gibt. Sie bringen einem schon etwas bei, aber man muß sich anstrengen. Ich ging hin, um Krankenpflege zu lernen.«

»Das wußte ich ja gar nicht.«

»Ich wollte medizinisch ausgebildete Missionarin werden. In Theorie, Anatomie und so weiter war ich gut, aber es zeigte sich, daß ich einen schwachen Magen habe. Sobald ich Blut sah, fiel ich um wie eine Fliege. Darauf wechselte ich zum Sekretärinnenkurs über.«

»Aber die Schule ist doch gut?«

»Ohne Zweifel, Ernie. Das heißt, wenn man arbeiten will.«

»Keine Ahnung, ob es überhaupt etwas gibt, für das Pam sich anstrengen würde. Hör mal, hättest du nicht Lust, am Sonntag zu uns heraus zu kommen? Wir stellen die Gatter auf und fahren den ganzen Tag Slalom.«

Sie sah ihn streng an. »Du solltest mich wirklich besser kennen, Ernie!«

Er schnippte mit den Fingern. »Natürlich – Sonntag. Daran habe ich nicht gedacht, Angie.«

»An jedem anderen Tag gern, entweder ganz früh am Morgen oder abends nach der Arbeit.«

»Ich sag' dir noch Bescheid.«

Sie fuhr nach Hause. Die Straße war trocken, aber im Rinnstein standen noch Pfützen. Sie stellte ihren geräuschvollen kleinen Renault im rückwärtigen Hof ab und trat in die Küche.

Ihre Mutter saß am Tisch und klebte grüne Marken in kleine Heftchen. Mrs. Powell war ein Koloß, fast so groß wie Angie, aber so dick, daß sie grotesk wirkte. An den Fesseln quoll ihr das Fett über den Rand ihrer Schuhe. Ihr kleiner, verbitterter Mund saß zwischen Hängebacken, die ihn fast versteckten, und ihre Nase war kurz und dünn. Sie hatte die gleichen eigenartigen und schönen Augen wie ihre Tochter.

Trotz ihrer Körperfülle war Mrs. Powell eine tatkräftige Frau, die sich an allen in ihrer Kirchengemeinde anfallenden Arbeiten beteiligte, voller Bosheit und Argwohn steckte, wie besessen verborgenen menschlichen Schwächen nachspürte und über die sündige Welt gnadenlos die Geißel schwang. Ihr unterdrückter kleiner Ehemann Jimmy Powell hatte hinter den Kulissen sechsundzwanzig Jahre lang im Postamt gearbeitet.

Mrs. Powell sah ihre Tochter von oben bis unten an. In ihrem Blick lag unverhohlene Feindseligkeit. »Es ist, weiß der Himmel, ein undankbares Geschäft, Vorsitzende des Komitees für saubere Lebensführung zu sein und dann eine Tochter zu haben, die sich bei Nacht und Nebel in einem Röckchen, das ihr kaum bis zum Zwickel geht, allein draußen herumtreibt.«

»Aber Mama, ich bitte dich. Ich habe dir doch schon so oft gesagt...«

»Andauernd sagst du mir, daß du beim Schwimmen noch erheblich weniger anhast. Und wenn du zufällig in ein Nudisten-Camp gerietest, würdest du dich vermutlich vollends ausziehen und dich splitternackt produzieren, nur weil alle andern das auch tun. Ich habe mich bemüht, dich als anständige Christin zu erziehen, und du stellst deinen Leib zur Schau und weckst schmutzige Gedanken in den Herzen der Männer.«

»Für das, was andere Leute denken, kann ich nichts, Mama.«

»Freche Antworten auch noch! Dabei kommst du schon zwanzig Minuten zu spät nach Hause.«

»Mama, ich bin wie immer mit Alma und Jeanie zu Ernie gegangen und habe ein Sandwich gegessen. Wir werden uns eben ein bißchen verplaudert haben.«

»Eine Menge dreckige Reden geführt?«

»Mama!«

»Erzähl mir nichts über Büromädchen. Die kenne ich.«

»Wir haben gewonnen, Mama.«

»Schon wieder? Das ist ja wunderbar, Liebes.«

»Beim mittleren Spiel brachte ich es auf elf-zwei, und Jeanie war besser als je zuvor.« Angie gähnte hinter vorgehaltener Hand. »Ich bin rechtschaffen müde, Mama. Mach dir keine Gedanken um mich.« Sie ging um den Tisch herum und küßte die riesige Hängebacke. »Mein ganzes Leben lang werde ich nichts tun, dessen du dich schämen müßtest.«

»Du bist ein gutes Kind, Angie. Ich sorge mich eben um dich. Hinter jeder Straßenecke lauert ein Teufel. Eines Tages wird ein Mann dir schöne Worte geben, doch wenn du auf ihn hören solltest, wirst du nur zu bald merken, daß er nichts anderes im Sinn hatte, als dich unglücklich zu machen. So ist die Welt nun einmal seit unserer Vertreibung aus dem Paradies. Ich bin nicht selbstsüchtig. Oft und oft habe ich dir gesagt, daß es mir lieber ist, keine Enkel zu haben, als dich in einer Ehe unglücklich zu sehen. In der Ehe haben viele Frauen nicht die mindesten Rechte. Sie werden zum Spielball der egoistischen Vergnügen irgendeines Mannes herabgewürdigt, der sie tyrannisiert und krank macht, so daß sie sich Nacht für Nacht in den Schlaf weinen.«

»Gräme dich nicht, Mama. Lieber sterbe ich.«

»So ist's recht, meine süße Angie.«

Angie Powell duschte sich, schlüpfte in ihren baumwollenen Schlafanzug, absolvierte ihre Gymnastikübungen und ging zu Bett.

Fünfzehn Minuten später stand sie auf, schlich sich zur offenstehenden Tür des Schlafzimmers ihrer Mutter und lauschte den Kadenzen ihrer sanft grollenden Schnarchgeräusche. Vor der Tür des väterlichen Schlafzimmers hielt sie abermals inne, hörte aber keinen Laut. In ihr eigenes Reich zurückgekehrt, zog sie sich flink und unhörbar ihren derben grauen Trainingsanzug und ihre blauen Segeltuchschuhe an, band sich einen Schal ums Haar, steckte sich ein Paar Zwirnhandschuhe ein, kletterte aus dem Fenster und ließ sich auf den Rasen hinunter. Das Gartentor stand noch offen. Angie löste den Haken, ließ das Tor geräuschlos zufallen und hielt sich im Schatten. Um zur Tyler Street zu kommen, mußte sie den Sportplatz der Südwest-Schule überqueren.

Die Verlockung war übermächtig. Nachdem sie sich vergewissert hatte, daß niemand sie beobachtete, ging sie zu den Schaukeln hinüber, holte tief Luft und kletterte gewandt an dem einen seitlichen Rohr des Gestells in die Höhe, das ein umgekehrtes V bildete. Kurz vor der Spitze angelte sie mit der rechten Hand nach dem zweiten Rohr, ließ sich baumeln und genoß das kräftige Ziehen ihrer Rückenmuskulatur. Dann ließ sie sich fallen. Federnd landete sie, hockte einen Augenblick lang auf den Fersen und stützte sich mit den Fingerspitzen auf den Boden, um ihr Gleichgewicht zurückzugewinnen.

Langsam richtete sie sich auf. Grätschbeinig, die Hände auf die Hüften gestemmt, stand sie da. Eine Verwandlung ging mit ihr vor. Sie war hochgemut, fühlte sich unverwundbar. Wieder einmal war sie die Jungfrau von Orleans, sah sie den Scheiterhaufen, das Lächeln, die Rüstung, das Flammenmuster...

Gus hatte in der Einfahrt vor der geschwärzten Ruine des Möbelhauses geparkt und stand wartend neben seinem dunklen Wagen. Sie sah die rote Glut seiner Zigarre. Spaßeshalber umrundete sie ihn, näherte sich ihm von hinten und sah ihn sich lange an. Er fuhr erschrocken herum und japste nach Luft. »Jesus Christus!«

»Entschuldigen Sie sich bei Gott«, sagte sie streng.

»Was?«

»Das war Lästerung, Gus.«

»Also gut. Es tut mir leid.«

»So sagen Sie das doch nicht mir.«

»Lieber Gott, es tut mir leid, Amen. In allem Ernst, Angie, Sie hätten mich beinahe ins Grab gebracht.«

Sie sah ein Auto die Straße herunterkommen und duckte sich rasch hinter Gus' Wagen, bis es vorüber war.

»Angie, was ist los mit Ihnen?«

»Ich habe es Ihnen doch schon gesagt. Nehmen wir einmal an, jemand erzählt Mr. Sam, daß er mich mit Ihnen gesehen hat?«

»Sie haben recht. Wie kommen Sie eigentlich mit Sam zu Rande? Der flucht doch auch – und nicht zu knapp.«

»Vor mir nie. Er weiß, daß es mich stört.«

»Nun gut. Sagten Sie nicht, wir wollten ein bißchen hinausfahren?«

»Wenn ich es mir recht überlege, können wir uns genausogut hier unterhalten. Mir ist es so lieber. Gehen wir ein Stückchen weiter nach hinten.«

Die Umgebung war flach und sumpfig. In der Ferne sah sie die Lichter des Verkehrs auf der Landstraße 27. An der Rückwand der Ruine lehnte ein mit Packpapier abgedeckter Stapel Bauholz. Mit einem Satz war sie oben und reichte Gus die Hand hinunter. Einen Mauerrest als Zwischenstufe benutzend, kletterte er ihr mühsam nach.

»Auf Ehre und Gewissen, Angie«, sagte er seufzend, »so schrecklich war mir in meinem ganzen Leben noch nicht zumute. Zwar handelte es sich bloß um eine geschäftliche und nicht um eine gesellschaftliche Beziehung, aber nach fünf Jahren Zusammenarbeit meint man eben doch, eine solche Verbindung dürfe nicht mehr ausschließlich sachlicher Natur sein. Seit meiner Schulzeit hat niemand mehr Hand an mich gelegt. Den ganzen Tag war mir übel von diesem Schock. Selbst wenn man einräumt, daß er einen tragischen Schicksalsschlag erlitten hat, hätte er die Angelegenheit doch mit ein bißchen mehr Feingefühl regeln können, und nicht vor Ihnen und einem Wildfremden.«

»Sie werden ihn eben gereizt haben, Gus.«

»Es ging um etwas Geschäftliches, das er persönlich nahm. Ich kann mir nicht vorstellen, wie Sie es anfangen wollen, ihn umzustimmen.«

»Was werden Sie tun, wenn ich eine Absage erhalte?«

»Ich weiß es noch nicht, Angie. Ich sage mir nur, daß ich auch an mich denken muß. Als ich blutend und konfus die Treppe herunterkam, erzählte ich dummerweise den Leuten in meinem Büro, was passiert war. Jetzt weiß es bereits die ganze Stadt. Wie soll ich mir meine restlichen Klienten erhalten? Ich könnte mich lediglich darauf hinausreden, daß Sam mich zu einer betrügerischen Machenschaft in seinem Vergleichsverfahren gewinnen wollte und mich hinauswarf, weil ich mich weigerte.«

»Das wäre aber doch eine Lüge, Gus.«

»Ich habe ein Geschäft zu erhalten. Warum sollte ich einen Mann schützen, der mich zur Tür hinauswirft. Außerdem muß ich meine Verbindungen mit Jacksonville im Auge behalten. Ich kann meinen Mandanten nur deshalb gewisse Vorteile verschaffen, weil man mich dort respektiert. Daran hätte er eben vorher denken sollen. Es wäre für Sam wie für mich gut, wenn Sie die Sache in Ordnung bringen könnten.«

»Ich habe mir etwas ausgedacht, nur müßte ich dazu etwas genauer wissen, aus welchem Grund Sie gestritten haben.«

Gus biß die Spitze einer frischen Zigarre ab und spuckte sie in die Dunkelheit. »Ich sollte ganze Arbeit für ihn leisten, er aber wollte nicht die ganze Geschichte erzählen. Hätte er mich vollständig informiert, wäre ich nicht auf eigene Nachforschungen angewiesen gewesen. Und nun wurde er sauer. Gerade als ob Lucille eine Prinzessin oder so was Ähnliches gewesen wäre.«

»War er verstimmt, weil er vermutete, Sie hätten Ihre Entdeckung weitererzählt?«

»Ich schwor ihm jeden Eid, daß ich keinen...« Er stockte, wandte den Kopf und sah sie an. »Das klingt ja, als wüßten Sie schon allerhand darüber.«

»Vielleicht habe auch ich eigene Nachforschungen angestellt?«

»Wie das?«

»Zum Beispiel fragte ich mich, warum Sie so lange in unseren alten Geschäftsbüchern herumstöberten. Sie wollten sie nicht aus dem Büro entfernen, beschäftigten sich aber nur dann damit, wenn Mr. Sam auf Reisen war. Zwar taten Sie so, als drehe es sich um den Steuerprozeß, aber Sie gingen weit hinter den Zeitraum zurück, der das Finanzamt interessierte. Es machte mich stutzig, daß Sie die Akten nie mit hinunternahmen. Sie benutzten die Rechenmaschine und warfen nachher die Streifen in meinen Papierkorb. Mit den Zetteln, auf die Sie sich Ihre Zahlen notiert hatten, machten Sie es genauso. Ich war drauf und dran, mit Mr. Sam darüber zu sprechen. Sie haben geschnüffelt, Gus, darauf möchte ich schwören.«

»Ich habe bloß meine Arbeit getan.«

»Ich hob die Streifen und Papierfetzen auf, konnte mir aber zunächst keinen Reim darauf machen. Bis mir eines Tages ein Licht aufging. Sie zählten alle eingetragenen Posten zusammen und zogen davon die bezahlten Steuern, einen Pauschbetrag für seine Privatausgaben und den Nettowert aus der Steuererklärung ab, um herauszubekommen, ob noch etwas übrigblieb, von dem Sie nichts wußten.«

»Angie, Sie sind ein kluges Mädchen.«

»Ich wäre wahrscheinlich nie dahintergekommen, wenn Sie nicht vor vier Wochen etwas Komisches zu mir gesagt hätten. Sie taten zwar, als sei es nur Spaß, schauten mich dabei aber genau an. Es war doch kein Scherz, oder?«

»Was habe ich denn gesagt?«

»Aber Gus, daran werden Sie sich doch noch erinnern! Sie sagten, ich sei fast so gut wie eine Bank, nur zahlte ich keinerlei Zinsen. Freilich hatte ich nicht die mindeste Ahnung, wovon Sie sprachen. Aber Ihre Bemerkung brachte mich auf den Gedanken an Bargeld, und bald dämmerte mir, daß Sie welches suchten, aber das Versteck noch nicht gefunden hatten. Bei der nächsten Gelegenheit filzte ich Mr. Sams Apartment. Im Wandschrank fand ich einen fertig gepackten Handkoffer. Dabei hatte er gar nicht vor zu reisen. Kleider für einen längeren Aufenthalt, aber kein Geld. Dann erschreckte mich noch etwas.«

»Nämlich?«

»In dem Koffer steckte ein Reisepaß mit seinem Foto, aber unter einem anderen Namen. Dann noch einige Geschäftspapiere und dergleichen, die auf den gleichen Namen ausgestellt waren. Und fünfunddreißigtausend Dollar in Inhaberaktien, ein dünnes grünes Kontobuch ohne Namen, mit einem gedruckten Text in Französisch und einer Einlage von zwölftausend Pfund auf einer Bank in Zürich.«

»Also war meine Schätzung nach oben hin genauer.«

»Aber kein Geld. Am nächsten Tag fragte ich Sie, ob er in der Patsche säße.«

»Und ich sagte Ihnen die Wahrheit, Angie. Ich sagte Ihnen, ich könne mir nicht vorstellen, womit man die Anklage wegen Betrugs untermauern wolle. Aber der Ausgang einer Gerichtsverhandlung ist eben nie sicher vorherzusagen, und eine gewisse, wenn auch minimale Gefahr hätte schon bestanden, daß er ein Jahr in Atlanta hätte sitzen müssen. Aber inzwischen hat sich ja alles in Wohlgefallen aufgelöst.«

»Verlassen hatte sich Mr. Sam auf eine so ungewisse Chance nie. Wenn man ihn hätte holen wollen, wäre er längst über alle Berge gewesen. Und falls Sie, Gus, in Jacksonville auspacken, wird er vermutlich von neuem durch die Mühle gedreht, und zwar gründlicher als zuvor.«

»Solange die Möglichkeit besteht, unsere Differenzen friedlich zu bereinigen, halte ich dicht.«

»Hätten Sie nicht zu schnüffeln angefangen und mir gegenüber nicht diesen albernen Witz gemacht, wäre ich weder auf die Sache mit dem Geld noch auf sein Versteck gekommen. Als ich Lucille auf den Zahn fühlte, dachte sie, Sie hätten mich eingeweiht. Und so war es ja auch, obwohl Sie es gar nicht wußten. Mr. Sam hat wohl eine Schwäche für Frauen, aber wirklich schlecht würde ich ihn nicht nennen. Sie reizen ihn so lange eben auf, bis er nicht mehr anders kann.«

»Sie haben also mit ihr gesprochen?«

»Und ich habe sie belogen, aber es geschah zu einem guten Zweck. Eines Nachts ging ich zu ihr und wurde auch eingelassen. Sie steckte in einer Wolke von Seide, Spitzen und Parfümdüften. Als ich ihr auf den Kopf zusagte, daß das Geld bei ihr sei, gab sie es zu. Ich nannte sie eine freche Hure. Dann kam die Lüge. Ich sagte ihr, Sie, Gus, hätten vor, Mr. Sam zu verraten, um sich von der Steuerfahndung eine Prämie zu verdienen. Sie dürfe Mr. Sam nichts davon erzählen, weil der sonst einen Tobsuchtsanfall bekommen und sich in noch größere Schwierigkeiten stürzen würde. Zudem redete ich ihr ein, Sie hätten versprochen, mit Ihrer Anzeige noch ein bißchen zuzuwarten. Inzwischen wolle ich mir ausdenken, wie ich Ihnen die Suppe versalzen könne. Doch ginge das wahrscheinlich nicht ohne ihre Hilfe. Wenn es soweit sei, würde ich sie verständigen.«

Gus sah sie an. Sein Gesicht war ein schemenhafter heller Fleck, auf dem sich nur das dunkle Gestell seiner Brille gleich einem Ornament undeutlich abzeichnete.

»Er sollte auf gar keinen Fall davonlaufen müssen, nicht einmal allein«, fuhr sie fort. »Ich schütze diesen Mann mit Leib und Seele. Und ich werde dafür sorgen, daß zeit seines Lebens nichts und niemand ihm noch einmal Schaden zufügt.«

So langsam sich Gus auch bewegte, merkte sie doch, daß er nach vorn gerutscht war und mit prüfender Zehe nach einem Mauerrest tastete.

»Und da Lucille heute noch am Leben wäre, wenn Sie nicht spioniert hätten, kann ich mir kaum vorstellen, daß Mr. Sam Ihnen jemals verzeiht.«

Als er sich fallen ließ, um das Weite zu suchen, schwenkte sie blitzschnell herum, grätschte ihre langen Beine, fing ihn damit ein und verflocht ihre Füße ineinander, so daß einer seiner Arme gegen seine Brust gepreßt wurde. Da er bereits Boden unter den Füßen hatte und seine Gegenwehr sie von ihrem Sitz zu reißen drohte, neigte sie sich nach vorn, krallte sich aber an der Rückseite des Holzstapels fest. Er gab keuchende und gurgelnde Laute von sich und zerrte kraftlos am rauhen Stoff ihrer Hosenbeine. Langsam verstärkte sie den Druck, wobei sie die Muskeln und Sehnen ihrer Beine eisenhart werden fühlte.

Schlagartig sackte er zusammen. Ein paar Sekunden lang hielt sie ihn noch aufrecht, dann ließ sie ihn fallen, sprang leichtfüßig hinunter, stand mit gespreizten Beinen über ihm und zog sich die Zwirnhandschuhe an. Sie beugte sich hinunter, legte die Hand an seine Kehle und spürte, daß er schnell und unregelmäßig atmete. Nun richtete sie ihn auf, lehnte ihn gegen den Holzstapel, ging mit ihrer rechten Schulter etwas tiefer und ließ ihn vornüber auf ihren starken Rücken fallen. Sobald sie im rechten Gleichgewicht war, stand sie, den Arm um seine schlaffen Beine geschlungen, mit einem einzigen, kraftvollen Ruck auf.

Mit eng aneinandergedrückten Knien begann sie zu gehen. Bei jedem ihrer kurzen Schritte schlug eine seiner herabhängenden Hände gegen ihren Oberschenkel. Als sie beim Auto angekommen war, öffnete sie mit der linken Hand die Tür neben dem Steuer, ging in die Hocke und schubste ihn auf den Fahrersitz. Mit dem Ellbogen streifte er flüchtig die Hupe. Erschrocken blickte sie sich nach allen Seiten um, hielt den Kopf schräg und lauschte auf verdächtige Geräusche.

Als sich nichts rührte, bückte sie sich, hob seine schweren Beine an und schob sie in den Wagen neben die Pedale. Darauf beugte sie sich über den Bewußtlosen, packte ihn beim Genick und zerrte ihn in die richtige Lage hinter dem Steuerrad. Sorgsam von ihr festgehalten, sank er von neuem in sich zusammen, doch kam seine Bewegung diesmal vor dem Hupenring zum Stillstand. Sein Kinn lag auf der Brust, aus der leise, röchelnde Geräusche aufstiegen.

Auf die geplante Weise konnte sie ihm nicht beikommen. Sie mußte ihren Standort wechseln und neben dem Auto niederknien. Langsam zog sie den rechten Handschuh aus und knöpfte sein Hemd auf.

Gus Gable stöhnte und regte sich.

»Nur ruhig«, flüsterte sie. »Gleich ist alles vorbei.« Die Finger ihrer rechten Hand gruben sich in sein weiches Zwerchfell oberhalb des schwammigen Bauches, dicht unter dem harten Riegel seines linksseitigen Rippenbogens. Immer stärker wurde ihr Druck, und als sie sein flatterndes Herz spürte und es unbarmherzig in die Zange nahm, kam die Johanna-Vision wieder über sie, schlug die Glut der Flammen ihr gegen Gesicht und Leib. Und zugleich fühlte sie sich als die rote Stute. Ihre Hand begann sich unter der gewaltigen Anstrengung zu verkrampfen, doch sie hielt aus.

Nichts Augenfälliges ereignete sich. Gus durchlief ein unerwartet lang anhaltendes Zittern, das nicht einmal ein Schauder war. Er gab ein ersticktes, rasselndes Geräusch von sich. Als sie ihre Hand aus der tiefen Höhlung zurückzog, die augenblicklich verschwand, rann Welle um Welle eines beseligend brennenden Gefühls über sie hin.

Minutenlang hockte sie mit geschlossenen Augen auf ihren Fersen und atmete durch den geöffneten Mund. Dann stand sie resolut auf, öffnete den Wagenschlag auf der anderen Seite, stieg ein, schob den Leichnam ein wenig nach links, rückte dicht neben ihn und ließ den Motor an.

Vor und hinter ihr herrschte vollkommene Finsternis. Sie stellte die automatische Schaltung auf die niederste Geschwindigkeit ein, und der Wagen kroch aus der Einfahrt. Sie lenkte ihn nach rechts, weg von der Schule, beschleunigte auf rasches Gehtempo und steuerte in die Straßenmitte. Nachdem sie die Scheinwerfer eingeschaltet hatte, stieg sie aus, warf die Tür zu, rannte zum Schulhof zurück und legte sich hinter einem Baum auf die Lauer.

Nach ein paar Yards scherte das Auto nach rechts aus und stieß gegen den Bordstein. Der Anprall drehte die Räder, und der Wagen rollte quer über die Fahrbahn nach links weiter. Sie rannte ein Stück hinterdrein, blieb dann stehen, hielt den Atem an und horchte. Jetzt brach das Auto durch dichtes Gestrüpp. Es klang, als raschle jemand mit starkem Packpapier. Dann gab es einen dumpfen Schlag, und das Knistern verstummte. Doch der Motor lief noch. Sie konnte ihn hören...

Als Angie die Sirene vernahm, lag sie bereits im Bett. In nächster Nähe erstarb das Geheul.

Angie dachte daran, daß sich inzwischen an Gus' linker Seite ein Bluterguß gebildet haben mußte. Falls sie darauf stießen, würden sie ihn von einer Kollision mit dem Steuerrad herleiten. Auch Rippenbrüche, die sie Gus möglicherweise durch die Umklammerung mit ihren Beinen beigebracht hatte, wurden – falls man sie fand – automatisch dem Unfall zugeschrieben.

Als sie sicher war, daß man ihn abtransportiert hatte, stand sie auf. Ihr Zimmer war klein und schmucklos. Leise zog sie das unterste Schubfach ihrer Kommode auf und hob ein flaches Kistchen mit bunten hölzernen Kugeln heraus. Sie stellte es auf den Boden vor dem Fenster, nahm den Deckel ab, krempelte die Hosenbeine ihres Schlafanzugs bis zu den Oberschenkeln hoch und kniete sich darauf.

Zunächst stützte sie sich noch am Boden ab, dann aber richtete sie sich langsam auf, bis ihr ganzes Körpergewicht auf den Knien lastete. Die Schmerzen wuchsen, doch nahm sie sie auf sich, da sie wußte, daß sie sie befreien würden. Gerade als sie glaubte, sie könne es keine Sekunde länger aushalten, stellte sich hinter ihren Augen eine seltsam flimmernde und zuckende Dunkelheit ein.

Ihre Lippen zuckten, ihre Atmung verlangsamte sich, ihre Lider flatterten. Der Schmerz ließ nach – sie spürte ihn nicht mehr. So war es auch Johanna mit ihrer Peinigung ergangen: die Flammen hatten nichts über sie vermocht.

In ihrer Ekstase breitete sie die Arme aus, bis sie, die Handflächen nach oben gekehrt, nach beiden Seiten waagerecht ausgestreckt waren. Sie betete. Ihr Kopf sank nach hinten. Umfangen von tiefer Finsternis zwang Angie die völlige Erstarrung herbei. Sie begann bei den Fingern, die hart und unempfindlich wurden, kroch ihr über Rücken und Bauch und verwandelte nach und nach Lenden und Hüften, Schenkel und Waden in fühllosen Stein. Und als Kehle und Gesicht sich zu verhärten begannen und als sie in die schwärzeste aller Dunkelheiten hinüberglitt, sagte eine innere Stimme: *Eine Stunde.*

Aus dem Dunkel emportauchend spürte sie, wie sich die Verhärtung in all ihren Gliedern gleichzeitig löste. Ihre Arme sanken herab. Beim ersten Anzeichen von Unbehagen stand sie auf. Sie fühlte sich benommen und entspannt, ausgeruht und erfrischt, räumte die flache Schachtel mit den Kugeln weg, stieg ins Bett und rollte die Hosenbeine herunter.

Ihre gemarterten Knie waren voller kleiner Beulen, doch spürte sie keinen Schmerz. Mit fünfzehn Jahren hatte sie von der Jungfrau von Orleans gelesen, hatte versucht, ihre Arme über eine Kerzenflamme zu halten, und als es ihr nicht gelang, bitterlich geweint, weil sie nicht würdig war. Sie hatte das Experiment noch oft wiederholt, doch immer vergeblich – bis sie eines Nachts ihren Arm hoch über das lohende Licht gehoben und ihn dann mit der Langsamkeit des Minutenzeigers einer Uhr gesenkt hatte.

Damals war sie in das Geheimnis eingedrungen, in das Geheimnis der heiligen Johanna. Aber es galt zu viele Brandwunden zu verbergen, zu viele kleine weiße Narben an der Unterseite ihrer Arme. Sie stellte Versuche an und fand heraus, daß die Kugeln sich genauso gut eigneten. Seit acht Jahren benutzte sie sie. Sie lieferten ihr den Beweis, daß sie auserwählt war unter Millionen.

Langsam verebbte die Erregung. Und dann überlegte sie, wer ihr wohl als nächster angezeigt würde, und was sie täte, wenn das Los auf Mr. Sam fiele.

9

Nächtliche Stille herrschte. Nur das Summen der Klimaanlage war zu hören, als Paul Stanial leise, vorsichtig die Treppe am Bootshaus der Hansons hinaufstieg. Beim Unterdeck machte er halt und spähte durch das Fenster. Drinnen brannte eine Lampe. Auf dem Bett glaubte er eine Gestalt zu erkennen.

»Paul?« sagte eine unsichere Stimme zu seiner Rechten. Rasch drehte Stanial sich um. Barbara Larrimore stand von einem Segeltuchstuhl auf und kam zögernd auf ihn zu. Als er ihren Namen aussprach, fing sie zu laufen an. Da es völlig dunkel war, rempelte sie ihn derb und ziemlich ungeschickt an. Er legte seinen Arm um sie.

»Ihre Kleider sind ja ganz feucht.«

Sie gab einen unterdrückten Laut von sich, der ebensogut ein Lachen wie ein Schluchzen sein konnte.

»Dabei habe ich sie schon notdürftig getrocknet«, flüsterte sie. »Lieber Himmel, was war das ein gespenstischer Abend!« Sie trat zurück. »Entschuldigen Sie. Ich bin ziemlich fertig, aber nicht betrunken, obwohl ich es eine Zeitlang war.«

»Ihre Stimme klang so seltsam am Telefon.«

»Es steht neben dem Bett, und ich wollte ihn um keinen Preis aufwecken. O bitte, Paul, bringen Sie mich hier weg. Ich hab' dreimal angerufen..."

"Ich kam gerade in mein Zimmer, als es läutete. Haben Sie alles? Ihr Handtäschchen?"

"Irgendwo liegengelassen, ist mir aber völlig egal. Sicher kriege ich vom Portier einen zweiten Zimmerschlüssel. Paul, ich schäme mich in Grund und Boden." Sie waren auf ebener Erde angelangt. Er nahm ihren Arm, um sie den schmalen Pfad entlang zu geleiten. "Die Sache ist die, Paul, diese Leute führen gar kein so monströses Lotterleben. Sie geben sich solche Mühe. Aber sie sind bloß läppisch. Alberne, ordinäre Angeber. Und mit denen mußte ich mich auf die gleiche Stufe stellen. Ich erzähle es Ihnen."

"Sie müssen nicht."

"Es wird mir guttun."

"Stolpern Sie nicht. Hier steht das Auto."

Er fuhr zur Stadt zurück.

"Ich habe eine mordsmäßige Pleite erlebt", bekannte sie. "Als Verschwörer bin ich restlos unbrauchbar."

Als sie am Motel angelangten, hatte sie ihren Bericht noch nicht beendet. Er wartete vor dem Hauptgebäude, bis sie mit ihrem Schlüssel herauskam und zu ihm ans Wagenfenster trat.

"Das letzte Stückchen kann ich bequem zu Fuß gehen", sagte sie. "Ich schlage vor, daß Sie das Auto bei sich abstellen, zehn Minuten vergehen lassen, dann zu mir kommen und sich den Rest anhören."

Kaum daß er angeklopft hatte, öffnete sie bereits die Tür. Sie trug einen gelben, gesteppten Morgenrock und hatte sich eines der weißen Motelhandtücher als Turban um den Kopf geschlungen. Ihm fiel auf, daß ihr Gesichtsschnitt dadurch klarer wirkte. Vielleicht würde ihr eine strengere Haartracht überhaupt besser stehen als ihre normale Frisur.

Als sie es sich bequem gemacht hatte, setzte sie eine reuige Miene auf.

"Ein Uhr morgens. Vielleicht dürfte ich Ihnen nicht zumuten, mir um diese Zeit noch zuzuhören. Setzen Sie mir Überstunden auf die Rechnung, Paul.

Kelsey schleppte mich also meilenweit durch finstere, tropfende Wälder, und ich tappte, bis auf die Haut durchnäßt, wie ein Vollidiot neben ihm her. Dann schubste er mich die Treppe hinauf und in seine Bude und drückte mich in einen Stuhl. Dann mixte er zwei Cocktails und gab mir einen davon in die Hand. Natürlich tat ich so, als tränke ich. Er saß auf seinem Bett, beschäftigte sich mit seinem Glas und spann sein unheimliches Selbstgespräch weiter. Ich begreife nicht, wie er sich in der kurzen Zeit so sinnlos hatte betrinken können.

Er schien mich allen Ernstes für Lucille zu halten. Es war etwas Gefährliches an ihm. Ich traute mich weder, Einwände zu erheben, noch ihn in irgendeiner Weise aus dem Konzept zu bringen. Er hatte diesem Mr. Furrbritt einen fürchterlichen Schlag ins Gesicht versetzt. Keine Ahnung, wie schwer er verletzt ist. Kelsey brabbelte unablässig vor sich hin und sagte eine Menge Sachen, bei denen ich nicht mitkam. Jedenfalls versuchte er, Lu zu beschwatzen, zu ihm zurückzukehren. Alles solle anders werden. Und alle paar Minuten warf er mir einen gräßlichen Seitenblick zu und schilderte mir, wie sehr er mich glücklich machen würde.

Inzwischen war ich stocknüchtern geworden, das dürfen Sie mir glauben. Ich wußte zwar, daß er mich nicht eingeholt hätte, wenn ich ihm davongerannt wäre. Aber er saß näher an der Tür als ich. Mitten im Satz kippte er zur Seite, schlief ein und begann zu schnarchen. Als ich ganz sicher war, daß er fest schlief, rief ich Sie an. Dann klappte es endlich. Und als Sie sagten, Sie kämen her, schlich ich mich vor die Tür und paßte Sie ab.«

»Absolut kein Ergebnis in der anderen Sache?«

»Es sei denn, Sie gäben etwas auf Furrbritts Gerede von Geldsäcken und geheimen Abmachungen, von Sam Kimbers ungehobelten Freunden und so weiter.«

Sie runzelte die Stirn und schüttelte langsam den Kopf.

»Oh, ich habe die prächtigsten Ausreden. Ich war aufgerieben und hatte die Dummheit begangen, mir diesen Monstermartini einzuverleiben. Und dann das Gewitter, der Stromausfall... ach, zum Teufel, Paul, so gern ich mich auch reinwaschen möchte, ich komme um die widerwärtige Erkenntnis nicht herum, daß mich dieser glatte Hundesohn um Haaresbreite hinter der Topfpalme drangekriegt hätte. Und daß ich aus meinem süßen Traum, es handle sich bloß um ein pikantes Gesellschaftsspiel, eine Sekunde zu spät aufgewacht wäre. Aber die Lichter gingen doch wieder an, also werden Sie nie wissen, ob es auch wirklich passiert wäre. Zum Kuckuck, ich bin doch nicht nach Florida geflogen, um hier festzustellen, daß ich mich bisher völlig falsch eingeschätzt habe. Liederlich bin ich mir ja schon oft vorgekommen, aber heute habe ich mich zum erstenmal wie ein billiges Flittchen gefühlt.«

»Vielleicht liegt da draußen so etwas in der Luft.«

Sie lächelte ihn an. »Sie sind wirklich nett zu mir. Jetzt schäme ich mich richtig. Ich muß Ihnen ja wie ein Mensch vorkommen, der nach Selbstbezichtigungen süchtig ist.«

»Machen Sie sich keine Vorwürfe, Barbara. Die Schuld liegt bei mir. Ein Talent, das dem Polizisten angeboren ist. Ich setze ein verständnisvolles Gesicht auf, hänge an Ihren Lippen, nicke zur rechten Zeit und mache kleine, aufmunternde Geräusche. Mir erzählen die Leute alles.«

»Und zwar mit Wollust, darauf möchte ich wetten. Sie armer Kerl. Es ist Ihnen doch sicher von Herzen zuwider.«

»Manchmal ja, manchmal nein. Wenn ich mehr hören will, brauche ich bloß im entscheidenden Moment die richtige Frage einzuwerfen.«

»Stellen Sie eine.«

In seinen Augen flackerte es auf. »Also gut. Wer war Roger?«

Er sah, wie sie steif wurde. Ihre Blicke trafen sich. Er mußte als erster wegschauen.

»Sie verstehen sich auf Ihr Handwerk, Paul.«

»Streichen Sie meine Frage. Sie war falsch.«

Sie steckte sich eine Zigarette an und blickte vor sich nieder. Das Licht der Lampe ließ ihr glattes Gesicht unter dem Turban maskenhaft leer erscheinen. Der Wunsch, sie zu besitzen, quälte ihn so unbarmherzig, daß er die Zähne aufeinanderbeißen mußte. Plötzlich hob sie den starren Blick und sah ihn durch den langsam emporwallenden Zigarettenrauch hindurch an. In ihren graugrünen Augen stand die uralte Herausforderung.

»Natürlich, Lucilles Brief. Aber sehen Sie, Sie stellen eine gute Frage und bekommen eine langweilige Antwort. Er ist ein sehr anständiger Mensch, wirklich. Vermutlich ein paar Jahre älter als Sie. Er hat ein trauriges, geduldiges Gesicht, verstand es aber, einen zum Lachen zu bringen. Ein vom Leben schon halbwegs besiegter Mann. Drei Kinder und eine stumpfe, gewöhnliche und geistig völlig unbewegliche Frau, die ihr eigenes Leben lebt.

Die Geschichte unserer Beziehung beginnt mit Sympathie, mit Freundschaft, damit, daß man im selben Raum arbeitet und über dieselben Dinge lacht. Und sobald man die gegenseitigen Anschauungen erkundet und ach so viel Seelenverwandtschaft festgestellt hat, verwandelt sie sich, wie sich's gehört, in schmachtende, romantische Liebe voll süßer Bitternis, weil man weiß, daß man nicht dagegen ankommt. Die ganze Stadt wird zum Panorama eines künstlerischen Films, in dem sogar dem Vogelflug noch tiefere Bedeutung innewohnt. Und unter fürchterlichen inneren Qualen redet man einander nach und nach ein, daß man sich das Recht darauf, miteinander ins Bett zu gehen, richtiggehend verdient hat. Der anderen wegen bedeutet das natürlich Verwicklungen und Täuschungsmanöver, bei einem selbst Zittern und Zagen und die mädchenhafte Angst vor dem Unbekannten. Selbstverständlich ist bei unserem Kleckschen Glück Magie im Spiel, und wir sind beide so unaussprechlich wertvolle Menschen, daß uns die kleinen Vulgaritäten im Gefolge eines Stelldicheins nicht berühren können.«

»Warum tun Sie sich so weh?«

»Die Sache ist ausgestanden, Paul Stanial. Die Phase der Seufzer und des Weins bei Kerzenlicht brachten wir ziemlich rasch hinter uns. Zu unserem beiderseitigen Erstaunen – keiner von uns hatte sich so eingeschätzt – verwandelte sich unsere Beziehung in eine vehemente körperliche Affäre. Was als die Besiegelung, als das Symbol der Liebe gedacht war, erwies sich als ihre Endstation. Wir waren derart betäubt und in Atem gehalten, daß uns für die Liebe überhaupt keine Zeit blieb.

Eines Tages, es war eine lange, vielleicht schon zu lange Zeit verstrichen, fand ich mich in unserem trübseligen kleinen Logis ein. Roger sollte erst später nachkommen. Das Zimmer lag drei Stockwerke hoch und hatte nur ein Fenster. An dem stand ich nun und schaute auf die winterliche Straße hinunter. Das Verlangen nach ihm machte mich ganz krank.

Im Haus gegenüber war eine Bar, aus der ich einen Mann und eine Frau kommen sah. Beide waren nicht mehr jung. Sie blieben stehen und schienen miteinander zu streiten. Plötzlich packte er sie vorn am Mantel und begann sie zu ohrfeigen, indem er ihr mit methodischen Schlägen derart brutal das Gesicht traktierte, daß es ihr jedesmal den Kopf herumwarf. Und ich in meiner Überlegenheit fand diesen Auftritt vulgär, geschmacklos, roh und beschämend. Schließlich ließ er sie los, und die Frau ging mit hochgezogenen Schultern heulend die Straße hinunter. Er schaute ihr nach, spuckte dann auf den Boden und kehrte in die Bar zurück.

Ich wandte mich vom Fenster weg und sah erst jetzt, wie klein das Zimmer in dem kalten Licht wirkte. Es war nichts als ein Bett mit Wänden drumherum, kein Ort, wo man leben oder lieben konnte. Plötzlich wußte ich, daß wir einander kaum noch etwas zu sagen hatten und daß es mich Anstrengung kostete, mir sein Gesicht vorzustellen. Und daß es Millionen von Menschen wie uns in Höhlen wie dieser gab, die sich ihrer kleinen Lüste entledigten, das Gesicht des anderen vergaßen und kaum noch Gesprächsstoff füreinander hatten. Diese Abgeschmacktheit war schlimmer, als auf offener Straße verdroschen zu werden.

Es war einfach nicht möglich, daß die Person in diesem Absteigequartier ich selber war. Es kam mir vor, als wache ich in einer Klinik auf und hätte die Erinnerung an den Unfall verloren. So schnell ich konnte, zog ich meine Kleider an und machte, daß ich fortkam. Ich wußte, daß ich nie die Kraft aufgebracht hätte, ihn zu verlassen, wenn er in diesem Moment eingetreten wäre. Am darauffolgenden Tag kündigte ich. Nach der Arbeit traf ich mich mit ihm in einem überfüllten Café. Auch diesmal gab es nicht viel zu sagen – höchstens so etwas wie Lebewohl. Meine Kündigung ging nicht durch. Er sorgte dafür, daß ich in ein anderes Büro derselben Firma gesetzt wurde.«

Sie lächelte spöttisch.

»Da hatte ich mich nun immer für einen Sonderfall gehalten, und dann mußte mir ausgerechnet die ordinärste und langweiligste Geschichte der Welt passieren: die Liebschaft im Büro. Wenn es Tonbänder von den Gesprächen zwischen uns und hundert anderen Pärchen gäbe – ich wette, man könnte sie bloß anhand der Namen auseinanderhalten. Der Rest gleicht sich aufs I-Tüpfelchen.«

Tränen stiegen ihr in die Augen und rannen ihr langsam über die Wangen, ohne daß ihr Gesicht sich veränderte.

»Sie hören so gut zu«, sagte sie und trocknete sich die Augen an ihrem gelben Ärmel.

»Über wen machen Sie sich jetzt eigentlich lustig?«

»Über uns beide, Paul.«

»Werden Sie jetzt schlafen können?«

»Woher wissen Sie, daß ich erst jetzt müde genug bin?«

»Sie sehen nicht mehr so angespannt aus wie vorhin.« Er stand auf und ging hinaus. Die Nacht war warm. Unter der Tür drehte er sich um und umfaßte ihre Arme dicht oberhalb der Ellenbogen. Er spürte ihre Unsicherheit, ihre Kapitulationsbereitschaft, ihre unterdrückte Angst. Und er merkte genau, was sie dachte.

Er schüttelte sie ein wenig, seiner Zuneigung einen rauhen Anstrich verleihend.

»Schlafen Sie gut«, sagte er und trat in die Nacht hinaus. Hinter ihm schloß sich die Tür. Langsam und im angenehmen Bewußtsein, sich in großer Tugendhaftigkeit und Zurückhaltung geübt zu haben, ging er zu seiner Unterkunft hinüber. Er zweifelte nicht, daß er sie hätte kapern können. Der Tag hatte sie zum Kentern gebracht. Nichts wäre leichter gewesen, als sie wie Treibgut ins Schlepptau zu nehmen und in den nächsten Hafen zu lotsen. Aber sie war – um im Bilde zu bleiben – eben nur ein Wrack ohne Steuer und Antrieb. Die ganze Initiative hätte bei ihm gelegen, keine bei ihr. Der Schlaf und die Zeit würden sie wiederherstellen.

Als er im Bett lag, ging ihm auf, daß eine solch günstige Gelegenheit vielleicht nie wiederkehren würde. Seine Selbstzufriedenheit verflog. Es war ihm offenbar bestimmt, daß er immer wieder den Verkehrten bedauerte.

10

Sheriff Harv Walmo stand auf dem unkrautüberwucherten Gehsteig der Tyler Street und sah Paul Stanial gereizt an. »Verdammt noch mal, ich kann mich doch schließlich nicht nach Ihren Gefühlen richten.«

»Ich sagte lediglich, daß alles ein bißchen zu gut zusammenpaßt.«

»Ich muß mich an Tatsachen halten. Meine Untersuchung hat ergeben, daß er etwa drei Viertel zwölf sein Büro verließ. Da er seinen Schreibtisch nicht aufgeräumt hatte, wie er es sonst immer vor dem Heimgehen tat, nehme ich an, daß er noch einmal zurückkehren wollte. Vielleicht bekam er in dem stickigen Zimmer Herzbeklemmungen und wollte Luft schnappen. Ich weiß, daß Sam Kimber ihm gestern gekündigt und ihn eigenhändig aus seinem Büro hinausbefördert hat. Wie er so herumgondelte, wurde ihm vermutlich schlecht und schlechter, und als ihn schließlich der Schlag traf, konnte er nicht einmal mehr den Wagen zum Stehen bringen. Aber sein Fuß stand nicht auf, sondern neben dem Gashebel, also muß er langsam gefahren sein.

Dort drüben prallte er gegen den Bordstein und rollte dann quer über die Straße hierher. Von hier aus können Sie seine Spur bis zu jener Kohlpalme dort verfolgen, an der er aufprallte und stehenblieb. Damit kommen wir zu jener Mrs. Antry, die uns per Telefon mitteilte, sie sähe vom Schlafzimmer aus ein Auto mit angestellten Scheinwerfern und laufendem Motor auf dem Ödfeld stehen. Meine Leute gingen der Sache nach und forderten über Funk die Ambulanz an. Aber er brauchte keine Ambulanz mehr. Ach, zum Teufel, Stanial, der Mann hatte einen bösen Tag hinter sich und einen großen finanziellen Verlust erlitten, außerdem arbeitete er schwer. Darüber hinaus sagte der Coroner, es sei wirklich eine Herzattacke gewesen.«

»Was trieb er eigentlich hier?«

»Er ist ein bißchen in der Nacht herumgefahren, würde ich sagen. Diese Straße dient weder dem Durchgangsverkehr noch führt sie in eine bewohnte Gegend.«

»Er ist in den Fall Lucille Hanson verwickelt.«

»Wieso? Was soll das heißen? Bloß weil er seit langem für Sam Kimber arbeitete? Stanial, ich wiederhole noch einmal: Sobald Sie irgend etwas gefunden haben, das nach einem Beweis im Sinne des Gesetzes aussieht, können Sie es mir bringen, und ich rolle den ganzen Fall wieder auf. Ich bin nicht voreingenommen. Aber ich kann einfach nichts unternehmen, solange ich nichts in Händen habe. Oder sind Sie schon auf etwas gestoßen?«

»Noch nicht.«

»Dann werden Sie mich jetzt entschuldigen. In meinem Büro wartet Arbeit auf mich. Meiner Meinung nach zieht ihr Burschen eure Fälle hier bei uns so lange hin, wie ihr nur irgend könnt.«

Mrs. Betty Schaud, Gus Gables Sekretärin, war eine kleine, magere Person mit stahlgrauem Haar, einem kalten, rechteckigen Gesicht und der verbindlichen Liebenswürdigkeit einer Aufseherin in einem Gefängnis. Nur mit größtem Widerstreben gestattete sie Paul Stanial, das Telefon zu benutzen. Er rief Sam Kimber an und setzte ihm sein Problem auseinander. Kimber verlangte Mrs. Schaud zu sprechen. Stanial reichte ihr den Hörer. Zwar blieb ihr Ausdruck gleich, doch trat der Schweiß auf ihr Gesicht, und auf ihren Backen entstanden rote Flecken.

»Das ist alles höchst ungewöhnlich«, sagte sie, nachdem sie aufgelegt hatte.

»Ein plötzlicher Todesfall ist immer ein bißchen ungewöhnlich.«

»Kommen Sie mit.«

Sie führte ihn in Gus Gables Privatbüro. Auf dem großen Schreibtisch türmten sich Ordner und Aktenbündel. »Diesen Raum hat der Sheriff untersucht«, sagte sie. »Sobald unser Mr. Grady die Gelegenheit dazu erhält, wird er die Papiere sichten und in Ordnung bringen. Bitte, nehmen Sie zur Kenntnis, daß es sich um eine besondere Gefälligkeit gegenüber Mr. Kimber handelt. Ich glaube kaum, daß Sie ein gesetzliches Recht dazu haben, hier zu sein. Und was Sie auch immer hierherführt – bringen Sie's rasch hinter sich. Ich habe schließlich noch was anderes zu tun.« Und damit faßte sie neben dem Schreibtisch Posten und verschränkte ihre dürren Arme.

Stanial setzte sich in Gables Drehstuhl und betrachtete die Dokumente. Sie schienen sich alle auf Kimbers zahlreiche Unternehmungen zu beziehen. Ein großer Schmierblock wies auf dem obersten Blatt ein Gewirr von müßigen Kritzeleien auf. Das Telefon stand auf einem Beistelltisch, daneben lag ein weiterer Notizblock. Er rollte den Stuhl näher heran und untersuchte das oberste Blatt. Nachdem er es einige Minuten schweigend geprüft hatte, stand er auf und riß es ab.

»Kein Schnipsel Papier verläßt dieses Büro«, sagte Mrs. Schaud.

Er reichte ihr den Zettel. Sie betrachtete ihn und sah Stanial dann verwirrt an. »Das ist doch nichts als sinnloses Gekrakel. Überlassen kann ich es Ihnen trotzdem nicht.«

»Haben Sie hier ein Kopiergerät oder dergleichen? Ich möchte eine Kopie davon. Verwahren Sie das Original an einem sicheren Platz.«

Sie seufzte, als belaste sie dieser Auftrag bis an die Grenze des Erträglichen. Er wartete im Vorzimmer. Sie verschwand und kehrte kurz darauf mit einer sauberen Kopie zurück, mit der er zu Sams Büro hinaufstieg.

Angie Powell trug eine blau-weiß gestreifte Bluse zu einem blauen Rock und sah munter und adrett aus. Paul vermutete, daß sie sich jenes besonders herzliche Lächeln, mit dem sie ihn begrüßte, für Leute aufhob, die sich Mr. Sams Gunst erworben hatten.

Er betrat Kimbers Büro und schloß die Tür.

»Wie läuft der Laden da unten?«

»Meiner Schätzung nach läuft er leer.«

»Ich werde es Bruner und McCabe überlassen, sich meine Unterlagen herauszuklauben. Den ganzen Morgen zerbreche ich mir schon den Kopf, ob mein Verhalten dazu beigetragen hat, ihn umzubringen. Was haben Sie denn da?«

Stanial erklärte ihm, um was es sich drehte. Er ging um den Schreibtisch herum und studierte das Papier über Sam Kimbers Schulter hinweg.

»Was, zum Henker, bedeutet denn das?«

»Vielleicht nichts. Vielleicht hat er all den Kram auch schon vorige Woche niedergeschrieben. Aber hier steht eine unterstrichene Zwölf in römischen Ziffern, und eine Viertelstunde vor zwölf ging er doch aus seinem Büro.«

»Also könnte eine Verabredung dahinterstecken, die er per Telefon getroffen hat?«

»Falls dem so ist, gibt uns das übrige Geschreibsel vielleicht einen Hinweis auf die näheren Umstände.«

Kimber tippte auf die rohe Zeichnung eines vollbusigen, weiblichen Torsos. »Wenn das überhaupt etwas bedeutet, dann doch wohl, daß er eine Frau treffen wollte. Aber was, zum Teufel, bedeutet M-b-l?«

»Ich weiß es nicht, aber schauen Sie mal da hinüber. Da steht ›Tyler‹. Dieses Wort machte mich überhaupt erst stutzig. In der Tyler Street ist er ja umgekommen.«

»Aber vor dem Wort stehen doch Initialen. A. P. Tyler. Es muß also nicht unbedingt die Straße gemeint sein. Paul, dieses komische M-b-l sieht aus, als stiege Rauch aus den Buchstaben.«

»Ich kann mir nicht vorstellen, was . . .«

»Moment! In der Tyler Street gab es ein Möbelgeschäft, das vor etwa einem Jahr abgebrannt ist. Herrgott, Stanial, lesen wir aus diesem Fetzen nicht zuviel heraus? Das ist doch alles so wirr, daß man ihm jede beliebige Deutung unterlegen kann.«

»Fahren wir doch hin und schauen uns um.«

Kimber zögerte und zuckte die Schultern. »Warum eigentlich nicht?«

Sam Kimber war derjenige, der neben dem zugedeckten Bauholzstapel die Zigarre entdeckte. Er hob sie auf und rollte sie zwischen den Fingern. »Trocken«, sagte er. »Sie lag also noch nicht hier, als es regnete. Ich weiß nicht, ob es Gus' Marke ist. Sehen Sie irgendwo die Bauchbinde?«

Stanial fand sie in einem Grasbüschel. Kimber identifizierte sie als zu der Sorte gehörig, die Gus bevorzugte. Stanial untersuchte das Gelände mit äußerster Sorgfalt. Er stieß auf einen Zigarrenstummel, der ebenso trocken war wie der erste Fund, und auf Überreste von Zigarrenasche, die der starke Regen bestimmt weggewaschen hätte. Gable mußte sich also nach dem Aufklaren für längere Zeit in diesem Gebiet aufgehalten haben.

»Wohin führt uns das?« fragte Sam.

»Zu einer Kette von Vermutungen. Er hatte hier um Mitternacht eine Verabredung. Er kann auf dem Holzstapel gesessen und gewartet haben. Vielleicht stellte sich der Partner ein, vielleicht auch nicht. Er wickelte diese Zigarre aus und biß die Spitze ab, zündete sie aber nicht an. Vielleicht wurde ihm plötzlich übel, so daß er sie fallen ließ und nur noch mit knapper Not sein Auto erreichen und den Motor anlassen konnte, ehe er starb. Möglicherweise begann der Partner auch mit ihm zu raufen. Und als die Anstrengung Gus Gable das Leben kostete, packte er ihn in den Wagen und startete die Maschine.«

»Das ist nicht sehr viel, wie?«

»Nicht genug für Walmo. Die Laborabteilung einer Großstadtpolizei würde daraufhin vielleicht mit dem Staubsauger über das Areal gehen und den letzten Grashalm umdrehen.«

Schritt für Schritt wanderten sie zum Randstein zurück, wobei Stanial aufmerksam nach weiteren Spuren und Anzeichen Ausschau hielt.

Kimber lehnte verdrossen an seinem Wagen. »Wir beide denken doch sicher das gleiche, wie? Ich hatte gestern keine Gelegenheit mehr, mich noch mal mit Gus zu befassen. Aber dieser Tage hätte ich vielleicht doch noch ein paar Informationen aus ihm herausgebeutelt. Womöglich sollte dem vorgebaut werden.«

»Der nächste Schritt ist die Leichenöffnung, falls Walmo dazu zu bewegen ist.«

»Ich bewege ihn schon«, sagte Kimber grimmig.

Er ging um den Wagen herum und wollte einsteigen. Plötzlich hielt er inne.

»Was ist denn los?«

»Kommen Sie mit.« Kimber überquerte die Straße und ging ein Stück südwärts. Stanial folgte ihm verwundert. Vor dem Schulgebäude blieb Kimber stehen und deutete über den Sportplatz hinweg. »Sehen Sie das graue Haus dort drüben? Es liegt ziemlich versteckt. Das Haus der Powells. Angie Powell – A. P. Und dazu die gezeichnete Mädchenfigur.« Er sah Stanial gequält an. »Und jetzt Schluß damit. Verdammt, das geht einfach zu weit.«

»Sind Sie sicher?«

»Hören Sie, ich kenne Angie so gut wie...«

»Sie sagten ihr doch, Sie rechneten damit, daß Gus Ihnen Scherereien machen würde.«

»Und sie kriegte Kummerfalten, weil sie eine treue Seele ist. Das ist alles. Himmel, Paul, wenn sie jeden abmurksen wollte, der...«

»Etwas an ihr ist seltsam. Sie wissen doch, daß sie mit Lucille nicht einverstanden war.«

»Seltsam? Sie ist lediglich ein grundanständiges, frommes, sauberes Kind.«

»Warum schreien Sie mich dann so an, Sam?«

Kimber holte ein Taschentuch hervor und wischte sich das Gesicht. »Ich weiß eben, daß wir auf der falschen Fährte sind. Das ist alles.«

»Aber durch ihre Stellung kennt sie viele Ihrer persönlichen Umstände und Gewohnheiten, Sam. Sie könnte auch von dem Geld wissen.«

»Woher denn wohl?«

»Von Gus?«

»Ich weiß es nicht.«

»Sie ist groß, stark und jung.«

»Angie ist überall beliebt.«

»Und fühlt sich offensichtlich wie der Fisch im Wasser.«

»Warum sollte sie es auf das Geld abgesehen haben?«

»Kann es ihr denn nicht um etwas anderes gehen? Ich bin da nicht so sicher. Als ich das erstemal bei Ihnen vorsprach, unterhielt ich mich mit ihr. Was sie sagte, kam mir komisch vor. Ich kann zwar den Finger nicht drauflegen, aber mir scheint, ihr Gefühlsleben ist nicht in Ordnung.«

Wieder trocknete Kimber sich das Gesicht. »Wenn man, wie ich, dauernd mit ihr zusammen ist, kommt man natürlich auf dumme Gedanken. Das Mädchen ist eine Wucht. Eines schönen Tages probierte ich's mit ihr. Es war noch vor meiner Bekanntschaft mit Lucille. Sie schaute mich an, daß ich am liebsten geheult hätte, und erzählte mir, sie hätte Gott und ihrer Mutter versprochen, nie etwas Schmutziges zu tun. Sie wollte sofort kündigen. Ich weiß einfach nicht, was ich denken soll. Es kommt mir so unwahrscheinlich vor.«

»Jedenfalls müssen wir dafür sorgen, daß wir besser informiert sind als sie. Das ist die Machtposition, auf die sich jegliche Polizeiarbeit gründet. Die Person, mit der man sich unterhält, kann dann nicht entscheiden, was sie zugeben und was sie ableugnen soll. Wenn ich mit ihr gesprochen habe, weiß ich, ob oder wieweit wir danebengetippt haben. Können wir sie abfangen, ehe sie zum Essen geht?«

»Die Zeit reicht«, meinte Sam.

»Sagen Sie ihr, daß sie mit mir zusammen lunchen soll, und tragen Sie ihr auf, mich zu unterstützen. Verraten Sie ihr aber nicht, um was es sich dreht.«

Sie gingen zurück und stiegen ins Auto. Sam Kimber schüttelte den Kopf. »Mir ist nicht recht wohl bei der Geschichte. Und ich bin sicher, daß ich bloß ins Büro kommen und sie dort sitzen sehen muß, um zu wissen, daß wir beide uns den größten Unsinn eingeredet haben.«

Die Hostess führte sie an einen Tisch für zwei Personen. Paul, der hinter Angie herging, registrierte die Aufmerksamkeit, die ihr Erscheinen bei den Männern im Speisesaal hervorrief.

»Hallo, Angie«, sagten sie und »Hi, Angela, meine Süße«, oder auch »Guten Tag, Miß Powell«. Sie winkte, grüßte und lächelte. Ihm warf man kühle, abschätzende Blicke zu.

Er hielt ihr den Stuhl und ließ sich dann ihr gegenüber nieder. Sie strahlte ihn an, und ihre Augen glänzten. »Meistens besteht Lunch für mich aus einem Sandwich an der Theke, Mr. Stanial. Also ist das ein richtiges Fest für mich.«

Die Kellnerin brachte das Wasser.

»Gestern abend habt ihr uns aber knapp geschlagen, Angie«, sagte sie.

»Du hast dich recht gut gehalten, Clara. Bloß mit deiner Mannschaft ist nichts los.«

»Wenn man keine Asse bekommen kann, muß man sich eben selber anstrengen. Das Rindfleisch ist heute recht ordentlich.«

»Okay, ich nehme es an. Das ist Mr. Stanial, Clara. Er kommt von einer Versicherung. Clara Wikely.«

»Hallo«, sagte Clara. »Ich habe selbst von dem Fleisch gegessen, es ist wirklich gut.«

»Also dann zwei Portionen«, sagte Paul. »Und Kaffee.«

»Für mich Milch«, sagte Angie. Als die Kellnerin gegangen war, wurde sie ernst und sah Stanial mit ihren lavendelblauen, aufrichtigen Augen fragend an.

»Mr. Sam tat sehr geheimnisvoll, als er mich mit Ihnen zum Essen schickte, Mr. Stanial.«

»Nennen Sie mich doch Paul.«

»Und Sie sagen Angie zu mir, einverstanden?«

»Sie haben gestern abend Bowling gespielt?«

»Ja, gegen Claras Team. Im Anfang standen wir schlecht, aber wir hatten Glück. Worüber wollen Sie mit mir sprechen, Paul?«

»Ich bin in Wirklichkeit gar kein Versicherungsagent, Angie.«

»Nein?«

Er beugte sich zu ihr hinüber. »Ich bin hier, um den Mord an Lucille Hanson aufzuklären.«

»Den was?« Sie sah ehrlich erschrocken aus. »Ach, gehen Sie doch, Paul, bei Mord würde die Stadt von morgens bis abends von nichts anderem reden.«

»Warum könnte es denn kein Mord gewesen sein?«

»Nun... Vielleicht besteht die Möglichkeit wirklich. Aber was läßt denn darauf schließen? Falls es tatsächlich Mord war, steckte wohl nicht viel Sinn dahinter, oder? Wollen Sie mich eigentlich auf den Arm nehmen?«

»Ich meine es völlig ernst. Und ich hoffte, von Gus Gable einige sehr wertvolle Informationen zu erhalten. Ich habe nämlich gestern abend noch am Telefon mit ihm gesprochen.«

Zu seinem Mißvergnügen erschien in diesem Moment die Kellnerin mit dem Essen. Wegen der Ablenkung konnte er nicht feststellen, ob seine Worte sie beeindruckt hatten. Sie schob sich einen tüchtigen Bissen Fleisch in den Mund und sah ihn an. »Was hätte denn Gus von solchen Sachen schon groß wissen sollen?«

»Angie, ich habe Sie nicht zum Essen geführt, um Sie zu fragen, was Gus Ihrer Meinung nach vom Mord an Lucille Hanson wissen konnte.«

»Oh, es klingt nur so komisch, wenn Sie Mord sagen. Was wollten Sie mich also fragen?«

»Worüber haben Sie sich vergangene Nacht mit Gus unterhalten?«

Falls die Gabel auf ihrem Weg zum Mund innehielt, war die Stockung so minimal, daß man sie mit bloßem Auge nicht ausmachen konnte. Aber Angie sah auf einmal erheblich weniger freundlich drein.

»Wie kommen Sie auf die Idee, ich hätte vergangene Nacht mit Gus gesprochen?«

»Er sagte, er wolle Sie anschließend treffen.«

Sie sah nachdenklich und verärgert, aber keineswegs alarmiert aus.

»Getroffen habe ich ihn selbstverständlich nicht«, sagte sie.

»Wieso hat er dann davon geredet?«

»Sie wissen so gut wie ich, daß Sie das eigentlich nichts angeht. Lassen Sie mich einen Moment nachdenken.«

Sie aß stetig und mit gutem Appetit, wischte zuletzt ihren Teller mit Brot aus, schob ihn zur Seite, stützte ihre Ellenbogen auf und sah ihn an.

»Ich hätte es Mr. Sam früher oder später sowieso erzählt, also kann ich es genausogut auch Ihnen sagen. Schon weil Sie offensichtlich drauf und dran sind, die falschen Schlüsse zu ziehen. Da Sie Untersuchungsbeauftragter sind, können Sie vermutlich alles nachprüfen. Gestern abend, während ich Bowling spielte, kam ein Anruf für mich. Ich konnte nicht gleich weg und hatte auch gar keine Eile, zurückzurufen. Er kam von Gus, das sagte mir die Telefonnummer. Ich konnte mir ziemlich genau vorstellen, was er von mir wollte. Gut und schön, nach dem Bowling ging ich mit ein paar Mädchen aus dem Team in Ernies Imbißstube und aß eine Kleinigkeit, und als sie aufbrachen, rief ich Gus vom Lokal aus an.

Er war schrecklich aufgeregt. Daß ihm die Buchführung für Sam entzogen worden war, bedeutete einen schweren Schlag für ihn, und wie ich mir schon gedacht hatte, glaubte er, ich könne ihm helfen, die Sache wieder einzurenken. Er wollte mich sehen. Er sagte, er hätte ein paar Vorschläge, über die er gern mit mir sprechen würde. Ich erklärte ihm, ich wolle nicht mit jemand gesehen werden, den Mr. Sam hinausgeworfen hat. Er weinte beinahe und deutete an, es solle mein Schaden nicht sein. Aber ich hatte einfach keine Lust. Schließlich sagte er, er würde um Mitternacht in der Nähe des abgebrannten Möbelgeschäftes, gar nicht weit weg von unserem Haus, parken. Dort sähe uns niemand, wir könnten alles noch einmal durchsprechen, und ich würde es gewiß nicht bereuen. Nach wie vor sagte ich nein.

Nun weiß ich nicht, ob er dort war, und es interessiert mich auch nicht sonderlich. Da er seinen Anfall aber in der Tyler Street bekommen hat, hoffte er wohl darauf, ich hätte es mir anders überlegt. Und wenn er zu Ihnen tatsächlich gesagt hat, er träfe mich anschließend, so war das reines Wunschdenken. Ich fuhr von Ernie aus nach Hause und blieb dort. Kurze Zeit unterhielt ich mich noch mit meiner Mutter, dann gingen wir zu Bett. Sie können meine Leute fragen. Die Sirene riß mich aus dem ersten Schlaf, aber ich wußte nicht, daß Gus in nächster Nähe gestorben und man ihn holen kam.«

Da saß sie nun und sah ihn mit genau der richtigen Mischung aus Indignation und Rechtschaffenheit an. Mit einemmal fragte sich Paul, was er hier eigentlich trieb und redete. Sam Kimber hatte recht gehabt: sie war die Harmlosigkeit in Person. Das Geld würde schon wieder auftauchen. Lucille hatte es eben, durch Gus eingeschüchtert, ein bißchen zu gut versteckt. Und ertrunken war sie, weil sie einen Krampf bekommen, Wasser geschluckt und die Nerven verloren hatte. Und Gus war wirklich an einem Herzschlag gestorben. Alles war plausibel und ein wenig traurig – ebenso traurig wie der Anblick eines hochentwickelten Mechanismus, der zu geringeren Zwecken verwendet wird als vom Konstrukteur geplant.

Vor ihm saß eine große, beachtliche, fast furchterregende Maschine von einem Mädchen, mit genügend Energie und Lebenswärme, ein Dutzend Kinder großzuziehen und gleichzeitig – und zwar mit Leichtigkeit – noch den potentesten Ehemann bei der Stange zu halten. Aber irgendein kleiner Stift hatte sich verbogen, die Kette war abgerutscht, und die Maschine ließ sich bloß noch als Sekretärin, als Partnerin beim Bowling oder als Konkurrentin beim 500-Meter-Lauf gebrauchen.

Aber er mußte seine Polizeiarbeit fortsetzen und den Test zu Ende führen, auch wenn er mit dem Herzen nicht dabei war.

»Ich glaube, Sie haben so ziemlich alles erklärt, Angie.«

»Ich erkläre nichts. Ich erzähle nur.«

»Nun, wenn Sie nur erzählen, dann sagen Sie mir doch auch, warum Sie vergangene Nacht nach zwölf Uhr durch den Schulhof gegangen sind.«

Sie schüttelte bedauernd den Kopf. »Ich bin sicher, daß Sie irgendeinen albernen Trick an mir ausprobieren. Worauf wollen Sie eigentlich hinaus? Wenn jemand behauptet, er hätte mich gesehen, dann ist er entweder nicht bei Trost, oder er lügt.«

Er seufzte. »Okay, Angie. Keine weiteren Fragen.«

»Immerhin eine verrückte Sache, sich vorzustellen, daß Mrs. Hanson ermordet worden ist. Ich nehme an, Sie glauben, daß man auch Gus umgebracht hat?« Ihre Augen verengten sich. »Wenn Sie das tatsächlich glauben, dann müssen Sie ja annehmen, daß ich es getan habe?«

»Es ging mir schon durch den Kopf.«

»Sie haben eine kranke Phantasie, Mr. Stanial. Eigentlich sollte ich wütend auf Sie sein, aber irgendwie reizt es mich zum Lachen, sich allen Ernstes zu fragen, ob nicht vielleicht ich die beiden umgebracht habe. Dazu hätte ich schon gar nicht die Zeit – ehrlich. Außerdem lebe ich nach den Geboten, Paul. Hat sonst noch jemand so irre Ideen? Ist es vielleicht auch Mr. Sam schon durch den Kopf gegangen?«

»Er bringt es einfach nicht fertig, an eine solche Möglichkeit zu glauben.«

»Er kennt mich eben zu gut. Nun, vermutlich schadet es nichts. Es ist nur – irgendwie blöd.«

Sie gab sich so normal, daß ihn die Lust anwandelte, sie den anderen Teil ihres Wesens, den religiösen Fanatismus, hervorkehren zu lassen.

»Sobald Sam sich eine andere Frau angelacht hat, ist er wieder der alte«, sagte er leichthin. »Wo Sie doch so große Stücke auf ihn halten, könnten Sie ihm vielleicht zu einer Tröstung etwas näher am häuslichen Herd verhelfen. Sie sind ein großes, gesundes Mädchen, und es gibt doch wohl keinen Freund, der etwas dagegen hätte, wie?«

Es war interessant, zu beobachten, wie sich ihr Gesichtsausdruck veränderte. Ihr Mund zog sich zusammen, ihre festen Wangen wurden flach, und rund um die Iris trat das Weiß der Augäpfel stärker hervor.

»Für Mr. Sam ginge ich durchs Feuer«, sagte sie. »Aber niemals würde ich seiner unsterblichen Seele weiteren Schaden zufügen, indem ich ihm meinen Körper anböte. Außerdem mag ich diese schmutzigen Reden nicht.«

»Glauben Sie wirklich, Sams Beziehung zu Lucille hat den beiden geschadet?«

»Ihr mehr als ihm, falls da überhaupt noch etwas Zerstörbares übrig war. Sie war eine lüsterne Dirne, die ihn fortwährend aufreizte. Die Feuer der Hölle warteten schon darauf, ihren sündigen Leib zu verschlingen. Nun muß sie dort unten braten in alle Ewigkeit.«

»Aber Angie! Wer hat Ihnen denn so schreckliche Angst eingejagt? Ihre Mutter? Wie wollen Sie jemals ein normales Leben führen?«

»Ich bin nicht dazu berufen, ein normales Leben zu führen.«

Plötzlich war er hellwach. »Wozu sind Sie denn berufen?«

»Ein – ein Beispiel zu geben.«

»Ein Beispiel verändert den Lauf der Welt nicht sonderlich.«

»Dies ist die Zeit der Sünde. Gott hat uns den Rücken gekehrt.«

»Ihnen auch?«

»Einige wenige sind auserwählt, sein Antlitz zu schauen.«

»Das erhebt Sie zu etwas Außergewöhnlichem, nicht wahr?«

Sie errötete und schlug die Augen nieder. »Darauf stolz zu sein wäre sündhaft.«

»Sagt Er Ihnen auch, was Sie tun sollen?«

Die Farbe verschwand aus ihrem Gesicht. Ungewöhnlich lang und sehr still saß sie da. Schließlich öffnete sie die Augen und sah ihn sinnend an. »Vielleicht wird Er eines Tages zu mir reden. Ich bete um diesen Tag.«

»Hat Gott denn Mann und Frau nicht mit Absicht verschieden geschaffen?«

In ihren Blick trat eine seltsame Intensität. »Glauben Sie wirklich, Sie könnten meine Einstellung zu den Sünden des Fleisches ändern?«

»Ich will einmal so sagen, Angie: Ihre Haltung läßt noch einiges zu wünschen übrig.«

»Und Sie wären gern derjenige, der mir hilft, mich auszubilden? Wollen Sie mich vielleicht nach Miami mitnehmen? Haben Sie schon andere Jungfrauen mit Ihren süßen Reden und Ihren blauen Augen verführt, Mr. Stanial?«

»Immer sachte!«

»Sie bekümmerten sich nicht um ihre unsterblichen Seelen. Sie flüsterten ihnen Ihre durchtriebenen Liebesworte zu, und dann schändeten Sie sie. Gott wird Ihnen das nie vergeben. Sie sind schwarz vor Sünde, Mr. Stanial.«

»Und dabei halte ich mich gegenwärtig für einen ganz anständigen Burschen.«

Er schüttelte sie ein wenig, als gäben verkrampfte Muskeln nach. Gleichzeitig verwandelte sie sich in ihr früheres Ich zurück.

»Ich finde Sie sogar richtig nett, Paul. Nur sollten zwei Leute mit unterschiedlichen Anschauungen vermutlich nicht über Religion debattieren.« Sie lächelte bittend. »Ich habe nicht vor, Sie zu ändern, und Sie sollten es auch nicht bei mir versuchen. Doch um eines bitte ich Sie: Führen Sie in meiner Gegenwart nie wieder so schmutzige Reden wie vorhin. Mir wird dann immer, als hätte ich Ungeziefer.«

»Okay, Angie.«

»Wo steckt denn eigentlich Clara? Ich sollte schon längst wieder zurück sein.«

Als sie sich umdrehte, um nach der Kellnerin Ausschau zu halten, fiel das Licht auf die Innenseite ihres Unterarms, und Paul sah die kleinen weißen Brandmale.

»Was ist denn mit Ihrem Arm passiert?«

Sie fuhr herum. »Was?«

Er ergriff ihr Handgelenk und drehte sich um. »Diese Narben meine ich.«

Mit erschreckender Heftigkeit wurde ihm die Hand weggerissen, und Paul sah mit tiefem Erstaunen das dritte Gesicht von Angie Powell, sah, wie sich die Lippen von den starken, weißen Zähnen zurückzogen, sah, wie sich ihre Augen zu glitzernden Spalten verengten und an ihrem glatten Hals dicke Stränge hervortraten.

»Rühren Sie mich nie wieder an«, flüsterte sie. Es kostete sie Mühe, die Wörter zu formen, als rede sie in einer Sprache, die sie nicht gut beherrsche. Dann stand sie auf und ging zwischen den Tischen hindurch aus dem Lokal.

Noch ehe er seine Rechnung bezahlte, rief Paul vom Restaurant aus bei Sam an.

»Nun?« fragte Sam.

»Nach der ersten Viertelstunde stand ich auf Ihrer Seite. Aber jetzt bin ich nicht mehr so sicher.«

»Und was, zum Teufel, soll das heißen?«

»Das heißt, daß eine Geistesgestörte sich nicht an die Spielregeln hält. Sie ist jetzt auf dem Rückweg. Was bedeuten die Narben an ihrem Arm?«

»Die kleinen, weißen Stellen, die wie Impfnarben aussehen? Ich weiß es nicht. Ich habe sie einmal danach gefragt, aber sie regte sich so auf, daß ich nicht weiterforschte.«

»Ich verstehe nicht, warum sie in diesem Punkt so empfindlich ist. Sam, das Mädchen braucht Hilfe, selbst wenn es sich herausstellt, daß sie unschuldig ist.«

»Das hat mir auch Doc Nile schon mal gesagt. Aber was, zum Henker, erwartet man eigentlich von mir? Sie macht ihre Arbeit und versteht's mit allen Leuten. Jetzt kommt sie gerade.«

»Sam, welchen Eindruck...«

»Bleiben Sie einen Moment dran.«

Nach zwei Minuten meldete Sam sich wieder. »Sie sagt, der Lunch mit Ihnen sei sehr nett gewesen, nur sei sie einigermaßen verwundert, daß Sie und ich herausfinden wollen, wen sie zuletzt um die Ecke gebracht habe. Sie faßt es als Witz auf, Paul. Also schlagen Sie sich endlich Angie aus dem Kopf und stellen Sie fest, wer mein Mädchen wirklich auf dem Gewissen hat.«

»Ein Anruf für Angie?« sagte der lethargische, bucklige Mann im Happy Lanes. »Gestern abend nicht, Mister, jedenfalls nicht über diesen Apparat. Hinter dieser Theke hat außer mir niemand was verloren, und keiner rührt mir das Telefon an. So kriege ich am Monatsende keine Rechnungen über Ferngespräche, an die ich mich nicht erinnere. Es gibt zwar drüben im Restaurant noch einen Münzfernsprecher, aber wenn jemand die Kegelbahn anruft, kommt das Gespräch so gut wie immer auf dem Apparat hier bei mir an, weil im Telefonbuch nur diese Nummer steht.«

In der muffigen Diele des kleinen grauen Hauses herrschte drückende Hitze. Das trübe Licht ließ Angies Mutter wie ein aufgereiztes Nilpferd erscheinen.

»Sie kam kurz nach elf nach Hause«, kreischte sie, »und ist nicht wieder weggegangen. Nun will ich endlich wissen, was Sie mit Ihren Fragen bezwecken, und mit welchem Recht Sie sie stellen. Ich habe das Mädchen anständig erzogen, und wir haben keine Geheimnisse voreinander, und sich heimlich davonstehlen wäre das letzte, was sie tun würde. Oh, ich weiß alles über die anderen jungen Dinger in dieser Stadt, wie sie bei jeder Gelegenheit von daheim ausrücken und sich für alles, was Hosen trägt, auf den Rücken legen. Aber so eine ist meine Angela nicht.«

»Es geht lediglich um eine routinemäßige Untersuchung für eine Versicherung.«

»Was Sie nicht sagen. Routinemäßig? Daß ich nicht lache. Sie suchen nichts als eine Gelegenheit, Angie grundlos in irgendeine Sache zu verwickeln, damit Sie sich an sie heranmachen können. Geben Sie's lieber gleich auf, Mister. Bei meiner Angie werden weder Sie noch andere etwas ausrichten. Ich belehrte sie früh, und zwar gründlich. Kein lebender Mann wird ihren Leib jemals mit seinen Händen berühren. Männer haben immer nur das eine im Kopf, Tag und Nacht, aber der Himmel weiß, daß es in dieser Stadt genug Schlampen gibt, bei denen sie bloß mit den Fingern zu schnippen brauchen. Und deshalb müssen Sie hierher gar nicht erst kommen.«

»Ich fürchte, Sie haben eine falsche Vorstellung, Mrs. Powell.«

Sie beugte sich schwerfällig nach vorn, die Fettwülste ihres Gesichts zu einem höhnischen Lächeln verzogen. »Wissen Sie was, junger Mann? Ich habe grundsätzlich falsche Vorstellungen. Ich gehe mit offenen Augen durch die Welt, und der Kopf schwirrt mir vor lauter falschen Vorstellungen.« Sie deutete mit stumpfem Wurstfinger auf sein Gesicht. »Jede einzelne davon erweist sich schließlich doch als richtig. Und jetzt machen Sie, daß Sie fortkommen.«

Er hatte das Haus bereits verlassen, als er sich umdrehte und die schemenhafte Riesengestalt hinter der Gittertür noch einmal ansprach. »Wie hat sie sich übrigens die Narben an ihrem Arm zugezogen?«

»Indem sie ihr Fleisch abtötete und ihren Leib kasteite, um den Teufel auszutreiben. Aber das werden Sie ja doch nie verstehen.«

Doktor Rufus Nile brauchte noch dreißig Minuten, zehn für jeden der letzten drei Patienten. Stanial wartete solange. Nile hatte eine Schwäche für kaltes Bier. Er schloß seine Praxis ab und fuhr mit seinem Besucher in die Innenstadt, wo er eine verräucherte, kühle und behagliche Taverne wußte. Sie holten sich das dunkle, süffige Getränk in großen Tonkrügen an der Theke und trugen es in eine holzverkleidete Nische mit einem zerschrammten, weißgeschrubbten Tisch.

»Ein Mann, der nicht gleich losschießt, hat sich meistens eine kleine Rede zurechtgelegt«, sagte Nile. Er streckte Paul das Kinn entgegen und riß die Augen auf. »Hah?«

»Nun, ich suche noch nach der unverfänglichsten Formulierung für mein Anliegen. Es könnten sich nämlich Konflikte mit Ihrer Berufsethik einstellen. Meine Untersuchung, ob es sich um Freitod oder Unglücksfall handelt, hat eine dritte Möglichkeit ergeben, Doktor. Und zwar geht es um eine Person, über die Sie sich vermutlich als Arzt eine Meinung gebildet haben. Also lassen Sie mich offen reden. Glauben Sie, daß Angie Powell zu einem Mord fähig ist?«

Vor Überraschung und Verblüffung hopste Nile ein paarmal auf und nieder, patschte sich auf die Lippen, zupfte sich am Ohr, klopfte sich auf die Brust und fuhr mit dem Bierkrug auf der Tischplatte Karussell.

»Lassen Sie mich erst mal zur Besinnung kommen. Punkt eins: Psychiatrie ist nicht mein Fach. Punkt zwei: Angie war meine zweite Entbindung, nachdem ich mich hier niedergelassen hatte. Drittens: ich mag Angie gern. Ich glaube, ich verstehe sie, weil ich einiges über ihr Herkommen weiß. Mord? Das wäre denn doch eine reichlich drastische Art, sein Mißfallen zu dokumentieren, wie?«

»Logischerweise schon. Aber ist sie logisch?«

»Mary Powell war eine schwierige Patientin. Sobald sie herausbekam, daß sie schwanger war, begann sie sich zu mästen. Sie war damals erst drei Monate verheiratet. Sie verhielt sich, als habe sie sich von Klein-Jimmy Lepra geholt. Ich habe Jimmy vor ein paar Jahren an der Prostata behandelt und weiß daher mit Sicherheit, daß sie ihm vom selben Tag an, da ihre Gravidität feststand, den ehelichen Verkehr verweigert hat. Rundheraus gesagt, sie haßte ihn so sehr, daß sie sich quasi zur Verteidigung dagegen nudelte. Aber wie gesagt, ich bin kein Psychiater. Die vierzig Pfund, die sie zulegte, während sie Angie austrug, machten die Geburt schwierig. Aber Angie war ein schönes, gesundes Baby. Und Mary fraß immer weiter. Und je mehr Fett sie ansetzte, desto bigotter wurde sie. Inzwischen dürfte sie bald drei Zentner wiegen und den städtischen Rekord an Gehässigkeit halten.«

»Und Angies Einstellung zur Sexualität ist von ihrer Mutter geprägt?«

»Nur ein Beispiel: Angie war ein kleiner Sonnenschein und bei allen Kindern beliebt. In der Nachbarschaft wohnte ein kleiner Bub. Sein Name fällt mir nicht mehr ein. Die Familie ist vor langer Zeit weggezogen. Angie wird damals etwa sieben Jahre alt gewesen sein. Überall in der Welt machen die Kinder eine Phase sexueller Neugier durch. Völlig natürlich. Bei primitiven Völkerstämmen, die in diesen Dingen heller sind als wir, wird das gebilligt. Kommen aber wir unseren Kindern drauf, versuchen wir sie zu überzeugen, sie hätten etwas Abscheuliches getan.

Eines Nachmittags geht also Mary Powell zufällig hinter die Garage und sieht, wie Angie und der Nachbarsbub einander tiefernst inspizieren. Für eine große, dicke Frau bewegt sie sich erstaunlich schnell. Sie versetzt dem Jungen eine Ohrfeige, die ihn heulend und mit zwei ausgeschlagenen Zähnen nach Hause befördert. Dann reißt sie eine Latte aus dem Gartenzaun und verdrischt ihre Tochter so fürchterlich, wie man ein Kind nur schlagen kann, ohne es zu töten. Mary hätte eingesperrt gehört, und es stand auch dicht davor, aber die Kirche stellte sich hinter sie.

Angie lag drei Wochen im Krankenhaus, Rippenbrüche, Nierenquetschungen, Kontusionen, Schürfwunden, innere Blutungen. Ich übernahm ihre Behandlung, und vermutlich war ich auch das letzte männliche Wesen, das sie im Evakostüm gesehen hat. Für spezifisch weibliche Probleme gehen Mutter und Tochter zu einer Ärztin in Orlando. Als sie damals entlassen wurde, war sie ein kleines, hohläugiges Gespenst und merkwürdig still. Mary ließ sie in diesem Jahr nicht mehr zur Schule gehen. Mindestens zwei weitere Jahre behielt das Kind seine Schweigsamkeit bei. Jedermann konnte absehen, daß ein Mädchen mit einem solchen Elternhaus beim Heranwachsen seine Schwierigkeiten haben würde. Und so war es dann auch.

Sie war fünfzehn, als man sie mir vom Schulunterricht weg mit hohem Fieber und einer bösen Blutvergiftung im Arm ins Haus brachte. Es hätte ihr Tod sein können. Ich schleppte sie in die Klinik. In den ersten vierundzwanzig Stunden stand es unentschieden. Die Infektion ging von einer Brandwunde aus. An der Unterseite desselben Arms befanden sich weitere Brandwunden, von denen einige abgeheilt, andere noch verschorft waren. Ich konnte nicht herausbekommen, woher sie sie hatte, bis ich ein bißchen Sodium Pentothal verabreichte und plötzlich einen klassischen Fall von Hysterie unter den Händen hatte. Vollkommene Muskelstarre, Marmorblässe, irres Gerede über Träume und Visionen und irgendeine hirnverbrannte Identifikation mit Jeanne d'Arc. Das närrische Kind hatte den Arm in eine Kerzenflamme gehalten, und zwar, nach der Anzahl der Narben, schon fünfzehnmal.«

»Daß sie das ausgehalten hat?«

»Ein weit fortgeschrittener Fall von Hysterie mit religiösen Wahnvorstellungen birgt Elemente von Selbsthypnose in sich. Es ist daher sehr wohl möglich, daß sie die Schmerzen nicht einmal spürte. Als der optimistische Esel, der ich nun einmal bin, sprach ich mit Mary darüber, wie man dem Mädchen helfen könne. Aber

Mary war noch stolz auf ihre Tochter. Können Sie sich so was vorstellen?«

»Abtötung des Fleisches, um den Teufel auszutreiben.«

Nile schaute ihn scharf an. »Haargenau ihre Worte. Ich nehme an, Sie verstehen, warum Angie sich peinigte. Hier haben wir also ein Mädchen mit einem vorzüglich ausgestatteten Organismus. Alle Drüsen funktionieren planmäßig. Sie ovuliert, hat gutentwikkelte Brüste und ein gebärfreudiges Becken. Wenn sie nun den Drang nach den normalen, sexuellen Erfahrungen in sich verspürte, den Gelegenheiten dazu aber aus religiösen oder ethischen Beweggründen aus dem Weg ginge, würde sie sich wegen ihrer schlechten Instinkte schämen und sich schuldig fühlen.

Hier handelt es sich aber um eine große, gesunde Frau, die emotionell derart verkrüppelt ist, daß sie so was wie Verlangen gar nicht kennt. Damit entfallen auch Neugier und Schuldgefühl. Es ist ihr vor langer Zeit mit einer Zaunlatte eingebleut worden, daß jeder Gedanke an Geschlechtliches abscheulich und ekelerregend sei. Also ekelt sie sich schon rein gefühlsmäßig davor. Und nun hat dieser prächtige Körper kein Ventil. Daher die Hysterie. Daher die Visionen und frömmlerischen Anwandlungen. Man sollte Mary den Alligatoren vorwerfen, weil sie ihrem Kind das angetan hat.«

»Macht sie dieser innere Zwiespalt gefährlich?«

»Zurück zum Thema Mord, wie? Möglicherweise ja. Unter den richtigen Umständen. Etwas Verbotenes würde sie nicht tun. Aber eine Anweisung von Gottvater oder Jeanne d'Arc würde ihre vernunftmäßigen Bedenken außer Kraft setzen.«

»Eine Urteilsvollstreckung demnach?«

»Getroffen.«

»Was sie gemäß der gesetzlichen Definition der Unzurechnungsfähigkeit – fehlendes Unterscheidungsvermögen zwischen Gut und Böse – aller Eigenverantwortlichkeit enthebt. Sagen Sie mir, Doktor, können Morde unter solchen Voraussetzungen ausgeführt werden?«

»Soweit ich informiert bin – ja. Der geistesgestörte Täter hat sogar einen wesentlichen Vorteil gegenüber dem normal veranlagten Menschen.«

»Und der wäre?«

»Er ist seiner selbst absolut sicher, verstrickt sich also nicht in Gewissenszweifel. Ich hoffe zu Gott, Stanial, daß Sie unrecht haben. Und wenn ich richtig verstanden habe, sagten Sie Morde. Denken Sie etwa auch an Gus Gable?«

»Ja.«

»In meiner Praxis habe ich ein Elektrokardiogramm von ihm liegen, erst drei Monate alt. Es zeigt, daß das Herz gesund war. Walmo rief mich deshalb an. Inzwischen wird Bert Dell wohl nachgesehen haben.«

»Wo findet die Obduktion statt?«

»Vermutlich im Bestattungsinstitut Crocker & Gain, weil man sich gar nicht erst die Mühe gemacht hat, ihn in die Klinik zu schaffen.«

»Können Sie der Sache nachgehen?«

Nile stand auf und klaubte eine Münze aus seiner Börse.

»Bert ist ganz wild auf Autopsien, und es macht ihm Spaß, davon zu erzählen.«

Nach fünf Minuten kehrte Nile mit gerunzelter Stirn und zwei frisch gefüllten Bierkrügen an den Tisch zurück.

»Verdammt will ich sein, wenn ich das verstehe«, sagte er. »Das Zwerchfell ist durchstoßen und das Perikard eingerissen. Bert hat den Eindruck, daß das Herz irgendwie gequetscht ist. Bei einer rheumatischen Herzbeutelerkrankung kann das Perikard schon mal einmal aufplatzen, falls der Flüssigkeitsdruck zu stark ansteigt. Aber Bert konnte keine Anzeichen dafür finden. Das Gewebe, aus dem der Herzbeutel besteht, ist zwar dünn, aber elastisch. Die Quetschung sitzt am unteren Abschnitt der rechten Herzkammer. Bert sagte was sehr Komisches. Er sagt, es sähe aus, als sei Gus höchst unglücklich auf einen stumpfen Gegenstand, etwa einen Zaunpfahl, gefallen.«

»Hätte man so was auch mit der Faust zuwege bringen können?«

Nile schüttelte den Kopf. »Sie ist zwar ein großgewachsenes Mädchen, aber so hart hätte sie denn doch nicht zuschlagen können. Dazu wäre auch kein Mann stark genug. Gus hätte eine nach vorn eingeknickte Lage einnehmen müssen. Vielleicht war es ein herausstehender Gegenstand im Wageninnern, der sich ihm in den Leib bohrte, als er gegen den Baum prallte.«

»Wenn der Tod eine Folge des Unfalls war und nicht seine Ursache, warum fuhr er dann überhaupt gegen den Baum?«

»Sonderlich fest ist er nicht angebumst, wie?«

»Hm. Sie sagten doch zu Sam Kimber, Angie brauche Hilfe.«

Nile nickte ein paarmal hintereinander ruckartig mit dem Kopf, zauste sich am Haar und hauchte seine Brillengläser an. »Voriges Jahr arbeitete sie mal für mich. Stundenweise. Sie kam an den Samstagen und brachte die Rechnungen in Ordnung. Ich hatte immer ein komisches Gefühl bei ihr. Sie war... Nun, sie war einfach zu vollkommen. Immer gleich freundlich, flink und tüchtig. Manchmal ist diese Form der Unerschütterlichkeit ein Anzeichen für extreme innere Anspannung.«

»Hatte sie den Schlüssel zu Ihrer Praxis?«

»Ja. Sie schloß sich selber auf. Warum?«

»Ach, nichts. Versteht sie etwas von Anatomie?«

»Sie wollte einmal Krankenschwester werden, verließ den Kurs aber schon nach wenigen Monaten. Oh, Sie meinen wegen Gus? Im Unterbewußtsein habe ich mich schon gefragt, ob ich als Arzt ihm wohl diese tödlichen Verletzungen hätte beibringen können. Körperlich war er ja äußerst schlapp. Ich hätte ihn zunächst betäuben und dann zusammengekrümmt aufsetzen müssen. Und wenn es mir dann auf ein paar innere Verletzungen nicht angekommen wäre, hätte ich vielleicht meine Hand in sein Zwerchfell bohren, sein Herz packen und es anhalten können. Sicher ist das natürlich keineswegs.«

»Sie ist sehr stark.«

»Aber doch kein Ungeheuer.«

»Sie könnte durchaus etwas Ungeheuerliches tun, wenn sie der Meinung wäre, sie sei dazu beauftragt. Wie könnte man sie wohl zum Reden bringen?«

Nile zuckte die Schultern. »Wieder mit Sodium Pentothal. Mit Hypnose. Das darf aber nur auf ihren eigenen Wunsch oder auf Verlangen des Gerichts geschehen, Freundchen.«

»Sie tut mir leid, Doktor.«

Nile setzte Paul vor dem Motel ab. Beim Empfang hatte Barbara die Nachricht hinterlassen, er könne sie am Schwimmbecken finden.

Die späte Nachmittagssonne verbreitete zwar noch immer blendende Helle, aber die Gewitterwolken, die sich im Osten zusammenballten, verliehen dem Licht eine merkwürdige Tönung. Kurze Stöße heißen Windes rüttelten an den Palmwedeln. Die Eisenstühle unter der verblaßten Markise waren unbesetzt.

Barbara hatte das kleine Becken für sich allein. Sie trug eine weiße Haube und einen gelben Badeanzug. Mit gleichmäßigen, kräftigen Bewegungen kraulte sie von Schmalseite zu Schmalseite. Als sie ihn erblickte, hielt sie sich an der Ablaufrinne fest, lächelte blinzelnd zu ihm hoch und schüttelte sich das Wasser aus dem Gesicht.

»Alle Achtung«, sagte er. »Sie haben was drauf.«

»Keine Kondition mehr. Aber ich mußte mich einfach mal so richtig schinden.« Sie stemmte sich hoch, setzte sich auf den Beckenrand und stand auf. »Außerdem wollte ich meinen neuen Badeanzug einweihen.«

Sie ging vor ihm her zu dem Tisch, wo sie ihre Sandalen und ihr Handtuch zurückgelassen hatte, riß sich die Haube herunter und lockerte mit den Fingern das braune Haar.

Als sie sich Gesicht und Schulter frottiert hatte, setzte sie sich in den Schatten der Markise und sah reuig zu ihm hoch. »Ich habe schreckliches Zeug zusammengeredet heute nacht.«

Er zog sich einen Stuhl heran. »Sie brauchen sich nicht zu entschuldigen.«

»Das will ich auch gar nicht. Bloß komme ich mir wie eine dumme alte Jungfer vor.«

»Sie hatten einen bösen Tag hinter sich.«

»Jedenfalls danke ich Ihnen fürs Zuhören. Nur – ich habe mich vor Ihnen doch zu sehr bloßgestellt.«

Er lächelte sie an. »Wäre Ihnen mit Gegenleistungen gedient? Ich hätte einige recht pikante Geständnisse abzulegen.«

»Paul, ich wollte nicht...«

»Nehmen wir nur die letzte Nacht. Die Versuchung war stark. Erzählen Sie mir nicht, daß Sie sie nicht gespürt hätten. Sie waren aus dem Gleichgewicht, und es hätte nicht viel gefehlt, daß ich Ihnen ein weiteres Problem aufgehalst hätte, mit dem Sie nicht mehr zu Rande gekommen wären.«

»Ich – ich weiß nicht.« Sie biß sich auf die Lippen. »Aber Sie haben's ja nicht getan.«

»Das stimmt. Und als ich wieder in meiner Bude war, hab' ich es bitter bereut. Was, zum Teufel, Stanial, sagte ich mir, willst du dir eigentlich beweisen? Du hättest es haben können und läufst weg. So leicht wird's dir nie wieder gemacht. Ich bin nämlich kein sehr netter Zeitgenosse, Barbara. Statt Ihnen gut zuzureden, bringe ich Sie ins Schwitzen. Und das ist wahrscheinlich auch das einzige, woran mir wirklich liegt. Keine gefühlsmäßigen, keine moralischen Verpflichtungen. Nichts als die Befriedigung des ältesten Hungers der Welt. Und dann an den Hut tippen und weggehen. Schönen Dank auch, liebe Dame.«

Sie sah ihn mit komisch verschüchtertem Gesichtsausdruck an.

»Vielleicht bin ich nicht mehr wert«, sagte sie leise.

»Reden Sie doch nicht so dumm daher«, erwiderte er gereizt.

Sie nickte, als bekräftige sie eine innerlich getroffene Feststellung. »Versuchung, ja. Ich habe sie gespürt. Und vermutlich hat das gar nicht sehr viel zu bedeuten. Es schmeichelt mir sogar, Paul. Es ist hübsch, daß Sie mich haben wollen. Ich glaube, diese Selbstbestätigung hat mir die ganzen Tage hier gefehlt. Ich finde mich nämlich unausstehlich.«

»Ich mag Sie.«

»Genau das wollte ich hören. Ich mag Sie auch. Und damit wollen wir's gut sein lassen. Aber sehen Sie nur nicht zu schwarz. Vielleicht komme ich, wenn alles vorüber ist, doch noch zu der Ansicht, daß es eine nette, dramatische Geste und ein rührendes Lebewohl wäre...«

»Warum quälen Sie sich so?«

Sie sah ihm in die Augen und lächelte. »Weil ich ein langweiliges, altes Schaf bin. Und nun bleiben Sie schön sitzen, bis ich mich wieder etwas freigeturnt habe.«

Sie streifte sich die Haube über und rannte fluchtartig zum Bassin. Mit einem meisterhaften Kopfsprung tauchte sie unter und schwamm dann in einem Tempo hin und her, als wolle sie das Letzte aus sich herausholen.

Im Osten hatte der Himmel sich schwarz gefärbt. Die ersten Gabelblitze fuhren aus den Gewitterwolken.

Keuchend kam sie zurück, ließ sich in ihren Stuhl fallen, legte den Kopf in den Nacken und schloß die Augen.

»Und jetzt«, sagte sie nach Luft ringend, »erzählen Sie mir, ob Sie auf etwas Neues gestoßen sind.«

»Ich glaube, ich weiß jetzt, wer Lucille umgebracht hat.«

Sie schreckte zusammen und riß die Augen auf. Als er ihr alles erzählt, alle Mutmaßungen, Schlußfolgerungen und Ahnungen vorgetragen hatte, saß sie zusammengesunken und mit zur Seite geneigtem Kopf neben ihm und sah ihn benommen an.

»Den Mann hat sie also auch auf dem Gewissen?«

»Ich weiß es nicht, aber ich vermute es.«

»Aber doch wohl nicht wegen Geld?«

»Ich glaube, sie hat es an sich genommen. Aber um Geld ging's ihr wohl nicht in erster Linie. Sie dachte – es sei eine gute Tat, die beiden zu töten. Und Gus mußte sie wahrscheinlich schon deshalb beseitigen, weil er Verdacht geschöpft hatte. Sie ist sehr kühn und sehr schlau zu Werke gegangen.«

»Was werden Sie jetzt unternehmen?«

»Die Leichenöffnung wird Sheriff Walmo zu schaffen machen. Ich selbst habe keinen einzigen Beweis in Händen. Doktor Nile hält es für möglich, vielleicht sogar für wahrscheinlich, daß sie die Täterin ist. Aber außer ihm gibt es niemand im ganzen Bezirk, der es fertigbrächte, ihr so etwas zuzutrauen. Sie ist so ein – großes, sonniges, gesundes Kind. Auch Sam Kimber kann es nicht glauben. Ich weiß nicht, welche Maßnahmen ich ergreifen könnte. Das Geld suchen. Ihr eine Falle stellen. Ich ahne nur nicht, wie. Sie ist gefährlich, schon weil sie so unschuldig aussieht, daß man an sich selbst zu zweifeln beginnt, sobald man ihr gegenübersteht.«

»Aus Lucilles Brief geht hervor, daß auch sie der Meinung war, mit Angie Powell sei etwas nicht in Ordnung. Sie fühlte sich unbehaglich.«

»Mir geht's genauso.«

Barbara runzelte die Stirn. »Sam Kimber würde sich wohl gern Gewißheit verschaffen, so oder so?«

»Wie meinen Sie das?«

»Er könnte sie einfach anlügen. Falls sie meine Schwester wirklich umgebracht hat, weil sie seine Geliebte war... Wie würde sie reagieren, wenn Mr. Kimber ihr erzählte, von jetzt an wolle ich mit ihm zusammenleben?«

»Ein solches Risiko kann ich Sie nicht eingehen lassen, Barbara.«

»Wäre es wirklich ein Risiko? Lu und dieser Mr. Gable haben bestimmt nicht gewußt, daß sie sie töten wollte. Ich aber kann meine Vorkehrungen treffen.«

»Die Sache gefällt mir nicht.«

»Aber Sie stünden doch bereit und könnten notfalls eingreifen. Andererseits, was wollen Sie machen, wenn Sie ihr nichts nachweisen können? Gibt es denn einen anderen Weg?«

»Lieber biete ich mich selbst als nächstes Opfer an.«

»Wie denn? Lucille und Mr. Gable standen Sam Kimber nahe. Bei Ihnen ist das etwas anderes. Sie bedeuten ihr nichts.«

»Es paßt mir immer noch nicht.«

»Sie versprachen mir, Sie würden mich helfen lassen, Paul.«

»So hatte ich es nicht gemeint.«

»Könnten wir nicht wenigstens mit Mr. Kimber darüber sprechen?«

»Ich muß es mir noch überlegen, Barbara.«

Plötzlich erhob sich in der Ferne ein schauerliches Heulen. Von Osten her trieb ein dichter Regenvorhang auf sie zu. Sie flüchteten in die dreiwandige, strohgedeckte Hütte hinter dem Schwimmbassin. Die ersten dicken Tropfen fielen, noch ehe sie sich in Sicherheit gebracht hatte. Wind kam auf, peitschte das Wasser herein und jagte sie in die hinterste Ecke zu den aufgestapelten Tischen und Badematten. Innerhalb weniger Minuten war es dunkel und kühl. Das laute Prasseln des Regens übertönte alle Umweltgeräusche.

»Wenn Mr. Kimber ja sagt, lassen Sie's mich dann wenigstens versuchen?« schrie sie.

»Wenn... Aber Sie müssen mir versprechen, sich haargenau nach meinen Anweisungen zu richten.«

»Ich verspreche es.«

11

Stanial und Barbara Larrimore waren um halb acht Uhr morgens im Bürohaus eingetroffen und hatten, wie angekündigt, den Privateingang unverschlossen gefunden. Stanial hatte seinen Wagen vorsichtshalber einen Häuserblock weiter weg geparkt, damit Angie Powell nicht auf ihn aufmerksam würde. Kimber hatte ihnen gesagt, daß sie häufig schon vor acht Uhr zur Arbeit käme.

Er begrüßte sie in Bademantel und Hausschuhen.

»Morgen«, sagte er. »Ich kann mir nicht helfen – ich fühle mich wie ein Idiot. Was erwarten Sie von ihr? Daß sie ein Messer zückt?«

»Ich erwarte von ihr, daß sie das gleiche System wie bisher anwendet. Vermutlich hat sie sowohl mit Gus wie mit Lucille eine Verabredung getroffen«, sagte Paul. »Mag sie diesmal unbekümmerter oder vorsichtiger zu Werke gehen, das Verfahren wird wohl das gleiche bleiben. Barbara wird an jedem Ort warten, den sie vorschlägt, und ich werde in der Nähe bleiben und sie beschützen.«

Sams Augen waren gerötet, seine Wangen eingefallen. »Sie sind sich Ihrer Sache verdammt sicher«, sagte er träge. »Und dabei haben Sie sich alles aus den Fingern gesogen.«

»Nun, nicht ganz.«

»Aber doch so gut wie, und das wissen Sie auch. Aber ich bin fast ebenso scharf darauf, Angie von unserer Liste streichen zu können, wie Sie, sie zu überführen. Bringen wir's also hinter uns. Aber das eine kann ich Ihnen sagen: Ich fühle mich richtig blöd dabei.«

»Glauben Sie vielleicht, mir macht die Sache Spaß?« fragte Barbara sarkastisch.

Sam lächelte sie an. »So hat mir auch Lu immer Bescheid gestoßen.«

»Wo kann ich mich herrichten?« wollte Barbara wissen.

»Gehen Sie durch die Tür da drüben ins Gästezimmer, Miß Barbara.«

Nachdem sie draußen war, wandte Kimber sich an Paul. »Wo führen wir das Affentheater am besten auf?«

»Wie wär's mit dem Wohnzimmer? Gibt's da eine Stelle, von der aus ich unbemerkt zuschauen kann?«

»Probieren Sie's mal mit dem Wandschrank. Ich werde inzwischen Eis und eine Flasche bereitstellen. Auch Trinken ist Sünde.«

Barbara kam aus dem Gästezimmer. Sie hatte sich das Haar zerzaust. Auf ihren Lippen lag eine dicke, verschmierte Schicht grellroter Schminke. Über einem dünnen Nachthemd trug sie ihren gelben Morgenrock. Sie war barfuß und sah mürrisch und lasziv aus. »Ist's so richtig?«

Voll ungläubiger Bewunderung schüttelte Sam Kimber den Kopf. »O Gott, Mädchen, Sie kommen daher, als hätten wir zwei schon seit einer Woche den Kopf nicht mehr durch die Tür gesteckt.«

Barbara kuschelte sich in eine Ecke des Ledersofas und schlug die Beine unter. Sam Kimber tigerte ruhelos auf und ab. Paul suchte sich hinter der Schranktür den Winkel, aus dem er am meisten sehen konnte, ohne selbst bemerkt zu werden.

Um zwanzig nach acht horchte Sam an der Wand zum Vorzimmer und nahm einen Schluck von seinem Brandy.

»Das ist sie. Niemand anderer kann so schnell Schreibmaschine schreiben. Nehmen Sie Ihr Glas in die Hand, Miß Barbara.«

Als Paul seinen Platz eingenommen hatte, öffnete Sam die Verbindungstür. »Morgen, Angie«, sagte er herzlich. »Kommen Sie doch einen Moment herüber.«

Strahlend trat das große Mädchen ein. Paul sah, wie das Lächeln schlagartig aus ihrem Gesicht wich.

»Angie, das ist Barbara Larrimore, Lucilles jüngere Schwester. Ich möchte, daß ihr zwei Krabben euch kennenlernt.«

»Wie geht es Ihnen?« sagte Barbara mit heiserer Alkoholstimme. Angela Powell nickte. Aufrecht und abwartend stand sie da, weiterer Befehle gewärtig.

»Barbie wird von jetzt an sehr häufig hier sein. Sie wird lange bleiben und Ihnen immer wieder über den Weg laufen. Also, was ich Ihnen sagen wollte: Wenn Miß Larrimore irgend etwas braucht oder wünscht, und ich bin gerade nicht da, wird sie es Ihnen sagen. Befolgen Sie Ihre Anweisungen, als kämen sie von mir.«

»Mein Glas ist schon wieder leer, Liebster«, gurrte Barbara.

»Sie haben mich doch richtig verstanden, Angie?« fragte Sam.

»Ja, Mr. Sam«, sagte sie leise.

»Möchtest du, daß sie dir jetzt gleich etwas besorgt, Süße?« fragte Sam.

»Wenn mir was einfällt, Liebster, werde ich sie's schon wissen lassen. Ich seh' Sie dann noch, Angie.«

»Ist das alles, Mr. Sam?«

»Im Augenblick schon. Vielleicht komme ich später noch ins Büro, vielleicht auch nicht.«

Angie vollführte eine soldatische Kehrtwendung und marschierte mit hocherhobenem Kopf hinaus. Zischend schloß sich die Tür. Der einschnappende Riegel klickte.

Stanial trat aus dem Wandschrank. Das Trio tauschte unbehagliche Blicke.

»Paul, sie hat mich nicht ein einziges Mal angesehen. Sind Sie – wirklich sicher? Sie sieht so lieb und anständig aus.«

»Das hat sie schwer getroffen«, sagte Sam traurig. »Man merkte es ihr deutlich an. Als hätte man ihr ein Messer in den Leib gerannt. Sobald auch Sie, Paul, eingesehen haben, daß wir auf der falschen Fährte sind, erzähle ich Angie, wie und warum wir ihr das angetan haben. Sie wird verstehen. Angie ist ein patenter Kerl.«

Leise ging Barbara aus dem Zimmer. Als sich die Tür hinter ihr schloß, wandte Stanial sich an Kimber. »Seien Sie selbst auch ein bißchen vorsichtig, Sam.«

»Meinen Sie das ernst?«

»Sie sind ein Sünder. Vielleicht haben Sie gerade eben Ihre Immunität verloren.«

Sam setzte sich. »Mir ist, als hätte ich so ziemlich alles auf dieser Welt verloren. Was tun wir jetzt? Bloß abwarten?«

»Wenn sie seelisch auf der Kippe steht, was ich vermute, wird es nicht lange dauern.«

»Sie weiß, wo Barbara wohnt. Ich habe es dieser Tage vor ihr erwähnt.«

»Ich werde in ihrer Nähe bleiben.«

»Sie sieht mir nach einem guten Mädchen aus. Hat was übrig für Sie, Paul.«

»Ich mag sie gern.«

»Wenn sie Lu auch nur annähernd ähnelt, haben Sie eine hundertundzehnprozentige Frau an ihr.«

»Alles, was ich an ihr habe, ist eine Kundin, Sam.«

Barbara kam in ihrem Straßenkostüm aus dem Nebenzimmer. Ihr Köfferchen hielt sie in der Hand.

»Ich komme mir vor wie ein Callgirl nach Dienstschluß«, sagte sie mit einer Grimasse. Dann schüttelte sie den Kopf. »Das Mädchen hat so ein nettes Gesicht.«

»Aber sie ist wie ein starker Magnet. Jede Kompaßnadel weit und breit zeigt haargenau auf sie. Das kann kein bloßer Zufall sein.«

»Ich kannte mal einen alten Knaben in Miami, der aussah wie ein Bischof«, sagte Sam. »Er hatte das weißeste Haar, das Sie sich vorstellen können, und ein geradezu heiligmäßiges Gesicht. Er rauchte, trank und fluchte nicht, war immer gut und unauffällig angezogen und lebte herrlich und in Freuden davon, daß er Rentnern Grabstätten in einem vier Hektar großen Sumpf verkaufte, der ihm gehörte.«

Sie redeten noch eine Weile planlos und gequält herum, dann fuhr Paul mit Barbara ins Motel zurück. Er war inzwischen nach Zimmer sechs umgezogen, das neben dem ihren lag.

»Ich frage mich, wie und auf welche Weise Sie von ihr hören werden«, sagte er.

»Ich glaube gar nicht, daß es so weit kommt. Wenn sie das ist, wofür Sie sie halten, wird sie zu gerissen sein, in diese Falle zu gehen. Sie haben sich anmerken lassen, daß Sie sie verdächtigen. Jetzt wird sie sich für lange Zeit totstellen.«

»Es sei denn, sie fühlt sich sehr sicher. Und warum sollte sie auch an sich zweifeln. Bisher ist doch alles gut gegangen. Solche Psychopathen halten sich für unüberwindlich. Sie hören Stimmen und führen Befehle aus. Sie wird auch in Ihrem Fall Anweisungen erhalten. Inzwischen hat ihr Sam sicher schon gesagt, daß Sie ins Hotel zurückgekehrt sind. Sie wird darüber nachdenken, sich etwas Einleuchtendes zurechtlegen und mit Ihnen in Verbindung treten.«

»Woher wollen Sie das so genau wissen, Paul?«
»Bei Gus Gable hat sie doch auch keine Zeit verloren.«
»Wir warten also einfach ab?«
»Mit der Geduld des Gendarmen und des Diebs.«
»Wie lange?«
»Wenn es sein muß, bis morgen Mitternacht.«
»Und was dann?«
»Dann werde ich sie aus der Reserve locken.«

12

Gegen halb elf betrat Angie Powell das Büro von Sam Kimber, schloß langsam die Tür hinter sich, setzte sich in den Stuhl neben dem Schreibtisch und sah ihren Chef starr und verzweifelt an.

»Ist was schiefgegangen?« fragte er.
»Es geht so ziemlich alles schief, Mr. Sam.«
»Wie meinen Sie das?«

Sie schloß die Augen, seufzte tief und strich sich mit dem Handrücken das dunkelblonde Haar aus den Schläfen. »Ich kann nicht mehr länger für Sie arbeiten.«

»Aber warum denn nicht?«
»Die andere ist noch nicht kalt in ihrem Grab, und Sie haben schon wieder eine Geliebte, die sogar noch jünger ist als ihre Vorgängerin. Diesmal gibt es einfach keine Entschuldigung mehr.«
»Was kümmert denn Sie das?«

Sie schaute ihn traurig an. »Es geht über meine Kräfte, Mr. Sam. Da glaubt man nun, alles sei bereinigt, und schon geht es wieder los. Sie waren gut zu mir. Aber jetzt werde ich Sie verlassen, sonst muß ich am Ende auch Sie noch bestrafen.«

Es dauerte einige Sekunden, bis ihm die Bedeutung ihrer Worte in vollem Umfang aufging. Dann aber lief es ihm kalt über den Rücken. Er schaute sie an, doch ihr Gesicht verriet keinerlei Schuldbewußtsein, nur kraftlose Resignation.

»Angie, Mädchen – Sie haben – Lucille bestraft?«
»Lucille und Gus. Alle beide.«
»Ja warum denn nur?« flüsterte er.

Sie warf ihm einen verwunderten Blick zu. »Sie waren doch schwarz vor Sünde. Lucille führte Sie auf den Pfad des Bösen, und Gus war ein Lügner und Schürzenjäger. Sie, Mr. Sam, hielt ich bloß für schwach, nicht für schlecht. Sie hatten der Regierung Geld gestohlen, bloß damit Sie fliehen konnten und die Frau nicht aufzugeben brauchten. Nun wurde mir gesagt, ich müsse die Frau und das Geld aus dem Weg räumen, um die Versuchung zu beseitigen.«

»Es wurde Ihnen gesagt?«

»Die beiden wurden mir angezeigt«, meinte sie mit eigentümlichem Stolz.

»Mein Gott, Angie, Sie wissen ja gar nicht, was Sie getan haben.«

»Heute morgen betrachtete ich Sie und sah von neuem das Antlitz des Bösen. Und weil Sie immer gut zu mir waren, muß ich gehen, ehe auch Sie mir zur Bestrafung zugewiesen werden.«

»Sie müssen irgendwo hingeschafft werden, wo Sie keinen Schaden mehr stiften können.«

Wieder seufzte sie. »Wie Gott will.«

»Möchten Sie jetzt mit mir kommen und Walmo von Lucille und Gus erzählen?«

»Ich habe nichts dagegen. Seit heute morgen ist mir alles so gleichgültig, Mr. Sam. Aber ich meine, Sie sollten zuerst noch Ihr Geld zurückerhalten.«

»Wo ist es denn?«

»Im Teich, draußen bei Ihrer Hütte. Ich packte es in einen Kanister und versenkte ihn. Die Stelle kann ich Ihnen zeigen. Dieser Stanial vermutete schon, daß ich Leute bestrafe. Das sah ich gestern auf den ersten Blick. Wenn er uns draußen treffen würde, könnte ich das Geld für Sie heraufholen und dann Ihnen beiden erzählen, wie alles zugegangen ist. Ich bin nicht sehr wild darauf, mit Walmo zu sprechen. Könnten nicht Sie ihm Bericht erstatten?«

»Wird gemacht. Wissen Sie auch, Angie, daß ich vorhatte, Lucille zu heiraten?«

»Hätte das den Gestank der Sünde vielleicht in Wohlgeruch verwandelt? Warum rufen Sie Stanial nicht gleich jetzt an und bestellen ihn zur Hütte? Vor allen anderen hätte ich mein Geheimnis wahren können, nur vor ihm nicht.«

»Könnte ich nicht auch Harv bitten, daß er uns draußen trifft?«

»Wenn schon, dann etwas später, damit ich Ihnen vorher alles erzählen kann.«

Als er den Hörer abhob, merkte er, daß seine Hand feucht war. Er wählte die Nummer von Stanials Zimmer. Erst beim sechsten Klingeln meldete er sich.

»Hier spricht Sam.«

»Ich war gerade nebenan.«

»Es – es ist alles vorbei.«

»Sie sagen das so seltsam.«

»Ich fühle mich auch so. Sie möchte uns alles erzählen. Draußen in meiner Hütte. Sie hat das Geld im Teich versenkt. Sie fahren etwa vierzig Minuten. Benutzen Sie die Staatsstraße neunundzwanzig und biegen Sie nach Garner Corners bei der dritten Sandstraße nach rechts ab. Es ist ein gutmarkierter Privatweg. Wir treffen uns draußen.«

»In einer Stunde«, sagte Angie dazwischen.

»In einer Stunde. Können Sie's so einrichten?«

»Ich werde Barbara zu Hause lassen.«

»Anschließend wird auch der Sheriff zu uns stoßen, Paul.«

»Ist sie – einfach so hereingekommen und hat Ihnen alles erzählt?«

»Einfach so. Also bis nachher!«

Sam legte auf und sah Angie an. Sie hatte die Hände im Schoß gefaltet und schien mit sich zufrieden. »Keiner von beiden hat Ihnen etwas zuleide getan, Angie.«

»Es war keine Privatangelegenheit.« Sie gähnte. »Seit ich damit angefangen habe, Ihnen alles zu erzählen, muß ich in einem fort gähnen. Mr. Sam, ehe Sie Harv anrufen, wollen Sie doch sicher wissen, wo ich das Geld untergebracht habe, für das im Kanister kein Platz mehr war?«

»Nun, wo ist es?«

Sie deutete über ihre Schulter. »Ich habe es in Ihrer Wohnung versteckt. Wenn ich es Ihnen nicht zeige, werden Sie es meiner Schätzung nach nie wiederfinden.«

Er stand auf. Erst wenn er wenigstens einen Teil des Geldes in Händen hielte, würde er Angies Enthüllungen wirklich Glauben schenken und die Tragweite des Entsetzlichen voll begreifen können.

Angie erhob sich ebenfalls. »Bitte, lassen Sie sich vor Mrs. Nimmits nichts anmerken. Sie wird es noch früh genug erfahren. Vielleicht sollten wir nachher auch Ihren Privatlift benützen. Harv können Sie ja auch von Ihrer Wohnung aus anrufen.«

Er nickte. Jetzt war es erst einmal wichtig, Angie bei Stimmung zu halten. Vor ihrem Schreibtisch blieb sie stehen und nahm ihre Strohhandtasche an sich. Er hielt ihr die Tür zu seinem Apartment auf, und als sie an ihm vorbeiging, sah er mit Grausen, daß ihr Gesicht um Mrs. Nimmits willen wieder sein normales, strahlendes Lächeln zeigte.

Die Tür schwang zu. »Nun, wo steckt es? Sie können jetzt aufhören zu lachen.«

»Im Badezimmer. Bitte, werden Sie nicht grob zu mir, Mr. Sam.«

Sie betraten das Bad. Sam schaltete die indirekte Beleuchtung ein.

»Hier kann man nirgends Geld verstecken«, meinte er.

»O doch, ich habe es da oben hinter die Wandverkleidung geschoben.« Sie wies auf einen Punkt über dem riesigen, gefliesten Waschtisch. Sam stand neben ihr.

»Wandverkleidung?« sagte er.

Rasch trat sie einen Schritt zurück und schmetterte ihm ihre Strohtasche, die sie nur an einem Ende hielt, mit voller Wucht gegen die Schläfe. Im anderen Ende lag ein Bleigewicht aus ihrem leinenen Tauchergürtel. Sie hatte es sich um neun Uhr aus ihrem Auto heraufgeholt.

Sam machte zwei taumelnde Schritte und ließ sich auf Hände und Knie nieder. Noch einmal schlug sie zu, diesmal mit weniger Hast, dafür aber mit größerer Genauigkeit. Und nun brach er vollends zusammen. Sie stellte ihre Handtasche auf den Waschtisch, ging um Sam herum und drehte die beiden Hähne an der überdimensionalen, eingelassenen Badewanne auf.

Während das Wasser rauschte, hockte sie sich neben ihn, zwängte ihre Hand in seine rechte Hosentasche, fischte die Schlüssel heraus und steckte sie ein. Ihr Mund war mißbilligend verzogen. Mr. Sam war auf sein Badezimmer immer sehr stolz gewesen. Oft hatte er augenzwinkernd angedeutet, daß in der großen Wanne und in der riesigen Brausekabine drei oder vier Leute gleichzeitig Platz fänden. Auf diesem Schauplatz mußten sich Dinge abgespielt haben, die über ihr Vorstellungsvermögen gingen. Mr. Sam, dessen Wange auf einem farbenfrohen Vorleger ruhte, schien zu schlafen. Er sah jünger und beinahe unschuldig aus. Trauer und Bedauern erfüllten sie, weil es zu spät für ihn war – zu spät, ihren Richtspruch abzumildern. Die Liste war lang. Sie hatte noch viel zu erledigen.

Schon war die Wanne über die Hälfte gefüllt. Sie drehte das Wasser ab und verharrte reglos in der dampfgesättigten Stille. Langsam kam das Wonnegefühl über sie und mit ihm die ernstere Johanna-Vision. Schließlich bückte sie sich, legte sich den Bewußtlosen zurecht, packte ihn unter den Achseln und schob ihn, mit dem Kopf voran, über den niedrigen, abgeschrägten Rand der großen Wanne. Dann kniete sie sich auf die große Matte und dirigierte den Körper so, daß er längsseits und mit dem Gesicht nach unten zu liegen kam, drückte ihm die Hand fest, jedoch beinahe zärtlich auf den muskulösen Nacken und hielt ihm den Kopf unter Wasser.

Die aufsteigenden Blasen kitzelten sie an den Fingern. Schon glaubte sie, diesmal leichter wegzukommen, als unvermittelt eine Serie fürchterlicher Spasmen einsetzte und sie alle ihre Kräfte aufbieten mußte, ihn festzuhalten. Eine rote Feuerwoge blendete sie und riß sie weit fort...

Als sie allmählich wieder zu sich kam, wurde ihr bewußt, daß Mr. Sam sich schon längere Zeit nicht mehr gerührt hatte. Sie ließ ihn los und stand mit weichen Knien auf. Sie fühlte sich ein wenig schwindlig. Mit einem der dicken Frottiertücher trocknete sie sich Hände und Unterarme ab.

Sie nahm ihre Tasche auf, schaltete das Licht aus und verließ das Bad. Im Wohnzimmer setzte sie sich ein Weilchen nieder und schloß die Augen. Als sie sich wieder kräftig genug fühlte, stand sie auf, ging lächelnd zur großen Tür, die zum Vorzimmer führte, und öffnete sie. Über ihre Schulter hinweg sagte sie: »Selbstverständlich werde ich's ihr ausrichten, Mr. Sam.«

Dann trat sie an den Schreibtisch von Mrs. Nimmits. »Mr. Sam fühlt sich nicht recht wohl und möchte ein bißchen schlafen. Er will durch nichts und niemand gestört werden. Mich schickt er zur Hütte, damit ich ihm ein paar Unterlagen hole, die er draußen vergessen hat. Werden Sie so lange die Stellung halten?«

»Freilich, Angie.«

»Falls Sie danach gefragt werden – ich nehme seinen Wagen.«

»Okay, Angie.«

Sie fuhr im Personenaufzug nach unten und ging zum Parkplatz hinter dem Haus. Mit Sams Schlüsseln öffnete sie seinen großen beigen Imperial, manövrierte ihn neben ihr eigenes Auto, holte sich aus ihm ihre geräumige Leinentasche und warf sie auf den Rücksitz des Chryslers. Sie enthielt einen Badeanzug, zwei

Flossen, zwei Masken, ein Traggestell, einen Bleigürtel und ein Ersatzventil.

Unterwegs machte sie bei Scotty halt, um ihren Zwillingstank abzuholen.

»Hat Ihnen der Chef heute freigegeben und Ihnen sein Auto überlassen?« fragte Scotty.

»Nun, den ganzen Tag nicht. Wie steht's mit den Ventilen?«

»Ich habe sie gereinigt und neu eingestellt. Jetzt funktionieren sie wieder. Kostet nichts, Angie. Das Füllen der beiden Tanks setze ich Ihnen auf die Rechnung. Lassen Sie mich helfen... Donnerwetter, Angie, Sie tragen sie wie andere Frauen ein Handtäschchen. Mit wem gehen Sie denn zum Tauchen?«

»Allein wie immer, Scotty.«

»Sie sollten wirklich gescheiter sein. Das ist doch gefährlich.«

»Ich bin sehr vorsichtig, Scotty. Ehrenwort.«

»Heute rührt sich hier nicht viel. Ich werde zusperren und mitkommen. Ich bin in einer Minute fertig.«

»Nein, vielen Dank«, sagte sie, stieß zurück, daß unter ihren Reifen der Kies spritzte, bog in die Hauptstraße ein und winkte ihm noch freundlich zu.

Sie fuhr, so schnell sie konnte. Vor der Umzäunung stieg sie aus, machte das Tor auf und ließ es offenstehen. Zuerst kam eine halbe Meile lichtes Gehölz, dann das Haus. Sie umrundete es und parkte den Wagen neben dem vier Hektar großen Teich. Das Wasser stand hoch. Unter dem schmalen, verwitterten Bootssteg war nur ein knapper halber Meter freier Raum. Sie zog sich aus und streifte sich ihren verwaschenen blauen Badeanzug über. Große schwarze Moskitos sirrten ihr um den Kopf.

Ihre Kleider und alle überflüssigen Gegenstände verstaute sie in der großen Tasche und warf sie in den Wagen. Sie koppelte die Tanks am Traggestell fest und schulterte es, legte sich den Bleigürtel um und stieg in die Schwimmflossen. Watschelnd ging sie bis zum Ende des Stegs vor, hantelte sich schwerfällig ins Wasser hinunter, spuckte in ihre Maske und setzte sie auf. Dann stellte sie den Regler ein, biß auf das Mundstück, drehte sich um und ließ sich nach hinten fallen. Während sie sank, vollführte sie eine Drehung und begann, das Terrain zu erkunden. Das Wasser war weniger schlammig, als sie erwartet hatte. Selbst in der Mitte des Teichs, wo es etwa zwölf Fuß tief zu sein schien, konnte sie ihre Umgebung in dem safrangelben Licht noch recht gut erkennen.

Als sie sich genau umgesehen hatte, kehrte sie unter den Landungssteg zurück und suchte sich eine Stelle, wo sie stehen konnte und das Wasser ihr nur bis an die Schultern reichte. Sie schob die Maske auf die Stirn, nahm den Schlauch aus dem Mund und wartete.

Was sollte mit Lucilles Schwester geschehen, wenn Stanial erst aus dem Weg geräumt war? Nachts, wenn alles schlief, würde sie Mr. Sam durch den Privateingang aus dem Haus schaffen und mitsamt seinem fertig gepackten Koffer in seinen Wagen verfrachten. Die Schwester würde sicher kommen, wenn sie ihr sagte, Mr. Sam brauche sie. Man konnte sie, lebendig oder tot, im Kofferraum verstauen. Und dann gab es da drei wirklich tiefe Stellen im Lake Larra, an die man mit einem Auto nahe genug heranfahren konnte.

Mr. Sam wollte doch mit einer Frau auf Reisen gehen...

Fünf Minuten nachdem Paul Stanial vom Motel abgefahren war, entschloß sich Barbara, seine Anweisungen in den Wind zu schlagen. Es kam ihr unproduktiv vor, in einem Hotelzimmer herumzusitzen, während anderswo ihre Angelegenheiten bereinigt wurden. Sie konnte einfach nicht länger untätig hinter verrammelten Türen hocken und warten und sich verrückt machen.

Sie läutete Sheriff Walmo an.

»Hier spricht Barbara Larrimore«, sagte sie. »Ich bin froh, daß ich Sie noch im Büro erwischt habe.«

»Wie bitte?«

»Ich beschäftige einen Mann namens Paul Stanial, um...«

»Ja, ich bin genau im Bilde, Miß Larrimore. Schätze, wenn Sie unbedingt Ihr Geld loswerden wollen...«

»Sheriff, ich wollte Sie fragen, ob ich bei Ihnen mitfahren kann.«

»Wohin mitfahren, Miß Larrimore?«

»Natürlich zu Mr. Kimbers Wochenendhaus.«

»Zu Sams Hütte? Aber warum sollte ich denn da hinausfahren?«

»Hat Mr. Kimber denn immer noch keine Verbindung mit Ihnen aufgenommen? Mr. Stanial hat er vor über einer halben Stunde angerufen. Er wollte anschließend mit Ihnen telefonieren und dann mit Mr. Stanial draußen am Daykersee zusammentreffen. Allem Anschein nach hat Angie Powell gestanden, meine Schwester ermordet zu haben. Sie hat irgend etwas in dem Teich dort versteckt, und nun begleitet sie Mr. Kimber hinaus, um ihm die genaue Stelle zu zeigen. Stanial sollte zu ihnen stoßen und... Sheriff? Sheriff Walmo?«

»Ich höre, Miß. Ich höre und frage mich, ob Sie wohl betrunken sind.«

»Ich bin nicht betrunken. Ich mache mir Sorgen, weil Mr. Kimber Sie noch nicht verständigt hat. Mr. Stanial hält Miß Powell für eine Art Fanatikerin und für äußerst gefährlich.«

»Angie Powell?«

»Ich wünschte, Sie würden aufhören zu japsen und statt dessen etwas unternehmen. Ich weiß mit Bestimmtheit, daß Mr. Stanial dort hingefahren ist.«

»Und Sam Kimber hat Stanial all diese – Informationen selbst gegeben?«

»Was fragen Sie noch lang. Freilich hat er.«

»Wie ist Ihre Nummer? Ich werde mit Sam sprechen und Sie dann wieder anrufen.«

Ruhelos wanderte sie im Zimmer auf und ab. Es dauerte lange, bis das Telefon klingelte.

»Miß Larrimore? Jeden Moment wird einer meiner Männer bei Ihnen sein und Sie mitnehmen. Dann wird er mich abholen und wir werden feststellen, was eigentlich los ist.«

»Hat Mr. Kimber meinen Bericht denn nicht bestätigt?«

»Das erzähle ich Ihnen im Auto«, sagte Walmo und legte auf. Sie trat vor die Tür und sah einen Dienstwagen vor dem Motelbüro stehen. Ein Mann in Uniform stieg aus. Sie rannte hin, wies sich aus und kletterte auf den Vordersitz.

Beim Bezirksgericht stieg Walmo zu und setzte sich neben sie.

»Geradeaus, Pete – auf die Neunundzwanziger«, sagte er und schlug die Tür zu. »Sie erzählen da eine richtige Schauergeschichte, Miß Larrimore.«

»Haben Sie Mr. Kimber denn nicht erreicht?«

»Ich habe mit Mrs. Nimmits, Sams Bürokraft, gesprochen. Sie sagt, Sam fühle sich nicht wohl und hielte gerade ein Nickerchen. Angie sei vor einiger Zeit mit Sams Wagen weggefahren. Miß Larrimore, Leute wie dieser Stanial tragen gern ein bißchen dick auf, wenn sie einem weismachen wollen, sie hätten eine heiße Spur gefunden.«

»Für Paul trifft das nicht zu!«

»Wenn er sich nur nicht in eine Ecke manövriert hat, aus der er allein nicht mehr herausfindet.«

»Doktor Nile sagte zu Paul Stanial, es sei gut möglich, daß dieses Mädchen gefährlich ist.«

»Das hat Ihnen Paul Stanial erzählt. Deswegen braucht es noch nicht zu stimmen, Miß.«

Sie schaute ihn zornig an. »Und daß das Ergebnis der Leichenöffnung im Fall Gus Gable höchst ungewöhnlich ausgefallen ist, hat sich Mr. Stanial wohl selbst zusammengereimt?«

Walmos großflächiges Gesicht verfinsterte sich. »Bei Gott, da hat wieder mal einer sein Maul nicht halten können.«

»Macht sich wenigstens jemand die Mühe, Sam Kimber zu wecken, damit er bestätigt, was ich Ihnen erzählt habe?«

Walmo nahm das Mikrophon vom Haken. »Wagen drei, Wagen drei. Können Sie mich hören, Henry? Ende.«

»Empfang laut und klar, Sheriff.«

»Henry, stellen Sie fest, ob Billy inzwischen Zeit gefunden hat, zu Sam Kimber ins Büro zu gehen, Ende.«

»Er wird jetzt gerade dort sein.«

»Dann rufen Sie bei Sam an, lassen Sie Billy an den Apparat kommen und sagen Sie ihm, daß er Sam unter allen Umständen wachrütteln muß. Stellen Sie auf dem schnellsten Weg eine Telefonverbindung zwischen Sam und diesem Wagen her.«

»Ich werde Billy Feuer unterm Hintern machen, Sheriff.«

»Richtig – Ende.« Walmo legte auf.

»Sollten wir nicht – schneller fahren?« fragte Barbara zögernd.

»Wenn wir schneller fahren, Miß, sind wir binnen kurzem außer Reichweite dieses Radios. Drei Jahre bin ich schon hinter besseren Geräten her, aber die Bezirkskommission schnipselt immer wieder an meinem Budget herum.«

Eine Weile rollten sie schweigend und gemächlich auf der schwarzen, holperigen Straße dahin.

»Wagen zwei, Wagen zwei«, zirpte plötzlich ein Insektenstimmchen. »Sheriff, hören Sie mich noch?«

»Ich höre Sie, Henry. Ende.«

»Sheriff, Billy hat sich Eingang verschafft. Aber Mr. Sam rüttelt niemand mehr wach. Ganz großer Mist. Mr. Sam liegt vollständig angezogen und mit dem Gesicht nach unten ersoffen in seiner Badewanne. Am besten kommen Sie gleich wieder zurück, Sheriff.«

Ohne ein weiteres Wort hängte Sheriff Walmo das Mikrophon an den Haken. »Gib mal ein bißchen Gas, Pete.«

Die plötzliche Beschleunigung riß Barbara den Kopf zurück.

Paul Stanial sah Sam Kimbers Auto hinter dem Haus am Ufer eines Teichs stehen. Er folgte seiner Fahrspur und parkte neben ihm. Als er ausstieg, umfing ihn ländliche Stille.

»Sam!« rief er. »He, Sam!«

Er bekam keine Antwort, ging zum Haus und stellte fest, daß es allem Anschein nach verschlossen war. Er hämmerte mit der Faust gegen die hintere Tür und horchte. Als sich nichts rührte, kehrte er zu seinem Wagen zurück und hupte anhaltend. Dann schaute er aufs Wasser hinunter und überlegte sich, was er wohl noch unternehmen könne. Am Landesteg vertäut lag ein zur Hälfte mit Wasser gefüllter Kahn. Das Ufer war mit Schilf zugewachsen, aber das Wasser schien sauber zu sein.

Die Stille flößte ihm ein ungutes Gefühl ein. Ihm war zumute, als sei Sam Kimber etwas zugestoßen.

Er ging den schmalen Steg entlang, blieb an seinem Ende stehen und sah aufs Wasser hinaus. Ein kleiner Fisch durchstieß die Oberfläche und machte Ringe.

Als er umkehren wollte, gab es dicht neben dem Laufbrett ein lautes, klatschendes Geräusch, und plötzlich wurden ihm die Füße unter dem Leib weggerissen. Er fiel wie ein Stein und schlug sich an den Bohlen Schulter und Schläfe auf. Benommen tastete er nach dem Steg und verfehlte ihn. Das kalte Wasser klärte seinen Kopf. Er bemühte sich, seine Beine freizustrampeln und zur Anlegestelle zu schwimmen. Doch trotz aller Gegenwehr merkte er, daß er immer weiter in den Teich hinausgeschleppt wurde.

Er vollführte eine Drehung und sah nun die Hälfte der Gesichtsmaske über dem Wasser, sah nasses Haar wie eine Kappe um einen Mädchenkopf liegen und verengte, lavendelblaue Augen hinter Glas nach ihm spähen. Die Hebelwirkung ihres Griffs um seine Knöchel ausnutzend, knickte er zusammen, um sie zu packen. Doch sofort ließ sie los. Sobald er aber versuchte, von ihr wegzuschwimmen, schlossen sich ihre starken Hände erneut um seine Beine und zogen ihn zurück.

Dreimal versuchte er, sie zu greifen, und dreimal ließ sie ihn los. Jedesmal war der Steg weiter entfernt. Das viertemal aber zog sie ihn unter Wasser. Er krümmte sich zusammen, um sie an den

Handgelenken fassen zu können, doch ehe es ihm gelang, entließ sie ihn von neuem aus ihrer Umklammerung. Er schnellte nach oben, schöpfte Luft und wurde im selben Moment wieder hinuntergerissen. Und plötzlich wußte er, wie Lucille Hanson ohne äußeres Merkmal ertränkt worden war. Dieser einseitige Kampf konnte nur mit Erschöpfung, Panik und Tod enden.

Deshalb füllte er sich, als sie ihn das nächstemal freigab und er an die Oberfläche kam, die Lungen mit Luft, drehte sich um und tauchte so kraftvoll er konnte wieder nach unten. Er langte nach ihr und bekam ein Stück Stoff zu fassen, doch als er mit der anderen Hand nach ihr griff, riß sie sich los. Er schwamm jetzt mit offenen Augen und bemühte sich, sie von neuem zu packen. Sie aber entzog sich ihm mühelos, glitt wachsam, graziös und unverwundbar wie ein Hai im Halbkreis um ihn herum und bewegte sich dabei mit Hilfe ihrer Flossen erheblich schneller voran, als er selbst ohne die hinderliche Kleidung vermocht hätte. Und während er sich nach oben kämpfte, verzweifelt um Licht und Luft ringend, überwältigte ihn die niederschmetternde Einsicht, daß er an die Vernunft dieses Wesens so wenig appellieren konnte wie an die eines Raubfischs.

Noch ehe er die Oberfläche erreichte, zog sie ihn wieder nach unten. Mit großer Anstrengung strampelte er ein Bein frei und trat blindlings zu. Er verfehlte sie und spürte, wie Fingerspitzen seine Knöchel streiften und ihn erneut umklammerten. Beim unwillkürlichen Versuch, Luft zu holen, begannen sich seine Lungen zu verkrampfen, und nur letzte Willenskraft hinderte ihn daran, seinen Kehlkopfverschluß zu lösen.

Da er merkte, daß es stetig abwärts ging, zog er sich noch einmal zusammen und haschte nach ihren Handgelenken. Er hatte sie noch nicht berührt, als er freigelassen und beim Versuch, sich geradezurichten, von neuem festgehalten wurde. Und nun sprengte die Atemnot alle Schleusen. Mit metallisch hallenden Eruptionen entwich die Luft, und seine Lungen füllten sich mit Wasser. Im Nu senkte sich träumerische Mattigkeit über ihn. Er glaubte, eine Leiter mit Sprossen aus breiten, gelben Seidenbändern zu sehen, die schnurgerade nach oben führte. Doch ihm fehlte die Energie, sie mit seinen zitternden Gliedern zu besteigen.

Das Bewußtsein schwand ihm. Undeutlich merkte er, daß sie ihm nahe war, auf seinem Körper lag, ihn festhielt. Harte Finger gruben sich in seinen Rücken. Ihre schlanken, starken Beine umklammerten die seinen. Er zweifelte keinen Augenblick, daß sie ihn gleich hier unten liegen lassen und sich auf die Jagd nach Barbara begeben würde.

Seine Hände waren frei. Langsam hob er sie auf Gesichtshöhe und hackte dann so fest er konnte mit den Kanten auf ihre harte Kehle los. Er glaubte zu sehen, daß sie abgetrieben wurde, untersank und Luftblasen spie. Als sie seine erschlafften Beine streifte, trat er zu. Plötzlich verfinsterte es sich um ihn her. Er gab einen Schwall Wasser von sich, spuckte, ruderte mit den Armen, und die auf ihn losstürzenden Ängste und Schmerzen ließen ihn wünschen, er könnte für immer dort unten in der gelben Traumwelt bleiben. Doch dann wurde es heller und heller, schon sah er den Steg vor sich und begann, prustend und sich übergebend, mit dem unbeirrbaren Instinkt der um ihr Leben kämpfenden Kreatur darauf zuzupaddeln.

In einer Woge von Gischt durchbrach sie knapp vor ihm die Wasseroberfläche. Sie spritzte und drehte sich um die eigene Achse wie ein riesiger, verwundeter Fisch. Unverzüglich sah sie sich um und visierte ihn an. Sie hatte ihre Maske verloren. Ihr Gesicht war vernunft- und mitleidlos wie das eines Tieres. Sie steckte sich das Mundstück wieder zwischen die Zähne, machte einen Satz, packte ihn an den Unterarmen und zerrte ihn mit hinunter. Er schlug nach ihr, erwischte sie an einem ihrer Gurte und zog sie an sich. Sie kämpften jetzt dicht unter dem Wasserspiegel, wo es noch ziemlich hell war. Paul sah den Atemschlauch und riß ihn ihr aus dem Mund. Miteinander ringend und Schaum aufwirbelnd durchbrachen sie noch einmal die Oberfläche, und dann zog sie ihn endgültig hinunter in die Finsternis...

Er hustete, würgte, spie Wasser auf die rohen Bohlen und versuchte, ihnen klarzumachen, daß sie aufhören sollten. Aber der eiserne Druck auf seinem Rücken kam und ging mit unerbittlicher Regelmäßigkeit. Wieder hustete er, umklammerte die Ränder des grauen Bretts und bemühte sich, dem Ding, das ihm so weh tat, davonzukriechen. Jetzt hielt es an. Er stöhnte, wälzte sich auf die Seite, öffnete die Augen und sah über sich die verschwommenen Umrisse von Barbaras Gesicht, aus dem Angst und Besorgnis sprach. Sie berührte seine Wange und sagte etwas, von dem er nur das Wort ›Liebling‹ verstand. Er versuchte, sich aufzusetzen. Jemand wollte ihn daran hindern, doch er schob ihn weg.

»Wieso sind deine Klamotten denn schon wieder naß, Barbara?« krächzte er heiser.

Unvermittelt stand Sheriff Walmo neben ihr und schüttelte den großen Schädel. »Als wir hielten, sahen wir euch zwei Hübschen da drüben planschen. Ich hatte die Wagentür noch nicht offen, da schoß das Blitzmädchen hier auch schon an mir vorbei wie eine Rakete und flitzte den Steg entlang. Ich hab' im Leben noch keinen Menschen so schnell im Wasser verschwinden sehen. Gott ist mein Zeuge, daß sie einen Wirbel gemacht hat wie eine mittlere Springflut.«

»Fehlt dir auch nichts, Paul?« fragte Barbara ernst.

Er versuchte, sich zu schütteln wie ein nasser Hund. Es wurde ein Zittern daraus. »Sie wollte mich ersäufen.«

»Eine liebe Gewohnheit von ihr«, sagte Walmo. »Sam hat sie auch ertränkt.«

»Hier?« fragte Paul bestürzt.

»Nein, daheim in seiner Badewanne, auf die er so stolz war.«

»Wo ist sie?«

»Dort drüben«, sagte Walmo..

Paul versuchte aufzustehen. Walmo und Barbara halfen ihm. Als er sich streckte, packte ihn ein neuer Hustenanfall. Tränen rannen ihm übers Gesicht. Als er wieder klar sehen konnte, bemerkte er Angie, die zusammengekrümmt am Boden kauerte und mit Handschellen an den Stamm eines jungen Baumes gefesselt war. Sie trug noch eine Schwimmflosse, das Unterteil ihres zerrissenen, blauen Badeanzugs und das Tragegestell. Ihr nasses Haar verdeckte die eine Gesichtshälfte. Nur ein Auge war sichtbar.

Aus dem Augenwinkel bemerkte Paul hinter sich eine Bewegung und drehte sich um. Einer von Walmos Leuten kam mit einer Decke gelaufen und blieb unschlüssig stehen.

»Zum Henker, Pete«, sagte Walmo, »mit deiner Glotzerei fällst du mir ganz schön auf die Nerven.«

Pete spuckte aus. »Nun, Sie müssen doch zugeben...«

»Halt's Maul. Ich kann Ihnen flüstern, Stanial, es war ein hartes Stück Arbeit, bis wir sie soweit hatten.«

»Wie sind Sie ihrer denn Herr geworden?«

»Wir sind mit dem Kahn hier rausgestakt bis zu der Stelle, wo der Rummel stattfand. Ich mußte ihr zweimal mit der Stange aufs Haupt hauen, damit wir sie überhaupt ins Boot hieven konnten. Inzwischen hatte Miß Larrimore Sie schon an Land gezogen. Pete ging weg und machte Ihnen künstliche Atmung, und ich durfte Angie den Taucherklimbim abschnallen. Währenddessen kam sie zu sich, biß mich zweimal in die Hand und wollte flüchten. Da kam Pete gerannt und nahm sie beim Wickel. Sie biß ihn nur einmal. Wir mußten sie anhängen, weil sie ihm zu gern noch das Gesicht zerkratzt hätte.«

Pete bückte sich vorsichtig und versuchte, sie in die Decke einzuschlagen. Sie schnappte nach ihm wie ein wildes Tier und verfehlte ihn nur um Haaresbreite. Pete sprang zurück.

»Wir sollten schon längst zurück sein, Pete«, sagte Walmo. »Hast du unseren Migränestift aus dem Wagen geholt? Gib ihr damit einfach noch eins auf den Kopf.«

Pete schwenkte den Totschläger aus geflochtenem Leder hin und her und sah hilflos auf das Mädchen nieder. Walmo grunzte und nahm ihm das Instrument aus der Hand. Barbara drehte sich um. Walmo bückte sich und schlug Angie behutsam hinters Ohr. Ihre Augen verdrehten sich, und ihr Kopf fiel zurück.

Die beiden Männer nahmen ihr die Handschellen ab, wickelten sie in die Decke, trugen sie in den rückwärtigen, vergitterten Teil des Dienstwagens und fesselten sie an den großen Ring.

Doktor Rufus Nile erwartete sie in der Klinik. Sobald er Angie ein Beruhigungsmittel verabreicht und für ihre Bewachung gesorgt hatte, untersuchte er Stanial, verordnete ihm Medikamente und schickte ihn ins Bett.

»Heute abend schaue ich bei Ihnen vorbei«, sagte er. »Wir müssen aufpassen, daß keine Lungenentzündung nachkommt, Stanial. Halten Sie ihn unter Aufsicht, Miß Larrimore. Worauf Sie achtgeben müssen, ist...«

»Doc! Doc Nile!« kreischte es vor dem Behandlungsraum, daß es von den Wänden des Korridors widerhallte. Die riesige Gestalt der Frau füllte den ganzen Türstock aus. »Welchen Unsinn höre ich da? Man verleumdet Angie! Wo ist mein Mädchen? Was haben Sie meiner Kleinen angetan?«

Mit würdevoller Langsamkeit, die seinem sonstigen Wesen gar nicht glich, trat Doktor Nile auf sie zu. »Angetan? Keiner von uns hat ihr etwas angetan, Mary. Die Wunde, an der sie leidet, haben Sie ihr geschlagen, und zwar vor langer, langer Zeit.«

Um neun Uhr kam Doktor Nile ins Motel. Er sah müde und verhärmt aus. »Wochen und Monate wird die Stadt von nichts anderem reden. Ich habe Angie zum Sprechen gebracht. Sie war zwar nicht vernünftig, aber völlig gelassen. Es wurde mitgeschrieben. Der Staatsanwalt kann sich den Bericht ansehen und jemand herschicken, der feststellt, ob sie verhandlungsfähig ist. Ich werde nein sagen. Hoffentlich versuchen sie nicht, es trotzdem durchzudrücken.«

»Was wird mit ihr geschehen?« fragte Barbara.

»Unzurechnungsfähigkeit ist ein recht weitgespannter Begriff. Eine ganze Masse von Einzelerscheinungen fällt darunter. Vermutlich wird man sagen, sie sei ein klassischer Fall. Man muß nur erst den richtigen Namen für ihren Zustand gefunden haben. Nach Angies Plan sollte es so aussehen, als sei Sam mit Ihnen durchgebrannt, Miß Larrimore. Und Stanial und sein Auto hätte man nie mehr wiedergefunden. Und nichts von fünf Morden: fünf Hinrichtungen von Sündern.«

»Aber *Sie* hätten es doch bestimmt erraten«, sagte Paul.

»Und ich hätte es vermutlich mit dem Leben bezahlt. Wenn man alle Sünder töten wollte, müßte man die ganze Welt entvölkern. Drei hat sie ja schon weggeputzt, ohne daß das Glück sie im Stich ließ. Walmo sagt, es wären vier geworden, wenn Sie ihn nicht aufgescheucht hätten.«

»Oder fünf«, meinte Barbara stirnrunzelnd. »Ich sollte sie eigentlich hassen, aber es gelingt mir einfach nicht. Es kommt mir vor, als hätte Lucille der Blitz erschlagen.«

»Sie kam eben einfach als erste an die Reihe. Die beiden hatten sich zu einer Besprechung verabredet. Angie parkte ihren Wagen eine Zufahrt weiter weg, legte ihre Taucherausrüstung an und wartete im tiefen Wasser, bis Ihre Schwester zu ihr hinausschwamm. Sie hat sie einfach hinuntergezogen. Dann paddelte sie zurück, ging zu ihrem Auto, zog sich um und holte sich die Wohnungsschlüssel aus Lucilles Wagen. Daraufhin fuhr sie in die Stadt zurück und ging wieder ins Büro, als sei nichts vorgefallen. Es passierte nämlich während der Essenszeit. Nachts, als ihre Leute schliefen, stieg sie aus dem Fenster und holte sich das Geld.«

»Wo ist es jetzt?«

»Sie trug es in den Wald und verbrannte es. Es war ja Sündengeld. Der arme Gus Gable wurde bewußtlos gequetscht, dann fuhr sie ihm mit der Hand unter die Rippen, drückte ihm das Herz ab, ließ ihn im laufenden Wagen allein und kletterte durch das bewußte Fenster wieder in ihr Zimmer zurück. Sam haute sie ihr Handtäschchen, in dem ein Stück Blei steckte, über den Schädel und versenkte ihn in seine eingelassene Badewanne. Und das alles auf Befehl von oben. Es sei ihre Bestimmung gewesen!« Wieder seufzte Nile. »Die Krankheitsgeschichte ist mir völlig klar. Sie kämpfte innerlich gegen etwas an, das sie auf die Außenwelt übertrug.«

»Wie geht's ihr jetzt?«

»Sie ist ruhig und entspannt. Sie weiß nicht, was kommen wird, und macht sich auch kaum Gedanken darüber. Das Mädchen hat wirklich ein nettes, angenehmes Wesen.«

»Jeder mag sie gern«, bestätigte Stanial.

»Aus Miami und Jacksonville sind schon Zeitungsleute da«, sagte Nile.

»Ich mußte die Vermittlung instruieren, daß wir keine Gespräche entgegennehmen«, fiel Barbara ein. »Ich weiß nicht, was ich den Journalisten sagen soll. Was kann ich ihnen schon groß erzählen. Sie wollen den Grund wissen. Und es gibt doch keinen Grund. Ein Flugzeug stürzt ab, ein Auto gerät ins Schleudern. Das Leben ist eine verzwickte Sache...« Ihre Stimme versagte.

»Soll ich Ihnen nicht auch eine kleine Pille geben?« fragte Nile.

Sie schauderte und nahm die Schultern zurück. »Nein, danke. Mir fehlt nichts.«

Nile sprang auf. »Nun gut, Sie haben ja meine Nummer. Wenn Fieber oder Atemnot einsetzen, rufen Sie mich an.«

Im Traum war er wieder unten in der gelben Tiefe, und um ihn herum schwamm unablässig das orangefarbene Mädchen, nackt, ohne Hilfsmittel und mit furienhaft flutendem Haar. Ihr Gesicht war ernst und abwesend, die Muskeln an ihrem Rücken bewegten sich im Rhythmus der kräftig stoßenden Schenkel, und aus ihrem leicht geöffneten Mund stiegen Luftblasen auf.

Er fuhr aus dem Schlaf und hörte den Widerhall eines Schreckensrufs, den er selbst ausgestoßen haben mußte. Barbara hatte ein dickes Handtuch über den Schirm der kleinen Lampe gebreitet. Sie stand von ihrem Stuhl auf, trat an sein Bett und legte ihm die Innenseite ihres Handgelenks auf die Stirn.

»Fehlt dir was?« fragte sie leise.

»Es war bloß ein Traum.«

»Ist deine Atmung in Ordnung?«

Er schnaufte zweimal tief ein und aus. »Ja. Du brauchst nicht hierzubleiben.«

»Mir ist es lieber so. Es macht mir nichts aus. Schlaf wieder ein.« Sie ging zurück zu ihrem Stuhl.

»Ich muß dauernd an was ganz Komisches denken«, sagte er.

»Ja?«

»Als ich überzeugt war, ich sei geliefert, überkam mich eine sagenhafte Gereiztheit. Am liebsten hätte ich zu ihr gesagt: ›Nicht jetzt! Nicht, solange es noch so mit mir steht.‹«

»Wie es mit dir steht, Liebling?«

»Nun, solange ich noch wie ein Schwindler lebe und nicht das tue, was ich tun sollte. Ich dachte, ich könnte mich mit dieser Art Arbeit befreunden, aber sie befriedigt mich nicht. Nächste Woche werde ich vielleicht einen Autounfall recherchieren und untersuchen, ob der Kläger auch wirklich seinen Sicherheitsgurt benutzt hat. Was weiß ich. Es kommt einem nur ganz besonders teuflisch vor, wenn man sterben soll, während man auf dem falschen Gleis fährt.«

»Dann wechsle es doch.«

»Ich glaube, ich tu's und gehe wieder dahin, wo ich hingehöre.«

»Dank Angie?«

»So könnte man es sehen.«

»Versuche jetzt zu schlafen, Paul.«

Als er wieder erwachte, war das Zimmer von fahlem Licht erfüllt. Barbara stand am Fenster und erweckte den Eindruck, als habe sie schon Stunden dort verbracht. Diesmal hatte kein Traum ihn geweckt.

»Barbara?«

Sie drehte sich um und lief rasch zu ihm. Als sie seine Stirn befühlte, nahm er ihre Hand und zog sie sanft auf den Rand des Bettes nieder.

»Da ist noch etwas«, sagte er. »Als ich die Besinnung verlor, fielst du mir ein. Und in diesem Gedanken lag so viel Leben, daß ich wieder zu mir kam und einen letzten Versuch unternehmen konnte.«

»Wirklich?«

»Damit bin ich an dich gebunden, ob ich will oder nicht. Aber vielleicht fühlst du dich noch immer frei? Das kann ich natürlich nicht beurteilen...?«

Lange ruhte ihre Hand in der seinen. Dann seufzte sie, beugte sich über ihn und suchte seine Lippen. Er fuhr ihr mit der Hand über den festen Rücken. Sie erschauerte, sank langsam auf seine Brust nieder und ließ die Sanftheit ihres Kusses in eine tiefere Süße übergehen. Dann legte sie ihre Wange an seine Wange und umschlang ihn.

»Jetzt weißt du Bescheid über mich«, sagte sie.

»Barbara, Liebling, das ist nicht bloß so ein...«

Sie legte ihm den Finger auf den Mund. »Ich schachere und ich feilsche nicht. Jedenfalls nicht jetzt.« Sie lachte triumphierend. »Schau nur, was ich mir da an Land gezogen habe«, sagte sie. »Bist du auch kräftig genug?«

»Fieber habe ich keines.«

»Das werden wir ändern«, flüsterte sie. Auf ihrem Gesicht stand Nachdenklichkeit, um ihren Mund spielte der Anflug eines Lächelns, als sie ihr Versprechen wahr machte...

Paradies der Betrogenen

1

Es war Mitte April. Über dem Las Vegas Strip lag das gleißende Licht der Morgensonne. In den großen Hotels – Sahara, Desert Inn, Tropicana, Riviera, New Frontier, Sands – schliefen die Gäste noch in ihren abgedunkelten Zimmern beim leisen Surren der Klimaanlage.

Punkt neun schrillte das Telefon am ›Cameroon‹ und riß Hugh Darren, den stellvertretenden Hoteldirektor, aus einem quälenden Alptraum, in dem ihn Jerry Bucklers rotes, aufgedunsenes Gesicht verfolgt hatte. Darren sprang aus dem Bett und versuchte, aus dem Traum in die Wirklichkeit zurückzufinden. Darren war Ende Zwanzig, ein großer, geschmeidiger Mann mit kurzem, braunem Haar und auffällig hellen, borstigen Brauen über den graublauen Augen. Sein knochiges Gesicht trug gewöhnlich den Ausdruck leiser Ironie. Es verriet die Gewandtheit im Umgang mit Menschen, die sein Beruf erforderte.

Er fuhr sich mit dem Handrücken über die Bartstoppeln, reckte sich, trat ans Fenster und öffnete die Vorhänge. Sein Zimmer lag im zweiten Stock an der Rückseite des alten Gebäudes, in dem nach dem Umbau das Personal wohnte. Darren blinzelte zum wolkenlos blauen Himmel hinauf und streifte mit berufsmäßigem Blick die sauber ausgerichteten Abfalltonnen im Hof.

Er duschte. Bevor er anfing, sich zu rasieren, telefonierte er nach dem Frühstück. Es wurde auf einem Serviertisch hereingerollt, eben als er sich den letzten Schaum von den Wangen tupfte.

»Guten Morgen, Mr. D.«, sagte Herman, der kahlköpfige Maestro aus der Kaffeestube. »Heute gibt es wieder die guten Würstchen. Deshalb bediene ich Sie auch selbst, um mir Ihr Wohlwollen zu sichern.«

Darren erschien mit mißtrauischer Miene aus dem Bad. »Wenn Sie selbst mit dem Frühstück kommen, ist etwas faul im Staate Dänemark. Also raus mit der Sprache. Was ist los?«

Herman trat einen Schritt zurück und betrachtete das Gedeck mit Befriedigung: »Nichts Besonderes, Mr. D.«

»Aber trotzdem etwas, das mich interessieren dürfte, alter Freund?«

Herman zuckte die Schultern. »Es ist nur eine Kleinigkeit. Mr. Buckler kam früher zurück als gewöhnlich. Um drei Uhr morgens, glaube ich. Er ärgerte sich über Mr. Downey, den Neuen vom Nachtempfang, und warf ihn raus.«

Hugh Darren zog den Kopf ein, schloß die Augen und zählte langsam bis zehn.

»Herman, ich weiß nicht, was ich ohne Sie tun würde. Schicken Sie mir Bunny Rice herauf. Sofort!«

Hugh Darren hatte mit dem Frühstück kaum begonnen, als Bunny Rice erschien. Bunny machte den Eindruck, als hätte er den ganzen Weg im Laufschritt zurückgelegt. Er war ein hagerer Mann, dessen größter Fehler es war, leicht die Nerven zu verlieren, wenn er sich unvorhergesehenen Situationen gegenübersah.

Als Hugh Darren im August vergangenen Jahres vom ›Cameroon‹ engagiert wurde, um eins der am schlechtesten organisierten Hotels am Strip wieder auf die Beine zu bringen, hatte er die größte Sorgfalt auf die Auswahl seiner Mitarbeiter verwandt. Bunny Rice hatte damals beim Empfang gearbeitet. Dies war ein Schichtdienst, der von Woche zu Woche wechselte. Er war tüchtig, hatte gute Einfälle und war vor allem verläßlich. Hugh war von seiner Ehrlichkeit überzeugt und hatte ihm die Verantwortung für den Nachtbetrieb zwischen Mitternacht und acht Uhr morgens übertragen. In einem normalen Hotel hätte diese Aufgabe keine besondere Tüchtigkeit erfordert. Aber in Las Vegas herrschte vierundzwanzig Stunden lang Hochbetrieb.

Bunny Rice trat seinen Dienst aus eigenem Antrieb um 23 Uhr an und verließ seinen Posten erst, wenn Hugh in seinem Büro saß. Sein Gesicht hatte stets einen weinerlichen Ausdruck, der durch seine fahle Gesichtsfarbe, seine blaßblauen, etwas hervorstehenden Augen, das dünne, mausgraue Haar und seinen schmalen Mund noch verstärkt wurde. Nichtsdestoweniger schien er mit seinen neuen Pflichten und dem erhöhten Gehalt zufrieden zu sein. Er wohnte mit seiner Frau und drei Kindern in einer Neubauwohnung am anderen Ende der Stadt.

»Setzen Sie sich, Bunny. Beruhigen Sie sich erst einmal. Ich habe gehört, daß Buckler den Neuen rausgeschmissen hat.«

»Ich konnte es einfach nicht verhindern, Hugh.«

»Warum haben Sie mich nicht geweckt?«

»Weil Sie auch nichts daran hätten ändern können.«

»War Jerry betrunken?«

»Er war total blau. Sie wissen, wie er dann ist. Hätte er sich gleich schlafen gelegt, wäre es bestimmt nicht passiert. Aber er ging zum Empfang, um seine Post abzuholen. Downey hatte keine Ahnung, wer er war. Er dachte, Mr. Buckler sei ein Betrunkener, der Krawall machen wollte. Ich nehme an, daß Mr. Buckler sich nicht sehr klar ausdrückte, was er wollte. In seiner Erregung fing er zu schimpfen an. Downey holte sich Hilfe aus dem Kasino und wollte ihn vor die Tür setzen lassen. Daraufhin warf ihn Mr. Buckler hinaus. Downey ging sofort nach Hause. Ich übernahm seinen Dienst.«

»Lassen Sie mich überlegen. Nein, gehen Sie noch nicht.«

Hugh Darren beendete sein Frühstück. Er schenkte sich noch eine Tasse Kaffee ein. »Diesmal ist er zu weit gegangen, Bunny. Das war der Tropfen, der das Faß zum Überlaufen bringt. Einer von uns muß gehen, entweder Buckler oder ich.«

Bunny fuhr sich mit der Zunge über die Lippen. »Der Gedanke macht mich nervös, Hugh. Wenn ich daran denke, wie es hier zugehen wird, wenn Sie es sind, der geht...«

»Glauben Sie, mir macht es Spaß, Bunny? Ich habe nie so gut verdient wie hier, und nur ein Narr könnte behaupten, Geld wäre nicht wichtig. Ganz abgesehen davon ist meine Aufgabe noch lange nicht erfüllt. Aber so geht es wirklich nicht weiter, daß ich für alles die Verantwortung trage, ohne meine Pläne auch tatsächlich verwirklichen zu können.«

»An wenn wollen Sie sich mit diesem... Ultimatum wenden, Hugh?«

Darren zuckte die Schultern. »Es gibt nur einen Mann, der ja oder nein sagen kann: Al Marta.«

Bunny Rice sah aus, als wollte er nach dem Taschentuch greifen, um die Tränen abzuwischen. »Ich glaube, Sie sollten... Sie sollten erst mit Max Hanes darüber sprechen, Hugh. Wirklich, das wäre das beste.«

»Max kümmert sich um das Kasino. Warum sollte er sich in meine Angelegenheiten mischen?«

»Sprechen Sie mit ihm, Hugh. Erzählen Sie ihm, was Sie vorhaben.«

»Wir sind nicht gerade Busenfreunde.«

»Er ist clever. Und – entschuldigen Sie, daß ich es sage – er kennt den Betrieb hier gründlich und weiß von Dingen, von denen Sie keine Ahnung haben, Hugh.«

Hugh Darren fühlte den Ärger in sich hochsteigen. »Bunny, als ich hierher kam, sagte ich Ihnen, und ich wiederhole es, daß mich irgendwelche geheime Vereinbarungen nicht interessieren. Ich will nichts davon wissen. Was im Kasino oder sonstwo vor sich geht, ist nicht meine Sache. Ich bin engagiert worden, um das Hotel wieder auf die Beine zu bringen. Al Marta hat mich genommen, weil ich etwas von meiner Arbeit verstehe. Ich bin kein Amateur. Er hat mich einem der größten Unternehmen auf den Bahamas ausgespannt. Man hat mir freie Hand versprochen, aber ich habe keine freie Hand. Ich will nichts anderes, als daß dieses Hotel unter meiner Regie einwandfrei läuft.«

»Sprechen Sie trotzdem erst mit Max, Hugh. Bitte. Es ist besser, als gleich bei Al Marta mit der Tür ins Haus zu fallen.«

Darren musterte das ängstliche, treue Gesicht seines Managers und seufzte. »All right, Bunny. Versuchen wir es erst einmal auf Ihre Art.«

Hugh Darrens Büro lag am Ende eines kurzen Ganges, der hinter dem Empfangsschalter aus der Halle abzweigte. Die Tür zu diesem Gang trug die Aufschrift Privat. In den kleineren Räumen, zu denen dieser Gang führte, war das Nervenzentrum des Hotels untergebracht – Buchhaltung, Kasse, Verrechnung, Einkauf, Kredit- und Lohnbüro. Darren hatte, als er den Job übernahm, die Abteilungen scharf voneinander abgegrenzt und für jedes Gebiet einen verantwortlichen Leiter eingesetzt. Er hatte George Ladori von der Konkurrenz fortgelockt und ihm die Verantwortung für die Küche übertragen. John Trabe überwachte die Getränke, und der verbitterte alte Walter Welch war für alle Instandsetzungsarbeiten verantwortlich. Dadurch bekam Darren genügend Zeit, die täglichen Probleme eines riesigen Hotelbetriebes bewältigen zu können.

Kurz nach zehn betrat er sein Büro. Wie immer verwirrte ihn die Aufschrift an der Glastür: ›Jerome L. Buckler, Direktor, Hugh J. Darren, stellvertr. Direktor.‹

Er nahm hinter dem kleineren der beiden Schreibtische Platz und machte sich an die Durchsicht der von Miß Jane Sanderson bereitgelegten Abrechnungen. Er hatte kaum mit der Arbeit begonnen, als Jane ins Büro zurückkam.

»Guten Morgen, Sir«, sagte sie. »Ich hoffe wenigstens, daß es ein guter Morgen ist.«

Sie war eine außergewöhnlich schlanke und große Frau. Ihr Haar war frühzeitig weiß geworden. Hugh hatte sie über eine Anzeige in einer Lokalzeitung von Los Angeles gefunden.

»Ihre Hoffnung in Ehren, aber es ist kein guter Morgen«, erwiderte Darren.

»Das habe ich befürchtet.«

»Versuchen Sie, eine Verabredung mit Max Hanes zustande zu bringen. Auf neutralem Boden. Am besten im kleinen Saal. Und sehen Sie zu, daß Sie Downey ans Telefon bekommen.«

Darren vertiefte sich in die Abrechnungen und machte sich zwischendurch Notizen.

»Mr. Downey ist am Apparat«, meldete Jane.

Darren nahm den Hörer ab. »Tommy, es gibt irgendwo einen Sonderkurs, den Sie versäumt haben. Er behandelt das Thema: Wie gehe ich mit einem betrunkenen Chef um?«

Tom Downeys Ton war eisig. »Ich habe einen Vierjahreskurs im Hotelwesen absolviert, Mr. D. Dann war ich eineinhalb Jahre in Los Angeles, im ›Ambassador‹. Wenn ich etwas gelernt habe, dann das, daß ich es nicht nötig habe, mich von irgend jemandem beschimpfen zu lassen.«

»Ich habe mir gedacht, daß Sie verärgert sind, Tommy.«

»Es geschieht nur einmal im Jahr. Aber dann bleibe ich es auch.«

»Ich habe Sie angestellt, Tommy, und ich habe gute Gründe, Sie nicht einfach so gehen zu lassen.«

»Vergessen Sie nicht, daß ich entlassen wurde. Schon vor einer Ewigkeit. Tut mir leid.«

»Es läßt sich vieles ändern, Tommy. Zum Beispiel könnte ich es sein, der bestimmt, wer entlassen wird.«

Nach einer langen Pause seufzte Downey leise. »Wenn es wirklich so wäre, dann käme ich zurück, so schnell ich könnte. Nicht aus Reue oder aus Pflichtgefühl, sondern weil ich eine Menge von Ihnen lernen kann, Darren. Aber das ist wohl nur ein Wunschtraum. Buckler und Al Marta sind dicke Freunde.«

»Ich verlange weiter nichts, als daß Sie abwarten, während ich einen Versuch mache. Danach kommen Sie entweder zurück, oder wir sehen uns beide nach einem neuen Job um. Okay?«

»Auf dieser Basis, sicher, Hugh. Und... viel Glück!«

Kurz vor zwei, nachdem er sein Mittagessen hastig hinuntergeschlungen hatte, beeilte er sich, die Verabredung mit Max Hanes einzuhalten. Der kleine Saal lag neben dem Kasino. Max Hanes wartete bereits. Er saß in einem tiefen Ledersessel. Max war ein Mann mittlerer Größe, mit erstaunlich breiten Schultern, einer spiegelnden Glatze und einem Gesicht voller gelblicher Falten, so daß er beinahe wie ein Asiate aussah. Es gab Gerüchte, daß ihm böse Zungen schon öfters den Beinamen Japs anhängen wollten. Er hatte die Zungen, samt ihren Besitzern, ins Krankenhaus verfrachtet. Darren hatte gehört, Hanes sei Lette und früher Ringkämpfer gewesen, bevor er Zugang zu den besseren Kreisen gefunden hatte.

Als sich Hugh ihm gegenüber setzte, sagte Hanes statt einer Begrüßung: »Ich habe mit einem Ohr nach den Spielautomaten gehorcht. Ein Mann, der sein Leben auf dem Meer verbracht hat, kann Ihnen mit geschlossenen Augen sagen, wie hoch die Wellen sind. Ich kann die Einnahmen für den ganzen Nachmittag bis auf tausend Dollar voraussagen. Die Automaten verraten, wie es an den Spieltischen aussieht.«

»Sehr interessant, Max.«

»Alles in diesem Laden hängt von den Automaten ab, Darren. Sie und ich und Ihre großartigen Pläne eingeschlossen. Vergessen Sie das nie.«

»Sie haben eine sonderbare Art, ein Gespräch zu beginnen, Max. Bei unserer ersten Unterredung brachten Sie mir bei, daß Sie wichtiger sind als ich. Kein Kasino – kein Hotel. Na gut. Sie haben es wiederholt. Soll ich es Ihnen schriftlich geben?«

»Keine schlechte Idee. Sie vergessen es zu häufig.«

»Solange Sie das Kasino leiten, bestimmt nicht, Max. Auf Sie kann ich mich verlassen.«

»Vor zehn Jahren gab es keine Probleme. Da gab es diesen unmöglichen Neubau noch nicht. Dafür gingen die Getränke auf Rechnung des Hauses. Ein gutes Essen kostete einen Dollar, für ein Zimmer zahlte man drei, und Sorgen hatten wir auch keine. Wir brauchten keine Leute wie Sie!«

Hugh Darren beugte sich vor. »Als ich vor acht Monaten hier auftauchte, sollten Sie sich um das Kasino kümmern, Max, während Jerry für das Hotel verantwortlich war. Aber jeder mischte sich in die Bereiche des anderen ein und Marta mußte jemanden anstellen, der den Laden wieder in Ordnung brachte. Hören Sie auf, mir zu erzählen, wie schön die alten Zeiten waren. Ist Ihr Leben jetzt nicht einfacher und leichter als damals?«

»Ich weiß es nicht. Mag sein, wenn Sie es sagen.«

»Das wissen Sie selbst, Max. Sie erwarten, daß der Hotelbetrieb wie am Schnürchen läuft und die Gäste mehr Zeit und Lust haben, im Kasino zu spielen. Genau das biete ich Ihnen. Leute, die schlecht gegessen haben, verwässerten Whisky trinken oder in schmutzigen Zimmern wohnen, kommen nicht wieder und verspielen auch kein Geld an Ihren Tischen. Ich verschaffe dem Hotel einen guten Ruf.«

»Der Betrieb im Kasino ist in dieser Woche ziemlich mager. Wie kommt das?«

»Sie wissen es am besten. Sie haben die Hundenummer für den Safariraum engagiert. Sie zieht nicht. Sobald die Schwedin auftritt, werden Sie mehr Erfolg haben. Es ist also Ihre eigene Schuld. Sie engagieren Ihre Nummern und zahlen aus den Kasinoeinnahmen. Ich habe nichts damit zu tun.«

»Das Kasino muß in letzter Zeit für alles blechen.«

»Max, wenn Sie verlangen, daß ich wichtige Spieler mit Essen, Trinken und Unterkunft versorge, dann muß ich das gegen das Kasino verrechnen. Wo käme ich sonst mit meiner Buchführung hin? Und für die festen Betriebskosten von dreißig Prozent bin ich nicht verantwortlich.«

»Ihnen geht es nur darum, den Hotelbetrieb mit Gewinn zu leiten, Hugh«, sagte Hanes anklagend.

»Verdammt noch mal, genau das wird von mir verlangt. Und mit Glück schaffe ich es bis zum Jahresende.«

»Es ist ganz falsch. Das Hotel könnte ruhig mit Verlust arbeiten, wenn nur das Kasino Gewinn einbringt.«

»Streiten Sie nicht mit mir, Max. Streiten Sie mit der Leitung jedes Hotels am Strip. Denen geht es nicht anders. Der Trend hat sich geändert.«

»Aber nicht gebessert.«

Eine Kellnerin kam. Hugh bestellte ein Kännchen Kaffee, Hanes ließ sich einen Sherry bringen. Das zerbrechliche Glas war in seiner haarigen, kräftigen Faust genauso fehl am Platz, wie die Zigarettenspitze zwischen seinen Zähnen und das rosafarbene Sportsakko, das er trug.

Hugh grinste ihn an. »Ob es Ihnen paßt oder nicht, Max, wir müssen zusammenarbeiten, damit das ›Cameroon‹ attraktiver wird für Leute, die gut essen, trinken und schlafen wollen und bereit sind, ihr Geld an den Spieltischen zu verlieren.«

»Heutzutage ist alles so verdammt legal«, knurrte Max. »Es

scheint, daß ich mich mit den Änderungen abfinden muß. Und was wollen Sie jetzt wieder? Soll ich ein paar Dutzend Automaten rausschaffen, damit Sie Platz für den Fünf-Uhr-Tanz-Tee bekommen?«

»Sie wissen genau, daß Sie mir ab nächsten Monat die halbe Empfangshalle stehlen.«

»Nur ein Drittel.«

»Max, ich brauche Ihren Rat. Ich kann Jerry Buckler nicht länger vor meiner Nase sehen. Er trinkt zuviel. Ich kann nicht ständig hinter ihm herlaufen und seine Fehler ausbügeln. Ich will ihn vom Hals haben, was die Leitung des Hotels betrifft.«

Max Hanes lehnte sich zurück, und die gelben Lider senkten sich über seinen schwarzen Augen. »Sie wollen ihn aus dem Weg haben? Sie sind ein verdammt ehrgeiziger Bursche.«

»Max, er ist ein Säufer.«

»Ja. Und es wird schlimmer. Seit zwei Jahren schon. Deshalb braucht er alte Freunde, die ihm helfen.«

»Sie wissen, daß er für den Job nicht taugt.«

»Wären Sie sonst hier? Bei gutem Gehalt und mit freier Hand in allen Angelegenheiten?«

»Es sollte so sein. Ich habe aber keine freie Hand.«

»Sie lernen langsam dazu, Darren, sonst hätten Sie sich nicht an mich gewandt.«

»Was meinen Sie damit?«

»Angenommen, Sie wären direkt zu Al gegangen. Er hätte mich gefragt. Und ich hätte keinen Grund gesehen, etwas zu ändern. Al Marta läßt Ihnen also ausrichten, daß alles beim alten bleibt. Wenn Ihnen das nicht paßt, suchen wir uns eben einen neuen, cleveren Jungen, der nach unserer Pfeife tanzt. Vergessen Sie nicht, daß Jerry Buckler ein alter Freund ist. Er hat einen großen Laden auf den Florida Keys geleitet. Damals, als der Schnaps in Mengen von Kuba hereinkam. Da wurden Riesengeschäfte gemacht. Später bewährte sich Jerry in Miami. Dann wurde er Manager eines großen Betriebes in Havanna. Von dort ging er nach Reno, von Reno hierher. Al Marta holte ihn. Die Gründe dafür sind in der Vergangenheit begraben. Al ließ ihn wirtschaften, bis er die Karre fast zu tief in den Dreck gefahren hatte. Erst dann holte er Sie, um zu retten, was noch zu retten war.«

»Wegen mir soll er ja nicht auf die Straße gesetzt werden.«

»Sie wollen lediglich, daß er keinen Einfluß mehr auf die Hotelgeschäfte ausübt. Denken Sie vielleicht, das würde ihn nicht verletzen?«

»Wahrscheinlich.«

»Na also. Al hat keine Absicht, ihn zu verletzen, genau wie ich.«

»Weil er zuviel weiß?«

Max Hanes sah ihn mitleidig an und schüttelte den Kopf. »Gott im Himmel, wie finden Sie nur die Zeit, sich den Unsinn im Fernsehen anzuschauen? Dabei kommen Sie nur auf dumme Gedanken. Erstens läßt man einen Trinker nie etwas wissen, womit er einen später erpressen könnte. Zweitens, wenn er es doch versuchen sollte, käme er damit höchstens zu einem einsamen Grab draußen in der Wüste. Drittens kümmert man sich um seine Freunde. Man kann ja nie wissen, ob man sie nicht noch einmal braucht. Wir sind nicht das ›Hilton‹, mein Junge.« Er machte eine Geste, die ganz Las Vegas einschloß. »Der größte Teil dieser Stadt besteht aus alten Freunden, die einander die Bälle zuschieben.«

»Und die Direktion des ›Cameroon‹ bezahlt mich zu gut, als daß ich meine Zeit dazu verschwende, das Porzellan zusammenzukleben, das Jerry zerschlagen hat, Max. Aber es muß doch eine Möglichkeit geben, ihm einen Posten zu geben, wo er keinen Schaden anrichten kann und wo sein Stolz nicht verletzt wird.«

»Das würde Ihnen noch weniger gefallen, als Sie denken.«

»Warum nicht?«

»Weil Sie nicht ganz im Bilde sind.«

»Max, das alles interessiert mich nicht. Ich will ein Hotel leiten, weiter nichts.«

»Hören Sie gut zu, Darren. Vielleicht lernen Sie dabei etwas. Ich bin für das Kasino zuständig, Jerry für das Hotel. Zu Ihnen kann ich mit den Routinesachen kommen. Angenommen aber, es ergibt sich plötzlich eine Situation, die eine enge Zusammenarbeit zwischen Kasino und Hotel erfordert? Jerry spricht meine Sprache. Wir erledigen zusammen, was notwendig ist.«

»Aber ich habe keine Ahnung, was Sie damit andeuten wollen. Warum sollte ich nicht in der Lage sein, dasselbe zu tun?«

»Sicher könnten Sie es. Aber es gibt Kniffe, die Sie auf keiner Schule lernen werden. Vielleicht würden sie Ihnen nicht zusagen.«

»Warum nicht?«

»Aus zwei Gründen. Sie sind jemand, der über sein eigenes Gewissen stolpert. Und wenn Sie trotzdem mitmachen, dann haben wir ein Druckmittel in der Hand, Sie zum Bleiben zu zwingen, auch wenn Sie eines schönen Tages aussteigen wollen.«

»Erpressung, Max?«

»Schon wieder das Fernsehen«, knurrte Hanes mißbilligend.

»Vielleicht könnte ich eine Antwort finden, wenn ich nur wüßte, wovon Sie reden.«

Max Hanes schloß für Sekunden die Augen und spitzte die Lippen. Dann blickte er Darren an. »Vielleicht versuchen wir es mal mit einem Beispiel. An den Spieltischen geht es korrekt zu. Da wagt es niemand, eine Dummheit zu machen. Also setzen wir solche Spielregeln fest, die uns die höchste Gewinnchance ermöglichen. Trotzdem können wir Pech haben. Da kommt zum Beispiel Mr. Smith aus Oklahoma und quartiert sich bei uns ein. Er gewinnt ein bißchen, verliert ein bißchen, hat plötzlich eine Glückssträhne und kassiert zweiundsechzigtausend Dollar. Solche Verluste sehen wir nicht gern. Mr. Smith hat schon die Flugkarte in der Tasche, um unsere schönen grünen Scheine nach Oklahoma zu entführen. Also stecke ich mit Jerry die Köpfe zusammen. Das Hotel hat viele Möglichkeiten, mir zu helfen. Vielleicht kommen Ihnen selbst ein paar Ideen. Wir wollen, daß Mr. Smith wieder an den Spieltisch zurückkehrt, damit unsere Gewinnchancen seine zunichte machen. Fällt uns das Richtige ein, und das geschieht meistens, so zeigt sich Al Marta durch eine kleine Prämie erkenntlich. Sagen wir fünf Prozent. Geld, das wir uns aus dem Kassenraum holen, bevor es verbucht wird.«

»Moment, Max, ich bin nicht ganz mitgekommen. Prämie? Unverbucht?«

»Sie wollen es also ganz genau wissen? Also gut. Was ich Ihnen jetzt erzähle, können Sie nie beweisen. Passen Sie auf. An jedem Spieltisch befindet sich ein Schlitz, wie bei einem Briefkasten. In diesen Schlitz stecken die Spieler das Geld, mit dem sie ihre Spielmarken kaufen. Das Geld fällt in eine Stahlkassette, die unter dem Tisch angebracht ist. Meine Jungens wechseln in regelmäßigen Abständen die vollen Kassetten gegen leere aus. Das Geld wird in den Kassenraum gebracht, sortiert, gezählt, gebündelt und im Panzerschrank versperrt. Wir haben eine Barreserve von dreihunderttausend Dollar. Sie wird aus den Einnahmen ergänzt. Überschreiten wir diese Summe, so werden die Überschüsse bei der Bank eingezahlt. Sie haben sicher schon den gepanzerten Wagen gesehen, der das Geld abholt.«

»Das ist klar genug, aber...«

»Im Kassenraum werden natürlich die Einnahmen registriert und verbucht. Für die Aktionäre und für die Steuer. Die Prämien kommen allerdings aus Geldern, die nie verbucht werden. Kommen wir zurück auf Mr. Smith aus Oklahoma. Er hat zweiundsechzigtausend Dollar kassiert und will sich möglichst rasch damit aus dem Staub machen. Wir bringen ihn wieder an den Spieltisch zurück. Natürlich will er noch mehr gewinnen, und dabei verliert er alles. Al ist zufrieden. Er sagt den Leuten, die Smith wieder ins Kasino zurückgelotst haben: ›Gut, Jungens, nehmt euch dreitausend.‹ Ich warte also, bis die Kassetten das nächstemal ausgetauscht werden und hole mir die dreitausend in bar. Das kann ich unbehelligt tun, weil noch nie ein Steuerfahnder einen Kassenraum in Las Vegas von innen gesehen hat. Verstehen Sie jetzt, wie wir arbeiten?«

»Wenn Al solche Prämien verteilen kann, dann werden aber doch die Besitzer um das Geld betrogen?«

Hanes starrte ihn fassungslos an. »Und ich dachte, Sie hätten langsam kapiert, wie der Hase läuft. Hören Sie zu, Darren. Al ist einer der Besitzer. Es gibt zwei Arten von Besitzern: Direkte und indirekte. Al gehört zu den direkten, die an der Quelle sitzen. Aus steuerlichen Gründen melden wir nie einen zu hohen Gewinn. Deshalb können wir regelmäßig von den Einnahmen ausschöpfen. Dieses Geld wird zwischen Al und den direkten Besitzern aufgeteilt. Die indirekten Besitzer erhalten nur ihren Anteil von dem Gewinn, den die Bücher ausweisen. Sie wissen wahrscheinlich, daß sie übers Ohr gehauen werden, aber sie können es nicht beweisen und haben auch wenig Lust dazu.«

»Aber...«

»Al darf sich natürlich keine Dummheiten erlauben, indem er mehr als seinen Anteil einsteckt. Und er muß sich die Erlaubnis der übrigen direkten Besitzer einholen, bevor er Prämien verteilt. Aber wenn man die richtigen Ideen hat, springt schon ein annehmbares Sümmchen dabei heraus.«

»Was für Ideen?«

»Einmal hatten wir einen dicken, griechischen Millionär hier, der eine mittlere Tankerflotte besitzt. Er hatte schwer gewonnen und war drauf und dran abzureisen. Jerry kam auf die Idee, ihn mit einem bestimmten Paragraphen des Strafgesetzbuches festzunageln. Wir fanden den richtigen Jungen, steckten ihn in eine Pagenuniform und gaben ihm einen Universalschlüssel. Dann ›überraschten‹ wir die beiden in einer scheinbar verfänglichen Situation. Wir brachten falsche Detektive und sogar einen falschen Rechtsanwalt ins Spiel und setzten den Griechen vier Tage lang unter Druck. Er war heilfroh, als wir dann unser Aufgebot zurückzogen und erklärten, daß sich seine Unschuld herausgestellt habe. Jerry ließ Sekt auffahren, und als der Grieche in der richtigen Stimmung war, lotste er ihn ins Kasino. Natürlich verlor der Mann nicht nur das, was er uns abgenommen hatte. Soviel über die Zusammenarbeit von Kasino und Hotel. Können Sie sich vorstellen, daß ich mit einem solchen Vorschlag zu Ihnen käme?«

Hugh Darren dachte über die Frage nach. »Nein.«

»Dann müssen Sie sich damit abfinden, daß wir Jerry dringend brauchen, auch wenn er ein Säufer ist.«

Hugh trank seinen Kaffee aus und stellte die Tasse hart auf den Unterteller. »Ich gebe nicht gern einen Job auf, bevor alles so läuft, wie ich es mir vorstelle.«

»Warum aufgeben?«

»Ich habe es Ihnen erklärt. Jerry kommt mir zu oft in die Quere, Max.«

»Ein Genie sind Sie gerade nicht, Darren, aber vielleicht kann ich Ihnen helfen. Ich werde mit Al sprechen. Al knöpft sich Jerry vor, und es wird so aussehen, als käme die Beschwerde von mir. Wenn ich dann wegen einer bestimmten Sache mit Jerry zusammenarbeiten muß, sage ich es Ihnen. In solchen Situationen hat Jerry dann das Recht, Anordnungen zu geben, die das Hotel betreffen. Sie brauchen sich um das, was er tut, nicht zu kümmern. Ich melde mich wieder, wenn die Angelegenheit bereinigt ist. Wenn Ihnen Jerry außerhalb der Abmachungen Schwierigkeiten macht, so brauchen Sie es mir nur zu sagen.«

»Das ist eigentlich weniger, als ich mir erhofft hatte.«

Max stand auf. »So wie die Dinge liegen, kann ich Ihnen nicht mehr versprechen. Ist das klar? Lächeln Sie also und seien Sie zufrieden mit dem, was Sie erreicht haben. Es ist mehr, als ich Ihnen eigentlich zugestehen wollte, Darren.«

Als Hanes gegangen war, blieb Hugh Darren noch eine Weile sitzen. ›Ich sollte aussteigen‹, dachte er. ›Ich werde mich kaum auf die Dauer aus diesen schmutzigen Affären heraushalten können. Eines schönen Tages ist es zu spät.‹ Seit zwei Monaten wurde er das Gefühl nicht los, einer Katastrophe zuzusteuern. Wie immer in solchen Stimmungen, flüchtete er in seinen Traum.

Vor vier Jahren hatte er die Insel entdeckt, eine tropische Insel, die zu den Berry-Inseln gehörte und zehn Meilen vor der Küste lag. Im vergangenen Jahr hatte er die letzte Rate bezahlt, und nun gehörte Peppercorn Cay mit seinem kleinen Naturhafen ihm. Wenn er erst einmal dreißigtausend Dollar gespart hatte, würde er mit dem Bau eines Hotels beginnen, wie es ihm vorschwebte. Diese Summe war das Minimum, das er selbst aufbringen mußte. Er kannte Leute, die ihm die restlichen neunzigtausend leihen würden. Bis dahin mußte er im ›Cameroon‹ durchhalten und Menschen wie Max Hanes, Al Marta und Jerry Buckler ertragen. Unterkunft und Mahlzeiten waren frei. Er konnte also fast sein ganzes Gehalt auf die Bank tragen. Selbst nach Abzug der Steuern verblieb noch immer eine beträchtliche Summe. Acht Monate hatte er schon hinter sich. Drei Jahre würden genügen. Er hatte nichts von diesen Leuten zu fürchten, sie konnten ihn nicht zu Fall bringen. Seine Aufgabe war, das Hotel zu leiten, und das würde er tun. Eines Tages, hoffentlich früher, als er es sich ausgerechnet hatte, würde er sein eigenes Hotel mit eigenen, sauberen Methoden führen.

Kurz nach drei Uhr unterzeichnete er die abgehende Post und führte zwei Telefongespräche. In seinem Zimmer zog er sich um und machte sich auf den Weg zum Swimming-pool. Seine Schritte wurden schneller, als er zwischen den Badenden nach Betty Dawson suchte.

2

Betty Dawson sah Hugh Darren bei dem Swimming-pool stehen. Suchend hielt er nach ihr Ausschau. Obwohl sie ihn erwartet hatte, wie jeden Tag, seitdem sie ihn kennengelernt hatte, schlug ihr Herz doch ein wenig schneller.

An diesem Tag hatte sie ihren Liegestuhl auf die Wiese neben dem Swimming-pool stellen lassen, in die Nähe der Ziersträucher. Sie trug einen blauen, winzigen Bikini, das gefährlichste Bekleidungsstück, das es für eine Frau in ihrem Alter überhaupt gab. Und sie war stolz darauf, daß der Bikini ihr, trotz ihrer siebenundzwanzig Jahre, ausgezeichnet stand. Von Natur aus hatte sie eine Figur mit kräftigen – fast zu kräftigen – Schultern, straffen, hohen Brüsten, schlanker Taille und langen Beinen. Regelmäßiger Morgengymnastik hatte sie es zu verdanken, daß ihr Körper immer noch schlank und jugendlich war.

Betty Dawson war eine große, braunhaarige Frau mit dunkelblauen Augen und einem hübschen, ausgeglichenen Gesicht, das die Erfahrung ein wenig streng und entschlossen gemacht hatte.

Sie winkte Hugh Darren zu, als er in ihre Richtung sah. Er lächelte und kam auf sie zu. Sie drehte die langen, schlanken Beine zur Seite, und er setzte sich auf das Fußende des Liegestuhls. »Du siehst wie Importware aus – eingeführt durch einen reichen Gast.«

»Was? Etwa wie eine Freundin fürs Wochenende?«

»Nein, eine auf unbeschränkte Zeit.«

Sie blickte ihn mit einem strafenden Lächeln an. »Ich bin im Dienst, Sir. Es gehört zu meinen Arbeitsbedingungen, den Swimming-pool durch meine Gegenwart zu verschönern.«

Er ahmte ihren Gesichtsausdruck nach. »Wenn der Bikini noch kleiner wäre, würden sich die Tänzerinnen im Safariraum beschweren. Du machst ihnen Konkurrenz mit deiner Gratisvorstellung.«

»Was heißt hier noch kleiner? Das gibt es gar nicht.«

»Geh bitte nicht weg!« sagte er. Er legte das Handtuch ins Gras und sprang in das Schwimmbecken. Betty sah ihm zu, als er, wie ein Rennschwimmer, einige Längen kraulte. Mit jedem Armschlag spannten sich die harten Schultermuskeln. Sie fühlte, daß er seine ganze Kraft in die Übung legte. Endlich schwang er sich über den Beckenrand und kehrte atemlos und erschöpft zurück. Er breitete das Handtuch neben ihrem Liegestuhl aus und legte sich darauf.

Als er ruhiger atmete, zündete Betty eine Zigarette an und steckte sie ihm in den Mund.

»Wie war es gestern abend?« fragte er.

»Meine vier Gesangsnummern? Bis zur letzten Vorstellung war es so ruhig, daß ich mich langweilte. Dann kamen ein paar alte Fans, die sich ihre Lieblingsnummern wünschten. In der Aufregung verirrten sich sogar ein paar Spieler aus dem Kasino zu mir, und so wurde es sieben Uhr, bevor ich endlich mein Bett sah. Heute abend habe ich frei, aber wenn du morgen kommst, kannst du dir ein neues Lied anhören. Ich singe es gleich nach der ersten Nummer. Du brauchst also nicht allzulange zu warten.«

»Lohnt es sich?«

»Davon mußt du dich schon selbst überzeugen, mein Lieber.«

»Wenn mir das Lied gefällt, nehme ich dich mit nach Peppercorn Cay, Betty.«

»Danke.«

»Und du wirst ganz allein für die Unterhaltung in meinem Betrieb sorgen. Natürlich mußt du zuerst deine anrüchigen Chansons gesellschaftsfähig machen.«

»Um Gottes willen, nur das nicht. Ich habe keine besonders gute Stimme und kann kaum Klavier spielen. Wofür sollen die Gäste dann noch bezahlen? Oh, unser Tête-à-tête wird gestört!«

Jane Sanderson kam auf sie zu. Sie blieb am Fußende des Liegestuhls stehen und sagte: »Muß schön sein, jeden Tag im Liegestuhl zu faulenzen und zu sehen, wie die reichen Leute leben. Wie geht es, Betty?«

»Mit Sonnenöl ist es erträglich. Ich tue es nur meinen Fans zuliebe. Sie verlangen einen sportlichen Teint.«

»Wirklich? Mr. Darren, Telegramm für Sie.«

Er lächelte, als er es las.

ALTE FREUNDSCHAFT VERLANGT, DASS WIR DIR SOGAR IN DIE WÜSTE FOLGEN. QUARTIER FÜR UNS ERFORDERLICH FÜR EINE WOCHE, AB FREITAG. WIR ERWARTEN BESTE BEDIENUNG ODER ENTSCHULDIGUNG.

VICKY UND TEMP

»803 soll am Donnerstag tapeziert sein, nicht wahr?«

»Wenn alles nach Plan geht, Mr. D.«

»Lassen Sie es bitte für Mr. und Mrs. Temple Shannard aus Nassau reservieren. Und bringen Sie zur Ankunft Blumen, Obst und Getränke aufs Zimmer.«

»Soll es verrechnet werden?«

»Ja. Danke vielmals, Jane.«

Als sich Jane Sanderson umdrehte, gab Hugh das Formular an Betty weiter. »Sehr nette Leute. Menschlich, zur Abwechslung.«

»Gute Freunde?«

»Temp war Teilhaber in dem Hotel, das ich auf den Bahamas leitete. Er hat mir immer unter die Arme gegriffen, wenn es Schwierigkeiten gab. Er machte eine kleine Erbschaft und verdiente den Rest durch den Fremdenverkehr. Vicky ist Engländerin. Temp stammt aus New Hampshire. Er ist einer der Leute, die mich unterstützen wollen, wenn ich den großen Schritt wage. Sie werden dir gefallen und du ihnen, Betty.«

»Wie alt sind sie?«

»Temp ist um die Fünfzig, aber man sieht es ihm nicht an. Vicky ist etwa Dreißig, glaube ich. Seine erste Frau starb. Die Kinder sind erwachsen. Er hat Vicky vor sieben oder acht Jahren geheiratet. Sie wollten Kinder, aber sie kamen nicht. Sie ... verstehen einander, Betty. Man braucht keine Beweise, um das zu sehen. Man spürt es einfach.«

»Wenn ich so etwas höre, steigt der Neid in mir hoch. Dann brauche ich einen Drink.«

Während Hugh die Kellnerin herbeiwinkte, stand Betty auf und streifte sich die Badekappe über das Haar. »Für mich einen Tom Collins, bitte.«

Als sie in das blaue Wasser glitt, fühlte sie sich auf unerklärliche Weise bedrückt. Vielleicht war der Wunsch, Darren ganz allein für sich zu besitzen, daran schuld. Oder vielleicht war es die Vergangenheit, die sie beklommen machte; die Betty Dawson, die sie vor neun Jahren gewesen war. Betty Dawson, die Studentin, die einzige Tochter Dr. Randolph Dawsons. Mit ihrem Idealismus war sie das geborene Opfer für den erstbesten skrupellosen Mann gewesen, der ihre Traumwelt durchschaute.

Jackie Luster war dieser erstbeste Mann gewesen. Er hatte sie von den Titelblättern eines Dutzends Fanzeitschriften angelächelt. Er bedeutete Glanz und Berühmtheit. Er war ihre große Chance. Die Welt hatte sich für sie in einen Traum verwandelt. Als ihr Vater gerichtlich eine Trennung von Jackie erzwingen wollte, waren sie zusammen weggelaufen. In einen anderen Staat. Damals war sie achtzehn gewesen. Später erfuhr sie, daß Jackie damals einen Tiefpunkt seiner Karriere erreicht hatte. Er brauchte nicht sie, sondern ihre Jugend, ihre Unerfahrenheit. Er brachte ihr die nötige Routine bei, damit sie gemeinsam auftreten konnten. Danach war es zu spät, um zurückzukehren.

Ihren ersten Job bekamen sie in einem Club in Cicero, andere folgten. Aber sie fanden niemals Zeit, um zu heiraten.

Jeder Traum endet einmal. Der Traum einer Karriere als Star dauerte länger an, als sie es selbst für möglich gehalten hatte. Sie lebte in billigen Hotelzimmern, die sich alle glichen. Ihr Traum zerrann nach einer maßlosen Party. Jackie hatte ihr so viel Schnaps eingetrichtert, daß sie nicht mehr wußte, was mit ihr geschah. Sie wachte in einem fremden Bett auf, neben dem sie sich erbrach. Sie verließ Jackie nicht, aber die hoffnungsvolle, verträumte Betty

Dawson war gestorben. Der Traum war aus. Die Beziehungen zu Jackie waren von nun an nur noch rein materieller Natur.

Vor drei Jahren waren sie ins ›Mozambique‹ nach Las Vegas engagiert worden, und plötzlich kehrte Jackies Glück und Talent wieder zurück. Seine Stimme bekam wieder den alten, verführerischen Glanz. Während das Publikum zu ihm zurückkehrte, beschnitt er ihren Part immer mehr. Nach sechs Monaten hatte er sie so weit an die Wand gedrückt, daß es keinen Mut mehr erforderte, sie ganz abzuschieben.

»Wer braucht dich schon?« hatte er gesagt und machte damit seine ganze Einstellung zu ihr deutlich.

Es gab keinen Weg zurück, sie mußte sich mit dem behelfen, was ihr blieb. Sie fand einen kleinen Agenten, der wenig Talent besaß, seinen Kunden Engagements zu verschaffen. Dafür vermochte er seinen Artisten den nötigen Schliff beizubringen. Er erkannte die drei Faktoren, die Bettys Stärke ausmachten, abgesehen von ihrer Figur und Aussehen, eine gute, wenn auch begrenzte Stimme, eine gewisse Fingerfertigkeit am Klavier, die eine Begleitung erübrigte, und die Fähigkeit, flotte Lieder und kesse Texte zu schreiben... eine Fähigkeit, die Jackie ständig unterdrückt hatte. Der kleine Agent übte mit ihr vor einem Spiegel, bis sie fünfzig Clowngesichter zu ihren Liedern ziehen konnte und machte dann mit ihr die Runde.

Max Hanes wußte, daß sie finanzielle Sorgen hatte und verzweifelt nach einem Job suchte. Und er kannte die Tricks, mit denen man sich verzweifelte Leute gefügig macht.

Sie fand wieder in die Gegenwart zurück und kletterte aus dem Becken. Sie lächelte Hugh Darren entgegen, streifte die Badekappe ab und strich sich durch ihr dunkelbraunes Haar.

»Ich bin total erschöpft, Hugh. Wenn es dir nichts ausmacht, komme ich gegen sieben oder etwas später auf dein Zimmer. Wenn dich dein Dienst lange genug abhalten kann, bis ich richtig ausgeschlafen habe, wirst du es nicht bereuen. Ich verspreche es.«

Er sah sie an. »Ich hasse diese Geheimnistuerei. Ich möchte in alle Welt ausposaunen, wie es zwischen uns steht. In Zeitungen annoncieren, Rundfunkreklame treiben.«

»Behalten wir lieber unser Geheimnis, hmmmmm?«

Er richtete sich auf. »Ich habe eine Verabredung mit den Leuten vom Souvenirkiosk, denen unser Mietvertrag nicht paßt.«

»Dann heize ihnen richtig ein, Hugh. Sag ihnen, was du ihretwegen versäumst.«

»Schlaf dich lieber richtig aus.«

Sie blinzelte ihm zu. Er drehte sich um und ging zum Hotel zurück. Am Personaleingang blieb er stehen und winkte. Sie hob ein Bein und winkte mit den Zehen zurück. Als er verschwunden war, bewegte sie tonlos die Lippen.

»Ich liebe dich, ich liebe dich von ganzem Herzen, Hugh Darren. Das sind die Worte, die ich dir nie sagen kann. Und es ist diese Liebe, mein Schatz, die verhindert, daß sich daraus irgendein billiges Verhältnis entwickelt. Ich umhülle alles mit dieser Liebe, und es macht mir nichts aus, daß du sie Freundschaft nennst, denn ich werde sie auskosten, bis zum letzten Tropfen, weil ich weiß, daß sie enden muß, ohne zu wissen wann.«

Ein Mann mit Haaren wie ein Büffel und fast von der gleichen Größe, näherte sich ihr mit seinem Liegestuhl und setzte sich neben sie. »Ihr Auftritt hat mir außerordentlich gefallen, Miß Dawson. Ich war in der Mitternachtsvorstellung.«

Sie bemerkte belustigt, daß sich seine Augen von ihren Fußgelenken zum Hals und wieder zurück bewegten, als beobachteten sie ein Tennisspiel in Miniatur. »Ummmm«, sagte sie.

Er begann ihr, langweilig und monoton, seinen Lebenslauf zu erzählen. Sie dachte an das Schlummerstündchen in Hughs Bett und sie dachte an Hugh, malte sich den Augenblick der Umarmung aus und schloß voller Zufriedenheit die Augen, während der Büffel eine endlose Anekdote erzählte, die sich mit irgendeinem Grundstück befaßte, das er praktisch gestohlen hatte, um darauf einen Supermarkt zu bauen.

3

Während Betty Dawson langsam neben dem Schwimmbecken einschlief, erwachte Al Marta in seinem Penthouse Apartment auf dem Dach des Ostflügels des ›Cameroon‹ aus seinem Nachmittagsschlaf. Er hatte sich sein Schlafzimmer auffallend luxuriös einrichten lassen, um schon beim Erwachen das beruhigende Gefühl zu haben, reich zu sein, gesund und in seiner Position unangreifbar, wenn ihn die quälenden Träume seiner Vergangenheit aus dem Schlaf schrecken ließen. Diese Einrichtung bestätigte ihm täglich aufs neue die Sicherheit seines Besitzes, die Freiheit von erniedrigenden Verhaftungen, von denen er schon seit vielen Jahren verschont geblieben war. Sie war der sichere Hafen seiner Wunschträume. Seine Mitarbeiter, vor allem Max Hanes im Kasino und der junge Darren im Hotel, ermöglichten es ihm, seine Tage auf Partys zuzubringen, bei Alkohol und Frauen, und es gab nicht wenige einflußreiche Männer in Las Vegas, die ihn freundschaftlich mit seinem Vornamen Al anredeten.

Er richtete sich im Bett auf, sah, daß er allein war, und rieb sich die Augen. Er kratzte sich die drahtigen, grauen Haare an seiner Brust und gähnte so ausgiebig, daß er fast das Gleichgewicht verloren hätte. Die Leinenhosen waren leicht zerknittert, als er sie über die Hüften zog. Er fuhr sich mit den Handflächen über das dünne Haar, zündete sich eine Zigarre an und patschte barfuß ins Wohnzimmer, um nachzusehen, wer da war. Jemand mußte da sein. Er hatte sein Leben so eingerichtet, daß immer jemand zur Stelle war.

Die Radiomusik spielte gedämpft. Gidge Allen und Bobby Waldo waren in eine Partie Karten vertieft. Beaver Brownell lungerte auf einer Couch und redete mit sanfter Beharrlichkeit auf eine junge Blondine vom Chor aus dem Safariraum ein. Sie hatte ein Glas in der Hand und hörte gelangweilt seinen endlosen Tiraden zu, während Beaver zur Bestätigung seiner Worte ihren goldbraunen Oberschenkel unterhalb dem Saum der Shorts streichelte.

Jerry Buckler schlief auf einer schmalen Couch. Kleine Bläschen hingen an seinen Mundwinkeln.

Al ging zum Radio und drehte den Ton lauter. Er kehrte zu den Kartenspielern zurück und beobachtete Gidge, der eine Herz Sieben ablegte. Bobby Waldo zögerte, bevor er die nächste Karte warf. Es war eine Karo Sieben und Bobby brummte, als Gidge danach griff. Al mixte sich einen Cocktail. »Mit euch ist nichts mehr anzufangen, ihr sitzt bloß noch herum und redet. Ihr werdet langsam alt. Wo, zum Teufel, ist Artie?«

»Wird jeden Augenblick hier sein«, erwiderte Gidge. Gidge Allen arbeitete seit über zwanzig Jahren für Alfred Addams Marta, in verschiedenen Angelegenheiten, die alle streng vertraulich waren. Allen hatte die Stimme und die flinken Augen eines Jahrmarktschreiers. Trotz des grauen Haarschopfes besaß er eine kräftige, jugendlich wirkende Figur und ein braungebranntes Gesicht voller Furchen und Falten, von dem sich die weißen Zähne und die hellgrauen Augen wirkungsvoll abhoben.

»Spielen wir zu dritt«, schlug Al vor. »Wie wär's mit Captains? Okay?«

»Okay, sobald das Spiel zu Ende ist«, sagte Gidge. »Ich habe einen Anfänger vor mir, und ich brauche das Geld.«

Bobby Waldo knurrte verärgert. »Gib mir endlich einmal gute Karten«, verlangte er. Waldo war jung, massig, voller Muskeln und mit sonnenverbrannter Haut, einem roten Bürstenschnitt und tätowierten Unterarmen.

Al Marta ärgerte sich über seine Freunde. Er war untersetzt und kräftig, mit einem bleichen, schwammigen Gesicht. Er hatte eine halbe Glatze. Kein einziges Haar wuchs vor einer unsichtbaren Grenze, die von Ohr zu Ohr reichte. Dagegen hatte er buschige Augenwimpern über nassen, braunen Augen.

Er war offiziell Besitzer von dreißig Prozent der Aktien des ›Cameroon‹. Obwohl er schon seit Jahren nicht mehr verhaftet worden war, besaß er ein beachtliches Vorstrafenregister. Sechsundzwanzig Verhaftungen, drei Verurteilungen. Zweimal war er mit Bewährung davongekommen. Beim drittenmal hatte er ein Jahr der drei abgesessen, die er aufgebrummt bekommen hatte. Mit dieser Vergangenheit hätte er eigentlich gar kein Geschäft in Nevada besitzen dürfen, aber er war noch vor der großen Säuberungsaktion im Jahr 1955 hereingeschlüpft und nun war es zu spät, ihn abzuschieben. Dem Namen nach war er Hauptaktionär im ›Cameroon‹, aber niemand wußte, wie viele der Aktien ihm nun tatsächlich gehörten. Und es gab niemand, der mit der Wahrheit herausrückte. In Las Vegas, in Los Angeles und in New York behauptete man, das ›Cameroon‹ gehöre Al Marta und damit dem berüchtigten Syndikat.

Al Marta benützte das ›Cameroon‹ als seinen Stützpunkt. Weiter unten in Las Vegas, in einem neuen Büroblock, befand sich die X-Sell Associates, das Nervenzentrum einer Anzahl von Gesellschaften, die sich mit Grundstücken, Transport, Vermittlung und engros-Verkauf befaßten. Al Marta galt als Besitzer der X-Sell. Aber nur dem Namen nach, auch wenn das kaum zu beweisen war, dank fähigen Rechtsanwälten und Prokuristen. Al Marta war ein regionaler Manager, der seine Befehle aus Los Angeles erhielt, Befehle, die in Chicago vom Syndikat formuliert worden waren.

Ein Teil des verdienten Geldes kehrte in die Taschen des Syndikats zurück und wurde ausgegeben, um dafür zu sorgen, daß Leute wie Al Marta seit sechzehn Jahren nicht mehr verhaftet wurden.

Ein Teil des Geldes blieb auf jeder Station des Weges hängen. Niemand wußte, wieviel Al behielt. Immerhin reichte es für einen neuen Lincoln pro Jahr, für eine Einrichtung zu zwanzigtausend Dollar, teure Geschenke, großartige Partys, für die Bezahlung von Sonderpersonal, das weder dem Kasino, noch dem Hotel unterstand.

»Nicht viel los heute«, knurrte Al.

Er beobachtete mit gewohntem Erstaunen Wilbur ›Beaver‹ Brownells Arbeitsweise. Beaver war ein dürrer, zerbrechlicher Mann von vierzig Jahren. Seine Wangen waren so eingefallen, daß sein Gesicht einem Totenschädel glich. Die vorstehenden, gelben Zähne hatten ihm seinen Spitznamen gegeben. Er sah wirklich ein wenig wie ein Biber aus. Seine Stimme war sanft und monoton, seine Haltung vorgebeugt und schwindsüchtig. Aus irgendeinem Grund kleidete er sich nach einer Mode, die in den dreißiger Jahren modern gewesen war. An seinen Fingern staken mehrere große, gelbe Brillantringe, und er badete fast in Kölnischwasser. Trotzdem kam es nie vor, daß dieser sonderbare, unscheinbare Mann weniger als drei Freundinnen zur gleichen Zeit besaß. Und dabei waren es nie billige Mädchen.

Beavers konzentrierter Angriff auf die Blondine gab Al eine Idee. Er ging zur Couch, unterbrach die Unterhaltung und griff nach der Hand der Blondine. »Ich muß mir diese Kleine ein paar Minuten lang ausborgen, Beaver.«

»He, Al. Moment mal!« sagte Beaver beunruhigt. Das Mädchen kicherte.

»Jemand muß mir den Rücken schrubben, Beaver. Deine Freundin sieht gerade so aus, als ob sie gute Arbeit leisten könnte, nicht wahr, meine Süße?«

Die Blondine kicherte wieder und Beaver fragte: »Was, zum Teufel, hast du vor, Al?«

Al starrte ihn an und sagte: »Du würdest mich enttäuschen, wenn du egoistische Seiten zeigen würdest, Beaver.«

»Was? Natürlich nicht, Al. Wir waren nur mitten in einer Unterhaltung. Mach, was du willst, Al.«

Al zog das Mädchen mit einem Ruck auf die Beine. Sie starrte ärgerlich auf Beaver herunter. »Der große Held!« zischte sie. »Der große Mann!«

»Sei ruhig und tue meinem Freund den Gefallen«, verteidigte sich Beaver.

Al führte sie zum Schlafzimmer und schloß die Tür hinter sich. Sie entriß ihm ihre Hand. »Hören Sie. Ich schrubbe weder Ihren Rücken noch sonst was.«

»Wie heißt du, Liebling?«

»Martha Lane.«

»Wie alt bist du, Schatz?«

»Einundzwanzig.«

»Rühr dich nicht vom Fleck, Schatz.« Er ging zum Schreibtisch und holte eine Fünfzigdollarbanknote aus der obersten Schublade. Dann ging er ins Badezimmer und kehrte mit einer Bürste zurück. »Gib mir deine Hand, Süße.« Er legte die Banknote in ihre Hand und die Bürste darüber. »Eins geht mit dem anderen. Du hast die Wahl, und die Bezahlung ist gut, meinst du nicht auch? Du kannst hierbleiben. Und wenn dir das Angebot nicht paßt, kannst du Geld und Bürste dalassen und verschwinden. Einverstanden? Aber nimm nicht das eine ohne das andere, sonst könntest du dir in der Eile eins von deinen hübschen Beinen brechen.«

Sie blickte ihn skeptisch an. »Für nichts anderes, als Ihren Rücken zu schrubben, Mr. Marta?«

»Das ist alles, Schatz.«

Er kehrte ins Bad zurück und drehte die Dusche an. Als er die erste Berührung zwischen den Schulterblättern spürte, lächelte er vor sich hin. Sie leistete gründliche Arbeit. Als sie fertig war, drehte er sich um, täuschte vor, auszurutschen und zog sie unter die Dusche. Sie sprang zurück, prustend und fluchend, ihr Haar an den Kopf geklebt, und mit durchnäßter Bluse und Shorts.

Er entschuldigte sich ausführlich und voller Reue, gab ihr ein frisches Handtuch zum Abtrocknen und holte einen blauseidenen Hausmantel aus dem Schrank, der für ihre Figur paßte.

»Betrachte es als ein Geschenk, Liebling.«

»Er ist wunderbar!«

»Zieh ihn an, Schatz. Ich lasse deine nassen Sachen abholen und in Ordnung bringen.«

Er zog sich rasch an und hob die nasse Bluse und die Shorts vom Boden auf. Er knüllte sie zusammen, schloß die Tür hinter sich und warf das nasse Knäuel gegen Beavers Brust. Es schlug klatschend auf und fiel in Beavers Schoß. Beaver blickte dumm darauf herunter und glättete es unsicher.

»Wo ist Martha?« fragte er.

»Die Kleine ist müde, Beaver. Sie ruht sich aus.«

»Verdammt, Al.«

»Du kannst die Sachen zur Erinnerung behalten. Leg sie unter dein Kopfkissen. Tut mir leid, daß sie naß wurden, aber wir waren unter der Dusche, bevor wir wußten, was geschah. Ich mußte ihr aus den Sachen helfen.«

»Sie ist doch ein anständiges Mädchen«, jammerte Beaver in einem Ton, der Gidge zu einem Lachkrampf verleitete.

»O ja, das hätte ich beinahe vergessen«, fügte Al ernst hinzu. »Verschwinde! Sie wünscht sich diesen Gefallen.«

»Ich soll verschwinden?«

»Soll dir Bobby vielleicht helfen?«

»Nein«, murmelte Beaver hastig. »Ich gehe schon.«

Al war gerade im Begriff, seinen Freunden zu erklären, was sich abgespielt hatte, als das Mädchen erschien.

»Mein Haar sieht furchtbar aus, aber... Wo ist Beaver?«

Al fiel es schwer, nicht zu grinsen, als er nach ihren Händen griff. »Schatz, es gab hier eine böse Szene. Ich bin froh, daß du nicht hier warst.«

»Was soll das bedeuten?« sagte sie erstaunt.

»Beaver behauptete, daß wir beide ihn belügen würden, und daß sich in Wirklichkeit mehr abgespielt hätte, als... Du verstehst schon.«

»Was? Dieser schmutzige...«

»Ich legte ihm nahe, zu verschwinden. Er hinterließ eine Nachricht für dich.«

»Ja?«

»Er sagte, daß er dich bald besuchen würde, und dann könntest du ihm den Rücken schrubben, wenn du weißt, was er damit meint.«

Das Mädchen wurde blaß und stieß eine Flut von Beschimpfungen aus, die sogar Jerry Buckler aus dem Schlaf rissen. Sie schimpfte noch immer, als Al sie zu seinem Privatlift führte, sie hineinschob und ihr die nassen Sachen in die Hände drückte.

Als er grinsend zurückkehrte, sagte Jerry verschlafen: »Was war denn das wieder?«

Al ging zu Gidge hinüber und knallte einen Hunderter auf den Tisch. »Ich wette, daß er bei Martha sein Ziel nicht erreicht.«

»Zu welchen Bedingungen?« fragte Gidge. »Zwei zu eins?«

»Angenommen«, sagte Al. »Laß deine fünfzig sehen. Du riskierst etwas.«

»Unser Beaver gibt ganz selten auf«, meinte Gidge.

»Stimmt«, sagte Bobby Waldo. »Und wenn Gidge gewinnt, läßt es sich ziemlich leicht feststellen. Beavers Weiber laufen ihm nach wie hypnotisiert.«

»Was ist jetzt mit einem Spielchen?« fragte Gidge.

»Ihr könnt spielen. Ich habe jetzt keine Lust«, sagte Al. Er ging langsam zum Fenster und blickte auf den halbvollen Hotelparkplatz hinunter. Er sah ein Liebespaar aus einem Sportwagen steigen und Hand in Hand zum Eingang laufen. Sie lachten über irgend etwas.

Plötzlich erkannte er, daß sein eigner Witz mäßig gewesen war. Zu kompliziert und angestrengt. Ein dummes, leicht betrunkenes Mädchen und Beaver. Gidge hatte die Wette nur angenommen, weil er wußte, daß Al es wünschte. Was war aus den guten Witzen, den guten Zeiten geworden? Das war vorbei. Das Leben war langweilig geworden. Er hörte das Gluckern einer Flasche und drehte sich rasch um. Jerry Buckler, dem Namen nach Hoteldirektor, mixte sich einen riesigen Cocktail mit Bourbon. Marta bewegte sich rasch durch das Zimmer und legte seine Hand auf das Glas, als es Jerry zum Mund führen wollte.

Jerry blickte ihn mit einem unsicheren Lächeln an, als wartete er auf einen Witz. Al erkannte, daß der Alkohol den Mann in letzter Zeit ruiniert hatte. Der Bauch stand noch immer vor und das rote Gesicht war aufgedunsen, aber die Jacke schlotterte um Jerrys Schultern und der Nacken war so sehnig, daß das Hemd zu groß dafür erschien.

»Komm in mein Schlafzimmer, Jerry«, sagte Al.

Er schloß die Tür hinter sich, als sie eintraten, und ließ Jerry mit seinen Ahnungen zappeln. »Stimmt etwas nicht, Al?«

»Wie war New Orleans?«

»Ausgezeichnet. Alles war ausgezeichnet.«

»Wie, zum Teufel, willst du dich daran erinnern?«

Jerry zuckte die Schultern. »Ich gebe zu, daß ich ein wenig betrunken war, Al.«

»Du bist überall ein wenig betrunken, nicht wahr?«

»Verdammt, Al! Ich brauche das Zeug nicht. Aber warum sollte ich nicht trinken?«

»Du siehst wie ein Säufer aus, Jerry. Du hast die Nerven verloren. Dein Hemd ist schmutzig. Deine Hände ebenfalls. Du riechst nach Schmutz. Du bist ein Säufer, Jerry.«

»Sei ruhig, Al!«

»Du bist mein Freund, Junge, aber in letzter Zeit langweilst du mich. Es gefällt mir nicht, wenn sich ein Mann so gehen läßt. Dann ist er nicht mehr mein Mann.«

»Worauf willst du hinaus, Al?«

»Ich weiß, du willst dieses Gespräch nur so schnell wie möglich hinter dich bringen, weil draußen das Glas auf dich wartet.«

Jerry lächelte und Al wußte, wieviel Anstrengung ihn dieses Lächeln kostete. »Es wäre schade, den guten Schnaps verderben zu lassen, Chef.«

»Max und ich haben uns heute über dich unterhalten. Du machst uns nicht gerade glücklich, Jerry.«

»Ich? Wieso denn?«

»Du machst Dummheiten, Jerry. Wir haben dir einen guten Mann verschafft, diesen Darren. Der beste, den wir auftreiben konnten. Es geschah, damit er sich um die Routineangelegenheiten kümmern kann, und du freie Hand hast. Aber du steckst deine Nase in seine Sachen und erschwerst ihm die Arbeit.«

»Wir sind alte Freunde, Al. Ich leitete große Hotels, als Darren noch in den Windeln lag. Ist er plötzlich wichtiger als ich? Hörst du jetzt auf ihn? Er hat keinen Grund, sich zu beschweren, nur weil ich manchmal daran erinnern muß, daß ich der Direktor bin.«

»Wer sagt, daß ich auf Darren höre? Wer sagt, daß er nicht zufrieden ist?«

»Und warum dann das alles?«

»Max ist mit Darren zufrieden. Es geht besser als früher. Max stellt gewisse Überlegungen an, Jerry. Er glaubt, daß du den Betrieb störst. Er glaubt, daß du so lange an der Flasche zuckelst, bis du nicht mehr klar siehst. Deshalb wird sich einiges ändern, verstanden? In Zukunft läßt du die Finger von der Leitung des Hotels. Du erscheinst erst auf der Bildfläche, wenn Max Sonderwünsche hat. Und seine Wünsche wirst du vollkommen nüchtern erfüllen. Erst wenn seine Schwierigkeiten bereinigt sind, kannst du dich wieder betrinken, aber du läßt Darren auch dann in Frieden, bis du entweder von mir oder von Max wieder eingeschaltet wirst.«

Jerry starrte Al beleidigt und verärgert an. »Ich leite dieses Hotel, Al. Und wenn es mir paßt, Darren eins aufs Dach zu...«

Al trat zwei Schritte auf ihn zu und griff lächelnd nach dem schlabbrigen Fleisch seiner Wange. Er zog hart daran und schüttelte den Kopf Bucklers. »Junge, Junge, was willst du nur beweisen?«

»Ich...«

»Du bist hier zu Hause, Junge. Du bist ein Säufer, aber wir sind dennoch deine Freunde. Es wäre mir verdammt unangenehm, wenn ich dich hart anpacken müßte, Jerry. Es würde mir persönlich weh tun, wenn ich Harry und Bobby befehlen müßte, dich in die Wüste zu bringen und dir eine Lektion zu verpassen. Es würde ihnen und mir keinen Spaß machen. Aber es wäre immerhin noch besser, als wenn es Max mit ein paar von seinen Kasinoleuten täte. Gegen die sind Harry und Bobby die reinsten Amateure. Also mach ein heiteres Gesicht und versprich mir, tausendprozentig auf meiner Seite zu stehen.«

Das Lächeln kam langsam und gezwungen. »Klar, Al. Ich verstehe, was du meinst.« Er versuchte ein krächzendes Lachen, »Ich soll mich nicht mehr um das Hotel kümmern, nachdem ich Darren eingeschult habe. Es wird wohl... das beste sein, Al.«

»Du kannst zu deinem Glas zurückkehren, Junge«, sagte Al. Als Jerry sich umdrehte, legte ihm Al seine Hand freundschaftlich auf die Schulter.

An der Tür drehte sich Jerry um und sagte: »Behalte ich wenigstens meinen Schreibtisch und das Schild an der Tür? Kann ich mich noch immer Direktor nennen?«

»Du bist der Direktor, Jerry. Soll ich deinen Namen größer schreiben lassen? In Gold? Brauchst du einen größeren Schreibtisch? Du brauchst es mir nur zu sagen.«

»Nein. Alles ist in Ordnung, Al. Keine Beschwerden.«

Als sie wieder ins Zimmer traten, sah Al, daß Artie Gill eingetroffen war. Mit zwei langhaarigen Mädchen und einem Burschen, der wie ein Sportler aussah. Gegen sieben Uhr waren an die zwanzig Gäste in dem großen Raum versammelt. Sogar einer der drei ›Besitzer‹ des ›Cameroon‹ war unerwartet eingetroffen. Als das ›Cameroon‹ eröffnet wurde, waren die Drahtzieher des Unternehmens zu der Überzeugung gekommen, daß es in ihrem und im Interesse der Öffentlichkeit war, bekannte Leute als Aushängeschild zu benutzen. So galten offiziell drei sorgfältig ausgewählte Personen, die mit je einem halben Prozent am Kasino beteiligt waren, als Besitzer.

Der erste war ein Westernstar mit Zungenfehler, der die schleppende Sprache der Südstaatler sprach, und dessen Gesicht stets einen Ausdruck milder Güte zur Schau trug. Die zweite war eine dumme und arrogante, aber fotogene Blondine, die schon mehrere

Scheidungen hinter sich hatte. Ihr einziges Talent bestand darin, jederzeit einen Flunsch ziehen zu können. Sie hatte das unaufhaltsame Alter nur mit Hilfe von ausgezeichneten Schönheitsoperationen und noch besseren Kameraleuten tarnen können und dadurch ihre Rolle als blonde Filmvenus länger erhalten, als es ihrem Alter entsprach. Schließlich gab es noch einen Dritten, der unerwartet aufgetaucht war. Es handelte sich um einen bekannten Jazztrompeter, der schon seit Jahren keinen Ton mehr geblasen hatte. Sein Vokabular bestand aus etwa achtzig Wörtern. Er wurde von nervösen Aufpassern herumgeführt, die an den Tantiemen seiner alten Schallplatten noch immer ganz gut verdienten.

Als die Party dem Ende zuging, zog Al seinen Freund Hanes zur Seite und teilte ihm mit, daß sich Jerry Buckler den neuen Anweisungen wortlos gefügt hatte. Max machte ein dankbares Gesicht und versprach Darren zu benachrichtigen.

»Geben wir dem Jungen einen extra Hunderter pro Monat, Maxie.«

»Verdient er nicht schon genug?«

»Denk lieber an zwei Dinge. Er hat seine Sache eigentlich ganz gut gemacht. Und –«, Al stieß Max den Zeigefinger an die Brust, »– je mehr ein Mann verdient, um so mehr hat er zu verlieren. Habe ich recht?«

»Du hast immer recht, Al.«

»Ich denke an die Zukunft. Und weil ich an die Zukunft denke, sage ich dir folgendes. Mach dem Jungen nicht das Leben schwer. Hilf ihm ein wenig. Immer schön langsam, weil es dann nicht zu auffällig ist. Er soll sich verpflichtet fühlen, für den Fall, daß wir ihn brauchen, wenn Jerry blau sein sollte.«

»Okay, Al.«

»Maxie, du hast einen abscheulichen Geschmack, weißt du das? In deiner Jacke siehst du aus wie ein Junge vom College. Nur, daß du älter bist.«

»Im Herzen bin ich immer noch jung, Al. Weißt du, daß wir in dieser Woche höchstens zwanzigtausend Dollar absahnen können? Aber es bedrückt mich nicht. Willst du wissen, warum?«

»Klär mich auf, Max, mein Junge.«

»Homer G. Gallowell kommt am Samstag aus Fort Worth hier an. Und das letztemal haben wir Homer um zweihunderttausend erleichtert.«

»Damit ist noch nicht gesagt, daß er uns diesmal wieder soviel daläßt. Vielleicht glaubt er, wir bringen ihm Pech und versucht es in einer anderen Bude.«

»Ich glaube, ich weiß, was er denkt. Er glaubt an das Gesetz des Ausgleichs. Ich wette, er spielt bei uns. Wahrscheinlich am gleichen Tisch und nach der gleichen Methode.«

»Nach was für einer Methode?«

»Es gibt keine Gewinnmethode, und du weißt es ganz genau, Al. Aber er verdoppelt seine Wetten, wenn er verliert. Es bereitet mir geradezu ein Vergnügen, für ihn eine Höchstsumme festzusetzen. Wir brauchen nur abzuwarten, bis ihm die Würfel einen Strich durch die Rechnung machen. Das paßt ihm nicht, und er kann es nicht verdauen.«

»Er wird in allen Ehren empfangen, Maxie!«

»Klar. Darren sorgt dafür. Wenn er ein Motorboot auf Lake Mead will, kann er es haben. Wenn er sich zwei blonde, japanische Zwillingsschwestern wünscht, beschaffe ich sie und liefere sie ihm persönlich ab.«

»Wie viele Leute bringt er mit?«

»Er kommt allein, wie beim erstenmal. Vielleicht weiß er, daß er eine Dummheit macht und kommt deshalb allein, damit es niemand sieht.«

»Hat er viel Geld?« fragte Al.

»Wenn es weniger als fünfzig Millionen sind, esse ich seine größte Ranch mit einem Teelöffel.«

Al klopfte ihm auf die Schulter. »Erleichtern wir ihn darum.«

»Soviel er nur loswerden will, Chef.«

Gegen zehn Uhr traf Hugh Darren am Empfangsschalter auf Max Hanes. Max wollte mit ihm sprechen. Sie gingen in Hughs Büro.

Während Hugh eine Tischlampe einschaltete, ließ sich Max in einen Sessel fallen. »Jerry wird dir keine Schwierigkeiten mehr bereiten, Junge. Zufrieden?«

»Ausgezeichnet, Max. Das vereinfacht alles für mich. Danke.«

»Wir können deine Sorgen von Zeit zu Zeit besprechen und alles wird in Ordnung gehen. Okay?«

»Warum nicht?« erwiderte Hugh vorsichtig.

»Du kriegst ab ersten Mai einen extra Hunderter, Darren.«

»Wieso?«

»Bist du es denn nicht wert?«

»Doch.«

»Dann wird das wohl der Grund für die Gehaltserhöhung sein, nicht wahr?«

»Einen Augenblick lang dachte ich, es wäre für Sonderwünsche, zu denen ich herangezogen werden soll.«

Max Hanes lachte leise vor sich hin. »Ein Moralprediger wie du, Darren? Du würdest höchstens einen Beschwerdebrief an den Gouverneur richten und uns als Gangster bezeichnen, wie du es im Fernsehen gelernt hast. Schmutzige Verbrecher, Mafia oder so.«

»Das habe ich nicht behauptet, Max.«

Max Hanes richtete sich auf und kam näher. »Homer G. Gallowell aus Fort Worth. Seine Rechnung geht auf Kosten des Kasinos.«

»Ich habe seinen Namen auf der Liste der Reservierungen gelesen. Beim letztenmal wurde der Teppich für ihn ausgerollt. Ich hatte die gleiche Absicht.«

»Wenn du sein Apartment weißt, sagst du meinem Assistenten, Mr. Brown, Bescheid. Ich lasse einen Automaten und hundert Silberdollar hinaufschaffen, damit er sich nicht langweilt.« Er ging zur Tür. »Wir sehen uns wieder, Herr Direktor.«

»Max... wenn Sie einen Automaten auf ein Zimmer schaffen, hat der Spieler die gleichen Chancen wie unten im Kasino?«

»Du gefällst mir, Junge. Dem Staat paßt es nicht, wenn unsere Automaten die Kunden neppen. Aber er beschwert sich nicht, wenn die Kunden gewinnen. Wir beschweren uns auch nicht. Es macht die Kunden glücklich, wenn die Münzen klappern. Es macht ihnen Mut. Wir sind großzügig.«

»Ich weiß. Deshalb muß ich bei manchen Gästen die Rückfahrkarte gegen das Kasino buchen, weil ihnen nicht einmal mehr das Geld dafür geblieben ist.«

»Junge, du mußt eins lernen. Ein Spieler verliert sein Geld an irgend jemand. Es läßt sich nicht verhindern. Wir können nur ein bißchen nachhelfen, daß er es bei uns tut.«

Als Bunny Rice gegen elf Uhr seinen Dienst antrat, lief alles so glatt, daß es keine zehn Minuten dauerte, bis Darren gehen konnte.

Hugh hatte sich während des Dienstes dazu gezwungen, nicht an Betty Dawson zu denken, aber als er den Korridor zu seinem Zimmer durchschritt, erinnerte er sich wieder daran, wie sie im Bikini ausgesehen hatte.

Er steckte den Schlüssel ins Schloß und öffnete die Tür so leise er nur konnte. Sie schlief, unschuldig wie ein junges Mädchen. Sie hatte ein Handtuch über die Lampe gelegt, so daß ihr Gesicht nur undeutlich erkennbar war. Sie lag auf der Seite, beide Hände unter dem Kopfkissen vergraben, eine Haarsträhne war ihr ins Gesicht gefallen.

Ihre Hose, der Pullover, die Handtasche und ihre Unterwäsche lagen auf dem Stuhl neben dem Bett. Sie trug ein durchsichtiges Nachthemd, blauweiß gestreift, durch das die braune Haut ihrer Schultern schimmerte. Ihre Lippen waren leicht geöffnet.

Er zog sich lautlos aus. Ein Kleiderbügel fiel ihm aus der Hand, aber sie wachte nicht auf.

Vorsichtig, um sie nicht zu wecken, setzte er sich auf die Bettkante und blickte auf sie hinunter. Er erinnerte sich an die Zeit im August, als er sie kennengelernt hatte.

Es war zu einer Zeit gewesen, als er sich schon eingearbeitet hatte. Betty Dawson arbeitete in der ›Afrique Bar‹, neben dem Spielkasino. Sie arbeitete von Mitternacht bis sechs, vier Vorstellungen pro Nacht. Sie besaß die Fähigkeit, ihn seine Sorgen vergessen zu lassen, wenn er ihr zuhörte. Es wurde ihm zur Gewohnheit, jede Nacht einige freie Minuten in der Bar zu verbringen und ihr zuzuhören. Ihr Stimmumfang war begrenzt. Aber ihr Gesicht war außerordentlich lebendig und manchmal ausgesprochen komisch. Sie beging auch nicht den Fehler, sich selbst ernst zu nehmen. Die Texte ihrer Lieder waren frech, ohne geschmacklos zu wirken.

Nach einigen vorsichtigen Fragen hatte er erfahren, daß sie schon seit zwei Jahren im ›Cameroon‹ arbeitete und ihr Zimmer drei Türen von seinem entfernt war. Er kam zu der Überzeugung, daß ihr langer Vertrag eine Sonderabmachung war, in der Max Hanes eine Rolle spielte.

Diese Tatsache beunruhigte ihn. Er war zu der Überzeugung gekommen, daß er Bunny Rice vertrauen konnte. Eines Abends hatte er Fragen über die Möglichkeit einer Freundschaft zwischen Betty Dawson und Max Hanes gestellt.

Bunny Rice hatte den Kopf geschüttelt. »Nein, Mr. D., Sie täuschen sich. Max hat noch nie, seitdem ich ihn kenne, auch nur das geringste Interesse an einem Mädchen gezeigt. Wenn Max etwas liebt, dann ist es der Kassenraum.«

»Ich dachte, weil Miß Dawson schon so lange hier ist.«

Bunny hatte mit den schmalen Schultern gezuckt. »Sie ist nicht gerade umwerfend, aber sie hat ihre Verehrer. Sie bekommt ihr Zimmer und ihr Essen, und Max bezahlt sie nicht gerade glänzend.

Sie ist billig, macht keine Schwierigkeiten und kann mit Betrunkenen umgehen.«

»Nach so langer Zeit hätte sie eigentlich eine angenehmere Arbeitszeit verdient.«

»Es ist ihr so recht, Mr. D. Wirklich. Sie kann spät aufstehen, ein wenig in der Sonne liegen und einen gemütlichen Abend zubringen, bevor sie auftritt. Manche Künstler würden sich beschweren. Aber nicht Betty.«

»Sie scheint sich gut eingewöhnt zu haben.«

»Ich schätze, sie wird noch eine ganze Weile bleiben.«

»Bunny, das klingt, als steckte mehr dahinter.«

»Es ist kein gewöhnlicher Vertrag.«

»Ich habe es langsam satt, immer nur Andeutungen zu hören. Was ist noch außerhalb des Vertrags abgemacht worden?«

»Regen Sie sich nicht auf. Ich weiß es selbst nicht genau. Es scheint mir nur, als gäbe es einen Grund, warum Hanes oder Al Marta sie nie entlassen würden, oder sie die Stellung aufgäbe. Ich glaube, sie kommt aus einer guten Familie. Man merkt es. Man behauptet, sie sei die Tochter eines Arztes und hätte die Universität besucht. Sie war angeblich mit Jackie Luster zusammen, was ihr Pech war. Er kann zwar den Preis für seine Engagements selbst bestimmen, aber niemand kann ihn leiden.«

Nach und nach hatte Hugh Darren Informationen über sie gesammelt, aber er war schon zwei Monate im ›Cameroon‹, bevor er sie richtig kennenlernte. Sie hatten einander zugenickt, oder zugelächelt, bis sie eines Tages auf der Treppe aufeinander stießen.

»Es wird langsam Zeit, daß ich mich bei Ihnen bedanke, Mr. Darren«, hatte sie gesagt.

»Wofür?«

»Für die Änderungen. Besseres Essen, bessere Bedienung. Der ganze Betrieb macht einen sauberen Eindruck. Von innen und von außen. Und Ihre Angestellten... wie soll ich es sagen... scheinen umgänglicher geworden zu sein. Man muß sie nicht mehr auf Knien um einen Gefallen bitten.«

»Das freut mich. Ich war mir nicht ganz klar darüber, ob sich wirklich etwas geändert hat. Aber anscheinend merkt man es doch.«

»Bestimmt, das tut man. Und es ist herrlich. Früher ging es hier zu wie in einem Flüchtlingslager. Sie verstehen etwas von Ihrem

Beruf, Mr. Darren.« Sie lächelte ihn an. »Und wissen Sie, was mir am besten gefällt?«

»Erzählen Sie es mir.«

»Die ruhige Art, mit der Sie es schaffen. Ohne Geschrei, ohne Szenen, immer mit einem Lächeln.«

»Ich kann gut ohne Magengeschwüre leben.«

Sie gähnte. »Entschuldigen Sie. Ich kann nervöse Leute nicht ausstehen. Wenn die aus dem Häuschen geraten, dann macht es mich müde. Sie wirken immer so beruhigend auf mich.«

»Danke vielmals, Miß Dawson.«

»Wenn es nicht zu vertraulich wirkt, Betty würde mich noch mehr beruhigen.«

»Und ich heiße Hugh.«

»Hugh, wenn wir im Gang aufeinander treffen, Mr. Darren vor den Angestellten.«

»Ihre Nummer gefällt mir, Betty.«

»Das habe ich schon gemerkt.«

»Wieso?«

»Sie lachen im richtigen Augenblick und Sie kommen öfters. Vielen Dank, Hugh. Für weitere gegenseitige Bewunderung reicht es im Augenblick nicht. Ich bin todmüde. Einen schönen Morgen für Sie und eine gute Nacht für mich.«

Von diesem Augenblick an machte es ihm Spaß, sich öfters mit ihr zu unterhalten. Er richtete es so ein, daß er dafür immer ein paar Minuten übrig hatte. Er erfuhr, wann er sie am Swimming-pool treffen konnte, wann sie essen ging.

Gegen Weihnachten hatte sich schon eine nette Freundschaft zwischen ihnen entwickelt. Wahrscheinlich wäre es dabei geblieben, wenn sie nicht zu der Überzeugung gekommen wäre, daß er überarbeitet war. Mittwoch nachts hatte sie frei. Sie überredete ihn, sich an einem Donnerstag freizunehmen, und machte ein großes Geheimnis aus ihren Plänen. Am siebenten Januar verließen sie das Hotel früh am Morgen in einem Morris Minor mit einem großen Picknickkorb im Kofferraum. Sie fuhren dreißig Meilen weit aus der Stadt und weitere drei Meilen über einen Feldweg, der so holprig war, daß der kleine Wagen ächzte und stöhnte.

Sie brachte ihn zu einem kleinen Haus aus rotbraunem Naturstein, das auf einem kleinen Hügel stand.

Sie schien in dem Haus daheim zu sein. Das Feuerholz für den großen Kamin war sorgfältig aufgeschichtet. Es gab eine Benzinpumpe für den Brunnen und einen großen Wassertank. Der Ofen konnte mit Propangas geheizt werden, und die Beleuchtung bestand aus Petroleumlampen.

Das Haus enthielt ein großes Wohnzimmer – mit einer Schlafkoje, einer Kleinküche und einem Bad. Gemeinsam machten sie die notwendigen Arbeiten. Dann blickte sie ihn voller Stolz an und sagte: »Wie für Einsiedler geschaffen, nicht wahr?«

Sie trug rosa Cordhosen, eine dicke weiße Wolljacke und halbhohe Stiefel. Ihr dunkler Pferdeschwanz war mit einem weißen Band hochgebunden, die Augen hinter einer Sonnenbrille versteckt.

»Das ›Cameroon‹ scheint eine Ewigkeit entfernt zu sein«, sagte er.

»Und dort wird es auch bleiben, mein lieber Mr. Darren. Zuerst machen wir uns mal ein Frühstück, und dann gehen wir spazieren, bis es hier warm ist. Danach wird es Zeit für einen kleinen Drink. Anschließend essen wir in der Sonne draußen, machen einen kleinen Verdauungsschlaf und beenden ihn mit einem zweiten Drink. Dann essen wir zu Abend, sitzen ein wenig vor dem Feuer und kehren schließlich zum Problem des Geldverdienens zurück. Sie sehen, ich habe einen Plan für den ganzen Tag.«

Sie hielten sich wirklich an den Plan. Erst später, nach dem Mittagessen, als sie auf einer Indianerdecke vor dem Kamin saßen, sagte er: »Ich sehe schon, Sie erzählen mir nichts, wenn ich keine Fragen stelle. Gehört Ihnen das Haus?«

»Nicht im materiellen Sinn, Hugh.« Ihre Stimme war weich und nachdenklich. Sie blickte in das Kaminfeuer, das Kinn auf den Knien.

»Es gehört Mabel Huss«, sagte sie. »Sie ist eine fette, unsaubere, dumme Frau. Sie hat ein Motel in Las Vegas, ein kleines, windiges Dingsbums in einer alten Straße, zwischen ein Möbellager und einen Drugstore eingeklemmt. Aber sie hatte das billigste Zimmer, das ich finden konnte, als ich auf dem Hund war, Hugh. Mabel hatte keinen Grund, mir Kredit einzuräumen, aber sie tat es dennoch. Für mich gab es nur einen Weg aus dem ganzen Schlamassel, auch wenn mir schon beim Darandenken übel wurde. Aber damals war ich noch viel jünger und war voller unausgegorener Ideen. Ich war zu stolz, um meinen Vater in San Francisco anzurufen und ihn um Hilfe zu bitten. Ich glaubte, ich müßte allein und auf meine Weise mit dieser Welt fertig werden. Aber es war schlimmer, als ich dachte, Hugh. Ich wurde mit meinen Problemen fertig, aber ich dachte, ich würde dabei sterben. Ich verlor meine Selbstachtung. Aber ich starb nicht. Ich kehrte in Mabels Motel zurück und wußte, daß die Probleme, die ich früher gehabt hatte, nur halb so schlimm gewesen waren. Ich sperrte mich zwanzig Stunden lang in meinem kleinen, trostlosen Zimmer ein, und dann lud mich diese fette Frau wortlos in ihren alten klapprigen Wagen, zusammen mit einer Unmenge von Nahrungsmitteln, brachte mich hierher und lud mich ab. Es war eine besondere Form von Weisheit, Hugh. Etwas, das nichts mit Klugheit zu tun hat.

Nach fünf Tagen holte sie mich wieder ab. Die fünf Tage Einsamkeit hatten mir geholfen, wieder zurückzufinden. Ihr Mann hatte dieses Haus gebaut. Sie waren glücklich hier, bis ihr Mann starb. Danach wollte sie das Haus weder verkaufen noch vermieten. Sie wollte nicht einmal hier wohnen. Sie wußte aber, welchen Einfluß es auf mich haben würde. Mit dem Verstand einer Frau hat sie erkannt, daß es Tage gibt, an denen ich allein sein muß, und sie hat mir die Erlaubnis gegeben, jederzeit hierher zu kommen. Manchmal besuche ich sie und erzähle ihr, wie es mir geht. Es ist das erstemal, daß ich jemand hierhergebracht habe.«

»Ich fühle mich geehrt, Betty.«

Sie drehte ihren Kopf und lächelte ihn an. »Das sollten Sie auch. Wenn Sie ganz nett sind, dürfen Sie vielleicht wiederkommen.«

»Ein Tag wie heute kann eine Woche Urlaub ersetzen.«

»Ich weiß.«

Sie blickte ihn noch immer nachdenklich an, und während dieses Augenblicks änderte sich ihr ganzes Verhältnis zueinander. Aus einer oberflächlichen Bekanntschaft wurde etwas, das sie stets vermieden hatten. Plötzlich verlangte er nach ihr, mit einer Begierde, die sich nicht unterdrücken ließ.

Lange Zeit hatte er allein gelebt. Und er wußte, daß seine Zurückhaltung im Sexuellen nichts mit Gefühlskälte zu tun hatte. Seine ganze Erregung war auf seine Arbeit gerichtet. Andere Männer hätten die Möglichkeiten zu flüchtigen Frauenbekanntschaften, die sein Beruf mit sich brachte, ausgenützt, aber er benötigte diese Art von Selbstbestätigung nicht.

Sie kehrten zu dem kleinen Haus in der Wüste zurück. Noch im Januar und an einem Tag im Februar, obwohl dieser Monat besonders anstrengend für ihn war, und wieder am zehnten März, dem Tag ihrer Entscheidung, wie ihn Betty später nannte.

An diesem zehnten März, einem windigen, kalten Tag, kannten

Zwischen  durch:

Miss Dawson hat einen Plan für den ganzen Tag: Frühstückmachen, Spazierengehen, Mittagessen, Verdauungsschlaf, Abendessen...
Natürlich, dies ist ein Tag zum Faulenzen: da spielt das Essen eine wichtige Rolle. Doch dann – genau wie bei Hugh Darren – rückt das Problem des Geldverdienens leider wieder in den Vordergrund. Und an solchen Tagen ist man manchmal schon froh, wenn man wenigstens die Zeit für eine kurze Pause findet, um sich rasch eine kleine, wohlschmeckende Mahlzeit für zwischendurch zubereiten zu können...

Zwischen durch:

Die kleine, warme Mahlzeit in der Eßterrine. Nur Deckel auf, Heißwasser drauf, umrühren, kurz ziehen lassen und genießen.
Die 5 Minuten Terrine gibt's in vielen leckeren Sorten – guten Appetit!

sie einander genau sieben Monate. Und die Entscheidung kam nicht durch einen Zufall. Er hatte einen Stapel Holzscheite neben den Kamin geschichtet. Es war Nachmittag, als er sich bewußt wurde, wie ruhig sie war. Er sah sie lange an. Sie stand bewegungslos und blickte ihn mit ihren blauen Augen an. Sie trug eine weiche, weiße Lederjacke, dunkle Flanellhose und ein gelbes Halstuch.

Von diesem Augenblick an liebten sie einander mit einem Übermaß, mit einer Intensität, der eine neue Welt für sie eröffnete.

Er saß neben ihr, während sie schlief und dachte an die noch kurze Zeit ihrer körperlichen Liebe. Wie zwei Verschwörer benützten sie mit schamloser Erfindungsgabe jede Gelegenheit, um zusammen zu sein. Sie waren glücklich, wenn es Stunden waren, zufrieden, wenn wenige Minuten genügen mußten. Er wußte, daß ihre Liebe an Besessenheit grenzte. Und er war erstaunt, daß ihn keine Schuldgefühle bedrückten.

Es wäre herrlich, wenn sie immer hier wäre, dachte er, wenn ich sie für immer besitzen könnte. Selbst wenn ich Vegas verlassen würde. Aber das war unmöglich. Sie wollte es nicht. Sie hatten ihre Abmachungen getroffen, und wenn er sich nicht an sie halten würde, würde sie ihn auf der Stelle verlassen.

Langsam hob er die Bettdecke auf und legte sich neben sie, ohne das Licht auszuschalten. Seine Lippen berührten ihren Mund. Er fühlte, wie sie sich bewegte, ihre Arme um ihn legte, und er streckte sich vorsichtig aus. Er lag ruhig neben dem schläfrig warmen, weichen Körper Bettys und hörte den zufriedenen Seufzer, der seinem Kuß folgte, fühlte, wie ihr Körper ihn berührte und ihr Herzschlag lauter schlug.

4

Temp und Vicky Shannard aus Nassau, New Providence, Bahamas, kamen per Taxi am fünfzehnten April, einem Freitag, gegen vier Uhr nachmittags im ›Cameroon‹ an. Bei ihrer Ankunft herrschte Hochbetrieb. Hotelpagen luden Gepäck auf gummibereiften Karren, die Gäste stauten sich am Empfangsschalter, um die Formulare auszufüllen.

Vicky Shannard blieb bei ihrem Gepäck und hielt sich aus dem Durcheinander heraus. Die Empfangshalle war etwa fünf Fuß höher gelegen als das Kasino. Während sie auf Temp wartete, blickte sie auf das langgestreckte Kasino, dessen Eingang von riesigen Spielautomaten flankiert war. Das sonderbare, klappernde Geräusch der Automaten schien kein Ende zu nehmen.

Vicky Shannard war dreißig Jahre alt, eine hübsche junge Frau, mit zarten, runden Gliedern; eine Blondine, rosig und sauber, mit einem kühlen, kalkulierenden, egoistischen Gehirn.

Sie stand da, fünf Fuß, einen Zoll groß, streng wie ein kleines Mädchen für ihre erste Party angezogen, mit einem extravaganten Hut und einer modischen, teuren Frisur, einem Maßkostüm aus der Bay Street, einem kleinen Seal Cape aus Montreal, Modellschuhen aus Rom und einer Handtasche aus Paris. Ihr rundes Gesicht schien noch keine Sorgen kennengelernt zu haben. Die Andeutung eines Doppelkinns und ihre großen blauen Augen gaben ihrem Gesicht einen unschuldigen, freundlichen Ausdruck. Sie konnte keine Konfektionskleidung tragen. Ihr üppiger Busen spannte jede Jacke, und ihr runder kleiner Hintern wölbte zur Verzweiflung der Schneider jeden Rock.

Nur wenigen Menschen gelingt es, die Brücken zu einer Kindheit in den Slums englischer Großstädte später vollends abzubrechen. Victoria Purcell war die vaterlose Tochter einer Gelegenheitshure. Mit dreizehn Jahren hatte sie mehr von der schmutzigen Kehrseite des Lebens gesehen, als die meisten Frauen in einem ganzen Leben. Sie machte Bekanntschaft mit Vergewaltigung, einer Erziehungsanstalt, Unterernährung, schmerzvollen Prügeln und hatte einen Mord beobachtet. Doch für sie waren das alles nichts als störende Hindernisse auf dem Weg zu Reichtum und Berühmtheit. Sie konnte sich diese Zukunft nicht vorstellen, aber sie wartete auf eine entscheidende Wende ihres Lebens. Mit fünfzehn nannte sie sich Vicki Vale und trat als Stripteasetänzerin in London auf. Mit siebzehn nannte sie sich Vicky Morgan. Damals befand sie sich in einem Club in Tanger. Sie zog sich nun nicht mehr auf der Bühne aus, sondern nur noch im Schlafzimmer des Barbesitzers, einem dicken, milden Mann, der halb Türke, halb Ägypter war, und der sie gelegentlich als Kurier für Schmuggelgeschäfte verwendete. Mit zwanzig war sie Vicky Lambeth und arbeitete in einem Club am Atlantida-Strand, fünfunddreißig Meilen von Montevideo entfernt. Sie mußte die ganze Saison durcharbeiten, nachdem der Mann, der sie in einem anderen Hotel unterbringen wollte, gestorben war.

Am Ende der Saison verließ sie Uruguay auf der Jacht eines

reichen Brasilianers. Das war der Anfang von drei Jahren am Rande des luxuriösen Lebens der High Society. Sie lernte die Riviera, Acapulco, Kalifornien, Havanna, die Bahamas kennen und benahm sich so geschickt, daß sie von Mann zu Mann wechseln konnte, ohne dabei Eifersucht oder Ärger zu erwecken.

Vor etwa sechs Jahren war sie als Gast auf einer Jacht aus Galvestone in Bimini gewesen, um den Thunfischfang zu sehen. Eigentlich war sie die inoffizielle Empfangsdame für die Gäste, die sich auf der Jacht befanden. Dabei lernte sie Temple Shannard kennen. Sie war vierundzwanzig, er vierundvierzig. Er war allein in seiner kleinen Jacht aus Nassau gekommen, um einen alten Freund auf der Party zu besuchen. Es dauerte nicht lange, bis sie alles über ihn wußte.

Ein Unfall hatte ihn zwei Jahre vorher zum Witwer gemacht. Er hatte zwei Kinder, die in den Staaten das College besuchten. Nach dem Kriege war er auf die Insel umgezogen, versehen mit ein paar tausend Dollar Erspartem und voller Optimismus. Er hatte Glück gehabt. Nach den Verhältnissen seines bescheidenen Ursprungs gerechnet, war er ein reicher Mann. Andererseits hätte der Besitzer der Jacht aus Galvestone ihn vierzigmal aufkaufen können, ohne seine finanzielle Lage schwerwiegend zu stören. Aber Vicky hatte das Relativitätsgesetz des Reichtums während der letzten Jahre kennen gelernt und verstanden.

Temple war einsam und er gefiel ihr. Er war hart und wettergebräunt, mit einem kräftigen Gesicht, das gern lächelte. Er war nicht besonders groß, aber er besaß einen kräftigen, muskulösen Körper und bewegte sich geschmeidig und mühelos wie ein junger Mann. Er war der Typ des Mannes, der jemand brauchte, den er verehren und lieben konnte.

Bald gingen sie Hand in Hand durch die nächtlichen Straßen Biminis. Sie hatte lange Zeit auf eine solche Situation gewartet. Sie fand Gefallen an ihm, und es bereitete ihr Vergnügen, mit ihm zu sein. Auch wenn sie ihn nicht liebte, war es nicht schwierig für sie, dieses Gefühl vorzutäuschen.

Temp Shannard konnte es kaum glauben, daß sie ihn erwählt hatte. Sie mußte ihn erst davon überzeugen. Das ließ sich leicht bewerkstelligen, indem sie einen Streit mit einer Rivalin auf der Texas-Jacht suchte und fand. Danach war es unmöglich, länger als Gast zu bleiben. Temp half ihr, die zehn großen Gepäckstücke auf sein Boot zu bringen.

Er brachte sie nach Nassau zurück, in das große Haus am Meer, das zu leer für ihn gewesen war. Ihre Papiere waren in furchtbarer Unordnung, aber er besaß Freunde, bei der Verwaltung, die sich darum kümmerten und es ermöglichten, daß sie und Temple innerhalb von drei Tagen verheiratet waren. Die Feier war großartig. Jedermann war so freundlich zu ihr, wie sie es erwartet hatte.

Sie verbrachten ihre Flitterwochen im Mai auf der ›Party Girl‹ bei einer Rundfahrt um die entfernteren Inseln. Sie lernte, wie man mit Segel und Takelage umgeht, wie man eine Jacht steuert und Bojen erkennt, und gleichzeitig wurde ihr klar, daß sie ihr Ziel erreicht hatte, das sie schon immer vor Augen gehabt hatte.

Sie erkannte die Grenzen ihrer eigenen Stellung. Sie wußte, daß sie niemals in die Spitzengruppe der High Society vorrücken konnte. Selbst wenn sie aus einer adeligen Familie gestammt hätte, wäre ihr Rang durch eine Heirat mit einem amerikanischen Immigranten in New Providence zerstört worden.

Dafür hatte sich Temp durch die Heirat stillschweigend verpflichtet, ihr ein angenehmes Leben in einem luxuriösen Haus mit Dienstboten zu bieten, einen Kreis amüsanter Freunde, Kredit in exklusiven Läden, Ausflüge zu romantischen Orten und das Bewußtsein der Geborgenheit. Solange er sich an dieses unausgesprochene Abkommen hielt, war alles in Ordnung.

Sie wußte, daß sie ihm dafür unbedingt treu sein, ihn mit allen Kräften in seinen Zielen unterstützen würde. Sie sorgte dafür, daß er regelmäßig aß, genügend Freizeit hatte und nicht zuviel trank. Sie würde sich um ihn kümmern, wenn er krank war und ihre eigenen Wünsche zeitweilig zurückstellen, wenn es sich als notwendig erweisen sollte. Sie wußte, daß sie hohe Ansprüche stellen würde, aber diese Ansprüche würden sich innerhalb seiner finanziellen Grenzen halten. Das stillschweigende Abkommen erstreckte sich auf beide.

Sie hatten sechs gute Jahre miteinander verbracht. Sie war jetzt dreißig. Als sie in der Empfangshalle des ›Cameroon‹ stand, fühlte sie eine unbestimmte Angst, die sie vor ihrer Heirat nicht gekannt hatte. Sie hatte geplant und manchmal gezögert, aber sie hatte immer gewußt, daß sich ihre Pläne erfüllen würden. Während der letzten Monate hatte sie diese Sicherheit verlassen. Etwas Unbestimmtes hatte sich geändert, wie bei einem Bild, das langsam und unmerklich verbleicht.

Ein Page schob den Gepäckkarren herüber. Temp folgte ihm. Er ging mit zielbewußten Schritten. Sein gefurchtes Matrosengesicht lächelte ihr zu. Sein kurzgeschorenes Haar war in letzter Zeit weißer geworden, und unter dem linken Auge zuckte ein nervöser Muskel, wenn ihn etwas bedrückte.

»Alles in Ordnung, Schatz«, sagte er. »Komm! Wie war unsere Nummer wieder?«

»Acht null drei, Sir. Bitte, folgen Sie mir.«

»Wo ist Hugh, Liebster?« fragte sie.

»Sie lassen ihn holen, Vicky. Er hat es nicht mehr nötig, hinter einem Empfangsschalter zu stehen.«

»Natürlich.«

Als sie ihre Zimmerflucht betraten, sah sich Vicky prüfend um. Sie wägte immer zuerst den Eindruck ihrer Umgebung ab. Diesmal erkannte sie die Größe und den Luxus, sah die großen Fenster, die auf das lange Band des Strandes herunterblickten, die Hügel in der Ferne. Alles war sauber und frisch. In den Bodenvasen befanden sich Schnittblumen, eine riesige Schale war mit frischem Obst und Konfekt gefüllt. Eine Flasche Champagner stand auf Eis, daneben drei Gläser. Eine Karte war gegen den Hals der Flasche gelehnt. ›Bitte, nicht öffnen!‹ stand darauf. Sie betrachtete sich das Badezimmer, berührte die sandfarbenen Vorhänge und sagte: »Weißt du, es ist sehr hübsch hier, nicht wahr?«

Temp schickte den Pagen fort. Als sich die Tür schloß, ging er auf sie zu und küßte sie auf die Nasenspitze. »Sie haben den Teppich für uns ausgerollt, Mäuschen. Mit Pauken und Trompeten.«

»War es wirklich notwendig, daß wir eine ganze Zimmerflucht mieteten, Liebster?«

»Was soll diese Sparsamkeit bedeuten, Vick?« Er lächelte auf sie herunter. »Nach sechs Jahren ist das etwas überraschend.«

»Ich möchte nicht gerade in einem kleinen, billigen Zimmer wohnen, Temp, aber das hier... Brauchen wir es wirklich?«

»Überlaß das lieber mir.« Er lächelte noch immer, aber sein Ton erschien um eine Nuance härter. »Es paßt in meine geschäftlichen Pläne.«

»Ach so«, erwiderte sie. »Ich packe am besten aus.«

Es waren mehr Schubladen und Schränke vorhanden, als sie brauchen konnte, obwohl sie eine Menge Gepäck mitgebracht hatten. Während sie ihre Kosmetika auf die Frisiertoilette aufreihte, blickte sie durch die geöffnete Tür auf Temp, der in die Zeitung vertieft war, die man ihm am Empfangsschalter gereicht hatte.

Hugh lächelte erwartungsvoll vor sich hin, als er auf die Zimmerflucht zuging, die er für die Shannards reserviert hatte. Temp, als Teilbesitzer des Hotels in Eleuthera, war in einem kritischen Moment in Hugh Darrens Karriere zu Hilfe gekommen. Er hatte nicht nur die Probleme jenes Augenblicks gelöst, sondern dafür gesorgt, daß seine Zukunft einfacher wurde. Daraus hatte sich eine Freundschaft entwickelt. Temp und Vicky hatten nie versucht, auf Hugh herunterzuschauen. Sie hatten miteinander gesegelt, hatten sich ein wenig betrunken, und er war als Gast in ihr Haus eingeladen worden.

Temp öffnete die Tür und begrüßte ihn stürmisch. Vicky kam aus dem Schlafzimmer, ließ sich umarmen und ließ sich auf die Wange küssen. Sie redeten alle zur gleichen Zeit, gestikulierten und lachten.

Vicky sagte Hugh, daß er glänzend aussähe. Er erwiderte das Kompliment und hoffte, daß es überzeugend klang. Beide hatten sich geändert. Er fühlte die Spannung und sah sie in ihren Gesichtern. Ihre gute Laune schien gezwungen, und er fühlte eine kühle Distanz.

»Was, zum Teufel, soll dieser Zettel ›Bitte, nicht öffnen‹ bedeuten?« fragte Temp.

»Mit keinem Wort erwähnt er die herrlichen Blumen«, sagte Vicky. »Er kann nur an den Sekt denken, der unmögliche Egoist.«

»Nicht öffnen, bis ich hier bin«, sagte Hugh. »Und ich bin nun hier.« Er griff nach der Flasche und zeigte ihnen das Etikett. »Champagner, natürlich.«

»Wie herrlich«, kreischte Vicky. »Champagner zu dieser Tageszeit.«

»In Las Vegas ist alles erlaubt, Schatz«, sagte Hugh und drehte den Draht ab. Der Korken knallte gegen die Decke und fiel in einen Polstersessel beim Fenster.

Sie stießen an. »Alte Freunde, alte Zeiten, alte Erinnerungen«, sagte Temp. Sie tranken, lächelten sich zu und setzten sich. Temp berichtete Neuigkeiten von den Bahamas, seitdem Hugh die Inseln verlassen hatte. Als die Flasche leer war, stand Vicky auf und sagte: »Das Fliegen macht mich krank, Hugh. Tagelang sehe ich furchtbar aus. Ich brauche ein Bad und meinen Schönheitsschlaf. Weckt mich bitte, wenn es Zeit ist, ans Essen zu denken.«

»Wird gemacht«, sagte Temp zärtlich.

Sie blinzelte den beiden Männern zu und schloß die Tür.

»Eine wunderbare Frau«, sagte Temp.

»Beste Sorte.«

»Hast du etwas Zeit, Hugh, oder mußt du dich um den Betrieb kümmern?«

»Der Betrieb hört vierundzwanzig Stunden lang nicht auf. Meine Leute wissen, wo ich bin, Temp. Sie können mich holen, wenn sich eine Katastrophe ereignen sollte. Aber ich kann mich nicht bei einem leeren Glas unterhalten. Bourbon?«

»Ein großartiger Einfall.«

Hugh telefonierte nach einer Flasche und Gläsern und setzte sich wieder.

»Du hast einen Riesenbetrieb hier«, sagte Temp.

»Vierhundertsechzehn Angestellte zur Zeit, ohne das Personal vom Kasino und die Künstler. Es war ein verwahrloster Betrieb, Temp. Erst in letzter Zeit habe ich das Gefühl, daß es langsam glatt geht. Man verlangte schon fast Wunder von mir – aber sie bezahlen mich ausgezeichnet – so ausgezeichnet, daß ich wahrscheinlich eine ganze Weile früher bei dir aufkreuzen werde, um dich um die Anleihe für den Bau zu bitten.«

»Wunderbar, Hugh. Großartig!« sagte Temp, aber es hörte sich gezwungen an. Hugh spürte, daß etwas nicht in Ordnung war.

»Was ist los, Temp?«

»Nichts. Gar nichts. Ich bin nur froh, daß du das Geld nicht in diesem Augenblick brauchst.«

Der Zimmerkellner klopfte an. Hugh öffnete die Tür. Temp Shannard machte einen zögernden Versuch, die Rechnung zu bezahlen. Früher war es unmöglich gewesen, eine Rechnung zu begleichen, wenn Temp dabei war. Hughs Verdacht verstärkte sich, daß etwas nicht stimmte.

Während er die Cocktails mixte, sagte er: »Es ist möglich, daß ich schon in zwei Jahren an deine Tür klopfe, Temp, wenn alles so weitergeht. Wirst du das Geld bis dahin haben?«

»Natürlich, mein Junge! Natürlich.«

»Erinnerst du dich, wie wir es mit Alex Whitney geplant haben? Ich werfe Peppercorn Cay und dreißigtausend in den gemeinsamen Topf. Du und Alex steuern je sechzigtausend bei. Vierzig davon als Anleihe, die restlichen zwanzig als Beteiligung zu fünfzehn Prozent an der Gesellschaft.«

»Du brauchst dir keine Sorgen zu machen, Hugh. Wenn du das Geld brauchst, bin ich schon längst wieder über dem Berg.«

»Was ist passiert, Temp? Bist du in Schwierigkeiten?«

Shannard zeigte ein ermutigendes Lächeln, aber er konnte den entschuldigenden Ausdruck nicht verbergen. »Nichts, was sich nicht wieder in Ordnung bringen ließe.«

»Was ist schiefgegangen?«

Temple Shannard lehnte sich zurück und blickte auf das Glas in seiner Hand. »Eine ganze Menge. Nach allen Vorsichtsmaßnahmen hätte nicht alles auf einmal passieren dürfen. Aber es ist trotzdem geschehen. Es ist, als habe sich die ganze Welt gegen mich verschworen.«

»Es ist also ernst?«

»Am Anfang sah es nicht so aus. Vielleicht mutete ich mir zuviel zu, Hugh. Vielleicht steuerte ich mein Ziel zu schnell an. Ich setzte immer soviel aufs Spiel, daß ein nervöser Mensch dabei Herzbeschwerden bekommen könnte. Ich bin meinem guten Stern gefolgt, und bis jetzt hat er mich auch noch nie im Stich gelassen, bis auf die eine kleine Panne vor Jahren. Als diesmal einige Details schiefgingen, machte ich mir keine Sorgen. Ein Geschäft fiel durch einen Verbuchungsfehler ins Wasser. In einem zweiten fand die Versicherungsgesellschaft einen Ausweg, und ich mußte alles selbst bezahlen.«

Er leerte sein Glas, stand auf und mixte sich einen großen Drink. Er ging auf und ab, während er redete. »Es waren Kleinigkeiten, Hugh. Verdammte, unerwartete Kleinigkeiten. Eine Pechsträhne nach all dem Glück. Wenn ich meine ganze Einstellung ändern könnte, wäre es nicht so schlimm gewesen, aber diese Kleinigkeiten trafen mich in einem Augenblick, in dem ich bereits bis zur äußersten Grenze disponiert hatte. Und du weißt, wie schnell sich schlechte Nachrichten verbreiten. Die Leute, die gestern noch froh gewesen wären, mir Kredit einzuräumen, machten nun einen großen Bogen um mich.«

»Was kannst du dagegen unternehmen?«

Temp lächelte mutig. »Ich mußte einen Ausweg finden, um diese Bande auf die Knie zu zwingen. Wenn ich mich kleinmachen lasse, gehen die Chancen auf einen Millionenverdienst flöten. Nicht nur das. Ich hätte nicht einmal genügend Geld, um mich später wieder einzuschalten. Ich müßte wieder ganz von vorn anfangen, und dafür habe ich einfach nicht mehr die Geduld. Ich kann dort unten nicht das nötige Bargeld auftreiben, weil die Kerle glauben, sie brauchen nur abzuwarten, bis ich reif für die Ernte bin, und dann können sie meine Kapitalsanlagen für Kleingeld kaufen. Ich mußte mir also etwas anderes einfallen lassen, Hugh.

Ich habe einen Prospekt, der dich umwirft. Ich hab meinen Anteil am Hotel verkauft, und ich habe dabei nicht schlecht verdient. Ich habe das Haus in Pfand, jede Versicherungspolice dazu, und ich habe die dringendsten Verpflichtungen gegenüber den Leuten bezahlt, die mir das Leben heiß machen können. Die anderen mußte ich vertrösten, so gut es geht. Ich habe hunderttausend Dollar still und leise in den Morgan Guarantee Trust gesteckt, ohne daß jemand etwas davon weiß. Meine Devise war immer, daß man ein Riesengeschäft nur auf anständige Weise schaukeln kann, sonst verliert man Vertrauen. Ich habe jeden Cent in Land angelegt. In Andros, Eleuthera, Abaco, Spanish Wells und San Salvador. Ich habe Pläne, Beschreibungen, Verbriefungen, Sparverträge und genaue Berichte über die Zukunft der Inseln auf der Basis von Wertsteigerungen aus den vergangenen Jahren. Die Papiere für die Island Association Limited sind vorbereitet, und jetzt kommt der nächste Schritt.«

»Wer ist dein Partner?«

Shannard überhörte diese Frage. »Ich habe folgendes geplant. Ich stelle meine Besitzrechte an Land und dreihunderttausend Dollar in bar in Tausch gegen dreißigtausend Aktien zu vier Pfund das Stück... runde zehn Dollar. Für die restlichen siebzigtausend Aktien brauche ich siebenhunderttausend Dollar. Mit dem Geld bezahle ich die Restkosten des Landes. Danach bleiben dreihunderttausend, um mit der Entwicklung des Eleuthera-Projektes zu beginnen. Mein Land grenzt an den Arvida-Besitz, und der Entwicklungsbericht ist vielversprechend. Es kann gar nicht schiefgehen, Hugh. Ich kenne die Inseln. Nichts kann schiefgehen. Soll ich dir einen neuen Drink mixen?«

»Noch nicht, danke.«

Temp brachte sein volles Glas zum Stuhl zurück und setzte sich. »Jetzt hast du das Bild. Habe ich erst einmal die Island Association mit ihrem Kapitalsvermögen, dann kann ich darauf genügend Kredit aufnehmen, um meine eigenen Schulden zu begleichen. Es ist verdammt kompliziert und riskant, aber am Ende rieche ich feiner als eine Rose, glaub mir. In der Zwischenzeit spiele ich den großen Mann, dem es nicht an Geld fehlt. Ich muß diese Täuschung aufrecht erhalten, auch wenn es schmerzt, Hugh.«

»Deshalb verlangt man eine Zimmerflucht?«

»Du spurst ziemlich schnell.«

»Nicht ganz so schnell, Temp. Wen willst du hier beeindrucken, um Himmels willen?«

»Das weiß ich noch nicht.«

»Und was soll das bedeuten?«

»Ich wollte die ganze Sache in New York abwickeln, Hugh. Ich hatte dort oben zwei Interessenten. Beiden gefiel die Sache. Ich konnte mich für den einen oder den anderen entscheiden, aber ich wollte mein eigenes Ende ein wenig verzuckern und spielte die beiden gegeneinander aus. Und eines schönen Tages waren sie beide sauer. Ich hatte keine Ahnung, was dahinter steckte, bis mir jemand die Zeitungen vom vorherigen Tag zeigte. Ich kann mich sogar jetzt noch an den genauen Wortlaut erinnern. ›Temple Shannard, der redegewandte Grundstücksmakler von den Bahamas, dessen Pläne sich in letzter Zeit in Alpträume verwandelt haben, befindet sich zur Zeit mit seiner süßen Frau in New York, um Kapital für sein zerbröckelndes Touristenparadies aufzutreiben.‹ Das genügte, mein Junge, ich habe nie erfahren, wer die Zeitungen benachrichtigte, und ich könnte nicht einmal klagen, wenn es dafür überhaupt gesetzlich einen Grund gibt. Aber daran siehst du, wie es mit meinem Glück steht.«

»Was willst du jetzt unternehmen?«

Er lächelte Hugh entschuldigend an. »Ich nehme eine Zimmerflucht in Las Vegas und werfe mich meinem guten Freund Hugh Darren zu Füßen.«

»Ich verstehe nicht, was das bedeutet, Temple. Ich weiß nicht einmal, ob es mir gefällt.«

»Hier ist viel Geld zu haben, Hugh. Es ist ein Vergnügungsort. Leute, die sich mit solchen Projekten befassen, verstehen auch etwas von den Projekten, die ich plane. Und... wenn ich mich nicht täusche... gibt es hier viel Geld, das dringend nach einem Heim sucht, in dem es ohne große Manipulationen angelegt werden kann.«

»Ich glaube, ich trinke lieber doch noch einen, Temp.«

»Ich sorge dafür, Junge. Ich weiß, was du jetzt denkst und... an was du dich erinnerst.«

»Eine lange Unterhaltung während einer langen Nacht.«

»Richtig. Ich war sehr edel und idealistisch.«

»Das würde ich nicht sagen.«

Shannard drehte sich um und sagte sarkastisch: »Wir Männer

von den Inseln haben ein ungeschriebenes Gesetz, daß wir Verbrecher und Gangster aus unseren Geschäften fernhalten. Mit diesem Grundsatz waren wir bisher erfolgreich, und wir werden im Interesse der Inseln auch in Zukunft dafür sorgen, daß er eingehalten wird.« Er brachte Hugh das Glas und sagte mit einer leisen, leeren Stimme: »Damals drückte mich noch niemand an die Wand, Freund. Damals konnte ich noch große Töne spucken. Jetzt geht es um die Selbsterhaltung. Ich brauche Geld. Ich kann mir keinen Bankrott leisten, nur wegen irgendwelcher Ideen, die ich einmal vertrat. Ich kann nur versuchen, daß ich auf lange Sicht hin soviel Einfluß wie möglich besitze.«

»Sie würden siebzig Prozent gegen deine dreißig besitzen. Wo liegt da der Einfluß?«

»Hugh, ich liebe dich wie meinen jüngeren Bruder.«

Shannards Stimme klang heiser. Darren wunderte sich, da Temp eine Menge Alkohol vertrug. »Du bedeutest mir viel, aber deine hohe Moral und deine Rechtschaffenheit können verdammt ermüdend sein.«

»Es gefällt mir nicht, Temp. Die Inseln sind meine Zukunft. Castro jagte das Syndikat zum Teufel – auch wenn seine Gründe die falschen waren. Die Inseln würden ihnen gefallen, und ich habe keine Lust, sie in das gleiche Paradies verwandelt zu sehen, wie Batistas Havanna.«

»Klar, dazu bist du viel zu anständig, nicht wahr? Aber du kommst zu den gleichen Leuten, um für sie zu arbeiten und du bist nicht zu stolz, ihr Geld anzunehmen. Eine recht zweideutige Einstellung, meinst du nicht? Diese Stadt ist eine riesige Melkmaschine, in der die Dummen gemolken werden, und du bist genau in der Mitte und steuerst deinen Teil dazu bei.«

»Hör lieber einmal zu, Temp. Ich will mich nicht mit dir streiten. Ich leite ein Hotel. Ich kümmere mich um das Essen, die Zimmer, die Getränke. Mit dem Kasino habe ich nichts zu tun. Die Hotelprobleme sind die gleichen wie in New York, Miami oder Montreal. Ich verdiene mein Gehalt. Ich erhielt einen guten Vertrag und nahm ihn an. Aber mach nicht den Fehler, meine Arbeit mit dem zu vergleichen, was du vorhast.«

»Bist du nicht ein wenig zu naiv?«

»Ich glaube nicht.«

»Hugh, du erinnerst mich an die Jungfrau, die eine Stellung in einem Puff annahm. Ein Freund wollte es ihr ausreden, weil er überzeugt war, daß sie durch die Umgebung vergiftet würde, aber sie weigerte sich. Ein paar Monate später trafen sie sich wieder. Die Jungfrau erklärte, daß alles in Ordnung wäre, und daß sich der Freund in seiner Annahme getäuscht hätte. Der Freund fragte, ob sie wirklich nichts anders zu erledigen hätte, als die Putzarbeiten. Die Jungfrau bejahte die Frage, errötete ein wenig und fügte hinzu: ›Nur manchmal, an einem Samstagabend, wenn der Betrieb besonders groß ist, helfe ich ein wenig aus.‹«

»Sehr witzig«, sagte Hugh steif.

Sie starrten einander an. Shannard sagte leise: »Ich bin einundfünfzig Jahre alt, Hugh. Ich habe einfach nicht den Mut, wieder von vorn anzufangen. Du bist etwas jünger als Vicky. Wir sollten uns nicht streiten.«

»Der Meinung bin ich auch.«

»Ich warte ab, was sich aus meinen Verbindungen ergibt, Hugh.«

»Das ist nicht notwendig. Ich bringe eine Aussprache mit Al Marta zustande.«

»Hat er... gute Verbindungen?«

»Temp, sie veröffentlichen keine Jahresbilanz, und ihre Namen stehen nicht im Telefonverzeichnis, und deshalb wirst du wenig über sie erfahren. Er wohnt hier. Er ist mit dreißig Prozent an diesem Laden beteiligt. Er hat die Finger in einer ganzen Anzahl von Firmen hier und in Arizona. Und ich glaube, er ist einer der Männer, mit dem du über deine Pläne sprechen kannst... einer der wichtigen Männer. Okay?«

»Gott sei Dank, daß wir nicht mehr über diese Misere reden müssen.«

»Ich muß mich noch um ein paar Sachen kümmern.« Hugh blickte auf die Uhr. »Ich schlage vor, daß wir uns alle drei um acht Uhr im kleinen Saal treffen und zusammen essen. Danach können wir uns die Vorstellung in der ›Afrique Bar‹ ansehen.«

»Hört sich nett an«, sagte Temp.

Als Hugh die Shannards um acht Uhr im kleinen Saal fand, teilte er ihnen mit, daß er Betty Dawson zum Dinner eingeladen hatte. Er erklärte, daß sie als Sängerin im ›Cameroon‹ arbeitete. Er hatte gehofft, daß es keiner weiteren Erklärungen bedurfte, aber er sah das Aufleuchten in Vickys Augen.

»Ist es wirklich einer Frau gelungen, deine kühle Abwehr zu durchbrechen?« fragte Vicky.

»Sie ist ein nettes Mädchen und eine gute Freundin«, sagte Hugh gereizt.

»Trinken wir auf alle netten Mädchen«, schlug Temp heiser vor. Sie blickten ihn beide betroffen an und überlegten sich, ob er den Abend stören würde. So betrunken hatte ihn Hugh noch nie erlebt.

»Hugh hat noch kein Glas und meins ist leer, Liebling«, sagte Vicky und griff nach Temps Glas. »Wir müssen uns mit einem Glas behelfen.«

Er spürte keinen Verdacht. Sie nahm einen Schluck und reichte es Hugh. Als Darren es an Temp weitergab, starrte er mißmutig auf die wenigen Tropfen, stürzte sie hinunter und brummte: »Ich bin von Geizkrägen umgeben.«

Bei der nächsten Runde gab Hugh dem Kellner ein unauffälliges Zeichen. Für den Rest des Abends würde Temp Getränke erhalten, die wie Bourbon aussahen und schmeckten, aber so harmlos waren wie leichter Wein. Er würde den Unterschied kaum merken. Diese Methode war höflicher als ein Trinkverbot und wesentlich gesünder als ein Zusatz von Chlorhydrat, das dem Trinken ein rasches Ende setzte.

Diese Einrichtung wurde nicht nur im Interesse des Kunden benutzt. Ein Betrunkener konnte nicht spielen. Ein Mann aber, der kein Getränk erhielt, verließ das Lokal und trug sein Geld woanders hin. Ein bewußtloser Mann konnte auch nicht spielen. Aber ein leicht angetrunkener Mann konnte lange genug bei Laune erhalten werden, bis das Kasino seinen Teil verdient hatte.

Betty Dawson war vor dem Treffen mit Hughs Freunden ungewöhnlich aufgeregt. Sie wählte langsam und vorsichtig das richtige Kleid und schminkte sich. Nach einem letzten Blick in den Spiegel kam sie zu der Überzeugung, daß sie in dem engen korallenfarbenen Kleid mit dem langen, schwarz- und korallenfarbenen weiten Rock so gut aussah, wie sie es vermochte. Der tiefe Ausschnitt war etwas zu gewagt, aber sie hoffte, daß ihre gebräunten Schultern diesen Eindruck milderten.

Während der ersten Minuten nach der Vorstellung war sie steif und unsicher und versuchte, den guten Eindruck aufrecht zu erhalten, den sie machen wollte. Aber danach fielen ihre Hemmungen ab, und sie konnte Hughs Freunde beurteilen. Sie war leicht enttäuscht. Die Blondine hatte ein hübsches, leeres Gesicht, das nur mühsam den Ausdruck kalter Berechnung verbarg. Ihre Sprache und ihr Mund verrieten einen leichten Anflug von Snobismus. Und der Mann war zu betrunken, um sich ein genaues Bild von ihm machen zu können.

Auch der Ton ihrer Unterhaltung stimmte nicht. Für alte Freunde benahmen sie sich zu gezwungen, und sie hatte genügend Verstand, um zu erraten, daß nicht sie die Schuld daran trug. Sie glaubte, die Anzeichen eines Entschuldigungsversuchs an Hugh zu sehen. Vielleicht waren sie auf den Bahamas gute Freunde gewesen, aber hier war etwas schiefgegangen.

Vicky wartete, bis die beiden Männer sich mit Politik befaßten, bevor sie sich an Betty wandte. »Was für eine Vorstellung geben Sie hier, Betty?«

»Böse Menschen behaupten, ich sei eine Illusionistin ohne Stimme. Ich singe und begleite mich selbst mit einem bißchen Klaviergeklimper, Vicky.«

»Aber Sie sehen blendend aus. Das muß ein Pluspunkt für Sie sein. Hoffentlich sehen wir Ihre Vorstellung heute nacht?«

»Wenn Sie nicht zu früh schlafen gehen wollen. Ich fange um Mitternacht an.«

»Hugh hat uns erzählt, daß Sie schon jahrelang hier sind.«

Und das, dachte Betty, ist der Dolch, den du mit dir herumträgst, meine kleine Blondine. »Wenn ich es auf zehn bringe, komme ich zu einer goldenen Uhr und einem Geschenkkorb.«

»Ich hätte gedacht, Ihr Agent würde versuchen, Ihnen ein anderes Engagement zu verschaffen.«

Betty blickte sie erstaunt an. »Ich hatte keine Ahnung, daß Sie aus der Branche sind. Sie wissen gut Bescheid.«

»Das ist schon sehr lange her.«

»Was haben Sie denn gemacht?«

Vicky zuckte die Schultern. »Ich habe ein wenig gesungen und getanzt. Eigentlich war ich nicht sehr gut. Meine Stimme ist zu dünn.«

»In welchen Clubs, Vicky?«

Die Blondine lächelte verbindlich. »Sie haben noch nie von ihnen gehört. Ich habe nur im Ausland gearbeitet.« Sie nahm einen Schluck aus dem Glas. »Ich gab alles auf, als ich zwanzig war, drei Jahre bevor ich Temp kennenlernte. Mein Vormund machte furchtbare Schwierigkeiten, wissen Sie. Er war der Ansicht, daß so etwas nicht zu mir paßt. Er hat recht gehabt, glaube ich.«

»Natürlich. Artistinnen sind nicht gesellschaftsfähig.«

»So habe ich es nicht gemeint, meine Liebe! Bitte, seien Sie mir nicht böse. Hier ist alles so anders. Hier hat jeder Mensch die Freiheit, das zu tun, was er will, ohne kritisiert zu werden. Man fühlt sich so frei.«

»Und wie!« sagte Betty. »Freie Wahl, freies Haus, Freiheit der Meinungsäußerung.«

In diesem Augenblick erschien ein Angestellter und flüsterte Hugh etwas zu. Hugh entschuldigte sich und stand auf. Er erklärte, daß er in ein paar Minuten zurückkehren würde. Er bat sie, nicht mit dem Dinner auf ihn zu warten. Temp fing an, sich über Segelboote mit Betty zu unterhalten, ohne sich um Vickys Versuche zu kümmern, ihn auf ein anderes Thema zu bringen.

Als Hugh zurückkehrte, schien er erregt.

»Was war los?« fragte Betty.

»Eine unangenehme Sache auf dem Parkplatz. Ich mußte die Sache vertuschen. Ein verheirateter Mann aus San Diego mit seiner Freundin ist hier. Jemand hat die Frau benachrichtigt. Sie hat auf das Paar gewartet und wollte sie überfahren, als sie zu seinem Wagen gingen. Sie fuhr daneben, brach das Bein der Freundin und verwandelte drei geparkte Wagen in Schrotthaufen.«

»Wie furchtbar!« sagte Vicky.

»Die Polizei in dieser Stadt ist ausgezeichnet. Muß sie auch sein«, erwiderte Hugh sarkastisch. »Nichts darf die Gäste beunruhigen, nichts darf die große Illusion stören. Meine Leute sorgen dafür, daß alles möglichst rasch und geräuschlos erledigt wird. Ich mußte drei aufgeregte Menschen beruhigen. Ein Mordversuch war eine kaum brauchbare Erklärung. Eine Dame verlor die Gewalt über ihren Wagen. Das war alles.«

»Passiert so etwas öfters?« fragte Vicky.

Hugh starrte sie geduldig an. »Vicky, wenn man den Menschen die Gelegenheit gibt, sexuelle, finanzielle und alkoholische Dummheiten zu begehen, in einer Traumwelt, die sogar Hollywood in den Schatten stellt, dann muß es zu Pannen kommen. Wir haben hier unsere Probleme, und in der Stadt gibt es die restlichen. In der Stadt sind es die Säufer, die Rauschgiftsüchtigen, Schwindler, Tramps und kleinen Ganoven. Und die ganze Maschinerie wird durch die Scheidungsfabriken angekurbelt. Nach einer geschiedenen Ehe liegt das Gefühlsleben in Brüchen. Manche verlieren die Übersicht.«

Vicky warf einen raschen Blick auf Betty. »Du bekommst ja hier einen ganz besonderen Anschauungsunterricht, mein armer Junge!«

Betty erwiderte den Blick ohne zu blinzeln. »Wenigstens lernt er dabei, einen falschen Fünfziger von einem echten zu unterscheiden, das macht sich für ein Leben lang bezahlt.«

»Aber Hugh hat immer schon den richtigen Instinkt für Menschen gehabt«, protestierte Vicky.

»In dem Fall sollten wir beide stolz sein, zu seinen Freunden zu zählen, meine Liebe«, sagte Betty und freute sich über Vickys leichtes Erröten.

Nach dem Dinner wechselten sie in die ›Afrique Bar‹ hinüber. Kurz nach elf entschuldigte sich Betty und ging, um sich umzuziehen.

»Was haltet ihr von Betty?« fragte Hugh und ärgerte sich im gleichen Augenblick über seine Unvorsichtigkeit.

»Ich würde sagen, daß sie recht nett ist«, erwiderte Vicky. »Es muß sehr angenehm sein, mit ihr befreundet zu sein. Ich vermute, daß sie in dieser Umgebung wesentlich attraktiver ist, als... sagen wir auf den Inseln. Sie paßt so ausgezeichnet hierher.«

»Muuuuh«, sagte Temp.

»Sei ruhig, mein Lieber«, wies ihn Vicky zurecht. »Hugh wollte unsere Meinung wissen und ich glaube, ich schulde ihm eine ernste Antwort. Wenn ich auch nur einen Augenblick lang denken würde, daß er mehr als nur... ein flüchtiges Interesse an dieser... Frau besitzt, dann würde ich mich weniger sorgfältig ausdrücken.«

»Was meinst du damit?« wollte Hugh wissen.

Sie lächelte ihn an und berührte seine Wange. »Du bist deinen Freunden gegenüber so treu, mein Lieber. Aber sprechen wir nicht mehr darüber. Sie ist wirklich sehr nett, wie ich schon sagte. Es würde sehr lange dauern, bis ich die richtige Frau für dich gefunden hätte. Erinnerst du dich noch, wie oft ich es versucht habe?«

»Und sie hat noch immer nicht aufgegeben«, sagte Temp. »Sie preist dich noch immer in Nassau an.«

Während Bettys erstem Auftritt bemerkte Hugh, daß sie unkonzentriert war. Sie konnte die Zuhörer nicht so fesseln wie sonst, wo es manchmal atemlos still im Raum wurde, wenn sie sang.

Als sie wieder an ihren Tisch zurückkehrte, entschuldigte er sich und wünschte seinen Freunden eine gute Nacht. Er war seit zwanzig Stunden auf den Beinen, und es waren anstrengende Stunden gewesen, so daß er total erschöpft war.

Er wachte gegen halb sieben auf und blinzelte, geblendet vom Licht der Lampe, bis er Bettys Silhouette erkannte. Sie trug noch immer ihr golddurchwirktes, enganliegendes Bühnenkleid und die Bühnenschminke. Sie beugte sich über ihn und küßte ihn.

»Ich wollte dich nicht stören, Liebling«, flüsterte sie. »Aber ich fühlte mich so einsam. Wir konnten kaum ein Wort miteinander sprechen.«

Er tastete nach ihrer Hand und küßte die Innenseite. »Ich verleihe dir für jede Störung einen Orden.«

»Jetzt weiß ich, daß du wach bist. Liebling, es tut mir leid, wenn ich bei meinem ersten Auftritt verheerend war. Ich glaube, diese Frau machte mich nervös. Es war meine Schuld, aber sie hat mich wirklich irritiert.«

»Ich verstehe nicht, warum sie so bissig war.«

»Kannst du das wirklich nicht? Diese Frau hungert nach Besitz. Sie muß alles, was sie sieht, besitzen. Beim zweiten Auftritt wurde es besser, aber ich kehrte nicht zu ihnen zurück. Es gab keine Gelegenheit dazu. Ich war an der Bar, als ich merkte, daß sie stritten. Sie verließ den Saal, und Temp verabschiedete sich sehr liebenswürdig. Er gefällt mir sehr gut, weißt du. Aber was ist los mit ihm?«

Er richtete sich auf. »Es ist anders gekommen, als ich dachte. Willst du mir die Zigaretten von dem Schrank dort drüben holen?«

»Ich will dich schlafen lassen. Du bist müde.«

»Ich möchte darüber sprechen, Betty.«

Sie holte die Zigaretten und den Aschenbecher, zündete eine Zigarette für ihn an und ließ das Feuerzeug zuschnappen. »Ich muß ganz ehrlich mit dir sein, Hugh. Auch wenn sie deine besten Freunde auf dieser Welt sind, muß ich dir sagen, daß ich Vicky für ein rosiges boshaftes Schweinchen halte.«

»Temp und sie verstehen sich prächtig, Betty.«

»Sie ist gut zu ihm, weil sie bei ihm gut versorgt ist, nehme ich an.«

»Das ist sie. Wir waren nie besonders dicke Freunde. Ich mag Temp gern.«

»Das leuchtet mir ein.«

»Sie haben sich verändert.« Er erzählte Betty, was er erfahren hatte. Als er ihr alles erzählt hatte, drückte er die Zigarette aus und sank in die Kissen zurück. »Er kam hierher, um mich um Hilfe zu bitten.«

»Und du willst Al Marta einschalten?«

»Was kann ich sonst tun?«

»Wenn es zum Geschäft kommt, dann wird es nicht so angenehm sein, wie Temp es sich vorstellt.«

»Im Augenblick hat er keine Wahl. Jeder Tag arbeitet gegen ihn. Er kann sich das Geld nicht durch eine anständige Verbindung schaffen. Bei einem Geschäft dieser Größe würde es ein Jahr dauern, bis es zu einer Entscheidung käme. Er braucht das Geld so rasch wie möglich, und er braucht die Leute, die das Geld haben.«

»Paß auf, daß du nicht in Mitleidenschaft gezogen wirst.«

»Wie sollte das geschehen?«

»Ich weiß es auch nicht, aber sei vorsichtig.« Sie blickte voller Wärme auf ihn herunter, ohne ihre Neugierde zu verbergen. »Ich nehme an, daß sie nichts Gutes über mich zu sagen hatte.«

»So ungefähr.«

»Wieso?«

»Oh, daß du anderswo nicht so großartig wirken würdest.«

»Wenn man mir Frauen als Geschworene garantieren würde, könnte ich dieses Biest mit Vergnügen erwürgen. Sie würden mich nie verurteilen. Wie würde ich anderswo aussehen, Hugh?«

»Großartig, wo immer du bist.«

Sie stand auf. »Dank dieser Versicherung werde ich jetzt in mein einsames Bett zurückkehren und salzige Tränen heulen.«

Er griff nach ihrem Handgelenk und zog sie zu sich herunter. »Es gibt noch viel bessere Versicherungen, Mädchen!«

»Nein, Hugh. Wirklich! Ich bin nicht gekommen, um...«

Er erstickte ihren Widerstand mit einem Kuß. »Ich bin charakterlos«, flüsterte sie.

»Wenn jemand versucht, unsere Freundschaft zu zerstören, dann zwingt er uns dadurch nur, sie bei der ersten Gelegenheit aufs stärkste zu untermauern. Stimmt es?« sagte er.

»Über diese These läßt sich nicht streiten.«

5

Am Samstag rief Gidge Allen Hugh an. Er tat sehr geheimnisvoll, als er Hugh mitteilte, daß elf Uhr der günstigste Zeitpunkt wäre, um mit Al zu sprechen. Als Hugh aus dem Lift trat, fand er schon ein Dutzend Leute vor, die Whisky oder Bloody Marys vor sich stehen hatten. Der Fernseher war eingeschaltet, ohne daß sich jemand darum kümmerte. Ein schmächtiger Neger saß vor einer Hammondorgel und zeigte seine Fingerfertigkeit. Zwei Männer hatten eine lebhafte Auseinandersetzung über die Chancen eines Pferdes in irgendeinem Rennen. Ein rothaariges Mädchen renommierte vor einer ziemlich uninteressierten Gruppe von Leuten damit, wie lange sie auf dem Kopf stehen könne. Hugh nickte den Männern zu, die er kannte, während er sich dem Fenster näherte, wo Al Marta mit einem untersetzten, dunkelhäutigen Mann in einem leuchtend blauen, billigen Anzug in ein Gespräch vertieft war.

Als Al Hugh sah, beeilte er sich, den Mann loszuwerden. Dann lächelte er Hugh breit einladend an und sagte: »Sie lassen sich nicht oft genug hier oben sehen, Hugh. Sie sollten öfters kommen. Hier ist immer was los. Es geht immer lustig zu. Sie arbeiten viel zuviel dort unten. Spannen Sie doch manchmal aus! Wir sind vollkommen zufrieden damit, wie Sie den Laden schaukeln. Jerry macht Ihnen keine Sorgen mehr, hoffe ich?«

»Ich bin Ihnen sehr dankbar dafür.«

»Und die Gehaltserhöhung. Haben Sie davon gehört?«

»Max hat es mir erzählt, Mr. Marta.«

»Mr. Marta war mein Vater. Er ist schon lange tot, Gott behüte ihn. Wenn Sie mich nicht Al nennen, werde ich nervös, Hugh. Unterhalten wir uns irgendwo, ohne brüllen zu müssen.« Er führte Hugh durch sein Schlafzimmer in ein kleines Arbeitszimmer. Die Wände waren über und über mit Fotos berühmter Persönlichkeiten bedeckt.

Al warf sich in einen Polstersessel und legte die Füße auf die Kante des rosaroten Schreibtisches. »Setzen Sie sich, Hugh. Wissen Sie, Junge, daß wir die beste Mannschaft am Strip besitzen, seitdem Sie zu uns gehören? Sie und Max. Sie arbeiten gut zusammen, da kann gar nichts schiefgehen. Ich bin nur froh, daß ich genug Verstand habe, mich nicht einzumischen. Ich bin nur im Interesse der Besitzer da, weil ich selbst einer bin. Wir sind Ihnen wirklich sehr dankbar. Das muß einmal gesagt sein. Und nun erzählen Sie mir, was Ihnen am Herzen liegt.«

»Es handelt sich um eine Gelegenheit zur Kapitalsanlage, Mr. – das heißt Al. Ich weiß nicht, ob Sie oder Ihre Partner daran interessiert sind. Ein alter Freund von mir ist im Hotel abgestiegen. Er hat mich gebeten, für ihn etwas zu unternehmen.«

»Manchmal suche ich nach einer Gelegenheit, Kapital in einer guten Sache anzulegen. Welche Summe?«

»Siebenhunderttausend. Und es müßte Bargeld sein.«

Al verzog keine Miene. »Bis zu diesem Punkt wollte ich Ihnen einen Laufpaß geben, Junge. Erzählen Sie mir mehr. Langsam und ausführlich.«

Hugh erklärte, was er über das ganze Projekt erfahren hatte. Er berichtete über Shannards Vergangenheit. Und in der Erkenntnis, daß Marta genaue Erkundigungen über Shannard einholen würde, machte Hugh nicht den Fehler, Temps gegenwärtige Schwierigkeiten zu vertuschen.

»Temp hat die Skizzen, Kostenvoranschläge und Unterlagen, und er kann mit Ihnen darüber sprechen, Al, wann immer es Ihnen paßt.«

»Es handelt sich um bestes Entwicklungsland, sagten Sie? Und Sie kennen diese Gegend?«

»Es ist verdammt schwer, heutzutage Land auf den Inseln zu finden, besonders in großen Einheiten.«

»Und was wollen Sie, wenn aus dem Geschäft etwas wird? Sind Sie hinter einer Provision her, oder kümmert sich Shannard darum?«

»Ich will nichts und bekomme nichts.«

»Bedeutet Ihnen Geld denn nichts?«

»Es geht nicht darum.«

»Um was dann?«

»Ich will einem alten Freund einen Gefallen tun. Sonst nichts.«

Al starrte ihn leicht amüsiert an. »Gut, Junge. Wir verstehen uns. Ihr Freund kann morgen seine Waren anpreisen. Morgen nachmittag. Ich kenne ein paar Leute, die daran interessiert sind. Es dauert eine Weile, bis sie hier eintreffen. Ich sage Ihnen Bescheid, wenn es soweit ist. Wollen Sie dabei sein?«

»Nein, wenn es sich vermeiden läßt.«

»Sagen Sie Ihrem Freund, daß sich die Räder drehen. Okay? Und jetzt gehen Sie raus und amüsieren Sie sich, während ich ein paar Telefongespräche führe. Kippen Sie ein Glas.«

»Ein anderesmal, Al. Ich habe zu tun.«

»Sie haben den Finger so dicht am Puls, daß Sie ruhig ein wenig ausspannen könnten.«

Als er wieder zum Empfangsschalter zurückgekehrt war, rief er in Temps Apartment an, erhielt aber keine Antwort. Er hinterließ eine Nachricht in einem Briefumschlag, den er sorgfältig verklebte und in Temps Brieffach legte. Nach einer langen, ernsten Unterredung mit einem Grossisten, der George Ladori dazu zwingen wollte, ihm eine unverschämt hohe Provision zu zahlen, aß er spät zu Mittag. Gegen vier Uhr konnte er sich eine Pause gönnen und die Badehose anziehen.

Als er Betty entdeckt hatte, ging er auf sie zu und sagte: »Warum kommst du nicht jeden Tag an die gleiche Stelle?«

»Weil es mir Spaß macht, wenn du nach mir suchst. Du fühlst dich dann nicht zu sicher. Ich habe vor zehn Minuten mein Frühstück verdrückt und fühle mich wie eine Faulenzerin.«

»Eine entzückende Faulenzerin, mit kleinen Nachtschatten unter den Augen, die eine Menge verraten.«

»Du siehst selbst auch nicht gerade sonderlich energiegeladen aus.«

»Irgend etwas weckte mich in der Morgendämmerung, und ich konnte nicht mehr einschlafen. Du weißt schon, wie das so ist.«

»Nein, wirklich nicht. Wie war es denn?«

»Mach so weiter und man wird uns beide hinauswerfen.« Er sah das Handtuch, das neben ihrem Liegestuhl im Gras ausgebreitet war. »Hast du dir einen Freund zugelegt?« fragte er leicht verärgert.

»Deine Freunde sind meine Freunde. Es ist Temp. Er schwimmt zur Zeit. Vicky ist einkaufen gegangen. Nüchtern ist er wesentlich netter. Aber das sind wir wohl alle. Hast du mit Al gesprochen?«

»Alles in Ordnung.«

Temp gesellte sich zu ihnen, grinste und klopfte sich gegen die Wange, um das Wasser aus dem Ohr zu schütteln. »Du bist zu früh erschienen, Hugh. Ich wollte gerade mit dem Liebesgeflüster beginnen.«

»Das haben schon Experten versucht. Sie braucht keinen Strandläufer aus Nassau.«

»Ich bestimme, was ich brauche, meine Herren.«

»Hast du die Nachricht erhalten?« fragte Hugh.

»Ja, danke vielmals. Meine Zuversicht ist zurückgekehrt.«

Homer G. Gallowell aus Fort Worth, Texas, traf gegen vier Uhr am Samstagnachmittag in Las Vegas ein. Er benützte sein eigenes Piper-Apache-Flugzeug, das von einem jungen, frühzeitig erkalteten Piloten gesteuert wurde. Homer hatte fast während des ganzen

Fluges geschlafen. Scotty, der Pilot, fühlte sich ruhiger, wenn der Alte schlief. Es war immerhin besser, als wenn er schweigend neben ihm saß und vor sich hinstarrte, ohne den Kopf zu bewegen.

In den vier Jahren, seitdem er in den Dienst der Gallowell Company getreten war, flog Scotty erst zum zweitenmal mit dem Alten. Er war zum erstenmal allein mit ihm in einem kleinen Flugzeug. Parker, der Chefpilot, hatte Scotty genaue Anweisungen gegeben.

»Du fliegst genau nach allen Regeln, Junge. Du überprüfst alles, als hättest du einen Inspektor neben dir sitzen. Und wenn du landest, dann ziehst du große, deutliche Schleifen. Stell dir einfach vor, du sitzt in einem Passagierflugzeug mit siebzig Leuten, verstanden? Sag kein Wort mehr als notwendig zu ihm. Und um Himmels willen hilf ihm nicht ins oder aus dem Flugzeug. Wenn er dich etwas fragt, gibst du die kürzeste Antwort, die dir einfällt. So schnell wie möglich. Wenn er einen Befehl gibt, horchst du auf jedes Wort.«

»Das klingt, als sei er ein harter Brocken, Joe.«

»Junge, er ist hart. Er hat doppelt soviel Millionen, wie du Geburtstage gesehen hast, und die hat er nicht zusammengerafft, weil er nett und liebenswürdig war. Er ist wie eine alte Eidechse, die sich sonnt. Aber dabei denkt er an sein nächstes Manöver und läßt sich nichts entgehen. Er ist genauso zäh und wendig wie eine alte Eidechse.«

»Warum fliegt er nach Vegas?«

»Was weiß ich? Vielleicht gehört es ihm. Es wäre durchaus möglich, ohne daß jemand davon eine Ahnung hat. Er läßt es sich eine Menge Geld kosten, daß sein Name nie in einer Zeitung erwähnt wird. Kümmere dich um das Fliegen und überlasse es ihm, sich um den Grund seines Besuches in Vegas zu kümmern.«

Während sie die Berge überflogen, überlegte sich Scotty, wie wenig der reiche alte Mann den Eindruck eines Millionärs machte.

Niemand hätte ihm den Besitz von Ölquellen und mehr Land zugetraut, als er selbst gesehen hatte, von seinen anderen Unternehmungen ganz zu schweigen – Zeitungen, Radio- und Fernsehstationen, chemische Fabriken am Golf von Mexiko.

Man erzählte sich, daß er verheiratet gewesen war. Angeblich war die Frau ein Jahr später erkrankt und hatte die nächsten zwölf Jahre gelitten, bevor sie starb. Damit war die Sache für ihn beendet. Man sagte ihm nach, daß er jede Niederlage mit zäher Geduld rächte und seine Gegner dabei zerstörte. Man behauptete, daß er machthungrig war.

Scotty wartete, bis er die Landeerlaubnis erhielt, drehte eine große Schleife, landete sanft und lenkte das Flugzeug zu seinem Parkplatz.

Der alte Mann glitt geschmeidig aus dem Flugzeug, und Scotty reichte ihm den verbeulten Koffer.

»Lassen Sie das Flugzeug überprüfen und auftanken, Scott, und stellen Sie es ab, wo es Ihnen paßt. Ich fahre ins ›Cameroon‹. Suchen Sie sich ein Zimmer und telefonieren Sie Adresse und Nummer in mein Hotel, damit ich weiß, wo ich Sie erreichen kann. Bleiben Sie bis fünf Uhr abends jeden Tag in der Nähe des Telefons. Danach können Sie tun und lassen, was Sie wollen, weil wir nicht später starten. Betrinken Sie sich nicht zu sehr, damit Sie das Flugzeug steuern können, alles andere interessiert mich nicht.« Er nahm eine lange, schmale Brieftasche aus der Jacke und gab Scott einen Hundertdollarschein. »Lassen Sie das Benzin gegen die Gesellschaft verrechnen. Ihre Unkosten erhalten sie wieder zurück. Diese hundert Dollar sind für Sie, weil Sie Ihr verdammtes Mundwerk gehalten haben und anständig geflogen sind.«

Bevor sich Scott bedanken konnte, war der alte Mann fünf Yards entfernt und trug den Koffer anscheinend ohne Anstrengung, als er auf den Taxistand vor der Empfangshalle zuging.

Homer Gallowell fühlte eine kalte Erregung in sich, als er sich zum ›Cameroon‹ bringen ließ. Es war viele Jahre her, seitdem er dieses Gefühl zum letztenmal gespürt hatte. Er wußte, daß er gegen ein glänzend funktionierendes System angehen wollte, das ihn bei seinem letzten Besuch um ein Fünftel einer Million erleichtert hatte. Damals war er nach Las Vegas gekommen, weil er einen neutralen Ort brauchte, um seine Geschäfte zu erledigen. Er hatte kein Interesse am Glücksspiel. Er hatte Zeit totgeschlagen und begann sich für die Menschen zu interessieren, die voller schwitzender Nervosität ihr Geld am Würfeltisch verspielten. Nach einer Weile hatte er geglaubt, einen Weg gefunden zu haben, mit dem er das System durchbrechen konnte. Er hatte es versucht und hatte eine erniedrigende Niederlage erlebt. Sein Stolz war wesentlich mehr verletzt gewesen als seine Finanzen.

Und diesmal war er hier, um ein eiskaltes Experiment der Methoden zu wagen, die ihn zu einem sehr mächtigen Mann gemacht hatten. Es gefiel ihm ganz besonders, daß er gegen ein fremdes System angehen mußte. Seit Jahren hatte er keine Gelegenheit dazu gefunden. Manchmal hatten ihn Männer herausgefordert, aber er kannte die Ausmaße seiner eigenen Macht. So mußten sich die anderen stets nach seinem Spiel richten, und sein Sieg war schon von Anfang an vorauszusehen. Es war schon lange her, daß er Männer mit ihren eigenen Mitteln besiegt hatte, und die Erinnerung daran war angenehm.

Die Männer vom ›Cameroon‹ würden sich über die Rückkehr des fetten Schafes freuen, das wußte er. Und sie hatten keinen Grund zu der Vermutung, daß diesmal nicht sie die Sieger bleiben würden. Vielleicht hielten sie ihn für verkalkt. Vielleicht bin ich es sogar schon, dachte er. Und dieser zweite Besuch ist die Bestätigung dafür.

Aber es gab Dinge, die sie nicht wußten. Sie konnten nicht ahnen, daß er sich einen Würfeltisch auf der alten Ranch südlich von Dallas hatte errichten lassen und Hunderte von Stunden benützt hatte, um eine Gewinnchance zu finden, bevor er einen cleveren, jungen Mathematiker aus einer seiner Firmen herbeizitiert hatte. Nachdem der junge Mann zu der Erkenntnis gekommen war, daß er diese Sache ernst zu nehmen hatte oder entlassen wurde, befaßte er sich mit dem Problem. Er stellte genaue Berechnungen an, ließ sie durch den riesigen Computer am Golf laufen und kehrte wieder zur Ranch zurück.

Es handelte sich um das Problem, dreihunderttausend Dollar bei der geringsten Verlustmöglichkeit zu gewinnen. Jedes System, bei dem sich die Einsätze verdoppelten, wurde ausgeschaltet. Der kritische Faktor war die Tatsache, daß die Gewinnchancen des Kasinos mit der Anzahl der Wetten stiegen, die ein Kunde riskierte. Geduldige und verwirrte Angestellte auf der Ranch meinten, der Alte hätte die Vernunft verloren, während sie stundenlang würfeln mußten. Berufsspieler wurden heimlich über ihre Erfahrungen befragt. Und der Plan, der sich endlich entwickelte, war eine Verbindung zwischen höherer Mathematik und dem Aberglauben erfahrener Spieler.

Die Chancen waren besser, als Gallowell gehofft hatte. Sie beruhten auf einer disziplinierten Ausführung des Planes seinerseits. Er war sich sicher, daß er in keiner Weise von dem Plan abweichen würde. Aber trotz aller Pläne und Berechnungen war es dennoch möglich, daß das Kasino sein Geld gewann. Es war diese

Möglichkeit, die seine Erregung hervorgerufen hatte. In den letzten zehn Jahren ermüdeten ihn berechenbare Entwicklungen.

Er wurde mit gelangweilter Gleichgültigkeit behandelt, bis er seinen Namen eintrug. Danach wurde der Teppich mit befangener Hast ausgerollt.

Die riesige, luxuriöse Zimmerflucht amüsierte ihn. Hätte er für seine Übernachtung bezahlen müssen, so hätte er das kleinste, billigste Zimmer gewählt. Es war weniger Geiz, als Gleichgültigkeit gegenüber seiner Umgebung. Er brauchte ein Dach, ein Bett, eine Toilette, ein Bad, einen Stuhl und ein Fenster. Alles andere war überflüssig.

Die sorgfältig aufgestapelten Silberdollars amüsierten ihn ebenfalls. Die Begrüßung war von Max Hanes unterschrieben. Er erinnerte sich an ihn. Der Bursche sah wie ein Gorilla aus. Schätze, ich war einer seiner liebsten Gäste im vergangenen Jahr. Kein Wunder, daß er mich für ein zweites Schlachtfeld füttert.

Gallowell steckte drei Silberdollar in den Automaten neben der Schlafzimmertür und gewann zehn. Damit war sein Interesse erloschen. Der Gewinn war nicht die Anstrengung wert, den Griff durchzudrücken, oder die Langeweile, wenn die farbigen Räder sich drehten.

Er packte mit der Pedanterie eines alten Mannes seinen Koffer aus, wusch sich und ging ins Kasino hinunter. Eine Tasche seiner Jacke wurde durch das Gewicht der Münzen heruntergezogen, die er mitgenommen hatte. Er ging direkt zum Würfeltisch und begann, ohne Interesse zu wetten, einen Silberdollar nach dem anderen. Er verlor häufiger als er gewann. Er wartete auf Max Hanes und er wußte, daß er nicht lange zu warten brauchte.

»Willkommen, Mr. Gallowell«, sagte Max.

Homer drehte sich um und schüttelte dem kahlen, untersetzten Mann die Hand. »Wie geht's, Hanes?«

»Ausgezeichnet, Sir. Ausgezeichnet. Sie wollen uns wohl ein wenig Geld abnehmen?«

»Weiß ich noch nicht. Vielleicht wette ich diesmal nur einen Dollar pro Wurf. Auf diese Weise wird euer Gewinn kleiner.«

»Glauben Sie, daß Sie beim zweitenmal auch soviel Pech haben werden wie beim erstenmal?«

»Möglich. Nicht ausgeschlossen. Vielleicht hätte ich mehr Interesse, wenn wir die ganze Sache ein wenig anders anpacken könnten als beim letztenmal, Hanes.«

»Wie meinen sie das?«

»Können wir irgendwo miteinander sprechen?«

Max Hanes führte Gallowell in sein Büro, ein kleines, dunkles Zimmer mit einer Lampe, die genau über dem Schreibtisch befestigt war.

»Kann ich Ihnen etwas zu trinken anbieten, Mr. Gallowell?«

»Bourbon und Wasser ist gut für den Durst.« Er wartete, bis Hanes die Bestellung telefonisch erledigt hatte. »Wenn ich ernsthaft darüber nachdenke, dann ist es vielleicht besser, wenn ich bei meinen Dollarwetten bleibe. Ich habe vor langer Zeit gelernt, daß man nicht so leicht an das Geld anderer Leute herankommt.«

»Es kommt vor, Mr. Gallowell. Manchmal.«

»Und behalten Sie das Geld? Kann man dabei reich werden?«

»Hier ist Ihr Drink, Sir.«

»Die Bedienung ist ausgezeichnet, Hanes.«

»Sie wollten die Sache anders anpacken?«

»Beim letztenmal – Ihr Bourbon ist ausgezeichnet – hätte ich weniger verloren, wenn ich nicht dauernd gegen Ihre Höchstgrenze angerannt wäre.«

»Die Höchstgrenze war sechzehntausend für jede einzelne Wette, nicht wahr?«

»Sie erinnern sich recht gut. Anscheinend bin ich ein Kunde, an den Sie sich gern erinnern.«

»Wir sind immer froh, wenn Sie uns besuchen, Sir. Was für eine Höchstgrenze hatten Sie im Sinn?«

»Keinen bestimmten Betrag. Aber ich dachte... Was meinen Sie zu fünfundzwanzigtausend?«

»Sehr hoch.«

Homer stellte sein Glas ab. »In dem Fall, vielen Dank für den Bourbon, und ich kehre wieder zu meinen Dollarwetten zurück...«

»Aber nicht zu hoch, Mr. Gallowell.«

»Bedeutet das, daß Sie mir eine Fünfundzwanzigtausenddollarhöchstgrenze pro Wette einräumen?«

»Einverstanden. Aber nicht mehr als eine Wette zu diesem Betrag zur gleichen Zeit.«

»Das ist wirklich nett von Ihnen. Und noch etwas. Als ich das letztemal spielte, hatte ich einen Haufen Leute um mich herum, die beobachteten, daß ich mich wie ein Idiot verhielt. Wenn sie gewußt hätten, wer ich bin, wäre es in allen Zeitungen gestanden. Diesmal will ich nicht auffallen. Verschaffen Sie mir ein paar Spielmarken, die fünfundzwanzigtausend Dollar wert sind und wie Hundertdollarmarken aussehen. Vielleicht können Sie einen Klebestreifen mit Ihrer Unterschrift anbringen. Wäre das möglich?«

»Ja, aber...«

»Ich habe einen Scheck über zweihunderttausend Dollar hier, genau die Summe, die ich beim letztenmal verspielt habe. Verschaffen Sie mir acht dieser Marken, der besonderen Marken, und legen Sie fünfzehn oder zwanzig zur Seite, für den Fall, daß ich mehr kaufen muß oder gewinne. An dem Tisch, an dem ich das letztemal verloren habe, und sagen Sie den Croupiers Bescheid.«

»Aber...«

»Ich will kein Aufsehen erregen, Hanes. Wenn Sir mir noch mehr Geld abnehmen wollen, dann halten Sie sich an das, was ich Ihnen gesagt habe. In dieser Stadt gibt es andere Kasinos, die sich nach meinen Regeln richten, wenn ich höflich darum bitte.«

»Wollen Sie denn... keine kleineren Wetten machen?«

»Natürlich. Dollarwetten, wie in dem Augenblick, in dem Sie hereinkamen. Und manchmal, wenn ich die Chance sehe, riskiere ich eine Ihrer besonderen Marken.«

»Es ist ungewöhnlich, Mr. Gallowell... aber wenn Sie es wünschen, dann ist alles in Ordnung.«

»Ich gehe jetzt zum Abendessen, und ich schätze, Sie werden für alles sorgen, bis ich wieder zurückkomme.«

»Genau nach Ihren Wünschen, Mr. Gallowell.«

»Dann behalte ich vorläufig diesen Scheck, bis ich mir meine Marken abhole.« Homer Gallowell marschierte aus Max Hanes' Büro, ohne sich seinen Triumph anmerken zu lassen. Wenn nicht alles genau nach seinen Wünschen durchgeführt worden wäre, hätte er die ganze Idee aufgegeben und wäre zurückgeflogen. Seine Experimente hatten bewiesen, daß jeder andere Versuch wahrscheinlich mit einem Verlust enden würde. Hanes glaubte noch immer, daß er das System der Verdopplungswetten benützen und dabei verlieren würde, wenn er die Höchstgrenze erreichte. Selbst wenn er mit einem Dollar begann und den Einsatz bei jedem Verlust verdoppelte, würden sechzehn Verlustwetten ihm bis zu fünfundzwanzigtausend Dollar bringen, und wenn er diese Wette gewann, hatte er doch nur einen Dollar gewonnen.

Max Hanes hatte einen wichtigen Faktor übersehen. Der Alte bereitete sich immer auf jeden Schritt vor. Seine Methoden waren niemals das Resultat eines Einfalls, Aberglaubens oder reiner Sturheit. Gallowell konnte sich rasch auf neue Methoden umstellen, wenn ihm seine gutbezahlten Experten neue Tatsachen lieferten. Er machte den Eindruck eines störrischen, unbeugsamen, sturen Mannes. Aber dieser Eindruck war nichts anderes als eine Tarnkappe. In seinem langen Leben hatte er gelernt, daß die unbeugsamen Leute am leichtesten zu schlagen waren.

Kurz nach sieben holte sich Homer Gallowell die acht besonderen Spielmarken bei Max Hanes ab. Er fand einen freien Platz am Tisch und bemerkte sofort die besondere Aufmerksamkeit der drei Männer, die den Tisch betreuten. Dies entging den restlichen Spielern. Homer wettete mit seinen Silberdollar ohne jeden Plan. Max Hanes und zwei seiner Assistenten hielten sich im Hintergrund. Homers ledriges, altes Gesicht war ausdruckslos. Er wartete, beobachtete und zählte mit, voll unermüdlicher Geduld, wie eine Eidechse, die auf einen ahnungslosen Käfer wartet.

Um zwanzig nach acht ereignete sich die Reihenfolge, auf die er gewartet hatte. Die alten Männer waren inzwischen abgelöst worden, aber die neuen wußten über seine Person Bescheid. Eine Frau am anderen Ende des Tisches hatte achtmal hintereinander gewonnen. Sie verlor die Würfel. Der nächste Spieler war ein Mann zu ihrer Linken, ein leicht betrunkener, lauter, aggressiver Mann, bereit, Krach zu schlagen. Homer steckte zwei Finger in die Westentasche und holte eine der besonderen Spielmarken hervor. Der Mann rollte eine Neun, eine Drei, eine Zehn, eine Drei, eine Neun und ließ seine Wette stehen.

Homer streckte die Hand aus und legte die Spielmarke auf das Antifeld.

»Moment!« sagte der Croupier scharf.

»Wieso denn!« wollte der Spieler wissen.

»Ist das Ihre Wette, Sir?« fragte der Croupier Homer.

»Genau dort, wo sie sein soll«, sagte Homer.

»Braucht der Alte eure Hilfe, um seine lumpige Wette zu machen?« sagte der Spieler. »Opa, du solltest mehr Verstand haben, als gegen mich zu wetten. Darf ich jetzt endlich meine Sieben rollen?«

»Rollen Sie, Sir«, sagte der Croupier.

Der Spieler rollte eine zweite Neun, eine Elf, Drei, Zehn, Sechs, Sieben. Der Kassier holte eine Spielmarke von einem besonderen Stapel und legte sie vor Homer. Der hob sie zusammen mit seiner eigenen auf und steckte sie in die Tasche.

»He, Opa, du bringst mir Pech«, sagte der streitsüchtige Mann. »Beim nächstenmal wettest du für mich. He, hörst du mich, Opa?«

Homer Gallowell hob langsam den Kopf und starrte den Mann mit dem gleichen Blick seiner reptilartigen gelbgrauen Augen an, der schon ganz andere Männer aus der Ruhe gebracht hatte. »Halt den Mund, Junge«, sagte er sanft.

»Tut mir leid«, sagte der Mann in einer vollkommen veränderten Stimme.

Von diesem Augenblick an bis Mitternacht ergaben sich drei weitere Chancen für Homer, um dem gleichen System zu folgen, gegen die zweite Wette des Spielers zu wetten, der die Würfel nach einer Gewinnreihe von acht Würfeln übernahm. Er verlor einmal und gewann zweimal. Als er den Tisch verließ, hatte er fünfzigtausend Dollar gewonnen.

Diese Methode warf die Theorie des jungen Mathematikers über den Haufen. »Aber, Mr. Gallowell«, hatte er entsetzt, fast mit Tränen in den Augen behauptet, »Würfel haben kein Gedächtnis! Wenn ein Mann mit normalen Würfeln vierzig Sieben rollt, dann ist bei seinem einundvierzigsten Wurf die mathematische Chance genau die gleiche wie bei seinem ersten Wurf.«

»Junge, Sie waren mir eine große Hilfe. Wir wissen die Höhe der Wetten, die ich legen muß. Wir wissen, daß ich durch sie die beste Chance am Tisch habe. Ich weiß auch, daß ich höchstens neunzehn- bis zwanzigmal wetten darf, bevor sich die Chancen verändern. Soviel habe ich von Ihnen gelernt und den Rest von Berufsspielern, die meine Leute ausgehorcht haben. Jeder einzelne behauptet, daß es nach einer langen Gewinnserie zweifelhaft ist, ob der nächste Spieler einen oder zwei Gewinne erzielt und fast unmöglich auf drei zu kommen. Das ist meistens so, aber nicht immer. Manchmal reißt die Glückssträhne nicht ab, selbst wenn die Spieler wechseln. Aber die Berufsspieler sehen mit den Augen der Erfahrung mehr, als Sie mit Theorien und Maschinen berechnen können.«

Mr. Homer Gallowell aus Texas verließ den Würfeltisch, ging zur ›Afrique Bar‹, nahm sich einen Ecktisch und bestellte ein Schinkenbrötchen, ein Glas Bourbon und Wasser. Er saß in der Nähe des Bühneneingangs. Als Betty die Tür öffnete, stand er höflich auf und sagte: »Guten Abend, Miß Dawson.«

»Hallo, Mr. Gallowell«, sagte sie mit offensichtlicher Freude. »Ich habe schon gehört, daß Sie wieder da sind.«

»Können Sie sich für einen Augenblick zu mir setzen?«

»Ich muß gleich auf die Bühne, aber nach meiner Vorstellung würde ich gern mit Ihnen plaudern, wenn Sie noch immer hier sind. Ich weiß, daß Ihnen mein Auftritt nicht gerade gefällt.«

»Ich schätze, ich kann auf Sie warten, wenn ich nicht zu genau hinhöre.«

»Meine Fans!« sagte sie spöttisch. »Wir sehen uns später.«

Er erinnerte sich an ihre erste, ungewöhnliche Begegnung. Im März des vergangenen Jahres, genau vor dreizehn Monaten. Nachdem er sein Geld verloren hatte, war er schon um fünf Uhr morgens wach gewesen, über sich selbst verärgert, auf der Suche nach dem Piloten, damit sie noch vor acht Uhr starten konnten. Das Glücksspiel war ihm nur ein Beweis mehr für die wachsende Langeweile, an der er während der letzten Jahre immer häufiger litt. Seine Macht war so groß, daß es zu leicht war, seine Ziele zu erreichen. Lediglich sein Respekt vor der reibungslosen Arbeit der Gallowell Company verhinderte, daß er sich selbst künstliche Hindernisse erschuf, um sie auf seine Weise zu überwinden und diese Befriedigung auszukosten.

An diesem Morgen vor über einem Jahr hatte er ein Mädchen singen hören. Es waren nur wenige Leute im Kasino. Die Automaten rasselten in die Stille hinein, während tagsüber ihr Klappern jeden anderen Ton verschluckte. Langsam hatte er das Kasino durchquert und war in die ›Afrique Bar‹ eingetreten.

Das Mädchen am Klavier hatte ein dunkelrotes, zu enges Kleid getragen. Ein Scheinwerferkegel hielt sie an dem kleinen weißen Klavier gefangen. Das heisere Timbre ihrer Stimme hatte alte Erinnerungen in ihm geweckt. Doch als er an der Tür stand und auf jedes Wort lauschte, ihren Sinn verstand, wollte er sich umdrehen, um zu gehen. Im gleichen Augenblick hatte sie die Initiative übernommen, ohne ihr Lied zu unterbrechen. »Es ist unhöflich, während meiner Vorstellung zu gehen, Sir. Es verletzt meinen Stolz«, hatte sie eine Strophe ergänzt.

Er hatte sich an einen leeren Tisch gesetzt und ein Kännchen Kaffee bestellt. Er bemerkte, daß er ihr zuhören konnte, ohne die Worte zu beachten.

Als sie geendet hatte, applaudierte ein Betrunkener unermüdlich. Sie verbeugte sich ironisch, schaltete den Scheinwerfer ab und kam zu ihm herüber.

»Ich habe gehört, daß Sie ungefähr die Hälfte allen Geldes in dieser Welt besitzen«, sagte sie. »Und ich habe gehört, daß Sie draußen im Kasino ein wenig gedemütigt wurden, Sir.«

Er stand auf. »Ist das Ihr Name auf dem kleinen Schild dort drüben?«

»Betty Dawson? Ja.«

»Homer Gallowell, Miß Dawson. Würden Sie sich... ein wenig zu mir setzen?«

Er wußte noch immer nicht, warum er sie darum gebeten hatte. Mit der Zeit erweckte jede impulsive Handlung sein Mißtrauen. Und es gab gute Gründe, vor hübschen jungen Mädchen besonders vorsichtig zu sein. Angela war die einzige Liebe seines Lebens gewesen. Aber nachdem seine Macht immer mehr gewachsen war, hatten ihn Frauen mit einer fiebrigen Schamlosigkeit und Zielbewußtheit verfolgt, die ihn amüsierte und beunruhigte. Er hatte jedes Verhältnis, das sie suchten, vermieden. Angela war gestorben, als er fünfunddreißig war. Das war nun ein halbes Menschenleben her. Er fühlte ein starkes physisches Verlangen nach einer Frau, aber die Erinnerung an Angela duldete keinen Platz für eine andere Frau in seinem Herzen, und er war zu sehr damit beschäftigt gewesen, sein Reich aufzubauen, als daß er sich um seine Privatangelegenheiten hätte selbst kümmern können. Mit einer grausamen Logik hatte er das Problem auf seine Weise gelöst.

Einer seiner Agenten in Mexiko wählte die Mädchen aus kleinen Dörfern nach dem Gesichtspunkt von Gesundheit, Sauberkeit, Armut, Manieren, Fleiß und ihrer dunkelhäutigen Schönheit. Die Mädchen wurden über den Grund der Wahl aufgeklärt. Sie erfuhren, daß sie eine Arbeitserlaubnis für Nordamerika erhalten und auf der Ranch eines reichen Norte Americanos angestellt würden. Man erklärte ihnen, daß sie mit ihm ein oder zwei Jahre lang schlafen sollten. Die Mädchen wurden aufgeklärt, um eine Schwangerschaft zu vermeiden. Die Bezahlung war gut, und die Geschenke bei ihrer Rückkehr nach Mexiko so großzügig, daß sie sich im Dorf gut verheiraten konnten. Selten gab es eine Weigerung. Und die Mädchen, die sich dieser Abmachung im Lauf der Jahre gefügt hatten, waren alle durchaus zufrieden.

Er konnte sich nicht mehr an die Namen oder Gesichter erinnern, noch wußte er, wie viele Mädchen es gewesen waren. Maria, Antonia, Amparo, Rosalinda, Maria Elena, Augustina, Chucha, Dorotea... Sie waren sich alle ähnlich in ihrer genügsamen Gelehrigkeit, ängstlich am Anfang und mit einer glücklichen Anhänglichkeit später, weil es leicht war, sie gut zu behandeln. Fast ausnahmslos erhielt er ein paar Monate nach ihrer Rückkehr nach Mexiko das traditionelle Hochzeitsbild mit einer strahlenden Braut.

Es war ihm klar, daß diese Abmachung gegen alle ethischen Grundsätze verstieß. Es war freiwillige Sklaverei, aber dennoch Sklaverei, durch sein Geld erzwungen. Zwar wurde niemand durch diese Abmachung geschädigt, aber trotzdem ließ ihn sein Gewissen nicht in Ruhe.

Das letzte Mädchen, Gigliermina, aus einem Dorf in Tlaxcala, war vor sechs Jahren zu ihm geschickt worden. Seine Ansprüche ihr gegenüber waren wesentlich geringer als früher. Sie war neunzehn Jahre alt gewesen, als sie zu ihm kam. Während der ersten zwei Jahre hatte sie langsam die Verantwortung für den Haushalt übernommen. Sie besaß eine ungewöhnlich starke Persönlichkeit und ein Talent zur Verwaltung. Auch wenn er wochenlang nicht zu der alten Ranch zurückkehrte, wußte er, daß sie jeden Augenblick lang blitzblank und sauber war. Während des kalten Wetters war immer ein Feuer im Kamin vorbereitet. Gigi, mit einem scheuen, stolzen Lächeln, war da, um seine Sachen auszupacken, frische Kleider zurecht zu legen, seine Lieblingsspeisen aufzutragen.

Nach zwei Jahren hatte er sie ohne Nachdruck an sein Versprechen erinnert, sie wieder zurückzuschicken. Sie hatte sich entschlossen, etwas länger zu bleiben, wenn ihn ihre Gegenwart nicht störte. Er hatte am Ende des dritten und des vierten Jahres wieder mit ihr darüber gesprochen und seitdem war das Thema nicht mehr angeschnitten worden.

Physisch hatte sie sich verändert. Sie war dicker geworden. Die breiten indianischen Gesichtszüge traten deutlicher hervor. Sie herrschte über die Angestellten, verlangte und erhielt Respekt. Die Verbindung zu Homer Gallowell hatte sich ebenfalls verstärkt, ohne daß es ihn beunruhigt hatte. Sie wachte über seine Gesundheit, wie eine Mutter über ihr Kind. Sie schalt ihn, wenn er zuviel arbeitete. Er war, ohne sein eigenes Dazutun, zum Mittelpunkt ihrer Existenz geworden. Es wäre grausam gewesen, sie fortzuschicken. Ihr Englisch hatte sich sehr verbessert, und aufgrund ihrer leisen Andeutungen half er ihr, die amerikanische Staatsangehörigkeit zu erwerben.

Er hatte seiner Verantwortung für sie in einem Zusatz seines Testaments Rechnung getragen. Der Rechtsanwalt, der alle seine

Privatangelegenheiten betreute, war von der Höhe der Summe überrascht gewesen.

»Kann diese... äh... Person auch wirklich mit einem Vermögen dieser Größe umgehen?« hatte er sich besorgt erkundigt. »Wäre nicht ein...«

»Sie wird ihre eigenen Finanzen besser verwalten, als Sie Ihr Geld, mein Junge.«

»Ich dachte nur...«

»Tun Sie, was ich Ihnen sage.«

Es amüsierte ihn, sich vorzustellen, wie sich die Aasgeier auf diese dumme Frau aus einem mexikanischen Dorf stürzen würden, wenn sein Testament veröffentlich wurde. Und wie sie durch Gigis verschmitzten Verstand abblitzen würden.

Das alles ging ihm durch den Kopf, als er auf das Mädchen blickte, das er so impulsiv eingeladen hatte.

»Sie haben mir eine Menge Geld abgenommen«, sagte er.

»Ich habe davon gehört«, hatte Betty Dawson gesagt. »Wenn jemand viel gewinnt, wird es in den Zeitungen gedruckt. Im anderen Fall hören nur die armen Angestellten etwas davon.«

»Wahrscheinlich interessiert es die Angestellten. Ich bin jetzt außerordentlich populär.«

Der Kellner brachte seinen Kaffee. Sobald er verschwunden war, verengten sich ihre Augen, und sie starrte Homer an und sagte: »Mich interessiert weder, wieviel Sie verloren haben, noch wieviel Ihnen übrigbleibt, alter Mann. Ich unterhalte mich mit Ihnen, weil Sie so unglücklich aussahen. Bei mir sind Sie nicht populär. Ich bin nicht hinter Ihrem Geld her, und wenn Sie eine freundschaftliche Geste nicht annehmen können, ohne dahinter mehr zu sehen, dann stehen Sie jetzt ruhig auf und verschwinden Sie. Ich werde Sie kaum vermissen.«

Er erwiderte ihren Blick, mit den gleichen verengten Augen. »Genau das habe ich nötig. Die kesse Lippe von einem Mädchen, das sich ihr Geld mit schmuddeligen Liedern verdient. Wenn ich jemand leid tun soll, dann trage ich in Zukunft ein Kennzeichen im Knopfloch. Was ich gestern verloren habe, bedeutet für mich genausoviel wie zehn Dollar für Sie.«

»Schicken Sie mir einen Durchschlag Ihrer Bankbilanz, reicher Mann!«

»Wenn jemand diesen Tisch verlassen soll, dann nicht derjenige, der zuerst hier saß!«

»Warum kaufen Sie nicht einfach die Bude und lassen sie abreißen?«

Sie starrten sich bewegungslos an, die Nasen sechs Zoll voneinander entfernt. Einer seiner Mundwinkel zuckte. Ihre Augen schienen zu tanzen. Und plötzlich platzten sie beide mit dem Gelächter hervor, das sie zurückgehalten hatten. Die Tränen traten in ihre Augen. Er schlug mit seiner knotigen alten Faust auf die Tischplatte. Der Kellner blickte erstaunt zu ihrem Tisch.

Als das Lachen erstorben war, konnten sie miteinander sprechen und waren Freunde. Sie hatten einander eine ganze Menge zu sagen. Er ließ sie nicht einmal schlafen gehen. Er erlaubte ihr, daß sie sich umzog und bestand darauf, daß sie sofort wieder zurückkehrte. Sie frühstückten zusammen und spazierten an dem kalten, klaren Morgen über den Strip, aßen zu Mittag im ›Sahara‹ und fuhren in einem Taxi zum ›Cameroon‹ zurück.

Während des Mittagessens hatte er gesagt: »Sie könnten Ihren Beruf doch aufgeben, nicht wahr?«

Er hatte ihre Zurückhaltung und Vorsicht gespürt, als sie gleichgültig antwortete: »Warum sollte ich, Homer? Das angenehme Leben gefällt mir.«

»Es ist nicht das richtige Leben für Sie, Miß Betty«, hatte er hartnäckig geantwortet.

»Warum nicht? Die Lieder sind keß, aber nicht unanständig, kein einziges.«

»Und die engen Kleider, damit Sie jeder Mann angafft...«

»Das gehört zu meiner Rolle.«

»Verdammt, Sie sollten verheiratet sein, Kinder haben – eine Frau wie Sie.«

»Vielleicht. Aber man kann einen Ehemann nicht bestellen wie ein Getränk, Homer. Er muß im richtigen Augenblick erscheinen.«

»Aber Sie müssen die Augen aufhalten. Sie müssen ein wenig nachhelfen.«

Sie zuckte die Schultern. »Selbst wenn er jetzt in mein Leben spazieren würde, wäre es zu... reden wir von anderen Dingen?«

»Warum sollte es zu spät sein?«

»Bitte, Homer!«

»Hat Sie jemand unter Druck, Miß Betty?«

Sie hatte einen Augenblick zu lange gezögert und er wußte, daß seine Vermutung stimmte. »Unsinn. Ich bin so frei wie ein Vogel.«

»Ich sehe, Sie wollen nicht darüber sprechen, weil es Sie bedrückt. Aber denken Sie daran, Miß Betty, ich kann ziemlich viel Druck ausüben. Sie gefallen mir. Ich mag nicht viele Leute. Die meisten sind zu dumm und hilflos heutzutage. Aber wenn Sie sich in Schwierigkeiten befinden, und Sie brauchen Hilfe, dann setzen Sie sich mit mir in Verbindung, egal wann oder wo. Sie brauchen mir nur zu sagen, um was es sich handelt. Ich beseitige die Schwierigkeiten. Geld ist noch immer der längste Hebel in dieser Welt.«

»Wenn es je dazu kommen sollte, rufe ich Sie in Texas an, Homer.«

Nachdem sie ins Hotel zurückgekehrt waren, hatte er seinen Piloten aufgeweckt. Sie hatte darauf bestanden, ihn in ihrem klapprigen, kleinen Wagen zum Flughafen zu bringen, um sich zu verabschieden. Er zögerte einen Augenblick, bevor er ihre weiche Wange mit seinen ledrigen Lippen berührte. Etwa einen Monat später hatte er ihr durch Neiman Marcus einen Dinner Ring zuschicken lassen, einen dunkelblauen, dreikarätigen Amethyst in Platin gefaßt.

Sie hatte den Ring per Einschreiben zurückgeschickt, zusammen mit einer Annahmeverweigerung in Gedichtform. Nach einer ironischen Überlegung hatte er den Ring Gigliermina geschenkt.

Jetzt war die erste Vorstellung vorbei. Sie trat lächelnd an seinen Tisch.

»Homer, Sie sehen großartig aus.«

»Ich weiß, Miß Betty, wie eine alte Krähe auf einem hohen Zweig. Ich weiß nicht, ob ich Ihnen den Kopf waschen soll, weil Sie den Ring zurückgeschickt haben. Er war sehr hübsch.«

»Er war herrlich, Homer, und es fiel mir schwer, ihn zurückzuschicken, weil er mir vom ersten Augenblick an gefiel.«

»Er war genauso blau wie Ihre Augen.«

»Seien Sie still, Homer. Ich habe ihn nicht behalten, weil wir Freunde sind, und weil ich wußte, daß wir uns wiedersehen würden. Und ich wollte nicht das Gefühl haben, daß ich vielleicht einen zweiten Ring bekomme, wenn ich sehr nett zu Ihnen bin. Verstehen Sie das?«

»Teilweise vielleicht.«

»Ich lasse mich nicht kaufen, Mister.«

»Ich hätte nie daran gedacht, es zu versuchen.«

»Ich würde mir wie eine Konkubine vorkommen, wenn ich ein solch herrliches Schmuckstück annehmen würde.«

»In dem Fall wären Sie eine recht weit entfernte, wenig benützte

Konkubine, weil ich diesen Betrieb nicht länger als drei Tage auf einmal aushalten könnte.«

Sie beugte sich nach vorn, kräuselte die Stirn und flüsterte: »Warum, zum Teufel, sind Sie zurückgekommen, um sich ein zweitesmal von Ihrem Geld zu trennen, Homer? Ich habe gehört, daß Sie deswegen hier sind.«

»Vielleicht ändert sich diesmal einiges, Miß Betty.«

»Homer, Homer! Das sagen sie alle, aber es geschieht nie.«

»An Ihrer Stelle würde ich mir um den alten Homer keine Sorgen machen. Ich habe mich seit dem letztenmal mit der Sache befaßt. Auf die Dauer muß jeder gegen die Bank verlieren. Ich wette deshalb etwas weniger, aber dafür mit um so größeren Einsätzen.« Er steckte zwei Finger in die Westentasche und fischte die zehn Spielmarken hervor. »Haben Sie schon mal solche gesehen?«

Sie hob die oberste Marke auf. »Eine Hundertdollarmarke, aber sie hat einen Klebstreifen.« Sie hob den Chip gegen das Licht. »Von Max Hanes unterschrieben? Warum?«

»Das erhöht ihren Wert ein wenig. Auf fünfundzwanzigtausend. Eine kleine Vereinbarung zwischen ihm und mir.«

Sie legte die Spielmarke hastig zurück. »Du lieber Gott! Gleich zehn davon. Stecken Sie sie weg. Sie machen mich nervös. Wann wollen Sie die Dinger benützen?«

»Ich habe schon begonnen, Miß Betty. Es waren acht und jetzt sind es zehn. Wenn es so weitergeht, wie ich hoffe, kommen morgen drei oder vier weitere dazu und drei oder vier, vielleicht sogar fünf, am Montag. Danach löse ich sie alle ein. Was ist los? Warum sehen Sie mich so sonderbar an?«

»Nichts ist los, Homer.«

»Was bedrückt Sie dann?«

»Es ist nur... ich befürchte, Sie wissen zu genau, wie Sie das Kasino schlagen können, wenn jemand in der Welt das überhaupt kann. Ich befürchte, Sie werden gewinnen.«

»Ist das so schlimm?«

»Ich mache nur Spaß.«

»Sie sehen aus, als hätten Sie Angst, Betty.«

»Manchmal ist es nicht sehr gut, zuviel zu gewinnen.«

Er starrte sie nachdenklich an. »Deswegen brauchen Sie nicht nervös werden. Ich glaube gern, daß sie sich nicht gern von ihrem Geld trennen. Aber ich bin schon eine ganze Weile auf dieser

Welt, Miß Betty. Neunzehnhundertundelf war ich zweiundzwanzig Jahre alt. Ein Mann nahm mir jeden Cent ab, den ich besaß. Dreihundert Dollar in Gold. Er knallte mich aus dem Hinterhalt ab, nahm mein Gold, trieb mein Pferd davon und ließ mich für tot zurück. Ich wollte drei Monate später heiraten, und ich hatte keine Zeit zum Sterben. Ich ging vier Meilen, kroch drei und robbte nochmals zwei. Ich ruhte ein wenig aus und hielt den Zug nach San Antonio an, indem ich ein Feuer auf dem Gleis anzündete. Drei Wochen später war ich wieder auf den Beinen und trommelte ein paar Freunde zusammen, um den Burschen zu besuchen. Wir legten ihm ein Seil um den Hals und ließen ihn erst herunter, als er alles zugegeben hatte und uns verriet, wo das Gold war. Dann hängten wir ihn richtig. Seitdem hat mir niemand mehr etwas abgenommen, wenn ich nicht damit einverstanden war. Machen Sie sich also keine Sorgen.«

Sie lächelte und berührte seine Hand. »In Ordnung, Sie furchtloser, alter Mann.«

»Ihnen ist irgend etwas über den Weg gelaufen, etwas Gutes, würde ich sagen.«

»Was soll das heißen?«

»Man sieht es Ihnen an der Nasenspitze an. Sie sehen aus, als seien Sie erblüht. Ich tippe auf einen Mann.«

»Richtig, Homer. Ich habe ihn gefunden.«

»Werden Sie ihn heiraten?«

Sie schüttelte langsam den Kopf. »Nein.«

»Sie sind doch hoffentlich nicht so dumm, sich einen Mann zu angeln, der bereits verheiratet ist?«

»Nein. Er ist nicht verheiratet.«

»Was steht dann im Weg, Mädchen?«

»Ich glaube, ich liebe ihn zu sehr, Homer.«

»Verdammt will ich sein, wenn Frauenlogik mir verständlich ist.«

»Bitte, regen Sie sich nicht auf, Homer. Ich bin glücklich. Reicht Ihnen das vorläufig nicht?«

»Natürlich. Sie sehen glücklich aus. Als ob Sie zerspringen könnten, Mädchen.«

»Er ist stark, Homer. Genau dort, wo es am wichtigsten ist. Er hat Ehrgefühl. Ist das der richtige Ausdruck? Er ist der Mann, den ich brauche. Gott allein weiß, es gibt genug, die sich bei mir breitmachen wollen und mich aushalten wollen. Auf ihn könnte ich mich stützen. Aber ich werde es nicht tun. Gerade deshalb ist es so herrlich.«

»In wen, zum Teufel, haben Sie sich verliebt? James Bond?«

»Homer, Sie sind doch hoffentlich nicht eifersüchtig? Danke vielmals dafür. Er heiß Hugh Darren. Er ist der neue Chef im Hotel... seit August.«

»Ich hatte schon das Gefühl, daß alles etwas besser war als beim letztenmal.«

»Er versteht seinen Beruf, Homer.«

»Das ist ein gutes Zeichen, Mädchen. Es ist egal, in wen Sie sich verlieben, solange er mehr von seinem Beruf versteht, als ein anderer. Es ist egal, ob er Maurer ist oder eine Bank besitzt. Die Spitzenmänner sind stolz auf ihren Beruf. Und das ist das wichtigste. Es freut mich, daß Sie glücklich sind, Miß Betty, und wenn Sie mich jetzt entschuldigen, gehe ich nach oben. Es ist anstrengend, herumzustehen und jeden Schritt am Würfeltisch zu beobachten.«

»Gute Nacht, Homer. Es war nett, Sie wiederzusehen, mein Lieber.«

Hugh war in seinem Büro, als ein Angestellter vom Empfangsschalter anrief und mit einer dünnen, nervösen Stimme berichtete, daß Mr. Homer Gallowell mit ihm sprechen wollte. Hugh blickte auf die Uhr. Es war kurz nach ein Uhr morgens.

»Guten Abend, Mr. Gallowell. Mein Name ist Darren. Kann ich Ihnen behilflich sein?«

Gallowells aufmerksamer Blick dauerte so lange an, daß das Schweigen ungemütlich wurde. »Ich wollte Sie nur kennenlernen. Man sagt Ihnen nach, daß Sie gute Arbeit leisten, Junge.«

»Danke vielmals. Sind Sie mit Ihren Zimmern zufrieden?«

»Sie sind riesig, Darren.«

»Wenn Sie etwas benötigen...«

»Wenn ich etwas brauche, melde ich mich laut und deutlich, Junge. Haben Sie keine Angst, daß Homer Gallowell in der Stille leidet. Sie können für eins sorgen. Schaffen Sie den Automaten hinaus. Er ist mir nicht im Weg, aber ich habe nicht die Absicht, damit zu spielen, und er kann anderswo Geld verdienen. Ich kann nichts untätig sehen, nicht einmal eine Schwindelmaschine.«

Hugh gab einem Angestellten leise eine Anordnung. »Sie wird verschwunden sein, wenn Sie Ihre Zimmer betreten, Mr. Gallowell.«

»Gute Bedienung, Darren. Bei meinem letzten Besuch kam ich zu der Überzeugung, daß es keine Person hier gibt, für die es die Mühe lohnen würde, ein Grab auszuheben – mit Ausnahme von Miß Dawson, die ohnehin nicht hier sein sollte. Vielleicht sind Sie die zweite Ausnahme, Junge.«

»Ich hoffe es, Mr. Gallowell.«

»Dann hoffen Sie ruhig so weiter, Darren. Es schadet nichts. Gute Nacht.«

»Gute Nacht, Sir.«

Als der alte Mann im Lift verschwand, drehte sich Hugh zu dem Angestellten um und sagte: »Möchte wissen, was das bedeutet.«

»Ich habe keine Ahnung. Vielleicht wartet in Texas eine Stellung auf Sie, Hugh?«

»Danke, nicht für mich.«

Bevor er schlafen ging, benützte er die Gelegenheit, Betty zwischen den Vorstellungen in der ›Afrique Bar‹ zu sprechen. Sie sah ihn an der Bar und verließ den Tisch von Freunden, kam auf ihn zu und sagte: »Schläfst du noch nicht, Liebling? Wie willst du mir Freude machen, wenn du müde bist?«

»Ich mußte das Schlafengehen um einige Minuten verschieben, damit ich die einzige Person sehen konnte, die einen saftigen Texasfluch wert ist.«

»Was? O du meine Güte, hat Homer...«

»Er hat die Truppen inspiziert. Beinahe hätte ich zackig gegrüßt. Seit wann hat er an dir Gefallen gefunden?«

»Er ist ein netter, alter Mann, und wir sind befreundet. Heute haben wir uns zum zweitenmal gesehen, aber trotzdem haben wir Freundschaft geschlossen. So etwas passiert manchmal.«

»Wenn Homer Gallowell ein netter, alter Mann ist, dann war Stalin ein Unschuldslamm.«

»Du kennst ihn nicht, Hugh. Er hat eine harte, zähe Schale. Aber ich vertraue ihm. Und ich weiß, daß er mir vertraut. Ich schätze, er sprach mit dir, weil ich für dich Reklame gemacht habe. Der Mann, der das Hotel wieder auf solide Beine gebracht hat.«

»Danke vielmals. Mich hat das Hotel auf die Knie gezwungen.«

»Dann geh schlafen, um Himmels willen!«

»Dein Wunsch ist mir Befehl.«

»Träum von mir«, flüsterte sie.

»Kann ich nicht. Ich brauche meinen Schlaf. Geh zu deinen Freunden zurück und amüsier dich. Mach dir ein vergnügtes Leben.«

»Hinter diesen geschminkten Lippen liegt ein Herz voller...«
»Wollust.«
»Genau, was ich sagen wollte.«

Er benützte die Deckung der Bar, um ihr einen zärtlichen Klaps auf die Stelle zu geben, an der sich das Kleid am engsten spannte. Die Dunkelheit und das Jazzquartett tarnten die Bewegung und den entrüsteten Schrei, den sie zu ersticken versuchte. Sie rammte ihm den Ellbogen zwischen die Rippen und ließ ihn nach Luft schnappen, während sie zu ihrem Tisch zurückkehrte und ihn unschuldig aus der Ferne anlächelte. Sie warf ihm eine Kußhand zu, und er ging müde und zufrieden nach oben in sein Bett.

6

Um vier Uhr am folgenden Sonntagnachmittag marschierte Ben Brown, Max Hanes' Assistent, in das Büro seines Chefs und warf sich ärgerlich in einen Sessel. »Das verdammte Hurensystem ist noch immer auf einer Seite, Max. Heute hat er uns schon drei große Fische für diesen Tag abgenommen.«

»Wie viele Wetten hat er gemacht?«

»Große? Fünf den ganzen Tag. Er gewann die erste, verlor die zweite und hatte dann Glück bei den nächsten drei. Die Jungens an seinem Tisch sind mit ihren Nerven am Ende, Max. Er spielt zwei Stunden lang mit seinen Dollarwetten herum und dann plötzlich – Bam!«

»Sie kennen seine Methode, nicht wahr?«

»Klar. Nach acht oder mehr Gewinnen wettet er gegen den zweiten Wurf des nächsten Spielers – wenn der nächste Spieler einen zweiten Wurf hat. Aber selbst wenn man es erwartet, kann man es nicht so leicht verdauen, Max. Er hat uns schon hundertfünfundzwanzig abgenommen, und ich sage mir immer wieder, daß er verlieren muß, wenn er nur oft genug wettet.«

»Aber er wettet nicht oft genug, Benny.«

»Wird er die Bank sprengen?«

»Das kommt darauf an, wieviel er nach Hause bringen will.

Wenn er mit einem kleinen Verlust zufrieden ist, haben wir Pech, Ben. Er kann jetzt aufgeben, das wissen wir. Aber wenn er gierig ist, wenn er sich ein hohes Ziel gesteckt hat, dann bekommen wir unser Geld zurück und seines dazu.«

»Aber Max, er benimmt sich nicht wie ein Spieler.«

»Weil er kein Spieler ist. Dieser ledrige, alte Bastard hat mich in eine Falle gelockt, und das paßt mir nicht. Schau ihm zu, wenn er spielt! Der hat Fischblut in den Adern. Er probiert ein Experiment aus, und ich habe eine Ahnung, daß es ihm gelingen wird. Ich glaube, er wird nicht gierig genug sein, sondern mit unserem Geld verschwinden.«

»Verschwinden, Max?«

Hanes fuhr sich mit der Hand über das Gesicht. Seine Augen glänzten. »Er wird es versuchen. Aber ich werde kein Taxi anfordern, um ihm dabei behilflich zu sein.«

Ben Brown zögerte, als er den Mund öffnete. »Nimm es mir nicht übel, wenn ich etwas sage... weißt du... es ist nur ein Gedanke.«

»Dann raus damit.«

»Wenn wir jetzt in Havanna wären, dann gäbe es kein Problem. Dort funktioniert so etwas automatisch. Ich habe ein paar Würfel in einem sicheren Versteck, gute Würfel, Max. Wir haben sie damals den Burschen aus Honolulu abgenommen. Wir könnten den dikken Pogo als Croupier und Willy für die Bank benützen. Die zwei können einen geschickten Tausch machen, von dem kein Mensch etwas merkt. Jedesmal nach einer Gewinnserie bekommt der neue Spieler die neuen Würfel, bis Gallowell seine Wette verloren hat. Dann tauschen wir sie wieder aus.«

Max betrachtete ihn. »Und das hältst du für eine gute Idee?«

»Well... du weißt... der Alte wird uns ganz schön abkanzeln.«

Max Hanes glich einem schwerfälligen Bären, als er den Arm hob und Brown mit unerwarteter Heftigkeit den Handballen ins Gesicht rammte. Der Stuhl kippte um und Ben rollte über den Teppich. Als er sich aufrichtete, war sein Gesicht von Schmerz und Ärger gerötet, ein dünner Blutfaden rann aus dem Mundwinkel.

»Verdammt, Max! Verdammt!«

»Halt den Mund und hör zu. Ich kann mich an zwei andere Gelegenheiten erinnern, als du etwas Ähnliches im Sinn hattest, Brown. Diesmal bist du konkret geworden. Wir leben im siebenten Himmel hier. Wir brauchen nur auf den Knopf der Geldmaschine zu drücken. Von jeden hunderttausend Bucks, die über unsere

Tische gehen, behalten wir achttausend, nachdem wir dem Gesetz Genüge getan haben. Und du bist so dumm, daß du glaubst, wir sollten unsere eigene Maschine betrügen.

Ich erkläre es dir ganz deutlich, Brown. Wahrscheinlich könnten wir dem Alten eine Million abnehmen. Du und ich wissen, auf welche Weise, Pogo und Willy wissen auch Bescheid. Und so wahr du hier stehst, es würde nicht unter uns bleiben. Ich meine nicht, daß die Lizenzbehörden oder die Inspektoren etwas erführen, sondern die wirklich wichtigen Leute, die es sich nicht leisten können, daß etwas schiefgeht.

Im Vergleich zu den Einnahmen in dieser Stadt ist eine Million nichts als ein Trinkgeld. Die wichtigen Leute würden etwas unternehmen. Sie würden Experten hierherschicken. Du und ich, Pogo und Willy würden eine kleine Fahrt in die Wüste draußen unternehmen, und wenn sie müde sind, sich anzuhören, wer von uns am lautesten brüllen kann, würde sie ihre Aufgabe erledigen und ein paar Steine auf unsere Gräber häufen, bevor sie zurückkehrten. Es wäre eine ausgezeichnete Warnung für Leute, die etwas Ähnliches im Sinn haben.«

»Um Himmels willen, Max.«

»Deshalb ist deine Idee verrückt. Gib das Denken auf und versuche nie etwas Ähnliches. Du bist wie mein eigener Sohn, Brownie. Aber wenn ich erfahren sollte, daß du mogelst, dann helfe ich noch dabei, dich umzulegen. Heb' den Stuhl auf und setz dich.«

»Du hast mir einen Zahn ausgeschlagen, Max.«

»Mach den Mund auf, aber so, daß man etwas sehen kann. Ja, da ist er! Sieht nicht allzu schlimm aus, Ben. Scheint, die Ecke ist abgeschlagen. Tut es weh?«

»Nein, ich spüre nichts.«

»Na, dann hat es nicht den Nerv erwischt. Das kann verdammt weh tun. Hast du einen Zahnarzt hier?«

»Einen recht guten sogar.«

»Was macht Sally? Habe sie schon eine Weile lang nicht mehr gesehen?«

»Ihr wird jeden Morgen übel, Max. Beim ersten Kind ging alles so gut, daß wir dachten, sie würde diesmal keine Schwierigkeiten haben. Es sind noch zwei Monate, und sie ist in schlechter Verfassung. Dazu fängt Kevan jetzt zu laufen an, und sie muß jeden Augenblick auf ihn aufpassen.«

Max zog die mittlere Schublade des Schreibtisches auf, öffnete einen großen, braunen Briefumschlag und fischte drei Hunderter hervor. Er legte sie vor Brown und zwinkerte ihm zu. »Schmerzensgeld, Brownie.«

»Danke, Max. Danke vielmals.«

»Wir verstehen uns jetzt in jeder Hinsicht?«

»Klar, Max. Ich weiß Bescheid. Aber es ist nicht angenehm, zuzusehen, wie dieser alte Bastard mit unserem Geld hinausspaziert. Das wird sich in der Buchführung nicht gut machen.«

»Das sind meine Sorgen, nicht deine. Wenn er noch eine Weile weiterspielt, gleicht sich alles wieder aus. Er hat mich mit der Höchstgrenze hereingelegt. Und wenn er zuviel gewinnt, wird Al zu viele Fragen stellen. Deshalb habe ich ein besonderes Interesse daran, daß er möglichst lange spielt. Zu diesem Thema habe ich selbst einige Ideen. Geh zurück und informiere mich, wie es ihm ergeht.«

Ben Brown kam eine halbe Stunde später zurück, um zu berichten, daß der alte Mann eine Spielmarke verloren hatte.

Nachdem Ben gegangen war, blieb Max hinter seinem Schreibtisch sitzen, die Augen fast geschlossen und dachte über den alten Mann nach, der im Augenblick hunderttausend Dollar des Kasinos in der Tasche hatte, genau die Hälfte der Summe, die er bei seinem letzten Besuch verloren hatte.

Hugh Darren war beim Swimming-pool, als er benachrichtigt wurde, daß ihn Al Marta im kleinen Saal sprechen wollte. Er verabschiedete sich rasch von Betty, zog sich um und fand Al in einer Nische, zusammen mit zwei Fremden. Al hatte ein Cocktailglas vor sich. Die beiden Fremden schlangen leicht angebratene Steaks in sich hinein. Beide waren große, kräftige Männer gegen Ende Dreißig, in dunklen, dezenten Anzügen, mit bleichen Bürogesichtern und schweren, dunklen Hornbrillen.

»Setzen Sie sich, Hugh. Jungs, das ist der Hoteldirektor, von dem ich euch erzählt habe, der Freund Shannards.«

Hugh nickte den Männern zu und nahm Platz. Al sagte: »Das sind die Jungs, die hierher geflogen sind, um sich die Sache anzuhören.« Eine genauere Vorstellung gab es nicht. Die beiden Männer sahen auf den ersten Blick aus, als könnten sie der Konzernleitung irgendeiner großen Firma angehören – der Automobilindustrie beispielsweise, einer Bank oder im Versicherungswesen. Aber sie legten eine betonte Unhöflichkeit an den Tag und besaßen schlechte Tischmanieren, was sie von gewöhnlichen Geschäftsleuten unterschied.

»Haben Sie mit Temp gesprochen?« fragte Hugh.

»Ja, und es gibt eine Sache, mit der Shannard nicht sehr glücklich ist. Vielleicht können Sie dabei helfen, Hugh. Erklären Sie es ihm, Dan.«

Der Ältere der beiden Männer sprach. Dabei starrte er unaufhörlich auf Hughs Krawatte. »Die Sache sieht so aus, als könnten wir daran interessiert sein. Innerhalb einer Woche könnten wir uns vergewissern, ob alles okay ist, und danach können wir die Barzahlung leisten. Aber Ihr Freund wünscht etwas, das nicht in unser Programm paßt. Wir brauchen keine Partner bei der Kapitalanlage. Wenn seine Papiere in Ordnung sind, zahlen wir ihm zweihundertzwanzigtausend Dollar für seine Investitionen. Bei dieser Summe haben wir schon beide Augen zugedrückt, aber wir möchten unser Urlaubsentwicklungsprogramm in dieser Gegend erweitern.

Shannard macht Schwierigkeiten. Er behauptet, daß diese Summe seine Auslagen nicht decken würde. Er will eine Teilhaberschaft an dem Projekt beibehalten, damit er auch an dem späteren Verdienst beteiligt ist, zumindest seinen Anteil einmal günstig verkaufen kann. Seine finanziellen Probleme kümmern uns genausowenig wie seine Wünsche. Er leidet unter der Einbildung, daß wir mit ihm handeln wollen. Er hat etwas zu verkaufen. Wir sind bereit, es abzunehmen. Wir haben unseren Preis genannt. Jemand muß ihm beibringen, daß der Handel damit erledigt ist. Wir haben es nicht notwendig, uns an seine Vorstellungen zu halten. Wenn Sie ihn überzeugen können, daß er keine andere Wahl hat, als an uns zu verkaufen, zahlen wir Ihnen eine Provision von zehntausend Dollar.«

»Ich habe Al gesagt, daß ich mit dieser Sache nichts zu tun haben will. Ich will kein Geld.«

»Dann nehmen Sie die Provision und geben sie Shannard. Dann hat er zweihundertdreißig anstatt zweihundertzwanzig – wenn Ihnen Freundschaft so viel bedeutet. Uns geht es nur darum, ob sie mit ihm sprechen wollen oder nicht.«

»Ich bezweifle, ob er wirklich nur diese Wahl hat.«

»Und ich bezweifle, ob ihm die Zeit für einen anderen Versuch bleibt. Er ist in Zeitdruck. Zu Ihrer Information, Darren, ich habe einen Bekannten in Nassau angerufen. Ich bekam vor fünfzehn

Minuten Antwort. Eine Anzahl von Leuten wartet darauf, Shannard zu verklagen, sobald er aus dem Flugzeug steigt.«

Al sagte: »Die Jungs wollen die Gelegenheit nicht ausnützen, Hugh. Sie zahlen einen anständigen Preis. In bar und schnell. An wen kann er sich denn wenden, um ein besseres Geschäft zu machen?«

»Ich werde mit ihm sprechen«, sagte Hugh. »Ich werde erfahren, was er darüber denkt. Schließlich war es seine Idee, hierherzukommen, nicht meine.«

»Sie sind smart, Darren. Wir planen eine Anzahl von Urlaubszentren. Wenn die Zeit reif ist, können Sie mitmachen, wenn Sie wollen.«

»Danke«, sagte Hugh, »aber... ich denke daran, einmal meinen eigenen Laden zu besitzen.«

Dan zuckte die Schultern. »Der Traum jedes Mannes. He? Aber es kann so enden wie für Shannard. Was machen Sie dann?«

»Würden Sie Temp anstellen, um die Verwaltung zu übernehmen?«

»Dazu ist es zu spät. Er ist schon zu lange sein eigener Chef.« Er blickte auf die Uhr. »Wir müssen unser Flugzeug erwischen. Shannard kann Al Bescheid sagen, wenn er sich entschließt.«

Das war das Ende ihrer Unterredung.

Hugh überlegte, warum ihn das Verhalten der beiden Männer so ärgerte, als er sich auf die Suche nach Temp und Vicky Shannard machte. Sie waren nicht auf ihren Zimmern. Er ließ Temps Namen ausrufen, aber anscheinend war Temp nicht im Hotel. Hugh hinterließ einen Zettel in seiner Briefbox.

Um zwanzig nach neun am selben Abend war Hugh Darren schon im Begriff, schlafen zu gehen. Diesen Luxus leistete er sich selten. Das Hotel war voll, aber zur Abwechslung lief jede Abteilung wie am Schnürchen. Er hatte seine letzte Inspektionstour beendet, und es gab keine besonderen Schwierigkeiten, die er an Bunny Rice weiterleiten mußte.

Er duschte heiß und schlüpfte zwischen die kühlen Leintücher. Als er nach der Nachttischlampe tastete, begann das Telefon zu läuten.

»Hugh?« sagte eine vertraute Stimme. »Hier ist Vicky.«

»Hallo, du Streuner. Ich habe eine Nachricht für euch Bummler hinterlassen, aber...«

»Vielleicht hat Temp sie erhalten, denn ich weiß nichts davon, Hugh. Ich mache mir große Sorgen. Etwas Furchtbares ist geschehen, und ich konnte es nicht verhindern. Ich weiß wirklich nicht, was ich tun soll.«

»Was ist los?«

»Ich benütze das Haustelefon in der Halle, Hugh. Es handelt sich um Temp. Er spielt.«

»Du liebe Güte, Vicky, er ist kein Kind. Kann er nicht ein bißchen spielen, ohne dich aus der Ruhe zu bringen?«

»Du verstehst nicht. Er hat seit der Konferenz mit den beiden abscheulichen Männern unaufhörlich getrunken. Sie haben ihm ziemlich hart zugesetzt, weißt du? Ich kann nicht einmal mit ihm reden. Er spielt wie ein Verrückter und hat schon ein halbes Vermögen verloren. Ich glaube, er hat keine Ahnung, was er tut. Sie nehmen die Schecks für das Konto an, das er in New York eröffnet hat. Ich kann ihn nicht vom Tisch wegbringen. Er hört einfach nicht auf mich. Ich dachte, vielleicht kannst du ihn zur Vernunft bringen. Es ist fürchterlich.«

»Bleib in der Nähe des Haustelefons, Vicky. Ich bin in etwa drei Minuten unten.«

Er zog sich hastig wieder an. Als ihn Vicky sah, kam sie auf ihn zu. Sie ergriff seine Hand, und er spürte, wie kalt und feucht ihre Finger waren. In dem schwarzen Kostüm sah sie schlank und elegant aus, aber ihr Gesicht verriet ihre Nervosität.

»Ich bring dich zu ihm«, sagte sie.

Im Kasino herrschte außerordentlich viel Betrieb. Alle Tische waren besetzt, und die Spieler standen in dichten Reihen um die Rouletträder. Das Murmeln der Menge verband sich mit den lauten Stimmen der Kasinoangestellten, dem unaufhörlichen Rasseln der Automaten, der Musik aus dem kleinen Saal und der ›Afrique Bar‹ und dem gedämpften Applaus aus dem großen Safarisaal, in dem die Dinnervorstellung ihrem Ende zuging. Als er sich durch die Menge schob, mußte Hugh wieder einmal feststellen, wie trostlos die Leute waren, die das Kasino bevölkerten. Eine Spannung lag über ihnen, aber sie erschien ungesund. Menschen lachten, aber es war kein frohes Lachen.

»Da ist er«, sagte sie und zog an seinem Ärmel. »Siehst du ihn?«

Temp Shannard stand beim Würfeltisch. Als sich Hugh an ihn herangearbeitet hatte, sah er die Reihe der Spielmarken, die vor ihm aufgestapelt waren. Es waren eine Menge Spielmarken zu hundert Dollar und die Hälfte zu fünfzig Dollar. Seine braunen Hände krampften sich um die Umrandung. Er beobachtete die tanzenden Würfel. Sein Kragen war geöffnet und sein Gesicht gerötet. Er nahm eine Anzahl von Hundertdollarspielmarken, ohne sie zu zählen, und legte sie auf das Pro-Quadrat.

Temp verlor, warf einen Hundertdollarchip auf eine neue Nummer und verlor wieder, bevor sich Hugh an ihn herangearbeitet hatte.

»Amüsierst du dich, Temp?« fragte er.

Temp warf ihm einen Blick über die Schulter zu. »Deshalb bin ich hier. Um mir diesen großartigen Spaß nicht entgehen zu lassen.« Seine Stimme war heiser.

»Wie geht es?«

»Frag mich später danach, alter Junge. Später. Im Augenblick bin ich beschäftigt.«

Hugh verließ den Tisch und bedeutete Vicky zu warten. Er ging zu der Kasse, die mit einem riesigen Gitter abgeschlossen war. Die Männer in der Kasse kannten ihn, obwohl sie nicht der Hotelverwaltung unterstanden.

»Haben Sie die Schecks für Temp Shannard eingelöst?«

Der Mann zögerte. »Mmmh... ja, Mr. Darren.«

»Auf welche Beträge?«

Hugh hatte kaum dreißig Sekunden gewartet, als plötzlich Max Hanes an seiner Seite stand. »Was haben Sie vor, Hugh?«

»Ich möchte wissen, wie tief Temp Shannard in der Tinte sitzt.«

»Als man mir den ersten Scheck gebracht hat, Hugh, habe ich bei Al angefragt. Wir sind bereit, bis zu hunderttausend zu gehen. Bis jetzt haben wir einen für dreitausend, vier zu fünftausend und einen zu zehntausend eingelöst. Dreiunddreißigtausend Bucks, Freund.«

»Ich muß ihn dazu bringen, damit aufzuhören, Max.«

»Sehr interessant, aber vielleicht erklären Sie mir mal, warum Sie das tun müssen, bevor der arme Teufel eine Glückssträhne hat.«

»Er ist mein Freund. Er hat eine Menge Pech gehabt. Und er ist betrunken. Er kann es sich nicht leisten, Max, soviel Geld zu verlieren.«

Max Hanes stieß ihm die Faust freundschaftlich in die Seite. »Darren, Sie überraschen mich. Sie sind seit acht Monaten hier, und das dürfte ausreichen, um mehr Verstand zu zeigen. Der Gouverneur des schönen Staates Nevada, Mr. Rex Bell, hält großartige Reden, daß erwachsene Leute nicht wie Kinder behandelt werden sollen. In Las Vegas wird ein Mann wie ein Erwachsener behandelt. Wenn er trinken will, soll er trinken. Wenn er spielen will, soll er spielen. Niemand zwingt ihn dazu. Und wenn er trinken und spielen will, dann ist das ebenfalls sein gutes Recht. Und Sie wollen plötzlich all die schönen Grundsätze über den Haufen werfen.«

Hugh starrte Max Hanes entschlossen an. »Er ist mein Freund. Er ist im Begriff, die größte Dummheit seines Lebens zu begehen. Ich muß es verhindern, verstehen Sie das nicht?«

»Schön, dann geben wir Ihnen einen großen Freundschaftsorden, aber reden wir über etwas anderes. Sie können *versuchen*, es zu verhindern. Reden Sie ruhig mit ihm. Es ist Ihr gutes Recht.« Er stieß Hugh seinen Daumen in den Bauch. »Aber Sie tun nichts, außer mit ihm zu reden. Und Sie tun es still und leise. Wenn er nicht auf Sie hört, dann ist es Ihr Pech. Wenn Sie nämlich etwas anderes versuchen, Darren, wenn Sie ihn zum Beispiel vom Tisch zerren wollen oder seine Spielmarken gegen seinen Wunsch einzulösen versuchen, dann werden Sie nicht anders behandelt als jeder andere, der hier Schwierigkeiten machen will. Wenn Sie etwas anderes versuchen, als mit ihm zu reden, dann expedieren meine Leute Sie so rasch hinaus, daß niemand etwas davon merkt, aber Sie können ein paar Wochen Ihre Arme nicht bewegen.«

»Sie sind ja sonst auch immer für Freundschaft. Ein Säufer bleibt Direktor, weil er ein alter Freund ist. Aber wenn es um meinen Freund geht, dann ist das alles auf einmal nicht mehr wahr. Stimmt's, Max?«

»Sie sind Angestellter, Hugh, und Ihr alter Freund ist Spieler. Sie sollten auf der Seite des Kasinos stehen.«

»Warum, wenn ich fragen darf? Muß man vielleicht auch noch Fotokopien seiner Vorstrafen vorzeigen?«

»Sie verwirren mich! Merken Sie das nicht? Sie verletzen meine zarten Gefühle, Hugh.« Hanes lachte, als sich Hugh ärgerlich abwandte.

Hugh arbeitete sich ein zweitesmal an Temp Shannard heran. Temp würfelte eben. Er wettete hoch, verlor und verdoppelte seinen Einsatz und warf eine Zehn. Er würfelte lange, bis sich die Doppelfünf einstellte. Seine Spielmarken hatten sich stark verringert. Es war kaum noch eine Handvoll.

Hugh redete auf ihn ein, die Lippen fast an Temps Ohr. Er bat, er beschwor ihn, er bettelte und drängte.

»Für mich, Temp«, sagte er endlich. »Nicht für Vicky oder dich selbst. Für mich.«

Temp fuhr herum. Hugh sah ein wutverzerrtes Gesicht. Er schrie: »Verdammt noch mal, laß mich in Ruhe, Darren!«

Ben Brown, der Assistent Max Hanes', und ein bulliger Kasinowächter schoben sich heran. »Es sieht so aus, als belästigen Sie einen Spieler, Mr. Darren«, sagte Brown ruhig.

Hugh kehrte zu Vicky zurück und drängte sie durch die Menge zu den Automaten hinüber.

»Er hört nicht auf mich.«

»Kannst du sie nicht bitten, ihm keine Chips mehr zu geben?«

»Auf das Kasino habe ich keinen Einfluß, Vicky. Es ist genauso, als spielte er im Sands oder im Tropicana. Am besten ist es, wir warten, bis er auf dem Weg zur Kasse ist, um einen weiteren Scheck einzulösen.«

»Wieviel hat er schon verloren?«

»Eine Menge.«

»Wieviel, Hugh?«

»Über dreißigtausend.«

Sie schloß die Augen und hielt sie einige Sekunden lang geschlossen. Ihr rundliches, frauliches Gesicht sah nackt, jung und hilflos aus. »Oh, der Idiot!« sagte sie mit einer Stimme, die kaum zu hören war. »Der verdammte, blöde, betrunkene Idiot. Das bedeutet das Ende für ihn, weißt du das?«

»Wieso?«

»Das Geld gehört ihm nicht. Er ist bis über beide Ohren verschuldet.«

»Komm! Er hat den Tisch verlassen.«

Shannard stampfte auf den Eisenkäfig der Kasse zu, mit vorsichtigen, bedächtigen Schritten, als gäbe der Boden unter seinen Füßen nach.

Sie holten ihn zwanzig Fuß vor seinem Ziel ein. »Liebling, komm jetzt schlafen«, sagte Vicky und stellte sich in seinen Weg.

»Habt ihr euch verbündet?« sagte Shannard.

»Spielen ist eine Einrichtung für Dumme, Liebling. Es ist erlaubter Diebstahl.«

»Du bist nicht in der besten Verfassung, Temp«, sagte Hugh. »Versuch es morgen, wenn du richtig in Schwung bist.«

Shannard drehte langsam den Kopf herum und starrte Hugh belustigt an. »Nüchtern, meinst du wohl, alter Freund?«

»Das wäre auch nicht schlecht.«

Er funkelte die beiden an. »Ihr versteht nichts, Kinder. Ich war ein Leben lang ein Spieler. Ich habe immer alles aufs Spiel gesetzt. Wenn man Pech hat, muß man dagegen ankämpfen, verstanden? Man darf nicht klein beigeben. Man muß auf seine Weise kämpfen, sonst ist alles verloren. Und das tue ich. Bis zum letzten Atemzug.«

»Temp, bitte. Du bist so betrunken, daß du nicht weißt, was du redest«, sagte Vicky.

Er schob sie aus dem Weg. Wenn Hugh sie nicht festgehalten hätte, wäre sie hingefallen.

»Kein Glück gehabt mit der kleinen Ermahnung?« sagte Max Hanes grinsend.

»Sie sind ein Zyniker«, sagte Vicky eisig.

Max Hanes lächelte breiter. »Sie spielen die Rolle der Herzogin großartig, Küken. Wer hat Ihnen das beigebracht?«

»Gute Nacht, Hugh«, sagte Vicky. »Danke für den Versuch. Tut mir leid, daß ich dich umsonst gestört habe.«

Sie verschwand in der Menge in Richtung Halle. »Das ist ein Menschenschlag, den ich verstehe«, sagte Max gütig. »Gefährlicher als eine Schlange. Mit solchen Leuten wird man nie fertig. Die haben immer noch einen Trumpf in Reserve.«

»Max, tun Sie mir einen Gefallen ... Ich bitte Sie darum ... Setzen Sie ihm eine Grenze bei fünfzigtausend.«

»Das würde Al nicht gefallen, Hugh. Al meint, er ist für hunderttausend gut.«

»Und was, wenn es mir nicht gefällt, Max?«

»Was, zum Teufel, wollen Sie unternehmen?«

»Denken Sie einen Augenblick darüber nach. Ich kann Ihnen ein paar ziemlich große Steine in den Weg legen. Und das so geschickt, daß Sie mich nicht einfach entlassen können. Und danach multiplizieren Sie die Anzahl der Steinchen mit drei, weil mir bestimmt dreimal so viele Möglichkeiten einfallen wie Ihnen.«

Max erwiderte für einen Moment seinen Blick. »Und ich könnte Sie um die beste Stellung bringen, die Sie je besessen haben!«

»Damit verschaffen Sie sich die glückliche Gelegenheit, wieder mit so einem Versager wie Jerry zusammenzuarbeiten.«

»Wir zwei verstehen uns. Aber machen Sie sich nicht ein bißchen zu stark?«

»Dann lassen Sie meine Freunde in Ruhe.«

»Vielleicht gibt er sein Geld in einem anderen Betrieb aus?«

»Mich kümmert nur, was hier geschieht, Max.«

Max kitzelte ihn mit der Faust in den Rippen. »Wissen Sie, Hughie, hinter Ihnen steckt mehr, als man Ihnen zutraut. Wenn er weiterhin verliert, gehe ich, sagen wir, bis fünfundsiebzig.«

»Sechzig, Max.«

»Einigen wir uns auf fünfundsechzig, und ich bin überzeugt, daß er solange gar nicht durchhält. Die Grenze gilt allerdings nur für heute abend. So haben wir doch noch eine Vereinbarung getroffen, obwohl ich gewettet hätte, daß ich nie zu einer Vereinbarung mit Ihnen kommen würde.«

Als Hugh das Kasino verließ, brummelte Ben Brown: »Dieser Pfadfinder geht mir auf die Nerven.«

»Mach den Jungen nicht schlecht. Wieviel hat Shannard eingelöst?«

»Wieder zehn.«

»Sag Ritchie, er soll bei fünfundsechzig den Hahn zudrehen.«

»Ich dachte aber, Al hätte gesagt, es wäre...«

»Wenn ich ein interessantes Gespräch führen will, gehe ich in die Akademie der Schönen Künste.«

»In Ordnung, Max. Gott, bist du in letzter Zeit schwierig.«

»Wie steht's mit dem verdammten Gallowell?«

»Genau wie um acht Uhr. Noch immer auf einsfünfundzwanzig zu seinen Gunsten. Die Würfel laufen nicht für ihn. Zwei Spieler kamen auf sieben Gewinne, aber der alte Bastard ist wie eine Maschine. Man würde glauben, er verliert die Geduld, aber nein...«

Max blickte ihn verächtlich an. »Der alte Bastard begann mit vierzehn, mit einem Schlafsack und einem Pferd für zwanzig Dollar. Er ist nicht reich geworden, weil es ihm an Geduld gefehlt hat.«

Einer der Kasinoangestellten flüsterte Ben Brown etwas zu und ging weiter.

»Es steht auf einsfünfzig, Max«, sagte Ben. »Gallowell hat eben wieder gewonnen.«

»Herrlich!«

»Der alte Bastard bringt uns ganz schön in den Keller.«

»Warum redest du in letzter Zeit soviel? Verschwinde! Augenblick! Rede mit Betty Dawson. Ich will sie in meinem Büro sprechen.«

Brown sah verwundert aus. »Meinst du wirklich, daß dieser alte... Okay, Max, ich habe kein Wort gesagt.«

7

Kurz nach zehn Uhr abends hatte Betty Dawson gegessen und saß gelangweilt über eine Tasse Kaffee in der Kaffeestube. Sie nahm den Brief aus der Handtasche, der am Samstag von ihrem Vater, Dr. Randolph Dawson, aus San Francisco eingetroffen war, um ihn noch einmal zu lesen. Nur langsam verheilte die alte Wunde, die ihre Jahre mit Jackie Luster ihm geschlagen hatte.

Seitdem sie allein auftrat, war ihr Vater dreimal nach Las Vegas gekommen. Er hatte es ihr stets vorher mitgeteilt, und Max hatte sein Einverständnis gegeben, weniger enge Kleider zu tragen und weniger freche Lieder zu singen. Die Angestellten der ›Afrique Bar‹, in vollem Verständnis für die Situation, hatten sofort jeden Betrunkenen aus dem Saal geschafft und den Stammkunden beigebracht, warum ihre Gesangswünsche nicht erfüllt werden konnten.

Er war ein Witwer, mit einer umfangreichen, ermüdenden Praxis. Die Wohnung mit der Praxis befand sich noch immer in der alten Straße, in der sie aufgewachsen war, und Charlie und Lottie Mead betreuten ihn noch immer seit der Zeit, als Betty noch ein Kleinkind gewesen war. Schwestern und Sprechstundenhilfen wechselten häufig, aber die Meads blieben.

Betty hatte längst aufgegeben, darüber nachzudenken, womit sie ihn so tief verletzt hatte. Aber es war nun einmal geschehen, und sie mußte damit leben und konnte nur alles versuchen, die Wunde heilen zu lassen und keine neue zu öffnen. Sie schrieb regelmäßig, telefonierte mindestens einmal jede Woche, und besuchte ihn so oft wie möglich.

Für einen Arzt war seine Schrift außerordentlich klar und leserlich. Sie las noch einmal die letzte Seite des Briefes, die sie beunruhigt hatte. Jeder seiner Briefe enthielt eine Frage, die sie nicht beantworten konnte.

»Heute abend, meine Liebe, habe ich mich wieder mit der Frage beschäftigt, warum Du in dieser, meiner Meinung nach, äußerst bedenklichen Umgebung bleibst. Du weißt, daß ich mich nur unter Vorbehalten darauf eingestellt habe, daß meine einzige Tochter Unterhaltungskünstlerin ist. Aber wenn ich die Zeitungen lese, so gelange ich zu der Überzeugung, daß es hier in dieser wesentlich angenehmeren Stadt viele Möglichkeiten gibt, Dein Talent unter Beweis zu stellen. Und ich bin zudem überzeugt, daß Du, wenn Du hier leben würdest, genug verdienen könntest, um Deine Unabhängigkeit zu sichern. Ich kann mich des Eindrucks nicht erwehren, daß Du von schlechten, oberflächlichen Menschen umgeben bist. Natürlich würdest Du auch hier durch Deinen Beruf mit ähnlichen Menschen in Berührung kommen, aber der Prozentsatz wäre doch keineswegs so hoch. Ich schließe Mr. Darren nicht in diese Kategorie ein, nachdem er in letzter Zeit in Deinen Briefen und Gesprächen eine große Rolle zu spielen beginnt. Ich hoffe, ihn bald kennenzulernen.

Trotz der Gefahr, sentimental zu erscheinen, muß ich Dir sagen, daß Du siebenundzwanzig Jahre alt bist. Deine Mutter und ich heirateten dreizehn Jahre vor Deiner Geburt. Ich bin jetzt zweiundsechzig und, obwohl einigermaßen gesund, dem senilen Wunschtraum verfallen, meine noch ungeborenen Enkelkinder kennenzulernen. Wenn ich mich nicht in der Stellung dieses jungen Mannes täusche, wäre es Dir dann nicht möglich, ihn möglichst rasch zu der Entscheidung zu bringen, durch die meine Träume erfüllt würden?

Genug meiner Beschwerden. Ich sollte dankbar sein, daß wir wieder zueinander gefunden haben, nach so vielen schlechten Jahren. Ich will keine neuen Sorgen heraufbeschwören. Hier geht das Leben ohne große Ereignisse seinen Gang. Charlie behauptet, daß er persönlich das Haus anstreichen wird, wenn sich das Wetter bessert. Im Augenblick streiten wir uns über die Farbe. Hast Du eine Ahnung, wie ich seinen Plan nach einem äußerst giftigen Gelb durchkreuzen kann? Dr. Wellsborn arbeitet weiterhin sehr fleißig, aber trotzdem finde ich weniger Freizeit, als ich erwartet habe.

Manchmal, wenn ich in der Morgendämmerung aufwache, gehen meine Gedanken zu Dir. Wo Du bist, was Du machst. Ich weiß dann, wie der unaufhörliche Lärm Deiner Umgebung in Deinen Ohren klingt, und kann mich noch immer nicht mit Deinem Geschick abfinden.«

Sie faltete den Brief und legte ihn in ihre Handtasche zurück. Es gab keine Möglichkeit, seine Fragen zu beantworten, es sei denn mit der Wahrheit; und die Wahrheit sah so aus, daß sie ihn töten würde. Deshalb redete sie sich immer wieder ein, daß ihr dieses Leben gefiele, obwohl sie wußte, daß es nicht so war.

Ich möchte nach Hause gehen, dachte sie. Aber es ist nicht möglich. Ich bin auf alle Zeiten einem Scheusal namens Max Hanes verpflichtet, lieber Vater, und er läßt mich nicht gehen, weil er mich von Zeit zu Zeit für seine Zwecke braucht. Ich habe es nur Hugh zu verdanken, daß es jetzt besser ist als früher. Du würdest unserem Verhältnis kaum deinen Segen geben, aber es ist alles, was mir vergönnt ist; und deshalb habe ich es so eingerichtet, daß nur ich dabei zu Schaden kommen kann.

»Max möchte Sie sofort in seinem Büro sprechen.«

Sie zuckte zusammen und blickte in das farblose Gesicht Ben Browns.

»Was ist mit Ihnen los, Betty. Haben Sie geschlafen?«

»Gehen Sie, mein kleiner Mann. Betrachten Sie Ihren Botengang als erledigt.«

»Er hat ›sofort‹ gesagt.«

»Wenn er Fragen stellt, nehme ich alle Schuld auf mich.«

»Er ist schlecht gelaunt, schon den ganzen Tag. Ich warne Sie.«

Sie trank ihren Kaffee ohne Eile aus und ging zu Max.

»Setz dich, Süße. Etwas zu trinken?«

»Nein, danke, Max. Wie gewöhnlich bist du wieder einmal außerordentlich liebenswürdig. Ben erzählte mir, daß du bei schlechter Laune bist.«

»Für ihn. Aber niemals für dich, Schatz.«

»Was kann ich darauf antworten?«

»Der Grund, weshalb ich nach dir geschickt habe, ist ein Spieler, der uns große Schwierigkeiten bereitet.«

»Max, um Himmels willen, laß dir etwas anderes einfallen. Spann jemand anderen ein, bitte.«

»Du mußt entschuldigen, wenn ich dir auf den Kopf zusage, warum du so wenig Lust zeigst. Ich weiß, was sich zwischen dir und Darren abspielt. Es ist reizend und romantisch, aber es wird mich nicht stören. Und dich wird es ebenfalls nicht stören.«

»Warum verkaufst du dein Spionagesystem nicht an die Russen?«

»Es gibt keinen Grund, weshalb er etwas erfahren sollte. Und was er nicht weiß, tut ihm nicht weh.«

»Max, ich kann nicht. Es geht einfach nicht.«

Er lehnte sich zurück und verschränkte die dicken Finger über dem Bauch, während er den Kopf schüttelte. »Wie oft haben wir dich einspannen müssen? Zweimal, wenn man das erstemal nicht zählt. Damals hast du keine Schwierigkeiten gemacht, Süße.«

»Das war mein Fehler. Ich war krank, hungrig und verzweifelt, und du wußtest genau, wie du mich in die Enge treiben konntest, nicht wahr?«

»Du warst froh, uns aushelfen zu dürfen, Süße. Du kratzt meinen Rücken und ich deinen. Habe ich es nicht getan? Kannst du dich über das Leben seitdem beklagen?«

»Klar. Ich bin unglaublich glücklich, Max. Wunschlos glücklich.«

»Deshalb machst du jedesmal ein Theater: ›Nein, Max, ich kann nicht.‹ Und ich muß hart zupacken, obwohl wir beide wissen, daß es nur Zeitverschwendung ist. Okay, fangen wir wieder von vorn an, wenn es notwendig ist. Ich habe zwanzig Minuten Laufzeit eines hübschen Films, sechzehn Millimeter, schwarz-weiß, eines erstklassigen Films. Beim erstenmal mußte ich dir den Film vorführen, zum Beweis, daß ich nicht nur große Töne spucke. Es dauerte keine drei Minuten, bevor dir übel wurde. Und deshalb habe ich dir anläßlich des Hanswurstes aus St. Louis und des Casanovas aus Venezuela erklärt, daß ich dich in der Hand habe, meine hübsche Betty. Einen Tag, nachdem du mich übers Ohr schlägst, indem du einfach wegläufst, oder mir einen kleinen Gefallen verweigerst, schicke ich einen Boten mit ein paar ausgewählten Filmszenen zu deinem alten Herrn, mit der Anweisung, sich einen Vorführapparat zu mieten und sich den Spaß anzusehen.«

»Na gut, es gefällt mir eben, nein zu sagen«, erwiderte sie vorsichtig. »Lehrsatz Nummer eins: Wie man eine Hure gefügig macht.«

»Das war dein Ausdruck, nicht meiner, Schatz. Ich brauche dir nicht erst einen Stundenplan zu schreiben, wie? Von mir aus kannst du ihm Hymnen vorsingen. Ich verlange nichts anderes, als daß er alle Lust verliert, die Stadt zu verlassen. Ich verlange nur, daß er bleibt und weiterspielt. Bei uns.«

»Aber es kommt trotzdem darauf hinaus, Max.«

Max stemmte die kräftigen Arme auf den Schreibtisch und verzog das Gesicht. »Du machst es einem verdammt einfach, sich über dich zu ärgern, Betty. Du machst ein Theater, als würde ich dich alle fünf Minuten um einen Gefallen bitten. Ich verlange nicht viel von dir. Ich könnte dich bitten, meine Freunde ein wenig zu betreuen, wenn sie hierher kommen. Oder ich könnte dich an die kleinen Fische vergeuden, die Glück haben und zwanzig- oder dreißigtausend Bucks gewinnen. Aber für solche Sachen genügen Hundertdollarmädchen. Wenn ich dich zu oft arbeiten ließe, würde das deine Schönheit beeinträchtigen, Süße.«

»Du liebe Güte! Danke vielmals.«

»Der Casanova machte uns vor einem Jahr...«

»Zehn Monaten.«

»Okay, fast ein Jahr. Du bist etwas Besonderes, und deshalb ziehe ich dich nur zu besonderen Aufgaben heran. Als Unterhaltungskünstlerin erwarten sie so etwas nicht von dir. Sie haben keine Ahnung, was dahinter steckt. Und vor allen Dingen siehst du nicht so aus, als würdest du mit dem Kasino unter einer Decke stecken.«

»Und nochmals vielen Dank. Die Komplimente steigen mir zu Kopf.«

»Ich habe dich dreimal benützt, und du hast über dreihunderttausend Dollar in den Kassenraum zurückgebracht. Vergiß nicht, daß du dabei selbst zwölftausend verdient hast.«

»Oh, ich bin eine gutbezahlte Hure, Max. Ich kann mich nicht über die Bezahlung beschweren. Aber wenn du mich nicht in den Ruhestand treten läßt, dann nützt mir auch mein Bankkonto nichts.«

»Kannst du nicht einen Augenblick still sein?« bat er. »Kannst du wenigstens einmal dein loses Mundwerk halten?«

»Soll ich vielleicht behaupten, mir macht das alles auch noch Spaß? Ich verachte dich, Max, und ich verachte mich selbst. Und diesmal wird es etwas... Wunderbares für mich zerstören.«

»Wie denn, wenn er nichts erfährt?«

»Das kann ich dir nicht erklären. Davon verstehst du nichts.«

»Es hat wirklich keinen Zweck, mit einer Frau zu reden. Im Augenblick sieht es so aus, als sollte die Sache morgen geschaukelt werden, Kind. Du nimmst dir morgen deinen Ruhetag. Ich habe für Ersatz in der Bar gesorgt. Du kannst heute abend einen Teil deiner Sachen ins Spielzimmer 190 schaffen.«

»Muß es...«

»Halt den Mund und hör mir zu. Ich sage dir, was du zu tun hast. Dann kommst du zurück und bleibst in deinem Zimmer, bis ich mich mit dir in Verbindung setze. Du bist ein cleveres Mädchen und kannst dir in der Zwischenzeit eine gute Masche einfallen lassen.«

»Und wer soll der Glückliche sein?«

»Homer G. Gallowell. Ein Freund von dir, glaube ich?«

Sie starrte ihn ungläubig an. »Max, du hast den Verstand verloren. Glaub mir, du bist übergeschnappt.«

»Wieso?«

»Siehst du denn nicht, wie grotesk die Situation ist? Wie soll ich diesen alten Mann beeinflussen? Die anderen waren Narren, aber der alte Mann hat einen klaren Verstand, Max. Er ist schlau.«

»Wenn sie alt werden, kommen ihnen manchmal recht junge Gedanken.«

»Ihm nicht. Glaub mir, Homer nicht. Ich glaube, ich gefalle ihm, weil ich keinen Katzbuckel mache. Aber beim ersten Verdacht, daß ich ihn hereinlegen will, ist es aus.«

»Dann hast du um so bessere Gründe, überzeugend zu wirken.«

»Dazu bin ich nicht clever genug, Max.«

»Du kannst verdammt clever sein, wenn du nur einen Grund hast. Du willst vermeiden, daß ein Stück des Filmes deinem Daddy in die Hände gerät, nicht wahr? Und du willst bestimmt vermeiden, daß ich Darren zu einer Privatvorstellung einlade.«

»Das würde dir Spaß machen, nicht wahr?«

»Hör zu, ich weiß nicht, weshalb du Schwierigkeiten machst. Ich will weiter nichts, als daß du es versuchst. Ich will nichts anderes, als daß der Alte hier bleibt und sein Glück versucht. Wenn alles vorbei ist – ob es klappt oder nicht –, denken wir nicht mehr daran.«

»Bis zum nächstenmal. Du machst es dir leicht, Max.«

»Das Spielzimmer ist leer. Bring genügend Sachen hin, damit es hübsch aussieht.«

»Ich nehme mein Strickzeug mit.«

»Vielleicht kannst du den Alten damit beeindrucken, Betty Baby.«

Er grinste, als er ihr den Schlüssel zu dem Apartment im Playland-Motel reichte.

Sie packte einen Koffer und fuhr die drei Meilen zur Stadt zurück, zum Playland. Das Playland war eins der luxuriösesten Motels in Las Vegas. Das Gebäude umgaben asphaltierte Flächen, bepflanzte Beete, kleine Springbrunnen und Steingärten. Die Zimmer waren geschickt voneinander getrennt, so daß die Gäste kaum miteinander in Berührung kamen. Im Motel gab es eine eigene Bar und eine kleine Kapelle.

Sie parkte vor Nummer 190 und trug ihren Koffer zur Tür. Sie kannte sich hier aus. Sie packte rasch aus und fühlte sich fast wie zu Hause. Sie blickte um sich. Es war ein sehr hübsches, großes Zimmer, in dem ein Bett stand, zwei Diwans und Polstersessel. In der Ecke war eine kleine Hausbar. Am Fenster stand ein Klavier. Trotz der vielen Möbel erschien der Raum nicht überladen und wirkte durchaus vornehm.

Sie überprüfte den Inhalt der Hausbar, öffnete den Eisschrank und vergewisserte sich, daß das Klavier gestimmt war, obwohl sie davon überzeugt war.

Sie zündete sich eine Zigarette an und stand mit hängenden Schultern am Fenster, während sie vor sich hinstarrte. Das war ihre Mausefalle, aus der es keinen Ausweg gab. Sie konnte nur das Geld annehmen und es geschickt anlegen. Erst wenn sie zu alt und häßlich war, um ihren Zweck zu erfüllen, würde sie ihre Freiheit wiederbekommen. Und eine alte Dame braucht ein sicheres Einkommen.

Es lag alles schon über zweieinhalb Jahre zurück, als Jackie Luster ihr ins Gesicht gesagt hatte: »Wer braucht dich schon?« Mit Hilfe des kleinen, treuen Andy Gideon hatte sie ihre Solovorstellung ausgearbeitet. Sie hatten sie geprobt und zurechtgeschliffen, bis sie beide damit zufrieden waren. Andy hatte sich mit Max Hanes in Verbindung gesetzt. Natürlich wußte Max über Jackie Luster Bescheid. Sie konnte sich noch deutlich daran erinnern, daß Max einen unvorteilhaften Eindruck auf sie gemacht hatte.

Zwei Tage später hatte Max sie in Mabels Motel angerufen. »Ich möchte mit Ihnen sprechen, Dawson. Ich habe einen Jungen zu Ihnen geschickt, der Sie abholen soll. Er wird innerhalb von ein paar Minuten eintreffen. Machen Sie sich fertig.«

»Aber wenn es sich um einen Vertrag handelt, Mr. Hanes, dann sollte mein Agent eigentlich dabei sein, meinen Sie nicht?«

»Habe ich etwas von einem Vertrag gesagt? So weit sind wir noch nicht, Schatz. Ich will nur mit Ihnen reden.«

Sie hatte sich rasch umgezogen und war zu Max gefahren. »Setzen Sie sich, Dawson. Seitdem ich mir Ihre Vorstellung angesehen habe, spiele ich mit dem Gedanken, so etwas wie Sie für einige

Zeit zu engagieren. Sie scheinen ein großes Repertoire zu haben, und das bedeutet, daß Sie genügend Abwechslung bringen, damit sich die Leute nicht langweilen.«

»Ich kann meine Vortragsweise auch ändern.«

»Sie haben eine gute Figur und ein hübsches Gesicht. Das schadet nie, und ich hoffe, daß Sie nichts dagegen haben, sich manchmal an den Tisch eines Kunden zu setzen, um ein wenig mit ihm zu plaudern.«

»Danke für das Kompliment.«

»Wir müßten Sie leider weitaus schlechter bezahlen, als Sie verlangen, aber dafür erhalten Sie Ihr Zimmer und Ihre Verköstigung hier im Hotel. Darüber können wir reden, wenn Ihr Agent dabei ist. Im Augenblick geht es mir darum, Sie möglichst gut bei den Besitzern einzuführen. Wenn es sich nur um einen Auftritt von sechs oder acht Wochen handeln würde, könnte ich Sie selbst engagieren. Aber ich muß die Idee erst besprechen. Ich möchte Sie abends in die ›Afrique Bar‹ stecken, damit die Besucher sich an Sie gewöhnen und Stammkunden werden. Verstehen Sie das?«

»Es hört sich gut an.«

»Ich möchte, daß Al Marta Sie irgendwo hört, wo er sich auf Sie konzentrieren kann, ohne unterbrochen zu werden. Er ist am Playland-Motel beteiligt, und dort gibt es ein hübsches Zimmer mit einem Klavier. Ich schlage vor, daß Sie ein paar Tage lang dorthin ziehen. Dadurch habe ich die Gelegenheit, ein paar wichtige Leute hinzubringen und ihre Meinung zu hören.«

Sie erinnerte sich an das Unbehagen, das ihr dieser Gedanke bereitet hatte. »Warum rufen Sie mich nicht einfach an, und ich kann dann dorthin kommen?«

»Weil ich wahrscheinlich nicht früh genug weiß, wann diese Leute eine halbe Stunde frei haben. Wir können es nicht hier aufziehen, weil hier immer zuviel los ist. Es tut Ihnen nicht weh, mir ein wenig auszuhelfen. Ich sehe, daß Sie dahinter etwas anderes vermuten. Sie glauben, ich will mit Ihnen schlafen. Sehen Sie das Telefon hier? Ich brauche es nur aufzuheben und kann mir eine zweite Liz Taylor oder Marilyn Monroe bestellen, ohne daß es mich etwas kostet, und ohne daß ich Klaviergeklimper ertragen muß.«

»All right, Mr. Hanes. Wann soll ich einziehen?«

»Sobald wie möglich, Kind. Hier ist der Schlüssel. Nummer 190. Es liegt an der Rückseite.«

Und so, voller Hoffnung und Erwartung nach langen, schlechten Monaten, war sie in Nummer 190 eingezogen. Sie hatte neuen Mut gefaßt, neue Lebenslust gefunden. Vierzig Stunden lang hatte sich niemand mit ihr in Verbindung gesetzt. Ihre Mahlzeiten wurden ihr gebracht. Sie brauchte nicht einmal dafür zu bezahlen. Die wenigen Motelangestellten erschienen reserviert und unfreundlich. Sie rief Max Hanes an, und er hatte ihr etwas ärgerlich geraten, nicht ungeduldig zu werden.

Max rief am nächsten Abend an und versprach, daß er und Al Marta später kommen würden. Sie verbrachte zwei Stunden damit, sich auf den Besuch vorzubereiten und war ein Nervenbündel, längst bevor sie erschienen. Sie waren zu dritt. Max Hanes, Al Marta und ein Mann namens Riggs Telfert. Sie hatte Al Marta gesehen, aber sie war ihm noch nie vorgestellt worden. Riggs Telfert war ein großer, kräftiger Mann mit einem lustigen Gesicht, etwa Vierzig und sehr selbstsicher. Er hatte den Humor eines Mannes, der alles in der Welt besitzt.

Als sie einander vorgestellt wurden, hielt Riggs Telfert ihre Hand länger als notwendig und lächelte sie voller Zufriedenheit an. »Ich bin einer der Telferts aus Florida, Miß. Gott allein weiß, wie groß unsere Sippe ist, seitdem Großvater Telfert dort unten aus Bell County, Georgia, ankam und sich den größten Happen Sumpfland einverleibte, den Sie je gesehen haben.«

Al erklärte hastig, daß Mr. Telfert Stammkunde wäre, auf dessen Meinung er, Al Marta, viel gäbe.

»Hoffentlich tanzen Sie ein wenig, Miß Dawson«, bat Riggs Telfert. »Nichts gefällt mir besser, als eine schöne Frau tanzen zu sehen.«

Sie kam zu der Überzeugung, daß sie ihr Programm ändern mußte, wenn er darauf bestand, sie tanzen zu sehen. Er war ein Mann voller ungebändigter Kraft, mit einer Entschlossenheit und einer Zielbewußtheit, die faszinierend und abstoßend zugleich war. Er stellte die pure Männlichkeit dar. Das Trio erinnerte sie an eine Zirkusvorstellung in ihrer Jugend, bei der zwei vorsichtige, ängstliche Männer einen riesigen Bären in die Manege getrieben hatten und ihn tanzen ließen. Der Bär schien Spaß daran zu finden, und ihr kindliches Gehirn hatte nicht verstanden, warum die beiden Dompteure so schwitzten und so wenig Freude zeigten.

Sie wollte Max Hanes helfen, die Stühle zurechtzurücken, aber

Riggs Telfert erlaubte es nicht. Sie schaltete die Beleuchtung ein, lächelte den Männern zu und begann zu spielen.

Riggs Telfert bestand darauf, daß sie weitermachte, als Max Hanes und Al Marta schon längst ihre Langeweile nicht mehr verbergen konnten. Nach jeder Nummer klatschte er begeistert Beifall. Er amüsierte sich über die Texte und stampfte den Rhythmus der Musik mit seinem Absatz mit.

»Und das«, sagte sie endlich, »ist das Ende der Vorstellung, meine Herren.«

Telfert stand auf und sagte: »Al, bei Gott, wenn die Kleine nicht in deinem Hotel als Sängerin angestellt wird, schwöre ich, daß ich oder meine Freunde nie wieder das Hotel betreten werden. Das ist so sicher, wie die Flasche Bourbon dort drüben auf der Bartheke, aus der ich mir jetzt einen Schluck genehmigen werde. Und bezahl sie gut, hörst du?«

»Ich bin beeindruckt, Max«, sagte Al Marta. »Wir können Sie verwenden, Betty.«

»Danke, Mr. Marta.«

Al lächelte sie an und sagte: »Gehen Sie mit Max zum Wagen raus, Schatz. Ich möchte, daß Sie eine Option unterschreiben.«

»Aber...«

Max gab ihr keine Gelegenheit, etwas zu sagen. Er nahm sie beim Arm und führte sie hinaus. Sie gingen zehn Schritte, bevor er sie herumriß und gegen die Mauer des Gebäudes preßte.

»Was, zum Teufel, bilden Sie sich...«

»Seien Sie ruhig und hören Sie zu. Wir haben nicht viel Zeit, Kind. Er ist zum viertenmal hier. Er und seine Freunde sind in einem Charterflugzeug hier angekommen. Gewöhnlich verlieren sie eine Menge. Er ist seit einer Woche hier. Morgen wollen Sie wieder wegfliegen. Er hat diesmal unverschämtes Glück gehabt. Der Esel hat über hundertsechzigtausend Dollar im Kasino gewonnen.«

»Und was habe ich damit zu tun?«

»Sie wollen doch den Job, nicht wahr?«

»Ja, aber...«

»Er hat einen Narren an Ihnen gefressen, Kind. Jetzt sind Sie an der Reihe. Sorgen Sie dafür, daß er keine Lust hat, abzufliegen. Das können Sie doch.«

»Moment mal!«

»Ich habe keine Zeit für lange Reden, Baby. Seien Sie nett zu ihm und sorgen Sie dafür, daß er bleibt, wenn wir gehen. Und lächeln Sie, wenn wir zurückgehen.«

»Ich habe nicht die Ab...«

»Wenn Sie es schaffen, daß er wieder ins Hotel zurückkehrt, nachdem seine Freunde abgeflogen sind, können Sie sich eine hübsche Prämie in bar verdienen, und die Stellung, die Sie so notwendig brauchen, gehört Ihnen. Wenn nicht, dann kann ich in einem Tag dafür sorgen, daß Sie niemals einen Job in Las Vegas bekommen, und in vier Tagen sieht Sie kein Manager von irgendeinem Laden in diesem Land auch nur an. Wenn Ihnen das noch immer nicht reicht, können zwei meiner Leute Sie von der Straße holen und Sie in die Wüste bringen. Danach wird zwischen Ihrem Gesicht und dem eines frisch überfahrenen Hasen kein wesentlicher Unterschied mehr bestehen. Sie stecken tief in Schwierigkeiten, Kind, und Sie können gar nicht anders, als nach unserer Pfeife zu tanzen. Worüber beschweren Sie sich überhaupt? Er sieht ganz nett aus. Und die Prämie ist nicht zu verachten.«

Sie lehnte an der Mauer, die noch immer die Wärme des Tages ausstrahlte. Sie fühlte die Wärme an ihren Schultern. Max Hanes' Silhouette verschwand hinter den Sträuchern, fünfzig Fuß entfernt.

Was bedeutet es mir schon? dachte sie. Wer bin ich schon – nach Jackie und seinem fetten Freund? Wer braucht mich?

»Wieviel Prämie?« fragte sie, als sie ihn eingeholt hatte.

Er berührte ihren Arm und sagte: »Jetzt benutzen Sie Ihren Verstand, Mädchen. Zwei Prozent seines Verlustes.«

»Angenommen... er fliegt doch mit seinen Freunden ab, trotz allem?«

»Dann ist es nicht Ihre Schuld. Sie versuchen Ihr Bestes... und Sie bekommen den Job, auch wenn es nicht klappt.«

»Aber wenn solche Sachen zum Job gehören, dann will ich ihn vielleicht gar nicht, Mr. Hanes.«

»Nennen Sie mich Max, Süße. Wer hat Ihnen denn gesagt, daß so etwas zum Job gehört? Wir sitzen in der Patsche. Keines der Mädchen, die wir gewöhnlich für so etwas verwenden, gefällt ihm. Die Situation wird sich wahrscheinlich nie wiederholen.«

»Dann gehen wir lieber zurück. Mit einem Lächeln«, sagte sie.

Sie kehrten in das Apartment zurück. Sie tranken noch ein paar Bourbons. Als Telferts Laune augenscheinlich immer besser wurde, machte Betty eine Andeutung, daß ihr Gesangsrepertoire noch lange nicht erschöpft wäre. Al blickte auf die Uhr und sagte, daß er ins Hotel zurückkehren müsse. Max sagte: »Ich muß auch gehen, aber es gibt keinen Grund, warum du auch verschwinden mußt, Riggs. Hör dir die Lieder an und schreib mir die Titel, die dir am besten gefallen, auf, bevor du abfliegst. Wir legen großen Wert auf deinen Geschmack. Du verstehst etwas davon.«

Kurz darauf blieb Telfert allein mit ihr im Zimmer zurück. Er ließ sie nicht lange über seine Absichten im unklaren. Sie spürte, daß er ein Mann war, der wenig Wert auf etwas legte, das zu leicht zu erringen war. Deshalb war sie zwar freundlich zu ihm, vermied aber jede Annäherung seinerseits. Als sie bemerkte, daß er sich nicht länger hinhalten ließ, schlug sie vor, auszugehen. Sie nahmen ein Taxi und besuchten ein paar Lokale, die sie kannte.

Es kam der Moment, in dem er bereit war, alle Hoffnungen aufzugeben, und sie benützte den Augenblick, um seine Begierde aufs neue anzustacheln. Als der Morgen schon dämmerte, tat sie so, als streckte sie endlich die Waffen vor seinem unwiderstehlichen Charme und ergab sich seinen Wünschen. Sie blieb in einem Taxi vor dem ›Cameroon‹ sitzen, während er eine Nachricht für seine Freunde hinterließ, daß er nicht mitfliegen würde. Danach kehrten sie in das Apartment 190 im Playland-Motel zurück.

Sie verbrachten fünf Tage und fünf Nächte miteinander, bevor er nach Florida zurückkehrte. Sein Spielgewinn war bei seiner Abreise auf zwanzigtausend Dollar zusammengeschmolzen. Der Verlust ärgerte ihn, aber er redete sich ein, daß sein plötzlich gefundenes Glück in der Liebe jedes andere Mißgeschick aufwog.

Betty Dawson fühlte sich in diesen fünf Tagen wie eine Schauspielerin, die den Text ihrer Rolle nicht weiß und so Satz für Satz erfinden muß. Sie lernte, daß alles leichter zu ertragen war, wenn sie stets leicht angetrunken blieb. Sie fühlte nichts für Telfert. Trotzdem täuschte sie Liebe vor, einhundertzwanzig Stunden lang. Und sie war erstaunt, wie einfach es war, ihrer Rolle gerecht zu werden.

Am letzten Abend machte er ihr einen Heiratsantrag. Er war am Nachmittag für kurze Zeit ausgegangen und schenkte ihr am Abend ein paar antike Ohrringe mit Cabochon-Smaragden, die er für sie gekauft hatte.

»Das soll kein Abschiedsgeschenk sein, Betty«, hatte er gesagt. »Wir passen so gut zueinander, daß ich immer mit dir zusammensein möchte. Gib mir ein wenig Zeit, um mein Leben so zu ordnen, daß du hineinpaßt. Danach hole ich dich fort von hier. Auf legale Weise. Ich schätze, das ist ein Heiratsantrag, wenn ein Mann, der noch immer gewisse Verpflichtungen hat, überhaupt einen solchen Antrag stellen darf.«

Nachdem sie ihn mühsam überzeugt hatte, daß ihr die Karriere mehr bedeutete als eine Heirat, hatte er ihr von seinem Besitz erzählt, der in Lauderdale am Meer gelegen war, den guten Freunden, die er dort hatte. Er bot ihr an, ihr ein hübsches Haus am Meer zu bauen und ihr einen Job in einem der Clubs in Lauderdale zu verschaffen. Wenn es auch nicht das war, was sie sich erhoffte, so war es immerhin ein großzügiges Angebot.

Sie überzeugte ihn, däß sie sich in dieser Vereinbarung nicht wohlfühlen konnte. Aber als er fragte, ob sie Einwände hätte, wenn er von Zeit zu Zeit zurückkehrte und sie besuchte, fand sie keine Ausrede mehr.

Er kam jedoch nie wieder zurück, weil er in den Everglades auf Jagd ging, wo ihn ein junger Rechtsanwalt aus der Jagdgesellschaft im Herbstnebel für einen großen Truthahn hielt und ihn tödlich verletzte. Max Hanes zeigte ihr den Zeitungsausschnitt aus einer Zeitung, und als sie am selben Abend im Bett lag, weinte sie um sich, um Riggs Telfert und ihr verpfuschtes Leben.

Nachdem sie ihn zum Flugzeug begleitet hatte, kehrte sie zum Playland-Motel zurück, packte ihre Sachen, brachte sie zu Mabels Motel zurück und lieferte den Schlüssel zu Apartment 190 bei Max Hanes ab.

»Setzen Sie sich, Schatz. Na, war es so schlimm, wie Sie dachten?«

»Es war leichter, als sich die Pulsadern aufzuschneiden, Max«, hatte sie erwidert, zufrieden, daß sie sich hinter Ironie, Bitterkeit und Härte verbergen konnte.

»Sie und ich verstehen uns, Dawson. Ich könnte Sie jetzt einfach absägen, aber das wäre dumm von mir, und ich bin nicht zu meiner jetzigen Position gekommen, weil ich dumm bin.«

»Ihr Erfolg sollte ein Vorbild für jeden amerikanischen Jungen sein.«

»Man muß den Leuten gegenüber fair sein, mit denen man zusammenarbeitet. Ich bin fair. Nehmen Sie Ihr Geld und seien Sie zufrieden. Hier.«

Sie öffnete den Briefumschlag, blickte flüchtig auf das Bündel

Banknoten und sah, daß es Hundertdollarscheine waren. Sie steckte den Briefumschlag in ihre Handtasche. »Danke vielmals.«

»Wollen Sie denn nicht nachzählen?«

»Ich werde später schon eine Gelegenheit dazu finden.«

»Es sind fünfunddreißig Scheine drin, Kind. Mehr, als ich Ihnen zugesagt habe. Und mehr als notwendig war. Stimmt es?«

»Es stimmt.«

»Verdammt noch mal, würde es Ihnen große Mühe machen, zur Abwechslung mal zu lächeln? Bringen Sie das Geld nicht auf ein Konto. Vielleicht hätten Sie damit Glück, und niemand würde etwas erfahren; aber wenn jemand Ihr Bankkonto überprüft, sitzen Sie wegen der Einkommensteuer in der Tinte. Nehmen Sie sich ein Mietsafe. Dann können Sie das Geld nach und nach auf Ihr Konto einzahlen, wenn Sie das Risiko eingehen wollen. Am sichersten ist es, wenn Sie das Geld ausgeben und sich amüsieren.«

»Steuerhinterziehung, nicht wahr? Ich entwickle mich langsam zur perfekten Gaunerin.«

»Ich rate Ihnen nur, das Geld beim Finanzamt nicht anzugeben. Wenn Sie es dennoch tun, habe ich keine Ahnung, woher es stammt. Jedenfalls nicht von mir. Ich kann es durch meine Buchführung beweisen.«

»Reden wir lieber vom Job, Max. Wann fange ich zu arbeiten an?«

»Bald, Schatz. Ich muß noch einiges zurechtbiegen. Dann setze ich mich mit Ihnen in Verbindung.«

»Hoffentlich suchen Sie nicht nach einem Ausweg, Max. Es wäre schade.«

»Sie sind zu mißtrauisch, Kind. Sie werden hier arbeiten, darauf können Sie sich verlassen.«

Sie bezahlte ihre Schulden bei Mabel Huss. Sie kaufte hübsche, neue Kleider. Sie kaufte den gebrauchten kleinen Morris Minor in bar. Sie wußte nun, daß die Welt anders war, als sie sich vorgestellt hatte, und sie richtete ihr Leben danach ein.

Max setzte sich gegen Ende der Woche mit ihr in Verbindung und sagte: »Sie fangen morgen in vierzehn Tagen an, Süße, von Mitternacht bis sechs. Vier Vorstellungen pro Nacht. Sie können nächste Woche in Ihr Zimmer im Hotel einziehen. Es kostet Sie nichts. Verköstigung und Getränke sind frei. Wir zahlen für die Kostüme, die Sie für die Vorstellung benötigen, und Sie erhalten einhundertfünfzig pro Woche.«

»Ich weiß nicht, ob Andy damit zufrieden ist.«

»Rechnen Sie die Kosten des Zimmers und der Verpflegung dazu, und es ist mehr, als die Gewerkschaft als Minimum festgesetzt hat. Und Sie werden sich nicht beschweren.«

»Wie wollen Sie das wissen?«

»Weil ich eine Ahnung habe, wie Sie denken, Dawson, und weil Sie Ihre Probe im Spielzimmer 190 abgelegt haben.«

Sie starrte ihn an. »Was... was hat das zu bedeuten?«

»Es bedeutet, daß Al Marta durch die X-Sell Associates seine Finger in einer Menge Sachen hat. Kleine Gewerkschaften, Wäschereien und ähnliches in Arizona. Dazu noch ein paar Verkaufsorganisationen hier und da. Eine der Organisationen besitzt das Playland-Motel. Vor einiger Zeit wurde es vollkommen von Experten modernisiert. Das Apartment wurde für einen einzigen Zweck eingerichtet, Kind. Spiegel, Spezialbeleuchtung, versteckte Kameras, Spezialfilme. Wissen Sie, daß das Apartment mit versteckten Mikrophonen ausgestattet ist, die ein Flüstern auf zwanzig Fuß Entfernung erfassen und die Lautstärke so vergrößern können, daß Sie taub werden? Al benützt das Apartment ein paar dutzendmal im Jahr, aber wenn er es auch nur dreimal verwenden würde, machte es sich bezahlt. Diese Spezialausstattung allein hat hunderttausend Bucks gekostet, Kind.«

Sie versuchte, ihre Lippen anzufeuchten. Wie aus der Ferne hörte sie ihre eigene Stimme. »Ich... verstehe nicht recht.«

»Warum wir es diesmal benützt haben? Nicht wegen dir, Kleines. Deine Rolle ist dabei rein zufällig. Al hat erfahren, daß Telfert eine Menge Land in Florida besitzt, und in der Bodenspekulation ist eine Menge Geld zu verdienen. Vielleicht ist es eines Tages notwendig, ein Geschäft abzuschließen, bei dem uns Telfert Schwierigkeiten bereitet. Dann schicken wir ihm einfach einen Abzug des Filmes, der in einem sicheren Tresor in Miami liegt. Das räumt alle Schwierigkeiten aus.«

»Der Film?« sagte sie mit einer zittrigen Stimme.

Er stand auf. »Komm mit, Kleines. Brownie hat den Vorführapparat vorbereitet. Ich dachte mir schon, daß du dir den Spaß nicht entgehen lassen möchtest. Es ist ein Schmalfilm in schwarz-weiß, und die langweiligen Sachen haben wir herausgeschnitten.«

Sie folgte ihm in den kleinen Raum hinter seinem Büro. Der Vorführapparat stand auf einem Tisch. Er war auf eine Wand gerichtet, die sechs Fuß entfernt war.

Er überprüfte den Apparat und schaltete ihn ein. »Es gibt kein Tonband dazu. Manchmal wird ein Film durch eine Tonspule ergänzt, aber das ist ein teurer Spaß. Schalte das Licht hinter dir ab, Kleines, damit ich den Apparat scharf einstellen kann.«

Sie schaltete das Licht aus. Das Quadrat wurde klarer. Sie starrte wie durch ein Fenster auf ihre eigene Schande. Ihr Herz drohte still zu stehen, während sie ihre eigene Entehrung beobachtete. Hanes' Stimme drang undeutlich an ihr Ohr, im Rauschen und Surren des Vorführapparats.

»Die Entlüftungsanlage ist absichtlich etwas laut eingestellt, um die Kamerageräusche zu übertönen. Der Kameramann ist ein Künstler, das mußt selbst du zugeben. Er benützt das Teleskop mit allen Finessen. Man braucht Nahaufnahmen zur Identifikation, verstehst du. Bei Gott, dieser Telfert ist ein ganzer Mann, nicht wahr? Du brauchst dir keine Sorgen zu machen, daß dieser Film je in falsche Hände gerät, auch wenn es Leute gibt, die ein Vermögen dafür zahlen würden. Höchstens, wenn uns einer der Beteiligten Schwierigkeiten macht, trennen wir uns davon. In der nächsten Szene ist die Kamera nicht so gut, und die Einstellung ist...«

Ohne jede Vorankündigung wurde ihr so übel, daß sie sich an einem Stuhl festklammern mußte, während sie sich erbrach. Max stellte den Apparat ab, schaltete das Licht ein und führte sie in sein Badezimmer.

Als sie allein war und sich das Gesicht wusch, lief in ihrer Vorstellung der Film noch einmal ab, so daß ihr ein zweitesmal übel wurde. Es dauerte lange, bis sie die Kraft hatte, das Badezimmer zu verlassen.

»Du siehst recht mitgenommen aus, Schatz. Setz dich!«

»Nein, danke«, sagte sie mit tonloser Stimme.

»Ich hatte keine Ahnung, daß es so schlimm für dich sein würde, Kind.«

»Wer... wer hat den Film sonst noch gesehen?«

»Nur ich und Al und die Jungen aus dem Filmlabor. Und die zwei Kameraleute vom Dienst. Sonst niemand. Ich will ehrlich zu dir sein, Betty. Es hat keinen Zweck, damit hausieren zu gehen. Es wäre unfair dir gegenüber.«

»Unfair?« wiederholte sie, ohne zu begreifen.

»Aber denk immer daran, Schatz, daß ich dich in der Hand habe. Du nimmst den Job zu meinen Bedingungen an. Und wenn ich dir befehle, über das Hotel zu springen, dann möchte ich ernsthafte Versuche sehen, bevor ich dir erlaube, aufzuhören.«

Er kam hinter dem Schreibtisch hervor und blieb neben ihr stehen. »Ich mache dir keine Schwierigkeiten, aber beim erstenmal, wenn du mich hereinlegen willst, lasse ich die schönsten zehn Minuten des Films für deinen Daddy in San Francisco herausschneiden. Verstehst du jetzt?«

Sie hatte eine Antwort gestammelt und war zur Tür gelaufen, hinaus ins Kasino, an den Leuten vorbei, die verwundert hinter ihr herstarrten. Als sie auf der Straße war, merkte sie, daß ihr noch immer die Tränen über die Wangen liefen, und daß sie sich ihre Unterlippe blutig gebissen hatte.

Auf dem wackligen Bett in ihrem Zimmer in Mabels Motel hatte sie sich damit abgefunden, Selbstmord zu begehen. Sie suchte verzweifelt nach einem Ausweg, aber es gab nur diese einzige Lösung. Sie verbrachte zwei Tage im Bett, ohne essen zu können, ohne der Welt ins Auge zu blicken, ohne Mabels besorgte Fragen zu beantworten.

Und dann brachte Mabel Huss sie trotz ihrer Proteste zu dem einsamen Häuschen in der Wüste.

»Du bleibst hier«, hatte Mabel bestimmt. »Ich komme in ein paar Tagen wieder. Ich weiß nicht, was in dir vorgeht. Aber wenn es einen Ort gibt, in dem sich Depressionen überwinden lassen, dann ist es hier. Wenn ich erst einmal fort bin, wirst du sehen, daß es niemand außer dir und Gott hier draußen gibt. Du mußt mit ihm und dir selbst fertig werden.«

Sie war in ihrem alten, klapprigen Wagen abgefahren, ohne zurückzuschauen oder zu winken.

Innerhalb von vier Tagen kurierte sich Betty Dawson – das heißt, sie richtete ihr künftiges Leben auf etwas ein, das nie wieder kuriert werden konnte. Am fünften Tag holte Mabel sie ab. Nach dem ersten besorgten Blick lächelte Mabel erleichtert und zufrieden.

Auf dem Rückweg zeigte Mabel eine überraschende Einfühlung in Bettys Gedanken. »Ich schätze, es ist schwer, etwas zu finden, ohne das man nicht existieren kann, mit Ausnahme des eigenen Lebens, Elizabeth. Wenn es notwendig ist, kann man sich ohne Beine, ohne Freiheit, ohne Liebe behelfen. So war es immer schon und wird es immer sein.«

»Man ... rechnet irgendwie das zusammen, was einem bleibt.«
»Und sagt sich, daß das allein wichtig ist.«

»Ich habe noch genügend Zeit, um heimzufliegen und ein paar Tage bei meinem Vater zu verbringen, Mabel.«

»Das ist ein guter Anfang, Elizabeth.«

Und so hatte sie ein neues Leben innerhalb der Grenzen ihrer Möglichkeiten begonnen. Sie hatte hart gearbeitet. Sie hatte sich Freunde gewonnen, Bekannte amüsiert und versucht, zu vergessen, daß sie nur auf den nächsten Abruf wartete. Und genau in dem Augenblick, in dem sie schon nicht mehr daran glaubte, daß sie für ihre eigenen Fehler büßen müsse, hatte Max ihr jenen glücklichen Spieler aus St. Louis übertragen. Es war ein dicker, dummer Mann voller Falschheit. Es gab keine Möglichkeit, sich zu weigern. Ihre Niederlage, ihre erneute Entehrung stand von allem Anfang an fest. Vor dem wachsamen Auge der versteckten Kameras wandte sie, ohne Scham oder Befriedigung dabei zu empfinden, alle Tricks an, um die peinlichsten Indiskretionen aus ihm herauszulocken. Dabei war sie kühl und beinahe unbeteiligt. Nach zwei Tagen hatte er seinen Gewinn eingebüßt. In der dritten Nacht verlor er vierzigtausend Dollar seines eigenen Geldes. Durch den eigenen Verlust wurde er zu einem impotenten, halb betrunkenen, greinenden Versager.

Nach einem weiteren Jahr, in dem sie zu vergessen suchte, daß sie täglich auf eine neue Erniedrigung gefaßt sein mußte, hatte sie versucht, Max zu bluffen, als er sie mit einem Venezolaner verkuppeln wollte. Aber Max ließ sich natürlich nicht bluffen, solange er seinen Trumpf, den Film, in der Hand hielt. Die Episode mit dem Venezolaner war wenigstens nicht von der Kamera aufgenommen worden. Dafür war das Zusammensein mit ihm schrecklich gewesen. Er entpuppte sich als brutaler Sadist.

Er war ein kleiner, drahtiger Mann, reich und gesund, der sein volles Haar gern und häufig kämmte. Er war von seiner Unwiderstehlichkeit überzeugt. Er schlug sie und beschimpfte sie. Nach dem Sieg über Betty und dem Verlust am Würfeltisch steigerte sich seine sadistische Grausamkeit – bis er wie ein wildgewordener, streitsüchtiger Hahn auf sie losging. Sie war mit ihrer Geduld am Ende, noch bevor er den gesamten Gewinn verloren hatte. Nach einem besonders schmerzvollen Faustschlag hatte sie ihn mit aller Kraft in seine Geschlechtsteile getreten und ihn in ein kreischendes Weib verwandelt. Und als er, Mordlust in den Augen, auf sie zugekrochen kam, hatte sie ihm mit dem angewinkelten Knie das Nasenbein zertrümmert. Er war trotzdem weiter auf sie zugekrochen. Erst als sie ihm eine Vase über den Schädel schlug, gab er Ruhe. Sie hatte sich rasch angekleidet, ohne ihn noch einmal anzusehen, und war zu Max gegangen, weil die Spezialprobleme dieses Spezialfalls nur von einem Spezialisten gelöst werden konnten.

Er war nicht tot. Er war schwer, aber nicht tödlich verwundet. Max hatte sich so, wie Betty es erwartete, um ihn gekümmert und alle Schwierigkeiten aus dem Weg geräumt.

Er hatte ihr nie gesagt, auf welche Weise er einen Skandal vermied. »Wenn dich jemand je wieder schlägt, wendest du dich sofort an mich. Du hast es nicht nötig, dir das von diesen Clowns gefallen zu lassen, Schatz. Du bist zu wertvoll, als daß ich das zulassen würde. Hier ist dein Anteil und eine Sonderprämie dazu. Nimm dir zwei Abende frei. Besuch deinen Alten oder sonst was. Beruhige dich. Wir behüten dich wie unseren Augapfel, Kind.«

Und dann war Hugh Darren aufgetaucht. Und mit ihm die Liebe. Aber wenn man einen gewissen Punkt seines Lebens überschritten hat, wird Liebe zu einem unerlaubten Luxus. Es reicht wohl zu einer Freundschaft, aber mehr ist nicht erlaubt. Aber die Entwicklung von Freundschaft zu Liebe war unaufhaltbar. Sie konnte nur hoffen, daß er ihre Geheimnisse, ihre erniedrigenden Geheimnisse, nie erfahren würde. Sie spielte die Rolle des sauberen, anständigen Mädchens, das sie nicht war. Sie verbarg ihre Liebe vor ihm, weil sie einmal enden mußte.

Sie blickte sich in dem ihr nur allzu bekannten Apartment um. Hier stirbt die Liebe, dachte sie. Hier wird sie niedergeschlagen und verscharrt. Hier wird vergessen, daß sie je existierte. Und warum, wenn ich den eigenen Verlust meiner Liebe bedenke, sollte noch Platz in meinem Herzen für den Verlust bleiben, den ich einem alten Mann aus Texas zufüge? Die anderen waren Narren. Er ist es nicht. Es gibt keine Möglichkeit, ihn zu täuschen, aber das glaubt Max nicht. Es gibt nur diese Nacht, in der es schön wäre, zu sterben. Eine Nacht, die man wie eine Decke über sich und seinen toten Körper ziehen möchte, um nie wieder aufzuwachen.

Temp Shannard wachte früh am Montag, seinem dritten Morgen im Apartment 803 im ›Cameroon‹, auf. Er spürte einen dumpfen Schmerz im Schädel, der ihn nicht weiterschlafen ließ – einen Schmerz wie durch einen Schraubstock, der langsam gespannt wird. Sein Durst war so groß, daß er ihn nicht stillen konnte. Eine Weile lag er da, die Augen vor dem grellen Morgenlicht geschlossen, und hörte auf seinen eigenen Herzschlag, während er sich überlegte, ob ihm übel werden würde.

Er wußte, daß er sich betrunken hatte, aber er konnte nicht weiter zurückdenken. Er hatte ein unbestimmtes Gefühl, daß sich dadurch sein Unbehagen nur noch steigern würde. Er biß die Zähne zusammen, als er sich aufrichtete, schlurfte leise ins Badezimmer und schloß die Tür hinter sich.

Verdammt, du bist bald einundfünfzig, Shannard, sagte er sich, und du benimmst dich wie ein Halbwüchsiger.

Er fühlte sich ausgelaugt, schmutzig und leer. Er stemmte die Oberschenkel gegen das kühle Becken und trank hintereinander vier Gläser Wasser, hielt ein und schien auf etwas zu horchen, trat zur Toilette und übergab sich. Nach geraumer Zeit trank er noch ein Glas Wasser, das er nicht erbrach. Dann duschte er. Während er unter dem rauschenden Wasser der Brause stand, hielt er die Augen geschlossen und versuchte, sich nicht an die unangenehmen Dinge zu erinnern, die ihm durch den Kopf gingen. Er spürte, daß er noch nicht dagegen gewappnet war und sich erst darauf vorbereiten mußte.

Temp Shannard wachte fast an jedem Morgen seines Lebens mit der Überzeugung auf, daß sich etwas Wichtiges und Schönes ereignen müsse. Er spürte, daß diese Theorie an diesem Morgen nur schlecht zu bestätigen war.

Nach einem weiteren Glas Wasser begann er sich zu rasieren. Um seinem Selbstbewußtsein auf die Beine zu helfen, legte er besondere Sorgfalt darauf und nahm sich vor, sich nicht zu schneiden, obwohl seine Hände deutlich zitterten.

Mitten in dieser Beschäftigung wurde ihm ein Gedanke bewußt, der sich nicht mehr vertreiben ließ.

SIE WOLLEN DICH FERTIGMACHEN!

Er hielt den Rasierapparat in der Hand und blickte auf sein Spiegelbild.

DU SITZT IN EINER FALLE, SHANNARD. DU MUSST DICH BEEILEN. DU MUSST DEINE SCHULDEN BEZAHLEN, UND DANACH BLEIBT DIR HERZLICH WENIG GELD.

Na, dachte er und rasierte sich weiter, ich habe schon öfter wenig Geld gehabt und trotzdem mein Ziel erreicht. Ich werde das Angebot annehmen. Sie versperren mir den Weg zu einem Vermögen, und ich werde eben doppelt so hart arbeiten müssen, um auf einem Umweg daran zu kommen. Wenigstens bleibt mir etwas für einen neuen Start.

NEIN, ES BLEIBT DIR NICHTS. DU HAST GESTERN NACHT ALLES VERSPIELT.

Als er diesen Gedanken formuliert hatte, wurde ihm schwindlig.

Wieviel?

Vielleicht habe ich nicht alles verloren?

Wieviel habe ich verloren?

Er schnitt sich ins Kinn, stillte das Blut mit einem Fetzen Toilettenpapier, den er darüber klebte. Er öffnete vorsichtig die Tür zum Schlafzimmer. Vicky schlief immer noch. Sein Anzug lag zerknittert auf dem Stuhl. Mit zitternden Händen wühlte er die Taschen durch und fand sein kleines Notizbuch. Er erinnerte sich verschwommen, die Summe der Schecks aufgeschrieben zu haben, die er eingelöst hatte. Er fand das richtige Blatt und erkannte seine betrunkene, verworrene Handschrift. Seine Lippen bewegten sich, als er die Zahlen addierte. Ein zweitesmal überprüfte er die Summe. Dreiundsechzigtausend Dollar.

Er blickte in die Brieftasche und fand darin etwas über hundert Dollar. Auf dem Schreibtisch fand er noch drei Fünfzigdollarspielmarken zwischen den Schlüsseln und dem Kleingeld. Noch immer nackt ging er zu dem Polstersessel bei den Vorhängen und setzte sich, schwach, verwirrt und schwindlig. Er grübelte über Bilanzen und Kontoauszüge nach. Und endlich erkannte er, daß er das Opfer einer unbesiegbaren Ironie war, wenn er an die Leute verkaufte, die Al Marta verständigt hatte, und nach Nassau zurückkehrte, um alles zu verkaufen, was er sein eigen nannte: das Haus, das Boot, den Wagen. Wenn er damit seine Schulden tilgte, würde er praktisch mittellos dastehen.

Er sagte sich, daß er wahrscheinlich einen Rechenfehler begangen hatte, daß er gar nicht soviel verloren haben konnte. Aber er wußte, daß es nur Selbstbetrug war. Der Schweiß brach ihm aus allen Poren aus.

Vicky bewegte sich im Schlaf, seufzte und kuschelte sich tiefer in die Decke. Er spürte das Verlangen nach ihrer Nähe. Er ging zu ihrem Bett und setzte sich vorsichtig, um sie nicht zu wecken. Sie schlief nackt und hatte sich mit der letzten Bewegung auf den Rücken gedreht, einen Arm über den Kopf gelegt. Der Saum des Leintuches lief quer über ihren Oberkörper und entblößte eine schwere, feste Brust. Trotz ihrer dreißig Jahre war sie noch immer straff. Die Warze war kastanienbraun. Die weiße Haut mit dem zarten blauen Adernetz fühlte sich weich und glatt an. Ihr Gesicht glich dem eines schlafenden Kindes, und die Konturen ihres Körpers hoben sich unter der enganliegenden blauen Decke deutlich ab.

Er fühlte das pulsierende Verlangen nach ihr und erinnerte sich, daß es immer so war, wenn er nach einem Rausch wieder nüchtern wurde, als ob der Alkohol seine männlichen Instinkte aufs neue geweckt hätte.

Ihre Augen öffneten sich in diesem Augenblick und starrten ihn sekundenlang blind an, bevor sie ihn erkannten. Er schob sich näher an sie heran, lächelte und legte seine braune Hand auf ihre nackte Brust und flüsterte: »Guten Morgen, Darling.«

»Nimm deine blöde Hand von mir!«

Er war so überrascht, daß er erst nach einer Schrecksekunde die Hand zurückzog. Ihre Weigerung kam vollkommen unerwartet. Noch nie, außer während einer Krankheit, hatte sie sich ihm verweigert. Noch nie hatte sie in diesem Ton zu ihm gesprochen. Es war nicht nur Ärger oder Gereiztheit. Es war Verachtung und noch schlimmer – Gleichgültigkeit.

Sie richtete sich langsam auf, warf ihm einen kühlen, unbeteiligten Blick zu, ging ins Badezimmer und schloß die Tür hinter sich. Es kam ihm wie eine Ewigkeit vor, bis sie wieder erschien. Er saß immer noch im Schlafrock und Pantoffeln da. Sie kam nackt, wie es ihre Gewohnheit war, aus dem Badezimmer und schenkte ihm keinen Blick, als sie sich mechanisch ankleidete. Früher hatte er diese Beschäftigung als eine zärtliche, leicht provozierende Handlung betrachtet. Aber diesmal drückte sie durch ihre Nacktheit und durch ihre Bewegung nur kühle Verachtung aus.

»Ich schätze, ich habe mich verdammt dumm benommen«, sagte er.

»Und wie.«

»Ich habe eine Menge Geld verloren, wenn das der richtige Ausdruck ist.«

»Ich weiß. Du hast mir die Summe genannt, als du um halb vier Uhr zurückgekommen bist. Du hast mich aufgeweckt. Dreiundsechzigtausend Dollar. Und nach diesem Fiasko wolltest du umarmt und umsorgt werden. Ich sollte deine Tränen trocknen und deine Wunden verbinden und dir erzählen, wie wunderbar du bist. Du hättest nicht abstoßender sein können, mein Liebster.«

»Es geschah nur, weil ich so enttäuscht war, Vicky. Die Konferenz verlief so schlecht für mich. Ich mußte mir irgendwie Mut machen.«

Sie kehrte vom Schrank zurück und legte ein graues Kostüm auf ihr Bett. Ihre Stimme war gleichgültig. »Deine Motive interessieren mich herzlich wenig, Liebster. Um ganz ordinär zu sein: Ich pfeife darauf.«

»Wenn ich mich wirklich wie ein verdammter Narr benommen habe«, sagte er leicht verärgert, »dann hättest du wenigstens versuchen sollen, mich daran zu hindern.«

Sie fuhr herum und blickte ihn an. »Hindern? Dich hindern! Hugh hat es versucht. Ich habe es versucht! Du hast keine Ahnung, wie häßlich du dich benommen hast. Niemand hätte dich daran hindern können, du verdammter Hanswurst!«

»So hast du noch nie zu mir gesprochen.«

Sie zuckte die Schultern und wandte sich ab. »Wirklich, Liebster?«

Er beobachtete sie eine Weile und sagte: »Na, es gibt schlimmere Dinge, obwohl mir im Augenblick nichts einfällt. Ich werde Al Marta sagen, daß ich das Angebot annehme. Wir warten ab, bis ich das Geld habe – es dürfte eine Woche oder etwas länger dauern –, und dann wage ich mich in die Höhle des Löwen. Ich kann alle Schulden bezahlen und reinen Tisch machen, Darling. Johnny Sheldon wird uns bestimmt sein Strandhaus vermieten. Und bei den Aufträgen wird es nicht lange dauern, bis wir wieder oben sind. Bis dahin haben wir die Sonne und den Strand und uns beide; und das ist mehr, als eine Menge Leute je besitzen. Ich habe eben ein wenig Pech gehabt. Und die gestrige Nacht gab mir den Todesstoß.«

»Eine reizende Aussicht!« sagte sie.

Er starrte sie verwirrt an. »Was, zum Teufel, machst du?«

»Ich packe, Liebster. Ich lege Sachen in den Koffer. Das nennt man packen.«

»Wir wollten doch noch für eine Woche hierbleiben.«

Sie ging zur Frisiertoilette und zündete sich eine Zigarette an. Sie blickte ihn nachdenklich an, den Kopf zur Seite geneigt. »Du kannst noch eine Woche bleiben. Ich reise sofort ab.«

»Warum willst du vor mir zurückkehren?« fragte er unsicher.

»Ich kehre nicht zurück. Ich verlasse dich, Temp. Heute noch.«

Er starrte sie an. »Ich habe das verdammte Gefühl, dich nie gekannt zu haben.«

»Vielleicht ist es wirklich so. Ich bin Luxusware, Liebster. Solange du die Rechnung bezahlen konntest, war ich durchaus zufrieden, deine verliebte, reizende, kleine Frau zu spielen. Und es ist nicht meine Schuld, daß dieses Vergnügen jetzt zu teuer für dich ist. Ich bin nicht der Typ, um in einem jämmerlichen kleinen Haus zu leben und in der Küche zu wirtschaften und unsere Kleider zu stopfen, Liebster. Du hast recht, du kennst mich wirklich nicht. Ich bin als Aushängeschild eines reichen Mannes geeignet. Ich kann für gute Unterhaltung sorgen, einen Haushalt betreuen und eine Party verschönern. Aber selbst wenn ich dich lieben würde – nimm dir das nicht zu Herzen, ich habe noch nie jemand geliebt –, dann kann ich es mir in meinem Alter nicht erlauben, mich in ein Arbeitstier zu verwandeln. Ich muß jemand finden, der dort weitermacht, wo du aufgehört hast, Liebster. Das dürfte nicht allzu schwierig sein, meinst du nicht auch?«

Mit jedem Satz, mit jedem Wort traf sie ihn tief bis ins Herz. Alles, ihre Gefühle, ihre Liebe, waren Täuschung und Betrug. Es war ihm, als hätte sie ihn mit der raschen Bewegung eines Trappers die Haut abgezogen. Er blutete aus jeder Pore.

»Hure!« flüsterte er.

Sie zog den Bauch ein, um ihre Bluse unter den Rock zu schieben. Diese Bewegung betonte die Größe ihrer Brüste und verstärkte die Andeutung ihres weichen Doppelkinns.

»Bitte, sei nicht so langweilig und theatralisch«, sagte sie. »Selbst wenn das Wort zutrifft, hast du dich nicht zu beklagen. Ich habe dich nie betrogen, Temp. Und es wäre einfach gewesen. Ich habe immer so getan, als ob ich mich amüsierte, wenn ich mich auch langweilte. Wenn dich dein Glück nicht verlassen hätte, würdest du alles nie erfahren haben. Du hättest dein Leben beendet, und ich hätte dich mit allen Zeichen des Schmerzes und der Trauer begraben, und die Erinnerung an dich auf meine eigene Weise erhalten, Darling. Aber plötzlich muß ich an meine eigene Zukunft denken, nachdem sie mir lange Zeit so sicher erschien. Und ich werde meine

Zukunft auf meine Weise sichern, glaub mir. Es wird nicht lange dauern.«

Sie drehte sich um und betrachtete ihr Spiegelbild mit gerunzelter Stirn.

»Du läßt mir gar nichts, nicht wahr?«

Sie glättete ihren Rock. »Ich muß unbedingt ein paar Pfund Gewicht von den Hüften verlieren. Was hast du gesagt?«

»Ich sagte, du bringst mir das alles so zart und feinfühlig bei. Es rührt mich.«

Sie streifte sich die Jacke über und blickte ihn lächelnd an. »Es gab einmal einen zart besaiteten Mann, der einen süßen, kleinen Spaniel besaß. Er erfuhr, daß dem Hündchen der Schwanz gestutzt werden mußte. Er brachte es nicht übers Herz, den süßen Schwanz auf einmal abzuschneiden, und deshalb tat er es Stück um Stück, jeden Tag ein bißchen mehr.« Sie sah auf die diamantenbesetzte Uhr. »Ich werde in der Kaffeestube frühstücken. Wenn du die ganze Sache vernünftig behandeln willst, kannst du mich dabei begleiten. Anschließend werde ich mehrere Telefongespräche führen. Wenn ich Glück habe, kann ich dir bald meine neue Adresse geben.«

Sie überprüfte ihre Erscheinung im Spiegel, zog eine Strumpfnaht gerade, betastete die sorgfältig gewellten Locken, zog ihren Strumpfhalter mit einer charakteristischen Bewegung zurecht und durchquerte das Wohnzimmer, ohne ihn zu beachten. Die Tür schloß sich leise hinter ihr.

Temp Shannard richtete sich auf. Er stand plötzlich außerhalb seines eigenen Lebens, außerhalb der von ihm erwarteten Verhaltensnormen.

»Der Kopf rollte in den Korb und die Menge rief ›Aaahh‹.« Seine Stimme klang zu laut, zu fremd. Er kratzte sich am Bauch, ging zum Spiegel und starrte auf ein Gesicht, das schon nicht mehr ganz zu ihm zu gehören schien. Er schob die Lippen zurück und betrachtete seine kräftigen, gelblichen Zähne.

»Wie viele Männer mit einundfünfzig haben noch immer alle eigenen Zähne bis auf einen?« Diesmal war seine Stimme zu leise.

Plötzlich drehte er sich um und eilte zielbewußt zum Schreibtisch. Er nahm einen Briefbogen und schrieb: »Wenn es jemand gibt, der auch nur einen Funken Mitleid oder...«

Er riß den Streifen Papier ab, auf dem er die Worte geschrieben hatte, rollte ihn zusammen, schob ihn in den Mund, kaute und verschluckte ihn.

»Zeit seines Lebens soll der Mensch Schmutz fressen, aber Papier wird nicht erwähnt.«

Er stand auf und ging zu der Schiebetür neben dem Fenster. Sie quietschte ein wenig, als er sie öffnete. Er trat aus dem kühlen Zimmer auf den sonnenwarmen Balkon. Er starrte auf den Verkehr des Strips herunter, auf die hell getünchten Mauern des Hotels ›Riviera‹, auf die erloschenen, bunten Neonreklamen, auf die grüne Oase der Gärten inmitten einer Wüste, die bis zu den leeren Bergen in der Ferne reichte.

Temp Shannard blickte sich nach rechts und links um und war dem Architekten dankbar, der die teuren Apartments vollständig von den billigen Zimmern abgetrennt hatte. Ein Segelboot auf einem Anhänger erregte sein Interesse, als es über den Strip rollte. Und einen Augenblick lang fühlte er eine schmerzliche Freude.

Wir ankerten, erinnerte er sich, vor einer Insel, die noch niemand gesehen hatte, und das ›Party-Girl‹ bewegte sich vorsichtig am Ende des Ankerseils unter einer Sonne aus gelbem Papier, die in einen kindlich blauen Himmel geklebt war. Wir schwammen nackt zum Strand zurück, sorglos und verspielt wie die ersten Menschen. Später saß sie, den Rücken gegen die Kabine gelehnt, und mein Kopf lag auf ihrem Schoß. Sie fütterte mich mit Erdnüssen und behauptete, ich sei ein wildes, gefährliches Tier, das beruhigt und gefüttert werden mußte. Sie streichelte zärtlich mein Gesicht und sagte mit ihrer ruhigen, klaren Stimme: »Du bist wirklich ein wunderbarer Gatte, mein Gatte!« Ich hätte in diesem Augenblick vor Glück sterben können, weil wir drei Wochen lang verheiratet waren, und weil ich wußte, daß ihr die zwanzig Jahre Altersunterschied nichts bedeuteten.

Er beobachtete, wie das Segelboot verschwand und wünschte ihm guten Wind und viel Glück auf seinen Fahrten. Dann streifte er die Hausschuhe ab und streckte die Zehen gegen den warmen Beton der Balkonumrandung.

Das Gitter war hüfthoch und etwa acht Zoll breit. Unendlich langsam schob er sich rückwärts über das Geländer. Sein Atem ging erregt und laut, wie in sexueller Spannung, und er schloß die Augen gegen den gleißenden Himmel. Ein grellrotes Signal in seinem Gehirn leuchtete im Rhythmus zu seinen Herzschlägen auf: GOTT GOTT GOTT GOTT GOTT...

Er fühlte die ungesunde Erregung in seinem Unterleib und schob seine Hand einen Augenblick lang unter den Hausmantel.

»Ich habe sie nie verstanden«, sagte er mit müder Stimme.

Dann hob er die Knie, kreuzte die Arme über der Brust und rollte über das Gitter. Er öffnete seine Augen und sah, mit fast unbeteiligtem Erstaunen, die weite blaue Schüssel des Himmels, die um ihn wirbelte und wirbelte.

Hugh Darren saß mittags hinter seinem Schreibtisch und betrachtete heimlich das Gesicht Vicky Shannards, die mit steifem Rücken und gefalteten Händen vor ihm saß. Sie hatte irgendwie Zeit gefunden, Trauerkleidung anzulegen. Ihre Lippen waren dezent geschminkt. Außer einer leichten Blässe konnte er keine Änderung an ihr entdecken.

»Du bist außerordentlich gütig, Hugh. Ich bin dir sehr dankbar.«

»Hoffentlich hältst du es nicht für abgebrüht, aber der größte Teil ist in jedem Hotel Routinesache.«

»Ganz besonders hier, stelle ich mir vor. Hier sind ja die Gründe für einen Selbstmord klarer ersichtlich als anderswo. Ich kann es noch immer nicht fassen, wie rasch alles geordnet wurde, und wie diskret sich die Polizei verhielt, damit möglichst wenig Leute davon erfuhren, Hugh.«

»In dieser Branche muß schlechte Publizität vermieden werden«, sagte er bitter.

»Er wollte sich gerade anziehen, als ich das Apartment verließ. Wir wollten zusammen frühstücken. Ich hatte nicht die geringste Ahnung, bis ich deinen besorgten Gesichtsausdruck sah. Da wußte ich plötzlich, was geschehen war, noch bevor du es mir sagtest.«

»Hast du mir das nicht schon ein bißchen zu oft erzählt?«

Sie blickte ihn ernst an. »Ich weiß nicht, was du meinst. Wenn ich mich wiederhole, dann nur, weil ich sehr erregt bin, weißt du.«

»Er war ruiniert, als er starb, Vicky.«

»Das ist ein schlechter Grund, sich umzubringen.«

»Ich kann mir auch nicht vorstellen, daß sich Temp deswegen umbringen würde. Er besaß zuviel Optimismus.«

»Vielleicht warf ich ihn vom Balkon, eilte zur Kaffeestube hinunter und bestellte mein Frühstück.«

»Stell dich nicht dumm, Vicky. Ich habe nur das Gefühl, daß er glaubte, nicht nur sein Vermögen, sondern auch dich verloren zu haben.«

Sie blickte ihn aus erstaunten Augen an. »Ich muß zugeben, lieber Hugh, daß ich ein Luxusartikel bin. Vielleicht kam er auf den absurden Gedanken, ich würde ihn verlassen; aber es hätte mich beleidigt, wenn er das glaubte. Ich bin ziemlich hart, weißt du. Ich habe eine Menge... Krisen überstanden. Diesmal wäre es nicht anders gewesen.«

»Du hast also nichts gesagt, was ihm den falschen Eindruck gegeben hätte, du wolltest ihn verlassen?«

»Das ist eine häßliche und unverschämte Frage, Hugh. Wenn ich auch nur im geringsten fühlte, es sei meine Schuld, könnte ich nicht mehr leben. Natürlich war er furchtbar niedergeschlagen, nachdem er soviel Geld verloren hatte, aber ich sagte ihm, daß jeder Mensch eine Dummheit begehen kann. Ich verstehe nicht, warum du gerade jetzt so häßlich zu mir bist. Es ist nicht fair.«

Er seufzte. »Es tut mir leid, Vicky. Es ist ein schwerer Schlag für mich. Ich werde Max Hanes und seinen Freunden tagelang aus dem Weg gehen müssen. Im Augenblick könnte ich mich vergessen und sie erwürgen.«

»Aber du kommst darüber weg.«

»Was meinst du damit?«

»Du würdest deine Stellung nicht lange behalten, wenn du Leute umbringen willst, nicht wahr. Und es ist eine gute Stellung.«

»Okay. Wir sind quitt. Schließen wir Frieden.«

»Das wäre nett. Ich möchte dich weiterhin als Freund betrachten, Hugh.«

»Gut. Als Freund, was willst du jetzt tun?«

»Der ganze Papierkrieg wird furchtbar schwierig für mich sein. Es ist bitter, wenn jemand in der Fremde stirbt. Ich werde Dicky Armbruster anrufen. Du erinnerst dich bestimmt an ihn – unseren Rechtsanwalt aus Nassau – und werde mir von ihm den größten Teil der Arbeit abnehmen lassen. Ich bin ein Feigling. Deshalb habe ich Temps Kindern telegrafiert, anstatt sie anzurufen. Aber ich glaube, ich werde das später noch nachholen. Vielleicht ist es möglich, ihn in dem Familiengrab in den Staaten beizusetzen. Seine erste Frau ist dort begraben, aber das macht mir nichts aus. Es wäre eine recht makabre Eifersucht.«

»Aber, von was wirst du leben, Vicky? Wie steht es mit dir?«

»Vielleicht war das Temps Grund, Hugh. Ich glaube, wenn sich der Staub erst einmal gelegt hat, werde ich ziemlich gut situiert sein. Die Erbschaftssteuer in den Bahamas ist nicht sehr hoch, weißt du. Und Temp erzählte immer von hohen Versicherungssummen. Ich riet ihm nie dazu, ganz im Gegenteil, die Prämien kamen mir immer zu hoch vor. Aber er war älter als ich und glaubte, daß er mir soviel Sicherheit bieten mußte, wie er sich nur leisten konnte. Ich glaube nicht, daß ein großer Teil seiner Gläubiger mich für seine Schulden haftbar machen kann. Und ich bin überzeugt, daß der Rest ziemlich geduldig sein wird. Es wäre unehrenhaft, wenn sie darauf bestehen würden. Ich werde seinen Landbesitz behalten und später, weil ich nur wenig von Geschäften verstehe, alles in die Hände eines verläßlichen Vermögensverwalters legen. Es bleibt mir auch noch das Haus, das ich verkaufen kann und mir ein etwas kleineres dafür anschaffen kann.«

»Ich hatte keine Ahnung, daß du alles so klar durchdacht hattest.«

»Oh, aber die Gedanken sind mir erst jetzt gekommen. Ich weiß, daß er auch Policen beliehen hat, aber das dürfte nur einen kleinen Teil ihres Wertes ausmachen.«

»Die ganze Sache macht mich krank, Vicky. Krank und niedergeschlagen.«

Sie griff nach seiner Hand und berührte sie leicht. »Ich weiß, mein Ärmster. Ich habe ganz vergessen, wie sehr deine Pläne auf Temps Unterstützung für dein kleines Hotel beruhten.«

Er fühlte, wie sich sein Gesicht rötete. »Daran habe ich nicht gedacht, verdammt noch mal!«

Sie blickte ihn spöttisch an, und ihre blauen Augen glänzten. »Gibt es einen Grund, mein lieber Hugh, warum alte Freunde sich etwas vormachen sollten? Willst du mir wirklich einreden, daß du nicht an das Geld gedacht hast?«

»Well... es ist doch natürlich, daß es meine Pläne durcheinander bringen wird... etwas, von dem ich schon jahrelang träume...«

Sie beugte sich vor und deutete eine gewisse Vertraulichkeit zwischen ihnen an. »Wir sind uns von Natur aus ähnlicher, als du zugeben würdest. Ich wußte es immer schon, Hugh.«

»Was kann ich darauf antworten?«

»Versuch es nicht erst«, sagte sie und stand auf. »Alte Freunde sollten sich nicht entfremden, mein Lieber. Wenn du dein... finanzielles Ziel erreicht hast, komm doch bitte nach Nassau, und wir sprechen darüber. Du kannst mich in meinem kleinen Haus besuchen. Wir werden schon einen Weg finden, um deine Wünsche zu erfüllen. Du könntest einer einsamen Witwe ein großer Trost sein, mein Lieber. Wir sehen uns bestimmt noch, bevor ich abreise.«

Sie drehte sich um, runzelte die Stirn und sagte: »Ist es notwendig, daß ich unsere Rechnung hier begleiche?«

»Nein, mach dir deswegen keine Sorgen.«

»Du bist süß. Ich gehe jetzt nach oben und packe Temps Sachen und führe ein paar Telefongespräche. Oh, würdest du dir ein Erinnerungsstück aus Temps Sachen aussuchen?«

»Ich ... ich weiß wirklich nicht ...«

»Ich schicke dir sein Feuerzeug herunter, Hugh. Du hast es bestimmt gesehen. Es ist aus Gold und sehr hübsch. Ich glaube, es hätte ihn gefreut, es dir zu geben.«

Die Tür schnappte hinter ihr zu. Er blieb bewegungslos sitzen und schloß die Augen. Er suchte in seinem Herzen nach den Tränen, die er um Temp weinen wollte, und erkannte, daß Vicky sie getrocknet hatte. Auf ihre Weise hatte sie eine Erinnerung an Temp Shannard verdunkelt.

Shannards Tod besaß keine Würde. Er war ein Narr, dessen Blut den Lack eines geparkten Cadillacs beschmiert hatte. Und nun war er nichts als eine versiegelte Kiste, die nach dem Osten abtransportiert werden würde. Er hatte nicht einmal ein Zeichen am Rande des Parkplatzes hinterlassen, wo sein Körper aufgeprallt war. Nachdem Sägespäne über das Blut gestreut waren, wurde die ganze Stelle abgespritzt, und innerhalb von Minuten trocknete sie unter der heißen Sonne. Der Krankenwagen hatte das zermalmte Etwas fortgeschafft, ohne Blaulicht und Sirenen. Der Name des Hotels oder des Kasinos wurde mit keinem Wort erwähnt.

Um zwei Uhr nachmittags am Montag legte Homer Gallowell eine Fünfundzwanzigtausenddollarspielmarke auf das Antifeld und beobachtete, wie der Spieler eine Elf rollte und der Kassierer seinen Chip einsammelte.

Er hatte die genaue Anzahl seiner Wetten gezählt. Er wußte, daß er die Grenze erreicht hatte, die der junge Mathematiker errechnet hatte; die Grenze, nach der sich seine Chancen verringern würden. Er drehte sich um und ging zum Kassenraum. Ein bleicher, junger Mann trat an das Gitter, um sich um ihn zu kümmern.

»Ich habe hier acht Marken, mit denen ich angefangen habe und nochmals acht, die ich gewonnen habe, und diese eine hier bleibt übrig, mein Junge.«

»Yes, Sir. Das sind siebzehnhundert Dollar, Sir. Wir möchten Sie ...«

»Die hier sind ein wenig mehr wert, mein Junge.«

»Was? Oh, oh, entschuldigen Sie bitte, Mr. Gallowell. Wenn Sie sich einen Augenblick gedulden wollen, hole ich Mr. Hanes, den Manager.«

Innerhalb einer Minute tauchte Max Hanes hinter dem Gitter auf.

»Sie wollen uns doch hoffentlich nicht verlassen, nachdem Sie uns so viel Geld abgenommen haben, Mr. Gallowell?«

»Well, es hat mir Spaß gemacht, und Sie haben einen netten Laden hier, aber meine alten Beine halten das Herumstehen nicht mehr aus. Deshalb ist es an der Zeit, wieder abzufahren. Außerdem habe ich Ihnen gar nicht soviel abgenommen, Hanes. Nur meinen Verlust vom letztenmal und fünfundzwanzigtausend Dollar Zinsen. Das macht zwölf Prozent, und es gibt Narren, die noch mehr zahlen. Unsere Rechnung ist beglichen, Hanes. Wenn Sie mir jetzt meinen Scheck zurückgeben würden und zweihundertfünfundzwanzigtausend in bar dazu, bin ich zufrieden.«

»Der Scheck wurde heute morgen in die Bank eingezahlt, Mr. Gallowell.«

»Dann müssen es eben vierhundertfünfundzwanzig in bar sein. Ich habe zur Vorsicht eine kleine, alte Geldtasche mitgebracht. Sie können es in der Zwischenzeit zusammensuchen, während ich auf mein Zimmer zurückkehre und meine Sachen packe.«

»Es wird eine Weile dauern, bis wir das Geld beisammen haben, Mr. Gallowell.«

»Nicht allzu lange. Sie haben es doch, nicht wahr?«

»Wir haben nur eine Reserve von dreihunderttausend, und die kann ich nicht vollkommen verwenden, das verstehen Sie doch.«

»Dann beeilen Sie sich lieber und kratzen es zusammen, weil ich möglichst bald abfliegen will.«

»Es ist eine ziemlich große Barsumme, um sie mit sich zu tragen.«

Gallowell starrte ihn mit einem trockenen Lächeln an. »Nur wenn jemand erfährt, daß ich das Geld habe. Aber außer mir wissen nur Sie davon, und ich schätze, Sie stehlen nicht das Geld, das Sie verloren haben, oder?«

»Nein, das meinte ich nicht. Ich dachte nur... so viel Geld kann einen nervös machen.«

»Ich war nicht mehr nervös seit der Zeit, in der ich in einem kleinen Strom badete, und ein Bär interessierte sich zu sehr für mich. Suchen Sie das Geld rasch zusammen, Hanes. Ich zahle einigen Jungens eine Menge Geld, um meinen Namen aus den Zeitungsberichten zu halten. Es wäre interessant, zur Abwechslung Ihren Namen gedruckt zu sehen.«

Er drehte sich um und marschierte davon. Max Hanes fluchte verhalten. Er winkte Ben Brown herbei. »Der alte Esel glaubt, er kann verschwinden. Sammle viereinviertel ein. Du weißt, wo und wen du mitzunehmen hast.«

Hanes beeilte sich, als er auf den Lift zuging. Fünf Minuten später kehrte er in die Halle zurück und ging in Hugh Darrens Büro. Darren blickte überrascht und ärgerlich auf.

»Sie haben gute Arbeit an Shannard geleistet, Max.«

»Okay. Ich habe seine Hand gehalten und ihm geraten, loszuspringen. Es tut mir leid. Ich habe jetzt keine Zeit dafür. Ich benötige einen der besonderen Gefallen, über die wir einmal sprachen.«

»Wenden Sie sich an Jerry Buckler.«

»Er ist sternhagelvoll. Bewußtlos in seinem Badezimmer. Ich habe ihn ziemlich kräftig geschüttelt. Ich habe ihn halbwegs in kaltem Wasser ersäuft. Es nutzte alles nichts. Sie müssen mir helfen, und streiten können wir uns später darüber. Ich gebe Ihnen ein Tausenddollarheftpflaster, das Sie sich auf Ihr Gewissen kleben können.«

»Wen soll ich umbringen?«

»Sehr witzig! Sie sollten Conférencier werden, bei Ihrem Humor. Aber jetzt hören Sie mir bitte einmal zu. Wir müssen dem Mädchen in der Telefonzentrale besondere Anweisungen geben. Sie hört auf Sie, Darren. Ich schmiere sie mit einem Hunderter, um sie zu beruhigen. Sie braucht nicht viel zu tun, wenn es nicht sowieso schon zu spät ist. Sie soll verhindern, daß Gallowell seinen Privatpiloten anruft. Der alte Trottel fliegt nicht nach Einbruch der Dunkelheit, und ich will verhindern, daß er bis dahin die Verbindung herstellt.«

»Warum?«

Max hieb mit der Faust auf den Schreibtisch. »Ich will dem Alten eine Chance geben, weiterzuspielen. Vielleicht tut er es trotz meiner Bemühungen nicht. Aber ich muß es versuchen. Lassen Sie das Mädchen von der Zentrale für ein paar Minuten ablösen und bestellen Sie es hierher. Ich spreche mit ihm. Bedauerlicherweise ist es nun einmal Ihre und nicht meine Angestellte.«

Hugh dachte nach. Was bedeutete ihm ein alter Mann, der ein Telefongespräch nicht führen konnte? Noch dazu ein alter Mann, den er nicht kannte. Andererseits waren tausend Dollar zu gewinnen. Eine Summe, die plötzlich wichtig geworden war, seit Shannard aus dem achten Stockwerk auf den Asphalt gesprungen war. Er verließ sein Büro, sorgte für eine Vertretung in der Zentrale und brachte Miß Gates in sein Büro. Sie war eine verbitterte Fünfzigerin mit knallrot gefärbtem Haar.

»Das ist Mr. Hanes, Miß Gates.«

»Yes, ich kenne ihn.«

»Er hat einen Sonderwunsch an Sie zu richten, Miß Gates. Mit meiner Zustimmung.«

»Um was handelt es sich?«

Hanes zog einen Fetzen Papier aus der Tasche und reichte ihn Miß Gates. »815 wird nach dieser Nummer verlangen. Wenn er es bereits getan hat, bin ich geschlagen. Können Sie sich erinnern?«

»Ich muß nachsehen. Ich habe es nicht im Kopf.«

»Sehen Sie nach. Wenn er die Nummer verlangt, tun Sie, als wählten Sie die Nummer. Lassen Sie ihn das Rufzeichen hören, bevor Sie die Verbindung unterbrechen und sich als das Sage-Motel melden. Er wird nach einem Mann namens Scott verlangen. Lassen Sie ihn eine Weile warten und erzählen Sie ihm, daß Scotts Zimmer nicht antwortet. Wenn er es ein zweitesmal versucht, wiederholen Sie die Prozedur. Wenn er eine Nachricht hinterläßt, nehmen Sie die an. Und reden Sie nicht darüber.«

»Soll ich das Ihnen zuliebe tun?«

»Sie tun es den beiden Souvenirbildern US-Präsident Grants zuliebe, Schatz. Rufen Sie in meinem Büro an, und sagen Sie mir Bescheid, wenn alles klappt. Vielleicht kann ich Ihnen eines schönen Tages auch einen Gefallen erweisen, eh?«

»Wird gemacht«, versprach sie und ließ die beiden Scheine in ihrem Büstenhalter verschwinden.

»Dann beeilen Sie sich.«

»Nach sechs Uhr werde ich abgelöst«, sagte sie, als sie zur Tür ging.

»Nach sechs Uhr ist es nicht mehr wichtig, Schatz.«

Nachdem sie gegangen war, sagte Hugh: »Woher haben Sie die Nummer?«

»Aus seinem Postfach. Ich sah am Samstag nach und rief den Flughafen an. Er ist als Gallowells Pilot eingetragen.«

In seinem Apartment bereitete sich Homer Gallowell zur Abreise vor. Sein Koffer enthielt immer mehr Wäsche als er benötigte, weil manchmal seine Geschäftsreisen länger dauerten, als er annahm. Selbst wenn er nur eine Nacht in einem Hotel blieb, packte er alles aus und packte alles wieder ein, wenn er zur Abreise bereit war. Im Koffer waren stets ein Reserveanzug aus dem gleichen, dunklen, billigen Stoff und im gleichen Schnitt wie der, den er trug, ein zweites Paar schwarzer Arbeitsschuhe, eine Anzahl billiger, weißer Baumwollhemden aus J. C. Penneys preisgünstiger Auswahl, mehrere bunte, abgewetzte Krawatten, reichlich Socken und Unterwäsche, die er im Army- und Navy-Store einkaufte.

Er unterbrach seine Beschäftigung, um den Piloten Scott anzurufen. Er war verärgert, als er den Hörer auflegte. Er hatte dem jungen Mann befohlen, am Telefon zu bleiben. Vielleicht holte er sich nur Zigaretten oder eine Zeitung. Er würde es in zehn Minuten noch einmal versuchen.

Eine blecherne Stimme meldete sich bei Max Hanes. »Hier Mabel Gates, Mr. Hanes. Ich habe den Telefonanruf, den Sie erwarteten, eben auf Ihre Weise abgefertigt.«

»Danke vielmals, Schatz. Machen Sie so weiter.«

Er legte den Hörer zurück und fuhr sich mit dem Daumennagel über die dunklen Bartstoppeln seines Kinns. Zwanzig nach drei. In der Hotelhalle habe es Telefonzellen, von denen aus man direkt durchwählen konnte. Aber vielleicht war der Alte auch verärgert genug, sich ein Taxi zum Sage-Motel zu nehmen, um dort auf seinen Piloten zu warten. Dieser Gedanke, den er früher beiseite geschoben hatte, beunruhigte ihn wieder. Er griff nach dem Hörer und wählte die Nummer der Zentrale. »Mabel, Max Hanes hier. Geben Sie mir die Nummer vom Sage-Motel, Schatz.«

Scott antwortete nach dem ersten Rufzeichen.

»Yes, Sir?«

»Mr. Scott? Sind Sie Mr. Gallowells Pilot?«

»Ja. Wer spricht dort?«

»Hier ist der Empfangsschalter vom ›Cameroon‹-Hotel, Sir. Mr. Gallowell läßt Ihnen ausrichten, daß er heute Las Vegas nicht mehr verlassen wird.«

»Morgen?«

»Er hat keinen Zeitpunkt genannt, und ich weiß nichts darüber. Ich nehme an, daß keine Notwendigkeit mehr besteht, beim Telefon zu bleiben, wenn Sie schon einmal in Las Vegas sind.«

»Ich hatte keine Ahnung, daß er so vernünftig ist.«
»Wie bitte?«
»Nichts. Danke für den Anruf. Bin froh, wenn ich das Zimmer verlassen kann.«

Max legte auf. Gallowell würde die Ausrede wahrscheinlich für die Erfindung eines gelangweilten Piloten halten. ›Aber Sir! Jemand rief an und behauptete, daß Sie mich nicht mehr brauchten.‹

Man mußte die glücklichen Gewinner, die mit ihrem Geld verschwinden wollten, an der Abreise hindern. Die Methode war unwichtig. Früher oder später würden sie ihr Geld ja doch wieder in die Automaten stecken. Und bisher hatte noch jeder, der zu lange gespielt hat, alles wieder verloren.

Reparaturwerkstätten konnten überredet werden, einen geringfügigen Schaden nicht termingemäß zu beseitigen. Flugzeugreservierungen konnten plötzlich und unerwartet widerrufen werden. (›Aber Sir! Sie riefen doch selbst an und änderten Ihre Pläne!‹) Manchmal war auch nicht mehr nötig, als zwei große Flaschen Sekt auf das Zimmer des glücklichen Gewinners zu schicken. Oder ein Hundertdollarmädchen klopfte an die falsche Tür. Die Gewinner mußten mit dem Bewußtsein zum Spieltisch zurückkehren, daß sie nicht im richtigen Augenblick aufgehört hatten, um zu erreichen, daß sie zwar aufhören wollten, aber am Ende doch weiterspielten.

Er rief Betty Dawsons Nummer an.

»Was ist mit dir los, Baby? Du hörst dich verschlafen an.«
»Ich habe geschlafen, Max.«
»Ich will dich schon aufwecken und dafür sorgen, daß du hellwach bleibst. Unser Schützling hat kassiert, aber er wird nicht vor morgen starten können. Ich glaube nicht, daß er es selbst schon weiß. Hast du dir etwas einfallen lassen?«
»Ich denke, ja. Aber ich bezweifle, daß wir weit damit kommen.«
»Meinst du?«
»Ich weiß es. Er ist kein Spieler, Max. Er riskiert nichts.«
»Aber er ist ein Mann, Kind. Du kannst ihn in eine Verfassung bringen, wo er eine Anzahl seiner Spielmarken auf den Tisch legt, nur um es dir zu beweisen. Du kannst es schaffen, Betty.«
»Ich bin die Spezialistin. Die alternde Spinne aus dem Netz Nummer 190. Max, es gibt nichts zu filmen. Er könnte mein Großvater sein! Mich schaudert allein schon bei dem Gedanken daran.«
»Mach die Alten nicht schlecht, bis du sie etwas besser kennst,

Schatz. Vielleicht bist du seine letzte Gelegenheit, seine Jugend wiederzufinden? Du kannst es versuchen. Und ich benütze 190, weil ich mich überzeugen will, daß du wirklich dein Bestes leistest. Wenn du dich dem Alten zuliebe nicht anstrengst, werde ich es von der Filmspule erfahren. In dem Fall könntest du das unglücklichste Mädel von Nevada werden.«

»Jetzt wird mir einiges klar, Max. Du bist dir nie richtig sicher, ob ich nicht doch einmal aussteige.«

»Dich hat bisher nie jemand richtig in die Zange genommen, Baby. Vielleicht war das ein Fehler. Du machst Zicken, nachdem du schon längst fertig bist. Aber es gibt noch eine zweite Möglichkeit. Sprich mit ihm. Vielleicht plaudert er etwas aus, das uns in anderer Hinsicht hilft. Man weiß ja nie. Fünfzig Millionen hört man immer gern reden.«

Sie seufzte ungeduldig. »All right. Was jetzt?«

»Mach dich hübsch, Schatz, und warte. Im Augenblick sieht es aus, als würdest du gegen fünf in Aktion treten. Ich sage dir Bescheid.«

Sie hatte den Hörer kaum wütend auf die Gabel geknallt, als es schon wieder läutete. Sie hob ab und fragte: »Was ist schon wieder, Max?«

»Nicht Max. Der alte Hugh. Warum bist du so schlecht gelaunt?«
»Es ist nichts.«
»Auch mir gegenüber nicht?«
»Nein, ich bin nicht böse auf dich, Hugh.«
»Was ist denn los, Schatz? Deine Stimme klingt so... tonlos.«
»Ich fühle mich nicht ganz auf der Höhe. Ich trete heute abend auch nicht auf. Deswegen habe ich mich mit Max herumgestritten.«
»Du solltest einen Arzt rufen, Schatz.«
»Es ist nichts Schlimmes. Es gibt sich schon wieder.«
»Übrigens danke, Betty, für die Nachricht wegen Temp.«
»Ich wollte dich anrufen, aber die Nummer war immer besetzt. Er war ein liebenswürdiger Mensch, Hugh. Es war furchtbar. Vicky hat mir erzählt, daß ihr ihn beide davon abhalten wolltet, soviel Geld zu verspielen.«

»Du hast mit ihr gesprochen?«
»Heute nachmittag. Sie scheint es ziemlich gelassen hinzunehmen.«
»Etwas zu gelassen.«
»Den Eindruck hatte ich auch. Wir könnten uns nie befreunden,

Hugh. Sie sieht wie eine süße kleine Puppe aus, aber... Egal. Du hast wohl erfahren, daß man im Kasino nicht weit kommt.«

»Sie haben ihm verwässerte Drinks gegeben, damit er nicht umkippte. Sie haben das Spiel verlangsamt, damit er mitkam. Es war genau, als rupften sie ein betrunkenes Huhn. Verdammt, Betty, verschwinden wir aus dieser Bude. Auf alle Zeiten. Sobald wie möglich, bevor es zu spät ist.«

»Das hört sich fast wie ein Heiratsantrag an«, sagte sie mit gekünstelter Heiterkeit.

»Ich weiß es nicht. Aber wir sollten beide verschwinden.«

»Ich kann meine Karriere nicht aufgeben, mein Herr.«

»Deine Stimme klingt so sonderbar. Ich komme hinauf und setze mich an dein Krankenbett.«

»Nein, bitte nicht, Hugh. Ich möchte jetzt allein sein. Vielleicht gehe ich später ein wenig aus.«

»Wohin?«

»Muß ich jetzt schon deine schriftliche Erlaubnis einholen?«

»Das klingt sehr häßlich.«

»Vielleicht. Ich weiß es nicht. Es ist mir auch egal, Hugh. Ich glaube, die ganze Sache zwischen uns ist etwas zu weit gegangen. Vielleicht gibt es nicht genug Platz für dich in meinem Leben? Wir sprechen später darüber.«

»Sehr nett. Danke. Danke vielmals, Betty.«

»Schließlich ist es nicht die große Liebe, Hugh. Es war eher... eine Gelegenheit.«

»Amüsier dich gut heute abend«, sagte er und unterbrach die Verbindung.

Nachdem sie den Hörer langsam zurückgelegt hatte, blieb sie an der Bettkante sitzen. Sie fuhr sich mit den Fingern durch ihr dunkles Haar. Sie war verzweifelt und dachte an die Zukunft. Wenn Max Hanes nun doch mehr Einfühlungsvermögen in Homer Gallowell zeigen würde als sie? Sie wünschte sich, Homer hätte ihr nie den Ring geschickt. Es erschien ihr damals ohne Berechnung, aber jetzt war sie doch im Zweifel. Obwohl er alt war, würde er jedenfalls leichter zu ertragen sein, als der fette Mann, wenn Max recht hatte. Leichter als der Venezolaner.

Aber alles wäre noch zu ertragen gewesen, wenn es nicht Hugh gäbe. Hugh und ihre Liebe zu ihm. Und wenn Max recht hatte, dann mußte sie sich zu einer ganz neuen Rolle zwingen. Sie mußte dann ein Mädchen spielen, das nicht in Hugh Darren verliebt war.

Sie würde einen Streit suchen und sich von ihm trennen. Sogar eine Freundschaft würde noch ein Zuviel an gefühlsmäßiger Bindung bedeuten. Ihre Liebe würde nicht vollkommen sterben. Sie würde ihn noch immer im Hotel sehen, und ihr Herz würde jedesmal bluten.

Er würde diese gut bezahlte Stellung nicht verlassen wollen, und Max würde nicht zulassen, daß sie kündigte.

Wenige Minuten nach vier Uhr führte Max Hanes Homer Gallowell in sein Büro zurück und überwachte dort die Verpackung von vierhundertfünfundzwanzigtausend Dollar in die alte, schwarze Ledertasche, die Gallowell mitgebracht hatte. Homer überprüfte die Summe auf den Banderolen.

Er verschloß die Ledertasche, steckte den verfärbten Messingschlüssel in die Westentasche und sagte: »Ich vermutete schon, daß Sie sich mehr Zeit erbitten würden, um mein Geld zu beschaffen.«

»Wie kommen Sie darauf, Mr. Gallowell?«

»Es tut weh, viel Geld zu verlieren.«

Max Hanes klopfte auf die Tasche. »Na, hier ist es. Sie haben uns einen ziemlich großen Schlag versetzt, Mr. Gallowell. Wenn Sie jetzt zum Flughafen fahren wollen, kann ich Ihnen meinen Wagen und zwei Wächter zur Verfügung stellen.«

»Ich bleibe noch ein paar Minuten.«

»Dann würde ich Ihnen raten, das Geld nicht mit sich zu tragen. Es ist nicht nötig, ein Risiko einzugehen. Wenn Sie wünschen, können Sie die Tasche hier lassen, und es dauert dann zehn Sekunden, bis wir sie holen. Ich gebe Ihnen eine Quittung über den Betrag, wenn Ihnen das lieber ist.«

»Sie machen sich mehr Sorgen als ich, Hanes. Es gibt doch einen Tresor am Empfangsschalter, nicht wahr? Ich gebe die Tasche dort ab. Danke vielmals.« Er nahm die Tasche vom Tisch, drehte sich um und ging zur Tür. Ein schlanker, ungebeugter, alter Mann, von den Jahren verwittert, mit dem Gang eines Cowboys.

»Wir sind noch nicht geschlagen, Brownie«, sagte Max, nachdem sich die Tür geschlossen hatte.

»Wieso?«

»Er hätte zum Flughafen fahren können, um sich dort einen Piloten zu mieten.«

»Daran dachte ich gar nicht. Ich kann nur staunen, wie er mit dem Geld umgeht. Genau, als wäre es ein Paket Sandwiches.«

»Du bist ein Idiot, Ben Brown. Das Geld bedeutet dem alten Bastard nichts. Ihm bedeutet nur die Tatsache etwas, daß wir ihn vor einem Jahr hochnahmen. Wenn er auf einer Festwiese zehn Bucks am Schießstand verlieren sollte, dann würde er ein Jahr lang üben, bis er seine zehn Bucks und etwas dazu wieder zurückgewonnen hätte, und sein Triumph wäre genauso groß wie jetzt. Der alte Fuchs hat mich hereingelegt. Er hat Max Hanes hereingelegt. Ich habe mich blöde benommen. Und jetzt will er mit zweihundertfünfundzwanzigtausend Bucks abhauen.«

»Wird die Dawson in der Lage sein, ihn fertigzumachen?«

»Wie, zum Teufel, soll ich das wissen?«

»Okay, Max. Ich verschwinde schon. Beruhige dich, Maxie.«

9

Um zwanzig nach fünf führte Max Hanes Al Marta aus dessen lautem Apartment hinaus und blieb in der Halle neben dem Lift stehen.

Al sagte: »Hast du gesehen, wie sich der Junge bewegt? Hast du seine verdammten Schultern gesehen? Von den Hüften nach unten ist er ein Mittelgewicht, nach oben ein Halbschwergewicht. Willst du dich an ihm beteiligen, Max? Ich verkaufe dir einen Anteil von meinem Anteil. Vierunddreißig Kämpfe, einundzwanzig K.o.'s. Ich sage dir, der Junge hat Zukunft.«

»Danke, aber du weißt, wieviel Glück ich mit Boxern habe, Al.«

Al lachte und klopfte ihm auf die Schulter. »Na schön, du hast an den Boxern ein wenig verloren. Okay, kümmere du dich um deine Sänger und den Schallplattenbetrieb, aber vergiß nicht, entweder bekomme ich meinen Anteil an jeder neuen Nummer, die dir gefällt, oder du bekommst nicht die Lizenz für den nationalen Plattenvertrieb.«

»Ich bin kein Idiot, Al. Ich wollte dir nur erzählen, daß ich die Dawson auf Gallowell gehetzt habe.«

Al runzelte die Stirn. »Okay. Sie ist clever, aber wenn sie es nicht schafft, läßt du ihn laufen. Er ist ein schwerer Brocken, nicht irgendein Gernegroß. Wenn er merkt, daß etwas nicht stimmt, kann er ziemlich viel Druck auf uns ausüben.«

»Wie denn?«

»Was weiß ich. Vielleicht ist er senil, und es macht ihm Spaß, uns den FBI auf den Hals zu hetzen, wenn wir ihn am wenigsten brauchen. Eine Menge cleverer, harter Leute arbeitet für ihn, und vielleicht gibt er die Anordnung, das ›Cameroon‹ fertigzumachen. Es könnten ihnen einige Ideen einfallen, auf die wir nie kommen würden. Wenn es die Dawson nicht schafft, dann lasse ihn laufen, Maxie. Lasse ihn einfach laufen.«

»Okay, Al.«

»Wie steht es mit Darren?«

»Er lernt etwas, auch wenn es lange dauert. Eine kleine Nebeneinnahme ist ihm genauso angenehm wie jedem anderen. Ich habe ihm ein wenig mehr gezahlt, um ihn zu ermutigen. War das recht?«

»Das weißt du am besten, Max. Es lohnt sich, ihn so einzuwikkeln, daß er die Organisation nie verläßt.«

»Was sagten die Leute in Los Angeles über Shannards plötzlichen Tod?«

»Sie waren enttäuscht. Es wäre ein ausgezeichnetes Geschäft gewesen.«

»Verkauft die kleine Blondine nicht?«

»Sie hat es nicht nötig und will nicht. Ich habe mit ihr gesprochen. Die Versicherung gibt ihr genug Spielraum.«

»Vielleicht gibt es eine Möglichkeit, sie umzustimmen, Al.«

»Du bist schon längst hinter dem Mond, Maxie.«

»Wieso?«

»Ich wette, daß sie in den nächsten Wochen einen äußerst interessanten Mann kennenlernt. Und ich wette, er wird die Sorgen der hübschen kleinen Witwe vertreiben. Und ich wette, daß er Pläne für sie hat.«

»Dann muß er sehr schlau sein.«

»Ist er auch.«

»Die Kleine ist mit allen Wassern gewaschen. Sie riecht faule Eier gegen den Wind.«

»Das ist nicht mehr unser Problem, Baby. Beschäftige dich mit deinen eigenen Problemen. Okay?«

»Okay.«

»Morgen oder übermorgen bringt Gidge unseren Jerry nach Riverside und steckt ihn eine Weile lang in das Sanatorium. Er ist in schlechter Verfassung, schlechter, als ich ihn je gesehen habe. Er wird ziemlich lange dort bleiben müssen, bis er wieder hochkommt. Kannst du mit Darren arbeiten?«

»In einem Monat legt er mir den Mann um, auf den ich mit dem Finger deute.«

»Stimmt es, was ich über ihn und die Dawson höre?«

»Wir haben sie beide in der Hand, Al. Das macht es einfacher für uns.«

»Du übersiehst auch nichts, Maxie.«

»Ich passe schon auf, daß alles glatt für uns läuft.«

Hugh Darren stand hinter dem Empfangsschalter. Er spielte mit dem goldenen Feuerzeug in seiner Hand, spürte das ungewöhnliche Gewicht. Er überlegte sich, ob er das Monogramm T.A.S ausschleifen lassen sollte.

»War das in Ordnung?« fragte der Angestellte neben ihm.

»War was in Ordnung?«

»Was ich eben sagte, Mr. D. Mr. Hanes bat mich, zu überprüfen, ob Mr. Gallowell die Nacht bleibt. Ich habe ja gesagt. War das in Ordnung?«

»Ja, es war in Ordnung. Aber denke daran, Jimmy, daß Mr. Hanes grundsätzlich nichts mit der Hotelleitung zu tun hat.«

»Yes, Sir«, erwiderte der Mann skeptisch.

»Du kannst ihm Auskunft geben.«

»Yes, Sir.«

»Aber wenn es sich um eine Bitte handelt... eine Aufforderung zu etwas, das du nicht verstehst oder das dir sonderbar vorkommt...«

»Was, zum Beispiel?«

»Muß ich dir das erst erklären? Zum Beispiel, wenn du einen von Mr. Hanes' Leuten die Nachrichten in den Briefkästen unserer Gäste lesen läßt.«

»Oh, das würde ich nicht tun!« sagte der Mann heuchlerisch.

»Nein. Das würdest du nicht tun. Das würdest du niemals tun. Du fragst mich bei Routineangelegenheiten, aber über die anderen sagst du nichts.«

»Wie bitte, Sir?«

»Du spielst den treuen Angestellten, aber du willst trotzdem Geld verdienen.«

»Ich verstehe nicht«, sagte der Mann mit gerötetem Gesicht und deutlichem Unbehagen.

Darren steckte das Feuerzeug in die Tasche. »Hör auf«, sagte er ärgerlich. »Die Tatsache, daß du hier arbeitest, hat dich verändert.«

»Wieso?«

»In gewissem Sinne, Jimmy, ist dies ein Bordell. Wir gewöhnen uns alle auf unsere Weise daran.«

Der Mann versuchte zu lachen, weil er meinte, Darren hätte einen Witz gemacht. Als Hugh zu seinem Büro zurückkehrte, fühlte er die Augen des Angestellten in seinem Rücken, und ihn fröstelte.

Er wußte genau, daß Max Hanes die Sache mit dem Telefongespräch auch ohne seine Hilfe erledigen hätte können, ohne daß er je etwas darüber erfahren hätte. Das Verhalten der Frau aus der Zentrale hatte ihn darüber nicht im Zweifel gelassen. Aber Max hatte sich dennoch an ihn gewandt, und deshalb lagen jetzt zehn Hundertdollarbanknoten in der versperrten Schublade seines Schreibtisches, und das war ein absurder Preis für einen kleinen Gefallen, der nicht einmal notwendig war.

Homer G. Gallowell saß in Hemdsärmeln und seiner Weste in dem großen Apartment, die Beine auf einen Stuhl gelegt, ein Glas Bourbon in der Hand, und betrachtete mit amüsierter Verachtung den halbstündigen Western im Fernsehen.

Es klopfte, und er ging mit seinem Glas zur Tür.

»Sieh mal einer an, Miß Betty« sagte er, angenehm überrascht. »Kommen Sie herein und setzen Sie sich.«

»Ich möchte nicht länger als eine Minute bleiben, Homer.«

»Sie sehen aus, als könnten Sie einen Drink vertragen«, sagte er, als er zum Fernseher ging und ihn abschaltete.

»Nein. Nein, danke, wirklich. Erinnern Sie sich, als wir uns zum erstenmal trafen und wir Freundschaft schlossen? Damals wußten Sie, daß ich unter Druck stand. Sie sagten, Sie würden mir helfen, wenn ich Ihre Hilfe je brauchte.«

»Ich erinnere mich sehr gut. Äußerst gut, weil es nicht oft vorkommt, daß ich jemandem so etwas sage. Sie sagten, Sie würden nach Texas telefonieren, wenn Sie mich brauchten. Sie brauchen mich nicht zu fragen, ob es noch immer gilt, denn wenn ich erst einmal etwas versprochen habe, drücke ich mich nicht vor der Erfüllung. Wenn Sie mir erzählen können, wer Ihnen Schwierigkeiten bereitet, werde ich versuchen, Sie herauszuholen.«

»Ich kann hier nicht mit Ihnen sprechen, Homer. Es ist zu gefährlich. Es gibt einen Ort, wo wir uns treffen können, und wo wir ungestört sprechen können.« Sie blickte auf ihre Uhr. »Könnten Sie mich dort gegen halb acht Uhr treffen?«

»Jederzeit, wenn ich dadurch den Grund Ihrer Sorgen erfahre, Betty.«

»Es ist im Playland-Motel. Nummer 190. Ich werde vor Ihnen dort sein. Sie können direkt ins Zimmer gehen. Es liegt an der Rückseite. Sie brauchen nicht am Empfangsschalter vorbei.«

»Es ist mir eine Ehre, Ihnen helfen zu können. Das wissen Sie hoffentlich?«

Sie verschwand so eilig, daß es schon an Flucht grenzte. Homer starrte mit gerunzelter Stirn auf die Tür, die sich hinter ihr geschlossen hatte. Irgend etwas stimmte ihn mißtrauisch. In den vielen Jahren hatten verschiedene Frauen versucht, ihn in eine Falle zu locken. Aber um ihn gab es keine Skandale. Seine Rechtsanwälte schlugen rücksichtslos zurück, wenn eine Frau versuchen sollte, ihn mit irgendwelchen schlüpfrigen Geschichten in Zusammenhang zu bringen.

Betty Dawson gehörte nicht zu dieser Sorte. Er wußte, daß er von ihr nichts zu befürchten hatte. Sie hatte ihm ihre eigene Furcht nicht vorgespielt.

Als Betty wieder in ihr Zimmer zurückgekehrt war, fühlte sie sich leer und ausgehöhlt. Sie hatte überzeugend gewirkt, wie sie es berechnet hatte. Der alte Mann würde zum Playland-Motel kommen, und sie würde ihm die Tür öffnen, und die versteckten Kameras würden zu schnurren beginnen. Aber sie hatte keine Ahnung, was sie danach unternehmen würde, was sie zu ihm sagen konnte. Sie mußte ihn belügen, und früher oder später würde er sie durchschauen. Was er danach mit ihr tun würde, war nicht vorauszusehen. In jedem Fall bedeutete es das Ende einer Freundschaft, auf die sie viel Wert legte. Aber sie mußte diesen Verlust in Kauf nehmen, um sich einen anderen zu ersparen. Die große Liebe war wertvoller als jede Gelegenheitsfreundschaft.

Sie hatte nur noch wenig Zeit bis zur Abfahrt ins Playland-Motel. Sie schminkte sich ihre Lippen, kämmte die Haare. Sie blickte teilnahmslos ihr Gesicht im Spiegel an.

Als das Telefon läutete, griff sie danach und sagte: »Yes?«

»Ein Ferngespräch für Sie, Miß Dawson.«

Eine fremde Stimme meldete sich. »Spricht dort Miß Elizabeth Dawson?«

»Ja.«

»Bitte melden Sie sich.«

»Betty? Betty, Liebling, bist du es?« Die vertraute Stimme aus ihrer Jugendzeit kehrte zurück, tränenerstickt.

»Lottie! Was ist los? Was ist geschehen?«

»Er ist tot. O Gott im Himmel, Liebling, er ist tot. Es ging so schnell. Nach dem letzten Patienten ging er in den Garten, um sich die Rosen anzusehen. Mein Charlie war im Hof und sah, wie der Doktor plötzlich stürzte. Er lief zu ihm. Der Doktor wollte aufstehen, aber es gelang ihm nicht mehr. Sein Gesicht war weiß wie Papier, und er hielt die Hand aufs Herz. Er fiel Charlie in die Arme. Dr. Wellsborn war innerhalb von zwei Minuten bei ihm. Dein Vater lebte noch, als sie ihn in den Krankenwagen luden, aber er war schon ohne Bewußtsein. Charlie und ich fuhren sofort dem Krankenwagen nach. Wir vergaßen sogar, die Haustür zu versperren. Er starb auf dem Weg ins Krankenhaus. Dr. Wellsborn sagte, daß ihn niemand hätte retten können, Kind. Wir sind eben zurückgekommen, und ich kann noch nicht einmal weinen, weil alles so schnell ging. Betty? Betty, Darling?«

»Ich bin hier, Lottie.«

»Es ist ein Segen, daß ihr beide euch während der letzten zwei Jahre ausgesöhnt habt. Ich denke immer daran. Er war glücklich. Heutzutage ist es ein Segen, wenn man rasch stirbt, nachdem die Zeit um ist. Er wurde mitten aus dem Leben gerissen, aber er war glücklich, als es kam, Kind.«

»Ich... fliege morgen heim, Lottie.«

»Es ist eine traurige Sache, Kind. Du solltest für eine Zeit hier bleiben und nicht in das Lokal zurückkehren, um zu singen und zu lachen.«

»Vielleicht kann ich bleiben... eine lange Zeit, Lottie.«

Sie blieb am Telefon sitzen, nachdem sie den Hörer aufgelegt hatte. Sie war von einem unerträglichen Gefühl der Einsamkeit erfüllt, das sie kaum atmen ließ. Für einen Augenblick stand die Welt still, und jedes Geräusch war erstorben.

Nicht auf diese Weise, dachte sie, nicht so wollte ich meine Freiheit erhalten. Ich habe nicht darum gefleht, um sie auf diesem Weg zu erhalten.

Sie versuchte wieder, in die Gegenwart zurückzufinden. Nach einiger Zeit blickte sie auf die Uhr, und es dauerte lange, bis sie begriff. Plötzlich erinnerte sie sich an Homer und das Playland-Motel.

Sie stand auf, um zu gehen. Sie bewegte sich mit der Unsicherheit eines Halbblinden in einer fremden Umgebung. Sie griff nach ihrer Handtasche und dem Mantel und erreichte die Tür, bevor ihr bewußt wurde, daß die Pflicht nicht mehr bestand. Der Tod ihres Vaters hatte sie frei gemacht. Niemand konnte sie mehr zu einer schmutzigen Tätigkeit zwingen. Der Hebel war abgebrochen.

10

Es war zwei Minuten nach sieben, als Homer Gallowell das Klopfen an seiner Tür beantwortete.

»Well, hallo, Miß Betty«, sagte er überrascht.

»Homer«, sagte sie und trat langsam ein.

Er schloß die Tür und wartete auf ein Wort der Erklärung, während er sie beobachtete, die Änderung an ihr bemerkte. Angst und Bedrücktheit schienen von ihr abgefallen zu sein. Sie war still, aber es war eine Stille, die er nicht ergründen konnte. Sie drehte sich um und blickte ihn ruhig an.

»Ich wollte mich eben für unsere Verabredung fertig machen.«

»Was?«

»Das Playland-Motel. Zimmer Nummer 190, wie Sie gesagt haben«, sagte er irritiert. »Sollen wir noch immer dorthin gehen?«

Sie runzelte die Stirn. »O nein. Das ist nicht mehr notwendig.«

»Verdammt, ich sollte Ihnen helfen.«

»Das war es nicht.«

»Wissen Sie, die ganze Sache stimmt irgendwie nicht«, sagte Homer.

Sie lächelte schüchtern, fast entschuldigend und sagte: »Es ist nicht mehr notwendig, weil er gestorben ist. Lottie hat mich angerufen, sehen Sie, und hat gesagt, daß er tot ist.«

Er führte Betty Dawson zu einem Stuhl. Sie setzte sich wie ein gehorsames Kind. Er schüttelte einen tüchtigen Schluck Bourbon in ein Glas und brachte es ihr. Sie trank ihn, schüttelte sich und gab ihm das Glas zurück.

Homer zog einen Stuhl heran und nahm ihre Hand in die seine. Frauen liebten es, wenn man ihre Hände hielt. Sie fanden Sicherheit in dieser Berührung.

»Wer ist gestorben?« fragte er sanft.

»Mein Vater.« Ihre Hand lag bewegungslos in seiner.

»Und deshalb müssen wir jetzt nicht mehr in jenes Motel?«

»O nein. Ich mußte tun, was Max befahl. Sonst hätten sie den Film meinem Vater zugeschickt.«

»Sie meinen Max Hanes?«

»Ja.«

»Was für ein Film ist das, von dem Sie sprechen?«

Er fühlte, wie sich ihre Hand in seiner verkrampfte. »Ein abscheulicher Film, Homer. Von mir und... einem Mann. Ich wußte nicht, daß sie es fotografierten! Max wollte ihn mir zeigen. Mir wurde übel dabei. Ich konnte es nicht zulassen, daß mein Vater ihn je sah. Verstehen Sie das? Ich hätte alles getan, um es zu verhindern.«

»Natürlich würden Sie das, Kind. Und jetzt müssen wir nicht mehr in dieses Motel gehen.«

Sie runzelte die Stirn. »Es war verrückt. Ich habe Max gesagt, daß es ein verrückter Gedanke wäre, daß es bei Ihnen keinen Zweck hätte, aber er sagte immer wieder, daß Sie zuviel Geld gewonnen hätten und ich es versuchen müßte. Sehen Sie, ich mußte tun, was er befahl. Wegen des Films.«

»Daß es bei mir keinen Zweck hätte?«

»Ja. Daß Sie nicht mit mir schlafen würden.«

Er ließ ihre Hand los. »Das sind schmutzige Worte, Mädchen.«

»Er war überzeugt, daß es geschehen würde. Dort machen sie die Aufnahmen. Die Filme. Und sie nehmen jedes Wort auf ein Tonband auf. Es gehört in Wirklichkeit Al Marta, glaube ich. Es ist so eingerichtet, daß alles gefilmt und aufgenommen werden kann, und Max hat mir erzählt, daß sie es sehr oft benützen.«

»Was wollte er dadurch erreichen, Mädchen?«

Sie blickte ihn überrascht an. »Sie wollten ihr Geld zurückhaben, Homer. Sie wollten dafür sorgen, daß Sie alles wieder verspielten. Sie richteten es so ein, daß Sie Ihren Piloten nicht erreichen konnten, täuschten ein falsches Gespräch vor oder so etwas, und dann, wenn Sie mich... attraktiv gefunden hätten, würden Sie länger hierbleiben. Und ich sollte dafür sorgen, daß Sie wieder ins Kasino zurückkehrten. Ich habe Max gesagt, daß es nicht klappen würde. Aber er wußte, daß wir Freunde sind. Und weil Sie... reich und wichtig sind, sollte ich den Lockvogel spielen.«

»Hat dieser Hanes Sie schon öfters für solche Zwecke benützt, Kind?«

»Dreimal, Homer. Dies wäre das viertemal gewesen. Aber dreimal ist nicht anders als dreihundertmal.« Sie griff wieder nach seiner Hand. »Sehen Sie, ich konnte nicht dagegen kämpfen, Sie hätten mir nicht helfen können. Niemand konnte mir helfen.«

Sein Blick verriet eine Mischung von Mitleid und Ärger. »Ich habe eine Menge in meinem Leben angestellt«, sagte er. »Ich habe sie an ihren verwundbaren Stellen getroffen und dazu gezwungen, sich nach mir zu richten. Sie haben mich aus allen Richtungen angefallen, und ich habe die gebrochen, die sich brechen ließen. Und den Mutigen nahm ich die Waffen ab. Aber ich würde niemals einem Menschen das zufügen, was man Ihnen zugefügt hat. Es gibt vielleicht fünftausend Menschen, die meinen Namen vor jedem Einschlafen verfluchen. Aber ich habe noch niemals etwas getan, wodurch ich meine eigene Seele verfluchen müßte. Als ich noch ein Junge war, gab es Indianer, die wußten, wie man einen Mann wie Hanes zehn Tage lang sterben läßt, aber diese Kenntnis gibt es nicht mehr. Ich könnte einen Enkelin in Ihrem Alter haben, Mädchen. Wenn ich mir vorstelle, wie sie sein sollte, dann würde ich mit Ihnen zufrieden sein.«

»Aber ich trug selbst die Schuld daran ... beim erstenmal.«

»Erinnern Sie sich an den Grund?«

»Ich war pleite, stolz und verängstigt. Und ich dachte, es sei mir egal, was mit mir auch immer geschehe. Ich dachte, ich hätte meinen Tiefpunkt erreicht. Und ich betrank mich gerade genug, um ... es auszuführen.«

»Zeigen Sie mir einen Menschen, der sich niemals im Leben kopflos benommen hat. Aber die meisten kommen aus ihrer Falle wieder heraus. Haben Sie schon über den Tod Ihres Vaters geweint?«

»Ich kann nicht. Noch nicht.«

»Sie sollten es hinter sich bringen.«

»Ich weiß.«

»Mein kleines Flugzeug faßt vier Passagiere. Sie könnten mitkommen... Nein, Sie müssen ja zum Begräbnis. Haben Sie nicht gesagt, daß Sie aus San Francisco kommen?«

»Das stimmt. Ich fliege morgen zurück.«

»Wenn Sie das hinter sich haben, kommen Sie zu mir. Rufen Sie mich an, und ich schicke das Flugzeug, um Sie zu holen.«

»Danke, Homer. Ich weiß nicht. Ich weiß noch nicht, was ich tun werde. Aber danke.«

Sie sah etwas besser aus. Er beobachtete sie einige Augenblicke lang, bevor er an etwas anderes dachte. »Der Empfangsknabe, der Ihnen so gefällt, dieser Darren, weiß er etwas über Ihre ... Filmkarriere?«

Sie blickte ihn wieder erschrocken an. »Oh, nein.«

»Sonderbar, daß sich das alles so plötzlich ereignete, und Sie zu mir kamen, anstatt zu ihm.«

»Das ist alles vorbei, Homer.«

»So?«

»Er ist gut und ehrlich und sauber. Ich wußte, daß es nur so lange gutgehen konnte, bis Max ... mich wieder brauchte. Hugh verdient etwas Besseres als eine Hure.«

»Vielleicht sollte er dabei ein Wort mitsprechen?«

»Nein. Können Sie das nicht verstehen, Homer? Wenn ich daraus soviel mache, wie ich möchte ... dann gebe ich Max nur eine neue Karte in die Hand, die er gegen mich benützt. Es ist vorbei. Ich kann nie wieder hierherkommen, Homer. Ich werde ihn nie wieder sehen.«

»Vielleicht sucht er nach Ihnen?«

»Es wird ihm nichts nützen, Homer. Bitte holen Sie Ihr Geld und Ihren Piloten und fliegen Sie ab. Kommen Sie nie wieder. Diese Menschen sind wie wilde Tiere.«

»Wenn wir beide in verschiedenen Richtungen verschwinden, passiert diesem Affengesicht Max Hanes nichts. Meinen Sie nicht, wir sollten uns gegen ihn verbünden. Am einfachsten wäre es, ein paar Männer dafür zu bezahlen, ihn umzulegen. Aber das gäbe keine große Befriedigung.«

»Wenn es nicht Max gewesen wäre, hätte sich ein anderer eingestellt.«

»Hassen Sie ihn denn nicht, Mädchen?«

»Ich weiß nicht. Ich weiß zu wenig über Haß. Angst, ja, Liebe, ja. Ich liebe Hugh. Ich liebe ihn so sehr, daß ich ihn aufgeben kann.« Sie stand auf.

Er richtete sich auf und blickte sie scharf an. »Geht es jetzt, Mädchen?«

»Etwas besser, glaube ich.«

»Kann ich etwas für Sie tun. Irgend etwas?«

»Ich glaube nicht, Homer. Danke vielmals.«

»Weinen Sie sich aus«, sagte er. Er führte sie zur Tür. In seiner unbeholfenen und dennoch zärtlichen Art küßte er sie auf die Wange. »Sie sind zu sehr Frau, als daß Sie sich vergeuden sollten«, sagte er sanft. Er beobachtete sie, als sie den Korridor hinunterging, hochgewachsen, graziös. Ihr dunkles Haar glänzte in der Beleuchtung. Er seufzte, schloß die Tür und schenkte sich aus der Flasche ein.

Max Hanes hörte dem Kameramann zu.

»Ich habe keine Ahnung«, sagte er, »warum niemand aufgetaucht ist, und ich befehle dir, zu bleiben, wo du bist, bis jemand kommt und dir sagt, du kannst gehen. Du wirst dafür bezahlt, nicht wahr? Es ist alles vorbereitet, und ich weiß selbst nicht, was dazwischen gekommen ist.«

Er legte den Hörer auf. Auf der silbernen Tischuhr war es Viertel nach acht. Eine Minute lang brütete er vor sich hin, bevor er Betty Dawsons Nummer wählte. Er erhielt keine Antwort. Er zögerte und ließ sich mit Homer Gallowell verbinden.

»Ja?« sagte Homer.

»Hm... Hier spricht Max Hanes, Mr. Gallowell.«

»Bedrückt Sie etwas?«

»Well... Ich dachte, die Würfel laufen recht gut für die Spieler heute abend, Mr. Gallowell. Ich dachte, Sie möchten vielleicht den Inhalt Ihrer Tasche ein wenig vergrößern.« Er zwang sich zu einem Lachen.

»War das alles, was Sie bedrückte?«

»Ja... warum?«

»Wollen Sie wissen, was mich bedrückte, als das Telefon läutete?«

»Ja, natürlich.«

»Komisch. Ich dachte gerade an Sie.«

»Wirklich?«

»Ich dachte daran, daß Ihnen etwas zustoßen könnte. Und wissen Sie, es war so deutlich, daß ich es sehen und riechen konnte, so deutlich, wie die Affennase in Ihrem Gesicht.«

»Was?«

Max Hanes lauschte auf die ledrige, sarkastische alte Stimme, und seine Verwunderung steigerte sich. Die Stimme sprach unbeirrbar weiter. Max Hanes hatte viel gesehen und viel erlebt. Und es lag schon lange zurück, seitdem etwas seine Hände zum Schwitzen gebracht und seinen Magen umgedreht hatte.

»Was soll der Witz?« schrie er in das Telefon. »Was wollen Sie damit bezwecken, Sie alter Bastard?«

»Jetzt regen Sie sich auf«, sagte Homer abweisend.

»Was soll das alles bedeuten?«

»Ich habe Ihnen nur erklärt, was Sie zu erwarten haben, Mr. Hanes, wenn ich erst einmal alles gründlich durchdacht habe. Es ist eine kleine Rache für das, was Sie Miß Betty angetan haben, und was Sie ihr antun wollten, als sie mich verführen sollte, um einem alten Mann das Geld abzunehmen, das er in Ihrem Kasino gewonnen hat. Damit Sie wissen, was die Zukunft für Sie bereithält, damit Sie daran denken können.«

Einen Augenblick lang hielt Max Hanes den Hörer in der Hand und starrte ungläubig vor sich hin. Dann knallte er ihn auf die Gabel zurück und rannte aus seinem Büro.

Zehn Minuten später saß Al Marta in seinem Büro im Penthouse und blickte Max Hanes mit einer Mischung von Ärger, Verachtung und Staunen an.

Gidge Allen saß in einem tiefen Sessel und staunte Max Hanes fragend an. Die Tür war geschlossen.

»Verlierst du langsam die Nerven?« knurrte Al.

»Hör zu. Du hast diesen alten Burschen nicht gehört. Ich habe ihn gehört. Wenn er mich nach Texas schaffen will, kann er sein Geld...«

»Beruhige dich, Max«, sagte Gidge mit seiner rauhen Stimme. »Das ist nicht deine Art, Alter.«

»Lasse mich überlegen«, sagte Al. »Wir haben hier ein kleines Problem. Nach allem, was du mir über den alten Mann erzählt hast, kann er das nur durch Betty Dawson erfahren haben. Richtig? Und sie fällt in deinen Zuständigkeitsbereich. Richtig? Wie konnte es dazu kommen, daß sie aufmuckt?«

»Das verstehe ich nicht, Al«, sagte Max. »Ich verstehe es nicht. Ich habe sie in der Hand.«

»Dein größter Fehler, Max«, sagte Al, »ist, daß du die Schraube zu hart anziehst. Unter so viel Druck können Menschen aus den Fugen gehen. Und wenn sie so viel wissen wie das Dawson-Mädel, dann schafft das Probleme. Richtig?«

»Du hast den Nagel auf den Kopf getroffen«, sagte Gidge.

»Aber Betty hat Verstand«, erwiderte Max. »Wir verstehen uns. Sie weiß genau, daß ich im Ernstfall ihrem alten Herrn den Rest seines Lebens versauern kann, wenn ich...«

Al schlug sich mit der flachen Hand gegen die Stirn. »Warum muß ich für euch alle denken?« Er griff nach dem Telefon und stellte dem Mädchen von der Zentrale mehrere Fragen, horchte auf die Antwort und legte auf. »Sie hat vor einiger Zeit einen Anruf aus San Francisco erhalten. Die halbe Belegschaft des Hotels weiß darüber Bescheid, nur du nicht, Max. Ihr alter Herr ist tot. Wo bleibt jetzt deine Schraube?«

»Ich habe nicht damit gerechnet, daß...«

»Sei ruhig. Ich überlege noch immer. Sie hat dem alten Burschen aus Texas die Wahrheit erzählt. Sie ist mit Darren befreundet. Vielleicht erzählt sie es ihm ebenfalls. Dann sind wir ihn los. Vielleicht will sie ihr großes Mundwerk öffnen und jemandem von der Zeitung die Ohren vollquasseln. Und davon will ich nichts wissen, verdammt noch mal! Zeitungsartikel dieser Art stinken. Die Branche liebt sie nicht. Ich will, daß dieses große Mundwerk geschlossen bleibt, Max. Hat die Puppe jemals schon eine Tracht Prügel erhalten? Weiß sie genau, wer hier das Heft in der Hand hält?«

»Uh... nein, das war bisher noch nie notwendig, Al, aber...«

»Dann gibt es keine Schwierigkeiten.«

»Sie ist nicht irgendeine Puppe, Al. Sie hat Mut.«

»In dem Fall dauert es eben etwas länger, nicht wahr? Hast du je eine gesehen, die nicht nach unserer Pfeife tanzte? Wir wissen, was wir zu tun haben. Beeilen wir uns, aber mit Vorsicht.«

»Sie wird nach San Francisco zur Beerdigung fliegen, Al«, sagte Gidge. »Sollen wir das erst abwarten?«

»Das wäre zu riskant im Augenblick. Ist jemand draußen auf meiner Ranch?«

»Die Leute aus Miami sind vor zwei Tagen ausgezogen. Alles ist in Ordnung.«

»Wo ist die Kleine jetzt?« Max mußte zugeben, daß er es nicht wußte. Al verfluchte ihn ausgiebig, führte zwei Telefongespräche, lächelte zufrieden und sagte: »Sie ist in ihrem Zimmer. Wahrscheinlich packt sie. Wie spät ist es? Zwanzig vor neun. Gidge, du wirst die Sache erledigen. Nimm Harry Charm und noch einen Mann mit. Und sieh zu, daß alles in Ordnung geht, und daß sie nicht ernsthaft dabei zu Schaden kommt. Drei Männer müßten genügen, um eine Puppe ohne viel Lärm aus einem Hotel zu schaffen. Ihr habt die ganze Nacht und einen Tag, um sie in eine höfliche, folgsame, ergebene, kleine Puppe zu verwandeln. Sie soll sich in einer Verfassung befinden, in der ihr Alpträume kommen, wenn sie auch nur daran denkt, den Mund zu öffnen. Ich will sie so durchgewalkt sehen, daß sie nach der Beerdigung im Galopp zurückkommt und jedesmal ein Männchen macht, wenn ihr Max in Zukunft Sonderaufträge gibt. Es ist mir egal, was ihr mit ihr macht, solange sie nicht überschnappt wie die Sängerin damals. Bringt ihr bei, auf wen sie zu hören hat, Gidge, auf jede Weise, die im Gedächtnis hängen bleibt. Los jetzt!«

»Was unternehmen wir mit... Gallowell?« fragte Max.

»Wenn du dich noch einmal so idiotisch benimmst, Maxie, laß ich dich verpacken und nach Texas verfrachten.«

»Aber, Al. Ich schwöre...«

»In den Jahren, seitdem wir zusammenarbeiten, habe ich dich noch nie so gesehen. Ich schätze, daß der Alte mit seinem Geld verschwinden wird. Willst du dir vielleicht eine neue Masche einfallen lassen, um es zu verhindern?«

Max Hanes blickte stoisch drein. »Ich schleppe ihn samt seinem Piloten huckepack zum Flughafen, sein Gepäck zwischen den Zähnen. Ich wünschte mir nur, ich wüßte nicht, wie man einen Mann abhäuten und einsalzen kann, ohne daß er zu schnell dabei stirbt.«

Gidge Allen sorgte mit gewohnter Selbstsicherheit, hinter der er das Drücken seines Magens und das Schwitzen seiner Hände verbarg, für die Gelegenheit, Betty ohne Aufsehen aus dem Hotel zu schaffen. Er ließ Harry den Lincoln zum rückwärtigen Eingang bringen, wo er ihn an der dunkelsten Stelle parkte. Sie fuhren im Dienstlift, zusammen mit einem großen Wäschekorb, in den zweiten Stock.

Er ließ Beaver als Aufpasser an der Lifttür zurück. Harry schob den Wäschekorb zu Betty Dawsons Tür und stellte ihn so ab, daß er ihn schnell erreichen konnte. Gidge klopfte an. Sobald sie die Tür öffnete, schoben sie sich rasch hinein. Während Harry die Arme nach ihr ausstreckte, schloß Gidge die Tür und holte den ledergefütterten Totschläger aus der Seitentasche seiner Jacke. Er war ein Künstler im Umgang mit dem Totschläger. Er wußte genau, wo und wie hart man zuschlagen mußte. Harry hatte die Aufgabe, sie einzufangen und sie so lange festzuhalten, bis er einen Schlag angebracht hatte. Sie würde erst wieder in dem schwarzen Wagen auf dem Weg zu Als Ranch aufwachen.

Ihr dunkles Haar hing bis zu den Schultern herunter. Sie trug ein grünes, glänzendes Kleid. Ihren Augen waren rot und verschwollen. Sie wich verängstigt zurück. Harry hätte diesen Augenblick benützen sollen. Harry hätte nach ihr greifen sollen. Aber er war alt und müde und schwerfällig, während sie eine kräftige, junge Frau war. Seine Reflexe waren viel zu langsam. Als sich Gidge rasch auf sie zubewegte, schlüpfte sie an Harry vorbei und begann zu schreien. Gidge erkannte, daß sie an ihm vorbeilaufen wollte, um die Tür zu erreichen, und er beabsichtigte, sie in diesem Augenblick mit dem Totschläger hinter dem Ohr zu treffen und ihren Sturz aufzufangen.

Aber nach dem ersten Schritt warf sich Harry auf sie, durch ihre Schreie beunruhigt. Sie war fast schon außerhalb seiner Reichweite, aber er stolperte nach vorn, umklammerte ihre Oberschenkel und brachte sie zu Fall. Ihr Kopf schlug mit einem dumpfen Geräusch gegen die Kante des Nachtkästchens, und sie lag bewegungslos am Boden. Mit einemmal sah sie plötzlich kleiner und zierlicher aus. Harry richtete sich langsam auf. Sie lag mit dem Gesicht auf dem Teppich. Gidge ließ sich neben ihr nieder und drehte sie vorsichtig auf den Rücken. Das Licht fiel auf ihr Gesicht.

Harry Charm bekreuzigte sich mit einer schwerfälligen Bewegung, noch immer auf den Knien. Es gab wenig Blut. Blut allein hätte Harry Charm nicht beunruhigt. Es war die tiefe Furche auf der rechten Stirnseite, die ihn reflexartig das Kreuzzeichen machen ließ. Es war eine horizontale Furche, zwischen dunkler Augenbraue und Haaransatz und etwa einen halben Zoll tief. Ihre Augen waren halb geöffnet, aber leer und tot.

»Gott im Himmel, Gidge, das wollte ich nicht...«, flüsterte Harry.

»Sei ruhig und laß mich nachdenken.«

Gidge Allen stand auf. Er fühlte sich sehr müde. Er ging zur Tür, öffnete sie vorsichtig, blickte den Korridor hinauf und hinunter, zog den Wäschekorb herein und schloß die Tür wieder. Er ging zu dem kleinen Schreibtisch, auf dem noch immer die Lampe brannte und erblickte einen weißen Briefumschlag. Er riß ihn auf und las die wenigen Zeilen, die das Blatt enthielt. Er grunzte voller Zufriedenheit und steckte den Brief in seine Tasche. Er blickte sich in dem Zimmer um. Sie hatte in aller Eile gepackt. Kleider, die sie nicht mitnehmen wollte, lagen vor dem Schrank auf dem Boden. Ihre beiden Koffer waren gepackt, aber noch nicht verschlossen, genau wie ihre Reisetasche.

»Bleib hier, bis ich zurückkomme«, befahl Gidge. »Ich schicke Beaver herauf, um dir Gesellschaft zu leisten.«

»Wo gehst du hin?« fragte Harry nervös.

Gidge antwortete ihm nicht. Fünf Minuten später schloß er die Tür zu Als Büro hinter sich.

»Es war ein Unfall«, sagte er.

Al schlug mit der flachen Hand auf den Schreibtisch. »Nichts wie Schweinereien in letzter Zeit«, sagte er. »Du liebe Güte, kann denn niemand ein Glas Wasser bringen, ohne...«

»Es geschah so schnell, Al.«

»Ist sie tot?«

»Wo ist da der Unterschied? Sie ist in schlechter Verfassung. Aber wir können es uns nicht erlauben, daß sie wieder auf die Beine kommt, nicht wahr? Und sich mit der Polizei unterhält.«

»Und wie sieht es für uns aus, wenn sie plötzlich verschwindet? Wie steht es mit Darren? Was, wenn sie nicht zur Beerdigung erscheint?«

»Sie hat ihre Sachen gepackt, Al. Es ist einfach, das Gepäck loszuwerden. Ich weiß, welche Maschine sie nehmen will. Der Flugschein liegt auf ihrem Schreibtisch. Wir können Muriel das Ticket geben, sie nach San Francisco fliegen lassen, und sie kommt im Bus wieder zurück.«

»Hmmmm. Nicht schlecht, Junge. Wer merkt schon einen Unterschied zwischen zwei hübschen Brünetten?«

»Und das paßt dazu«, sagte Gidge und reichte Al den Brief. »Er lag ebenfalls auf ihrem Schreibtisch.«

Al las laut vor. »Hugh, mein Liebling. Plötzlich ist meine Chance gekommen, aus dieser Traumstadt für immer zu verschwinden, und ich greife mit beiden Händen zu. Wir haben viel Spaß miteinander gehabt, Du und ich, und es soll nicht mit einem großen Abschied enden. Nimm dieses Good-Bye für immer mit dem Verständnis auf, mit dem ich es schreibe. Es würde mich bedrücken, wenn Du versuchen solltest, Dich mit mir in Verbindung zu setzen, wirklich, Liebling. Ich hoffe nur, daß die Zukunft Dir viel Glück bringt. Du verdienst das Beste, und ich weiß, daß Du es schaffen wirst. Du wirst Dein kleines Hotel am Peppercorn Cay bekommen. Wenn Du an einem lauen Bahama-Abend in sentimentaler Stimmung bist, trinke ein Glas auf mich. Und bitte, Liebster, verlasse diesen trostlosen Ort, sobald Du kannst. Er ist häßlicher, als Du ahnst, und er hinterläßt seine Spuren an jedem Menschen. Du weißt, daß wir uns wahrscheinlich Hals über Kopf ineinander verliebt hätten, wenn wir nicht beide solche Einzelgänger wären.

Aber so waren wir nun einmal, und vielleicht ist es gut so. Bitte, behalte mich in guter Erinnerung... wie ich Dich, das verspreche ich. Good-Bye, Liebster. Betty.«

»Das paßt besser, als wir es verdienen«, sagte Al. »Wir sorgen für den Rest. Nimm Beaver und Harry und paß auf, daß sie nicht eine Stelle finden, die beim nächsten Regensturm ausgewaschen wird. Und sie sollen tief graben!«

»Wie wär's mit der Stelle, wo die Hooker-Zwillinge sind?«

»Okay. Es ist dein Baby. Beeile dich.«

Gidge kehrte in das Zimmer des Mädchens zurück. Sie atmete noch immer. Er steckte den Brief in einen frischen Briefumschlag. Beaver band ein Handtuch über die blutende Wunde. Sie packten das Mädchen in den Wäschekorb, streiften die Leintücher vom Bett und deckten sie über den Körper. Beaver brachte den Lift zum zweiten Stockwerk zurück. Sie schoben den Korb hinein und holten ihr Gepäck. Sie fuhren in den Keller hinunter, schoben den Wäschekorb über die Rampe hinaus und zu dem geparkten Wagen. Sie legten das Mädchen auf den Boden vor dem Rücksitz und bedeckten es mit einem Mantel. Beaver brachte den Wäschekorb zurück und schob den Brief auf dem Rückweg unter Hugh Darrens Tür.

Sie drängten sich zu dritt auf den Vordersitz, den Spaten zu ihren Füßen. Ihre Nervosität legte sich erst, als Gidge vierzig Minuten später den Wagen von der Hauptstraße lenkte und zwei Meilen weit über eine sandige Privatstraße fuhr, die auf Als Ranch mündete.

Es war eine kühle, helle Nacht. Der Mond hing silbern über der Wüste. Gidge fand die Stelle, an der Betty eingescharrt werden sollte. Er hielt an und fuhr zurück, bis die Scheinwerfer den Platz beleuchteten, an dem sie graben würden. Es war Sand, trocken und fein, und es machte keine besonderen Schwierigkeiten. Nach kurzer Zeit zogen die Männer ihre Jacken aus. Sie hatten das Mädchen aus dem Wagen geschleift, und es lag in der mondhellen Nacht im Sand.

Nachdem sich Beaver eine Weile lang beschwert hatte, löste ihn Gidge ab. Nach fünf Minuten zog auch er die Jacke aus. Als er sie ablegen wollte, hörte er ein leises Geräusch. Er hielt an und trat näher. Plötzlich brüllte er voller Wut und Entrüstung auf, sprang zwei Schritte nach vorn und trat mit seinem Bein zu. Beaver rollte über den Sand und heulte vor Schmerzen auf.

Als er sich etwas erholt hatte, stöhnte er: »Du hast mir weh getan, Gidge. Du hast mir verdammt weh getan, du Hundesohn!«

»Wer hat dir erlaubt, dich mit ihr zu vergnügen, du verdammtes Schwein? Sie ist tot.«

»Sie ist nicht tot, ehrlich. Ich hätte sie nicht angerührt, wenn sie tot wäre. Für was hältst du mich denn? Sie atmet, und ihr Herz schlägt. Ich habe es gehört.«

Gidge Allen fühlte einen Ekel in sich hochsteigen, der ihn fast der Vernunft beraubte. Ekel vor Beaver Brownell und vor sich selbst und vor dem Leben, das sie führten. Er blickte auf das Mädchen herunter, auf ihr dunkles Haar, das sich gegen den hellen Sand abhob. Er hob den Spaten mit beiden Händen und hieb ihn ihr mit voller Wucht über den Schädel. Es war ein häßliches Geräusch, als zerplatzte eine Frucht, das für einen Augenblick die Stille der Nacht durchbrach.

Er schöpfte tief Atem und stieß die Luft wieder aus. »Jetzt ist sie tot, Beaver. Hier ist dein Spaten. Mach dich an die Arbeit.«

»Ich kann nicht graben. Mein Unterleib schmerzt, als ob etwas gerissen ist.«

»Du gräbst, Junge. Du gräbst sofort und du gräbst hart. Oder, bei Gott, du landest in der Grube neben ihr.«

Beaver humpelte gehorsam heran und nahm den Spaten. Gidge zog sich wieder seine Jacke an. Er rauchte, während er die beiden Männer beobachtete. Als das Loch tief genug war, ließ er die Männer zuerst das Gepäck hineinwerfen und dann das Mädchen darüber legen. Sie schaufelten den Sand zurück, glätteten ihn und rollten zwei große Felsen über das Grab, bevor sie zum Wagen zurückkehrten. Beaver schob sich auf den Rücksitz. Zweifellos würde er während der ganzen Heimfahrt und während der nächsten Tage den Beleidigten spielen.

Auf halben Weg unterbrach Harry Charm das lange Schweigen und sagte: »Ich weiß nicht. Ein junges Mädchen wie sie. Es war so unsinnig, weißt du? Eine unsinnige, schmutzige Art zu sterben.«

»Jede Art ist schmutzig«, sagte Gidge.

»Manchmal ist es schlimmer als gewöhnlich. Ich werde mich heute nacht besaufen, Gidge. Sternhagelvoll.«

»Ich muß zu einem Arzt«, sagte Beaver winselnd.

Niemand antwortete ihm.

Es war kurz vor Mitternacht, als Hugh Darren auf sein Zimmer zurückkehrte. Er trat auf den Brief und sah ihn erst, als er das Licht einschaltete.

Zuerst verstand er den Inhalt des Briefes nicht, sondern hielt ihn für einen Witz. Als er seinen Verlust begriff, war ihm, als werde ein Messer in seinem Leib gedreht. Er eilte mit großen Schritten über den Korridor zu ihrer Tür und klopfte an, wartete, klopfte wieder und öffnete die Tür mit seinem Schlüssel, den er am Schlüsselring trug. Das Zimmer war dunkel, und noch während er nach dem Schalter tastete, spürte er die Leere. Das Licht bestätigte sie.

Er blickte verwirrt auf die Anzeichen eines hastigen Aufbruchs, auf die zurückgelassenen Kleidungsstücke. Der Abfallkorb war bis oben hin mit leeren Fläschchen und Dosen gefüllt. Er bückte sich und fischte ein stöpselloses Parfümfläschchen vom Boden. Er roch daran und spürte ihr süßes, verwehendes Parfüm.

»Aber warum?« sagte er laut vor sich hin.

Er drehte sich um, schaltete das Licht aus, schlug die Tür zu und kehrte in sein eigenes Zimmer zurück. Als er eintrat, bemerkte er, daß er noch immer das leere Fläschchen in der Hand hielt. Er stellte es vorsichtig auf seinen Schreibtisch, als sei es von großem Wert.

Er zögerte einen Augenblick lang, bevor er Max Hanes anrief. Als er keine Antwort erhielt, versuchte er es im Kassenraum. Eine gelangweilte Stimme sagte, daß Mr. Hanes im Kasino wäre, und daß er von dem Anruf benachrichtigt würde.

Hugh blieb am Telefon sitzen, die Ellbogen auf die Knie gestützt, den Kopf in den Händen. Beim ersten Läuten griff er nach dem Hörer.

»Was macht dir Sorgen, Junge?«

»Max, ich habe eine verrückte Nachricht von Betty Dawson erhalten. Ich verstehe es nicht. Sie sagt, sie will für immer von hier verschwinden.«

»Stimmt. Genau das ist geschehen.«

»Aber warum?«

»Ich hoffte, du könntest mir das verraten, Junge. Sie hat mich einfach sitzen lassen. Aber so ergeht es einem mit diesen Typen aus der Unterhaltungsbranche. Man glaubt, sie haben sich so richtig eingewöhnt und alles läuft glatt, und dann werden sie auf einmal wanderlustig. Was kann man da machen! Ich wollte es ihr ausreden, Hugh. Sie hat Stammpublikum, nicht gerade viel, aber ein recht treues.«

»Hatten Sie eine Ahnung davon, Max?«

»Nichts. Es muß... gegen fünf gewesen sein, als sie kündigte. Sie hat einen Vertrag unterschrieben, aber verdammt, was nützt so etwas schon?«

»Wohin ging sie?«

»San Francisco, glaube ich. Ihr alter Herr...«

»Ich weiß. Sie hat mir von ihm erzählt. Verdammt, es sieht ihr nicht ähnlich, ohne ein Wort zu verschwinden und mir einen Brief zu schreiben.«

»Reg dich nicht auf, Hugh, Junge. Die Welt ist voller hübscher Mädchen. Die besten laufen einem weg, und es ist verdammt schwer, die abzuschütteln, von denen man nichts mehr wissen will. Hör zu, es sieht aus, als könnten sich im Kasino Schwierigkeiten entwickeln, und ich muß...«

»Okay, Max. Danke.«

»Sie hatte ihren Entschluß gefaßt, und nichts hätte sie daran gehindert.«

Hugh Darren zog sich langsam aus. Er dachte über den Namen ihres Vaters nach – Dr. Randolph Dawson. Er schrieb sich den Namen auf.

»Es würde mich bedrücken, wenn Du versuchen solltest, Dich mit mir in Verbindung zu setzen, wirklich, Liebling.«

Eins mußte er ihr lassen – wenn sie ein Ende machte, dann ließ sie ihn darüber nicht im Zweifel, daß es ein Ende für immer war.

Um sieben Uhr am Dienstagmorgen erhielt Scotty Starterlaubnis, lenkte das Flugzeug auf das Rollfeld, zog den Steuerknüppel durch und hob es ab von der Erde.

Der alte Mann neben ihm blinzelte gegen das grelle Licht und drückte den alten, staubigen Hut tiefer in die Augen.

Er hatte ein zusätzliches Gepäckstück mit an Bord gebracht, eine dicke, altmodische Ledertasche, die so genau zu dem alten Mann paßte, daß Scotty vermutete, sie habe sich in seinem Koffer befunden, als sie nach Westen geflogen waren. Die Neugier über den Inhalt der Tasche mischte sich mit dem leichten Katzenjammer, aber er konnte nicht fragen. Wenn er diese alte Eidechse danach fragte, würde sie höchstens zweimal blinzeln, den Kopf wenden und sich ausschweigen, aber nachdem er das Flugzeug gelandet hatte, konnte er sich einen neuen Job suchen. Darüber gab es keinen Zweifel.

»Wie lange sind Sie gestern beim Telefon in Ihrem Motel geblieben, Junge?«

»Den ganzen Tag, bis ich Ihre Nachricht erhielt, daß Sie mich nicht mehr brauchen, Sir. Das war gegen halb vier. Danach ging ich aus.«

»Spaß gehabt?«

»Wie? Ja, Sir, schätze ich.«

Beantworte die Fragen, nicht mehr. Um Gottes willen rede nicht zuviel. Nicht, wenn du die Stellung behalten willst.

Es waren genau tausend Meilen. Er tankte in Albuquerque nach, und sie aßen dort zu Mittag. Danach schloß der alte Mann die Augen, während sich Scotty wunderte, warum Gallowell die Reisetasche ins Restaurant mitgenommen und zwischen seine Beine gestellt hatte, während sie aßen. Scotty wünschte, er könnte die Tasche aus seinen Gedanken verdrängen. Er war heilfroh, als er das Flugzeug auf dem Landestreifen bei der alten Ranch aufsetzte. Auf dem kurzen Flug von dort zum Flugfeld der Gesellschaft sang er aus vollen Lungen, allein in dem kleinen Flugzeug.

Muriel Bentann verließ Las Vegas mit dem Zwei-Uhr-Flugzeug. Sie nahm kein Gepäck mit sich an Bord. Sie trug lediglich eine kleine Reisetasche. Die Stewardeß am Eingang riß die Hälfte ihres Flugscheins ab und nannte sie Miß Dawson.

Sie suchte sich einen Platz, der ihr zusagte und hielt die Augen während des Starts geschlossen. Als der Flughafen hinter ihnen lag, zündete sie sich eine Zigarette an und blätterte in der Illustrierten, die sie mitgenommen hatte.

Du liebe Güte, was macht man nicht für verrückte Dinge für Geld. Dieser blöde Gidge mit seinen Anordnungen. »Rede mit niemand. Laß dich nicht von einem Mann anlachen. Nimm ein Taxi in die Stadt. Erzähl dem Taxifahrer, dein Vater, Dr. Dawson, sei gestern gestorben und frag ihn, ob er ihn kannte. Wein ein wenig, damit es besser aussieht. Geh zur Haltestelle, nachdem du das Taxi bezahlt hast. Nimm den ersten Bus nach Los Angeles. Danach ist dein Auftrag erledigt und du kannst zurückkommen, wie es dir paßt.«

Sie hatten immer verrückte Ideen. Aber sie zahlten gut, und sie wußten, daß Muriel ihre Befehle immer genau befolgte.

Hugh Darren hielt es den ganzen Dienstag und den halben Mittwoch aus, während er mit sich kämpfte und seine Arbeit nur unlustig erledigte. Am Mittwochnachmittag meldete er ein Ferngespräch an Miß Elizabeth Dawson unter der Telefonnummer eines Dr. Randolph Dawsons in San Francisco an.

Sie war nicht dort. Er hörte Bruchstücke eines Gesprächs am anderen Ende der Leitung, bevor ihn das Mädchen vom Amt abschnitt – genug, um zu erkennen, daß es nicht ihre Stimme war, sondern die einer aufgeregten, älteren Frau.

»Wurde sie dort erwartet, Miß?«

»Es klang danach. Schon seit gestern, Sir. Ich hinterließ eine Nachricht, sich sofort mit Ihnen in Verbindung zu setzen, wenn sie ankommt.«

»Danke vielmals, Miß.«

Am Donnerstag setzte er sich mit ihrem schüchternen, unbeholfenen Agenten Andy Gideon in Verbindung. Der Agent wußte nichts. Sie hatte ihn nicht von ihrem plötzlichen Aufbruch verständigt. Als er davon gehört hatte, telegrafierte er sofort nach San Francisco, ohne eine Antwort zu erhalten.

Hugh rief am Freitag, am Samstag und am Sonntag in San Francisco an und hinterließ jedesmal eine Nachricht. Am Montag wünschte er, ihren Vater zu sprechen.

Das Mädchen vom Amt war erstaunt. »Sir, diese Person lebt nicht mehr.«

»Was?«

»Er soll in der vergangenen Woche gestorben sein. Recht plötzlich. Möchten Sie mit seinem Stellvertreter sprechen?«

Er versuchte wieder, Betty anzurufen, aber sie war nicht angekommen. Er hinterließ abermals eine Nachricht.

Er mußte sich geschlagen geben. Aber seine Gedanken kamen nicht von ihr los. Ihre Gestalt, ihre Stimme, ihr Wesen waren für immer in seiner Erinnerung eingeprägt. Der April verging, und es wurde Mai. Die Sonne war heiß und glühte wie geschmolzenes Kupfer. In Las Vegas lösten um diese Zeit die Konferenzen und Vereinstreffen einander ab. Seltsame Wimpel flatterten über den Hoteleingängen und quer über den Strip. Die meisten der Gäste trugen groteske Hüte, und ihre Revers waren mit Anstecknadeln gespickt.

Der Reklamechef des ›Cameroon‹ hatte ausgezeichnete Arbeit geleistet. Ein Treffen löste das andere ab. Das Hotel war voll, und die Automaten im Kasino klapperten unaufhörlich.

Es waren langweilige Tage für Hugh. Er hatte zur Routine seiner Arbeit zurückgefunden, aber sie bereitete ihm keine Freude mehr. Er war unzufrieden mit sich und der Welt. Er trank mehr, als es seine Gewohnheit war, und er schwamm nur noch selten im Swimming-pool. Obwohl er spürte, wie sein durchtrainierter Körper erschlaffte, hatte er kein Verlangen danach, etwas dagegen zu unternehmen. Von Zeit zu Zeit bat ihn Max um kleine Gefallen. Er steckte eine Anzahl Scheine in Hughs Brusttasche, klopfte ihm auf die Schulter und sagte mit seinem Affengrinsen: »Eine kleine Prämie, Baby.« Hugh hatte den Eindruck, daß die Gefallen riskanter und zynischer wurden, aber er brachte nicht den Willen auf, Max etwas abzuschlagen. Die Sondereinnahmen wuchsen in seinem Versteck an, aber das Geld brachte ihm keine Freude.

An einem Nachmittag im Mai ging er zum Swimming-pool hinaus und sah sie in der Sonne liegen, die Arme über dem Gesicht verschränkt. Sein Herz stand einen Augenblick lang still und klopfte wild, und sein Leib verkrampfte sich. Mit weichen Knien und einem fast unerträglichen Glücksgefühl ging er auf sie zu, aber als er die Frau ansprach, nahm sie die Arme vom Gesicht, und er sah in das harte, skeptische Gesicht einer Fremden.

»Ich... dachte, Sie wären jemand anderer. Entschuldigen Sie.«
»Mein Mann ist auf einer Konferenz, Sie Flegel.«

Als er sich langsam umdrehte und den Pool verließ, kam ihm wieder zu Bewußtsein, was ihm Betty wirklich bedeutet hatte. Es war mehr als ein leeres Wort: Liebe. Es war das und noch viel mehr. Es war lebensnotwendig. Ohne sie erschien das Leben trostlos. Es war an der Zeit, sich nichts mehr vorzumachen. Er mußte sie finden, um seinem Leben einen Sinn zu geben, egal wie lange er suchen mußte. Alles andere war gleichgültig. Als er wußte, was er zu tun hatte, erschien es ihm, als sei ein schweres Gewicht von seinem Herzen genommen.

Am nächsten Tag, noch bevor er jemand seine Pläne verraten hatte, besuchte ihn ein Mann. Ein junger Mann mit einem bleichen, ernsten Gesicht, unauffällig angezogen, äußerst höflich und offensichtlich humorlos.

Sie schüttelten sich die Hände, und er zeigte eine Karte vor und sagte: »Ich bin James Wray von der San-Francisco-Rechtskanzlei

Balch, Costin and Sommers.« Er setzte sich, schlug die Beine übereinander und zog die Bügelfalten gerade. »Ich bin beauftragt, im Interesse des Nachlasses von Dr. Randolph Dawson Erkundigungen über das Verschwinden von Miß Elizabeth Dawson, der Tochter und Erbin des verstorbenen Mr. Dawson einzuholen.«

»Verschwunden?« fragte Hugh unsicher.

»Seitdem ich heute morgen in Las Vegas eingetroffen bin, habe ich mit Mr. Gideon gesprochen, der nichts von ihr gehört hat, und ich habe mit Mr. Hanes gesprochen, der keine Erklärung über diese mysteriöse Angelegenheit abgeben kann. Die Polizei hat festgestellt, daß Miß Dawson am Dienstag nach dem Tod ihres Vaters von hier nach San Francisco flog. Sie fand einen Taxifahrer, der sie vom Flughafen zur Stadtmitte brachte, zur Ecke Market und Van Ness, um genau zu sein. Er behauptete, daß sie über den Tod ihres Vaters sehr erschüttert war.«

»Sie wußte davon?«

»Natürlich wußte sie davon. Mrs. Mead, die Haushälterin des verstorbenen Dr. Dawson, rief sie in diesem Hotel eine Stunde nach seinem Tod an und sprach längere Zeit mit Miß Dawson. Miß Dawson erklärte, daß sie sofort nach Hause kommen wollte, aber, trotz aller Nachforschungen, verliert sich ihr Weg, nachdem sie das Taxi verließ, im dunklen. Ich hoffte, daß uns einer ihrer Freunde vielleicht verraten könnte, was mit ihr geschehen ist.«

»Ich habe versucht, mich mit ihr in Verbindung zu setzen.«

»Das weiß ich, Sir. Mr. Hanes teilte mir mit, daß sie Ihnen einen Brief hinterließ. Besitzen Sie ihn noch?«

»Ich... Ja, ich habe ihn aufgehoben, Mr. Wray, aber er ist privat.«

»Ich versichere Ihnen, daß mein Interesse nur beruflich ist, Mr. Darren. Der Verstorbene hat Miß Dawson ein ansehnliches Vermögen hinterlassen. Wir fühlen uns verpflichtet, genaue Auskünfte in jeder Hinsicht einzuholen.«

»Warten Sie hier. Ich hole ihn.«

Er holte den Brief aus seinem Zimmer. Die Ränder waren abgewetzt. Wray konnte erraten, daß er den Brief zahllose Male in den Händen gehalten hatte.

James Wray griff danach und überflog die Worte rasch, dann nochmals, etwas langsamer. Seine Stirn war leicht gerunzelt, als er ihn zurückgab. »Wann erhielten Sie dieses Schreiben?«

»Ich fand es unter meiner Tür, gegen Mitternacht desselben

Tages, an dem sie verschwand. Ich ging sofort in ihr Zimmer. Sie hatte gepackt und war verschwunden.«

»Wir können mit Sicherheit annehmen, daß dieser Brief nach dem Gespräch mit Lottie Mead geschrieben wurde. Verzeihen Sie mir, wenn mir durch den Inhalt des Schreibens klar wird, daß Sie und Miß Dawson... eng befreundet waren. Trotzdem enthält das Schreiben ein gewisses Gefühl der Fröhlichkeit. Kaum, was man von einer Frau erwarten konnte, die eben von dem Tod ihres Vaters gehört hatte, den sie liebte.«

»Dafür gibt es nur eine Erklärung, und dazu müßten Sie sie gekannt haben, Mr. Wray. Sie ist eine außerordentlich mutige Frau. Sie braucht und will niemandem zur Last fallen. Sie hatte sich entschlossen, daß der Zeitpunkt reif war, um... unsere Verbindung zu beenden. Ich weiß nicht, wie sie zu diesem Entschluß kam. Aber sie wollte diese... Entscheidung auf der gleichen Ebene halten, wie alles, was vorausging. Deshalb war sie außerordentlich vorsichtig, um zu verhindern, daß ich ihr die Hilfe und Freundschaft anbot, die ich ihr geboten hätte, wenn ich gewußt hätte, warum sie so plötzlich abreiste. Sie ist eine wunderbare Frau, Mr. Wray. Voller Kraft und Stolz.«

James Wray schürzte die Lippen und blickte auf seine Fingernägel. »Viele junge Mädchen verschwinden in diesem Land, ohne eine Spur zu hinterlassen. Die meisten sind zur Zeit ihres Verschwindens gefühlsmäßig aus der Bahn geworfen. Vielleicht war Miß Dawson eine starke Persönlichkeit, aber weisen Sie die anderen Möglichkeiten nicht von der Hand. Sie war die einzige Tochter aus gutem Hause. Sie brannte vom College mit einem... entsetzlichen Mann durch. Sie war ihrem Vater lange Zeit entfremdet und fand erst wieder zu ihm zurück, als die Sache mit Mr. Luster ein Ende nahm. Man kann sich das Maß ihrer Schuld nur schlecht vorstellen.

Vielleicht trat der Tod ihres Vaters ein, bevor sie die Gelegenheit gehabt hatte, sich richtig mit ihm auszusöhnen. Der Bericht des Taxifahrers deutet auf einen hysterischen Zustand hin. Und warum ließ sie sich nicht bis nach Hause fahren? Ich möchte Ihnen noch eine letzte Frage stellen, um nicht Ihre kostbare Zeit zu verschwenden. Drückte sie während der Zeit, in der Sie sie kannten – es waren etwa acht Monate – den Wunsch aus, in einer bestimmten Gegend leben zu wollen? Kennen Sie einen Ort, in dem sie sich vielleicht mit ihrem Schuldgefühl verstecken wollte?«

»Ich... ich weiß leider nichts. Sie war sehr angetan von San Francisco und den Nebeltagen, die es hier nicht gibt.«

»Es ist möglich, daß sie sich dort befindet«, sagte Wray mit einem Anflug von Wärme. »Ich möchte selbst nicht woanders leben.« Er lächelte, stand auf und zuckte die Schultern.

»Einen Augenblick«, sagte Hugh. »Sie erzählen, daß sie erst am Dienstag abflog. Aber ich weiß, daß sie das Hotel schon Montag nacht verließ.«

»Wirklich?«

»Sie muß die Nacht zum Dienstag in Las Vegas verbracht haben.« Er blätterte in seinem Schreibtischkalender. »Es war der achtzehnte April. Heute ist Montag, der dreißigste Mai, genau sechs Wochen danach.«

»Ich sehe, worauf Sie hinauswollen, Mr. Darren. Vielleicht wußte die Person, bei der sie übernachtete, über ihre Pläne Bescheid. Haben Sie eine Ahnung, wer das sein könnte?«

»Ich kann mir nur zwei Möglichkeiten vorstellen.«

James Wray sah nachdenklich vor sich hin. Er nickte, als sei er zu einer Entscheidung gekommen. »Mr. Darren, ich kann leider nicht soviel Zeit an diese Sache verwenden, wie ich möchte. Meine Unkosten werden vom Nachlaß abgezogen. In dieser Hinsicht wird das Nachlaßgericht sehr kleinlich sein. Sie scheinen ein tiefes, persönliches Interesse an Miß Dawson zu haben. Wäre es möglich, daß Sie genügend Zeit fänden, um... diese Möglichkeiten zu überprüfen und mir einen kurzen Bericht einzuschicken?«

»Natürlich.«

»Unter uns, Mr. Darren, ich vermute... krumme Sachen. Ich weiß nicht, wie ich das sagen soll. Es ist alles zu dramatisch.«

»Was meinen Sie damit?«

»Würden Sie sagen, daß sie eine hysterische Frau war?«

»Nein.«

»Liebte sie ihren Vater?«

»Ja. Sie waren sich jahrelang entfremdet, und sie war glücklich, daß sie wieder zueinander gefunden hatten.«

»In ihrem Schreiben ließ sie durchblicken, daß sie nie wieder hierher zurückkehren würde, Mr. Darren. Aber ihr Wagen steht noch immer am Parkplatz des Flughafens. Ein Morris Minor.«

»Ich kenne ihn.«

»Er würde bei einem Verkauf kaum dreihundert Dollar einbringen, stelle ich mir vor. Aber ich glaube nicht, daß sie ihn einfach stehen ließ. Ich wollte Ihnen das alles nicht erzählen, aber nachdem ich um Ihre Hilfe bitte, erscheint es mir nur fair. Bevor ich zu Ihnen kam, war ich bei der Nevada Security Bank. Natürlich hatte ich keine Vollmacht, aber ich fand einen willigen Beamten, der mir verriet, daß sie ein Konto und einen Miettresor dort besitzt. Kein einziger Scheck wurde während der vergangenen sechs Wochen gegen dieses Konto eingelöst. Der letzte Scheck war für eine einfache Flugkarte nach San Francisco. Sie hob kein Geld ab, als sie von hier verschwand. Sie hat den Tresorraum seit beinahe einem Jahr nicht mehr besucht.«

»Aber das gibt doch keinen Sinn«, sagte Hugh.

»Ich hatte den gleichen Eindruck, Mr. Darren. Wenn sie nie wieder zurückkehren wollte, hätte sie am Dienstagmorgen das Geld vom Konto abgehoben und den Wagen verkauft. Vielleicht kam etwas dazwischen, so daß sie verhindert wurde. Aber selbst dann ist es unverständlich, warum sie sich später nicht darum kümmerte.«

»Vielleicht wird sie es tun?«

»Es ist möglich. Aber von was lebt sie in der Zwischenzeit? Es kommt mir alles so... sonderbar und beunruhigend vor, Mr. Darren. Ich bin im Grund ein ordnungsliebender Mann. Es beunruhigt mich, wenn jemand anscheinend völlig kopflos handelt. Sie haben meine Adresse. Ich wäre Ihnen dankbar, wenn ich von Ihnen hören würde.«

»Was geschieht mit dem Nachlaß?«

»Nach Abzug der Steuern und kleinerer Schenkungen verbleiben etwa einhundertfünfzigtausend Dollar. Zum Glück gibt es einen entfernten Verwandten, einen Cousin, Anfang Vierzig, mit einer Frau und zwei Kindern. Er ist Professor der Volkswirtschaft an der Nordwestern-Universität. Nach Ablauf der Pflichtjahre, und wenn alle Versuche, Miß Dawson zu finden, gescheitert sind, wird sie gesetzlich für tot erklärt. Mein Bericht wird dazu eingeholt. Wenn das Gericht keine Einwände hat, wird der Nachlaß an den Cousin fallen.«

»Aber wenn...«

»Wenn sie auftaucht, kann sie ihr Recht beanspruchen.«

James Wray blickte auf seine Uhr, stand auf und verschwand nach einem Händeschütteln.

Nachdem Wray gegangen war, wußte Hugh, daß seine romantischen Pläne, die Stellung aufzugeben, um nach Betty zu suchen, jämmerlich gescheitert waren. Die Behörden suchten schon seit sechs Wochen nach ihr.

Seine Gedanken waren nicht mehr bei seinen Aufgaben, und er ahnte, daß ihn etwas störte, eine Kleinigkeit nur. Plötzlich wußte er, was es war. Betty hatte den Tod ihres Vaters erfahren. Sie hatte ein Ferngespräch mit einer Mrs. Mead in diesem Hotel geführt. Und jedes große Hotel besaß einen Informationsdienst, der die Central Intelligence Agency in den Schatten stellen konnte. Aber dennoch hatte er, Hugh, kein Wort davon gehört. Und er konnte sich nicht vorstellen, daß diese Information nicht an seine Ohren gedrungen wäre, weil das ganze Hotel über seine Beziehungen zu Betty Bescheid wußte.

Nach einigen Minuten rief er bei Hanes an und erfuhr, daß er in Al Martas Apartment zu erreichen war. Er rief dort an, und Max kam zum Apparat. Er konnte Gelächter und Musik im Hintergrund hören. Es war fünf Uhr. Die endlose Party in Als Apartment wandte sich ihrem Höhepunkt zu.

»Max, ich habe eine Frage über Betty Dawson.«

»Wen?«

»Betty Dawson, verdammt. Sie wissen, wen ich meine.«

»Klar, Baby. Einen Augenblick lang fiel der Groschen nicht. Wenn die Frage lautet, ob ich sie ein zweitesmal anstelle, dann ist die Antwort nein. Ich bekomme bessere Kündigungsfristen von Mädchen, die tausendmal höher im Kurs stehen als sie. Hast du sie gesehen?«

»Nein, ich habe sie nicht gesehen. Erinnern Sie sich an den Montagabend, an dem sie verschwand? Ich sprach mit Ihnen darüber, und Sie hatten keine Ahnung von ihren Gründen. Haben Sie die je erfahren?«

»Ja. Ihr alter Herr starb. Aber sie erzählte es mir nicht. Wenn sie es getan hätte, wäre ich besser auf sie zu sprechen gewesen.«

»Wie haben Sie das erfahren?«

»Verdammt, ich weiß es nicht mehr. Jemand sagte es mir am nächsten Tag. Ich weiß nicht mehr wer.«

»Warum haben Sie es mir nicht weitererzählt? Sie wußten, wie gut wir befreundet waren.«

»Junge, die Kleine verschwand, und du warst ganz deprimiert darüber. Warum sollte ich dir das Leben schwermachen? Außerdem kamen wir nie darauf zu sprechen. Ich hätte es dir gesagt, aber ich dachte, du wüßtest Bescheid. Hast du es eben erst erfahren?«

»Ja. Der junge Rechtsanwalt war bei mir.«

»Na, der ist mir eine Type! Anscheinend wird sie vermißt oder was. Ich sagte ihm, er soll darüber nicht ins Schwitzen kommen. Wahrscheinlich hat sie sich 'nen Freund geangelt. Vergiß sie, Junge. Komm rauf. Hier geht's ganz schön lustig zu.«

»Ein andermal, Max. Danke vielmals.«

Kurz nachdem er den Hörer aufgelegt hatte, betrat seine Sekretärin, Jane Sanderson, das Büro und lächelte ihn kurz an, als sie mit einer Handvoll Briefe zu ihrem Schreibtisch ging.

»Jane?« sagte er.

Sie blickte ihn leicht überrascht an. »Haben Sie die Post schon unterschrieben?«

»Ich habe sie noch nicht einmal angesehen. Sind Sie beschäftigt, oder haben Sie ein paar Minuten Zeit?«

Sie kam zu seinem Schreibtisch, den Kopf nachdenklich geneigt. Sie setzte sich ihm gegenüber und zündete ihre Zigarette an dem Tischfeuerzeug an. »Ich habe eine Verabredung mit einem Badeanzug, einem Liegestuhl und einem kühlen Drink. Aber es macht mir mehr Spaß, mit Ihnen zu reden. Ich freue mich, Sie kennenzulernen. Wie war doch Ihr Name?«

»Darren. Er steht auf der Tür dort drüben.«

»Oh.«

»Ich war in letzter Zeit wohl recht sonderbar?«

»Das kann man wohl sagen, Hugh.«

»Wie gefällt es Ihnen hier, Jane?«

Sie schürzte die Lippen. »Wollen Sie die Wahrheit wissen? Oder soll ich Theater spielen?«

»Die Wahrheit.«

Sie runzelte die Stirn. »Es ist nicht mehr so nett wie am Anfang. Das heißt, es stimmt nicht ganz. Die ersten zwei Monate gefielen mir noch weniger. Dann gewöhnte ich mich an Las Vegas, und es gefiel mir besser. Aber jetzt ist alles wieder recht langweilig. Ich bin eine gute Sekretärin, Hugh. Das wissen Sie. Warum sollte ich es nicht sein? Ich habe schließlich nichts anderes auf dieser Welt als meine Arbeit. Ich kann überall eine Stellung finden. Außerdem werfen meine Kapitalsanlagen jetzt soviel ab, daß der Verdienst weniger wichtig erscheint.«

»Die Stellung gefällt Ihnen also nicht?«

»Sie gefiel mir besser, als wir von vorn anfingen, die alten Fehler auszumerzen und alles in Schuß brachten, während wir uns mit jedermann herumstritten. Du liebe Güte, ich arbeitete sechzig, siebzig Stunden in der Woche. Und es machte mir nichts aus. Die Bezahlung ist gut, und es ist eine interessante Stellung vom psychologischen Standpunkt aus, aber... in letzter Zeit läuft alles zu glatt.«

»Das war der Zweck der Operation.«

»Ich weiß, Hugh. Aber das ist nicht das einzige...«

»Machen Sie kein Geheimnis daraus, Jane.«

»Sie könnten daran vielleicht Anstoß nehmen, Chef.«

»Machen Sie sich darüber keine Sorgen.«

»Der kritische Punkt jeder Stellung ist, für wen man arbeitet, Hugh. Sie waren erstklassig.«

»Vergangenheit?«

»Zweifellos. Nachdem ich hierher kam, hörte ich, daß diese Stadt Menschen ändern kann. Ich war überzeugt, daß Sie nicht zu der Sorte gehören. Aber während des letzten Monats sah es ganz danach aus. Es ist, als hätten Sie das Interesse verloren. Sie trinken zuviel. Sie werden weich. Sie wollen die Probleme auf die einfachste Weise lösen. Aber die einfachste Weise ist nicht immer die beste. Und ich weiß nicht, wie und wo, aber Sie sind in krumme Sachen verwickelt. Sie sehen aus und benehmen sich wie alle anderen hier. Es gefällt mir nicht. Ich bin eine altmodische Person, die ihrem Chef ihren vollen Respekt entgegen bringen will. Sie besaßen meinen Respekt, Hugh. Und jetzt – entschuldigen Sie den Ausdruck – fühle ich mich Ihnen ein wenig überlegen. Und ich bin traurig darüber.«

Er fragte sich, ob er rot geworden war. »Sie nehmen sich kein Blatt vor den Mund, Jane.«

»Wir haben schon seit Wochen nicht mehr ernsthaft miteinander gesprochen, Hugh. Ich hätte es Ihnen vielleicht schon früher gesagt.«

»Vielleicht verlor ich alles Interesse, als Betty Dawson verschwand.«

»Das hätte ich Ihnen ebenfalls sagen können. Eine Woche lang waren Sie wie ein Schlafwandler – ein Schlafwandler in schlechter Laune.«

»Sie bedeutete mir eine Menge.«

Ihre Stimme war sanfter. »Das weiß ich. Ich konnte sie gut leiden, Hugh. Alle konnten sie gut leiden. Ein wunderbares, warmherziges und großzügiges Mädchen – das niemals hierher gehörte.«

»Wußten Sie, daß ihr Vater an dem Tag starb, an dem sie verschwand?«

»Ich hörte es später.«

»Wieviel später?«

»Nach drei oder vier Tagen.«

»Hat Betty es selbst verraten?«

»Ich weiß nicht. Es ist gut möglich. Die Nachricht traf als Ferngespräch ein. Die Mädchen in der Zentrale sind neugierig. Besonders, wenn es die Künstler betrifft. Vielleicht hörte eins der Mädchen das Gespräch ab. Warum, Hugh?«

»Ich erfuhr nichts davon, bis mir der Rechtsanwalt heute die Wahrheit erzählte. Sie kam nicht zum Begräbnis. Niemand weiß, wo sie steckt.«

Janes Augen vergrößerten sich. »Das ist seltsam! Ich wunderte mich schon, was dieser seriöse Mann hier zu suchen hatte.«

»Ich überlegte mir unentwegt, warum ich nicht erfuhr, daß ihr Vater an diesem Tag starb.«

Sie zündete sich eine neue Zigarette an. »Ich glaube, das kann ich Ihnen verraten, Hugh. Jeder Angestellte im Hotel wußte, wie es zwischen Ihnen und Betty stand. Es war hoffnungslos, daraus ein Geheimnis zu machen. Jeder wußte, daß sie Ihnen einen Brief hinterlassen hatte und ohne Abschied verschwunden war.«

»Woher, zum Teufel, konnten sie das wissen?«

»Brüllen Sie mich nicht an.«

»Tut mir leid. Weiter!«

»Man erzählte es Ihnen nicht, weil jeder annahm, daß Sie alles schon längst wußten. Zweitens sind Sie der Chef, und die Angestellten laufen nicht mit Gerüchten zu Ihnen. Drittens waren Sie in letzter Zeit nicht gerade gesprächig. Ganz ehrlich, Sie waren ekelhaft, und wenn Sie noch dazu getrunken hatten, verbesserte sich Ihre Laune um kein Haar. Und es gibt noch einen vierten Grund. Sie sind dicker mit Hanes und Marta und diesen Leuten befreundet als früher. Das bedeutet, daß Sie ins andere Lager gehören. Verstehen Sie das?«

»Ja. Was haben Sie sonst noch über Betty gehört?«

»Nichts. Absolut nichts. Aber selbst wenn ich wollte, würde ich nicht viel hören. Sie brachten mich hierher. Man erzählt mir nicht viel, weil ich die Sekretärin des Chefs bin, verstehen Sie?«

»Können Sie ein wenig herumhorchen?«

»Was wollen Sie wissen?«

»Alles, was mit ihrer Abreise zusammenhängt. Sie zog am Montagabend aus und flog am Dienstag ab. Vielleicht hat jemand etwas darüber gehört, wo sie die Nacht verbrachte.«

Sie runzelte die Stirn. »Ich kann und werde es natürlich versuchen, Hugh, aber ich weiß nicht, ob ich für diese... Spionagerolle... passe. Ich bin in solchen Dingen nicht sehr gewandt. Wenn ich Fragen stelle, hält jeder den Mund.«

»Jane... uh... bleiben Sie noch eine Weile, bitte?«

Sie lächelte. »Irgendwie, ohne einen Grund, gefällt mir meine Stellung auf einmal wieder besser. Vielleicht liegt es daran, daß wir wieder miteinander sprechen können. Wenn Sie wieder Interesse an diesem Hotel aufbringen können, dann lassen Sie es sich gesagt sein, daß unser System für Kongresse und Tagungen stinkt. Es sind entweder fünfzehn Prozent zuviel oder zuwenig Anmeldungen da. Auf jeden Fall kostet das dem Hotel Geld. Und wenn Sie dieses Problem gelöst haben, kann ich Ihnen noch ein paar andere servieren, Chef.«

Eine Stunde später parkte Hugh Darren seinen blauen, gebrauchten Buick vor dem Büro von Mabels Motel und stieg aus. Das Büro war klein, mit einem Sperrholzschalter, abgewetzten Möbeln und einer Klimaanlage, die wie ein Lastwagen am Steilhang keuchte. Er drückte auf die Glocke neben der Rezeption.

Eine aufgedunsene Frau mit farblosem Haar und einem ausdruckslosen Gesicht erschien, in einen verblichenen Hausmantel gehüllt. »Ich nehme keine Übernachtungen. Nur auf eine Woche oder länger.«

»Sind Sie Mrs. Huss?«

»Alles, was ich in dieser Welt brauche, bestelle ich durch einen Postversand.«

»Ich möchte mit Ihnen über Betty Dawson sprechen.«

Ihr Gesicht zeigte keine Überraschung. »Heißen Sie Hugh, irgendwie... es beginnt mit einem D.«

»Darren. Ja.«

»Sie hat Sie einmal recht gut beschrieben. Kommen Sie herein.«

Er folgte ihr. Sie schloß die Tür und watschelte in die Dämmerung hinein, die von Schüssen, Schreien und galoppierenden Pferden erfüllt war. Alle Jalousien waren geschlossen. Eine schwache Lampe verbreitete ein dämmriges Licht. Sie drehte den Ton des Fernsehers ab und ließ die Bilder weiterlaufen.

»Setzen Sie sich«, sagte sie und plumpste in einen Sessel. »Hat sie Ihnen geschrieben und Sie gebeten, hierher zu kommen? Ich habe noch kein Wort von ihr gehört.«

»Ich auch nicht. Sie hat von Ihnen gesprochen. Ich hoffte, Sie hätten vielleicht etwas gehört, Mrs. Huss. Ich weiß, daß Sie ihr eine Menge bedeuten.«

»Anscheinend reichte es nicht für einen Brief. Ich hielt viel von diesem Mädel. Sie erinnerte mich an meine eigene Jugend, an alle die verdammten, verlorenen Jahre.«

»Ich weiß nicht genau...«

»Einmal alle sechs Monate fühle ich mich in Stimmung, mehr als nur zwei Worte zu quasseln. Fügen Sie sich drein. Natürlich kam sie aus einer besseren Familie als ich. Ich komme aus ganz kleinen Verhältnissen, aber die Familie hielt zusammen, und das ist am wichtigsten, besonders wenn man ihr Kummer zufügt. Sie werden es nicht glauben, aber ich sah einmal toll aus, vor langer Zeit. Wenn ich den alten Kram nicht weggeworfen hätte, könnte ich Ihnen die Bilder zeigen. Ich wollte unbedingt zum Theater. Ich war sechzehn, als ich von zu Hause ausriß. Und ich dachte, die Welt wäre voller romantischer Abenteuer, genau wie Betty.

Ich war dreiundzwanzig, als ich mich richtig im Spiegel betrachtete. Nach sieben Jahren auf der Bühne, mit dreiundzwanzig Jahren, war ich vollkommen fertig. Ich hatte brutale Männer kennengelernt, die mich ausgenützt hatten, und die Welt hatte ihren Glanz verloren, ohne daß ich etwas erreicht hatte. Ich blieb weitere sieben Jahre auf der Bühne, weil ich sonst nichts gelernt hatte. Als ich dreißig war und wie vierzig aussah, war Gott gut zu mir und brachte mir einen anständigen, lieben Mann, der mich so sehr liebte, daß es ihm egal war, was ich getan hatte, und dem es nichts ausmachte, daß ich niemals Kinder haben konnte. Ich verbrachte sechzehn Jahre im siebenten Himmel, und dann starb er in meinen Armen. Trotz des schlechten Anfangs erlebte ich mehr Glück in meinem Leben als die meisten Menschen. Als ich sie kennenlernte, mitten in der schlimmsten Zeit, war es, als hätte ich mich selbst gesehen.«

»Sie hat mir erzählt, wie Sie ihr geholfen haben – als Sie Betty in das kleine Haus in der Wüste brachten und sie dort allein ließen.«

»Ich weiß, daß Sie dort waren, Mister. Sie fragte mich, ob ich etwas dagegen hätte. Aus dem Ton ihrer Stimme schloß ich, daß Sie ihr viel bedeuteten. In meiner Dummheit hoffte ich, daß sie dort ihr

Glück finden würde, wie ich selbst. Wir konnten beide nicht ahnen, daß Sie keinen Mut besaßen.«

»Was soll das bedeuten?«

»Spielen Sie nicht den Beleidigten. Sie wissen, was es bedeuten soll. Wenn Sie nicht ein Feigling wären, hätten Sie Betty geheiratet. In dieser Stadt entscheidet man sich, und fünfzehn Minuten später ist man verheiratet, ob es Tag ist oder Nacht.«

»Wir kamen nie... auf Heirat zu sprechen.«

»Warum nicht? Betty liebte Sie!«

»Das wußte ich nicht. Wenigstens damals nicht.«

Sie schüttelte den Kopf. Im flimmernden Licht des Fernsehers war ihr Gesicht deutlich zu erkennen. Es trug einen Ausdruck der Verachtung. »Sie schliefen mit ihr, nicht wahr?«

»Ja, aber...«

»Keine aber, Mister. Glauben Sie vielleicht, sie schlief mit Ihnen, nur weil Sie die richtige Rasiercreme benützten? Oder ein Hotel leiteten? Betty war ein aufrichtiges Mädel. Liebe war der einzige Grund, weshalb sie mit Ihnen ins Bett ging. Ich kann Ihnen genau sagen, warum Sie nicht von Heirat sprachen. Sie dachten, Sie seien zu verdammt gut für sie, aber es war umgekehrt. Sie wußten genau, daß sie sich verkaufen mußte, wenn es Max Hanes befahl, und das schmutzige Wort Hure blieb in ihrem Gehirn hängen. Sie waren viel zu rein und sauber, um sich auch nur eine Minute lang zu überlegen, warum sie tun mußte, was ihr Max befahl. Oh, Sie wollten das Obst vom Baum pflücken, aber Sie hatten keine Lust, den ganzen Obstgarten zu pflegen. Männer wie Sie wollen alles...«

»Halten Sie den Mund. Sie verdrehen alles, Mrs. Huss. Ich habe keine Ahnung, von was Sie reden. Was soll das alles über... Max Hanes bedeuten?«

»Sie brauchen nicht das Unschuldslamm zu spielen.«

»Mrs. Huss, glauben Sie mir. Ich habe wirklich keine Ahnung, was Sie andeuten wollen. Hat sie wirklich...«

»Lassen Sie mich nachdenken. Seien Sie ruhig.«

Ein Lastwagen ratterte durch die Stille, und von irgendwoher kam eine dünne, kaum hörbare Musik.

Mrs. Huss seufzte laut. »Es tut mir leid. Es muß wohl so gewesen sein. Ich schätze, sie wollte es vor Ihnen verheimlichen.«

»Sie ist verschwunden. Können Sie mir die Wahrheit erzählen?«

»Nur, weil sie es hätte tun sollen. Sie rief mich an dem Abend, an dem sie abreiste, an. Sie weinte. Ihre Koffer hatte sie schon gepackt. Sie erzählte mir, daß ihr Vater unerwartet gestorben sei, daß sie nun frei wäre und nie wieder zurückkehren wollte. Ich fragte sie, ob Sie mitkommen wollten, und sie sagte, daß es vorbei sei. Sie weinte noch mehr, und ich verstand nicht alles, aber sie redete von Liebe und daß sie nicht in Ihr Leben paßte, weil sie ihr eigenes vermasselt hätte. Das klingt, als hätte sie Ihnen nichts erzählt.«

»Was erzählt?«

»Ich kenne selbst die genauen Zusammenhänge nicht, aber es ist ein alter Dreh. Dieser Max Hanes hat sie mit irgend etwas erpreßt. Wahrscheinlich stellte er ihr eine Falle, damit er sie in der Hand hatte, wenn er sie brauchte. Wahrscheinlich hatte er genug Verstand, sie nur zu benützen, wenn es wirklich notwendig war, aber dann brauchte er nur hopp zu sagen.

Sie ging anscheinend in die Falle, kurz bevor ich sie in das Haus in der Wüste brachte, damit sie mit sich selbst und mit Gott ins reine kommen konnte. Sie sagte es zwar nicht, aber es hörte sich an, als hätte sie der Tod ihres Vaters befreit. Das bedeutet, daß Hanes etwas besaß, das er ihrem Vater schicken oder zeigen konnte. Und keine anständige Tochter konnte das erlauben. Wenn sie Max einen Gefallen getan hatte, kam sie hierher. Sie sprach herzlich wenig darüber, aber ich konnte ahnen, was dahinter steckte. Einmal war sie nach einer Tracht Prügel, die sie von einem Ausländer erhielt, in ziemlich übler Verfassung.«

»Warum hat Max das gemacht?«

»Na, hören Sie! Sie sind seit einem Jahr in Las Vegas. Sind Sie blind und taub? Geschäftliche Gründe, Junge. Geld.«

»Wissen Sie zufällig... wann Max sie zum letztenmal... einsetzte?«

»Oh, das liegt schon lange zurück. Es kam nicht oft vor. Bevor Sie hierher kamen. Im vergangenen Sommer. Sie war nicht fähig, aus Ihrem Bett zu kriechen, zu einem anderen Mann zu gehen und wieder mit einem Lächeln im Gesicht zu Ihnen zu kommen. Sie war ein anständiges Mädel, und so ein Trick paßte nicht zu ihr.«

»Der verdammte Hundesohn.«

Mrs. Huss kicherte. »Das ist er zweifellos und stolz darauf. Es hilft ihm in seiner Stellung. Hübsche Mädchen und große Geldsummen – darauf läuft alles in dieser Welt hinaus, und es sind die

Mädchen, die gewöhnlich verlieren. Ich schätze, wenn Sie die Wahrheit gewußt hätten, wären Sie kaum hierher gekommen, um einer alten Frau so viele Fragen zu stellen.«

»Ich kann nicht in einer Welt leben, die so leer ist, wie in den letzten sechs Wochen. Mehr kann ich nicht sagen.«

»Meinen Sie das ernst?«

»Von ganzem Herzen.«

Sie schneuzte sich mißmutig. »Mister, wann das, was Sie eben gesagt haben, nicht nur hohle Worte wären, dann würden Sie nicht hier sein, sondern bei ihr, wo sie sich auch befindet. Ihre Gegenwart müßte Ihnen mehr bedeuten als Ihre großartige Stellung.«

»Ich habe mich bereits entschlossen, die Stellung aufzugeben und hinter ihr herzulaufen, Mrs. Huss. Aber ich habe bemerkt, daß es nicht so leicht ist.«

»Warum nicht?«

Er erzählte ihr alles, was er von James Wray, dem Rechtsanwalt, erfahren hatte. Mabel Huss hörte aufmerksam zu und unterbrach ihn von Zeit zu Zeit mit Fragen.

»Gott, das gefällt mir gar nicht. Es hört sich schlimm an, Mister. Wie heißen Sie? Hugh? Ich nenne Sie Hugh, und Sie können mich Mabel nennen, nachdem wir ihre einzigen beiden Freunde in dieser Stadt sind. Oh, es gab Hunderte, die in sie verliebt waren, aber Freunde sind etwas anderes.«

»Sie hat also nicht die letzte Nacht bei Ihnen verbracht?«

»Sie rief mich an und sagte Good-Bye, und das war das Letzte, was ich von ihr hörte.«

»Glauben Sie, daß sie das Haus in der Wüste benützte?«

»Ich glaube, sie hätte es erwähnt, wenn sie... He! Jetzt erinnere ich mich, daß sie mir die Schlüssel zuschicken wollte. Aber ich erhielt sie nicht und ich dachte bis zu diesem Augenblick nicht darüber nach. Sie bat mich um Entschuldigung, daß sie die Schlüssel nicht persönlich brachte, aber sie hatte soviel zu tun, um ihre Privatangelegenheiten am Morgen in Ordnung zu bringen, daß sie einfach nicht die Zeit dafür fand.«

»Die Bank, den Wagen verkaufen, das waren die Dinge, die sie erledigen wollte. Etwas hinderte sie daran, Mabel.«

»Warum war sie nicht beim Begräbnis, und warum kam sie nicht später zurück, um das zu tun, was sie versäumt hatte?«

»Ich weiß es nicht. Ich wünschte, ich wüßte es.«

»Wenn sie zum Haus gefahren wäre, hätte sie den kleinen

Wagen benützt, aber der Rechtsanwalt sagte, daß er am Parkplatz des Flughafens steht.«

»Richtig. Aber ich fahre trotzdem morgen hinaus und sehe mich um, wenn Sie nichts dagegen haben, und wenn Sie mir einen Schlüssel leihen könnten.«

»Den können Sie haben, Hugh. Diese Sache läßt mir keine Ruhe mehr, bis ich Bescheid weiß. Ich spüre es in meinen Knochen, daß dieser Rechtsanwalt recht hat. Wenn ihr nichts zugestoßen wäre, hätte sie mir zumindest eine Postkarte geschickt. Sie war immer sehr aufmerksam.«

Er nahm den Schlüssel mit, als er sie verließ, und am folgenden Nachmittag fuhr er hinaus zu dem kleinen, steinernen Haus in der Wüste. Das Schweigen und die Leere bedrückten ihn. Er konnte Betty wieder vor sich sehen, jede Bewegung, jedes Lächeln, und in dem Schweigen hörte er ihre helle, jugendliche Stimme. Hier hatten sie zueinander gefunden, waren glücklicher gewesen, als sie beide zu hoffen gewagt hatten.

Das ganze Haus schien von ihrer Persönlichkeit, von der Erinnerung an sie erfüllt. Er fand keine Anzeichen, daß sie die letzte Nacht vor ihrem Verschwinden hier verbracht hatte, aber er wußte, daß sie keine Anzeichen hinterlassen hätte.

Er fuhr sehr schnell über die schlechte Straße zurück, als sei er auf der Flucht vor der Erinnerung. Er gab den Schlüssel bei Mabel ab und berichtete, daß er nichts gefunden hatte.

Als er wieder in seinem Büro saß, war ihm klar, was er zu tun hatte. Er wußte nicht, ob es ihm gelingen würde, aber er mußte es tun.

12

Am Dienstagnachmittag, dem letzten Tag im Mai, begann er seinen Plan zu verwirklichen.

Er ließ George Ladori in sein Büro kommen und unterhielt sich unter vier Augen mit ihm. »George, ich habe mich zu gewissen Änderungen entschlossen. Von heute an kann ich deine Vorschläge bezüglich der Anstellung oder Entlassung von Personal nicht mehr automatisch akzeptieren. Ich werde persönlich jeden Fall beurteilen.«

»Was geschieht, wenn Sie darauf bestehen, jemand in meiner Abteilung zu behalten, der mir nicht paßt?«

»Dann mußt du dich entscheiden, ob du bleibst oder nicht, verstanden?«

Ladori starrte ihn finster an. »Wer hat sich denn das wieder ausgedacht? Sie wissen, daß es so nicht geht. Das Hotel läuft ausgezeichnet. Dadurch können sich nur Schwierigkeiten ergeben.«

»Zusätzlich, George, behalte ich mir das Recht vor, das Gehalt jedes Angestellten in deiner Abteilung zu erhöhen, ohne dich erst zu fragen.«

»Und was geschieht mit unserem herrlichen Rationalisierungsprogramm?«

»Es ist deine Sorge, wie du es einhältst.«

»Das heißt, die Qualität herunterschrauben.«

»Dein Problem, George.«

Ladori stand auf. »Es war einmal recht angenehm hier, Darren. Jetzt geht es nicht anders zu, als in den anderen Bruchbuden. Wer steckt dahinter?«

»Das ist alles, George. Wenn ich dich wieder sprechen will, lasse ich dich rufen.«

»Lassen Sie sich dafür reichlich Zeit.«

Er gab John Trabe, dem Getränkechef ähnliche Befehle und zitierte Walter Welch und Byron ›Bunny‹ Rice zu seinem Büro. Die Unterredungen zerstörten das Vertrauensverhältnis, das er mühsam aufgebaut hatte, wahrscheinlich auf alle Zeiten.

Danach brauchte er nichts anderes zu tun, als abzuwarten.

Der erste Fall war ein Zimmermädchen, das seit vier Monaten im ›Cameroon‹ arbeitete. Ihre Vorgesetzte vermutete, daß das Mädchen die Gäste bestahl. Es waren schon mehrere Beschwerden eingegangen. Darren wurde davon informiert. Mit der Erlaubnis eines Gastes hinterließ man sieben Fünfzigdollarspielmarken auf der Frisiertoilette des Gastes. Nachdem das Mädchen das Zimmer gesäubert hatte, waren es nur noch sechs. Einer der Hausdetektive brachte das Mädchen in Darrens Büro. Ihre Unschuldsbeteuerungen wurden im Laufe einer sehr ernsten Unterhaltung immer schwächer, bis sie endlich die Spielmarke aus ihrem Büstenhalter zog, sie auf Hughs Schreibtisch legte und weinend zusammenbrach.

Hugh ließ ihre Aussage protokollieren. Das Mädchen unterschrieb sie. Hugh und der Hausdetektiv unterschrieben als Zeugen. Hugh führte das Mädchen in den kleinen Konferenzsaal und schloß die Tür hinter sich. Das Mädchen hieß Mary Michin. Sie hatte ein kindliches, ausdrucksloses Gesicht.

Als sie sich wieder gefaßt hatte, sagte er: »Es ist nicht nur ein kleiner Diebstahl, Mary. Es handelt sich um fünfzig Dollar. Sie wissen, daß Sie sechs Monate dafür bekommen können, wenn ich Sie der Polizei übergebe. Sechs Monate.«

Er wartete den neuen Tränenstrom ab und sagte: »Aber vielleicht gebe ich Ihnen noch einmal eine Chance, wenn Sie mir versprechen, daß es nie wieder vorkommt. Aber denken Sie daran, daß Sie bei einer erneuten Verfehlung wirklich Bekanntschaft mit der Polizei machen werden.« Sie nickte eifrig. »Ohne auch nur ein Wort darüber zu erwähnen, werden Sie jede, auch die scheinbar geringfügigste Information über Betty Dawson sammeln, die vor sechs Wochen hier verschwand. Sie melden mir alles, was Sie erfahren. Ich will jedes Gerücht hören, auch das unwahrscheinlichste. Und ich möchte jedes Gerücht über Angestellte erfahren, die sich in Schwierigkeiten befinden – Geldschwierigkeiten, Eheschwierigkeiten. Aber kommen Sie damit nicht zu mir. Wenn ich meine Runden mache, setze ich mich mit Ihnen in Verbindung. Stellen Sie Fragen, sperren Sie die Ohren auf. Und wenn Sie mir keine Resultate bringen, nehme ich diese Aussage aus der Schublade und sorge dafür, daß Sie ins Gefängnis kommen. Verstanden?«

Nachdem das Mädchen gegangen war, war er von sich selbst angeekelt. Aber er wußte, daß er nur auf diese Weise zu Ergebnissen kommen konnte. So sicherte er sich auch die Ohren und Augen eines Elektrikers, einer Kellnerin aus der Kaffeestube, und eines dicken, gierigen Pagen. Ihre Meldungen ließ er von einem Barkellner, einem jungen Gärtner und einem Lebensretter vom Swimming-pool nochmals überprüfen. Er übte einen unnachgiebigen Druck aus, benützte ihre Furcht und Geldgier, um sie zu seinem eigenen Spionagenetz zu formen.

Jede Information, die er erhielt, trug dazu bei, sich ein Bild von den Zusammenhängen zu machen. Er erlaubte sich nicht, daran zu denken, daß es Informationen über die Frau waren, die er liebte. Er schob seine Gefühle in den Hintergrund und ließ sich niemals von ihnen beeinflussen. Gefühle würden ihn nur daran hindern, das zu tun, was er für notwendig hielt.

Er notierte sich jede Aussage, und langsam bekam er ein Gespür dafür, wo er mehr Druck ausüben mußte.

Um fünf Uhr, am fünfzehnten Juni, einem Mittwoch, erschien plötzlich Jane Sanderson in seinem Büro, setzte sich, starrte ihn mit einer Mischung von Ärger und Neugier an und sagte: »Halten Sie es nicht für angebracht, mir zu erklären, was Sie treiben?«

»Was meinen Sie damit?«

»Oh, tun Sie nicht so unschuldig! Um Gottes willen, Hugh. Innerhalb von zwei Wochen haben Sie dieses Hotel in ein Irrenhaus voll von Angst und Schrecken verwandelt. Ladori sieht sich insgeheim nach einem neuen Posten um. Die Angestellten arbeiten sich halbtot, bloß um Ihnen helfen zu können. Aber plötzlich ist Ihnen das egal. Die Angestellten haben Angst vor Ihnen. Mit einemmal haben Sie Günstlinge. Und die Gäste beschweren sich täglich.«

»Jane, ich kann Ihnen nicht verraten, was dahintersteckt. Ich kann Ihnen nur eins verraten. Es wird nicht mehr lange dauern.«

»Wissen Sie, wie lange es dauert, um das wieder in Ordnung zu bringen?«

»Sehr lange.«

»In einem weiteren Monat sind wir genau dort, wo wir anfingen.«

»Das weiß ich.«

»Warum tun Sie es dann?«

»Ich habe einen sehr wichtigen Grund dafür.«

Sie seufzte. »Ich gebe auf. Vielleicht weihen Sie mich eines Tages in Ihre Pläne ein.«

An diesem Abend saß er am Schreibtisch in seinem Zimmer und schrieb wahllos auf, was er an Informationen ermittelt hatte. Obwohl er keine Bestätigung für die Gerüchte besaß, glaubte er an sie.

1. Es gibt irgendwo, abseits von diesem Hotel, einen Ort, an den die Leute, die Glück im Spiel gehabt haben, gebracht werden, um erpreßt zu werden.

2. Betty half Hanes bei solchen Erpressungen.

3. Hanes, mit Al Martas Hilfe, besaß und besitzt wahrscheinlich noch immer Fotos, Tonbänder oder Filme über Bettys Rolle bei diesen Erpressungen.

4. Gallowell gewann eine große Summe. Kurz bevor Betty verschwand, betrat sie Gallowells Apartment am frühen Abend. Vorher hatte sie das Hotel mit einem Koffer verlassen und war ohne den Koffer zurückgekehrt.

5. Obwohl sie einen versiegelten Abschiedsbrief unter meine Tür schob, über den ich nie sprach, wußten Hanes und seine Komplicen darüber Bescheid.

6. Die Flugkarte wurde gegen 8.30 Uhr in Bettys Zimmer abgeliefert. Zu diesem Zeitpunkt packte sie.

7. Gidge Allen wurde gegen ein Uhr morgens am Parkplatz gesehen, allein in Bettys Wagen. Er kehrte eine halbe Stunde später per Taxi ins Hotel zurück.

8. Brownell war gesehen worden, als er kurz nach neun Uhr den Lift benützt hatte. Etwa eine halbe Stunde später war er mit einem leeren Wäschekorb gesehen worden.

9. An einem unbestimmten Zeitpunkt an diesem Abend parkte Harry Charm den Lincoln Al Martas hinter dem Hotel.

10. (Vielleicht kein Zusammenhang). Am Dienstag früh war Allen eher auf den Beinen als gewöhnlich und versuchte, mit Hilfe von Martas Leuten, ein Mädchen namens Muriel Bentann zu finden.

11. Martas Lincoln, der am Montag sauber gewesen war, wurde am Dienstag im staubigen Zustand zum Waschen geschickt.

12. Brownell benötigte ärztliche Hilfe für eine nicht feststellbare Wunde am Dienstag.

13. Ein undefinierbarer Hauch von Geheimnistuerei liegt über dem Hotel. Jeder Informant hatte den Eindruck, daß es ›ungesund‹ sei, zu viele Fragen über Betty zu stellen. Anscheinend soll ihr Verschwinden so rasch wie möglich vergessen werden.

Er kam zu der quälenden Überzeugung, daß Betty aus einem unbekannten Grund durch Brown, Charm und vielleicht Allen in Martas Lincoln aus dem Hotel gebracht worden war. Zweifellos fuhr Allen ihren Wagen weg. Dieser Umstand bereitete ihm die größte Unruhe. Es sollte der Anschein erweckt werden, als sei Betty mit dem Flugzeug abgeflogen. Aber wenn sie es nicht war, dann mußte sich irgend jemand für sie ausgegeben haben. Das konnte der Grund dafür sein, warum ihre Spur in San Francisco aufhörte. Langsam kam er zu der Überzeugung, daß sie ...

Er wagte nicht, dieses Wort zu denken. Er brachte es nicht über sich, damit das Ende seiner Hoffnungen zu besiegeln. Er redete sich ein, daß man ihr nur einen allzu großen Schrecken eingejagt hatte, als daß sie sich zurückwagte. Er nahm an, daß sein Spionagenetz weitere Informationen liefern würde, aber es würde sich dabei nur um Wiederholungen des schon Bekannten handeln.

Er las die Liste noch einmal durch und wußte, was er zu tun hatte. Die Informationen Nummer vier und zehn mußten genauer untersucht werden. Darum wollte er sich persönlich kümmern.

Muriel Bentann wachte um zwei Uhr am Sonntagnachmittag, dem sechzehnten Juni, auf. Es war über sechs Wochen her, seitdem sie in dieses kleinere, billigere Zimmer in der Perry Street umgezogen war. Die zwei schmalen Fenster blickten nach Westen, und die Sonne, die durch die verwaschenen, gelben Vorhänge schien, erhitzte den Raum so, daß sie es kaum aushielt. Sie lag, nackt und schwitzend, auf der Couch, bis sie endgültig davon überzeugt war, daß sie nicht mehr einschlafen würde.

Obwohl sie während der letzten vierzig Stunden nichts gegessen oder getrunken hatte, schmerzte sie der Kopf wie nach einem Vollrausch. Es kam von den langen Stunden in der verräucherten Luft des Kasinos.

Sie hielt die Arme unter dem Kopf verschränkt und dachte darüber nach, wo sie diesmal Fehler begangen hatte. Ging mit hundertfünfzig Dollar zu Dusty's, und weiß Gott, wie oft sich der Gewinn auf zweihundert Dollar erhöht hatte, drei- oder viermal waren es dreihundert und einmal fast fünfhundert, und jedesmal verließ mich mein Glück, bis ich nach drei Uhr nachts alles verloren hatte.

Sie setzte sich auf die Bettkante, sammelte alle Kraft und stand auf. Sie schlüpfte in den Hausmantel, fand ein Handtuch, Seife und ihre Toilettentasche und ging den Korridor zum Badezimmer hinunter. Nach der Dusche vermied sie es, in den Spiegel zu schauen, bis sie sich frisiert und geschminkt hatte. Dann riskierte sie einen prüfenden Blick. Ihre Augen waren müde und rot umrandet, aber die Sonnenbrille würde das verdecken.

Sie lächelte sich im Spiegel zu. Sie war noch immer ganz passabel – erstaunlich, wenn man das Leben bedachte, das sie führte.

In ihrem Zimmer zog sie sich rasch an, bevor die Hitze die Wirkung der Dusche vertrieb. Sie zog die kurzen blaugrauen Shorts an, weil ihre Beine lang und schlank waren, und dazu eine weiße, ärmellose Bluse mit einem großen, roten Fragezeichen über der Tasche. Dieses Fragezeichen erleichterte den Männern den Beginn einer Unterhaltung. Mit Sonnenbrille, Sandalen und einer Strohhandtasche war sie für den Tag gerüstet.

Nach einem verspäteten Frühstück in einem Drugstore ging sie zu Fuß zum Casa Cupid, ihrem Stammlokal an Nachmittagen. Es war eine kleine Cocktailbar, die Jimmy Cupid gehörte.

Jimmy stand hinter der Theke. Das Lokal war leer, als sie in die kühle Dämmerung trat. Sie ging zu einem Barhocker, und ihre Sandalen klapperten über die Fliesen.

»Hier geht es aber toll zu«, sagte sie, als sie sich setzte und nach den Zigaretten griff.

»Sonntag nachmittag im Juni, Muriel. Selbst wenn ich Getränke verschenken würde, wäre die Bude nur halb voll.«

Sie trank einen Campari mit Soda. Sie brauchte nicht dafür zu bezahlen und durfte soviel trinken, wie sie wollte. Es war nie sehr viel, was sie trank, denn ein Glas reichte für eine ganze Weile. Es war eine Vereinbarung, die sie wortlos getroffen hatten. Wenn sich ein Kunde für sie interessierte, trank sie ein Rum-Cola, aber ihr Glas enthielt nur einen Spritzer Rum. Am nächsten Tag hatte Jimmy dann immer einen kleinen Betrag für sie bereitliegen. Es war immer die gleiche Summe, ob sie nun eine Gesellschaft oder nur einen einzelnen Gast zum Trinken animierte.

»Wie ist es dir ergangen?« fragte Jimmy.

Sie verzog das Gesicht. »Ich bin pleite, Jimmy.«

Jimmy schüttelte den Kopf. »Das war zu erwarten. Wann lernst du es endlich?«

»Was meinst du damit?«

Jimmy Cupid zuckte die Schultern. »Wie oft ist dir das schon passiert? Du lebst in einer Bruchbude und verhungerst fast, nur um dir ein paar Bucks zusammenzukratzen, die du wieder verspielst.«

»Einmal schaffe ich es, Jimmy. Früher oder später habe ich Glück, und dann kommt der ganze Verlust wieder herein. Ich tue niemandem weh. Es ist mein Geld. Und eines schönen Tages gewinne ich doch.«

»Aber selbst wenn du gewinnst, kannst du nicht aufhören.«

»Ich werde aufhören, glaub mir. Nach der Scheidung hatte ich einen Cadillac, einen Nerz, Brillanten und über achttausend in bar, Jimmy. Ich hole mir alles wieder, und dann fahre ich nach Hause.«

»Vielleicht ist es schon soweit, daß du ohne das Spiel nicht mehr leben kannst, Muriel.«

»Was willst du damit schon wieder sagen?«

»In dieser Stadt gibt es alte Frauen, die in den Aschentonnen wühlen, um sich sechzig Cents zu ergaunern, damit sie die Hebel an den Spielautomaten ziehen können.«

»Die Automaten sind für die Dummen gemacht.«

»Und die Rouletträder für die Gescheiten?«

»Nun hör mal, Jimmy, es paßt mir...« Sie hielt inne, als die Tür geöffnet wurde und der Lärm von der Straße in die kleine, kühle Bar drang. Ein großer Mann trat ein, langsam und gelassen, setzte sich auf einen Hocker am anderen Ende der Bar und bestellte sich ein Importbier. Muriel betrachtete ihn verstohlen. Diese Stadt war voller Blender, so daß man vorsichtig sein mußte. Gewöhnlich erkannte man sie an den Schuhen. Aber der Fremde trug leichte schwarze Halbschuhe, die stumpf glänzten. Dunkle Socken – Vorsicht vor Männern, die grelle Socken, oder noch schlimmer, gar keine trugen – graue Hosen, gut gebügelt, ein dunkelblaues Sporthemd, das wie Leinen aussah. Flache Armbanduhr, nicht billig. Saubere Hände mit manikürten Nägeln.

Sie nahm einen Schluck aus ihrem Glas, während sie ihn im Spiegel beobachtete. Sah nicht schlecht aus, trotz des knochigen Gesichtes, dessen beide Hälften nicht zueinander zu passen schienen. Die kupferfarbenen Augenbrauen waren etwas heller als das kurzgeschorene Haar. Sie hatte das Gefühl, daß sie ihn schon öfters in Las Vegas gesehen hatte. Mit den Einheimischen war nichts zu machen. Die kannten jeden Trick und hatten alles schon zweimal gesehen.

»Heiß draußen«, sagte der Mann. Seine tiefe, langsame Stimme gefiel ihr.

»Wäre ein Wunder, wenn es regnen würde«, sagte Jimmy.

Der Fremde drehte sich um, blickte auf Muriel und runzelte die Stirn. »Haben wir uns nicht schon mal gesehen?« Er grinste. »Es hört sich ziemlich dämlich an, aber ich meine es wirklich.«

»Ich hatte das gleiche Gefühl«, sagte Muriel. »Leben Sie hier?«

»Ich arbeite im ›Cameroon‹.«

»O ja! Ich glaube, ich habe Sie hinter dem Empfangsschalter gesehen.«

»Gut möglich.«

»Komisch, wenn man jemand woanders sieht und sich nicht erinnern kann. Ich kenne eine Menge Leute dort. Gidge Allen, Max, Bobby Waldo. Ich war ein paarmal auf Al Martas Partys in seinem Penthouse. Wenn Sie Gidge Allen das nächstemal sehen, sagen Sie ihm, Muriel Bentann läßt ihn grüßen.«

»Ich bin Hugh Darren. Ich werde es ausrichten, Muriel. Trinken Sie etwas?«

Einen Augenblick lang blickte sie überrascht drein. »Klar. Danke. Rum-Coke, Jimmy.«

Hugh Darren nahm sein Glas und die halbleere Flache und setzte sich neben sie. Jimmy stellte ihr ein Glas mit einer dunkelbraunen Flüssigkeit hin und ging zum anderen Ende der Theke.

»Jedesmal, wenn ich einen freien Sonntag habe«, sagte er, »macht mich diese Stadt fertig, Muriel. Ich langweile mich zu Tode.«

»Ich könnte mir vorstellen, daß es im ›Cameroon‹ genug zu tun gibt.«

»Klar. Aber es hängt mir zum Hals heraus. Was machen Sie eigentlich am Sonntag?«

»Ich überlasse es dem Zufall, Hugh.«

»Wo arbeiten Sie denn?«

»Ich arbeite nicht. Ich habe ein paar kleine Einnahmen; davon kann ich leben. Wozu sollte ich mich abrackern?«

»Bin ganz Ihrer Meinung.«

»Leider bin ich bis zum nächsten Scheck pleite. Ich könnte Ihnen helfen, den Sonntag totzuschlagen. Im Akkord. Vielleicht habe ich ein paar gute Einfälle.«

Er schüttelte ihre Hand. »Eine ausgezeichnete Idee.« Er blickte um sich. »Hoffentlich ist es Ihr erster Vorschlag, von hier zu verschwinden?«

»Haben Sie einen Wagen?«

»Um die Ecke.«

Minuten später machten sie sich zusammen auf den Weg. Sie kehrten in zwei anderen Bars ein, wo sie ein paar Gläser tranken. Sie fuhren zwanzig Meilen in die Wüste hinaus und wieder zurück, erzählten sich Witze und lachten ausgiebig. Um sechs Uhr wußte sie, daß sie ihn um fünfzig Dollar anpumpen konnte, bis ihr vorgespiegelter Scheck eintraf, obwohl er ein Einheimischer war. Mit einem Vorrat von Flaschen mieteten sie ein Zimmer mit Klimaanlage in einem Motel, von dem sie aus Erfahrung wußte, daß sie einen kleinen Verdienst an der Miete erwarten konnte.

Hugh beobachtete sie sorgfältig. Er mixte starke Cocktails für sie, leichte für sich. Er versuchte, der Notwendigkeit zu entgehen, mit ihr zu schlafen, weil sie ihn nicht reizte, auch wenn sie ganz hübsch war. Nach einer Weile bemerkte er, daß sein Zögern sie beunruhigte. Deshalb ging er mit ihr ins Bett und spielte seine Rolle ohne Begeisterung oder Freude.

Es war alles schnell vorbei, und es interessierte ihn nicht, ob ihre Befriedigung nur vorgetäuscht war. Er wußte nur, daß er in ihrer anfänglichen Einschätzung gestiegen war.

Gegen neun Uhr abends, als die Getränke ihre Wirkung getan hatten, und sie halb betrunken nach Essen verlangte, förderte er eine Beichtstimmung, indem er einige Sünden seinerseits erfand und sie ihr anvertraute.

Und Muriel Bentann, durch diese Stimmung angesteckt, lag in seinen Armen und plauderte ihre Geheimnisse aus, nannte sich einen Tramp, eine Hure; gab zu, daß sie dem Roulettrad verfallen war und log und betrog, um nach einem großen Erfolg diese verdammte Stadt verlassen zu können.

Er tröstete sie und sagte ihr, wie sehr er sie respektierte, weil sie sich ihm anvertraut hatte und eröffnete ein neues Thema, als er sagte: »Das Schlimmste daran ist, daß man zum Opfer von Betrügern wird, wenn man erst einmal in der Tinte steckt. Diese Burschen bringen einen dazu, die Gesetze zu umgehen, nur weil man manchmal dringend Geld braucht.«

Sie seufzte, küßte ihn auf den Mundwinkel und sagte: »Recht hast du, Geliebter. Manchmal kann einem dabei Angst werden. Aber man darf nicht daran denken, was geschehen könnte. Man darf nur an das Geld denken und muß genau tun, was sie einem befehlen.«

»Aber du tust doch nichts, was dich ängstigt.«

»Das denkst du, Liebling.«

»Na klar. Große Sache.« Er gähnte ausgiebig.

Sie drehte sich auf die andere Seite, lehnte sich auf die Ellbogen und starrte auf ihn herunter und stieß auf. »Hör zu. Einmal bekam ich eine Menge Geld und genaue Anweisungen, nach Monterey zu fliegen. Ich war zwei Tage lang dort, bis eine Schachtel mit Kosmetika in meinem Hotelzimmer eintraf. Ich flog zurück und lieferte die Schachtel ab, wie mir befohlen war. Zwei Tage später erhielt ich zweitausend Bucks zugesandt.«

»Die du prompt verspielt hast.«

»Richtig. Aber was glaubst du, war wohl in dieser Schachtel?«

»Rauschgift?«

»Ich weiß es nicht. Aber wenn ich erwischt worden wäre, würde ich kaum hier sein.«

»Du weißt also nicht einmal, was du für deine Auftraggeber machst.«

»Vielleicht ist es am besten so, Liebling. Wie vor zwei Monaten. Ich mußte nach San Francisco fliegen, ein wenig Theater spielen, den Omnibus nach Los Angeles nehmen und wieder zurückfliegen. Fünfhundert Bucks, wenn ich folge und keine Fragen stelle. Du und ich, Liebling, wir sind kleine Würstchen. Jemand hat schon seine Gründe für solche Sachen.«

»Aber jemand muß dir doch den Auftrag gegeben haben.«

»Klar. Ich war draußen in der Wüste, um nach Gold zu schürfen, und da landete eine fliegende Untertasse mit kleinen Männern mit blauen Antennen auf der Stirn. Die erzählten es mir.« Sie fiel auf ihn und vergrub ihr Gesicht in seinem Hals. »Mmm, du bist so süß. Und jetzt ist genug geredet von meinen Schwierigkeiten, Liebster, telefoniere jetzt nach etwas zum Essen, bevor ich verhungere.«

Das Licht brannte noch immer, als er um ein Uhr morgens aus dem Zimmer schlich. Sie schnarchte wie ein Schwerarbeiter, als er einen Zettel an sie schrieb, um ihr Mißtrauen zu beruhigen, wenn sie am Morgen erwachte. »Liebling, hier sind die fünfzig Dollar, bis der Scheck eintrifft, und etwas für Frühstück und Taxi. Ich muß wieder an die Arbeit. Deine Grüße an Gidge Allen werde ich nicht ausrichten, weil ich den nächsten freien Tag wieder mit Dir verbringen will. Danke für die schönen Stunden, Hugh.«

Er stieg in seinen Wagen und saß eine Weile nachdenklich hinter dem Steuer, leer, hohl und traurig. Dann fuhr er durch stille Straßen und kehrte zum Strip zurück, der um diese Stunde vom Autoverkehr verstopft war. Die große Maschine wurde nie müde, sich zu drehen – und das Geld zu kassieren.

Es war fünf Uhr nachmittags, als Hugh Darren das Apartment Al Martas besuchte. Al saß am Fenster und ließ sich von einem Friseur die Haare schneiden, der sein Bruder hätte sein können, so ähnlich war er ihm.

»Ich habe nichts dagegen, wenn du ein paar Tage Urlaub nimmst, Junge«, sagte Al. »Du hast ohne Erholungspause geschuftet, das weiß ich. Und wenn eine Woche lang alles glatt läuft, wie du behauptest, dann ist alles in Ordnung. Du kannst den Urlaub brauchen.«

»Ist es so offensichtlich?«

»Nicht an dir. Aber der Betrieb läuft nicht mehr so glatt wie früher. Ich habe gehört, daß das Essen schlechter wird. Ein paar Gäste zogen aus. Die Vormerkungen für einen Kongreß wurden verwechselt. Das kann passieren, Junge. Vielleicht tut dir die Ruhe gut. Vielleicht willst du nach Hawaii fliegen. Gidge hat dort Beziehungen, durch die du ein Mädel und ein hübsches Nest kostenlos zur Verfügung gestellt bekommst. Sprich mit ihm. Du gefällst uns, Junge, und wir hoffen, daß du weiterhin gute Arbeit leistest. SCHNEID DAS HAAR, IDIOT, NICHT DAS OHR!«

»Ich suche mir lieber etwas Stilles und ruhe mich aus. Danke.«

Am Dienstag war er in Dallas. Er verbrachte den Rest des Tages, den Mittwoch und den größten Teil des Donnerstags damit, sich mit Homer Gallowell in Verbindung zu setzen. Geld hat die Eigenschaft, eine hohe Mauer zu errichten. Seine Versuche wurden von den Angestellten vereitelt, die schon wesentlich bessere Versuche zum Scheitern gebracht hatten. Am Donnerstagnachmittag versuchte er es mit einem Angestellten in leitender Position. Er sagte zu dem Mann am anderen Ende der Leitung: »Wenn Sie mit Mr. Gallowell sprechen sollten, erwähnen Sie bitte diesen Namen: Betty Dawson.«

Zehn Minuten später läutete das Telefon in seinem Zimmer im Baker-Hotel, und er erhielt eine Adresse, zu der er um neun Uhr abends kommen sollte. Es war ein neues Apartmenthaus, und das Apartment im Erdgeschoß, das auf den Namen G.L. Wells eingetragen war, kam ihm groß, nüchtern und unpersönlich vor. Ein steifer Diener, der sich weder vorstellte noch Hughs Namen benützte, führte ihn in ein kleines Wohnzimmer und sagte, daß Mr. Gallowell aufgehalten worden sei und etwas später kommen würde. Er brachte Hugh einen Drink und eine Zeitschrift und verschwand.

Homer Gallowell erschien zehn Minuten vor zehn in seinem schwarzen, ungebügelten Anzug, seinen Zimmermannsschuhen, der billigen, bunten Krawatte und dem schwarzen, verbeulten Hut. Er sah nicht anders aus als die alten Männer, die sich auf den Parkbänken von Fort Worth und San Antone sonnten. Nur seine Augen waren härter, grausamer.

Er setzte sich auf die dunkelblaue Couch, legte den Hut neben sich und sagte: »Sie sind der Mann, den sie liebt. Ich habe Sie damals hinter dem Schalter gesehen. Seitdem sehen Sie fünf Jahre älter aus. Hat sie Sie geschickt?«

»Nein.«

»In dem Fall, Junge, haben Sie hoffentlich einen verdammt guten Grund, um mich aus Corpus kommen zu lassen.«

»Wenn es Sie auch nur im geringsten kümmert, was ihr zugestoßen ist, dann dürfte das Grund genug sein. Sie tat so, als seien Sie ihr Freund gewesen. Aber vielleicht können Sie sich keine Freundschaften leisten. Vielleicht haben Sie dafür keine Zeit, Mr. Gallowell?«

»Es gibt keinen Grund, weshalb ich Ihnen etwas verschweigen sollte, Junge. Ich kann mir keine Freunde leisten, die mich ausnützen wollen. Ich kann fünf Menschen meine Freunde nennen. Zwei davon sind Frauen. Sie ist eine davon. Einmal starb einer meiner Freunde, weil er im Weg von etwas stand, das für mich bestimmt war. Ich würde das gleich für jeden dieser fünf tun, wenn es sein muß. Sagen Sie also Ihr Sprüchlein auf, Darren.«

»Ich bin hinter Informationen her, Mr. Gallowell. Ich brauche keine Hilfe. Aber wenn Sie es ernst meinen, erzähle ich Ihnen, was sich ereignet hat. Dann werden Sie verstehen, warum ich wissen will, was sich an diesem letzten Abend, den Sie im Hotel verbrachten, ereignet hat. Haben Sie genügend Zeit, sich jetzt die Sache anzuhören?«

»Wenn ich nicht mit meiner Zeit tun könnte, was mir paßt, Junge, dann wäre mein ganzes Geld nutzlos. Allem Anschein nach ist es eine lange Geschichte, und wir brauchen Whisky, wenn ich den Idioten finden kann, der hier nach dem Rechten sieht.«

Darren erzählte dem alten Mann die ganze Geschichte, alles, was er erfahren hatte. Als er geendet hatte, sagte er: »Ich glaube, sie haben sie... umgebracht. Dazwischen fehlt eine ganze Menge. Was war der Grund dafür? Der Tod ihres Vaters bedeutete, daß sie nicht mehr erpreßt werden konnte, aber warum mußten sie sie ermorden?«

Während seiner Erzählung hatte er Gallowell nicht angeschaut. Im Aufblicken bemerkte er, wie alt und hinfällig Gallowell auf einmal wirkte. Zu seinem Erstaunen sah er Tränenspuren auf dem alten, harten Gesicht. Gallowell griff in die Hosentasche und zog ein blaues Tuch hervor. Er nahm seine Brille ab, wischte sich über das Gesicht, schneuzte sich umständlich und setzte die Brille wieder auf.

»Ich habe das Gefühl, daß die halbe Welt verdunkelt ist«, sagte er fast unhörbar.

»Was geschah in dieser Nacht?«

»Sie haben es nicht gesagt, Junge, aber Sie deuteten es an. Es stimmt, daß sie Betty auf mich hetzten, weil ich ihnen mein eigenes

Geld wieder abnahm, das sie schon für ihr eigenes hielten. Für mich war es nur ein Spiel. Jetzt, wo ich alt bin, langweile ich mich oft. Ganz abgesehen davon, hätte sich Max in der Angelegenheit auf jeden Fall getäuscht. Betty kam zweimal zu mir an diesem Abend, und es war, als seien es zwei verschiedene Personen gewesen. Hören Sie zu.«

Nachdem Gallowell geendet hatte, sagte Hugh: »Also dreimal, und Sie sollten der Vierte sein. Im Playland-Motel? Filme und Tonbänder – Gott verdamme sie alle.«

»Betty liebte Sie, Junge.«

»Großartig. Und das sagen Sie mir jetzt, wo ich es doch schon viel früher von selbst hätte wissen müssen.«

»Ich habe Ihnen nicht alles erzählt«, sagte der alte Mann langsam. »Der unangenehmste Teil kommt noch. Ich ärgerte mich über diese Burschen, die mich hochnehmen wollten. Dieser Hanes rief mich an, und ich schwöre zu Gott, ich ahnte nicht, welche Schwierigkeiten ich Betty dadurch bereitete. Ich sagte ihm, daß ich über seine schmutzigen Pläne Bescheid wüßte. Hanes war es natürlich klar, daß ich das nur von Betty erfahren haben konnte. Ich drohte ihm, daß ihm etwas Schreckliches zustoßen würde. Und wenn sie mit mir darüber gesprochen hatte, dann ist es ebensogut möglich, daß sie es auch anderen Leuten erzählte.«

»Mr. Gallowell, das hätten sie auch so erfahren. Sie hätte Rechenschaft ablegen müssen, warum sie nicht ins Playland-Motel ging.«

Gallowell schien ein wenig erleichtert. »Daran dachte ich nicht. Aber wie man es auch dreht, es sieht so aus, als sei Miß Betty tot. Und ich trage zum Teil die Schuld daran. Junge, wenn Sie einen Plan haben, ich bin dabei.«

»Ich weiß nicht, was ich jetzt tun soll, Mr. Gallowell.«

Der alte Mann starrte ihn verwundert an. »Es sieht aus, als hätten sie Ihr Mädel umgebracht. Sie können nur eines tun. Sie brauchen mir nicht erst zu erzählen, daß es keinen Zweck hat, zur Polizei zu gehen. Es bleibt nur eins, Junge.«

»Was ich tun möchte und tun kann, sind zwei verschiedene Dinge, Mr. Gallowell. Ich könnte einen, vielleicht zwei von ihnen erschießen, und ich empfände vielleicht zwei Sekunden lang Genugtuung, bevor mich jemand umlegte.« Er beugte sich nach vorn. »Ich will sie alle erwischen, Homer! Hanes, Marta, Allen, Brownell und Charm, und ich möchte es genießen. Vielleicht gibt es noch andere, und auch sie sollen nicht entkommen. Aber ich mache mir nichts vor. Ich habe nicht Ihre Möglichkeiten. Und wenn ich Max eine Pistole gegen die Schläfe halte, ich weiß nicht, ob ich den Abzug durchdrücken könnte. Ich glaube nicht, daß ich deshalb weniger Mann bin. Aber bevor ich es riskiere, muß ich wissen, wie weit ich damit kommen kann.«

Gallowell blinzelte langsam. »Immer mit der Ruhe. Zuerst müssen wir genau erfahren, wer darin verwickelt war. Wir dürfen keinen Fehler machen. Von den fünf Namen, die Sie nannten, Junge, welcher würde sich am leichtesten unter Druck setzen lassen?«

Darren dachte nach. »Brownell. Beaver Brownell. Verstehen Sie, was ich über meine Fähigkeiten, zu töten, gesagt habe?«

»Ja, ich verstehe genau. Ich glaube, es ist am besten, wenn wir diesen Brownell meinen Leuten überlassen. Die bekommen schon heraus, was sich ereignete, und wer die Finger dabei im Spiel hatte.«

»Und nachher?«

Gallowell lächelte dünn. »Was ist für diese Burschen am wichtigsten in der Welt? Was schätzen sie am meisten?«

»Geld.«

»Und was ist die wirksamste Waffe in dieser Welt?«

»Geld.«

»Dann erzählen Sie mir alles, was Sie über diesen Beaver Brownell wissen. Jede verdammte Kleinigkeit.«

13

Beaver Brownell verschwand am letzten Junitag. Es wäre nicht so rasch aufgefallen, wenn er sich nicht um acht Uhr abends bei Harry Charm hätte melden sollen. Jemand, wahrscheinlich Al Marta, ordnete eine sofortige, unauffällige Suchaktion nach ihm an. Als Max Hanes Hugh Darren befragte, konnte Hugh mit reinem Gewissen erklären, daß er keine Ahnung hätte.

Soweit sich feststellen ließ, hatte Brownell gegen ein Uhr in der ›Afrique Bar‹ die Bekanntschaft einer unbekannten, hübschen Blondine gemacht und war nach einer Weile mit ihr in einem großen Wagen abgefahren. Niemand konnte sich an Marke und Kennzeichen des Fahrzeuges erinnern.

Am vierten Juli, gegen sechs Uhr, fand Hugh einen versiegelten

Briefumschlag auf seinem Schreibtisch vor. Auf einem Zettel war eine Telefonnummer vermerkt, mit der Bitte, einen Mr. Wells anzurufen. Er hatte schon nach dem Telefon gegriffen, als er sich an den Namen aus Dallas erinnerte. So fuhr er zur Stadt und rief aus einem Drugstore an. Homer Gallowell rückte nicht recht mit der Sprache heraus, bis Hugh verriet, von wo aus er telefonierte.

»Gut, Junge. Kommen Sie zum Sanspun-Motel. Geben Sie aber acht, daß Sie niemand verfolgt. Ich bin auf Nummer zwanzig. Das ist die letzte Kabine auf der rechten Seite.«

Homer machte sofort auf, als er an die Tür klopfte. Der alte Mann war allein.

»Gießen Sie sich etwas zum Trinken ein, bevor Sie sich setzen, Junge.«

»Ist es so schlimm?«

»Setzen Sie sich erst einmal, bevor ich Ihnen die Geschichte erzähle.«

Gallowell begann mit Brownell. »Eine gute Bekannte verdrehte ihm ein wenig den Kopf und brachte ihn zu meinen Jungs. Es sind ziemlich grobe Burschen, die eine natürliche Abneigung gegen Kerle wie diesen Beaver haben. Immerhin dauerte es zehn Minuten, bis Beaver aufgab. Erst glaubte er, es wäre ein dummer Witz, als sie ihm androhten, ihn zu kastrieren, wenn er nicht auspackte. Als er sah, daß es blutiger Ernst war, brach er zusammen. So schnell konnte man gar nicht zuhören, wie er erzählte.«

»Ist sie tot?« fragte Hugh.

Das Gesicht des alten Mannes erstarrte. Die Augen verloren ihren Glanz.

»Sie ist tot«, sagte er sanft. »Es tut mir leid, Junge.«

Hugh stellte das Glas zur Seite und bedeckte sein Gesicht mit den Händen. Sie schwiegen beide, und die Stille im Zimmer wurde unerträglich. Endlich blickte Hugh auf, griff nach dem Glas und sagte: »Weiter.«

»Erst haben wir mal den Beaver aus der Welt geschafft. Meine Jungs erfuhren alles, was er wußte, von ihm und brachten ihn in die Wüste, um einen Platz zu finden, um ihn zu begraben. Später hätten wir der Polizei einen Tip gegeben, ohne ihr auf die Nase zu binden, was wir wissen. Beaver muß plötzlich etwas geahnt haben. Er riß sich los und rannte durch die Wüste um sein Leben.

Einer meiner Jungs rannte hinter ihm her. Jedesmal, wenn Beaver schlappmachen wollte, trieb er ihn weiter und malte ihm aus, was er mit ihm anstellen würde, wenn er ihn einholte. Plötzlich hörte Beaver zu laufen auf und fiel in den Sand, wahrscheinlich Herzschlag. Meine Jungs begruben ihn dort draußen in der Wüste. Wir hatten genug von ihm erfahren.«

»Und was?«

»Hanes, Marta und Allen hatten eine Konferenz, nachdem ich mit Hanes telefoniert hatte. Sie kamen zu der Überzeugung, daß man Miß Betty auf Al Martas Ranch ein bißchen Respekt beibringen müsse. Aber es klappte nicht so, wie sie es geplant hatten. Als sie in ihr Zimmer eindrangen, versuchte sie zu entkommen und stürzte dabei. Sie verletzte sich so schwer, daß sie sofort das Bewußtsein verlor. Sie schafften Betty und ihr Gepäck in einem Wäschekorb hinaus und Allen sprach mit Al Marta. Einen Krankenwagen konnten sie nicht holen, weil Betty zuviel wußte. So transportierten sie sie zu Al Martas Ranch. Betty war schon tot, als sie dort ankamen. Sie begruben sie, parkten ihren Wagen am Flughafen und schickten Muriel Bentann an ihrer Stelle nach San Francisco.«

»Haben Sie nichts verschwiegen, Homer?«

»Nur wenn dieser Beaver etwas verschwiegen haben sollte. Aber das ist höchst unwahrscheinlich. Jetzt können wir natürlich nicht mehr zur Polizei gehen, wenn wir das überhaupt je gewollt haben. Den Rest müssen wir also auf unsere Weise erledigen, Junge. Haben Sie schon darüber nachgedacht, wie wir die Waffe verwenden können, von der ich sprach?«

»Ich habe einige Vorschläge, aber...«

»Holen Sie die Tasche dort unter dem Bett hervor und öffnen Sie sie.«

Hugh öffnete die Tasche. Sie enthielt Bündel von Banknoten, sauber verpackt.

Gallowell trat neben Darren. Er nahm ein Bündel aus der Tasche und hielt es verächtlich in der Hand. »Das ist das Zeug, hinter dem die ganze Menschheit her ist. Das ist das Zeug, das Miß Betty das Leben kostete. Und diesem Beaver... Und der wird nicht der letzte gewesen sein.«

»Scheint ziemlich viel zu sein.«

»Es ist ein Teil des Geldes, das ich mir im Kasino holte. Es sind noch immer die Banderolen aus dem Kassenraum des Kasinos darum. Es sind hundertzehntausend. Das dürfte ausreichen. Schauen Sie her. Das ist das Band von der Bank, mit der Aufschrift: Fünftausend Dollar. Hier sind zwei Initialen. Anscheinend zählte ein Mann die Geldscheine, und ein zweiter zählte nach. Das hier ist das Datum, in Bleistift. Es dürfte nicht schwierig sein, die Zahlen ein wenig zu verändern. Wenn Hanes oder Marta diese Bündel sehen, wissen sie sofort, daß sie aus dem Kassenraum stammen. Den Rest überlasse ich Ihnen, wenn Sie das Geld erst einmal ins Hotel geschmuggelt haben.«

»Lauter Hunderter?«

»Die bleiben am leichtesten an klebrigen Fingern hängen. Kleinere Banknoten nehmen zuviel Platz ein. Größere werden genauer überprüft und lassen sich schlechter ausgeben.« Gallowell kehrte zu seinem Stuhl zurück und setzte sich. Hugh schloß die Tasche und drehte sich um.

»Riskieren Sie nicht eine Menge, wenn Sie mir das Geld anvertrauen?«

Gallowell schmunzelte: »Sie meinen, wenn Sie mit dem Geld verschwinden? Ich habe daran gedacht. Haben Sie das vor?«

»Gott, nein!«

»Dann unterhalten wir uns lieber darüber, was wir mit dem Geld anfangen können. Sie wissen, was möglich und was unmöglich ist. Vielleicht fällt uns zusammen etwas ein.«

In einem Hotel gibt es keinen Ort, an dem der Direktor nichts zu suchen hat. Und es gibt keinen Grund, warum er sich nicht während seiner Inspektionstouren um den Fortschritt der Arbeiten kümmern sollte, die er angeregt hat.

Während der ersten Juliwoche wurden drei Projekte in Angriff genommen. Al Martas Penthouse sollte renoviert werden. Als Freundin half bei der Auswahl der Tapeten. Auch Gidge Allens Zimmer wurde neu gestrichen.

Am zweiten Tag schaute Hugh Darren nach, ob die Arbeiten auch Fortschritte machten. Er unterhielt sich mit dem Malermeister. »Was ist mit dem Einbauschrank dort drüben los?«

»Ich habe nachgesehen. Ist noch tadellos in Ordnung.«

Darren trat an den großen Schrank. Gidge Allens Mantel hing in einer Ecke. Er steckte die sechs Bündel Banknoten aus seiner eigenen Tasche rasch in die Taschen des Mantels.

Er schloß die Tür und sagte: »In Ordnung, Hank. Beim nächstenmal muß er aber gemacht werden.«

In den Zimmern Charms und den drei daneben liegenden Räumen wurde der abgewetzte Fußboden erneuert. Als Hugh Darren das Zimmer Charms verließ, hatte er dort zwei Bündel im Regenmantel Harrys hinterlassen.

Als eine der Mauern in Max Hanes' Apartment durchbrochen wurde, fand er eine Gelegenheit, acht weitere Bündel Banknoten in den Taschen eines schwarzen Mantels mit Pelzkragen zu verstecken.

Als diese sechzehn Bündel verteilt waren, blieben ihm sechs. Fünf davon lagen in seinem Schreibtisch.

Es war Genugtuung und Ironie in einem, daß die Verabredung mit Al Marta an einem Montag stattfand. Es war der zwölfte Montag seit Bettys Tod.

Es war sechs Uhr. Al war schon leicht angetrunken. Er versperrte die Tür zu seinem Privatbüro und sagte: »Hier sind wir unter vier Augen, Junge. Keine Angst, niemand kann ein Wort hören. Was soll diese Geheimnistuerei bedeuten?«

»Sie waren sehr fair zu mir, Al.«

»Du willst doch nicht etwa kündigen?«

»Ich bin in einer unangenehmen Lage, Al.«

»Sag, was dich bedrückt. Vielleicht können wir Abhilfe schaffen.«

»Ich bin mir nicht sicher, ob ich gut daran tue, es Ihnen zu sagen.«

Al starrte ihn ungeduldig an. »Ich bin gerade dabei, mich zu amüsieren, Junge. Du verschwendest meine Zeit. Los, raus mit der Sprache!«

»Hören Sie, Al, ich habe keine Lust, den gleichen Weg zu gehen wie Beaver.«

Einen Augenblick lang hatte Hugh das Gefühl, Al hätte aufgehört zu atmen. Sein Mund verengte sich.

»Was weißt du über Beaver?«

»Nicht viel. Den Rest kann man erraten.«

»Soll ich jemand holen lassen, der es dir aus den Rippen kitzelt?«

Hugh griff in die Jackentasche. Er legte ein Geldbündel auf den Schreibtisch. »Das dürfte Ihnen einiges über den Grund verraten, Al.«

Al Marta griff nach dem Bündel und warf es auf die Tischplatte zurück. »Oh, verdammt. Verdammt noch mal. Max muß die Finger im Spiel haben. Rede, Darren!«

»Ich habe nichts damit zu tun, Al. Ich komme zu Ihnen, weil ich schon seit einiger Zeit Bescheid weiß. Ich riskiere eine Menge.«

»Weiter, Darren.«

»Sie müssen mich schützen. Ich will mit der ganzen Sache nichts zu tun haben. Ich erzähle Ihnen alles, was ich weiß, und dann können Sie machen, was Sie wollen. Ich habe nur den Ehrgeiz, das Hotel zu leiten und mein Gehalt zu kassieren. Ich verspreche Ihnen, daß alles unter uns bleibt.«

»Wenn es sich lohnt, was du zu sagen hast, Darren, hast du nichts zu befürchten.«

»Ich glaube, es lohnt sich. Drei Tage bevor er verschwand, kam Beaver um vier Uhr morgens in mein Zimmer. Er benahm sich recht sonderbar, aber er war nicht betrunken. Er sagte, daß er mir vertrauen könnte, und daß er eine ganz große Sache ausgeknobelt hätte. Irgend etwas mit dem Kassenraum. Ich sagte ihm, daß ich nichts damit zu tun haben wollte.

Seine eigenen Worte, soweit ich mich erinnere, waren: ›Harry und ich haben es ausgeknobelt, reiner Zufall. Die zwei Jungs, denen wir auf die Schliche gekommen sind, mußten uns am Gewinn beteiligen. Harry ist besser weggekommen als ich. Aber jetzt ziehe ich die Daumenschrauben an. Harry behauptet zwar, es sei ein Fehler, aber ich habe sie in der Hand. Ich brauche nur zu Al zu gehen, und sie gehen beide hoch. Du brauchst weiter nichts zu tun, als diesen Briefumschlag an einem sicheren Ort zu verwahren. Es ist nur wegen meiner Sicherheit. Wenn mir etwas passieren sollte – aber das wird es nicht, weil die Jungs wissen, wie der Hase läuft –, bringst du den Briefumschlag zu Al und sagst ihm, daß Max und Gidge auf seine Kosten krumme Sachen drehen. Sag ihm, daß sie das Geld in ihren Kleidern versteckt haben, bis sie es an einen sicheren Ort schaffen können. Und sag ihm, daß Harry mit von der Partie ist. Sie haben ein Vermögen aus dem Kassenraum geholt.«

»Beaver ist vor elf Tagen verschwunden. Warum bist du nicht schon früher gekommen?«

»Ich war mir nicht sicher. Ich habe den Briefumschlag geöffnet und fand das Geld. Ich schätze, das ist der Beweis.«

»Darauf kannst du wetten.«

»Ich hatte keine Lust, in die Sache verwickelt zu werden. Und ich verstand nicht, warum Beaver ihnen nicht sagte, daß es Beweise gegen sie gab, als sie ihn auf die Seite schaffen wollten.«

»Warum hat er es nicht getan?«

»Ich glaube, er hat es versucht, Al. Aber er kam nicht mehr dazu.«

»Warum?«

»Vielleicht packten sie ihn zu hart an, bevor er etwas sagen konnte. Sie wissen, daß er herzkrank war.«

»Herzkrank?«

»Der Arzt hatte ihm verboten, zu trinken. Und mit den Frauen sollte er sich auch zurückhalten.«

»Ich kann es nicht glauben, daß Gidge...«

»Das ist noch nicht alles.«

»Junge, als wenn das nicht schon genug wäre!«

»Wie sie es erfahren haben, weiß ich nicht. Aber irgend jemand hatte die Idee, daß ich eingeweiht war.« Er blickte zur Tür. »Kann jemand hören, was ich...«

»Dieser Raum ist schallsicher. Aus geschäftlichen Gründen.«

»Gut. Heute morgen war jemand in meinem Zimmer und brach die Schubladen in meinem kleinen Schreibtisch auf. Es war alles durcheinander. Ich glaube, sie suchten nach dem Geld, aber ich bin mir nicht ganz sicher. Al, ich brauche Schutz!«

»Wenn du also nicht nervös geworden wärst, hättest du einfach diese fünftausend behalten, nicht wahr? Du hast deshalb solange gewartet, weil du selbst das Geld behalten wolltest.«

»Es wäre nicht weiter schwer gewesen, das Geld zu behalten.«

»Wie denn?«

»Ich hätte Ihnen einfach ein anderes Bündel gegeben. Der Fußboden in Harry Charms Zimmer wird erneuert. Ich kümmerte mich ein bißchen darum. Und dabei schaute ich in seinen Schrank. Er war versperrt, aber ich habe einen Universalschlüssel. Harry hat ungefähr zehntausend in zwei Bündeln in seinem Zimmer. Das Geld steckt in einem alten Regenmantel.«

»Harry Charm hat zehntausend Dollar?«

»Ich wollte es nicht auch noch riskieren, Gidges Zimmer oder das von Max zu durchsuchen. Ich bin kein Held, Al. Es tut mir verdammt leid, daß ich zu Ihnen kommen mußte. Ich wollte, Beaver wäre nie zu mir gekommen.«

»Er ging zur richtigen Stelle«, sagte Al leise. »Er ging wirklich zur richtigen Stelle.«

»Und Sie schützen mich, Al?«

»Was? Ja, verdammt. Bleib einen Augenblick hier.«

Al ging hinaus und schloß die Tür hinter sich. Hugh starrte auf die lächelnden Gesichter der Schauspielerinnen auf den Fotos, die Al gewidmet waren. Zehn Minuten später kehrte Al zurück, schlug die Tür hinter sich zu und leerte seine Taschen. Es waren sechs Geldbündel.

»Ich schickte Gidge mit einem Vorwand in die Stadt. Ich hätte nie gedacht, daß er etwas damit zu tun haben könnte. Max vielleicht, aber nicht Gidge. Verdammt. Die lange, gute Zeit, die wir schon zusammen sind. Die Weiber und die Flaschen, die wir gemeinsam...«

Er drehte sich herum. Sein Gesicht war verzerrt, wie das eines Kindes, das gegen die Tränen ankämpft. »Aber ich mußte wissen, ob Gidge ehrlich ist, nicht wahr?«

Hugh schwieg und wußte, daß Al keine Antwort hören wollte.

Al griff nach den Geldbündeln und ließ sie wieder fallen.

»Das wurde alles in den letzten zehn Tagen geklaut«, sagte er erstaunt. »Ich liebte diesen Jungen. Ich vertraute ihm. Warum hat er mir das angetan?«

»Vielleicht war es nur Langeweile«, sagte Hugh vorsichtig.

»Ich bin zu gutmütig. Ich behandle jeden viel zu gut. Ich bin der gute, alte Al. Vielleicht bin ich ein Idiot. Ich denke, sie lachen mit mir, und dabei lachen sie über mich. Verdammt noch mal, halten sie mich für einen Holzkopf, daß sie solche Sachen machen? Er nimmt sich nicht einmal die Mühe, die Banderolen abzunehmen und es besser zu verstecken! Die kümmern sich einen Dreck darum, was mit mir passiert, wenn es auffliegt.«

»Sie dachten wohl nicht daran, daß es jemals auffliegen würde, Al.«

Al starrte minutenlang schweigend vor sich hin. »Ich brauche mir nichts vorzumachen. Es gibt keinen anderen Weg, diese Sache zu bereinigen.«

»Was haben Sie vor?«

Al grinste müde. »Du willst doch mit der Sache nichts zu tun haben, Junge.« Er blickte auf die Uhr. »Wir brauchen beide ein bißchen Erholung. Sieh zu, daß du uns beiden je eine Flugkarte für heute nacht beschaffst, egal auf welche Weise. In verschiedene Richtungen. El Paso für mich, und ich will vor Mitternacht weg sein. Erste Klasse, hin und zurück. Rückflug für Samstag. Buche lieber für zwei Personen. Vielleicht nehme ich ein Mädchen mit. Dein Reiseziel kannst du dir selbst aussuchen, Junge, aber komm nicht vor Sonntag zurück. Und wenn du Freunde hast, dann bleib bis zum Abflug bei ihnen. Gib mir Bescheid, sobald das mit den Flugkarten geregelt ist.«

»Okay.«

»Es gefällt mir, daß du keine Fragen stellst.« Er stand auf. »Mir bleibt nicht einmal Zeit, mich zu verabschieden.«

»Es ist aber doch nicht bewiesen, daß Max...«

»Er muß seine Finger im Spiel gehabt haben. Aber das wird sich alles noch herausstellen, Darren. Ich bin fair. Ich bin gutherzig. Alte Freunde haben ein Recht auf eine letzte Gunst. Es wird alles schnell und schmerzlos gehen. Mehr kann ich nicht für sie tun.«

Al Marta sammelte die Geldbündel ein und steckte sie in die Schublade seines Schreibtisches. Er zögerte und warf dann eins davon in Hughs Schoß. »Das ist für dich. Mach dir eine vergnügte Woche, Junge.«

»Danke. Kann ich irgend etwas für Sie...«

Al setzte sich. »Du kannst verschwinden. Danke für alles. Ich will immer viel Betrieb sehen, immer viel Leute um mich haben, viel Spaß. Aber jetzt will ich erst einmal eine Weile allein sein.«

Als Hugh zur Tür ging, glaubte er zu bemerken, daß Al weinte.

Die Zeitungen, das Fernsehen, das Radio und etwas später die Zeitschriften beschäftigten sich ausführlich mit der ganzen Angelegenheit – als ob die Redakteure ahnten, daß es keine Fortsetzung geben würde, daß keine weiteren Sensationen zu erwarten waren. Ein Arbeiter entdeckte in der Morgendämmerung einen grauen Wagen neben der Highway, zwölf Meilen westlich von Phoenix, Arizona. Das war am fünfzehnten Juli, einem Freitag. Der Wagen hatte eine kalifornische Zulassungsnummer und war in Los Angeles am vergangenen Mittwoch als gestohlen gemeldet worden. Er war hinter einer kleinen Baumgruppe geparkt.

Die drei Männer auf dem Rücksitz waren an Händen und Füßen gefesselt. Alle drei Köpfe waren nach vorn gebeugt. In jeder Stirn, genau über der Nasenwurzel, saß ein Einschußloch, von Pulver geschwärzt. Die Toten hatten keine Ausweispapiere bei sich. Alle Fingerabdrücke waren sorgfältig von dem Wagen abgewischt.

Bei der Obduktion fand man in den Schädeln jeweils eine plattgedrückte 32er-Kugel. Sonst gab es keine Anzeichen für irgendwelche Gewaltanwendung. Der Mageninhalt verriet eine genügende Menge an Alkohol und Schlafmitteln, um daraus schließen zu können, daß die Männer hilflos, wenn nicht gar bewußtlos zum Zeitpunkt ihres Todes gewesen sein mußten.

Ein Vergleich der Fingerabdrücke mit der Verbrecherkartei des

Zentralarchivs von FBI ergab, daß es sich bei den Toten um Maxwell Hanes, Harold Charm und Dillard ›Gidge‹ Allen handelte.

Alle drei Männer waren vorbestraft. Weitere Ermittlungen ergaben, daß sie alle im ›Cameroon‹ in Las Vegas gearbeitet hatten. Als man Al Marta vernahm, erklärte dieser, daß die drei Männer zusammen Las Vegas am Dienstagabend verlassen hätten, um sich mit einer gemeinsamen Kapitalsanlage zu befassen, an der sie stark interessiert gewesen waren. Ganz offensichtlich habe es sich um eine sehr schlechte Kapitalsanlage gehandelt, meinte Marta zu den Reportern. Sie lachten. Al war als Witzbold bekannt.

14

Über dem Flachland von Texas lagen die langen, blauen Schatten der Spätseptemberdämmerung.

Homer Gallowell saß auf der Terrasse seiner Ranch und blickte in die untergehende Sonne. Er hatte den schwarzen Hut tief in die Augen gezogen. Seine Beine hatte er über die Brüstung der Veranda gelegt.

»Und was ist aus Ihrer Stellung geworden?« fragte Homer.

Hugh Darren lehnte mit dem Rücken gegen einen Pfosten. »Ich weiß selbst nicht, warum ich mich noch um das Hotel kümmerte. Aber ich hatte soviel Arbeit und Mühe hineingesteckt, daß ich es nicht über mich brachte, einfach zu gehen. So blieb ich noch einen ganzen Monat dort, um meinen Nachfolger einzuarbeiten. Vielleicht war es eine bloße Zeitverschwendung, aber ich konnte nicht anders handeln.«

»So dürfen Sie nicht denken.«

»Richtig. Ich mußte alles wieder in Schuß bringen. Ich hatte eine Menge Unfug angestiftet, und es dauerte eine Weile, bis es wieder so lief, daß ich es vor mir selbst verantworten konnte, zu gehen. Als ich vor drei Tagen das Hotel verließ, war es wieder tiptop in Ordnung. Ich hatte es soweit hochgebracht, daß es zum erstenmal einen Gewinn abwarf.«

»Und was machen Sie nun?«

»Ich weiß nicht, Homer. Alles, was ich habe, befindet sich in zwei Koffern, wenn man den Wagen dort draußen nicht rechnet. Ich habe mehr Geld als je zuvor. Ich hatte es für einen ganz besonderen Zweck gespart, aber dieser kleine Traum ist jetzt tot.«

»Was für ein Traum war das, für den Sie sparten?«

Hugh erklärte es ihm. »Ohne sie ist das alles sinnlos. Vielleicht fange ich später damit an. Nach allem, was vorgefallen ist, möchte ich mich eine Zeitlang zurückziehen. Hotels hängen mir zum Hals heraus. Am liebsten wäre mir im Augenblick eine körperliche Arbeit. Vielleicht haben Sie etwas für mich, Homer?«

»Ich beschaffe Ihnen etwas, wenn das Ihr Ernst ist. Sie könnten bei Erdölbohrungen im Golf von Mexiko mitmachen. Aber ich sage Ihnen gleich, es ist ein verdammt harter Job. Deshalb wird er auch gut bezahlt. Entweder Sie werden dabei ein ganzer Mann, oder Sie gehen drauf.«

Hugh dachte nach. »Hört sich gut an, was Sie da sagen.«

»Gut. Dann spreche ich morgen mit den Leuten vom Ölhafen. Das geht schon in Ordnung, Sie können sich darauf verlassen.«

»Danke.«

»Wenn Sie die Nase davon voll haben, kommen Sie wieder zu mir, und wir sprechen über Ihren Peppercorn Cay. In einem Jahr sieht manches anders aus.«

»Vielleicht. Im Augenblick bin ich nicht so sicher.«

Die zwei Männer saßen noch lange schweigend zusammen und starrten in die untergehende Sonne.

»Wir haben es geschafft«, sagte Homer. »Wir waren die richtige Kombination, Sie und ich. Betty konnten wir leider nicht mehr helfen. Aber wir haben getan, was möglich war.«

»Ihr Vorschlag, Beavers Tod in die Geschichte einzubauen, hat Al damals erst richtig überzeugt.«

»Ich habe mein Leben damit verbracht, mir überzeugende Geschichten einfallen zu lassen. Aber Sie waren es, der dabei sein Leben riskiert hat. Ich wünschte mir nur, Al Marta hätte gewußt, welchen Fehler er beging.«

»Ich glaube, er ahnte es.«

»Wie konnte er das?«

»Er hatte Zeit genug, sich zu überlegen, daß sein eigenes Ende dem Ende seiner Kumpane ähnelte. Mit dieser Erkenntnis begann sein Sterben. Die Zeit bis zu seinem Tod muß furchtbar gewesen sein. Er hatte mir einmal den Namen seines Chefs verraten. Er wußte, daß wir an dieser Stelle den Hebel ansetzen konnten.«

»Was stand in dem Brief, den Sie an diesen Mann schickten?«

»Ich hatte es mir genau überlegt. Ich veränderte den Brief immer wieder, bis ich sicher war, daß es glaubwürdig klingen würde. Ich schrieb: ›Al ließ meinen Mann Beaver und die anderen ermorden, weil er selbst absahnen wollte. Bevor er starb, verriet mir Beaver, daß Al sein Fluchtgeld in einem Miettresor am Flughafen versteckt hielt. Der Schlüssel dazu ist an der Unterseite der Mittelschublade seines Schreibtisches festgeklebt. Er ist ein dreckiger Dieb und ein Mörder, der an den Galgen gehört...‹ Und so weiter, wie es eben ein rachsüchtiges Weib schreiben würde.«

»Es war eine ausgezeichnete Idee, Junge.«

»Ich zweifelte bis zuletzt daran. Es war durchaus möglich, daß sie den Schwindel durchschauten, trotz der dreißigtausend Dollar, die ich zum Flughafen brachte. Aber meine Zweifel waren unberechtigt. Al war schon deshalb ein toter Mann, weil er die Kontrolle über seine Leute verloren hatte. Seine besten Freunde hatten ihn betrogen. Er war fallreif.«

»Ich las, daß er in einem Straßengraben aufgefunden wurde«, sagte der alte Mann.

»Er hatte genug Zeit, über sich nachzudenken, Homer. Sie warfen ihn schwerverwundet in den Straßengraben. Um ihn herum war die Erde zerwühlt. Er muß versucht haben, auf die Straße zu kommen, wo ihn vielleicht ein Autofahrer bemerkt hätte. Es muß ein langer Todeskampf gewesen sein.«

Die beiden Männer saßen in der Stille des Abends nebeneinander. Der alte Mann seufzte. Die Sonne war untergegangen; über der Ebene lagen purpurne Schatten. Dann standen sie auf und gingen in das Haus, wo die lächelnde Mexikanerin auf sie wartete.

Eine Stunde für den Mörder

1

Vor drei Tagen hatten sie Juarez verlassen, aber Sylvia war trotz der wachsenden Entfernung nicht ruhiger geworden. Mit jedem Tag schien sie ängstlicher, blasser, nervöser, reizbarer zu werden.

»Jetzt sind wir sicher«, sagte Lloyd.

»Wir werden nie sicher sein. Wir hätten es nicht tun sollen, Lloyd«, sagte sie. »Es war blanker Irrsinn, auch nur daran zu denken. Du hast keine Ahnung, wessen sie fähig sind. Du weißt nicht, wie er darüber denkt. So etwas kann er sich seiner Meinung nach nie und nimmer bieten lassen. Wir werden niemals sicher sein!«

»Mach dir keine überflüssigen Kopfschmerzen. Laß es mich in Ordnung bringen, wenn es zu irgend etwas kommen sollte.«

»Du kannst nichts in Ordnung bringen! Du kennst sie nicht! Du weißt nicht, wie sie wirklich sind!«

Sie ließ sich nicht beruhigen.

In Mexico City fand Lloyd ein kleines, unauffälliges Hotel mit einem Parkplatz dahinter, auf dem der Wagen von der Straße aus nicht zu sehen war. Das Geld ließ er im Kofferraum, weil es ihm da am sichersten zu sein schien. Zehn Hundertdollarscheine steckte er ein, für alle Fälle.

Sylvia weigerte sich, das kleine Apartment zu verlassen; deshalb ging Lloyd allein. Als sie damals anfingen, Pläne zu schmieden, hatte er sich vorsichtig erkundigt, von welchen südamerikanischen Staaten man sich am leichtesten die Staatsangehörigkeit besorgen konnte.

Auf dem ersten Konsulat, auf dem er es jetzt versuchte, hatte er Pech. Der Beamte, mit dem er sprach, überhörte seine Anspielungen kühl. Auf dem zweiten schien es besser zu klappen, obwohl der Mann dort einen unangenehmen Eindruck auf ihn machte.

Er hieß Señor Rillardo, saß in einem kleinen, schmutzigen Büro, wirkte gierig, trug einen zerknitterten Anzug und hatte sehr kleine, fette, blasse Hände.

»Sie möchten ein Bürger meines Landes werden?«

»Ja.«

»Dann müssen Sie sich erst ein Visum besorgen und später, wenn Sie drüben sind, eine Einwanderungserlaubnis beantragen.

Wenn der Antrag genehmigt wird, erhalten Sie nach zwei Jahren Ihre Staatsbürgerpapiere. Einen Paß haben Sie doch?«

»Nein.«

»Ah, das ist dumm. Was haben Sie denn?«

»Meine Touristenkarte.«

Rillardo drehte die Karte hin und her. »Ist das Ihr richtiger Name?«

»Ja.«

»Dann könnten Sie sich aber doch auch einen Paß besorgen, Mister Wescott.«

»Ich möchte aus persönlichen Gründen nicht noch einmal zurückfahren und einen beantragen.«

»Vielleicht aus gesetzlichen Gründen?«

»Ich werde nicht von der Polizei gesucht – wenn Sie das meinen, Señor Rillardo.«

Rillardo breitete seine kleinen Hände aus und fragte: »Was steckt sonst dahinter?«

»Ich habe einen Feind drüben, einen sehr mächtigen Mann.«

»Aha!«

»Mir ist gesagt worden, daß Ihre Regierung in dringenden Fällen entgegenkommend ist und ein abgekürztes Verfahren zuläßt.«

Rillardos Gesicht wurde ausdruckslos. »So etwas ist möglich. Es kann aber ziemlich kostspielig sein.«

»Ich habe einiges Geld.«

»Wieviel?«

Lloyd lächelte. »Ist das nicht eine Frage, die eigentlich ich stellen müßte? Nehmen Sie an, es ist genügend Geld da – was können Sie dann für mich tun?«

»Fest kann ich Ihnen nichts versprechen, Mister Wescott. Ich darf mich und meine – meine Mitarbeiter nicht bloßstellen. Aber wenn Sie über genug Geld verfügen, ist es zu schaffen. Wenn ich alles geprüft und in Ordnung befunden habe, könnte ich Sie zu einem Bürger meines Landes machen und Ihnen hier schon einen Paß ausstellen. Dann haben Sie die Möglichkeit, in unser Land zu fliegen. Indessen wäre das keine Garantie gegen eine Auslieferung, wenn sie verlangt werden sollte. Wir dürfen unsere starken Nachbarn nicht vor den Kopf stoßen.«

»Niemand wird meine Auslieferung verlangen.«

»Gut. Wegen der Kosten müssen Sie begreifen, daß ich gezwungen bin, vielen Leuten etwas zuzustecken. Unser kleines Land hat eine Unmenge von Beamten. Viele sind äußerst rechtschaffen, und es kostet besonders viel, sie zu gewinnen. Ich möchte annehmen, daß ich Ihnen für – ja, für zwanzigtausend Dollar helfen kann.«

»Das ist zuviel!«

Rillardo lächelte traurig. »Sicherheit ist immer kostspielig. Sie ist in dieser gefährlichen Welt ein seltener Artikel geworden.«

Lloyd dachte einen Augenblick nach. »Wie wäre es, wenn ich Ihnen ein Geschenk machte, Señor, vollkommen unabhängig von unserer Transaktion? Könnten Sie Ihre Freunde dann überreden, etwas billiger zu sein?«

»Ein Geschenk?«

Lloyd zog seine Wagenpapiere aus der Tasche und reichte sie Rillardo, der bei ihrem Anblick die Lippen verzog. »Das ist eine schwierige Sache. Denken Sie an die mexikanischen Zollgesetze. Es wäre wirklich nicht leicht.«

»Sicher haben Sie gute Freunde in der Zollverwaltung.«

»Nur Bekannte. Was für eine Farbe hat der Wagen?«

»Rot und weiß. Ein Rot wie der Rücken des Magazins auf Ihrem Schreibtisch; Sechsundfünfziger-Modell. Er hat zwanzigtausend Kilometer hinter sich und ist ein hübscher Wagen. Wenn wir beide uns einig werden sollten, brauche ich ihn nicht mehr.«

Rillardo legte die Papiere auf den Schreibtisch. »Und was halten Sie für einen angemessenen Preis für das, was Sie von mir erwarten, Mister Wescott?«

»Darf ich vorher noch eine Frage stellen? Wenn man in Ihrem Land bescheiden lebt – wieviel amerikanische Dollar braucht man dazu?«

»Bescheiden? Das müssen Sie mir genauer erklären.«

»Ein kleines Landhaus nicht allzuweit von einer Stadt zur Miete. Ein Dienstmädchen und vielleicht einen Gärtner. Gutes Essen. Womöglich ein kleines Schwimmbecken. Sehr wenig Abwechslung, aber den üblichen modernen Komfort.«

»Das könnte man sich, glaube ich, für zweitausend Dollar im Jahr leisten – sogar in einem gewissen Stil.«

Lloyd stellte eine schnelle Rechnung an. Konnte man dann nicht für zwei Menschen 3000 Dollar im Jahr annehmen? 20000 von 110000 – blieben 90000 Dollar übrig. Dreißig Jahre konnten sie damit leben.

»Also, Señor Rillardo, ich biete Ihnen die zwanzigtausend Dollar, die Sie verlangt haben – bar.«

Die schwarzen Augenbrauen gingen hoch. »Ich verstehe nicht ganz...«

»Für uns beide. Wir sind zwei. Hier ist ihre Touristenkarte.«

Rillardo nahm sie und las laut den Namen. »Sylvia Miller. Das ist sehr schwierig. Können Sie nicht Mann und Frau sein?«

»Wenn Sie wollen, können Sie uns so nennen.«

»Ich verstehe. Sie war die Frau des Mannes, von dem Sie gesprochen haben.«

»Ja. Sie ist zu Fuß über die Grenzbrücke gegangen und hat für die Touristenkarte ihren Geburtsschein vorgelegt.«

»Vielleicht stammt auch Ihr Geld von diesem Mann?«

»Das dürfte Sie nichts angehen, Señor!«

»Sie haben recht. Ich muß mich entschuldigen.«

»Geht es also?«

Rillardo überlegte lange, runzelte die Stirn, spielte mit den Wagenpapieren auf dem Schreibtisch, lächelte schließlich. »Ich werde es schaffen. Aber wir müssen sie als Ihre Frau ausgeben.«

»Gut. Und wie gehen wir vor?«

»Ich muß zuerst zehntausend Dollar haben. Den Paß können Sie in ungefähr zwei Wochen bekommen. Gewisse Fragen müssen vorher geprüft werden.«

»Geben Sie mir eine Quittung?«

»Natürlich nicht. Das wäre ja sinnlos.«

»Ich werde Ihnen fünftausend Dollar sofort geben und den Rest, wenn wir ins Flugzeug steigen.«

»Dadurch machen Sie alles noch schwieriger.«

»Das tut mir leid.«

Rillardo seufzte schwer. »Dann werde ich es so machen, wie Sie wünschen. Haben Sie das Geld hier?«

»Ich bringe es Ihnen.«

»Bitte heute noch.«

Lloyd holte die fünftausend Dollar und brachte sie ihm. Rillardo zählte sie sorgfältig, wobei er immer wieder an seinem weißen Daumen leckte. Dann faltete er die Scheine zusammen und steckte sie ein.

»Von heute an in vierzehn Tagen«, sagte er. »Das ist der siebzehnte Mai, ein Freitag. Dann sind zwei Flugplätze für Sie belegt, und Ihre Flugkarten habe ich hier.«

Als sie sich zum Abschied erhoben haben, sagte Lloyd: »Wir möchten nicht gern hier in der Hauptstadt bleiben, um das Schicksal nicht herauszufordern. Können Sie uns raten, wo wir uns während dieser Zeit am besten aufhalten?«

Rillardo schlug ihm vor, auf der internationalen Schnellstraße nach Zimapan und von dort westlich in die Berge der Provinz Queretaro zu fahren. In dieser Gegend würden sie bestimmt einen abgelegenen Ort finden, in dem sie bleiben konnten.

Auf dem Rückweg vom Hotel kam Lloyd sich wie ein Filmheld vor. Auf dieses Abenteuer hatte ihn sein bisheriges Leben bestimmt nicht vorbereitet: Flucht in ein fremdes Land, mit dem Geld und der Frau eines anderen, und dann dieses schäbige Schachern in einem schmutzigen Büro um illegale Pässe. Übrigens mußten er und Sylvia sich noch Fotos für diese Pässe besorgen.

Er war nicht so naiv, um fest überzeugt davon zu sein, daß alles ohne Schwierigkeiten abgehen würde. Es bestand durchaus die Möglichkeit, daß Rillardo es nicht schaffte oder überhaupt auf Betrug ausging. Dann würde er leugnen, Lloyd jemals gesehen, geschweige denn fünftausend Dollar von ihm bekommen zu haben. Und es war unmöglich, es ihm zu beweisen.

Sie konnten in ein Privatflugzeug gesteckt werden, in dem man ihnen unterwegs ihr Geld abnahm und sie dann ins Meer warf. So etwas kam hier oft genug vor. Auf alle Fälle wußte Rillardo, daß Lloyd Geld hatte und sich nicht um Schutz an die Vertretung seines Landes wenden durfte. Es war nicht sehr gefährlich, einem hilflosen Mann sein Geld abzunehmen, und Rillardo hatte auf Lloyd einen widerwärtigen Eindruck gemacht.

Aber Lloyd wollte Sylvia zu der Überzeugung bringen, daß alles in bester Ordnung wäre.

An diesem Abend veranlaßte sie ihn immer wieder, ihr zu erzählen, wie schön alles für sie werden würde und wie sicher sie nun sein könnten. Sie klammerte sich an ihn und seine Worte, als ob es sonst nichts in der Welt für sie gäbe. Sie verließen die Hauptstadt nach Einbruch der Dunkelheit und übernachteten in einem Bungalow-Hotel in Zimapan. Lloyd kaufte Scotch, und Sylvia trank, bis sie unzurechnungsfähig war und schließlich einschlief. Er hatte sie noch nie so viel trinken sehen. Auch er war ziemlich betrunken; ihre Angst wirkte ansteckend.

Er stand über das Bett gebeugt, betrachtete Sylvias dichtes schwarzes Haar und hörte ihr schweres Atmen. Er spürte nichts mehr von dem Zauber, dem er damals erlegen war; alles war schmutzig und verlogen geworden. Plötzlich dachte er sogar daran, ihr die Hälfte des Geldes hierzulassen, so schnell wie möglich zur Grenze zu fahren und zu versuchen, irgendwo in den Staaten unterzutauchen. Aber er wußte, daß er es doch nicht fertigbekäme, sie zu verlassen.

Lange saß Lloyd und brütete vor sich hin. Dabei wurde er immer deprimierter, und schließlich war er davon überzeugt, daß sie beraubt werden und ohne einen Penny in Mexiko sitzen bleiben würden. Rillardo schaffte das bestimmt irgendwie. Es war dumm, das ganze Geld bei sich zu haben. Er mußte es an verschiedenen Stellen unterbringen, wenn er sicher sein wollte, eine Reserve übrigzubehalten.

Mit der Hartnäckigkeit des Betrunkenen dachte er darüber nach. Das Schraubglas fiel ihm ein, in dem Sylvia an der Tankstelle von Las Cruces kandierte Erdnüsse gekauft hatte und das im Wagen lag. Der Wagen stand neben dem Bungalow. Lloyd ging hinaus, schüttete die Erdnüsse, die noch im Glas waren, auf die Erde, nahm das Geld aus dem Kofferraum und ging wieder in den Bungalow. Das Geld steckte in einem blauen Gymnastikbeutel, in dem er vor Jahren sein Basketball-Zubehör aufbewahrt hatte.

Lloyd rollte die Scheine fester zusammen, und es gelang ihm, vierzigtausend Dollar in dem Glas unterzubringen. Er behielt also fünfundsechzigtausend übrig. Wenn alles gutging, würde er eines Tages zurückkommen und das Geld holen. Und wenn nicht alles gutging, kämen sie ihm vielleicht erst recht zustatten.

Er wollte Sylvia wecken und ihr erklären, wie geschickt er alles anstellte. Eigentlich hatte er das Glas mit dem Geld vergraben wollen. Jetzt sah er, daß die Bungalow-Wände mit Holz verkleidet waren, und holte sich aus dem Wagen einen Montierhebel. In einer Ecke neben der Badezimmertür löste er vorsichtig ein Stück der Verkleidung. Dahinter entdeckte er zwischen den Kanthölzern auf dem Fußboden eine Stelle, in die das Glas wie nach Maß paßte. Er stellte es hinein und nagelte die Verkleidung wieder fest, indem er eine Hand darüberlegte, um das Holz nicht durch die Schläge zu beschädigen. Die Bungalows waren fast neu, und wahrscheinlich brauchte jahrelang nicht an ihnen repariert werden; folglich würde niemand das Geld finden.

Als alles wieder in Ordnung war, ging Lloyd zu Bett.

Erst auf der Weiterfahrt, fünfzig Kilometer von Zimapan entfernt, fiel Lloyd ein, daß er das Geld versteckt hatte. Sylvia war verkatert, mürrisch und schweigsam. Als er ihr von dem Geld erzählte, wurde sie wütend, und es kam zu einem Streit, dem erbittertsten, den sie bisher gehabt hatten. Schließlich gelang es Lloyd jedoch, sie davon zu überzeugen, daß er richtig gehandelt hatte.

Die Straße senkte sich zum Dorf Talascatan und stieg dahinter einen Hügel hinan, auf dem das neuerrichtete Montanas-Motel lag, von dem aus man die Straße weithin überschauen konnte. Die einzelnen Bungalows lagen weit voneinander entfernt. Ein Schild verkündete auf englisch und spanisch, daß die Gäste Gelegenheit hätten, selbst zu kochen.

Der Bungalow, der ihnen zugewiesen wurde, lag am weitesten abseits. Die Besitzer des Motels, ein Schweizer Ehepaar, lebten seit vielen Jahren in Mexico und hatten zuletzt ein Hotel in Acapulco geleitet, das abgerissen worden war, um einem Wolkenkratzer Platz zu machen.

Das Ehepaar hatte Geld gespart und nebenbei mit Landspekulationen so gut verdient, daß es dieses Motel bauen lassen konnte.

Die Einnahmen seien vorläufig noch gering, erklärten die Schweizer, weil die Straße neu sei. Im nächsten Jahr aber würde sie bis zu einer anderen Straße fertig werden, die vom Rio Verde nach San Luis Potosi führte, und dann könne man mit einem großen Verkehr rechnen.

Lloyd trug sich und Sylvia als Mr. und Mrs. Wesley Floyd ein. Ihr Bungalow war sauber, mit zwei großen Betten im Schlafzimmer und einer Couch im Wohnzimmer. In einer Schlucht hinter dem Motel zirpten die Insekten die ganze Nacht hindurch.

Sylvia lag in seinen Armen und flüsterte: »Ich glaube doch, es wird alles gut, Liebling. Heute abend glaube ich es zum erstenmal.«

Tagsüber lagen sie hinter dem Motel in der Sonne und ließen sich braun brennen. Abends gingen sie hinunter nach Talascatan, saßen an einem Tisch vor einem kleinen Restaurant, das am Marktplatz – der Plaza – lag, und beobachteten die jungen Leute, die auf dem Platz spazierengingen. Sie tranken dunkles, starkes Bier, aßen Pfeffersteaks und gingen schließlich Hand in Hand durch die Nacht zurück zum Motel, vom Bier ein bißchen angetrunken und leise vor sich hinsingend.

An diesen paar Abenden kam Lloyd das, was sie getan hatten, gut und richtig vor. Eine Ehe mit Harry Danton wäre für Sylvia eine Qual. Diese Frau gehörte jetzt ihm und würde ihm immer gehören.

Gut gelaunt gingen sie auch am neunten Abend nach Hause. Sie schritten an den Bungalows vorbei zu ihrem eigenen. Sternenlicht glänzte auf der Stoßstange eines dahinter abgestellten Pontiac.

Lloyd schloß auf. Sylvia ging als erste in den Bungalow und schaltete das Licht ein. Plötzlich schrie sie auf. Vielleicht schrie sie auch ein zweites Mal, doch inzwischen war das Radio auf volle Lautstärke gestellt worden.

Lloyd versuchte, sich gegen Tulsa mit den Fäusten zu wehren, aber Tulsa drängte ihn grinsend in eine Ecke, hielt ihn fest, indem er ihm eine seiner riesigen Schultern unter das Kinn drückte, und bearbeitete ihn wie ein Boxer seinen Punchingball. Er hörte erst auf, als Lloyds Arme schlaff am Körper herunterhingen, als sein Zahnfleisch blutete und der Raum sich wie irrsinnig um ihn zu drehen schien. Dann trat Tulsa zurück, hielt ihn aber mit vorgestreckter Hand noch so lange aufrecht, bis er ihm mit der rechten drei Hiebe ins Gesicht versetzt hatte. Beim dritten Schlag brach Lloyd zusammen.

Als er wieder zu sich kam, saß er in einem Korbsessel, die Hände hinter die Lehne zusammengebunden. Sein Mund war mit irgendeinem Stück Stoff vollgestopft worden. Die Tür stand halb offen, und er hörte draußen den Schweizer mit einem Fremden spanisch sprechen.

Sein Sessel wurde in eine Zimmerecke geschoben. Tulsa lauschte. Benny stand hinter Sylvia, hielt sie mit einem seiner dicken Arme fest und preßte ihr eine schmierige Hand auf den Mund. Sylvias schwarzes Haar war zerwühlt worden, und sie warf wütende Blicke um sich.

Die Stimmen draußen verstummten; Valerez trat ins Zimmer und schloß die Tür.

»Er geht«, sagte der Mexikaner in seinem unbeholfenen Englisch.

»Was wollte er?« fragte Tulsa.

»Er hat sich gewundert, daß so viele Menschen hier sind. Ich habe ihm acht Peso gegeben.«

Tulsa zuckte die Schultern. Er ging zu jedem der drei Fenster und sah nach, ob die Jalousien auch wirklich richtig geschlossen waren. Dann blieb er vor Lloyd stehen.

»Na, Freund Lloyd, war es ein hübscher Urlaub? Nette Flitterwochen? Aber nein – sie ist ja noch mit Harry verheiratet, also könnt ihr gar keine Flitterwochen gefeiert haben! Wie würdest du das nennen? Du bist doch ein kluger Kopf! Wenn du unbedingt etwas

Aufregendes unternehmen wolltest, hättest du dir etwas weniger Riskantes aussuchen müssen – vielleicht vom Hoteldach springen...«

Sylvia fing an, sich zu winden und mit den Füßen zu stoßen. Benny fluchte. Tulsa sagte: »Bring das Weib zur Ruhe, Benny!«

Benny riß sie herum und schlug sie auf den Mund, schnell und brutal. Als sie vornüber fiel, fing er sie auf und grinste Tulsa an. »Wohin soll ich sie bringen?«

»Ins Nebenzimmer. Und dann suchen wir erst mal nach dem Geld.«

Sie fanden es schnell. Tulsa brachte es herein, zog den Tisch näher zur Lampe und schüttete den Beutel aus. Benny setzte sich und fing an, die Scheine mit der Geschicklichkeit eines Kassierers zu zählen, schrieb die Summe jedes Stapels auf und legte schließlich alles sorgfältig in den Beutel zurück. Er rechnete seine Zahlen zusammen und sagte: »Vierundsechzigtausendachthundertzehn, Tulsa. Sollte es nicht mehr sein?«

»Harry wußte es selbst nicht genau. Du weißt ja, wie es beim Einschließen zugeht.« Er rief Valerez zu: »Paß auf das Mädchen auf!«

Sie stellten das Radio wieder auf volle Lautstärke, und Tulsa zog sein Hemd aus. Dann nahmen sie den Knebel aus Lloyds Mund. Er hatte auch früher manchmal Schmerzen ertragen müssen, aber solche noch nie. Es war, als ob in seinem Kopf dauernd etwas mit strahlendem Licht explodierte. Wenn er sich im Sessel hin und her warf und schreien wollte, preßte Benny ihm einfach ein Handtuch auf den Mund.

Lloyd wußte, daß er mehrere Male bewußtlos geworden war, aber nicht, wie oft. Er hätte ein dutzendmal gesprochen, wenn die rasenden Schmerzen es ihm nicht unmöglich gemacht hätten. Und als die Schmerzen nachließen, schloß seine Wut ihm den Mund. Er stöhnte nur: »Das war alles!«

Schließlich richtete Tulsa sich auf, ließ seinen Zigarettenstummel fallen und zertrat ihn. »Ich glaube es, Benny. Stopf ihm wieder den Mund und hol Tequila.«

»Wollen wir denn nicht gleich fahren?«

Tulsa sah auf seine Armbanduhr. Benny stopfte den Knebel rücksichtslos in Lloyds Mund. Tulsa sagte: »Wir müssen noch eine Weile warten. Valerez meint, es gibt nicht weit von hier eine geeignete Stelle, an der man aber im Dunkeln nichts machen kann.

Wir werden gegen vier Uhr wegfahren, und jetzt ist es erst etwas nach zehn.«

Lloyd saß apathisch da. Tränen liefen ihm über die Wangen, und er atmete schwer. Sie hatten ihn schlimmer traktiert als ein Vieh, und er fühlte, daß er nie wieder derselbe Mann wie vorher sein konnte. Plötzlich hatte er eine ganz besondere Art von Haß kennengelernt und glaubte, er könne nie wieder so stark hassen wie in diesem Augenblick. Und doch war dieser Haß eine Stunde später doppelt so stark.

»Sie will rauskommen«, rief Valerez mit nervöser Stimme aus dem Nebenzimmer.

»Dann laß sie kommen«, sagte Tulsa.

Sylvia erschien in der offenen Tür. Ihr Gesicht war zerschlagen, doch sie stand mit stolz erhobenem Kopf, und ihre Augen blitzten wütend. Als sie Lloyd sah, verschwand der Stolz aus ihrem Gesicht. Sie wollte zu ihm treten, aber Benny stieß sie roh zurück.

»Lloyd, Liebling, was haben sie dir getan!« sagte sie.

Benny heuchelte Verlegenheit. »Wir hatten gewissermaßen eine kleine Auseinandersetzung.«

»Ihr schmutzigen Bestien!« rief Sylvia. Ihre Augen füllten sich mit Tränen. Sie sah Tulsa an. »Bringt ihr mich zu Harry zurück?«

»Harry will Sie nicht mehr sehen, Mistress Danton. Er hat plötzlich die Nase voll von Ihnen.«

Lloyd sah, daß Sylvia sich auf die Unterlippe biß und zu dem blauen Beutel hinüberblickte. »Ihr habt das Geld. Weshalb verschwindet ihr nicht und laßt uns in Ruhe? Lloyd habt ihr genug angetan!«

Tulsa erklärte geduldig: »Damit wäre Harry nicht einverstanden. Er sagt, ihr sollt beide wirklich fertiggemacht werden, und besonders Sie, Mistress Danton. Mehr als Ihr Liebling Lloyd, der nicht so genau wie Sie wußte, auf was er sich eingelassen hat.«

Sie sah ihn tapfer und herausfordernd an. »Es ist gut, Tulsa. Schlagt mich zusammen. Oder muß Benny mich dazu festhalten?«

Sie trug das blaßblaue Leinenkleid, das sie sich in Mexico City gekauft hatte. Tulsa griff mit einer Hand nach ihr. Sie wollte zurückweichen, aber er faßte den Kleidausschnitt und riß mit einem Ruck das ganze Vorderteil herunter. Sie versuchte, ihre Blöße zu bedecken, ließ jedoch die Hände sinken. Sie hatte ihren Mut verloren. Wohl blickte sie Tulsa mit erhobenem Kinn an, doch ihr Mund zitterte.

Benny grunzte. Tulsa sagte: »Sie sehen so tatsächlich besser aus, als ich gedacht habe.«

»Was – was wollen Sie mit mir tun?«

»Im Augenblick – zuerst Ihnen einen Drink anbieten. Wollen Sie etwas trinken?«

»Nein.«

»Ernsthaft, Mistress Danton – es ist das einzige Entgegenkommen, das ich Ihnen bieten kann. Harry würde sogar ärgerlich sein, wenn er wüßte, daß ich Ihnen noch etwas zu trinken anbiete. Sie haben sich sozusagen selbst umgebracht. Als Sie und Ihr Liebling Lloyd von Oasis Springs wegfuhren, waren Sie schon so gut wie tot. Haben Sie das nicht gewußt?«

»Können Sie uns nicht...«

»Nein – ich muß Harrys Befehle ausführen. Wollen Sie jetzt einen Drink haben?«

Sie starrte erst ihn, dann Lloyd an. »Ja.«

Benny brachte Tulsa ein Glas und die Flasche, die er eben aufgemacht hatte. Tulsa goß das Glas mehr als halb voll Tequila. Während sie trank, blickte Lloyd Valerez an, der unbehaglich und verlegen wirkte. Benny blickte gierig auf Sylvia.

»Etwas schneller«, sagte Tulsa.

Sie schluckte, hustete, schluckte abermals. Ihre Gesichtsfarbe war grau geworden, und auf ihren Schultern perlten Schweißtropfen. Sie trank den letzten Tropfen Schnaps; Tulsa nahm ihr das Glas aus der Hand und warf es Benny zu, der es geschickt auffing.

Tulsa stieß Sylvia ins Schlafzimmer und schloß die Tür hinter sich.

Lloyd starrte ungläubig und entsetzt auf die geschlossene Tür. Er machte die Augen zu, ohne dadurch auslöschen zu können, was er innerlich sah. Benny zog den Sessel, in dem Lloyd festgebunden war, zum Tisch.

»Komm, spiel mit!« sagte er munter. »Du kannst doch Gin-Rummy spielen?« Er warf die Karten auf den Tisch, mischte sie, wies zwischendurch mit dem Daumen auf die Schlafzimmertür und sagte: »Bißchen Kartenspielen lenkt einen von dummen Gedanken ab.«

Mit zusammengezogenen Brauen fing Benny an zu geben. Das Radio hatte er so leise gestellt, daß man die Musik aus Texas eben noch hören konnte. Lloyd musterte Benny und fand in seinem Gesicht denselben Ausdruck, den er früher beobachtet hatte, wenn

Benny Comic Strips las. Er liebte diese Bildergeschichten mit riesigen Ungeheuern, schönen Mädchen in Weltraum-Anzügen, heldenhaften jungen Wissenschaftlern und Todesstrahlen, und Lloyd hatte sich oft zusammennehmen müssen, um bis zu Ende auszuhalten, wenn Benny ihm eine dieser Geschichten erzählte.

Er hatte gehört, daß Benny Bernholz einer der zuverlässigsten Totschläger Harry Dantons sei, ohne es glauben zu können. Er erinnerte sich noch, wie begeistert Benny zusah, als aus dem Ödland um das Hotel Green Oasis herum ein tropischer Garten gemacht wurde. Später übertrug Harry Danton Benny die alleinige Verantwortung für ein riesiges, künstlerisch angelegtes Blumenbeet zwischen Schwimmbecken und Spielkasino. Benny machte daraufhin den Inhaber der einzigen Samenhandlung im Dorf mit Hunderten von Fragen verrückt, quälte sich durch Dutzende von Katalogen, war über jede neue Blüte so aufgeregt wie über die Möglichkeit, daß eine Pflanze in seinem Meisterwerk krank sein könnte. Kein Tourist konnte das große Beet fotografieren, ohne daß Benny mit stolzgeschwellter Brust plötzlich daneben stand.

Leichter schien es, sich Tulsa in der Rolle eines bezahlten Totschlägers vorzustellen, doch selbst das wäre Lloyd schwergefallen, als er mit Tulsa öfter abends Karten gespielt und beide sich nachts in der Küche heimlich Sandwiches mit Roastbeef und gepökelter Zunge gemacht hatten. Mit vollem Namen hieß Tulsa Haynes, stammte aus Oklahoma und war ein halber Indianer. Seine Schultern waren so breit, daß er aus einiger Entfernung viel kleiner wirkte, als er war – etwas über 1,80. Lloyd hatte miterlebt, daß er zum Spaß das Vorderteil eines Buick an der Stoßstange hochhob.

Bisher hatte Lloyd geglaubt, freundschaftlich mit ihnen beiden zu stehen. Als Hoteldirektor war er eigentlich ihr Vorgesetzter gewesen. Beinahe, wenn auch nicht ganz. Harry Danton hatte gesagt: »Setzen Sie die Jungen ein, wenn Sie können, Lloyd. Es ist mir lieber, wenn sie für Sie und nicht für Charlie arbeiten.«

Charlie leitete das Spielkasino.

Aber bei beiden, Benny und Tulsa, hatte es von Anfang an eine innere Grenze gegeben, über die er nie hinausgekommen war. Er gehörte einfach nicht ganz dazu. Manchmal kam es ihm fast so vor, als ob sie ihn von oben herab behandelten und sich als seine Gönner fühlten. Zuweilen verreisten sie ohne eine Erklärung oder Entschuldigung, zusammen oder allein, meist für ein paar Tage, gelegentlich auch länger. Als Tulsa einmal von solch einer Reise zurückgekommen war, hatte Lloyd den Irrtum begangen, ihn zu fragen, wo er gewesen sei. Tulsa hatte ihn mit ausdruckslosem Gesicht angesehen und trocken erwidert: »Ich bin in London gewesen, um die Königin zu sehen.«

Lloyd fragte nicht wieder. Er wußte, daß das Hotel nur eine von vielen Unternehmungen Harry Dantons war und daß Harry es aus verschiedenen Gründen zu seinem Hauptquartier bestimmt hatte. Oft kamen besondere Gäste, die die besten Apartments bekommen mußten, ganz gleich, ob sie schon von anderen Gästen vorbestellt waren oder nicht. Meist aßen und tranken diese Gäste in ihren Apartments, hatten stundenlange Besprechungen mit Harry und gingen selten ins Kasino. Er kannte Benny und kannte Tulsa und wußte jetzt plötzlich, daß er sie beide doch nicht richtig gekannt hatte. Ebensowenig wie Harry Danton. Es waren Männer, die weit außerhalb des Bereiches aller seiner Lebenserfahrungen standen, die schlechter waren, als er es sich je hätte vorstellen können. Jetzt indessen, da er sie bei ihrer eigentlichen Arbeit erlebt hatte, verstand er sie besser und begriff, wieviel sie Harry wert waren. Männer ohne Herzen und Gewissen, nur erbarmungslos und grausam, mußten für Harry Danton unschätzbar wertvoll sein.

Lloyd starrte in Bennys Karten, um seine Gedanken von dem abzulenken, was hinter der verschlossenen Tür geschah.

Dann kam Tulsa aus dem Schlafzimmer und pfiff vor sich hin. Die Tür ließ er halb offenstehen, warf Lloyd einen flüchtigen Blick zu, stellte sich hinter Benny und sah ihm in die Karten.

»Spielst du für mich weiter, Tulsa?« fragte Benny und stand auf. Er trat ins Schlafzimmer und warf die Tür zu.

Tulsa und Valerez spielten Karten und tranken Tequila. Lloyd sah einen Moskito, der sich auf Tulsas Schulter setzte. Die mächtigen Muskeln zuckten kurz, und das Insekt schwirrte davon. Lloyd musterte Tulsas dickes, braunes Genick und stellte sich vor, daß er ein Messer hineinstieß. Für beide Männer schien Lloyd nicht zu existieren.

Nach einer Weile kam Benny wieder heraus und kiebitzte, bis das Spiel zu Ende war. Dann verschwand Valerez.

»Sie sind wild auf weiße Frauen«, sagte Benny. »Noch lieber wäre ihm eine Blondine.«

»Hat sie noch geweint?« fragte Tulsa.

»Nein. Sie war wie ein Geist.«

Als Valerez zurückkam, fingen sie ein neues Spiel mit höheren

Einsätzen an. Nach etwa einer Stunde ging Tulsa noch einmal ins Schlafzimmer und kam bald zurück. Nach ihm ging Benny hinein und stürzte sofort entrüstet wieder heraus.

»Verflucht noch mal, Tulsa – du hast sie umgebracht! Sie ist tot! Was hast du mit ihr gemacht?«

Tulsa machte mit einer Hand eine bezeichnende Geste.

»Weshalb?« fragte Benny.

»Das habe ich für dich und mich, für Harry und den Lloyd-Liebling und die ganze Verwandtschaft getan.«

Benny setzte sich und sah Tulsa mürrisch an. »Manchmal könnte man vor dir Angst kriegen, du dickköpfiger Indianer!«

»Willst du wieder mitspielen oder nicht?«

Benny seufzte. »Meinetwegen. Wie lange müssen wir noch warten?«

Tulsa sah auf die Uhr. »Eine Stunde.«

»Soll ich noch eine neue Flasche aus dem Wagen holen?«

»Keinen Schnaps mehr!«

Lloyds Kinnbacken schmerzten von dem Knebel. Er beobachtete die drei und malte sich Möglichkeiten aus, sie umzubringen. Die Sessellehne drückte so auf seine Oberarme, daß sie gefühllos wurden.

Schließlich befahl Tulsa: »Setz sie in den Pontiac!«

»Sie ist zu schwer für mich allein.«

Tulsa fluchte und stand auf. Lloyd beobachtete, wie er Sylvia aus dem Zimmer trug, und schloß ohnmächtig die Augen.

2

Die Wolken hingen niedrig über den Bergen. Die beiden Wagen fuhren langsam die steinige Straße hinauf. Manchmal gab es eine Lücke zwischen den Wolken, und durch sie hindurch konnte Lloyd über der Baumgrenze braune Bergspitzen sehen, die von den ersten Strahlen der aufgehenden Sonne rosarot gefärbt wurden.

Er saß im ersten Wagen, einem dunkelblauen Chrysler mit Nevada-Kennzeichen. Tulsa Haynes fuhr und hielt mit seinen riesigen Händen das Lenkrad. Bisher hatte die Welt aus schwarzen Schatten bestanden, in die sich gelbe Scheinwerfer hineinfraßen und ihnen den Weg zeigten. Jetzt färbte das Licht des Morgens alles; Tulsas Handrücken waren bronzefarben, und die Kühlerhaube glänzte bläulich.

Tulsa schaltete die Scheinwerfer aus, und Sekunden später erloschen auch die Scheinwerfer des Pontiac, der dicht hinter ihnen fuhr.

Lloyd saß zwischen Tulsa und Valerez, ungeschickt, weil seine Hände hinter der Lehne und seine Füße unten mit Nylonstrümpfen zusammengebunden waren. Auf Tulsas Befehl hatte Valerez ihm gleich nach der Abfahrt vom Motel den Knebel abgenommen und aus dem Wagenfenster geworfen. Es war kalt hier oben in den Bergen, solange die Sonne noch nicht höher am Himmel stand. Lloyd roch den Schweiß, der seine Kleidung durchtränkt hatte.

Valerez zündete sich eine Zigarette an. Im Motel hatte Lloyd den Namen auf der Packung lesen können: Delicados. Valerez hielt die Zigarette an Lloyds Lippen. Der Rauch schmeckte roh und stark.

Tulsa fuhr jetzt noch langsamer und musterte prüfend den steilen Abhang an der rechten Straßenseite.

»Meinst du, daß es hier richtig ist?« fragte er und hielt an.

»Es ist ein wildes Land, aber wir werden es uns ansehen.«

Tulsa schaltete den Motor aus, zog den Zündschlüssel ab und zog die Handbremse an. Lloyd wußte, daß Tulsa es nie auf die Möglichkeit eines Zufalls ankommen ließ. Sie stiegen aus und gingen etwa fünfzehn Meter in Fahrtrichtung weiter. Benny, der den Pontiac gefahren hatte, beeilte sich, sich ihnen anzuschließen. Benny hatte keinen Grund, Vorsichtsmaßregeln zu treffen. Sein einziger Fahrgast, Sylvia, war tot.

Lloyd Wescott beobachtete sie. Sie zeigten den Abhang hinunter. Es war sehr still hier – kein Vogel und kein Insekt ließen sich hören. Sie unterhielten sich, ohne daß er sie verstehen konnte.

Tulsa hatte seine mächtigen Hände auf die Hüften gestemmt. Hätte er nicht neben den anderen gestanden, so hätte die Breite seiner Schultern ihn wieder kleiner aussehen lassen, als er in Wirklichkeit war. Er trug einen nach Maß geschneiderten Khakianzug, der in der Taille und um die Hüften sehr eng saß. Das kurze, steife, schwarze Haar lag wie eine Kappe um den Kopf.

Benny, der stämmige kleine Mann mit dem Clowns-Gesicht, stelzte stolz umher und gestikulierte.

Valerez, der Fremde, hatte sein schwarzes Jackett über sein rosa

Hemd gezogen; in der dunkelroten Krawatte steckte ein Rubin. Sein schwarzes Haar glänzte. Er hatte ein blasses, schmales, hübsches Gesicht. Valerez stand ein wenig abseits von den anderen beiden.

Eine sorgfältige Auswahl meines Grabes, dachte Lloyd. *Ich kann ihnen dankbar sein – für eins wenigstens: es ist kein Platz mehr in mir für Furcht, Bedauern oder Gewissensbisse. Nur noch für Haß. Mein Leben endet hier. Die Lichter gehen aus. Ich sollte an die Ewigkeit denken oder mich der schönen Tage in meinem Leben erinnern. Und alles, woran ich zu denken vermag, ist, wie gern ich sie tot sehen würde.*

Tulsa machte eine ungeduldige Geste und schickte Benny zum Pontiac zurück. Dann trat er an den Chrysler, lehnte sich ins offene Fenster und sah Lloyd an.

»Ich werde es so leicht wie möglich für dich machen«, sagte er.

»Vielen Dank!« Die Worte kamen undeutlich aus Lloyds zerschlagenem Mund.

»Du hast mehr Mumm, mein Junge, als ich gedacht hätte. Harry hat befohlen, wir sollten es euch beiden ordentlich eintränken. Sie hat ihren Teil auch richtig bekommen. Aber ich finde, sie wußte, was sie tat, und du hast dich verführen lassen. Es ist unmöglich deine Idee gewesen. Deshalb will ich es dir leichtmachen. Du wirst nichts davon merken.«

»Nimm keine Rücksicht auf mich.«

»Ich werde Harry berichten, daß du es gut genommen hast. Und sie hat es schlecht genommen.«

Benny fuhr den Pontiac um den Chrysler herum und hielt genau mit dem Kühler vor dem Abgrund.

Tulsa fragte Valerez: »Wie lange wird es dauern, bis sie gefunden werden?«

»Das kann man nicht sagen. Eine Woche, einen Monat, vielleicht eine Stunde. Aber das spielt keine Rolle.«

»Wie, zum Teufel, meinst du das?«

»Du glaubst, diese Leute werden die Polizei holen? Sie kümmern sich lieber um Sachen, die Wert für sie haben, und wenn es einzelne Wagenteile sind, die sie im nächsten Dorf für ein paar Centavos verkaufen.«

Tulsa schnippte mit seinen dicken Fingern. »Verflucht noch mal, das hätte ich beinahe vergessen. Harry hätte schön gemeckert. Benny?«

»Ja?«

»Zieh ihr die Ringe ab!«

»Ringe? Gut.« Benny kletterte wieder in den Pontiac. Nach ein paar Augenblicken rief er Tulsa zu: »Sie sitzen zu fest!«

»Diese Ringe sind drei Tausender wert«, sagte Tulsa. »Harry hat es mir schon vor der Hochzeit erzählt.«

»Sechsunddreißigtausend Peso«, sagte Valerez nachdenklich.

Benny kam mit den Ringen zurück und gab sie Tulsa.

»Mach seine Füße frei!« befahl Tulsa. Valerez beugte sich in den Wagen und durchschnitt die Nylonstrümpfe.

Tulsa zog Lloyd nach der anderen Seite aus dem Wagen und stellte ihn auf die Füße. Lloyds Knie gaben nach. Tulsa fluchte und bückte sich, als ob er ihn auf die Schulter nehmen und zum anderen Wagen tragen wollte. Lloyd dachte, es läge eine kleine Chance darin, wenn es ihm gelänge, sich auf den Füßen zu halten. Keine Chance für ihn selbst; daran glaubte er nicht mehr.

»Ich kann selbst gehen«, sagte er und drückte seine Knie zusammen.

»Ein zäher Bursche!« sagte Benny bewundernd. »Wahrscheinlich hat er den falschen Beruf gehabt.«

Sie hielten seine Arme, Tulsa links, Benny rechts, und führten ihn zum Pontiac. Lloyd zwang sich mit dem, was er noch an Willensstärke aufbringen konnte, so gerade und kräftig wie möglich zu gehen. Tulsa ließ nicht locker, aber Benny. Lloyd fühlte, daß der Griff schwächer wurde, und warf sich mit letzter Energie nach rechts. Tulsa riß ihn zurück, aber Lloyds Schulter hatte Benny schon so heftig gerammt, daß dieser wankte, ganz losließ und zum Abgrund taumelte. Vor Schreck schrie er laut auf. Valerez erreichte ihn im letzten Augenblick und riß ihn am Handgelenk zurück. Lloyd versuchte, sich auf sie zu stürzen, um beide mit sich in die Tiefe zu nehmen, doch Tulsa hielt ihn fest.

Lloyd hatte seine letzte Energie verbraucht und sackte in den Knien zusammen. Valerez zerrte Benny auf die Straße zurück. Benny hockte eine Weile mit grauem Gesicht am Boden und fluchte vor sich hin, bis er langsam aufstand, zu Lloyd kam und ihn mit dem Fuß in die Seite trat.

»Verflucht noch mal, Tulsa!« sagte er. »Ich zittere richtig!« Wieder stieß er Lloyd mit dem Fuß.

»Hör auf damit!« rief Tulsa. »Stell ihn auf die Füße!«

»Ich habe mein Leben lang Angst davor gehabt, von etwas sehr Hohem herunterzufallen.«

Als sie ihn aufgerichtet hatten, sagte Lloyd: »Dann wirst du einmal auf diese Art sterben, Benny.«

»Was, zum Teufel, meinst du damit?«

»Jeder Mensch stirbt auf die Art, von der er am meisten Angst gehabt hat.«

»Er will mich auf den Arm nehmen, nicht wahr, Tulsa?«

»Halt den Mund und mach die Tür auf!«

Tulsa setzte Lloyd in den Wagen hinter das Lenkrad. Sylvia lehnte auf der anderen Seite gegen die Tür. Benny hatte ihr den kurzärmeligen, gelben Pullover und den pistaziengrünen Flanellrock angezogen.

Auf Tulsas Befehl wischten Valerez und Benny den Wagen überall da ab, wo ihre Fingerabdrücke hätten sein können.

»Wenn ich *los* sage, schiebt mit den Schultern – nicht mit den Händen!« befahl Tulsa. Er steckte seinen mächtigen Arm – mit einem Totschläger in der Hand – durch das Fenster.

»Das macht es dir leichter«, sagte er und schlug zu. Instinktiv warf Lloyd den Kopf zur Seite, und der Totschläger streifte nur seine Schläfe. Wie eine Explosion wallte neuer Schmerz in ihm auf, und wie aus großer Ferne hörte er Tulsa rufen: »Los!«

Lloyd war unfähig, sich zu bewegen, konnte aber nach vorn sehen.

»Halt!« schrie Tulsa und hielt den Wagen mit seiner ungeheueren Kraft noch einmal zurück. Lloyd merkte kaum, daß Valerez durch das Fenster die Nylons von seinen Handgelenken schnitt.

Wieder schoben sie. Der Wagen kam ins Rollen. Das rechte Vorderrad fiel zuerst. Es ging alles sehr langsam.

Nun – dachte Lloyd – *geschieht, worüber sie gesprochen haben. Wegen dieses Wagens habe ich lange mit dem Händler verhandelt. Wir konnten uns nicht einig werden, bis ich ihm erzählte, daß ich der Direktor des Hotels Green Oasis sei. Von da an herrschte eine ganz andere Atmosphäre, und wir teilten uns den Unterschied, über den wir uns nicht hatten einigen können. Ich fuhr gleich mit dem Wagen nach Hause, und er roch neu und gut und lief schnell. Es war dieselbe Woche, in der Danton Sylvia aus Los Angeles mitbrachte und sie ins Hotel zogen.*

Durch die Neigung nach rechts wurde Lloyd gegen Sylvias Körper geworfen. Er sah den steilen braunen Felsen unter sich, aus dem hier und da kümmerliche Bäume wuchsen. Der Wagen stürzte krachend. Die Welt schien unterzugehen. Lloyd wurde übel, doch plötzlich merkte er, daß er sich allein in der Luft drehte.

Er war aus dem Wagen gefallen.

Lloyd fror. Rings um ihn herum tönten unbekannte Geräusche. Langsam und mit großer Schwierigkeit drehte er den Kopf, bis seine Wange gegen eine scharfe Ecke stieß. Er öffnete die Augen und sah dicht vor sich nasse Felsen.

Regen schlug gegen das Gestein und verwandelte sich in silbrigen Nebel. Plötzlich zuckte das fahle Licht starker Blitze, und lauter Donner hallte zwischen den Bergen und erzeugte immer neue Echos. Langsam würde es Lloyd bewußt, daß er seltsam verbogen mit dem Rücken über irgend etwas Hartem hing. Die Blitze schlugen immer wieder ganz in der Nähe ein; dann verzog das Gewitter sich. Der Regen ließ nach und hörte ganz auf.

Lloyd war starr vor Kälte, aber bald schien die Sonne wieder, und die Felsen fingen an zu dampfen. Lloyd wußte nicht, wie er hierhergekommen war und wo er sich befand. Als er sich zu bewegen versuchte, durchfuhr ihn ein wilder Schmerz. Die rechte Hand und der rechte Arm schienen ihm wenigstens zu gehorchen. Er hielt die Hand dicht vor sein Gesicht und betrachtete sie wie etwas Fremdes. In der Handfläche war ein langer Riß und am Handgelenk eine große Fleischwunde, die stark blutete.

Zentimeter um Zentimeter drehte er sich nach rechts um. Das Harte, auf dem er lag, drückte ihn jetzt in die Seite. Er drehte sich weiter, lag schließlich mit dem Magen auf dem Gegenstand und blickte in einen furchteinflößenden steilen Abgrund aus braunen, in der Sonne dampfenden Felsen. Die wenigen verkrüppelten Bäume, die er sah, waren nicht dicker als sein Unterarm. Sehr weit unten erkannte er einen rot-weißen Farbfleck.

Lloyd wurde schwindlig, und er schloß die Augen. Der Farbfleck war sein Wagen oder das, was davon übriggeblieben war. Diese Erkenntnis schien in seinem Gehirn eine Schleuse zu öffnen, und die Erinnerung überschwemmte ihn förmlich. Das Blut pulsierte in seinen Schläfen.

Ich muß nachdenken, sagte sich Lloyd. *Ich hänge über einem Baum und habe mir alle Glieder gebrochen. Eigentlich müßte ich tot sein. Nur ein bißchen zu drehen brauche ich mich, bis ich von diesem Baum abrutsche. Nach dem ersten Aufschlag werde ich nichts mehr spüren. Es wäre zu schön, Tulsa Haynes wiederzusehen. Und Benny Bernholz. Und Giz Valerez. Und Harry Danton – das wäre vielleicht am allerschönsten.*

Lloyd war zumute, als ob der Baum ihn allmählich in zwei Teile schnitte. Er konnte seine Füße und Unterschenkel sehen. Beide Schuhe hatte er verloren; sie mußten beim Sturz aus dem Wagen weggerissen worden sein. Lloyds linker Fuß, in einem verrückten Winkel zur Seite verdreht, war dick geschwollen. Eine Zehe des rechten Fußes blutete. Er versuchte zu schlucken und konnte nicht. Sein Gesicht war unterhalb der Augen wie gelähmt. Er tastete mit den Fingern der rechten Hand danach und konnte nicht feststellen, was er berührte.

Er ließ den rechten Arm sinken und weinte über sich selbst und seinen zerschundenen Körper. Er stand an der Schwelle zum Tode, nur einen halben Schritt noch entfernt.

Er kämpfte gegen neue Bewußtlosigkeit an, die ihn überkommen wollte. Abermals musterte er den Abgrund. Dicht unter dem Baum, über dem er hing, war ein Felsvorsprung. Er wußte nicht, wie er sich so vorsichtig darauf hinunterlassen sollte, daß er nicht gleich weiter fiel. Aber es bot sich ihm nur diese winzige Chance – mit der Wahrscheinlichkeit, daß der Tod dadurch nur verzögert wurde.

Lloyd wußte, daß er dicht vor einer neuen Ohnmacht stand, packte jedoch trotzdem mit seiner verletzten Hand den Baum und fing an, seinen Weg nach unten zu erkämpfen. Erst hing er mit dem Bauch, dann nur mit der Brust über dem Baum, hakte seinen linken Ellbogen darüber und glitt weiter. Als er mit dem Kinn an den Baum kam, ließ ihn der linke Arm im Stich, und er schlug mit dem Kopf gegen den Baum. Seine Füße schlugen gegen den Felsen, und er schrie auf, als sein linkes Fußgelenk auf den Stein traf. Unter dem Gewicht seines Körpers rutschte seine rechte Hand ab, doch gerade zur rechten Zeit berührte sein rechter Fuß den Vorsprung. Mit Mühe und Not fand er Halt, stürzte indessen dabei so hart gegen den Felsen, daß er wieder in Ohnmacht versank.

Als er wach wurde, waren die Felsen blaugrau gefärbt, und über den hohen Bergspitzen jenseits des Abgrundes sah er die Sonne. Es dauerte eine Weile, bis ihm klar wurde, daß sie unterging, daß es Nacht wurde. Er hatte großen Durst, und sein Körper war steif geworden. Vorsichtig und unter Schmerzen bewegte er sich und versuchte, sich bequemer hinzulegen. Wenn dies der Ort war, an dem er auf den Tod warten sollte, wollte er es wenigstens so bequem wie möglich tun. Und abermals wurde er bewußtlos.

Er wurde wach, als die Sterne hoch am Himmel standen, und

glaubte vor Hitze zu glühen. In dieser Nacht sprach und schrie er im Fieber und hatte seltsame Visionen. Sein Schreien wurde als schwaches Echo von der gegenüberliegenden Wand des Abgrundes zurückgeworfen.

In der Morgendämmerung hörten die Visionen auf, und ihm wurde kalt. Es regnete, und obwohl er im Gesicht immer noch zuwenig Gefühl hatte, um zu wissen, ob sein Mund offen oder geschlossen war, spürte er tief in der Kehle kühle Regentropfen und konnte sie hinunterschlucken. Er zerrte sein regennasses Hemd mit der rechten Hand zum Gesicht und preßte es über seinem Mund aus. Das Wasser machte seinen Kopf klarer.

Als er imstande war, sich umzusehen, entdeckte er, daß der Felsvorsprung am Abgrund entlang nicht allzu steil nach unten lief. Er konnte seinen linken Ellbogen, die rechte Hand, den rechten Arm und das rechte Bein gebrauchen. Das linke Bein hing hilflos hinunter. Er legte sich auf den Bauch und kroch zentimeterweise nach unten.

Nach einer Weile – Lloyd wußte nicht, ob es zwei oder mehr Stunden waren – änderte sich die Struktur der Bergwand. Der Vorsprung fiel steiler ab, ging jedoch nur etwa hundertachtzig Meter tiefer in eine etwas flachere Sandfläche über, die mit runden Felsblöcken übersät war. Lloyd sah, daß sie bis in den Grund des Tales reichte, in dem ein Fluß mit üppig bewachsenen Ufern entlanglief.

Als die Sonne schien, trocknete sie ihn aus. Lloyd schätzte, daß es früher Nachmittag war, als er die Sandfläche erreichte. Er blickte auf das tief unten fließende Wasser hinunter und wußte, daß er den Weg dorthin schaffen mußte.

Wenn er den Sand erreichte, würde er einfach hinunterrutschen. Aber er konnte nicht mit den Füßen nach vorn rutschen, weil sich dabei sein hilfloses linkes Bein unter ihn schieben, herumdrehen und ihn ins Rollen bringen würde. Dann aber könnte er den Felsblöcken nicht ausweichen und würde sich noch mehr verletzen.

Lange dachte er über die Möglichkeit nach, einigermaßen sicher steuern zu können. Schließlich riß er mit großer Anstrengung einen Streifen von seinem Hemd ab. Damit band er beide Fußgelenke fest zusammen, so daß das linke Bein nicht mehr hin und her schlagen konnte. Dann schob er sich langsam auf den Sand und drückte die Ellbogen hinein. Er rutschte schneller und sah, daß er auf einen großen Felsblock zusteuerte. Er drückte den rechten Ellbogen tiefer in den Sand. Sofort änderte sich die Richtung, und er glitt scharf an dem Felsen vorbei.

Je schneller er wurde, desto mehr Sand rutschte mit ihm zusammen nach unten. Immer mehr Felsblöcke lagen umher, und das Steuern wurde immer schwieriger, bis er zur Seite fiel und ins Rollen kam. Das letzte Stück des Abhangs rollte er über harten Fels und landete bewußtlos in einem dichten Gebüsch.

In der blauen Dämmerung, dem von der Ostseite des Abgrundes zurückgeworfenen Sonnenlicht, kroch er zu dem Flüßchen. Er trank sich satt und kroch in die Büsche zurück, um am nächsten Morgen von der Sonne geschützt zu sein.

Am Vormittag kroch Lloyd wieder heraus und trank. Er hatte gehofft, kräftiger zu sein, fühlte sich jedoch schwächer. Als er getrunken hatte, wälzte er sich auf den Rücken, beschattete seine Augen und betrachtete die schwindelerregenden Felswände. Er versuchte, den Vorsprung zu entdecken, dem er seine Rettung verdankte, fand ihn aber nicht.

Er überlegte, wie weit entfernt er von dem zerschmetterten Wagen sein mochte, indem er die Augen schloß und sich den Blick vom Baum ins Gedächtnis zurückzurufen versuchte. Es wäre klug, dem Wagen möglichst nahe zu kommen, ohne sich allzuweit vom Wasser zu entfernen. Vielleicht entdeckte jemand von oben den Wagen und kletterte herunter, um ihn zu untersuchen. Es war eine schwache Möglichkeit.

Der Wagen mußte in jener Richtung liegen, vielleicht zweihundert Meter, vielleicht mehr entfernt. Er wollte es versuchen; etwas anderes blieb ihm sowieso nicht übrig.

Während er darüber nachdachte, klopfte sein Herz heftiger. Der Wagen war nicht verbrannt, und Sylvia hatte die Angewohnheit gehabt, alles mögliche im Handschuhfach aufzuheben. Keks, Cracker, Konfekt. Es mußte etwas da sein, genug, um ihm über ein oder zwei Tage hinwegzuhelfen.

Er kroch mühsam vorwärts, die einzige Art, in der er sich bewegen konnte.

Von Zeit zu Zeit richtete er sich etwas auf, um die Gegend überblicken zu können. Das gegenüberliegende Ufer kam ihm günstiger vor, und so kroch er an einer seichten Stelle durch den Bach. Das Wasser linderte die Schmerzen und tat den vom Kriechen abgescheuerten Knien und Ellbogen gut.

Auf dieser Uferseite fand Lloyd einen Strauch mit dunklen Beeren. Er pflückte einige und wußte nicht, wie er sie essen sollte, denn sein Unterkiefer war gebrochen und hing herunter. Lloyd zerdrückte die Beeren mit den Fingern und steckte sie tief in die Kehle, so daß er sie schlucken konnte. Sie schmeckten entsetzlich bitter, und er hustete sie wieder aus. Die Keks und Cracker würden ein Problem sein. Vielleicht fand er im Wagen irgendein Gefäß, dem er sie aufweichen und wie Suppe trinken konnte.

Unter der hochstehenden Sonne bewegte er sich weiter vorwärts, bis er ein seltsames Geräusch hörte. Er sah einen häßlichen schwarzen Vogel auffliegen, hörte ihn krächzen und sah ihn wieder heruntergleiten. Noch ein Vogel flog auf und glitt wieder herunter.

Dann hatte Lloyd eine freie Fläche vor sich und sah, wie sie sich mit ausgebreiteten Flügeln stritten. Und noch etwas sah er: die beschmutzten pistaziengrünen und gelben Stofffetzen.

Er schrie die Vögel an, und sein Schreien ähnelte ihrem Krächzen. Er warf kleine Steine nach ihnen und kroch unter Schmerzen schneller vorwärts. Die Vögel flogen davon, setzten sich auf Bäume in der Nähe und beobachteten ihn. Sie schienen seine Schwäche zu erkennen und warteten geduldig.

Den Rest des Nachmittags arbeitete Lloyd mit der wütenden Energie eines Geisteskranken. Er benutzte zuerst die leichten, dann die schwereren Steine zum Werfen, aber bald wurden alle Steine knapp. Immer weiter mußte er wegkriechen, manchmal so weit, daß er erst zurückkam, wenn die Vögel Mut gefaßt und sich wieder am Boden niedergelassen hatten.

Schließlich fing er an, über Sylvia einen Steinhaufen zu errichten, und schaffte es mit viel Mühe. Fast der ganze Rest des Tages ging darüber hin.

Als er fertig war, verließ Lloyd die Kraft, und er lag auf dem Rücken, ohne sich zu rühren. Die Vögel schienen es aufgegeben zu haben; ein Teil von ihnen flog davon. Er sah ihnen nach, wie sie langsam aus dem Canyon flatterten, bis sie an den Berghängen in Aufwind kamen und anmutig davonschwebten, ohne die Flügel zu bewegen.

Er wandte den Kopf und blickte auf den Steinhaufen. Er wünschte, laut sprechen zu können, aber irgend etwas, das wie eine Sperre war, hinderte ihn daran. Er betete in Gedanken.

Ich habe seit vielen Jahren nicht gebetet. Ich bete nicht für mich, sondern für sie. Sie hieß Sylvia und hat gesündigt. Sie war schön und nur sechsundzwanzig Jahre alt, als sie starb. Sie starb voller Schrecken und Scham und Entwürdigung. Für das, was sie gesündigt, hat sie während ihrer letzten Stunden auf Erden mehr als genug gutgemacht. Diese Stunden waren die Hölle für sie. Sie verdient keine Strafe mehr. Nimm sie in Deine Obhut, Herr!

Lloyd kroch zum Bach und trank. Er wußte, daß er nicht weiterkommen würde und daß der Wagen bis zum nächsten Tag warten mußte – wenn er, Lloyd, den nächsten Tag noch erlebte. Er kroch in den Schutz des Strauchwerks, lag dort auf dem Rücken und beobachtete durch die grünen Blätter, wie der Tag zu Ende ging.

3

Wenn er den Kopf nach links wandte, konnte er das helle, unregelmäßige Rechteck der Tür und die Sonne draußen sehen. Er lag auf einer raschelnden, weichen Unterlage, nur wenig höher als der Fußboden, der aus gestampfter Erde bestand. Er blickte gern hinaus, wobei er einen Hügel und ein Stück Himmel sehen konnte. Der Hügel war kultiviert. Manchmal sah er Menschen auf den unglaublich steilen Feldern arbeiten.

Spät am Tag wanderten die Sonnenstrahlen langsam über den erdigen Fußboden. Ihn selbst erreichten sie nicht; ehe es dazu kam, verschwand die Sonne hinter einem Berg. Er wollte seine Hände heben, aber sie waren zu schwer. Sie zitterten ständig, waren blaß und knöchern. Die rechte Handfläche hatte tiefe Narben. Das linke Handgelenk war noch geschwollen und ließ sich nur wenig bewegen. Er konnte es nach vorn biegen, aber nicht von einer Seite zur anderen.

Oft befühlte Lloyd sein Gesicht. Sein Unterkiefer war in der richtigen Stellung festgebunden worden, offenbar durch ein Stück ungegerbten Leders. Er hatte einen dichten Bart, dazwischen jedoch glatte Stellen, auf denen keine Haare mehr wuchsen. Seine Nase fühlte sich wie ein Knopf und die linke Gesichtshälfte merkwürdig hohl an. Seine Zunge glitt über zersplitterte Zahnstümpfe.

Nachts schliefen in diesem kleinen Raum und in einem danebenliegenden sechs Menschen. Sie kochten auch hier, mit Holzkohle, die auf einem Stück Blech lag. Bei besonderen Gelegenheiten wurde eine alte Laterne angezündet. Der Rauch suchte sich seinen Weg durch ein Loch im Strohdach. Manchmal, wenn der Wind aus einer ungünstigen Richtung wehte, mußten sie alle husten und würgen. Es dauerte lange, bis Lloyd die Menschen unterscheiden und ihre Namen aus der Unterhaltung heraushören konnte. Irgendwann fing er an, auf ihre Namen zu achten. Er stellte sogar Mutmaßungen darüber an, wie sie untereinander verwandt sein mochten, und versuchte, Worte und Phrasen aus ihren Gesprächen zu erkennen.

Drei Kinder waren da, alles Jungen. Pepe war etwa zwölf, Armanditi acht, Felipe vielleicht sechs Jahre alt. Glückliche Kinder mit breiten, einander sehr ähnlichen Gesichtern. Oft kamen sie zu ihm und betrachteten ihn neugierig.

Der Hausherr hieß Armando, ein untersetzter, brauner Mann mit einem zähen, lederartigen Gesicht und einem dichten weißen Haarschopf. Seine Frau, die Mutter der Jungen, hieß Concha und mochte etwa dreißig Jahre alt sein, ungefähr zwanzig Jahre jünger als Armando. Concha war eine schwere, gelassene Frau, die Lloyd manchmal fütterte, indem sie Suppen oder dicke Pasten mit einem Löffel durch das Loch schob, in dem seine Zähne gesessen hatten, ihn sanft stützte, wenn sie den irdenen Topf mit kaltem Wasser an seine Lippen hielt, aber auch energisch zufaßte, wenn sie seinen Körper von oben bis unten wusch.

Meist pflegte ihn das Mädchen, das Isabella hieß und Bella oder Bellita gerufen wurde. Sie schien siebzehn, achtzehn Jahre alt zu sein, ein kräftiges Mädchen mit breitem braunen Gesicht, dicken, schwarzen Augenbrauen und schwarzem, zu Zöpfen geflochtenem Haar, das so hart und glänzend war wie der Schweif eines Pferdes.

Sie kümmerte sich den Tag über um ihn, wenn die anderen draußen arbeiteten, duftete nach Sonne, Erde und Schweiß, behandelte ihn unpersönlich, aber doch sanft, und summte manchmal dabei vor sich hin, wie man es bei kleinen Kindern macht, die man trösten will. Lloyd wußte, daß sie nicht direkt zu dieser Familie gehörte, sondern nur entfernt mit ihr verwandt war. Sie unterrichtete die Jungen, ließ sie irgend etwas gemeinsam aufsagen und brachte ihnen mit einem zugespitzten Stock auf einem Fleck geglätteter Erde das Schreiben bei.

Ab und zu kamen andere Leute ins Haus, und es gab viel Geschwätz und viel Lachen, oft auch Musik und Gesang. Daß es arme Leute waren, sah Lloyd. Sie arbeiteten schwer. Manchmal kamen zwei, drei Frauen und besuchten Concha. Sie saßen stundenlang mit gekreuzten Beinen auf dem Fußboden und mahlten mit steinernen Rollen auf flachen Steinen Mais. Mit Wasser und Limonensaft machten sie aus dem Mehl einen Teig und schlugen ihn zu Tortillas. Das rhythmische Klatschen mischte sich mit dem Klang ihrer hellen Stimmen, während sie in der brütenden Hitze unverdrossen arbeiteten und sich unterhielten.

Sie waren saubere Menschen und benutzten eine grobe Seife. Lloyd hörte nicht weit entfernt herabfallendes Wasser. Isabella trug ihre Zöpfe manchmal wie eine Krone um den Kopf gewickelt; zu anderen Zeiten hingen sie herunter.

Manchmal kamen Ziegen an die Tür und blickten neugierig ins Haus. Wenn die knochigen, ängstlichen Küken hereinkamen, wedelte Concha mit ihrem Rock und jagte sie hinaus.

Lange empfand Lloyd nur völlige Müdigkeit und äußerste Erschöpfung, so daß er nichts tun und sich auch nicht auf das konzentrieren konnte, was um ihn herum vorging. Sein Interessenkreis war so groß wie der eines Kindes, und meist schlief er. Er versuchte nicht zu sprechen, träumte auch nicht.

Doch im Laufe des Sommers interessierte er sich auch mehr für seine Umgebung und fing an, sich öfter zu bewegen. Wenn er sich mit Mühe in eine halb sitzende Stellung gebracht hatte und nach seiner Schüssel griff, ließ Isabella ihn allein essen, bis seine Hände und Arme nach einer Weile zu schwach wurden.

Er fing an, im Liegen seine Muskeln zu üben, Arme und Beine, Schultern, Rücken und Bauch, und gewann langsam an Kraft. Er versuchte auch, Worte zu wiederholen, die er hörte. Durch sein verbundenes Kinn war seine Aussprache kehlig und zischend, doch konnte er *Gracias* so zu ihnen sagen, daß sie es verstanden, ihm zulächelten und sehr stolz waren. Er hörte zu, wenn sie sich unterhielten, aber wenn er auch hier und da einen Satz verstand, so konnte er doch der ganzen Unterhaltung noch nicht folgen.

Schließlich merkte Isabella es und nahm die Sache in die Hand. Sie setzte sich mit untergeschlagenen Beinen neben Lloyds Strohlager, machte ein ernstes Gesicht und sprach mit der überlegenen Stimme, mit der sie die kleinen Jungen unterrichtete. Sie wies auf ihren Kopf, sagte *Cabeza* und wartete, bis Lloyd das Wort mit seiner sonderbaren Aussprache wiederholte. Darauf nahm sie eine ihrer schweren Haarflechten in die Hand. *Pelo*. Dann kamen die Worte für Hand, Fuß, Arm, Nase, Auge, Mund, Zunge, Zähne, Hals, Finger, Knie, Ohr, Magen, Herz. Dann deutete sie stumm auf die Dinge, deren Namen sie eben genannt hatte. Beim erstenmal fehlten Lloyd ein paar davon, doch beim zweitenmal konnte er sie alle wiederholen. Sie lächelte ihn breit und vergnügt an.

An einem dieser Tage schaffte Lloyd es, während die anderen weg waren, durch die Tür zu kriechen, sich zitternd vor Anstrengung an die Adobe-Mauer zu lehnen und sich von der prallen Sonne bescheinen zu lassen. Er blickte zu den Hügeln hinauf und ins Tal hinunter und sah andere Hütten, alle mit Strohdächern. Sie waren in die Hügel hineingebaut worden, halb Hütte, halb Höhle.

Lloyd sah einen funkelnden Wasserfall, einen Strom, der aus einer Felsspalte hervorschoß und wie Silber glänzend drei Meter tief hinabfiel.

Lloyd blickte in das weite Blau des Himmels und hinunter zu seinen ausgestreckten Beinen. Nach seiner Schätzung wog er nicht mehr als hundertzehn Pfund, während er früher mit seiner Größe von 1,87 hundertundsechzig Pfund gewogen hatte, ein Mann mit starken Knochen und geschmeidigen Muskeln.

Als sie zurückkamen, stießen sie Rufe des Erstaunens aus und halfen ihm zu seinem Strohlager zurück. Von da an hatte Lloyd jeden Tag Unterricht. Als die Worte, die er lernen sollte, in ihrer Bedeutung abstrakter wurden, mußte Isabella sie ihm schauspielerisch klarmachen. Sie saß dann eine Weile und starrte stirnrunzelnd die Wand an, sprang schließlich auf und versuchte, pantomimisch die Bedeutung des Wortes darzustellen, das er lernen sollte. Er sah zu und lauschte und lachte, er würde diese Sprache nie im Leben lernen.

Plötzlich und dramatisch kam eines Abends der Wechsel. Alle saßen draußen im Mondlicht und unterhielten sich, und Lloyd gab sich keine Mühe, sie zu verstehen. Doch als ob in seinem Gehirn jemand einen Schalter umdrehte, entdeckte er von einer Minute zur anderen, daß er sie verstand. Sie sprachen von einem Roberto und ob es Zeit für ihn sei, wieder nach Talascatan zu gehen, und was alles er aus dem Dorf mitbringen sollte. Lloyd setzte sich hoch und war sehr aufgeregt. Er lauschte. Viele Worte verstand er nicht, konnte jedoch dem Sinn der ganzen Unterhaltung deutlich folgen. Er verstand Worte, von denen er glaubte, sie nie gehört zu haben. Sie mußten ihm, ohne daß er etwas davon ahnte, ins Gedächtnis geschlüpft sein, als er dicht vor dem Tode stand.

Von nun an unterhielten Isabella und Lloyd sich in einfachen Sätzen. Wenn die anderen begriffen, daß sie langsam sprechen mußten, konnte er sich auch mit ihnen unterhalten. Eines Nachmittags brachte Armando einen Mann mit nach Hause, als Lloyd gerade draußen saß. Sie hockten sich an seine Seite, fingerten an seinem verbundenen Kiefer herum und stritten sich heftig.

Lloyd hörte heraus, daß Armando den Kiefer für gut geheilt hielt und daß er nicht länger verbunden zu bleiben brauchte. Der andere Mann, Rosario, behauptete, daß bei einem sehr kranken Mann die Knochen langsamer heilten. Armando sagte hitzig, wenn er noch länger verbunden bliebe, würde der Kiefer nie mehr richtig arbeiten. Zuletzt schnitten sie die Lederbinde ab. Sie hatte sich so sehr in das Fleisch unter dem Kiefer hineingezogen, daß sie äußerst vorsichtig gelöst werden mußte.

Beide Männer waren hocherfreut, als Lloyd ihnen in so deutlicher Sprache dankte, wie er sie bisher nicht über die Lippen bekommen hatte. Die Muskeln jedoch waren beträchtlich verkümmert, weil sie so lange nicht benutzt worden waren. Wenn Lloyd aufrecht saß, wollte der Unterkiefer nicht gehorchen, und er konnte ihn nur mit Mühe festhalten. Zuerst konnte er auch nicht kauen und – während die Muskeln allmählich wieder ihre Kraft gewannen – dann lange Zeit nur mit den hintersten Zähnen.

Die Sonne stieg nicht mehr so hoch am Himmel, und die Nächte wurden kühler. Als Lloyd danach fragte, erklärte Isabella ihm, daß man den 17. Oktober schriebe. Lloyd bekam fast einen Schreck, als er überlegte, wie viele Monate hier für ihn vergangen waren. Fünf Monate und acht Tage, seit sie ihn in den Abgrund gestürzt hatten.

An diesem Tag lief er zum erstenmal, stützte sich dabei schwer auf die kräftigen Schultern Isabellas und schwitzte vor Anstrengung. Zehn Schritte schaffte er, während sie ihm ermutigend zulächelte. Sein linkes Fußgelenk war sehr steif, wenn auch nicht gelähmt. Er konnte es bewegen, aber nur unter starken Schmerzen. Drei Tage lang war es so geschwollen, daß er keine neuen Gehversuche mehr machen konnte, doch bald würde er kurze Strecken ohne Hilfe gehen können. Er kam sich viel zu groß, gebrechlich und unsicher vor, wie ein Mann auf einem Drahtseil. Aber Appetit und Kraft nahmen jetzt zu, und bald auch sein Gewicht.

Bis jetzt hatte er mit niemandem hier über Vergangenheit oder Zukunft gesprochen. An einem Tag, der kälter als alle bisherigen war, kam Isabella mit einem seltsam schüchternen Ausdruck im

Gesicht zu ihm. Sie hielt etwas in der Hand und fragte: »Darf ich das hier tragen?«

Lloyd nahm es und brauchte eine Weile, bis er sich daran erinnerte. Es gehörte in ein anderes Leben – ein Leben vor seinem jetzigen. Es war einer von Sylvias Pullovern, dunkelroter Kaschmir mit einem weißen Streifen am Hals.

Er gab es ihr zurück und fragte: »Sind noch mehr Sachen da?«

»Ja. Für sie und für dich. Eine Menge.«

»Es ist kälter geworden. Du und Concha, ihr müßt ihre Sachen nehmen und tragen. Sie ist tot.«

»Ich weiß. Wie hieß sie?«

»Sylvia. Und was von den anderen Kleidungsstücken den Jungen paßt, müssen sie anziehen. Ich will alles so mit euch teilen, wie ihr alles mit mir geteilt habt.«

Sie dankte ihm und trug von nun an Sylvias Sachen. Die Röcke waren ihr zu lang. In der Taille paßten sie, spannten aber über Isabellas stärkeren Hüften. Anfangs genierte sie sich, dann war sie stolz und zufrieden.

Armando trug etwas befangen eins von Lloyds Tweed-Jacketts. Es paßte in den Schultern, reichte jedoch beinahe bis zu den Knien.

Eines Tages fragte Lloyd Isabella: »Wie bin ich eigentlich hierhergekommen?«

Sie blickte ihn lange forschend an und nickte schließlich. »Es wird Zeit, darüber zu sprechen. Ich werde es meinem Onkel sagen.«

An diesem Abend hatten sie eine Besprechung. Ziegenfelle hingen als Schutz gegen die Nachtkälte vor der Tür. Jetzt wurde auch das Feuer jede Nacht hindurch unterhalten. Bei dieser besonderen Gelegenheit brannte auch die Laterne. Die Jungen wurden ins Nebenzimmer geschickt. Armando, Concha, Isabella, der Mann, der Roberto hieß, und Lloyd setzten sich um die Laterne herum.

»Wir müssen sprechen«, sagte Armando und reichte Lloyd einen Gegenstand, in dem dieser seine Brieftasche erkannte. Lloyd wollte unwillkürlich hineinschauen, ließ es jedoch. Es wäre taktlos gegen seine gütigen Gastgeber gewesen. Er legte sie wie gleichgültig beiseite und sagte: »Vielen Dank.«

»Es sind vierunddreißig amerikanische Dollar und elfhundertzehn Peso darin – sehr viel Geld«, sagte Armando.

Aber nicht genug, dachte Lloyd, *als daß es Tulsa oder Benny gereizt hätte, es zu nehmen. Allerdings gehörte auch das mit zu der Inszenierung des Unglücks für den Fall, daß ich tot gefunden worden wäre.*

»Ich bin dir dankbar, weil du es für mich aufgehoben hast«, sagte er.

Armando nickte ernst und fing an zu erzählen. Das, was Roberto beizutragen hatte, erzählte er selbst. Beide sprachen Lloyds wegen sehr langsam. Roberto hatte nach einem Waldbrand in den Bergen Holzkohle gesammelt und zwei Esel zum Tragen mitgenommen. Als er in das Tal hinunterblickte, hatte er Metall schimmern sehen. Auf dem Nachhauseweg hatte er darüber nachgedacht und war zwei Tage später mit einem Esel noch einmal ins Tal gegangen. Er hatte Señor Lloyd ohne Verstand und fast im Sterben liegend gefunden und lange auf seinen Tod gewartet, der jedoch nicht kam. Schließlich hatte er ihn auf dem Esel festgebunden und hierhergebracht. Auch auf dem sieben Stunden langen Weg war Lloyd nicht gestorben, obwohl Roberto es fest erwartet hatte.

Als Gebirgsbewohner waren sie an gebrochene Knochen und ihre Behandlung gewöhnt. Sie banden den Kiefer, das Hand- und daß Fußgelenk vielleicht nicht ganz so gut fest, wie ein Arzt es getan hätte, aber doch gut genug. Lloyds Fieber war sehr hoch. Sie gaben ihm die Heilmittel, die sie kannten, und warteten darauf, daß er stürbe. Für sie war es ein sonderbares Problem. Wenn Lloyd starb, gehörten sein Geld und die Sachen aus dem Wagen gerechterweise Roberto und seinem Vetter Armando; denn Armando hatte Roberto, als er dessen Geschichte hörte, aufgefordert, das Tal zu durchsuchen, und deshalb Anspruch auf einen Anteil.

Töten konnten sie Lloyd nicht; sie waren keine Mörder, wenigstens nicht, wenn sie keinen gerechten Grund hatten, und materieller Vorteil war kein gerechter Grund. Es wäre auch Mord gewesen, wenn sie seine Wunden vernachlässigt hätten. Als anständige Menschen mußten sie ihn so gut wie möglich pflegen. Wenn er gestorben wäre, hätten sie das Geld und seine anderen Besitztümer ohne Bedenken genommen. Wenn er am Leben blieb, durften sie es nicht.

Lloyd war am Leben geblieben und wurde von Tag zu Tag stärker. Wenn die Zeit kam, würden sie ihm die Augen verbinden, und Roberto würde ihn zu einer Stelle führen, von der aus er mit Leichtigkeit das Dorf Talascatan erreichen konnte. Das Verbinden der Augen war bedauerlich, doch aus Gründen notwendig, die Lloyd noch einsehen würde.

Und nun erklärten sie ihm, weshalb sie keinen Arzt zu ihm geholt hatten. Mit den Kindern lebten achtundzwanzig Menschen in diesem Tal. Sie hatten Streitigkeiten in Pinal Blanco, einem Ort zwei Dörfer hinter Talascatan, gehabt, überdies Ärger wegen der Steuern. Es war zu einem Totschlag gekommen, und auf die Köpfe mehrerer Männer von ihnen waren Preise gesetzt worden. Sie standen vor der Wahl, Banditen zu werden oder in der Einsamkeit friedlich zu leben. Da sie weder Diebe noch Mörder waren, zogen sie in dieses versteckt liegende Tal, in das man nur unter großen Schwierigkeiten gelangen konnte.

Roberto, der als einziger nicht belastet war und nicht verfolgt wurde, holte aus Talascatan, was sie brauchten. Es war ein friedliches Leben hier, das jedoch seine Schwierigkeiten bot.

»Kein Arzt, keine Schule, keine Kirche. Aber immer noch besser, als Bandit zu sein, nicht wahr?« sagte Armando. »Aber auch du hast Feinde, Señor Lloyd, nicht wahr?«

»Es sind Feinde aus meinem Vaterland, die mich bis hierher verfolgt haben. Sie entdeckten mich in einem Hotel in Talascatan, erwürgten die Frau, setzten uns in meinen Wagen und schoben uns in den Abgrund.«

Einen Augenblick lang starrten sie ihn entsetzt an.

»Ich weiß nicht, wie du das überlebt hast«, sagte Armando.

»Sie haben mich für tot gehalten.«

Armando strich sich übers Kinn. »Weswegen haben sie dann aber nicht dein Geld genommen?«

»Sie haben mir genug Geld weggenommen, so viel, daß das wenige, das sie mir gelassen haben, unwichtig für sie war.«

»Was willst du tun?«

»Wenn ich stark genug bin, werde ich in mein Vaterland zurückkehren und sie umbringen.«

Armando und Roberto nickten.

»Es sind vier«, sagte Lloyd.

Roberto meinte: »Es ist ein Wunder, daß ein so kranker Mann es fertigbekommen konnte, einen solch großen Steinhaufen über die Leiche der Frau zu häufen!«

»Damit die Aasgeier nicht an sie heran konnten«, sagte Lloyd. »Ich war wütend über sie.«

»Wenn du solche Wut aufbringen kannst«, sagte Roberto, »kannst du deine Feinde mit den bloßen Händen umbringen, wenn du erst ganz gesund bist.«

»Alle, bis auf einen. Gegen ihn bin ich ein Kind.«

»Dann nimm das Messer!«

Er sah sie an und erkannte, daß er immer noch nicht so offen zu ihnen gesprochen hatte wie sie zu ihm. Er suchte nach Worten, weil er jetzt über abstrakte Überlegungen sprechen und dabei Schwierigkeiten haben mußte.

»Ich muß euch noch etwas erklären. Mit dem Geld und der Frau habe ich nicht ehrlich gehandelt.«

»Du brauchst es uns nicht zu erzählen«, sagte Armando.

»Ich halte es doch für nötig.« Lloyd sah Isabella an, die auf ihre gefalteten Hände hinunterblickte. »Das Geld und die Frau gehörten nicht mir. Ich habe sie jemandem weggenommen. Deshalb bin ich verfolgt worden.« Sie hörten ihm mit ausdruckslosen Gesichtern zu. »Ich habe das Geld gestohlen, aber es war vorher anderen Leuten gestohlen worden. Ich habe die Frau gestohlen, aber sie war zart und unglücklich und ist oft geschlagen worden. Sie bat mich, sie von dort wegzubringen, und ich wollte sie glücklich sehen. Die Männer haben uns gefunden. Vielleicht habe ich nicht ehrenhaft gehandelt, doch ihre Handlungen waren die von Bestien – am meisten gegen die Frau, ehe einer sie erwürgte. Deshalb muß ich sie umbringen. Ich werde erst wieder ein Mann sein, wenn ich das geschafft habe.«

In seinem Vaterland hätte er das nicht sagen können, ohne sich lächerlich und melodramatisch vorzukommen. Er überlegte, ob er diesen unwiderstehlichen Drang zu töten an einem anderen Ort und zu einer anderen Zeit selbst verstanden hätte. Hier jedoch wirkte es selbstverständlich, und er sah, daß Armando und Roberto ihm recht gaben. Hier wurde die Berechtigung der Rache nicht in Frage gestellt. Sie war eine Sache der Ehre.

Nach langem Schweigen ergriff Armando Lloyds Hand und schüttelte sie nach amerikanischer Art.

»Es ist gut, daß du uns das alles erklärt hast«, sagte er.

Als seine Hand wieder frei war, öffnete Lloyd die Brieftasche und nahm die Pesos heraus. Einen Augenblick lang hielt er sie in der Hand, drehte sich dann um und legte sie in Conchas Schoß. »Ihr braucht viele Sachen. Das ist keine Bezahlung, sondern ein Geschenk. Ich möchte mit deiner Erlaubnis, Armando, hierbleiben, bis ich wieder meine alte Kraft habe. Wenn ich arbeiten kann, werde ich es tun. Mit dem Geld kann Roberto im Dorf für alle einkaufen, was sie nötig haben. Mehr warme Kleidung für die

Kinder, Serapen für die Männer, Rebosas für die Frauen und Wolldecken.«

Concha berührte das Geld und blickte scheu zu Armando hinüber. Er nickte. »Vielen Dank«, sagte sie. »Im Winter ist es sehr kalt hier.«

Roberto ging und kam stolz mit einer Flasche Mescal zurück. Der Schnaps schmeckte wie Möbelpolitur mit Schwefelsäure und wirkte wie ein unerwarteter Schlag auf den Kopf. Rosario erschien mit einer zerkratzten Gitarre. Sie sangen und tanzten. Immer mehr Menschen kamen, bis Lloyd dachte, jetzt wären alle achtundzwanzig im Haus, die zu dieser kleinen Gemeinschaft gehörten. Er saß auf seinem Strohlager, mit dem Rücken an die Wand gelehnt, grinste, beobachtete, schlug den Takt und trank jedesmal, wenn einer es für nötig hielt, ihm etwas einzuschenken. Elfhundert Peso waren etwas mehr als neunzig Dollar, aber ein Fest verdienten sie.

Isabella kam und setzte sich neben ihn, rot und mit feuchter Stirn von der Anstrengung des Tanzens. Sie nippte an seinem Becher. Lloyd ergriff ihre Hand, und sie versuchte, sie wegzuziehen, aber er hielt sie fest. Sie saß steif aufgerichtet und hatte ihr Gesicht abgewandt.

»Findest du es sehr schlimm«, fragte er, »das gestohlene Geld und die gestohlene Frau?«

»War sie schön?« Sie sprach so leise, daß er sie in dem festlichen Lärm kaum verstand.

»Für manche Männer sicher.«

»Für dich?«

»Eine Zeitlang.«

Das schien ihr zu gefallen.

»Wo ist deine Familie, Isabella?«

»Hier.«

»Ich meine deinen Vater und deine Mutter, Schwestern, Brüder.«

Sie sprach fast gleichgültig. »Oh, sie sind tot. Bei den Kämpfen in Pinal Blanco umgekommen. Mein Vater war einer der Anführer. Der Bruder von Armando. Wir hielten uns für stärker und waren deshalb leichtsinnig. Sie kamen in der Nacht zu den Häusern aller, die mit uns verschworen waren. Etwa vierzig Menschen wurden in jener Nacht umgebracht und viele Häuser verbrannt. Es war ein Dorf von hundertfünfzig Einwohnern. Viele Jahre lang vor meiner Geburt hatte es schon Aufstände und Kämpfe gegeben. Mein

Vater, meine Mutter, mein Bruder und zwei jüngere Schwestern starben. Wir sind ein grausames Volk. Wenn es hart auf hart kommt, werden selbst die Kinder umgebracht. Ich habe das hier abbekommen.«

Sie zog ihren Rock hoch und zeigte ihm auf dem Oberschenkel eine lange, weiße Narbe. Dann strich sie den Rock wieder über den Knien glatt.

»Du scheinst nicht mehr traurig zu sein?«

»Ich bin sehr traurig, wenn ich daran denke, Lloyd, aber ich denke nicht oft daran. Unser Haus war beinahe das beste im ganzen Dorf.«

»Wie lange ist es her?«

»Ich war dreizehn – vor fünf Jahren also.«

»Könntest du jetzt wieder dahin zurückgehen?«

Sie sah ihn erstaunt an. »Zurückgehen? Die Tochter vom Emiliano Calderon Vega? Das einzige Kind des Führers? Ich würde keine Nacht am Leben bleiben!«

»Das verstehe ich nicht.«

»Es ist sehr einfach. Jetzt gibt es noch achtundzwanzig Feinde der anderen Partei dort, und eines Tages werden es hundert sein, viele von ihnen junge, starke Männer. Manchmal gibt es jahrelang Krieg zwischen einzelnen Dörfern. Zuweilen dauert es hundert Jahre und länger. Polizei und Soldaten spielen keine Rolle dabei. Als ich ein kleines Kind war, gab es irgendeinen Streit zwischen zwei Dörfern. Als alle Männer eines dieser Dörfer weit weg auf ihren Feldern arbeiteten, kamen die Männer des anderen Dorfes und brachten Frauen, Kinder und alte Männer um. So ist unser Volk nun einmal.«

»Also wirst du heiraten und Söhne bekommen und sie zum Haß erziehen.«

»Ich werde nie heiraten, Lloyd.«

»Weshalb nicht?«

»Sieh dir die Menschen da an. Findest du einen einzigen jungen Mann darunter? Du siehst alte Männer, die verheiratet sind. Du siehst kleine Mädchen, kleine Jungen und ein paar Witwen. Der älteste Junge ist Pepe. Wenn er sechzehn ist, werde ich einundzwanzig sein. Und bis dahin gibt es drei Mädchen zwischen fünfzehn und sechzehn. Überdies ist er mein Neffe. Nein – ich bin dazu geboren, ewig Tante zu bleiben und die Kleinen zu unterrichten, weil ich selbst zur Schule gegangen bin, wenn auch viel zu kurze Zeit. Ich wollte einmal zur Universität gehen und eine angesehene Lehrerin werden.«

»Wenn ihr nun eines Tages stark genug wäret, euer Dorf wieder zu nehmen – müßtet ihr dann ewig damit rechnen, daß die anderen einmal noch stärker sein und euch umbringen würden?«

»Das ist durchaus möglich.«

»Armando sprach doch aber von politischen Gründen und Steuern...«

»Die Gründe werden schlimmstenfalls an den Haaren herbeigezogen.«

»Ich sehe keinen richtigen Sinn dahinter.«

Sie nahm seinen Becher und trank. »Du bist ein *poco borracho*, Lloyd. Muß man hinter allem einen Sinn suchen? Es ist eine Frage der Ehre. Du gehst und willst töten, weil du mußt, nicht wahr?«

»Ja.«

»Du tötest und bist in deinem Herzen wieder ein Mann. Dann lebst du ein Jahr lang als Mann, bis plötzlich Freunde der Männer kommen, die du getötet hast, und dich umbringen. Ist das nicht möglich?«

»Ja.«

»Und du fragst nach dem Sinn! Ist es nicht Sinn genug, daß du ein Jahr lang als Mann gelebt hast? Wenn es nur ein Monat wäre, oder eine Woche, oder sogar nur ein Augenblick – hat dieser Augenblick dann nicht das Leben gelohnt?«

»Ich weiß es nicht.«

»Du weißt es nicht? Ich werde dir etwas sagen. Wie wäre es, wenn du im Inneren gesagt hättest: Ich werde nicht hingehen und sie umbringen. Es ist zu schwer und zu gefährlich. Ich lebe. Ich bin glücklich. Ich will sie vergessen und am Leben bleiben. Was wärst du dann? Ein Tier, das sich in der Einsamkeit versteckt. Könntest du eine Frau gerade ansehen? Könntest du mit Männern trinken und lachen? Nein! Du würdest dauernd fürchten, daß deine Feigheit entdeckt wird. Jetzt bist du ein Mann, weil du weißt, was du zu tun hast, und weil du es tun wirst. Es gibt dir Befriedigung. Siehst du das nicht an den Menschen hier? Was würde aus uns werden, wenn wir sagten, wir hätten zu große Angst und wollten nie mehr zurückgehen? Würden wir dann in dieser schwierigen Gegend ums Leben kämpfen? Nein! Wir würden alle davonschleichen, in weit entlegene Dörfer, in denen uns keiner kennt, mit Ärzten und Schulen und Kirchen. Nie mehr könnte einer dem anderen in die

Augen sehen. Unsere Männer wären keine richtigen Männer mehr. Unsere Frauen hätten keine Söhne, auf die sie stolz sein könnten. Es ist eine Frage, die man mit dem Gefühl begreifen muß.«

»Ich glaube, ich verstehe dich.«

»Ich habe in einem Buch einmal etwas gelesen, aber es ist lange her, und ich zitiere es vielleicht nicht ganz richtig. Ein Mann muß auf den Füßen stehend sterben; denn wenn er auf den Knien lebt, ist er kein richtiger Mann. Ich habe zweierlei Blut in mir.«

»Ich verstehe dich nicht.«

»Zweierlei Blut, das der Spanier und das der Azteken. Ich kenne die Geschichte. Nicht sehr viel, aber das weiß ich: Die Spanier waren Männer, die von weit her in kleinen Holzschiffen kamen, in diesem Land gegen viele Tausende von Indianern kämpften und siegten. Die Indianer waren tapfer und grausam, verstanden jedoch nichts vom Krieg. Deshalb habe ich zweierlei Blut in mir, und dadurch haben wir uns befreit – wie ihr in eurem Land. Auf beiden Seiten waren die Männer grausam. Auf beiden Seiten war viel Tapferkeit und Ehre, weniger bei den Führern als bei den einfachen Kämpfern. Und nun will ich wieder tanzen. Du denkst inzwischen nach. Nach einer Weile bringe ich dir mehr für deinen Becher – ja?«

Er sah ihr zu, wie sie mit dem breitbrüstigen Roberto tanzte. Ihr Rock wirbelte herum, und ihre Zöpfe schlugen hin und her. Sie hatte ihre Sandalen ausgezogen, und ihre nackten Füße stampften im Takt zu Rosarios Gitarre, während die Zuschauer in die Hände klatschten und mit den Fingern schnippten.

Zweierlei Blut, dachte Lloyd. Nur eine Spur von spanischem verriet sich in dem ovalen Gesicht, in den ein wenig nach innen gewölbten Wangen und dem Bogen der schwarzen Augenbrauen.

Nachdem er ihnen noch eine Weile lang zugesehen hatte, schlief Lloyd mit dem Gesicht zur Wand ein, trotz des Tanzens und Singens und der Geschichten, die sie später zu erzählen anfingen und die so lang dauerten, bis die höchsten westlichen Bergspitzen von der ersten Glut des Morgens berührt wurden.

Bald war Lloyd imstande, auch zu den anderen Hütten zu gehen. Es waren im ganzen acht außer einigen, die nur als Lagerräume benutzt wurden. Als er wußte, wo die anderen wohnten, war es viel leichter, sich der Namen zu erinnern und sich in der verwirrenden Verwandtschaft aller zurechtzufinden. Keiner war abgeneigt, über die Todes- und Schreckensnacht vor fünf Jahren zu sprechen. Alle erzählten von wunderbarem Entkommen, und

Lloyd dachte, daß die Schwierigkeiten des Entkommens sich beim Erzählen jedesmal vergrößerten. Armando und Concha waren als Familie entkommen, glaubte Lloyd, mit geringeren Verlusten als die anderen. Dann erfuhr er, daß Armandos Frau, seine erwachsenen Söhne und deren Frauen und Kinder umgekommen waren. Concha hatte ihren Mann und ein Kind verloren, die beiden älteren Jungen jedoch gerettet und auf dem Weg nach hier Felipe geboren.

Als Lloyd das hörte, fragte er Rosario, wie Armando und Concha hätten heiraten können. Rosario hielt diese Frage für einen großen Witz. Er erklärte, Roberto, der lesen könnte, hätte aus dem Heiligen Buch einen Absatz vorgelesen, der ihnen als geeignet vorgekommen sei, und sie dann im Namen der Verbannten von Pinal Blanco für Mann und Frau erklärt. Er fragte Rosario, was ihm dran so komisch vorkäme, und brauchte einige Zeit, um Rosarios Erklärung zu verstehen. Concha schien vorher gar nicht verheiratet gewesen zu sein. Gewiß, sie hatte mit einem Mann zusammengelebt und ihn ihren Ehemann genannt, und er sie seine Ehefrau; die Kinder aus dieser Vereinigung hatten seinen Familiennamen bekommen. Aber in Wirklichkeit waren sehr wenig Ehepaare in Pinal Blanco richtig verheiratet. Der Priester kam jeden Sonntag sehr spät und las eine Messe, war jedoch immer in Eile. Eine Ziviltrauung war möglich, wenn es sich einer leistete, mit dem Bus nach dem weit entfernten Zimapan zu fahren.

Der Priester würde trauen, nahm indessen neunzig Peso dafür, eine Summe, die von den meisten Paaren nicht aufgebracht werden konnte. Wenn ein Paar das Geld und die Möglichkeit hatte, sich trauen zu lassen, waren Kinder da, die versorgt werden mußten, und dann fanden sie es komisch, sich mit Kindern trauen zu lassen. Da die Lage von allen anderen inzwischen anerkannt worden war, machten sich nur wenige Gedanken darüber. Und so wäre es in allen abgelegenen Dörfern Mexikos, meinte Rosario.

Jeden Tag zwang Lloyd sich, weiter zu laufen, um sein Fußgelenk und die Oberschenkelmuskeln geschmeidiger zu machen. Das viele Waschen, bei dem die Kleidungsstücke auf Steinen im Fluß mit anderen Steinen geschlagen wurden, hatte aus seinen Sachen Lumpen gemacht. Deshalb trug er jetzt dasselbe wie die anderen.

Der Dezember zog ins Land, und in diesem kalten Monat geschahen viele für ihn wichtige Dinge.

4

Jeder Einwohner der Siedlung badete in dem klaren, kalten Wasser, das über die Felsen herabgestürzt kam, ganz gleich, wie warm oder kalt die Luft war. Im Sommer und im Winter war der Schock, den man durch den Druck und die Kälte des Wassers bekam, gleich stark. Als Lloyd die ersten paar Male darin badete, war Armando dabei, um darauf zu achten, daß ihm nichts passierte.

Ein aus Stroh geflochtener Schirm schütze die Badenden vor den Blicken der anderen, die auf ihr Bad warteten, bot jedoch keinen Schutz vor der Neugier der Frauen, die im Fluß unterhalb des Badeplatzes Wäsche wuschen.

Als Lloyd sich zum erstenmal unter den Wasserfall stellte, wurde er prompt umgeworfen, und Armando zog ihn, während er schauderte, um sich schlug und spuckte, aus dem brodelnden Teich, den das fallende Wasser sich in Jahrhunderten ausgehöhlt hatte. Bald indessen gewöhnte Lloyd sich ebenso daran wie an die grobe brennende Seife und das rauhe Gewebe der Serape.

Zuerst hatte er sich seines welken, weißen, dürren Körpers geschämt, dessen Knochen wie in einem Lehrbuch der Anatomie freilagen, und er wußte, daß die Frauen, die im Fluß ein Stück unterhalb des Wasserfalls Wäsche wuschen, nach oben blickten und sich über seine weiße Hautfarbe und seine Gebrechlichkeit wunderten.

Selbst als es schon sehr kalt war, fand man immer noch geschützte Stellen, an denen man sich von der Sonne bräunen lassen konnte. Lloyd hatte eine Nische in den Felsen weit von den Hütten entfernt entdeckt und verbrachte die Zeit dort, wenn die Sonne am höchsten stand. Seine Haut neigte dazu, schnell braun zu werden, und in dieser klaren Luft wurde er bald tiefbraun. Er fing auch an, zuzunehmen, und schätzte sein Gewicht bald auf hundertfünfunddreißig Pfund – für seine Größe noch zu wenig, doch seine Muskeln rundeten sich immer mehr.

Eines Tages trocknete er seinen Bart und sein kurzes braunes Haar mit der Serape ab. Concha hatte ihm unlängst sein Haar mit einer primitiven, stumpfen Schere mehr ausgerissen als geschnitten. Während er seinen schweren, ungepflegten Vollbart betrachtete, kam es ihm sonderbar vor, daß er nicht den Wunsch verspürte, sich richtig zu sehen. Er wußte, daß sein Gesicht schlimm entstellt war, und die eingedrückte Nase fühlte sich seltsam an.

Er zog Hose und Hemd an, steckte den Kopf durch den Schlitz der Serape und versuchte, einen Teich zu finden, in dem er sein Gesicht spiegeln konnte. Das Wasser des Flusses war zu unruhig. Als er den Teich gefunden hatte, blickte er lange hinein und konnte fast nicht glauben, was er sah. Ihm wurde fast übel. Noch einmal musterte er sein Spiegelbild – es blieb dasselbe.

Lloyd Wescott war ein ansehnlicher junger Mann von neunundzwanzig Jahren gewesen. Ihm fiel ein, daß er jetzt dreißig Jahre alt war. Er hatte im Juni Geburtstag gehabt, einem Monat, den es in seinem Gedächtnis nicht gab. Manche Frauen hatten Lloyd Wescott hübsch genannt. Er hatte ein längliches Gesicht mit starken Kinnbacken gehabt, Augenbrauen, die etwas vorstanden, tiefliegende graublaue Augen und eine lange, gerade Nase. Er war ein guter Sportler gewesen und hatte einen elastischen Gang. Er hatte die Menschen im allgemeinen wirklich gern gehabt, so daß sein Charme nicht erzwungen war oder so wirkte. In seinem Beruf war er tüchtig gewesen, und das Bewußtsein dessen hatte ihm Selbstachtung und eine sichere, überlegene Haltung verliehen. Manchmal war er – wie jeder Mensch – mit seinem Gesicht nicht ganz zufrieden gewesen.

Sein jetziger Anblick jedoch erfüllte ihn mit Entsetzen. Er schien einen völlig fremden Mann zu sehen. Die hohe Stirn war von der Gebirgssonne zu einem tiefen Bronzebraun verbrannt worden. Die kleinen Unregelmäßigkeiten, die er in dieser Zeit manchmal mit den Fingerspitzen gefühlt hatte, zeigten sich im Wasserspiegel als grobe, dreieckige Narbe, die sich hell vom tiefen Braun abhob. Sie zog sich von der äußeren Spitze der rechten Augenbraue schräg über die Stirn ins Haar hinein, und wo sie im Haar verschwand, war es schneeweiß.

Die Augen schienen noch tiefer als früher zu liegen und wie in Wut oder im Wahnsinn zu glühen. Der ganze vordere Teil der Nase, die Hälfte fast, fehlte. Es war ein erschreckender Anblick. Durch den dichten Bart hindurch sah man, wie entstellt die untere Gesichtshälfte war, und zwischen den vernarbten Lippen zeigten sich häßliche Zahnstummel. Jetzt erst erkannte er, wie taktvoll die Menschen hier waren. Nicht einmal die Kinder hatten ihn merken lassen, wie häßlich er war.

Als er zur Hütte zurückkam, saß Isabella allein darin und nähte. Sie fühlte, daß irgend etwas nicht in Ordnung war, und legte ihre Arbeit beiseite.

»Was ist passiert?«

»Ich habe im Wasser mein Gesicht gesehen. Abstoßend häßlich bin ich!«

»Das ist nicht wahr!«

»Ich habe es gesehen.«

»Ich sehe es nicht, und von allen anderen hier sieht es auch keiner.«

»Ich weiß, was ich gesehen habe, und kann es nicht vergessen.«

»Es ist nicht so schlimm, wie du denkst.«

Er sah sie an. »Roberto hat alles aus dem Wagen hierhergebracht. Es muß auch ein Rasierapparat dabeigewesen sein.«

»Nein«, sagte sie.

»Dann hat er nicht alles gefunden.«

»Wir haben alles. Aber du sollst deinen Bart nicht abschneiden. Der Bart paßt zu dir.«

»Weil ich ohne Bart so abstoßend aussehen würde, daß keiner meinen Anblick ertragen könnte?«

Ihre dunklen Augen funkelten ihn an. »Vielleicht möchtest du so hübsch wie ein Mädchen sein, wie?« Sie tänzelte übertrieben geziert hin und her und strich sich übers Haar. »Mit einem Gesicht wie aus Milch und Blut, nicht wahr? Vielleicht möchtest du zum Film gehen? Wie Señor Robert Taylor? Mit Zähnen wie aus Marmor?«

»Ich weiß, daß...«

Sie stampfte mit dem Fuß auf, und ihre Augen sprühten zornig. »Verdammt! Du bist von einem hohen Berg auf Felsen gestürzt. Sollte Gott auch noch gerannt kommen und dir ein Federbett unterhalten? Du müßtest eigentlich tot sein! Dein Gesicht ist von der Nähe des Todes gezeichnet! Sei ein Mann! Hör auf damit, wie ein kleines Mädchen über einen Pickel zu weinen!«

Sie fuhr herum und lief aus der Hütte. Die Ziegenfelle, die als Tür dienten, fielen hinter ihr zusammen. Im Licht, das durch das Schornsteindach fiel, hockte Lloyd auf seinen Absätzen. Die anderen hockten oft so, und er hatte es geübt, bis er auch so sitzen konnte, ohne daß die Beine ihm weh taten.

Nach einer Weile mußte er grinsen. Dabei fiel ihm ein, daß dieses Grinsen seine Zahnstummeln zeigte. Ein Rest von Eitelkeit hatte ihm Schmerzen verursacht, also durfte er nicht mehr eitel sein. Er hatte Geld, eine Menge Geld glücklicherweise. Mit Geld konnte er neue Zähne und eine neue Nasenspitze kaufen. Das war wichtig, weil es nützlich war.

Er tastete mit den Fingerspitzen über die Narbe auf der Stirn. Es mußte ein brutaler Schlag gewesen sein, der den Knochen freigelegt hatte.

Er dachte an den Mann, der Beeren zwischen den Fingern zerquetscht und versucht hatte, sie hinten in die Kehle zu schieben. Mit was für einem Gesicht wäre dieser Mann zufrieden gewesen?

Jetzt wußte er, was er zu tun hatte. Er ging hinaus und suchte Isabella, stellte sich mit den Händen in den Hüften vor sie und grinste zu ihr hinunter.

»Wirklich – ich bin ungeheuer häßlich!«

Sie wollte widersprechen, begriff dann und lächelte. »Mehr kann kein Mann verlangen!«

»Ich werde einen neuen Beruf daraus machen und mein Gesicht allen mexikanischen Müttern vermieten, die ihre unartigen Kinder damit einschüchtern wollen.«

»Du würdest viel zu tun bekommen.«

»Und für die Liebe werde ich mir eine Maske machen lassen, das Gesicht des Señor Roberto Taylor. Dann werden sich alle jungen Mädchen in mich verlieben.«

»Für mich wäre solch eine Maske nicht nötig.«

»Bekommst du keinen Schreck, wenn du mein Gesicht siehst?«

»Wenn es so wäre, könnte ich ja die Augen zumachen, Lloydito. Was hast du eigentlich früher für einen Beruf gehabt? Du hast es mir nie erzählt.«

»Das tut mir leid. Es war unhöflich von mir. Ich bin Direktor eines Hotels gewesen. Vorher habe ich die Schule besucht und meinen Beruf erlernt.«

»Du warst gut in deinem Beruf – und wichtig.«

»Gut, aber nicht wichtig.«

Sie blickte ihn nachdenklich an. »Hat Sylvia in deinem Hotel gewohnt?«

»Ja. Sie war die Frau des Inhabers.«

»Dann war er kein Dieb, wie du gesagt hast?«

»Ich habe nicht gelogen. Das Geld hat er durch eine Spielbank verdient, und das Spiel war unehrlich.«

»Oh. War es ein großes Hotel? Mit vielen Zimmern? Mit – mit zwanzig Zimmern?«

Er lachte laut. »Das Land, das zu dem Hotel gehört, ist fast so groß wie dieses ganze Tal, und mittendrin liegt ein großes Schwimmbecken. Das Hotel besteht aus mehreren Gebäuden und hat über zweihundert Zimmer.«

»Du bist der größte Lügner, den ich kennengelernt habe!«

»Ich habe die Wahrheit gesagt.«

Ihre Fragen riefen ihm die Vergangenheit ins Gedächtnis zurück. Am nächsten Morgen arbeitete er mit Armando und half ihm, Land vorzubereiten, das im Frühjahr bestellt werden sollte. Sie fällten Bäume, schleppten und rollten sie ins Tal hinunter.

Es war eine harte Arbeit. Lloyd ermüdete schnell und mußte sich oft ausruhen. Obwohl er widersprach, wollte Armando ihn immer noch nicht länger als einen halben Tag arbeiten lassen. Nachdem sie große Mengen Tortillas und Bohnen gegessen hatten, ging er zu seinem geschützten Platz zwischen den Felsen, zog sich aus und legte sich auf seine Serape. Jetzt fiel ihm das Gespräch mit Isabella wieder ein, und er dachte darüber nach, wie es möglich war, daß er zum Dieb und Entführer einer verheirateten Frau hatte werden können.

Er hatte Harry Danton im Spätsommer 1954 kennengelernt, als er selbst gerade Direktor eines eleganten Hotels an der Küste von Maine nördlich von Portland geworden war. In jenem Sommer war er siebenundzwanzig Jahre geworden und gab sich große Mühe, älter auszusehen und zu wirken. Es war ein altes Hotel, in dem meist Stammkundschaft wohnte, die so an die gesetzte Art des früheren, alten Direktors gewöhnt war, daß sie dazu neigte, Lloyd wie einen besseren Pagen zu behandeln. Es war die erste Saison unter neuen Inhabern, die das Geschäft stark zu vergrößern hofften.

Als Lloyd sich um diese Stellung bewarb, arbeitete er als Assistent des Direktors in einem Sommer-Hotel in den Adirondacks und war selbst überrascht, als seine Bewerbung Erfolg hatte und er engagiert wurde. Er kam sechs Wochen vor der Eröffnung nach Maine. Ein neuer Swimmingpool und eine neue Halle waren gebaut worden.

Seine Hauptaufgabe war, jüngere Gäste heranzuziehen, ohne die alten zu verärgern. In den letzten Jahren war das Hotel nie voll belegt gewesen, weil viele der älteren Gäste gestorben oder zum Reisen zu alt geworden waren.

Seine Art der Werbung hatte Erfolg. Unter den vielen Vorbestellungen, die eintrafen, war eine für einen Mr. Harry Danton aus Detroit. Auf dem Briefkopf stand *A- und D-Unternehmungen Aktiengesellschaft* mit einer Detroiter Adresse, zwei Telefonnummern und einer Telegrammadresse. Der mitgeschickte Scheck über 250 Dollar war von Harry A. Danton unterschrieben.

Er ließ die Vorbestellung eintragen und vergaß sie bis zum Morgen des 15. August, als er um acht Uhr fünfzehn hinunterging. In der Nacht zuvor hatte er an einer Gesellschaft teilnehmen müssen, jedoch so rechtzeitig heimlich verschwinden können, daß er noch sechs Stunden Schlaf gehabt hatte.

An der Rezeption hatte Belter Dienst, ein Mann mit zwanzigjähriger Erfahrung, dessen Menschenkenntnis Lloyd respektierte.

»Morgen, Stu! Neue Gäste?«

»Ein Ehepaar, die Durards. Alte Stammgäste. Zwei verzogene Gören, aber sie geben gute Trinkgelder. Wahrscheinlich erwarten sie, von dem neuen Direktor persönlich begrüßt zu werden.«

»Dann lassen Sie mich durch Smitty Bescheid sagen, wenn sie zum Frühstück herunterkommen.«

»Der andere Gast ist, glaube ich, ein Problem. Harry Danton aus Detroit.«

Lloyd runzelte die Stirn, nickte dann. »Ein Apartment und ein Einzelzimmer, nicht wahr?«

»Ja. Für ungefähr drei Wochen, sagt er. Er riecht förmlich nach Geld. Sieht aus wie ein Bankdirektor. Ich meine, die Leute können ihn dafür halten – ich nicht. Er hat Augen, die so wirken, als ob er einen über einen Revolverlauf hinweg ansieht. Er ist mächtig elegant angezogen, aber ein kleines bißchen zu elegant. Und er spricht auch ein kleines bißchen anders als ein Bankdirektor.«

»Kennen Sie ihn?«

»Nein. Der Name allein hätte mir gar nichts gesagt. Aber seit ich ihn gesehen habe, klingelt in meinem Gedächtnis zusammen mit dem Namen ein kleines Glöckchen. Ich habe den Namen in Verbindung mit einem Gangster-Syndikat gehört. Die Gangsterführer aus den alten Chicago-Tagen sind ja inzwischen alle sehr respektabel geworden.«

»Wenn Sie recht haben, gehört er nicht zu der Sorte von Gästen, die wir suchen. Aber wahrscheinlich sind Sie der einzige, Stu, der ihn durchschaut.«

Belter grinste. »Ihn – ja. Aber die Freundin, die er im Einzelzimmer untergebracht hat, ist von jedem leicht zu durchschauen. Miß

Daintree West. An der ist alles dran. Spricht einen Akzent, der von Woolworth stammt. Blondes Haar, schwarze, hautenge Hose, grüne Bluse, grüne Schuhe, grüne Handtasche bis zu den Ellbogen, Nerzstola. Vielleicht ist sie zwanzig. Er ist etwa fünfzig. Sie hat sich als seine Sekretärin eingetragen. Wenn sie tippen kann, bin ich der Weihnachtsmann!«

»Was sollen wir nun tun?«

»Gar nichts, Lloyd. Wir machen die Augen zu und hoffen, daß sie bald wieder abreisen.«

Erst spät am nächsten Nachmittag hatte Lloyd Gelegenheit, mit Danton zu sprechen. Die beiden waren zum Swimmingpool gegangen. Smitty hatte Lloyd einen Wink gegeben.

Danton trug ein weißseidenes Sporthemd und marineblaue Shorts. Er saß in einem Deckstuhl, hatte eine dunkle Brille auf und las. Seine Beine waren von der Sonne rosa gefärbt. Das Mädchen lag neben ihm auf einem Badetuch und hatte sich mit Creme eingerieben. Sie trug einen Bikini, der aussah wie aus weißer Seide. Von diesem Bikini hatte Lloyd schon einiges gehört und durchaus nicht nur ablehnende Kommentare.

Er sah im Näherkommen, daß Danton eine Rennzeitung las. Er legte sie zusammen und blickte auf, als Lloyd sagte: »Mister Danton?«

»Ja.«

»Ich bin Lloyd Wescott«, fuhr Lloyd fort, »der Direktor des Hotels, und wollte Sie willkommen heißen.«

Danton nahm seine Hand und schüttelte sie kurz, ohne den Versuch zu machen, aufzustehen. »Setzen Sie sich eine Minute, Wescott. Ich habe ein paar Fragen, die ich gerne mit Ihnen besprechen möchte. Nehmen Sie den Sessel da.«

Lloyd hatte nicht beabsichtigt, sich zu setzen, aber der Mann strahlte eine Kraft und Autorität aus, gegen die man sich nur schwer auflehnen konnte. Er hatte ein rundes Gesicht, dichtes weißes Haar, schwarze Augenbrauen. Er nahm die Sonnenbrille ab. Seine Augen waren klein, von lebhaftem Blau und standen an den äußeren Ecken etwas schräg nach unten. Sein Nasenrücken war flachgedrückt, und er selbst war zu groß und zu breit für seinen ungewöhnlich kleinen Kopf. Seinen Rücken hielt er sehr gerade, und später, als Lloyd ihn genauer kannte, entdeckte er, daß diese Geradheit, die eine gewisse Steifheit verriet, keine militärische Haltung war.

»Wie steht's mit einem Drink, Wescott?«

»Danke, jetzt nicht.«

»Daintree!« rief Danton seiner Freundin zu. »Ich trinke einen. Hole mir einen Bourbon on the rocks.«

Sie grunzte schläfrig. »Siehst du nicht, daß ich...«

Er unterbrach sie mit einem so kräftigen Fußtritt in den Oberschenkel, daß sie fast umgedreht wurde. Als sie sich keuchend vor Ärger aufrichtete, beugte er sich zu ihr hinüber und sagte leise: »Hole mir den Drink oder pack deine Sachen. Und wenn ich wieder etwas von dir will, komm mit deinem faulen Hintern schneller hoch!«

»Klar, Harry. In Ordnung!«

Sie stand gehorsam auf und ging leicht hinkend davon. Dabei rieb sie sich den verletzten Oberschenkel. Harry drehte sich schnell um und ertappte Lloyd mit einem sonderbaren Ausdruck im Gesicht. »Ah – ich hätte ihr keinen Tritt geben dürfen, wie?«

»Höchstens, wenn Sie mit ihr allein sind, Mister Danton. Zu viele Leute beobachten so etwas sehr genau.«

»Ich verstehe. Sonst verbringe ich meine freie Zeit meist in Miami, und da geht es anders zu. Ein Freund von mir hat mal drei Menschen, deren Nase ihm nicht gefiel, in den Swimmingpool geworfen, und keiner von den Zuschauern hat etwas dabei gefunden.«

»Hier ist es ein bißchen anders.«

»Eine andere Art Menschen?«

»Ja.«

»Ich habe Sie gestern abend beobachtet und gesehen, wie geschickt Sie die große Party arrangiert haben. Der Laden hier ist in Ordnung.«

»Vielen Dank, Mister Danton.«

Das Mädchen brachte den Drink. Danton nahm ihn, ohne sich zu bedanken. Sie legte sich wieder in die Sonne und seufzte tief, um ihr Märtyrertum zu bekunden.

»Es kommt, glaube ich, hauptsächlich auf die kleinen Dinge an. Das junge Mädchen in holländischer Tracht, das während des Essens ständig warme Brötchen bereithält. Und auf meinem Frühstückstisch lag heute morgen eine Detroiter Zeitung.«

»Sie werden sie jeden Morgen bekommen, solange Sie hier sind. Ich muß jetzt aber...«

»Ein paar Minuten noch, Wescott. Wie groß ist Ihr Stab hier?«

»Wenn man die Gärtner und das technische Personal mitrechnet, sind es einhundertelf.«

»Ein großer Laden! Wissen Sie, wie das Kapital, das darin steckt, sich verzinst?«

»Nein.«

»Das möchte ich gern wissen. Ich werde mich hier überall ein bißchen umsehen, ohne jemand zu stören. Mich interessiert der Betrieb.«

»Weshalb, Mister Danton? Das Haus ist nicht zu verkaufen.«

»Ich will es auch gar nicht kaufen. Mich interessiert nur, wie so etwas aufgezogen wird. Ich denke, ich werde mir ein neues Haus bauen lassen.«

»Eine gute Art, Pleite zu machen, heißt es.«

»Ich stecke in vielen Unternehmungen, und in jeder ist es leicht, Pleite zu machen. Aber ich mache nicht Pleite, weil ich dafür sorge, daß die Spitzenstellungen immer nur mit erstklassigen Fachleuten besetzt sind, denen ich freie Hand lasse. Kann ich mich also hier ein bißchen umsehen?«

»Natürlich, Mister Danton.«

Damit fing es an. Von nun an sah Lloyd ihn überall im Haus auftauchen. Einmal stand er während des Mittagessens in einer Ecke der Hauptküche. Er sprach mit dem Portier, der die Pagen unter sich hatte, mit der Haushälterin, hielt sich an der Rezeption auf.

Miß West reiste am Ende der ersten Woche ab. Danton erklärte: »Ich habe sie zurückgeschickt. Sie war eine dumme Schlampe. Man konnte sich mit ihr nicht mehr unterhalten als mit einem Kaninchen, und dann hat sie noch so getan, als ob sie mir einen großen Gefallen erwiese. Ich wette, es tut Ihnen furchtbar leid, daß sie weg ist.«

Am Tage, da Danton selbst abreiste, forderte er Lloyd zu einem Drink in seinem Apartment auf. Er war kein Mann, der unnütz Zeit opferte. »Wie wäre es, wenn Sie zu mir kämen? Mit dem anderthalbfachen Gehalt von dem, das Sie hier bekommen, und einem Anteil vom Ertrag.«

»Wo steht Ihr Hotel?«

»Vorläufig nur als Plan in einer Kassette. Hören Sie hier auf und fangen Sie an, für mich zu arbeiten. Suchen Sie ein passendes Grundstück, und wenn Sie eins gefunden haben, rufen Sie mich an. Wählen Sie den Architekten und arbeiten Sie mit ihnen. Dann eröffnen Sie das Hotel und leiten es. Ihr Gehalt läuft ab sofort. Nur eine Bedingung ist dabei: Das Grundstück muß in Nevada liegen. Überlegen Sie es sich und sagen Sie mir Bescheid.«

Lloyd sprach zwei Tage später mit Stu Belter darüber. »Es klingt zu gut, um wahr zu sein. Er kennt mich ja gar nicht.«

»Irren Sie sich nicht. Solche Leute bekommen alles heraus. Ich möchte wetten, daß er genau weiß, in welchem Alter Sie Ihren ersten Schritt getan haben.«

»Und was halten Sie davon?«

»Mich dürfen Sie nicht fragen. Manche Menschen haben mit solchen Sachen Glück, manche nicht. Sie müssen berücksichtigen, daß dem Hotel wahrscheinlich ein Spielkasino angegliedert wird. Weshalb will Danton sonst unbedingt nach Nevada gehen? Und Spieler als Gäste benehmen sich meist wie Halbverrückte und sorgen für tollen Wirbel im Haus. Vielleicht werden Sie damit fertig. Sie sind geschickt und haben eine leichte Hand.«

Eine Woche später erhielt Lloyd aus New York ein Geschenk, ein schmales, mattsilbernes, geschmackvolles Zigarettenetui mit seinen Initialen L. T. W. Dantons Visitenkarte lag dabei. Belter meinte, es sähe wie Platin aus. Lloyd erklärte ihn für verrückt. Als er das nächstemal nach Portland kam, zeigte er es einem Juwelier. Es war wirklich Platin und hatte einen Wert von etwa vierhundert Dollar.

Um diese Zeit nahm er eine Winterstellung in New Orleans an, schrieb an Danton, dankte ihm für das Zigarettenetui und erklärte ihm, er habe es sich überlegt und wolle die angebotene Stellung nicht annehmen.

Bis zum März 1955 vergaß er Danton – bis ihm berichtet wurde, daß ein Mann ihn in der Bar zu sprechen wünschte. Die Stellung in New Orleans war nicht angenehm. Der Eigentümer des Hotels, ein kleiner, reizbarer Mann, lief den ganzen Tag hinter ihm her, wollte jede Anordnung mit ihm besprechen, widerrief Lloyds Befehle, gab ihm an jeder Schwierigkeit schuld. Ebenso behandelte er die Küchenchefs – mit dem Erfolg, daß Lloyd vor Ablauf von sechs Monaten den vierten Chef einstellen mußte.

An der Bar saß Danton und trug, als er Lloyd sah, seinen Drink zu einem Tisch. Lloyd bot ihm eine Zigarette aus dem neuen Etui an und fragte: »Kennen Sie das noch?«

Danton nahm es, sah es sich an und gab es zurück. »Ich habe

einen Freund beauftragt, etwas für Sie auszusuchen. Sie sehen übrigens nicht sehr gut aus, Wescott.«

»Es gibt bessere Stellungen als die hier.«

»Haben Sie sich schon für den nächsten Sommer verpflichtet?«

»Nein.«

»Wir wollen demnächst anfangen. Es sind noch ein paar Leute daran beteiligt, aber ich verfüge über so viele Anteile, daß ich zu bestimmen habe. Es soll eine Aktiengesellschaft werden. Für das Land und die Gebäude können wir bis zu fünf Millionen Dollar gehen. Ich habe schon mit ein paar Kerlen gesprochen, die das Hotel leiten möchten, war aber von keinem begeistert. Wenn Sie wollen, können Sie die Stellung immer noch haben.«

Lloyd dachte lange nach. »Warten Sie bitte hier, Mister Danton.«

Er fand den Eigentümer im Speisesaal, wo er die Kellner kritisierte, die die Servietten zum Lunch falteten.

Lloyd trat zu ihm. »Mister Dockerty, ich bin der Direktor hier?«

»Natürlich, Lloyd«, sagte Dockerty überrascht.

»Dann muß ich darauf bestehen, daß Sie mir nicht dazwischenreden. Wenn Sie sich über irgend etwas zu beklagen haben, sagen Sie es mir. Gehen Sie nicht mehr in die Küchen. Ich werde dem Stab Anweisung geben, daß sich in Zukunft keiner mehr um Befehle von Ihnen zu kümmern hat.«

Das ganze im Speisesaal anwesende Personal lauschte neugierig.

Dockerty wurde erst blaß, lief dann dunkelrot an. »Ich verstehe mehr von diesem Geschäft, als Sie jemals lernen werden!« sagte er wütend. »Ich verbitte mir, daß Sie so mit mir sprechen! Mir gehört das Hotel! Ich denke nicht daran, schweigend dabeizustehen und zuzusehen, wie Sie es in Grund und Boden wirtschaften! Ich kann mein eigenes Hotel selbst leiten!«

»Für zwei Direktoren ist kein Platz hier!«

»Dann verschwinden Sie! Lassen Sie sich auszahlen, was Sie noch zu bekommen haben, und ziehen Sie ab! Los – wir werden abrechnen, und ich schreibe Ihnen sofort einen Scheck aus. Ich wünsche, daß Sie innerhalb einer Viertelstunde Ihre Sachen gepackt haben und abgefahren sind! Ich will keine weiteren Frechheiten von Ihnen hören, Wescott!«

Mit dem Scheck in der Tasche ging Lloyd wenige Minuten später wieder in die Bar und setzte sich an Dantons Tisch.

»Hallo, Boß!« sagte er.

Danton nickte, zog ein Bündel Geldscheine aus der Tasche, nahm davon fünf Hunderter und einen Fünfhunderter und gab sie Lloyd.

»Fahren Sie los und sehen Sie sich nach einem passenden Grundstück um«, sagte er. »Senden Sie Ihre jeweilige Adresse an die, die auf dieser Karte steht. In den nächsten Tagen bekommen Sie den Fragebogen, den Sie ausfüllen müssen, damit Sie in die Gehaltsliste eingetragen werden.«

Lloyd fuhr los, sah sich das Gebiet um Reno ganz genau an, das um Las Vegas noch genauer. Er sah die Scheinblüte, die durch die übergroße Ausdehnung von Las Vegas entstanden war, und zuckte zusammen, als er die Grundstückspreise hörte. Er prüfte die Straßen, die Luftfahrtlinien und die Eisenbahnen genau. Und schließlich entdeckte er die Stadt Oasis Springs und das für das Hotel passende Grundstück, fand heraus, wem es gehörte und was es kosten würde.

Harry Danton starrte ihn ungläubig an, als er ihm Bericht erstattete, und sagte: »Das ist doch im Leben nichts! Um Himmels willen – wer soll das Hotel finden, wenn wir es in dieser Gegend bauen?«

Lloyd zählte ihm die günstigen Tatsachen an den Fingern vor. »Eine Hauptautobahn, Eisenbahnen, Flugzeug- und Buslinien. Anständige Geschäfte in der Stadt. Billiges Land. Unbeschränkt viel Wasser. Wahrscheinlich Steuererleichterung vom Kreis. Entgegenkommen von allen Seiten.«

»Aber, du lieber Himmel, ich würde in dieser Stadt nach zwanzig Minuten vor Langeweile verrückt werden!«

»Also, Harry...«

Danton seufzte. »Gut, gut, gut! Es ist Ihr Kind!« Dann sah er Lloyd scharf in die Augen und sagte, sehr leise und sehr drohend: »Ich glaube, mein Junge, es wäre gut für Sie, wenn Sie recht behielten.«

5

Das Hotel Green Oasis wurde plangemäß am Samstag, dem 14. Januar 1956, eröffnet.

Obwohl für irrsinnig viel Geld große Mengen Grasnarbe angefahren worden war, wirkte das Land um das Gebäude herum noch roh und unbearbeitet, aber das Hotel selbst lenkte die Blicke von der ungepflegten Erde ab. Es hatte nichts von dem auffälligen äußeren Luxus der Vegas-Hotels, sondern war ruhig und geschmackvoll.

Lloyd hatte sich aller Fehler erinnert, die er in seinem Beruf kennengelernt hatte, und dafür gesorgt, daß in diesem Hotel nicht ein einziger davon vorkam. Durch reichliche Verwendung von automatischen Anlagen und Sprechgeräten verliefen schon die ersten Tage so reibungslos wie in einem alten, gutgeleiteten Betrieb.

Die Architekten, die das Hotel planten, hatten nichts mit dem dazugehörigen Copper-Kasino zu tun gehabt. Lloyd hatte bei diesem Kasino nur die Verantwortung für Speisen und Getränke, geleitet wurde es von Charlie Bliss. Hier fanden die Gäste alle die geschmacklosen Verstiegenheiten und die übertriebenen Farben, die zu einem Spielkasino paßten.

In der ersten Woche war das Hotel bis unter das Dach voll geladener Gäste aus Hollywood, vom Fernsehen, berühmten Sportlern und Zeitungsleuten. Dantons Beziehungen sorgten dafür, daß nur Leute mit bekannten Namen geladen wurden, die aus der Eröffnung eine Sensation machten. In der Folgezeit sorgte ein satirisch kleiner Mann mit schmutzigem Mundwerk für die notwendige Publicity. Er wohnte im Dorf in einem möblierten Zimmer, weil er das Hotelleben nicht leiden konnte.

Lloyd wußte, daß sie über den Berg waren, als das Haus auch in der stillen Saison voll vermietet war und als in der Nähe Grundstücke für andere Hotelbauten gekauft wurden.

Im Sommer wurde der Flugplatz vergrößert und der Flugplan den Bedürfnissen des Hotels entsprechend aufgestellt. Im Ort wurden neue Geschäfte eröffnet. Harry Danton kam oft nach Oasis Springs geflogen, bis er sich zuletzt entschloß, sein Hauptquartier dorthin zu verlegen. Er brauchte zwei Apartments, eins zum Wohnen, eins als Büro.

Lloyd widersprach energisch, weil er nicht zwei der besten Apartments auf diese Art verlieren wollte. Es kränkte ihn – was er bald merkte –, daß das Hotel nur als Vorwand für das Spielkasino gedacht war. Und es gelang ihm tatsächlich, durchzusetzen, daß für Harry Danton neben dem Hotel ein besonderes Haus mit zwei Schlaf-, zwei Badezimmern, einem Wohnzimmer, einem großen Büroraum, eigenem kleinen Swimmingpool und einer Hecke um alles gebaut wurde. Danton brachte beim Einzug sein eigenes Personal mit, eine Frau und zwei Männer. Sie hielten sich dem Hotelpersonal fern und wohnten im Ort.

»Eine komische Sache!« sagte Harry Danton zu Lloyd. »Es ist das erste Haus, das ich in meinem Leben allein bewohne. Aber es macht mir Spaß!«

Im Oktober durfte Lloyd sich in die Brust werfen und sich sagen, er habe etwas Tüchtiges geschaffen, und von nun an könne alles nur noch leichter gehen. Er hatte sich mehrere tüchtige Assistenten herangezogen und durfte sich nun mit gutem Gewissen etwas mehr Zeit als zu Anfang lassen. Jetzt kaufte er sich einen neuen Wagen.

Danton verreiste. Tulsa berichtete Lloyd erstaunt, er habe gehört, daß Harry geheiratet habe. Tulsa und Benny versuchten, über diese lächerliche Neuigkeit zu lachen, aber ihr Gelächter klang hohl und gezwungen.

»Vielleicht«, sagte Lloyd, »hat ihm das Leben in einem eigenen Haus so gut gefallen, daß er es mit einer Frau teilen wollte. Wer ist das glückliche Mädchen?«

»Sylvia Miller heißt sie. Jedenfalls hat sie unter diesem Namen gesungen, weißt du noch, Tulsa?«

»Sicher. Das war, nachdem Frenchy sie zur Westküste mitgenommen hat.«

»Manche sagen ja, und manche sagen nein, und ihr konnte es sehr gleichgültig sein; denn als er damals aus dem Fenster geworfen wurde, hat er keinen Cent hinterlassen. Was hat sie danach eigentlich gemacht?«

»Letztes Jahr habe ich gehört«, sagte Benny, »sie wäre bei Big Windy und singe in einem kleinen Nachtklub. Also, ich begreife es einfach nicht. Sicher, manche Leute heiraten, aber warum soll einer Sylvia heiraten? Und dann ausgerechnet Harry!«

»Halt den Mund, ehe du solchen Unsinn redest! Wenn Harry nun mal heiraten wollte, warum nicht Sylvia? Sie sieht gut aus, hat nie gesessen... Die vier Monate Untersuchung damals kannst du nicht rechnen, weil sie nur als Zeugin festgehalten worden ist – und hat nie einen verpfiffen. Man kann Vertrauen zu ihr haben, und Harry kann sich über seine Geschäfte aussprechen.«

»Ich würde sie nicht heiraten!« sagte Benny dickköpfig.

»Welches Schwein würde dich heiraten?« meinte Tulsa ärgerlich.

Als Harry anrief und ihn aufforderte, herüberzukommen und sich seiner Frau vorstellen zu lassen, ging Lloyd mit einer voreingenommenen Ansicht über sie. Eine Blondine, die ihre besten Tage hinter sich hatte, mit ordinärer Stimme. Er dachte an Miß West damals in Maine und hatte inzwischen überdies noch andere Freundinnen Dantons gesehen.

Harry öffnete mit strahlendem Gesicht und einem Glas in der Hand die Tür. »Eine Überraschung, mein Junge, wie? Für mich auch. Ich hätte nie gedacht, daß ich es dazu bringen würde. Kommen Sie und begrüßen Sie meine Frau. Sie ist draußen am Swimmingpool. Wir sind gestern spät ins Bett gekommen und vor kurzem erst aufgestanden.«

Sylvia saß draußen in einem Sessel aus Aluminiumrohr und Plastikgeflecht und las. Sie trug weiße Shorts mit einem weißen Oberteil, war langbeinig und schlank, aber nicht zu schlank. Ihr schwarzes Haar hatte sie hinten zu einem Knoten gebunden.

»Liebling, das ist der Junge, von dem ich dir erzählt habe. Lloyd Wescott. Meine Frau, Lloyd.«

Sie legte ihr Buch weg, blickte auf und gab ihm lächelnd die Hand. Ihre Augen waren tief dunkelbraun, fast schwarz, ihr zartes Gesicht war gut geschnitten, ihr Lächeln warm und persönlich. »Ich habe eine Menge von Ihnen gehört, Lloyd. Harry hat mir mindestens ein dutzendmal erzählt, wie zufrieden er mit dem ist, was Sie hier getan haben. Ich kann es kaum erwarten, daß ich alles zu sehen bekomme.«

»Wollen Sie ihr nicht gleich alles zeigen, Lloyd?« sagte Danton. »Ich habe hier noch Schreibkram zu erledigen.«

»Muß ich mich umziehen?« fragte sie.

»Für diese Tageszeit sind Sie gerade richtig angezogen, Mistress Danton.«

»Sylvia, bitte«, sagte sie.

Lloyd zeigte ihr das ganze Hotel vom Dach bis zu den Kellern. Es war eine Besichtigung, bei der er oft schon Gäste geführt hatte, ohne daß es ihm so viel Freude gemacht hätte wie diesmal. Sie hatte einen geschmeidigen, anmutigen Gang und stellte intelligente Fragen. Als sie Tulsa und Benny begegneten, schien sie sich über das Wiedersehen zu freuen. Die beiden Männer benahmen sich steif und förmlich.

»Das ist alles«, sagte er zuletzt. »Jetzt bekommen Sie einen Drink auf Kosten des Hauses. Suchen Sie sich etwas aus.«

»Etwas mit Rum und Obstsaft darin.«

Auf dem Weg zur Bar kamen sie an einer Reihe von Automaten vorüber. Sie streckte ihre Hand aus und sagte ernst: »Ein Fünfundzwanzigcentstück für eine spielsüchtige Dame!«

Er gab ihr das Geldstück. Sie steckte es in einen Automaten, zog den Hebel. Eine Glocke läutete, und zwanzig Vierteldollarstücke fielen heraus und in ihre Hand.

»Zehn für Sie und zehn für mich«, sagte sie.

»Nein!«

»Ich kann ziemlich wild werden – hier! Spielen Sie selbst überhaupt?«

»Manchmal und höchstens zehn ganze Dollar in einer Woche.«

Sie setzten sich auf Barhocker, und Lloyd bestellte.

Als sie nippte, sah sie auf sein Glas. »Ist das einfaches Ingwerbier?«

»Ich bin noch im Dienst.«

»Sie sind ein guter Führer, Lloyd. Jetzt würde ich mich schon ganz allein hier zurechtfinden. War es ein Schock für Sie, als Sie hörten, Harry habe geheiratet?«

»Wir waren alle sehr verblüfft, als die Nachricht kam – Tulsa, Benny und ich.«

Ihr Gesichtsausdruck wurde auf einmal hart. »Ich verstehe. Jeder hat deutlich seine Ansicht geäußert, und Sie haben eine vollständige Beschreibung von mir bekommen, nicht wahr?«

»Ein paar Einzelheiten.«

»Und was machen Sie daraus, kleiner Pfadfinder?«

»Aus irgendeinem Grund, den ich nicht begreife, wollen Sie mich plötzlich wütend machen. Ich bin nicht wütend, und wenn ich es wäre, würden Sie nichts davon merken, Sylvia. Ich kenne Harrys sonstigen Geschmack. Wenn es nach ihm ginge, würde er sich Diamanten in die Schneidezähne setzen lassen. Sie sind nicht, was ich erwartet habe. Ich bin angenehm überrascht. Und ich freue mich Harrys wegen darüber.«

»Wir sind beide Snobs, Lloyd. Aber früher einmal war ich wirklich so, wie Sie es erwartet haben.«

»Das halte ich für unmöglich!«

»Ich weiß nicht, weshalb ich dazu komme, Ihnen meine Vergangenheit zu schildern. Vielleicht, weil ich eines Tages einen Freund brauche. Sie sehen intelligent aus, sprechen intelligent und sind vielleicht sogar intelligent. Ich bin mir noch nicht klar darüber.«

»Ich bin intelligent, Sylvia.«

»Dann stellen Sie sich Sylvia mit vierzehn vor. Sie sah schon wie achtzehn aus. Ein Teufelskind. Ein gerissener Bastard mit einer Hure als Mutter und einem unbekannten Vater. Sie war durch und durch gerissen, und diese Gerissenheit verliert einer sein ganzes Leben lang nicht, mein Freund. Bestellen Sie noch so einen Drink für mich. Sie kannte jeden nur möglichen Trick, wurde in eine Erziehungsanstalt gesteckt und kam heraus, indem sie der Vorsteherin mit einer Cola-Flasche über den Kopf schlug. Das war vor zwölf Jahren, Lloyd. Wie gefällt es Ihnen?«

»Sie haben viel durchgemacht.«

»Noch ehe ich fünfzehn war, lebte ich mit einem Autodieb zusammen, Joey Tower, der für ein Gangster-Syndikat arbeitete. Als ihm im Osten der Boden zu heiß wurde, schickte das Syndikat ihn an die Westküste, und mich nahm er mit. Mein Haar war weiß gebleicht. Ich trug Pullover, die zwei Nummern zu klein waren, und meine Ausdrucksweise hätte einen Lastwagenfahrer zusammenzucken lassen. Aber Joeys Boß fand etwas an dieser Schlampe und stach Joey bei ihr aus – mit etwas Nachhilfe von der Schlampe, die ein sehr habgieriges Kind war und heute noch ist.«

»Sylvia, ich...«

»Nun haben wir einmal angefangen, da müssen Sie es auch zu Ende hören. Joeys Boß machte ein bißchen mehr aus mir, aber richtig die Leiter hinauf half mir sein Nachfolger, der die Hafengewerkschaft in San Francisco leitete. Er hatte etwas Kinderstube, und ich fiel ihm auf die Nerven. Er brachte mich in die Demming-Schule für junge Damen. Miß Helen Demming – beim ersten Blick auf mich ließ sie beinahe ihre Zähne fallen. Ihre Schule war hundert Jahre alt, und noch nie hatten sie so etwas wie Sylvia zu sehen bekommen. Ich wartete, während er im Büro ewig lange verhandelte. Schließlich wurde ich als Schülerin mit einer Sondererziehung angenommen. Damals war ich beinahe sechzehn. Zu den Wochenenden holte er mich jedesmal ab, und ich verbrachte sie mit ihm. Miß Helen brach darüber fast zusammen, hatte aber nicht den Mut, die Polizei zu rufen. Zuerst wollte ich den ganzen Laden auseinandernehmen und hätte fast schon damit angefangen, war jedoch inzwischen klug genug geworden, um die Folgen zu bedenken. Nach sechs Monaten wollte Lennie mich aus der Schule nehmen, aber ich machte ihm so ein Theater, daß er nachgab. Im ganzen war ich drei Jahre dort, und als ich herauskam, konnte ich mich in jeder Gesellschaft bewegen und für eine Dame gehalten werden. Ich wußte mich gut anzuziehen und hatte Geschmack, fand Gefallen an guter Literatur und guter Unterhaltung. Deshalb nahm ich eines Abends dreihundert Dollar aus Lennies Brieftasche und fuhr nach New York zurück, um einen bürgerlichen, reichen jungen Mann aus guter Familie kennenzulernen. Als ich von den dreihundert nur noch fünf hatte, sah ich mich nach alten Beziehungen um. Langweile ich Sie?«

»Nein. Erzählen Sie weiter.«

»Inzwischen hatte Lennie seine Bekannten in New York gebeten, mich zusammenzuschlagen, wenn sie mich träfen, und sich dabei besonders meinem Gesicht zu widmen. Sie sehen – es gab nur eine einzige Leiter, auf der ich nach oben klettern konnte, und zu dieser Leiter kehrte ich reumütig zurück. Aber nicht zu Lennie. Ich wußte, daß er von dem Geld, das er seinem Syndikat abliefern mußte, große Summen unterschlug. Ich hätte ihn nicht verraten, wenn er nicht so gemein gewesen wäre, seine Leute aufzufordern, mein Gesicht gründlich zu zerstören. Einer der Syndikat-Bosse, den ich nach langer Mühe zu sprechen bekam, interessierte sich sehr dafür und erledigte den Fall auf seine eigene Art: Ehe Lennie richtig wußte, was los war, stand er vor Gericht und landete für viele Jahre im Zuchthaus. Dann heiratete Frenchy mich, der Boß. Meine Erziehung schien ihn zu beeindrucken. Er selbst zog sich sehr gut an, hatte jedoch Manieren wie ein Landstreicher. Er kaufte mir einen Straßenkreuzer und einen Nerzmantel und setzte sich nach einiger Zeit in den Kopf, ich müßte Sängerin werden. Zum Erstaunen aller konnte ich wirklich singen. Der Haken war nur, daß meine Stimme zu schwach ist und einen zu kleinen Umfang hat. Sehen Sie nicht so nervös aus. Ich habe nicht die Absicht, hier im Hotel zu singen.«

»Sehe ich nervös aus?«

»Ich habe einen kleinen Schwips von den beiden Drinks. Bestellen Sie mir bitte noch einen. Frenchy war ehrgeizig und wollte an die Spitze des Syndikats kommen. Es kam zu Streitigkeiten mit den anderen Leitern, und Frenchy unterlag. Er fiel aus Versehen aus dem elften Stockwerk eines Wolkenkratzers. Dann war ich mit Windsalla befreundet, einem anderen Gangsterboß, der nach einem Jahr von der Regierung in sein Vaterland Italien zurückgeschickt wurde, weil er versäumt hatte, sich naturalisieren zu lassen. Ich sollte mitkommen, dachte aber nicht daran. Sein Abschiedsgeschenk hielt zwei Monate lang vor. Dann mußte der Nerzmantel herhalten. Schließlich verkaufte ich meinen Schmuck Stein für Stein. Durch Beziehungen bekam ich ein paar Engagements in Nachtlokalen, konnte mich indessen nirgends lange halten. Vor zwei Wochen sang ich in einer schäbigen Bar nur, weil ich als frühere Gangsterfreundin galt. Harry sah mein Bild draußen im Kasten und kam herein. Wir kannten uns schon seit Jahren. Er nahm mich mit in sein Hotel, wir tranken, tauschten Erinnerungen aus und wurden sentimental. Plötzlich kam er auf die Idee, daß wir heiraten könnten, und blieb auch am nächsten Morgen dabei, als er nüchtern war. Dadurch ist Sylvia hierher in ein gemachtes Luxusbett gekommen.«

»Ein durch und durch hartes Mädchen!«

»Ich habe ein Herz wie Stein, Lloyd.«

»Arme erledigte Frau! Nach meiner Rechnung müssen Sie jetzt sechsundzwanzig sein. Dicht vorm Ende des Lebens. Reif für warme Hausschuhe und einen Schaukelstuhl.«

»Erzählen Sie mir doch die spannende Geschichte Ihres Lebens!«

»Sind Sie denn für Dramatik, Konflikte und Spannung?«

»Sehr!«

»Dann also: Ich bin vor neunundzwanzig Jahren als jüngerer von zwei Brüdern geboren worden. In Royalsville, einer aufstrebenden Stadt von sechstausend Einwohnern im östlichen Ohio, nicht weit von Youngstown. Dort habe ich die Schulen besucht und tat mich beim Basketball, Baseball und im Langstreckenlauf hervor. Mein Vater war Drogist und besaß drei Geschäfte, als er sich zur Ruhe setzte. Meine Eltern leben heute in Bradenton, Florida, das nach den Anzeigen die größte Wohnwagenkolonie der Welt haben soll. Mein Bruder ist verheiratet, hat vier Kinder und leitet in Portland, Oregon, eine Sägemühle und einen großen Holzplatz. Ich habe eine berühmte Hotel-Fachschule besucht und bin durch ein paar verheilte Tuberkulosestellen, von denen ich nie etwas gewußt habe, davon verschont geblieben, eingezogen zu werden. Nach meiner Prüfung bekam ich ein paar gute Stellungen. Ich bin ein tüchtiger Hotelfachmann, wenn auch noch ziemlich jung für eine Direktorenstellung, und verdiene so gut, daß ich viel sparen kann. Meine Verwandten finden, daß ich einen gefährlichen Beruf habe, und wollen mich zur Sicherheit verheiraten. Einmal stand ich dicht davor, aber sie roch dauernd stark nach Pfefferminz, das ich nicht leiden kann. Inzwischen hat sie einen Philologie-Professor geheiratet und soll nach Aussage gemeinsamer Bekannter stramme hundertsiebzig Pfund wiegen. Hoffentlich ist meine Geschichte nicht zu spannend gewesen.«

Er lächelte ihr zu, aber das Lächeln verging ihm, als er entdeckte, daß sie ihn sehr ernst, fast traurig ansah. Ihre Augen glänzten, wie Augen es kurz vor dem Weinen tun. »Das haben Sie gut gemacht, Lloyd. Es war gerade das, was ich verdiene und was ich nötig hatte!«

»Was hatten Sie nötig?«

»Ich mußte aufhören, mich selbst zu bemitleiden. Ich wollte Ihnen einen Schock versetzen und habe erwartet, daß Sie mich mit einer Menge dummer Fragen überschütten würden. Statt dessen haben Sie mich sehr taktvoll auf meinen Platz verwiesen. Ich glaube, dramatisch zu sein, und war in Wirklichkeit nur albern.«

»Nur ganz wenig albern. So wenig, daß es gar nicht zählt.«

»Alles, was ich mir wirklich gewünscht habe, war ein Junge mit einem Drugstore, der es allmählich zu dreien bringen würde. Sie wären aber zu gut für mich gewesen, Lloyd.«

»Sie sind die junge Frau eines Mannes, dem der Hauptanteil eines sehr erfolgreichen Hotels gehört, das fantasievoll und zuverlässig von einem hervorragenden jungen Mann geleitet wird. Jetzt gehören Sie zu uns und werden genauso ehrlich und geradeaus sein wie alle anderen hier.«

»In Ordnung«, sagte sie. »Auf Wiedersehen, hervorragender junger Mann!«

»Gehen Sie in Ihr Haus zurück?«

»Ja, und Sie gehen an Ihre Arbeit und machen das Hotel immer erfolgreicher und größer.«

6

Der nackte bärtige Mann lag im Schutz der braunen Felsen und dachte an alle Menschen, die er gekannt, und an die seltsamen Kurven und Verdrehungen seiner Lebensstraße, die ihn zuletzt hierhergeführt hatte. Womit hatte es angefangen? Damit, daß Danton nach Maine kam? Oder daß Dockerty ihn an die Luft setzte? Oder an jenem ersten Tag mit Sylvia, als sie sich sehr schnell in äußerster Offenheit gefunden hatten, ohne daß später einer einen Grund dafür hätte angeben können.

Lloyd wußte, wann das nächste Stadium begonnen hatte. Nach jenem ersten Tag hatte er Sylvia eine Woche lang nicht gesehen, mußte jedoch oft an sie denken. Öfter, als vernünftig und verständlich war. Der Gedanke, daß sie mit Harry verheiratet war, berührte ihn plötzlich unangenehm, obwohl er kein Recht hatte, so zu empfinden.

Da war dieser Joey Tower gewesen und nach ihm jemand, dessen Namen sie nicht genannt hatte, und nach ihnen Lennie und Frenchy und Windsalla. Der Himmel mochte wissen, wie viele Episoden dazwischenlagen, in Torwegen, auf Treppen, in geparkten Wagen. Sylvia war bestimmt viel zu abgebrüht, um gegen Harrys schlaffen, dreiundfünfzig Jahre alten Körper Widerwillen zu empfinden. Ganz gleich, wieviel Politur sie nachträglich in jener Schule bekommen hatte – im Grunde war sie ein billiges Flittchen, eine Freundin von Verbrechern, die wüste Orgien hinter sich hatten. Und doch...

Harry lud ihn eines Abends ein, in seinem Haus ein Glas Bier mit ihnen zu trinken. Einer von Harrys Geschäftspartnern war da, ein Mann, der nichts mit dem Hotel zu tun hatte, sondern ein Lastwagen-Unternehmen in Texas, Louisiana, und Mississippi leitete. Er hieß Guntry, hatte ein langes, faltiges Gesicht, einen ebensolchen Hals und eine harte, hohe Stimme. An seiner linken Hand fehlten drei Finger.

Sylvia trug ein sehr schlichtes gelbes Baumwollkleid. Sie wirkte finster und innerlich abwesend. Die Unterhaltung war beschränkt. Guntry konnte über nichts anderes sprechen als über Traktoren und Anhänger, die Unkosten, die auf den Kilometer kamen, und was es kosten würde, wenn sie eine Linie bis Pensacola verlängerten.

Guntry wollte Harry schriftlich etwas vorrechnen, und beide gingen dazu in die entfernteste Ecke des großen Wohnzimmers. Sylvia saß mit gekreuzten Beinen auf einer Couch, hielt ihr Glas in beiden Händen und starrte mit gesenktem Kopf nach unten.

»Sehr lustig sind Sie heute nicht«, sagte Lloyd.

»Das tut mir leid. Ich habe mich so zusammengenommen, daß ich hoffte, niemand würde es merken.«

»Ist etwas passiert?«

»Nichts Besonderes. Es waren nur ungewöhnlich kurze Flitterwochen.«

Wenn Harry mit ihr sprach, lag in seiner Stimme eine ironische

Schärfe, die Lloyd überraschte. Er ging, sobald er konnte. Am nächsten Tag sah er in der Stadt den babyblauen MG, den Harry ihr geschenkt hatte. Eigentlich hatte er gerade ins Hotel zurückgehen wollen. Statt dessen ging er jetzt vor dem Wagen auf und ab, bis er Sylvia mit einem Paket im Arm aus einem Konfektionsgeschäft kommen sah.

»Eine Coke, meine Dame?«

»Lloyd! Sie haben mich ordentlich erschreckt. Heute ist mir mehr nach Bier zumute.«

»Da drüben gibt es gutes Bier, und an der Bar können Sie sogar in einem richtigen Sattel sitzen.«

Sie sah sich die Sättel an und setzte sich dann an einen Tisch, der in einer Nische stand. Der Kellner brachte ihnen große Krüge mit dunklem Bier.

»Ich glaube, gestern abend war ich gräßlich«, sagte sie.

»Ein bißchen.«

»Zu Ihnen kann ich offen sprechen, Lloyd. Sie haben so ein nettes Pfadfinder-Gesicht, und in diesem Fall besteht Ihre gute Tat darin, daß Sie zuhören. Ich habe mit beiden Händen nach dieser Heirat gegriffen. Und wie ich gegriffen habe! Ich habe es ihm verdammt deutlich klargemacht, daß es nicht aus Liebe war. Er meinte, er wäre nie davon überzeugt gewesen, daß es so etwas wie Liebe überhaupt gäbe. Und jetzt verlangt er sie von mir. Wenn er hier ist, soll ich um ihn herumstreichen und zärtlich sein. Er ist die Art Mensch, die alles ganz haben müssen, jedes Atom und jedes Molekül von allem, was sie besitzen. Er ärgert sich, wenn ich – wie er es nennt – meine Nase in ein verdammtes Buch stecke. Er erklärt mich für kalt. Wenn ich ihm nicht immer wieder versichere, was für ein großer Mann er ist, findet er, ich kritisiere ihn. Verflucht noch mal – ich war bereit, ihn zu heiraten, will mir aber nicht in mein ureigenstes Eigenleben hineinreden lassen.« Sie lachte plötzlich. »Hört sich verrückt an, wie?«

»Glauben Sie, daß er Sie liebt?«

»Nein. Er will mich nur innerlich kleinbekommen. Er wollte mich hierhaben, und ich wäre ohne Heirat nicht mitgekommen. Ich habe ihm erklärt, ich sei zu alt für ein Verhältnis, und daß solche Verhältnisse von Mal zu Mal kürzer werden und zuletzt, wenn man vierzig ist, in einer Trinidad-Spelunke nur noch zwanzig Minuten dauern. Die Heirat war mein Preis. Er hat ihn bezahlt, bildet sich jetzt aber ein, glaube ich, daß ich auch einiges bezahlen müßte.

Lennie hatte einmal eine junge Bulldogge, mit der ich viel gespielt habe. Wenn ich ihr ein Handtuch hinhielt, packte sie ein Ende und versuchte, es mir wegzureißen. Und jedesmal, wenn sie Gelegenheit dazu hatte, nahm sie ein Stück mehr zwischen die Zähne, bis ich zuletzt gerade noch so viel Platz für meine Finger hatte, um das Handtuch halten zu können. So ist Harry!«

»Mir hat er völlige Freiheit gelassen.«

»Versuchen Sie, von ihm wegzugehen, und warten Sie ab, was dann passiert.«

Er starrte sie an. »Ich könnte doch kündigen und gehen.«

»Sie könnten Portier in einem Absteigequartier werden; mehr nicht. Nie wieder würden Sie eine Stellung als Direktor eines guten Hotels bekommen. Nicht für lange. Nicht in diesem Land. Und ich weiß, wie er Sie fertigmachen würde. Durch seine Beziehungen zu Gewerkschaften. Jeder Hotelbesitzer, der Sie engagiert, würde nach kurzer Zeit unter irgendeinem Vorwand einen Streik auf dem Hals haben. Niemals läßt Harry Leute gehen, die für ihn arbeiten. Obwohl er es gern hat, wenn sie es versuchen – es macht ihm Spaß, wenn sie demütig wieder zurückkriechen.«

»Er ist kein Ungeheuer!«

»Natürlich nicht. Aber in seinem Geschäft gibt es gewisse Regeln, die er aus seiner Gangsterzeit in seine gesetzlichen Unternehmungen übernommen hat. Niemand verläßt ihn. Wenigstens keiner von den führenden Leuten. Sie hängen hier für Ihr Leben fest. Aber machen Sie sich nichts daraus. Sie haben es gut. Ich habe die Tantiemenliste gesehen. Sie stehen mit fünftausend Dollar drin.«

»Trotzdem gefällt es mir nicht.«

Als die Gelegenheit sich bot, prüfte er ihre Theorie. Er saß mit Harry zusammen in seinem Büro.

»Alles läuft tadellos glatt, Harry. Wenn es noch glatter wird, werde ich mich eines Tages langweilen und mir eine andere Stellung suchen.«

Harry grinste. »Dann langweilen Sie sich lieber nicht.«

»Ernsthaft! Nehmen Sie an, ich bekomme eines Tages Lust, wegzugehen.«

»Sie würden Ärger bekommen.«

»Aber ich könnte gehen, nicht wahr?«

»Was soll das heißen, mein Junge? Was setzt Ihnen zu? Brauchen Sie eine Gehaltserhöhung? Fühlen Sie sich nicht mehr wohl hier? Wenn alles glatt geht – warum lassen Sie sich nicht treiben und machen sich das Leben bequem? Oder wollen Sie unbedingt bis ans Lebensende schwer arbeiten?«

»Manchmal bekommt man Lust zu einer Abwechslung.«

»Wenn Sie eine Abwechslung nötig haben, sagen Sie mir Bescheid. Ich würde Sie vielleicht nach Paris schicken, damit Sie das Hotelwesen dort studieren. Und wenn Sie keine Sehnsucht nach Paris haben – Hotels gibt es überall. Ich kann Ihnen auch eine sehr attraktive Sekretärin mit College-Bildung mitgeben!«

»Aus allem spricht, daß Sie der Ansicht sind, ich müßte bei Ihnen bleiben, solange ich lebe!«

Harry stand auf. »Ist das so schlecht? Bin ich ein Grobian? Ist Ihr Gehalt nicht in Ordnung? Ich werde Ihnen etwas sagen. In jedem Geschäft gibt es Schlüsselstellungen. Viele Unternehmungen haben immer wieder mit dem Problem des Wechsels führender Leute zu tun. General Electric, General Motors, sogar die Luftwaffe. Und wissen Sie, was dieses Problem bei mir für eine Rolle spielt? Überhaupt keine, weil ich es zu keinem Wechsel kommen lasse. Und diesen Rekord will ich mir von Ihnen nicht verderben lassen, mein Junge. Wenn Sie jetzt nervös sind, ist das kein Wunder; Sie haben wie ein Hund gearbeitet. Wissen Sie was? Nehmen Sie sich tausend Dollar extra und fahren Sie für eine Woche weg. Hier wird inzwischen alles weiterlaufen.«

»Besten Dank, Harry, aber ich bin nicht nervös. Ich habe nur darüber nachdenken müssen.«

»Denken Sie nicht zuviel!«

»Angenommen, ich mache plötzlich Fehler. Würde ich dann entlassen werden?«

»Wenn Sie Fehler machen, verliere ich Geld. Wenn ich Geld verliere, verlieren auch meine Teilhaber Geld. Und wenn sie Geld verlieren, sagen sie: ›Was, zum Teufel, Harry, stellst du mit uns an?‹ Dann sage ich: ›Hört mal zu – dieser Wescott macht alles falsch, und zwar mit Absicht.‹ Dann sagen sie: ›Was hast du mit ihm angestellt?‹ So gern ich Sie habe, mein Junge – ich kann meine Partner nicht sitzenlassen. Sie haben Geld hier hineingesteckt und würden vielleicht denken, ich wollte sie übers Ohr hauen und ihre Anteile billig schnappen. Ich muß ihnen beweisen, daß es nicht so ist, und der Beweis kann in einer Zeitungsnachricht bestehen: Der Direktor des Green-Oasis-Hotels ist bei einem Autounglück ums

Lebens gekommen oder im Tahoe-See ertrunken oder hat sich erschossen oder so etwas Ähnliches.«

Lloyd spürte, wie es ihm kalt über den Rücken lief. »Wollen Sie mir Angst machen, Harry?«

»Zum Teufel, nein. Ich versuche Ihnen keine Angst zu machen. Ich sage nur, wie es ist. Ich würde in eine ganz verfluchte Situation geraten und müßte, so gern ich Sie habe, irgend etwas dagegen tun. Ich darf nicht anfangen, weich zu werden. Wenn man erst weich ist, und die anderen merken es, kommen sie wie ein Wolfsrudel und fressen einen bei lebendigem Leibe auf. Die einzige Möglichkeit für Sie, hier herauszukommen, wäre, daß Sie chronisch krank werden und nie wieder arbeiten können. Falls Ihnen so ein Unglück zustieße, würden Sie bis ans Lebensende Ihr Gehalt weiter bekommen. Aber es müßte eine echte Krankheit sein. Hinter eine Schiebung würden meine Partner bestimmt kommen und mit uns Schlitten fahren!«

Als Harry gegangen war, saß Lloyd noch lange, ohne sich zu rühren, und dachte über das eben Gehörte nach. Mach deine Arbeit oder laß dich umbringen. Es schien unglaublich, unmöglich – und war doch vollkommen wahr. Die Dantons hatten bei gesetzmäßigen Unternehmungen die Regeln der Gangster eingeführt. Schließlich schauerte er zusammen und ging wieder an seine Arbeit.

Außer Sylvia gab es keinen Menschen, mit dem Lloyd über seine Lage hätte sprechen können. Seinen Stab hatte er selbst angestellt. Charlie Bliss war selbständiger Leiter des Spielkasinos – es war unvorstellbar, daß er sich ihm anvertraute. Bliss hatte einen Kopf und ein Gesicht wie ein polierter Stein und wirkte auch so steinern.

Hoppy Hopper war kein Vertrauter. Lloyds Beziehungen zu ihm waren nicht gut. Einige Reklameideen Hoppers hatten nicht mit den Vorstellungen übereingestimmt, die Lloyd zu erwecken versuchte. Hopper war zu reißerisch, und Lloyd hatte sich über ihn beklagen müssen, bis Harry befahl, daß Hoppy jede neue Idee Lloyd zur Genehmigung vorlegen müsse. Hopper war darüber sehr ärgerlich.

Lloyd sah ein, daß er sich niemandem anvertrauen könne. Er hatte sich nie für einen Einzelgänger gehalten, sondern immer viele gute Freunde gehabt. Im wesentlichen jedoch war er allein geblieben; das merkte er jetzt erst.

Im Dezember fing Sylvia an, mehr Zeit im Hotel zu verbringen. Er entdeckte sie in einer der Bars oder am großen Swimmingpool.

Jedesmal, wenn er sie sah, ging er zu ihr und unterhielt sich eine Weile mir ihr. Sie kam ihm verkrampft und unglücklich vor, und ihre Augen wirkten müde. Als Harry auf eine Geschäftsreise ging und erklärte, er würde nicht vor Neujahr zurückkommen, fühlte Lloyd eine Erleichterung, die er sich nicht erklären konnte, bis ihm aufging, daß er während dieser Zeit mit Sylvia ungehemmter sprechen konnte und sich darüber freute.

Harry fuhr an einem Freitag ab. Am Sonntag dachte Lloyd daran, daß er Sylvia seit drei Tagen nicht gesehen hatte. Er lief ziellos durch die Anlagen um das Hotel, bis er halb unabsichtlich vor der Tür ihres Hauses stand. Er sah sie durch die Glasscheibe in der Tür allein sitzen; das Sonnenlicht, das vom Swimmingpool reflektiert wurde, erhellte ihr Profil.

Als er sie anrief, stand sie auf, kam zur Tür, stieß sie auf und sagte: »Kommen Sie herein.«

Als er ihr Gesicht von vorn sehen konnte, bekam er einen Schreck. Ihr linkes Auge schillerte in allen Farben. Die Verfärbung zog sich über die halbe Wange und verblaßte zu den Rändern hin. Das Auge war geschwollen und der äußere Winkel eingerissen. Aus einem schmalen Schlitz blickte es ihn ernst an.

»Was ist passiert?«

»Ich bin gegen eine Tür gerannt. Ja – gegen eine Tür.« Sie wandte sich so abrupt ab, daß ihr weißer Faltenrock herumwirbelte.

»Was ist passiert?«

»Schwamm drüber, Lloyd. Nennen Sie es ein Abschiedsgeschenk. Damit ich ihn nicht so schnell vergesse.«

»Wie ist es dazu gekommen?«

Sie drehte sich um und sah ihn an. Nach einer Weile lächelte sie. »Armer Pfadfinder! Sie sind zu empfindsam. Gewöhnlich macht er es vorsichtiger. Deshalb trage ich manchmal lange Ärmel und manchmal einen einteiligen Badeanzug. Aber das sind Probleme, mit denen jedes Mädchen leicht fertig wird.«

»Macht er das oft?«

»Allmählich mehr als zu Anfang. Ich passe nicht allzu gut zu ihm, und das ist seine Art, jemanden passender zu machen. Es tut weh, und den Schmerz möchte man vermeiden. Bald befolgt man jeden Befehl wie ein artiges kleines Lamm. Ich bin eine Expertin in blauen Augen. Nach drei Tagen kann ich sie hinter einer Sonnenbrille verstecken. Das hier ist noch milde. Joey Tower warf mich öfter an die Wand, weil es ihm Spaß machte. Allerdings war ich

damals noch ein Kind, und alle Verletzungen heilten schneller.«
Ihre Stimme zitterte.

»Sylvia!«

»Ich brauche weder Mitgefühl noch Verständnis. Es war nur ein kleiner Ehestreit und geht Sie gar nichts an. Noch nie im Leben habe ich jemanden nötig gehabt, auf den ich mich stützen konnte, und jetzt werde ich nicht mehr weich. Sie sind nur ein...« Ihre Stimme brach; der Mund verzerrte sich und zitterte wie der eines Kindes, das mit Tränen kämpft. Er ergriff ihre Handgelenke, und sie ließ sich zögernd in seine Arme ziehen.

Jetzt strömten ihre Tränen. Lloyd hielt Sylvia fest, bis der Weinkrampf sich allmählich zu lösen anfing. Das Schluchzen wurde langsamer und flacher, hörte auf. Dann machte sie sich von ihm frei und lief hastig aus dem Zimmer. Sein Hemd und die Aufschläge seines weißen Jacketts waren feucht, und auf dem linken Aufschlag war ein Lippenstiftfleck. Es dauerte zehn Minuten, bis sie mit fast schüchternem Gesicht zurückkam.

»Ich bin verflucht dumm. Vielen Dank, Lloyd. Ich kann mich nicht erinnern, wann ich zum letztenmal im Leben richtig geweint habe.«

»Freut mich, daß ich Ihnen von Nutzen sein konnte. Aber ich habe hier etwas Verdächtiges abbekommen. Vielleicht wissen Sie noch nicht, Sylvia, wie perfekt in einem großen Hotel das Spionagesystem funktioniert. Man braucht nur die Gäste und die Angestellten zu beobachten. Wenn ein Page dreißig Minuten im Zimmer eines gelangweilten weiblichen Gastes zubringt, weiß vor Ablauf der nächsten halben Stunde der zweite Pastetenkoch, welches Parfüm die Frau benutzt und was für Unterwäsche sie trägt.«

»Ich habe ein Mittel dagegen«, sagte Sylvia und holte eine kleine Flasche.

»Soll ich das Jackett ausziehen?«

»Nicht nötig. Stellen Sie sich nur so, daß das Licht darauf fällt.«

Sie rieb kräftig auf dem Fleck herum und biß sich dabei auf die Unterlippe. Als sie fertig war, schraubte sie die Flasche zu und betrachtete ihr Werk. »Sehen Sie? Weg!«

Er legte die Hände auf ihre Schultern. Sie blickte ihn leicht erschrocken an. »Bitte, Lloyd – nicht...«

Mit seinen Lippen auf ihren sagte sie noch einmal »nicht« und ergab sich dann. Wie von weit weg hörte er die Flasche auf den Fußboden fallen. Ihm kam es vor, als ob sie sich tausendmal küßten. Schwer atmend lösten sie sich endlich voneinander. Sie gab ihm den Lappen, mit dem sie den Lippenstiftfleck beseitigt hatte. »Wischen Sie sich den Mund ab. Verdammt, das ist das Irrsinnigste, was wir tun konnten. Ich will nicht, daß Sie sich auf diese Art kaputtmachen. Ich bin nur eine...«

Und mit einem Laut, der wie ein tiefer Seufzer klang, ließ sie sich wieder in seine Arme sinken.

Sein klares Verständnis für die Lage kam erst später, als die Sonne schon tief stand, als sie träumerisch nebeneinanderlagen und gemeinsam eine Zigarette rauchten. Er versuchte, jeden Gedanken an eine drohende Gefahr aus seinem Kopf zu verdrängen und auch das Bewußtsein, daß er eine entsetzliche Dummheit begangen hatte.

Immer hatte er darauf geachtet, jede engere, gefühlsmäßige Beziehung zu einem Gast zu vermeiden. Reichliche Gelegenheit, sich zum Narren zu machen, hatte er immer gehabt, und in seiner ersten Stellung war er auch einmal ausgerutscht. Ein mitleidiger Direktor hatte ihm deutlich klargemacht, wie er durch solche Dummheit seiner Karriere schaden würde.

Diesmal waren die Begleitumstände weitaus schlimmer. Sylvia war die Frau des Eigentümers, und es spielte keine Rolle, ob sie einsam, unglücklich, mißhandelt und schön war. Es spielte auch keine Rolle, ob sie leidenschaftlich und überaus reizvoll war. Sie war Harrys Frau.

Lloyd begann, sich hastig anzuziehen. Sie ging aus dem Zimmer und kam schnell wieder in ihrem einfachen gelben Baumwollkleid zurück. »Geh noch nicht«, sagte sie. »Wir müssen vorher etwas besprechen.«

Sie waren beide ernüchtert und besorgt. Sie hatten den sichersten Weg zum Selbstmord eingeschlagen. Eindrücklich und logisch erklärten sie einander, daß sie nur einen unglückseligen Zwischenfall hinter sich hätten, den sie als vernünftige, erwachsene Menschen so schnell wie möglich vergessen müßten und zu dem es nie wieder kommen dürfte. Wenn sie sich Mühe gäben, könnten sie wieder genauso miteinander verkehren wie bisher.

Aber vielleicht waren ihre Beziehungen bisher auch schon zu freundschaftlich gewesen?

Je länger sie immer neue Argumente zur Bestärkung dieser Ansichten austauschten, desto klarer wurde ihnen, daß sie in den Wind sprachen.

»Was du vorhin über Hotels gesagt hast...«, begann sie.
»Ja?«
»Wir werden sehr vorsichtig sein müssen, Lloyd. Schrecklich vorsichtig!«
»Ich weiß!«
»Wir dürfen nicht leichtsinnig sein!«

7

Während der nächsten paar Tage beobachtete Lloyd die Angestellten genau. Er wußte, wenn es Klatsch gab, wenn er gesehen worden war, als er in Harrys Haus ging und zwei Stunden darin blieb, als Sylvia allein war, würde er fragenden, nachdenklichen Blicken begegnen und sehen, daß geflüstert wurde. Eins begünstigte ihr Verhältnis: Lloyd hatte seine eigene Arbeit nie streng nach der Uhr eingeteilt, sondern die einzelnen Abteilungen wohl täglich, doch zu jedesmal anderen Zeiten inspiziert. Und da er genug Zeit übrigbehielt, war ein Besuch keine Garantie dagegen, daß er nicht in derselben Abteilung am selben Tag noch ein- oder zweimal auftauchen würde. Dadurch hatte er die Zügel fest in der Hand behalten und ein in jeder Beziehung tadellos funktionierendes Haus geschaffen.

Auf der anderen Seite wurde Lloyd durch einen Nachteil belastet: Seine Sekretärin war von Anfang an gewöhnt, ständig von ihm über seinen jeweiligen Aufenthaltsort unterrichtet zu werden, damit sie ihn im Notfall stets erreichen konnte. Das mußte geändert werden, und er änderte es langsam, Schritt für Schritt. Als seine Sekretärin sich darüber beklagte, erklärte er ihr, alles liefe jetzt so glatt, daß man die frühere Routine etwas weniger scharf handhaben durfte. Er war noch zweimal mit Sylvia zusammen, ehe Harry zurückkehrte, einmal abends an einem Dienstag, einmal ein paar Tage später um Mitternacht. Jede dieser Episoden war so sorgfältig festgelegt und berechnet worden wie eine militärische Operation.

Nachdem Harry zurück war, ging es auf keinen Fall mehr. Lloyd wurde fast übel, wenn er daran dachte, daß Harry mit ihr zusammen war. Eines Tages steckte Sylvia ihm einen Zettel zu, auf dem stand, sie würde im Ort um drei Uhr nachmittags in der Bierbar sein.

Sie saß in der hinteren Nische, als er hereinkam, und lächelte ihm strahlend entgegen.

»Was gibt es?«

»Ich wollte dich nur sehen und mit dir sprechen, Lloyd. Dir sagen, daß alles jetzt leichter für mich ist. Ich bin nicht mehr so empfindlich wie früher und fühle mich nicht mehr so einsam.«

»Hat er Verdacht geschöpft?«

»Nein, nicht den geringsten. Außerdem ärgert er sich derart über Charles Bliss, daß er augenblicklich an nichts anderes denkt.«

»Was ist denn los mit ihm?«

»Die Staatspolizei hat im Kasino herumgeschnüffelt. Während Harry verreist war, ist Charlie offenbar zu gierig geworden. Harry hat befohlen, daß er sechs Monate lang keinen Extra-Anteil bekommen soll, ganz gleich, welche Gewinne erzielt werden sollten.«

Er starrte sie an. »Ich verstehe das nicht...«

Sie erwiderte seinen Blick. »Ich habe gedacht, du wüßtest darüber Bescheid.«

»Worüber?«

»Liebling, dies ist der schlimmste Laden der Welt. Hast du auch nur eine Minute lang geglaubt, Harry und seine Partner würden ein streng gesetzlich betriebenes Spielkasino auf die Beine stellen? Äußerlich ist natürlich nichts zu merken, und der kleine Mann, der zwei- oder dreihundert riskieren kann, hat hier dieselben Chancen wie überall in Nevada. Aber ab und zu fällt ihnen ein lohnendes Opfer in die Hände. Erinnerst du dich noch dieser beiden Männer aus Houston? Sie haben hundertachtzigtausend Dollar verloren!«

Lloyd erinnerte sich. »Du meinst, sie sind betrogen worden?«

»Darauf kannst du Gift nehmen!«

»Wie ist das möglich? Es gibt Inspektionen. Bücher müssen geführt werden. Wenn das Kasino zuviel verdient, können sie es schließen, und die ganze Einrichtung wird auseinandergenommen und von Fachleuten untersucht.«

»Zuerst: die Bücher werden dreifach geführt. Dreifach, weil Harry seinen Partnern gerade so viel gibt, daß sie zufrieden sind. Zweitens: Charlie Bliss ist der größte Mechaniker auf diesem Gebiet, und einige seiner Leute sind nicht viel schlechter. Wir leben im elektronischen Zeitalter – Charlies Vorrichtungen kann man in der Handfläche verbergen und braucht keine Drahtleitungen. Das Kasino würde jede Inspektion überstehen, ohne daß die Beamten auch nur das Geringste entdecken.«

»Hätten sie an diesen Männern aus Houston nicht auch ohne Betrug gut verdient? Das Kasino ist doch immer im Vorteil.«

»Nicht genug, mein Unschuldslamm. Vielleicht hätten sie fünfzehn- oder zwanzigtausend Dollar verloren und wären gegangen. Mit seinen geheimen Apparaturen hat Charlie jedes Spiel völlig in der Hand. Er sah, daß die beiden nach einem System spielten, und ließ sie zuerst einmal dreißigtausend gewinnen, dann verlieren, bis sie wie zu Anfang dastanden, dann fünfunddreißigtausend gewinnen, wieder verlieren, schließlich fünfzigtausend gewinnen. Das hätte sich fast als Irrtum erwiesen, weil einer von ihnen genug hatte und vorschlug, Schluß zu machen. Fast wären sie wirklich gegangen, blieben jedoch schließlich. Mittlerweile hatten sie fünf Stunden lang gespielt und zwischendurch scharfe Sachen getrunken, so daß sie nicht mehr so klar wie zu Anfang waren. Zuerst ließ Charlie sie noch einmal hoch gewinnen, so daß sie glaubten, ihr System funktioniere richtig. Sie setzten auf Schwarz, und von nun an kam nur noch Rot. Sie verdoppelten ihren Einsatz jedesmal, weil sie überzeugt waren, daß Schwarz wieder kommen müßte, aber es blieb bei Rot, bis sie ihren letzten Dollar verloren hatten.«

Bis dahin war Lloyd stolz auf das Hotel gewesen und hatte nicht viel über das Spielen im Kasino nachgedacht. Es interessierte ihn nicht und ging ihn nichts an. Seine Sache war, ein gutes Hotel so gut zu leiten, wie er konnte. Das hatte er getan und Freude an der Arbeit gehabt. Jetzt waren Stolz und Freude verflogen.

Als Harry im Februar abermals verreiste, war Lloyd wieder öfter bei Sylvia. Sie bedeutete für ihn das einzig Angenehme in einer widerlichen Welt. Ihre gegenseitige Begierde war groß, und große Begierde schuf Tagträume.

»Liebling«, sagte sie leise, die fast geschlossenen Lippen an seinem Hals, »wir gehören nicht hierher. Wir müssen irgendwohin fliehen, wo niemand uns finden kann.«

Seine Abneigung gegen seine Stellung war wie eine Krankheit. Dem Personal gegenüber wurde er reizbar, und das Personal reagierte, indem es seine Arbeit vernachlässigte. Nicht viel – nur ein Fachmann hätte den winzigen Unterschied wahrgenommen. Ein bißchen Schmutz an kaum sichtbaren Stellen. Ein Fleck in der Wäsche. Ein geräuschvolles Lager in einem der Elektromotoren.

»Weit weg von hier«, sagte er. »Eine Insel in der Südsee. Brandungsschwimmen. Von Kokosnüssen leben.«

Sylvia war es, die wie nebenbei sagte: »Natürlich wäre das alles möglich, wenn wir genug Geld mitnähmen. Von Harrys geliebtem Geld.«

Als sie das sagte, saßen sie sich an einem kleinen Tisch gegenüber. Ihre Worte schienen lange Zeit in der Luft zu hängen. Sie sahen einander an und lenkten ihre Blicke dann unbehaglich zur Seite. Sylvia lachte nervös. »Das ist eine Idee, die wir doch besser fallenlassen.«

Aber Lloyd behielt die Idee im Kopf, und sie wurde größer und größer. Es war gestohlenes Geld. War es unrecht, wenn man dem Dieb etwas davon wieder wegnahm? Vorwände, ins Kasino zu gehen, hatte er jederzeit, weil das Hotel die Bedienung mit Lebensmitteln und Getränken stellte. Er sah schnell ein, daß er nicht mehr Chancen als ein Fremder hatte, an das Geld zu kommen. Charlie hatte sich gegen Überfälle in jeder Beziehung gesichert.

Die Idee aber blieb. Als ihm schließlich einfiel, wie er an das Geld kommen könnte, war es lächerlich einfach. Gewinner hatten ungern viel Bargeld bei sich oder in ihren Zimmern. Sie deponierten es im Hotelsafe, einem modernen Geldschrank hinter der Rezeption. Als er selbst eines Abends einen dicken Geldumschlag hineinlegte, wunderte er sich darüber, daß er nicht vorher an das Geld der Gäste gedacht hatte.

Die Hauptkassiererin, Mrs. Boyer, hatte einen Schlüssel zum Geldschrank und er selbst den anderen. Beide Schlüssel mußten gleichzeitig benutzt werden. Außerdem besaß Harry noch einen Schlüsselsatz, den er irgendwo eingeschlossen hatte. Wenn Mrs. Boyers Dienst zu Ende war, gab sie ihren Schlüssel Harmon oder sonst jemandem, der nachts an der Rezeption Dienst hatte.

Lloyd selbst gab seinen Schlüssel nie aus der Hand. Es ärgerte ihn öfter, wenn er in seiner freien Zeit nach unten kommen mußte, um den Geldschrank aufschließen zu helfen, kam ihm indessen sicherer vor. Wenn Mrs. Boyer im Haus war, gab sie ihm ihren Schlüssel. Lloyd schloß auf, wieder zu und gab ihr den Schlüssel zurück. Wenn das Haus voll war, lag oft viel Geld im Geldschrank.

Er suchte in Gedanken nach dem sichersten Weg. Schließlich glaubte er, ihn gefunden zu haben, und erklärte ihn Sylvia, als Harry für drei Tage nach Los Angeles fuhr. Sie war, wie immer, sehr nervös, sobald das Gespräch darauf kam.

»Würde er die Polizei holen?« fragte er. »Es ist nicht sein Geld.«

»Er würde überhaupt nicht auf den Gedanken kommen, sondern das Fehlende sofort selbst ersetzen. Und dann würde er seine Leute hinter uns herschicken.«

»Sie würden uns nie finden. Nicht, wenn wir genug Geld zur Verfügung haben.«

»Wir müssen eben genug haben. Bist du sicher, daß dein Plan funktioniert?«

»Ich glaube wohl.«

»Du wirst eine richtiggehende Probe machen müssen. Alles, wie es sich in Wirklichkeit abspielen soll, nur ohne Geld zu nehmen.«

»Ich weiß.«

Sie preßte sich an ihn. »Ich habe Angst, Lloyd!«

»Was bleibt uns anderes übrig? Fällt dir etwas Besseres ein?« fragte er.

Die Probe funktionierte tadellos. Als Lloyd Gelegenheit bekam, es ihr zu erzählen, erklärte sie, sie hätte beschlossen, doch nicht mitzumachen.

Im Mai wurde Harry noch brutaler zu ihr. Überdies machte Harry Lloyd Vorwürfe darüber, daß die Bedienung nicht mehr so gut wie früher sei. Alles trieb auf die unvermeidbare Krisis zu.

Am ersten Mai fuhr Harry auf zwei Wochen geschäftlich nach New Orleans, Miami und Havana. Sie lagen in der Dämmerung dicht nebeneinander und sprachen davon, daß es jetzt geschehen müsse. Sie besprachen, was jeder von ihnen zu tun hätte. Jeder packte die wichtigsten Sachen in Koffer, und es gelang Lloyd, sie unbeobachtet im Pontiac zu verstauen.

Die beste Zeit für die Flucht war der frühe Morgen, gleich nach Mrs. Boyers Dienstantritt. Er kam mit einem leeren blauen Leinwandbeutel nach unten und ging in sein Arbeitszimmer. Seine Sekretärin war schon bei der Arbeit. Er sagte ihr guten Morgen und sah fünf Minuten lang die Berichte der einzelnen Abteilungen durch, ohne etwas davon zu begreifen.

»Betty?«

»Ja, Mister Wescott?«

»Gehen Sie doch bitte gleich zu Tony Arco und vergleichen Sie seine Getränkevorräte mit der Inventurliste. Um die einzelnen Flaschen in der Bar brauchen Sie sich nicht zu kümmern – es kommt mir nur auf die Kisten an. Die ganze Geschichte dürfte nicht länger als eine Stunde dauern.«

Als sie gegangen war, holte Lloyd tief Luft. Er nahm einen

Briefumschlag aus einer Schreibtischschublade, ging in Mrs. Boyers Zimmer und sagte: »Geben Sie mir bitte Ihren Schlüssel.«

Wie immer, gab sie ihm ihren ganzen Schlüsselring, nachdem sie den Geldschrankschlüssel von den anderen getrennt hatte. Er ging zum Geldschrank, schloß auf, legte den Briefumschlag hinein und schob einen Gummikeil, den er vorher zurechtgeschnitten hatte, zwischen Tür und Rahmen. Dann schloß er die Tür wieder, ohne zuzuschließen. Der Gummikeil hielt sie so fest, daß sie wie zugeschlossen wirkte. Er steckte die Schlüssel in die Schlüssellöcher, drehte sie hin und her und brachte Mrs. Boyer ihr Bund zurück. »Ich habe Betty weggeschickt. Sie kommt frühestens in einer Stunde zurück. Würden Sie so nett sein, Foster zu suchen, um ihm das hier zu geben?«

Es war ein Verbesserungsvorschlag der Firma, die ihre Klimaanlage geliefert hatte, und Foster, der Cheftechniker des Hotels, wartete schon lange auf diesen Vorschlag.

»Natürlich, Mister Wescott«, sagte sie und stand auf. »Wissen Sie, wo er sein könnte? In seinem Arbeitszimmer ist er augenblicklich nicht.«

»Versuchen Sie es auf dem Dachgarten. Er hat wieder mit dem Springbrunnen Schwierigkeiten gehabt.«

Lloyd wußte, daß Foster auf dem Dach war. Dadurch gewann er wieder mehrere Minuten, die er berechnet hatte. Sobald Mrs. Boyer weg war, rannte er in sein Arbeitszimmer, nahm den blauen Beutel und ließ ihn vor dem Geldschrank auf den Fußboden fallen. Er riß die Tür auf, nahm den Gummikeil und steckte ihn in die Tasche. Die hohen Stapel dicker Umschläge, in denen die Schmucksachen von Gästen lagen, stieß er beiseite. Zwei starke Geldscheinbündel warf er in den Beutel, der davon fast voll wurde. Er zog den Reißverschluß zu, schloß die Geldschranktür und klemmte dabei den Gummikeil wieder ein, trug den Beutel in sein Arbeitszimmer und stellte ihn außer Sicht hinter seinen Schreibtisch.

Er atmete schwer. Alles hatte sich notwendigerweise bei offener Zimmertür abgespielt, so daß er beinahe von der Halle aus zu sehen gewesen wäre. Die beiden Männer hinter der Rezeption standen nur zehn Schritte von dieser Tür entfernt und kamen während des Tages öfters ins Zimmer. Auch zwei junge Kassiererinnen waren in der Nähe, von denen jeden Augenblick eine hätte hereinkommen können. Die Telefonzentrale lag nur vier Meter von der Tür entfernt. Es war ein kalkuliertes Risiko. Als er den Beutel neben seinem Schreibtisch fallen ließ, sah Lloyd nach seiner Armbanduhr und stellte fest, daß alles nicht länger als vierzig Sekunden gedauert hatte.

Er saß an seinem Schreibtisch und sah Mrs. Boyer zurückkommen. Er ging zu ihr und bat sie noch einmal um ihren Schlüssel. »Tut mir leid, daß ich nicht beides auf einmal hineinlegen konnte. Wie steht es mit dem Springbrunnen?«

»Wenn es nach seinen Schimpfworten geht, sollte ich annehmen, daß er noch vor dem Essen wieder funktioniert.«

»Gut.« Lloyd zog den Gummikeil heraus und verschloß den Geldschrank diesmal richtig. Als er ihr ihre Schlüssel gab, sagte er: »Bestellen Sie Betty, daß ich in den Ort gefahren bin, um einiges zu erledigen.«

Gäste, die Wertsachen zur Aufbewahrung abgegeben hatten, wußten, daß sie sie zwischen neun und elf aus dem Geldschrank holen konnten. Mrs. Boyer fragte: »Und wenn ich etwas aus dem Geldschrank holen muß, Mister Wescott?«

»Halten Sie sie hin«, versetzte er lächelnd. »Ich bleibe nicht lange.«

Er ging aus dem Hotel, langsam, und versuchte, gleichgültig auszusehen. Seine Beine zitterten. Er setzte sich in seinen Wagen, drehte sich noch einmal um, warf einen letzten Blick auf das Hotel und fuhr die Straße hinunter. Der blaue MG stand auf dem Parkplatz des Supermarkts, und Sylvia wartete an einer schattigen Stelle. Sie kam heran, als sie ihn sah, setzte sich neben ihn und warf die Tür ins Schloß. Er fuhr sofort weiter.

Sie blickte angespannt nach vorn. Ihr Gesicht war sehr blaß.

»Hast du es?« fragte sie.

»Ja.«

»Wieviel?«

»Keine Ahnung. Jedenfalls genug.«

»Mein Himmel, habe ich Angst! Ich habe Angst, Angst, Angst!«

»Ruhig, Liebling. Hole erst mal tief Luft! Harry ist weg, und dadurch muß es klappen. Nachmittag werden sie anfangen, sich zu wundern, aber vor dem Abend gibt es bestimmt noch keine Aufregung. Und selbst dann werden sie uns nicht beide damit in Verbindung bringen. Zu einer Panik kommt es frühestens nachts, und ich glaube nicht, daß sie vor morgen in den Geldschrank kommen werden.«

»Ich glaube, ich werde bis ans Lebensende die Angst nicht

loswerden. Du weißt nicht, wessen sie fähig sind. Du weißt nicht, was sie uns antun können.«

»Nichts kann schlimmer sein, als wenn wir hier geblieben wären. Irgendwann am Vormittag werden wir bei Juarez über die Grenze gehen. Es ist weiter, aber dafür sicherer. Wenn wir drüben sind, wirst du wieder Mut fassen.«

Aber sie hatte keinen Mut gefaßt. Sie war bei ihrer schrecklichen Angst geblieben. Ihre Liebesbeziehungen litten unter ihrer Spannung und Furcht. Erst als sie nach Talascatan kamen, schien sie sich ein bißchen zu beruhigen.

Hundertundzehntausend Dollar kamen einem wie eine Menge Geld vor. Aber wenn man daran dachte, daß es nur sechzig Prozent von dem Geld waren, um das Charlie die beiden Texaner betrogen hatte, dünkte es einen nicht mehr so viel.

Sylvias ganzes Leben war hart und grausam gewesen, hatte jedoch nicht ihre Sehnsucht nach Liebe und Zärtlichkeit töten können, die zu haben sie bestritt, die indessen trotzdem existierte.

»Du!« sagte sie, als sie in der samtenen Nacht von Talascatan zum Motel zurückgingen. »Du bist, was ich nie gehabt und mir immer gewünscht habe, ohne es mir selbst jemals zuzugestehen. Ein ›Drei-Drugstores-Mann‹. Ein Mann, der in schattigen Straßen groß wurde. Ein Mann, der immer noch etwas von einem Jungen an sich hat. Wir werden nie richtig glücklich werden, Lloyd, wenn wir für den Rest unseres Lebens herumfaulenzen. Ich will arbeiten – irgend etwas und mit dir zusammen!«

»Zum Beispiel?«

»Wir werden eine Zeitlang umherreisen und dann irgend etwas anfangen. Ein kleines Gasthaus vielleicht, in dem man gut zu essen, saubere Zimmer und auch etwas zu trinken bekommt. Kein großartiger Stab, sondern ein paar eingeborene Angestellte. Nicht so groß, daß anderswo davon gesprochen wird, sondern ein kleines Haus in einem verborgenen Winkel der Welt.«

»Kinder?«

»Darüber haben wir noch nie gesprochen, nicht wahr? Weißt du nicht mehr, daß ich dir einmal sagte, du brauchtest dir keine Sorgen zu machen? Den Grund habe ich damals verschwiegen. Jetzt muß du ihn erfahren, finde ich. Womöglich kommt er dir äußerst wichtig vor, und du fühlst dich betrogen, aber vorher konnte ich nicht mit dir darüber sprechen. Ich habe zwei Eingriffe hinter mir, einen für sechzig Dollar in einer schmutzigen Wohnung, nach dem ich eine Woche später wieder gesund war. Der zweite kostete fünfzehnhundert in einem makellosen Sanatorium, in dem sie mich beinahe umgebracht hätten und so zugerichtet haben, daß ich nie wieder Kinder bekommen kann. Bist du sehr unglücklich darüber?«

»Ich weiß es nicht. Immer habe ich gedacht, ich würde einmal Kinder um mich herum haben. Aber wenn ich wirklich welche haben will, wird einer schon gern dem reichen Americano ein paar überlassen.«

»Du bist gut, Lloyd. Jetzt glaube ich, daß wir ein langes und glückliches Leben zusammen führen werden, und werde auch keine Angst mehr haben.«

»Lang und glücklich«, sagte Lloyd, blieb auf der dunklen Straße stehen und küßte sie. Hand in Hand gingen sie weiter und schwangen die verschlungenen Hände hin und her.

Es war die Nacht, in der Tulsa, Benny und Valerez auf sie warteten. So wurde ihr Leben in Wirklichkeit nur kurz und so häßlich, wie man ein kurzes Leben nur machen kann.

8

Er setzte sich auf, kratzte seinen Bart und streckte sich, bis die Schultern knackten. Innerlich war er weit weg gewesen, hatte eine lange Zeit durchdacht und sich vieler Dinge lebhaft erinnert. Eine deutliche Antwort auf die Frage, weshalb alles so gekommen war, würde es nie geben. Blinde Leidenschaft, das Gefühl, in eine Falle gegangen zu sein, Mitleid mit Sylvia und sich selbst – all das hatte sich vielleicht verbunden, um ihm ein Trugbild vorzugaukeln. Aber wenigstens half es ihm vorläufig innerlich weiter, tröstete ihn darüber, daß er Dinge begangen hatte, an die er vorher nicht im Traum gedacht hätte.

Während er sich langsam anzog, überlegte er, was die Menschen, die er gekannt hatte, von ihm denken mochten. Harry hatte die Ereignisse vor den Hotelangestellten sicher nicht verbergen können. Der Stab würde es erfahren haben, und durch ihn war es in der ganzen Hotelbranche bekanntgeworden. »Wissen Sie noch – Wescott? Großer junger Mann. Tüchtiger Direktor. Wissen Sie, was dieser Kerl fertigbekommen hat? Die Frau des Inhabers entführt und ein paar hunderttausend Dollar mitgenommen. Es ist alles vertuscht worden, aber ist es nicht eine tolle Sache?«

So würden sie an den Rezeptionen, in den Wäschekammern, den Küchen und hinter den Bars darüber sprechen. Und sie würden die Schultern zucken und sagen, es zeige wieder einmal, wie man sich in einem Menschen täuschen könne.

Ähnliche Gespräche gab es wahrscheinlich auch in einer anderen Welt, in gewissen Apartments, auf Rennbahnen, in Einzelzimmern von Schlemmerlokalen, in Bar- und Kasinobüros. Die Menschen dort würden es von einem anderen Gesichtspunkt aus betrachten.

»Weißt du, was Harry passiert ist? Er hat doch Sylvia geheiratet, die frühere Frau von Frenchy. Für sein neues, großes Hotel hatte er einen ziemlich jungen Mann als Direktor engagiert. Und dieser Junge ist mit Sylvia und einem großen Brocken aus dem Geldschrank abgehauen. Wie weit sie gekommen sind, weiß ich nicht. Das einzige, was ich weiß, daß nirgends nach den beiden gesucht wird. Danach kannst du dir selber ausrechnen, wie weit sie gekommen sind.«

Langsam ging Lloyd zur Hütte zurück. Noch andere Menschen würden darüber sprechen. Sein Bruder und dessen Frau. Seine Eltern in ihrem Wohnwagen in Bradenton. Traurige Gespräche. Er wußte, daß sie zur Polizei gegangen waren. Er sah vor sich, wie sie mit Polizisten und mit Harry sprachen. Er sah Harrys ausgebreitete Hände, seine weit offenen Augen, aus denen völlige Unschuld sprach.

»Wie, zum Teufel, soll ich wissen, wo Ihr Sohn geblieben ist, Mister Wescott? Ich war nicht hier, und als ich zurückkam, war er verschwunden. Ich habe viel für den Jungen getan, und trotzdem ist er ohne Abschied davongegangen. Wie konnte er das? Sie haben seine Spur bis zur mexikanischen Grenze verfolgt? Dann würden Sie ihn besser da unten suchen, als mir Fragen stellen. Ich bin ein vielbeschäftigter Mann.«

Beim Gedanken an seine Verwandten versuchte Lloyd Trauer und Reue zu fühlen. Es gelang ihm nur schwach; sie waren zu weit entfernt. Sie betrauerten einen Mann, den sie für tot hielten. Der Mann, zu dem er geworden war, hätte ihnen wenig gefallen. Sie hätten ihn nicht einmal erkannt, auch nicht mehr viel gemeinsam gehabt. Der tüchtige, lächelnde Lloyd Wescott früherer Jahre war in einem mexikanischen Hotel gestorben. Was er jetzt plante, würden sie nie begreifen oder entschuldigen. Rache war für sie etwas Barbarisches. Mord unbegreiflich.

Allmählich wurde Lloyd fähig, länger und schwerer zu arbeiten. Einmal hatte er während der Semesterferien auf dem College bei einer Straßenbaukolonne geholfen, mit Picke und Schaufel. Aber die Arbeitszeit war kürzer gewesen, und es hatte mehr Pausen gegeben. So schwere körperliche Arbeit hatte er noch nie zu tun brauchen. Die Männer und Jungen, mit denen zusammen er arbeitete, schienen nie müde zu werden. Er wußte jetzt, daß er Mexikaner nicht mehr für Männer halten würde, die mit über die Augen gezogenen Sombreros schläfrig an einer Hausmauer lehnten. Er schaffte noch nicht so viel wie sie, setzte aber seinen Stolz darein, härter und kräftiger und ausdauernder als je zuvor im Leben zu werden. Er schlief, wenn es dunkel wurde, und stand im ersten Morgengrauen auf. Seine Hände wurden schwielig. Allmählich nahm er an Gewicht zu. Seine Muskeln lagen wie Stricke unter einer Haut, die nur wenig heller als die der Mexikaner war. Er wußte, daß er bald imstande sein würde, abzureisen.

Dann wurde er krank.

Sie arbeiteten an einem entfernten Abhang, rissen Sträucher aus und zogen sie ins Tal. Lloyd arbeitete an einer windgeschützten Stelle mit nacktem Oberkörper, als plötzlich ohne Warnung ein eiskalter Regen herunterströmte und sie alle durchnäßte. Sie brachten sich unter einem Felsen in Sicherheit und arbeiteten weiter, als der Regen nach einer Stunde aufhörte. Lloyd wurde dabei etwas schwindlig.

Als sie nach den Hütten aufbrachen, wußte er, daß er krank war. Er konnte nichts essen, lag unter allen Decken, die sie übrig hatten, und wurde trotzdem nicht warm. Sie gaben ihm Medizin. Nach einer Weile wurde ihm so heiß unter den Decken, daß er es nicht länger aushielt.

Später schlief er ein und erwachte mitten in der Nacht wieder. Einer der Jungen wimmerte im Schlaf. Armando und Concha schliefen im Nebenraum, Isabella und die Jungen auf den Strohlagern in diesem Zimmer.

Noch nie war ihm so kalt gewesen. Er zitterte am ganzen Körper, und seine zerschlagenen Zähne klapperten schmerzhaft. Er lag ganz und gar angezogen unter den Decken und krümmte sich in sich zusammen. Trotz des geringen Lichtes, das die glühende Holzkohle hergab, glaubte er den Hauch seines Atems zu sehen.

Er preßte die Augen zu und versuchte, das Zittern zu unterdrükken. Plötzlich fuhr er zusammen, weil jemand seine Schulter berührte. Er erkannte Isabella, die sich kniend über ihn beugte.

»Du bist sehr kalt«, flüsterte sie.

»Es ist alles in Ordnung.«

»Nein. Es ist nicht in Ordnung.« Sie verschwand im Schatten und legte, als sie zurückkam, noch mehr Decken über ihn.

»Das sind deine eigenen, Isabella. Dann mußt du frieren.«

Sie antwortete nicht, hob sein Bettzeug an und schlüpfte schnell hinunter, bis sie eng an ihn gepreßt lag, so daß er ihre gesunde Wärme spürte.

»Das durftest du nicht«, sagte Lloyd mühsam, weil die Kälte ihm das Sprechen schwermachte.

»Ach – das habe ich früher schon oft gemacht, als wir glaubten, du könntest jeden Augenblick sterben. Und du siehst, daß es geholfen hat.«

»Jetzt habe ich aber eine ganz andere Art Krankheit, und du könntest dich anstecken.«

»Nein. Ich bin nie krank.«

Sie drückte sich dichter an ihn, umschlang seine Beine mit ihren, rieb seinen Rücken, zog seinen Kopf an ihre Schulter.

Allmählich zog die Kälte aus seinem Körper. Das dauernde Zittern wurde langsamer und schwächer. Seine Zähne klapperten nicht mehr. Er bekam Angst davor, daß sie ihn allein lassen würde, wenn er ganz warm war. Er wollte sie länger so halten und fühlen. Seine Hand lag auf ihrer Taille. Er hätte sie streicheln mögen, wagte es jedoch nicht. Immer stärker wurde er sich dessen bewußt, daß er eine Frau in den Armen hielt, zum erstenmal seit seiner früheren Existenz.

Langsam fing er an zu fühlen, daß sie ebenso wie er empfand. Jetzt wagte er, mit der Hand, die auf ihrer Taille lag, fester zuzufassen. Es kam ihm vor, als ob sie schneller atmete, doch war er nicht sicher, ob er sich täuschte. Er küßte ihren Hals, und sie seufzte leise.

In der ersten Dämmerung hörte Lloyd die Ziegenfelle schlagen, die als Tür dienten. Armando stand im Zimmer und sah ihn an. Es kam Lloyd vor, als ob Armando ihm genau in die Augen blickte, obwohl das Licht viel zu ungewiß war, um es erkennen zu können. Fast schmerzlich wurde ihm bewußt, daß ein schlafender, dunkler Kopf dicht neben seinem eigenen lag. Eine Strähne schwarzen Haars lag über seiner Kehle.

Ohne einen Ton ging Armando in den Nebenraum.

Als Lloyd wieder erwachte, war die Sonne aufgegangen und die Hütte leer. Er fühlte sich gesund, wenn auch schwach, und stand auf. Die Episode mit Isabella kam ihm unwirklich vor. Und doch war nicht daran zu zweifeln, und er schämte sich, weil er so herzliche Gastfreundschaft auf solche Art vergolten hatte.

Als Isabella und Concha mittags in die Hütte kamen, um ihm sein Essen zu bringen, lag offensichtlich eine Spannung in der Luft. Keine von ihnen blickte ihn direkt an. Sie sprachen ein paar verkrampfte Worte und lächelten gezwungen.

Lloyd aß ohne Appetit. Es gelang ihm nicht, Isabella allein zu sprechen. Schließlich ging er zu seinem Lieblingsplatz zwischen den Felsen. Er fühlte ordentlich, wie die Gebirgssonne ihm den letzten Rest der Krankheit aus dem Körper brannte. Zuletzt wagte er es sogar, sich unter den eisigen Wasserfall zu stellen und seine Haut hinterher mit der harten Serape zu reiben.

Als er zur Hütte ging, sah er Armando allein und viel früher als sonst vom Feld kommen. Er wartete auf ihn und sagte: »Ich hätte gern über etwas Bestimmtes mit dir gesprochen.«

»Ja. Wir müssen darüber sprechen. Es ist notwendig.«

»Ich muß zugeben, daß...«

Armando unterbrach ihn mit einer Handbewegung. »Zuerst will ich mit Isabella und Concha sprechen. Wollen Sie nicht an Ihrer Lieblingsstelle auf mich warten, an der Sie Ihre Sonnenbäder nehmen?«

»Natürlich.«

Er wartete eine ganze Stunde lang. Schließlich erschien Armando und setzte sich neben ihn auf einen flachen Stein, von dem aus sie über das ganze Tal blicken konnten.

»Ich habe etwas sehr Häßliches getan...«

»Ich möchte zuerst sprechen.« Armando brachte eine Halbliterflasche mit trübem Schnaps zum Vorschein, zog den Korken mit den Zähnen heraus, gab sie Lloyd. Lloyd trank und reichte sie zurück. Armando trank, bot sie noch einmal an, verkorkte sie, als Lloyd ablehnte, und legte sie vorsichtig zwischen beide auf den Stein.

»Sie sind nicht verheiratet?«

»Nein.«

»Hier können wir Isabella nicht das Leben schaffen, das eine Frau verdient. In einem richtigen Dorf wäre sie sicher schon zwei Jahre verheiratet und hätte vielleicht das zweite Kind.«

»Vielleicht.«

»Sie hat sich am meisten Sorgen um Sie gemacht. Ich bin ein selbstsüchtiger Familienvater und hatte wenig Lust, mich auch noch damit zu belasten. Aber sie konnte nicht anders, und aus der Sorge wurde Liebe.«

»Liebe?«

»Sie liebt Sie schon lange. Nur der Dummkopf sieht das nicht. Es war zu erwarten.«

»Es wäre nicht dazu gekommen, wenn...«

»Natürlich wäre es dann auf andere Art aus anderen Gründen geschehen. Ich muß jedenfalls als Vater für sie handeln – das werden Sie verstehen.«

»Ich verstehe.«

»Aber ich bin kein Dummkopf. Ich kenne die Welt ein bißchen. Oft habe ich mich über die Nordamerikaner gewundert – mit ihren blassen Gesichtern und den großen, glänzenden Automobilen und den Apparaten zum Bildermachen. Sie haben oft in unserem Dorf gehalten. Nun bin ich sehr ungebildet und habe manchmal gedacht, sie könnten nicht ebensolche Menschen wie wir sein. Sie sind der erste, den ich richtig kennengelernt und mit dem ich gesprochen habe. Sie wohnen in meinem Haus. Sie sind sympathisch. Sie sind höflich. Sie scheuen sich nicht vor der Arbeit. Sie weinen nicht, wenn Sie Schmerzen haben. Sie sind ein Mann wie ich.«

»Vielen Dank!«

»Weshalb Dank, wenn man jemandem die Wahrheit sagt? Ich habe festgestellt, daß Sie ein Mann wie ich sind. Das hier ist nicht Ihre Welt. Sie sind sozusagen vom Himmel hier hereingefallen. In einiger Zeit werden Sie in Ihre Welt zurückkehren, und es wäre einfältig, wenn ich von Ihnen verlangte, Isabella zu heiraten und Ihr Leben lang hierzubleiben. Immerhin gibt es ein Problem dabei: Sie liebt Sie. Sie weiß, daß Sie gehen müssen, und wir alle wissen, was Sie zu tun haben. Und das ist das Problem. Ich könnte sagen, ihr beide sollt einfach miteinander leben, bis Sie weggehen müssen. Aber wenn wir auch von der Kirche abgeschnitten sind, so sind wir doch anständige Leute. Nun bitte ich nicht um etwas, sondern ich frage nur: Ich habe das alles mit Roberto, Rosario,

Concha und Isabella besprochen. Wir könnten das tun, was wir hier Heirat nennen, und eine Hütte für euch bauen. Wenn Sie uns dann verlassen und in Ihre Heimat zurückkehren, können Sie sich einbilden, daß nichts davon wahr ist. Es ist nichts Gesetzliches. Die Worte, die Roberto vorliest, halten Sie nicht hier fest und verbieten Ihnen ebensowenig, in Ihrem eigenen Land eine andere Frau richtig zu heiraten. Verstehen Sie? Es wäre für jeden leichter. Sie ist ein gutes, starkes Mädchen. Sie würde dadurch eine Rolle im Leben spielen, zu der sie sonst wahrscheinlich nie käme. Und wenn Sie sie dann verlassen müssen, braucht Isabella sich vor den anderen Frauen nicht zu schämen. Auch ihr Kind nicht. Und nun trinken Sie noch einmal. Dann denken Sie nach, und dann antworten Sie.«

Es war ein seltsamer, doch ungewöhnlich anständiger Vorschlag. Armando hatte sich alles wirklich gut überlegt. Auf diese Art kam jeder zu seinem Recht.

»Ja!« sagte Lloyd.

Armando strahlte. »Ich werde es ihr sagen!«

»Nein, Tio. Ich werde sie bitten. Und vorher wollen wir austrinken, was noch in der Flasche ist.«

9

Es war eine schlechte Jahreszeit zum Hüttenbauen. Als Isabella und Lloyd jedoch den Platz gefunden hatten, der ihnen am besten gefiel, ließen die anderen alle andere Arbeit liegen, halfen, und die Hütte war in einer Woche fertig.

Einen Tag später feierten sie ihren Hochzeitstag. Isabella war ganz in Weiß, und ihre Zöpfe glänzten. Sie hielt die Augen zu Boden gerichtet und eine Hand mit Lloyds verschlungen. Roberto las die Worte mit tönender, eindrucksvoller Stimme. Concha weinte. Während der Verlesung knieten sie vor Roberto; dann hob er sie auf und küßte sie. Gleichzeitig vernahmen sie die ersten verheißungsvollen Töne der Gitarre. Roberto hatte extra eine Reise gemacht, nur um Pulque, Mescal und Tequila zu holen. Lloyd war bald entsetzlich betrunken. Später entsann er sich, den anderen die einzigen englischen Gedichte, die er noch auswendig konnte, vordeklamiert und enthusiastischen Beifall geerntet zu haben. Als er ihnen nachher den amerikanischen Brauch vorführen wollte, nach dem die junge Braut über die Schwelle getragen wird, schwankte er und schlug mit ihrem Kopf tüchtig gegen den Türpfosten. Sie sagte, indem sie sich den schmerzenden Kopf rieb, sie könnte nicht begreifen, wie die amerikanischen Frauen es unter solchen Umständen fertigbekämen, so oft zu heiraten.

Während der nächsten beiden Monate versuchte Lloyd sich einzureden, daß Isabella ein einfaches Bauernmädchen wäre. Doch weder ihr Verstand noch ihre geistigen Reaktionen ließen etwas von bäuerlicher Schwerfälligkeit erkennen. Wenn sie ärgerlich oder gekränkt war – was selten vorkam –, veränderte sie sich völlig. Ihr Gesicht verlor jeden Ausdruck und wurde zu einer indianischen Maske, wie in Stein geschnitten. Nur das Glänzen der Augen verriet, welch heißes Leben hinter der Maske steckte. Sie konnte entsetzlich dickköpfig sein, hing an ihm aber mit größer Ergebenheit. Es war jedem, der sie kannte, klar, daß sie jederzeit für ihn gestorben wäre, wenn sie es für notwendig gehalten hätte. Aber diese Ergebenheit machte sie nicht zur Sklavin. Sie hatte Würde und ein Gefühl für Ehre, ohne ein Muster an Vollkommenheit zu sein. Sie war einfach ein Mensch, ein Individuum, dessen geistige Tiefe niemand vollkommen durchschauen konnte. Sie bewegte sich schnell und mit solcher Anmut, daß Lloyd nicht müde wurde, ihr zuzusehen.

Durch ihr bisheriges Leben – das Leben der Siedler hier – war ihr Körper nicht attraktiv. Sie war etwas weniger als ein Meter sechzig groß und wog hundertzwanzig Pfund. An keiner Stelle wirkte sie zart oder gar zerbrechlich, doch es gab auch keine Stelle, die massig oder dick wirkte. Sie konnte so spielerisch wie ein Bärenjunges sein und war dann wie ein richtiges Kind.

Nach der ersten Zeit der Schüchternheit war körperliche Liebe für sie etwas ebenso Natürliches und Notwendiges wie die klare Gebirgsluft, die sie atmete. Sie zeigte ihm ihre Sehnsucht mit einer Offenheit, die weder Frechheit noch Aufdringlichkeit war.

Mit dem Wechsel der Jahreszeit und den ersten warmen Tagen fingen sie an zu pflanzen und arbeiteten dabei noch schneller als vorher. Lloyd war ebenso unermüdlich wie die anderen geworden und hatte unter seiner braunen Haut Muskeln wie aus Leder geflochten. Durch seine größere Figur war er stärker als die anderen und sonderbar primitiv stolz auf diese Stärke. Von dem, was in der Welt vorging, hatte er keine Ahnung und war auch nicht neugierig darauf.

Eines Abends nahm Isabella seine Hand und legte sie auf ihren warmen, runden Leib.

»Wir haben einen kleinen Menschen geschaffen«, sagte sie.

»Mit großer Mühe«, sagte Lloyd und lächelte in die Dunkelheit hinein. »Hat er schon einen Namen?«

»Dafür ist er noch zu klein. Aber er hat einen großen häßlichen Bart und eine Vorliebe für Mescal.«

Nach langem Schweigen fragte sie: »Wann wirst du uns verlassen?«

»Bald.«

»Wann?«

»Wenn das Pflanzen beendet ist.«

Einen oder zwei Tage später sagte er, nachdem er lange darüber nachgedacht hatte: »Ich könnte aber auch hierbleiben, Isabella, bis das Kleine geboren ist.«

Sie wirbelte herum und starrte ihn an. Er hatte gedacht, sie würde sich über seinen Vorschlag freuen, aber sie rief mit schriller Stimme ärgerlich: »Ah, ja! Und dann noch auf das nächste warten! Und vielleicht auch auf ihre Kinder! Und dein Bart wird weiß, und du sagst zu den anderen Männern: ›Eines Tages breche ich auf und tue, was ich tun muß.‹ Und sie werden hinter deinem Rücken grinsen und zu ihren Frauen sagen, Isabella hätte dich davon abgehalten, ein richtiger Mann zu sein. Geh! Geh bald und komme nicht hierher zurück! Es ist mein Kind! Eines Tages, wenn er es verstehen kann, werde ich ihm von seinem Vater erzählen, und er wird stolz auf dich sein.«

Drei Tage später brach Lloyd auf, in einem Anzug, den Isabella aus dem Wagen für ihn gerettet hatte, Haar und Bart sorgfältig geschnitten, in der Hand den Koffer, der bei dem Absturz am wenigsten beschädigt worden war. Auf dem kleinen Esel, der Robertos Esel folgte, kam er sich lächerlich vor. Die Schuhe, die er seit langem zum erstenmal wieder trug, drückten unbehaglich. Er blickte zur Siedlung zurück und winkte. Isabella stand mit dem ausdruckslosen Indianergesicht und sah ihm nach. Ihren stürmischen Abschied hatten sie beide allein voneinander genommen.

Sie erreichten Talascatan gerade vor Dunkelwerden. Lloyd sagte: »Ich habe dich nie gefragt, Roberto – wie ist es möglich, daß du ohne Ärger mit den Menschen von Pinal Blanco hierherkommen kannst?«

»Ich war in den Streit nicht verwickelt. Ich habe nie Streit. Das hier ist für dich. Ein Geschenk aller Menschen aus dem Tal. Es ist sehr alt.«

Es war ein Dolch mit geschmücktem Griff, dunkler Silberscheide, einer schmalen, scharfen Klinge. Auf der Klinge stand eine schwer zu lesende Inschrift. Roberto sagte: »Es heißt, ›Ich treffe die Herzen der Bösen‹.«

»Vielen Dank – auch den anderen.«

»Wir werden dich nicht vergessen.«

»Ich möchte ihnen verschiedenes schicken. Wie kann man das machen?«

»Schicke es an einen Mann, der Osvaldo Morella heißt und hier in Talascatan wohnt. Ihm gehört der Laden da drüben. Er ist ehrlich, und ich werde ihm sagen, daß du etwas schickst.«

»Ihr habt mir nicht mal die Augen verbunden, Roberto.«

Er grinste. »Wir haben es nicht für nötig gehalten.«

»An der höchsten Stelle, als der Pfad so schmal wurde, hätte ich mir verbundene Augen gewünscht.«

»Man braucht ja nur die Augen zu schließen. Der Esel hat keine Angst. Geh mit Gott, mein Freund!«

Zwei Nächte verbrachte Lloyd in Zamapan. Am zweiten Abend konnte er in den Raum ziehen, in dem er damals das Geld verborgen hatte. Er holte es ohne Zwischenfall aus seinem Versteck und zog in ein kleines, billiges Hotel in Mexico City. Es gelang ihm nicht, sich an die Art zu gewöhnen, in der die Leute auf der Straße ihn anstarrten; die Männer neugierig mit einem kleinen Schreck, die Frauen mit Widerwillen. Schließlich erfuhr er Namen und Adresse des Mannes, den er brauchte, und verabredete sich mit ihm.

Dr. Eric Hausmann war ein alter Mann, dick, schwerfällig, asthmatisch. Auf seinem nackten Schädel hatte er braune Flecke und im Gesicht tiefe Falten. Aber kleine, graue Augen blickten scharf durch die Brillengläser, und die großen Hände waren ruhig. Er musterte Lloyd, setzte ihn unter eine starke Lampe und befühlte die Knochen des zerschlagenen Gesichts. Dann schaltete er die Lampe aus und trat zu seinem Schreibtisch. Lloyds Spanisch war besser als das Englisch des Arztes.

»Sie sprechen fließend«, sagte der Arzt.

»Besten Dank.«

»Aber Sie sprechen die Mundart der Gebirgsleute.«
»Ich habe bei den Dörflern in den Bergen gelebt.«
»Ihre Verwundungen sind alt. Ein Jahr vielleicht.«
»Sechs Tage fehlen an dem Jahr.«
»Und Sie sind nicht ärztlich behandelt worden?«
»Nein.«
»Sie haben eine bemerkenswerte Widerstandskraft, Mister Smith.«
»Danke.«
»Aber einen hübschen Mann kann niemand mehr aus Ihnen machen.«
»Das habe ich erwartet. Ich will nur weniger auffällig und abstoßend aussehen.«
»In der Hauptsache muß folgendes getan werden: Der linke Backenknochen ist stark zerquetscht. Nach einer Röntgenaufnahme kann ich Ihnen sagen, was ich damit mache. Die Nase ist einfacher. Ich nehme einen Fleischlappen von Ihrer Schulter und forme sie damit. Und während Sie in Narkose liegen, kann ein Zahnarzt gleich Ihre Zähne in Ordnung bringen, so gut er es mit einem Male schafft. Was wünschen Sie sonst noch?«
»Was können Sie sonst noch tun?«
»Der Kieferknochen ist an zwei Stellen schief zusammengewachsen, aber daran läßt sich nicht viel ändern. Überdies ist es sehr gut verheilt, und der Bart verdeckt die Unregelmäßigkeiten. Die Lippen kann ich jedoch etwas verbessern und die Narbe auf der Stirn weniger auffälliger machen.«
»Das wäre gut.«
»Es wird aber nicht billig, und Sie müssen mit Schmerzen rechnen.«
»An Schmerzen habe ich mich gewöhnen müssen.«
»Das verstehe ich, Mister Smith. Haben Sie ein Bild von Ihnen, das vor dem – Unglücksfall aufgenommen worden ist?«
»Es wäre mir lieber, wenn ich von früheren Bekannten nicht wiedererkannt werde.«
Hausmann nickte, als ob er diese Antwort erwartet habe. Er schrieb Zahlen auf ein Blatt Papier und rechnete sie zusammen. »Je nach der Schnelligkeit des Heilens werden Sie zwischen sechs und acht Wochen im Hospital liegen müssen, einer kleinen Klinik, in der ich die meisten meiner Patienten behandle. In dieser Zahl mit inbegriffen ist Ihre Zeit in der Klinik, mein Honorar, das geschätzte

Honorar des Zahnarztes und die Prothesen, die er Ihnen machen muß. Fünfunddreißigtausend Peso reichten für alles.«

Unter der Schreibtischplatte zählte Lloyd tausend Dollar ab. »Darf ich Ihnen das jetzt gleich geben?«

»Besten Dank! Wann wollen Sie in die Klinik gehen? Die Röntgenaufnahmen machen wir auch dort.«

»Würde Ihnen der nächste Montag recht sein?«

Hausmann schrieb Namen und Adresse des Hospitals auf. »Seien Sie am Montag früh um neun Uhr dort. Bis dahin habe ich alles vorbereitet.«

Die drei Tage, die Lloyd noch Zeit hatte, verwendete er dazu, wichtige Dinge für die Menschen in der Siedlung einzukaufen. Es wäre ihm nicht möglich gewesen, wenn er nicht so fließend Spanisch gesprochen hätte. Er wußte genau, was am dringendsten gebraucht wurde. Alle seine Einkäufe ließ er in zweiundzwanzig Holzkisten von einer Größe verpacken, die Roberto auf seinen Eseln über die Berge schaffen konnte. Er machte einen ehrlichen Mann mit einem Lastwagen ausfindig, der öfter nach Talascatan kam, und bezahlte ihn im voraus gut dafür, daß er die Kisten zu Osvaldo Morella brachte. Er gab ihm auch Geld für Osvaldo Morella mit.

Er konnte sich die Aufregung, die das Öffnen jeder Kiste verursachen würde, lebhaft vorstellen. Zwei Kisten waren nur für Isabella und das ungeborene Kind bestimmt und gekennzeichnet. Ganz zuletzt fügte er noch eine dreiundzwanzigste Kiste hinzu, die Tequila, Mescal und Feuerwerk enthielt – was man zu einer Fiesta brauchte.

Den Rest seines Geldes legte er in ein Bankschließfach und war nun bereit für die Klinik.

Sechs Wochen später, als die letzten Verbände abgenommen worden waren, durfte er sich aufsetzen und bei hellem Licht in einem Spiegel betrachten, den eine hübsche Krankenschwester ihm vorhielt. Dr. Hausmann stand am Fuß des Bettes.

Lloyd sah ein Gesicht, das ihm völlig unbekannt war. Die helle Strähne weißen Haares war noch da, jetzt aber dadurch weniger auffällig, da sein übriges Haar nun ganz grau war. Auch der rötliche Bart, der eben wieder anfing zu wachsen, war mit Grau vermischt. Unter den Barthaaren erkannte er zwei Arten von Narben, die häßlichen, an denen die Felsen schuld waren, und die dünnen, geraden, rosa Linien, die Hausmann mit seinem Skalpell gezogen hatte. Die linke Wange war nur noch wenig entstellt. Der Kieferknochen war wie vorher unregelmäßig. Die große Narbe auf der Stirn war wie durch ein Wunder kaum noch zu sehen. Nur die Augen und die Form der Brauen erinnerten ihn an einen Mann, den er einst gekannt hatte, doch so wenig, daß kein Fremder daran denken würde.

»Sie haben recht gehabt«, sagte er. »Hübsch werde ich nie wieder sein.«

»Wenn der Bart stärker gewachsen ist, sehen Sie besser aus«, meinte Hausmann.

»Dann werden Sie zumindest interessant aussehen«, sagte die Krankenschwester lächelnd.

»Jedenfalls haben Sie eine gute Arbeit geleistet, Doktor Hausmann«, sagte Lloyd.

»Wie fühlen Sie sich mit den neuen Zähnen?«

»Unbequem.«

»Sie gewöhnen sich daran.«

Am 5. August ging ein sehr großer und sehr betrunkener Amerikaner über die Brücke von Matamoros nach Brownsville. Er trug einen weißen Anzug, und die rechte Jackettasche wurde vom Gewicht einer halbvollen Rumflasche nach unten gezogen. Sein zerrissener Strohhut war von der Art, wie Touristen sie tragen, und er hatte ihn weit auf den Hinterkopf zurückgeschoben. Er hatte einen dichten, rötlichbraunen Bart und wirkte kräftig, aber ungeschickt.

Die kleinen Zollbeamten auf der mexikanischen Seite beobachteten seinen schwankenden Gang mit gelangweiltem, zynischem Vergnügen.

Er stritt sich laut und ordinär mit dem Beamten auf der amerikanischen Seite, beklagte sich bitter darüber, daß Touristen in den mexikanischen Spelunken so übers Ohr gehauen würden, und sprach dabei fast alle mexikanischen Worte falsch aus. Er sagte, die anderen, seine Freunde, die ihn bis zur Stadt gefahren hatten, könnten seinetwegen drüben bleiben. Er ginge in sein Hotel zurück.

Sie redeten ihm gut zu und meinten, es wäre besser, wenn er sich einen der Wagen nähme, die bei der Brücke parkten. Er folgte ihrem Rat und ließ sich nach Brownsville hineinfahren. Als er ausstieg und bezahlte, wunderte der Fahrer sich darüber, daß ein derart betrunkener Mann sich so schnell zusammenreißen und nüchtern werden konnte. Später fand der Fahrer die halbvolle Rumflasche hinten im Wagen und schloß daraus, daß der Amerikaner wohl doch sehr betrunken gewesen sein mußte, auch beim Aussteigen, wenn er sogar seinen Rum vergessen hatte.

Der große Amerikaner nahm sich ein Hotelzimmer und bezahlte im voraus, da er kein Gepäck hatte.

Als er die Zimmertür verschlossen hatte, setzte er sich in einen Sessel zwischen den beiden Fenstern und betrachtete, was er nachts von der Stadt sehen konnte. Er besaß die Kleider, die er trug, etwas mehr als zweihundert mexikanische Peso und – in zwei Gürteln auf dem Körper und in verschiedenen Taschen verteilt – fast genau dreißigtausend Dollar.

10

Lloyd wußte, daß es nicht leicht war, eine Hinrichtung mit Erfolg zu arrangieren. Seit langem hatte er aufgehört, das, was er vorhatte, Mord zu nennen.

Dieser Fall war besonders kompliziert. Das ganze Problem wäre viel einfacher gewesen, wenn er bereit gewesen wäre, sich zugleich mit seinen Opfern selbst zu opfern. Aber trotz seines Hasses, trotz der Notwendigkeit dieser ›Hinrichtungen‹, wollte er weiter und in Sicherheit leben, wenn alles vorüber war. Dann konnte er die Einzelheiten der Durchführung seiner Urteile immer wieder auskosten.

Bevor er im einzelnen Pläne schmiedete, mußte er andere Probleme überlegen und lösen. Er mußte sich eine neue narrensichere Identität besorgen und neue Gewohnheiten und Bewegungen zulegen. Noch nie waren ihm Fingerabdrücke abgenommen worden, so daß er sich um diese Frage nicht zu kümmern brauchte. Wer ihn jetzt kennenlernte, mit seiner Größe, dem Bart, den sichtbaren Narben, der weißen Haarsträhne, würde sich später leicht seiner erinnern. Auch das war ein Punkt, der berücksichtigt werden mußte. Als weniger auffälliger Mensch hätte er es leichter gehabt.

Um in die Nähe von Tulsa, Benny und Harry Danton zu kommen, müßte er in das Hotel Green Oasis gelangen. Er besaß reichlich Geld, um als Gast dort zu wohnen, wußte aber, daß er als Gast nicht so viele Gelegenheiten finden würde wie als Angestellter. Offenbar arbeiteten viele Leute, die er angestellt hatte, heute noch im Hotel. Inzwischen waren jedoch in der Nachbarschaft mehrere neue Hotels gebaut worden – vielleicht fand sich dort eine Anstellung. Denn Leute, mit denen er jahrelang eng zusammengearbeitet hatte, mochten ihn an einer unwillkürlichen Bewegung, an einem Wort, das er besonders oft gebrauchte, erkennen.

Er schrieb den Lebenslauf eines Mannes, den er Robert Rose nannte, so ausführlich wie möglich. Schwierigkeiten machte ihm anfangs, daß er weder der Sozialversicherung noch einer Gewerkschaft zugehört und doch so lange im Hotelfach gearbeitet haben wollte. Dann fiel ihm die Lösung dieses Problems ein: Sein Vater besaß und leitete ein Hotel in Mexico und war mexikanischer Bürger geworden, während Robert Rose selbst die amerikanische Staatsangehörigkeit behalten hatte. Er hatte im Hotel seines Vaters gearbeitet, bis der Vater vor einiger Zeit gestorben und das Hotel verkauft worden war. Das war die Erklärung dafür, daß er wohl Geld, doch keine Zeugnisse besaß. An seinem entstellten Gesicht konnte er dem Koreakrieg schuld geben. Doch nein, das hätte sich feststellen lassen. Es war einfach ein schwerer Autounfall in Mexiko gewesen. Und daß er so fließend Spanisch sprach, war ein glänzender Beweis für die Richtigkeit dieses Lebenslaufes.

Er fuhr nach Houston, kaufte einen gebrauchten Wagen, besorgte sich einen Führerschein, einen Jagdschein und mehrere andere Urkunden, aus denen die Identität des Mannes Robert Rose hervorging, und vernichtete die letzten Papiere auf den Namen Lloyd Wescott, die er besaß. Er übte sich, mit tieferer als seiner normalen Stimmlage und langsamer zu sprechen. Er bewegte sich auch langsamer.

Er mietete sich ein möbliertes Zimmer und wiederholte seinen neuen Lebenslauf für sich, bis er ihn ohne zu überlegen mit Einzelheiten überzeugend erzählen konnte. Als er eine Stellung als Nachtportier in einem erstklassigen Hotel bekam, besaß er noch fast siebenundzwanzigtausend Dollar. Seine Arbeit machte er so gut, daß der Direktor mit ihm zufrieden war. Ende Januar wurde eine Stelle in der Nachmittagsschicht frei. Er erhielt sie und bekam zugleich eine Gehaltszulage.

Er schloß keine Freundschaften, war zuverlässig und wenig mitteilsam. Immer wieder versuchte er, sich seine neue Identität ins Bewußtsein zu hämmern, doch gelang es ihm nicht ganz. Es kam ihm manchmal vor, als ob er überhaupt keine richtige Identität mehr besäße. Vielleicht hatte er von dem Sturz in den Abgrund eine traumatische Störung davongetragen.

Im März gab er seine Stellung auf.

Am 5. April ließ Robert Rose in der Bank von Oasis Springs ein Konto für sich eröffnen. Er verhandelte mit demselben Beamten, mit dem er in seinem früheren Leben wegen der Eröffnung eines Kontos für einen gewissen Lloyd Wescott verhandelt hatte.

»Sind Sie neu hier zugezogen, Mister Rose?«

»Ich will mich nach Arbeit in einem Hotel umsehen.«

»Die finden Sie bestimmt ohne Mühe. Wissen Sie nicht, daß Oasis Springs das neue Las Vegas ist?«

»Ich habe es gehört.«

»Im vergangenen Monat hat erst das ›Safari‹ neu eröffnet. Ein riesiges Haus. Unterschreiben Sie hier, bitte. In drei Tagen können Sie Schecks auf das Konto ausstellen. Wir freuen uns, Sie als Kunden gewonnen zu haben.«

Lloyd ging hinaus zum Wagen. Der Beamte hatte keine Spur von Interesse außer dem üblichen geschäftlichen an ihm erkennen lassen.

Lloyd fuhr durch die Stadt. In diesen dreiundzwanzig Monaten hatte sich vieles verändert. Als er langsam auf das Hotel Green Oasis zufuhr, sah er, daß es ein anderes Schild als früher hatte, riesengroß, auffallend und geschmacklos. Die Gartenanlagen waren ungepflegt, die Rasenflächen halb vertrocknet. Statt dessen waren im Garten Scheinwerfer installiert worden, die im Dunkeln das Haus wie Leuchtfinger anstrahlen mußten. Dreimal fuhr er vorbei, ehe er den nötigen Mut aufbrachte.

Der Direktor war nicht da. Er wartete über eine Stunde in der Halle auf ihn.

Auch die Gäste hatten sich geändert. Sie waren eleganter angezogen und bewegten sich und sprachen mit der Arroganz ihrer inneren Unsicherheit. Das Haus machte einen weniger gepflegten Eindruck. Der Teppich, mit dem die Halle ausgelegt war, hätte erneuert werden müssen.

Unter den Angestellten sah Lloyd wenig bekannte Gesichter. Der Portier, der die Aufsicht über die Pagen hatte, war noch derselbe, zwei Kassiererinnen, ein Empfangschef, ein Fahrstuhlführer. Er fühlte, daß das Haus nicht voll war. Die Angestellten arbeiteten lustlos. Alles war vernachlässigt, und es würde Monate angestrengter Arbeit kosten, aus dem Hotel wieder das zu machen, was es früher gewesen. Die Wiederherstellung des früheren Rufes konnte noch viel länger dauern.

Schließlich wurde ihm gesagt, daß der Direktor ihn zu sprechen wünschte. Als er zu seinem Zimmer ging, stellte er zufrieden fest, daß weder Mrs. Boyer noch Betty Larkin, seine Sekretärin, noch da waren.

Der Direktor hieß Tremaine, und seine Sekretärin war eine große, temperamentvoll wirkende Brünette in einem zu engen Kleid. Tremaine war ein kleiner Mann mit einem schmalen Schnurrbart, einer schon etwas angewelkten Blume im Knopfloch und wichtigtuerischem Betragen. Lloyd kannte diesen Typ. Solche Männer machten in den dritt- und viertklassigen europäischen und den zweitklassigen amerikanischen Hotels Betrieb. Sie waren schäbig, arrogant und so unehrlich, wie ihre schwachen Nerven es ihnen erlaubten.

Tremaine las die Zeugnisse Robert Roses durch und stellte kalt und hochmütig ein paar Fragen. »Hier oben kann ich Sie vorläufig nicht gebrauchen, Rose. Reichlich Personal.« Er kritzelte etwas auf ein Stück Papier. »Gehen Sie damit zu Mister Haglund – er wird jetzt in einer der Küchen sein. Er soll mit mir sprechen, wenn er Sie brauchen kann.«

Als er in der Halle war, wäre er beinahe wieder gegangen. Jetzt konnte es gefährlich werden. Mit Jack Haglund hatte er eng zusammengearbeitet. Beide zusammen hatten sie dafür gesorgt, daß es im Hotel Green Oasis ein außergewöhnlich gutes Essen gab.

Er fand Jack Haglund beim Kaffeetrinken. Er hatte sich erschreckend verändert, mindestens fünfundzwanzig Pfund zugenommen und war aufgedunsen und kurzatmig. Seine Finger zitterten, als er Tremaines Zettel las, und Lloyd merkte, daß er leicht angetrunken war. Hemd und Fingernägel waren nicht völlig sauber.

»Verstehen Sie etwas von diesem verfluchten Geschäft?«

»Ja, Sir.«

»Wissen Sie, was ich brauche? Einen Koordinator – das ist das richtige Wort. Einen Mann, der die Zusammenarbeit überwacht, der die Augen überall hat.« Er drückte den Daumen auf seine Brust. »Ein Assistent für mich. Man kann nicht alles allein machen. Wird müde. Trauen Sie sich das zu?«

»Ja, Sir.«

Haglund sah ihn scharf an. »Haben wir schon mal irgendwo zusammen gearbeitet, Rose?«

»Ich glaube nicht.«

»Wenn Sie nicht tüchtig sind, komme ich bald dahinter.«

Lloyd arbeitete eine Woche lang schwer. Er wußte, daß er beobachtet wurde, daß die anderen Angestellten ihn mit Argwohn betrachteten. Haglund tat praktisch überhaupt nichts. Die Küchen waren schmutzig, die Kontrollen nachlässig und oberflächlich. Vieles von dem System, das Lloyd vor langer Zeit mit Haglund zusammen ausgearbeitet und eingeführt hatte, war geändert oder ganz fallengelassen worden. Es wurde gestohlen und betrogen. Die Oberkellner beruhigten die Gäste, die Irrtümer in ihren Rechnungen entdeckten. Die Kassiererinnen teilten mit den Kellnern. Das Küchenpersonal hatte unzählige Gelegenheit, Kleinigkeiten zu stehlen. Und Jack Haglund nahm Prozente von jedem Diebstahl außer den Summen, die er bei seinen Einkäufen von den Lieferanten für sich auf die Rechnungen setzen ließ. Lloyd verzichtete auf gründliche Reformen und sorgte nur dafür, daß in diesem Sumpf alles einigermaßen glatt lief.

Nach zehn Tagen ließ Haglund ihn in sein kleines, unordentliches Zimmer kommen, stellte eine Flasche vom besten Bourbon, zwei Gläser und einen kleinen, silbernen Eimer mit Eiswürfel auf den Schreibtisch.

»Machen Sie sich einen zurecht, Robert.«

»Besten Dank, Sir.«

»Ich heiße Jack!«

»Dann besten Dank, Jack.«

Haglund schenkte sich auch ein. »Was halten Sie von dem Betrieb hier? Sie kennen das Geschäft. Sie verstehen eine Menge davon. Was halten Sie also von dem Laden hier?«

»Er stinkt!«

»Das ganze Haus stinkt. Es setzt Geld zu, und niemand kümmert sich darum, weil das Spielkasino genug Geld einbringt, um die Eigentümer zufriedenzustellen. Hier im Haus kümmert sich jeder um sich selbst. Die Gäste sind meist zu betrunken oder denken zu sehr ans Spielen, als daß sie danach fragen, ob wir sie hier vergiften oder ihnen das Doppelte auf die Rechnung setzen. Was ich wissen möchte, ist: Wollen Sie mitmachen?«

»Für wieviel?«

»Gute Frage. Sie sind smart, Robert. Und ich habe Sie schon irgendwo mal gesehen, verdammt noch mal!«

»Ich glaube nicht.«

»Also lassen wir das. Haben Sie irgendwelche Ideen?«

Lloyd wußte, was er meinte. Ideen, die Haglunds besondere Art von Betrieb noch fördern würden. »Ich werde mir welche einfallen lassen.«

Jack gab ihm fünfzig Dollar. »Sie werden sich gut machen, Robert. Sie haben Grütze im Kopf.«

»Besten Dank.«

»Ich werde dafür sorgen, daß Sie ein besseres Zimmer in diesem Flügel bekommen. Es ist angenehmer hier.«

»Ich weiß.«

»Es ist dann auch leichter für Sie, alles zu überwachen.«

Als Lloyd aufstand, um zu gehen, sagte Haglund unsicher: »Sie dürfen nicht glauben, daß es hier immer so zugegangen ist oder daß ich immer so war. Zu Anfang hatten wir ein gutes Hotel und einen tüchtigen Direktor. Wescott. Vielleicht haben Sie schon mal von ihm gehört.«

»Ja.«

»Ich müßte hier abhauen. Die meisten anderen haben es getan, die guten. Der ganze Betrieb fällt allmählich auseinander.« Er blickte stirnrunzelnd auf. »Aber dann ist es schließlich kein Fehler, mitzunehmen, was man kriegen kann.«

»Nein.«

»Deshalb lebe ich gut. Darauf kommt es an – gut leben. Wescott war fast so groß wie Sie.«

»Ich werde wieder an die Arbeit gehen.«

»Sie sind tüchtig.«

Am nächsten Tag bekam Lloyd ein Zimmer mit eigenem Bad in dem Flügel, in dem die gehobenen Angestellten wohnten, und zog mit seinen Sachen ein. Von seinen Fenstern aus konnte er die dichte Hecke vor Harrys Haus und Arbeitszimmer sehen. Am dritten Tag, seitdem er hier wohnte, sah er gegen vier Uhr nachmittags, als er eben zur Arbeit gehen wollte, Harry Danton selbst.

Die beiden Jahre hatten ihn nicht viel verändert. Er kam mit einem großen, blonden Mädchen vom Haus her. Offenbar stritten sie miteinander. Das Mädchen machte ärgerliche Gesten. Sie trug einen dunkelroten Badeanzug aus einem Material, das metallisch glänzte. Lloyd sah, daß sie zusammenzuckte, als Harry ihren Arm drückte. Sie drehte sich um und ging zum Haus zurück. Harry sah ihr nach, schlug dann den Weg zum Hotel ein und war bald aus Lloyds Sicht verschwunden. Jetzt erst merkte Lloyd, daß er seine Hände unwillkürlich zu Fäusten geballt hatte. Seine Fingernägel hatten tiefe Eindrücke in den Handflächen hinterlassen.

Zwei Tage später kamen Benny und Tulsa in die Küche. Es war gegen zehn Uhr abends, und Lloyd saß an einem Tisch und prüfte Speisekarten, die gedruckt werden sollten.

Die beiden Gangster setzten sich etwa fünf Meter von Lloyd entfernt an einen anderen Tisch und sprachen mit einem der Küchenchefs. Lloyd hörte aus der Unterhaltung heraus, daß sie eben erst von einer Reise nach New York zurückgekommen waren. Tulsa war ebenso riesenhaft und kräftig wie früher. Nur sein Haar war ein bißchen dünner geworden, und er schien etwas zugenommen zu haben. Benny hatte um die Mitte Fett angesetzt.

Er hörte Tulsa fragen: »Wer ist der Bart da drüben?«

»Ein neuer Assistent von Haglund.«

»Hat er einen Namen?«

»Robert Rose.«

Es war nur normal, daß Lloyd aufblickte, als er seinen Namen hörte.

»Sie mit dem Bart«, rief Tulsa, »haben Sie schon mal in Detroit gearbeitet?«

»Nein – weshalb?«

»Ich dachte nur, vielleicht hätten Sie da gearbeitet. Und warum tragen Sie den Spinat im Gesicht?«

»Meinen Bart? Weil ich häßliche Narben habe.«

Tulsa stand auf, kam zu ihm und musterte ihn von oben bis unten.

»Haben Sie den Bart immer gehabt?«

»Seit acht Jahren. Wer sind Sie?«

»Ich bin Tulsa und arbeite für Harry. Benny da drüben auch. Benny – hast du diesen Burschen schon mal irgendwo gesehen?«

Benny musterte ihn. »Noch nie.«

»Und wer ist Harry?« fragte Lloyd.

»He, Benny! Er will wissen, wer Harry ist!«

»Harry ist Harry Danton, dem der Laden hier gehört«, sagte Benny.

Lloyd zuckte mit den Schultern und machte sich wieder an seine

Arbeit. Tulsa ging zu Benny zurück. Sie unterhielten sich jetzt so leise, daß Lloyd nichts verstehen konnte.

In jener Nacht saß Lloyd lange in Nachdenken versunken halb ausgezogen auf seinem Bettrand. Er nahm das Messer, das Roberto ihm gegeben und das er von Mexiko bis hierher am Körper getragen hatte. Er prüfte seine Schärfe, indem er eine kleine Stelle an der Außenseite eines Oberschenkels rasierte. Er dachte an das Motel in Talascatan und die Geräusche, die durch die geschlossene Schlafzimmertür gedrungen waren. Er dachte an die Geier und an den Steinhügel. Er erinnerte sich deutlich der explosionsartigen Schmerzen, die er damals ertragen hatte.

In jener Nacht konnte er nicht schlafen. Jetzt mußte er genaue Pläne ausarbeiten. Zuerst wollte er Benny hinrichten. Benny Bernholz, der Angst vor großen Höhen hatte. Eigentlich hatte er sich zuerst Valerez vornehmen wollen, ihn jedoch bisher nirgend gesehen, und fragen konnte er nicht nach ihm. Möglicherweise hielt Valerez sich noch in Mexiko auf.

Der erste Schritt mußte sein, Bennys Vertrauen zu gewinnen. Das würde nicht leicht sein, und völlig vorbehaltlos gewährte er es bestimmt sowieso niemandem. Das Vertrauen brauchte er, weil Bennys Tod ihm nicht genügte. Der Hingerichtete sollte im letzten Augenblick wissen, wer sein Henker war, und darüber auch innerlich zusammenbrechen.

Nun, da Benny und Tulsa zurück waren, kam Benny oft in die Küche und verlangte ausgefallene Speisen, auf die er Appetit hatte. Lloyds Plan war sehr einfach. Er suchte in den Zeitungsständen von Oasis Springs und kaufte einen großen Stapel von Sciencefiction-Büchern und Bildergeschichten, las sie auch selbst. Dann ließ er sie offen in seinem Zimmer liegen. Als er Benny das nächste Mal einen solchen Schmöker lesen sah, blickte er ihm über die Schulter und blieb so stehen, bis Benny sich umdrehte und ärgerlich fragte: »Was, zum Teufel, wollen Sie von mir?«

»Lassen Sie mich einen Augenblick sehen«, sagte Lloyd ruhig, nahm den Schmöker und betrachtete den Umschlag. »Das ist sehr gut.«

Bennys Ärger verschwand. »Sind Sie auch für dieses Zeug? Ist das nicht toll, daß die Menschen hier durch Spritzen in Pflanzen verwandelt werden können?«

»Sehr gut. Ich habe eine Menge davon in meinem Zimmer.«

»Ja? Können Sie mir nicht welche leihen, Rose?«

»Gehen Sie nach oben und lesen Sie da, soviel Sie wollen. Ich verleihe sie nicht gern. Sie können gleich gehen, wenn Sie wollen. Hier ist der Schlüssel.«

Lloyd wußte, daß das auf Benny entwaffnend wirken mußte. Er würde nichts finden, was Verdacht einflößen konnte. Das Messer war sicher verborgen. Und womöglich sah Benny sich heimlich auch Lloyds letzten Bankauszug an. Er lag mit dem Scheckbuch im obersten Schreibtischfach.

»Geben Sie mir den Schlüssel zurück, wenn Sie fertig sind. Ich habe in etwa anderthalb Stunden hier Schluß.«

Als er nach oben in sein Zimmer kam, lag Benny auf dem Bett und las. Er grinste Lloyd an, als er hereinkam und die Tür schloß. »Sie haben feine Sachen hier. Wenn Sie jetzt schlafen wollen, hau' ich ab.«

»Bleiben Sie ruhig.«

Benny las noch eine Weile und wollte sich dann unterhalten und die besten Geschichten erzählen, die er aus seinen Schmökern kannte. Er erzählte sie mit allen Einzelheiten. Dann spielten sie eine Weile Gin-Rummy, Lloyd so schlecht, wie er konnte, so daß Benny leicht gewann. Als Lloyd aufhören wollte, war Benny enttäuscht.

»Sie scheinen einer von den ruhigen Typen zu sein, Rose?«

»Damit kommt man am weitesten.«

»Ich und Tulsa haben über Sie gesprochen.«

»So?«

»Er meint, Sie haben es hinter den Ohren.«

»Möglich.«

»Ist das hier immer Ihre Arbeit gewesen?«

»Ja.«

»Es ist schön, solch einen Beruf zu haben. Sie sind hier unter Freunden, Rose, und irgend etwas haben Sie auf dem Herzen. Was ist es?«

»Sie stellen zu viele Fragen.«

»Wenn Sie sie nicht beantworten, werde ich Harry erzählen, Sie wären nicht in Ordnung. Das macht ihn bestimmt nervös.«

»Ich würde Ihnen sagen, Sie sollen zum Teufel gehen, Benny, aber ich habe ein Problem, mit dem ich fertig werden muß.«

»So?«

»Ich will nicht, daß ein Haufen Menschen mit hineingezogen wird, auch Tulsa und Harry nicht. Ich brauche nur einen einzigen vernünftigen Kontakt – das ist alles. Ich habe eine Weile in Miami gearbeitet, an der Rezeption. Deshalb konnte ich die Gäste beobachten. Wenn sie betrunken waren, habe ich die Namen und die Heimatadressen zwei Freunden gegeben, mit denen ich zusammen gearbeitet habe. Sie riefen die Gäste an, taten, als ob sie aus derselben Stadt und von gemeinsamen Bekannten gebeten worden wären, sie zu einer Party einzuladen. Wenn die Gäste nicht wollten, war es Pech, aber wenn sie darauf hereinfielen, wurden sie in eine Gegend bestellt, die zwanzig Kilometer von Miami entfernt lag. Deshalb kamen nur Gäste mit eigenem Wagen in Betracht. Wenn sie an dem dunklen Platz, zu dem sie bestellt waren, hielten, wurden ihnen alles abgenommen, was sie bei sich hatten, und der Wagen fahrunfähig gemacht. Meine Freunde kamen so schnell wie möglich zurück; ich gab ihnen den Zimmerschlüssel, und sie suchten auch da zusammen, was sich lohnte.«

Benny hatte eifrig zugehört.

»Tadellos!« sagte er.

»Wir haben es ein dutzendmal gemacht, bis die Polizei dahinterkam und meine Freunde erwischte. Ich packte das Zeug zusammen und haute ab.«

»Du hast es verkauft?« Am Ton der Frage erkannte Lloyd, daß Benny den Bankauszug gelesen hatte.

»Nein.«

»Was ist es? Pelze? Diamanten und so?«

»Ja.«

»Doch nicht hier, um Himmels willen?«

»So dumm bin ich nicht.«

»Harry würde so etwas nicht dulden. Dieser Platz soll sauber bleiben. Wo ist es?«

»An einer sicheren Stelle. Ich möchte es loswerden.«

»Hast du eine Ahnung, was es wert ist? Ich meine, was man dabei rausbekommt?«

»Vielleicht hundertfünfzigtausend. Es sind fünf Nerzmäntel dabei und zwei Zobelumhänge. Diamantenanhänger. Eine Kette echter Perlen. Ein Ring mit einem Riesensmaragd. Und ein Haufen anderer Kram, goldene Uhren, Krawattennadeln und so etwas.«

»Und was willst du dafür haben?«

»Was kannst du rausholen?«

»Ich habe ein paar gute Beziehungen, aber wenn sie von weit her nach hier kommen und es ist keine Sache, die sich lohnt, dann schnappen sie ein. Ich möchte das Zeug zuerst einmal selbst sehen. Was fällt für mich dabei ab?«

»Wenn du die Käufer bringst und dafür sorgst, daß ich das Geld richtig bekomme, kannst du fünfundzwanzig Prozent haben.«

Lloyd sah die Gier in Bennys Gesicht und das Strahlen seiner Augen. »Was aber, wenn mein Freund ein zu niedriges Angebot macht?«

»Ich habe es satt, auf dem Zeug zu sitzen. Die Hauptsache ist, daß außer dir und mir keiner mehr daran verdienen will.«

»Harry würde es nicht gern haben, wenn wir solche Geschäfte nebenbei machen.«

»Es ist eine Ausnahme, und er braucht ja nichts davon zu erfahren. Von mir bestimmt nicht – höchstens, wenn du versuchst, mich übers Ohr zu hauen.«

Benny dachte nach. »Ich werde meinen Freund vorsichtshalber von der Stadt aus anrufen. Aber zuerst muß ich das Zeug sehen. Wo ist es?«

»Ich fahre mit dir hin. In anderthalb Stunden können wir dort und zurück sein. Es braucht keiner zu sehen, daß wir zusammen wegfahren. Wie wäre es mit morgen früh um fünf?«

»Gut.«

»Dann treffen wir uns auf dem Parkplatz.«

11

Lloyd hatte die Stelle eine Woche zuvor ausgesucht, gekauft, was er brauchte, und es gut dort versteckt.

Es war kein hohes Gebirge, und die Straße dorthin war eher ein Fußpfad zwischen Felsen. Der Abgrund, den er ausgesucht hatte, stürzte steil zum Bett eines ausgetrockneten Flusses ab und war nach seiner Schätzung dreißig Meter tief. Die Gegend bestand aus Felsen. Überall huschten Eidechsen umher. Ein einzelner, zäher, fast vertrockneter Baum stand am Rand des Abgrunds und hatte Wurzeln in die Felsspalten gesteckt.

Sie waren der aufgehenden Sonne entgegengefahren, und weit und breit war kein anderer Wagen in Sicht, als Lloyd von der Hauptstraße abbog. Der Wagen holperte und schaukelte auf dem kaum benutzten Pfad, und Benny sagte: »Wohin fahren wir eigentlich?«

»Ich habe das Zeug sehr gut versteckt. Es liegt nicht weit von hier. Du wirst es gleich sehen.«

Sie kamen an eine verhältnismäßig glatte Stelle, an der Lloyd etwas schneller fahren konnte. Aus dem Augenwinkel sah er, daß Benny sich nach vorn beugte und Ausschau hielt. Lloyd trat mit hartem Ruck auf die Bremse. Benny flog mit dem Kopf so heftig gegen die Windschutzscheibe, daß sie Sprünge bekam. Er fiel auf seinen Sitz zurück, etwas benommen. In seiner rechten Hand erschien eine flache, blaue Pistole.

Lloyd jagte seine rechte Faust zweimal gegen Bennys Kinn und wand ihm dann die Pistole aus der Hand. Benny rührte sich noch schwach und sackte erst zusammen, als Lloyd ihm mit der Waffe einen Hieb über den Kopf gab. Lloyd fuhr etwa sechzig Meter weiter, hielt und zerrte Benny aus dem Wagen. Er schleppte ihn bis an den Rand des Abgrundes und holte dann aus einem Loch in den Felsen ein langes Tau, das er dort versteckt hatte. Er band es dicht unter den Armen um Bennys Brust, legte eine Schlinge um die Astgabelung des halbdürren Baumes und befestigte sie. Das freie Ende des Taus warf er über einen dicken Ast, der in einem Winkel von ungefähr fünfundvierzig Grad über den Abgrund hinausragte. Das hinunterbaumelnde Stück zog er mit einem langen Stock zu sich zurück. Ein zweiter Ast verhinderte, daß das Tau bis an den Stamm zurückrutschte.

Lloyd ging mit dem freien Ende zurück bis zu einem starken Felsstück, das sich von der Abgrundkante hinweg neigte, und machte es auch dort fest. Schließlich stieß er Benny über den Rand des Abgrundes. Benny bekam einen starken Stoß, als das Tau sich straffte. Er schwang hin, schwang zurück, stieß mit dem Gesicht leicht gegen den Felsen, schwang weiter hin und her, das Gesicht nach unten, Arme und Beine hilflos baumelnd.

Er hing zu niedrig. Lloyd stemmte die Füße gegen die Felsen und zog ihn mit Mühe höher. Jedesmal, wenn er genug loses Tau in den Händen hatte, legte er eine neue Schlinge um den Felsen.

Als Benny einen Meter unter dem Ast hing, hörte Lloyd auf. Er setzte sich, lehnte seinen Rücken gegen den Baum und erholte sich von der Anstrengung, von der ihm die Luft knapp geworden war. Benny schwang immer langsamer hin und her und hing schließlich ruhig.

Lloyd versuchte, Genugtuung zu empfinden, die heiße Freude des erfolgreichen Rächers. Aber alles, was er zu fühlen vermochte, war eine große Erschöpfung und ein ziemlich klägliches Mitgefühl für den kleinen Mann.

Die rechte Hand bewegte sich zuerst. Sie hob sich zögernd zum Gesicht und fiel wieder hinunter. Lloyd sah, wie die Augen langsam auf und zu gingen, dann sich mit einem Ruck öffneten und vom Entsetzen weit aufgerissen wurden. Die Arme und Beine machten seltsam wilde Schwimmbewegungen, und der Körper wurde steif. Die Bewegungen brachten Benny wieder zum Schwingen. Die Augenlider preßte er mit Gewalt zusammen, um nichts sehen zu müssen. Sein Atem ging laut und schnell.

»Ich habe über diese Comics und über dich nachdenken müssen, Benny. Hast du dein Anti-Schwerkraft-Mittel nicht bei dir?«

»Rose – um Himmels willen!«

»Fast alle Leute in diesen Schmökern können fliegen.« Der nackte Dolch glänzte in der Sonne wie Silber. Lloyd legte die Scheide auf das straff gespannte Tau. »Einem Kind bringt man das Schwimmen am besten bei, indem man es ins Wasser wirft. Und dir will ich das Fliegen beibringen.«

Benny schrie laut auf. Er schrie so lange, bis er keine Luft mehr bekam. Dann hing er schlapp mit geschlossenen Augen. Langsam wandte er den Kopf, und Lloyd sah ihn schlucken. »Sieh mal, Rose«, sagte er bettelnd, »ich kann nicht fliegen – bestimmt nicht. Es würde nicht funktionieren.«

»Wie willst du das wissen, solange wir es nicht probiert haben?«

»Rose, du bist krank. Hol mich wieder rauf, und wir gehen ein Bier trinken! Und ich trage dir nichts nach!«

»Das wäre ungerecht, Benny. Beim letztenmal sind wir auch kein Bier trinken gegangen.«

»Welches letztemal? Wer bist du?«

»Erinnerst du dich nicht, Benny? Du und Tulsa und Valerez. Tulsa hat Sylvia umgebracht, und dann habt ihr uns mit dem Wagen in den Abgrund geschoben.«

Benny starrte ihn ungläubig an. Sein Mund zitterte. »Wescott«, flüsterte er. »Du kannst das doch nicht überlebt haben. Ich habe ja selbst – selbst gesehen – die Schlucht war mindestens anderthalb Kilometer tief.«

»Lloyd Wescott, Benny. Und bereit, dir das Fliegen beizubringen.«

»Hör auf! Was willst du haben? Ich gebe dir, was du haben willst! Ich weiß, wie dir zumute ist! Du möchtest auch Tulsa und Harry erledigen! Ich würde dir dabei helfen! Du brauchst Hilfe – allein schaffst du es nie! Sieh mal: ich helfe dir, beide zu schnappen, und gebe dir außerdem fünfundzwanzigtausend Dollar! Ich schwöre dir, daß ich dich nicht betrügen werde! Damals mußten wir einfach tun, was Harry befohlen hatte! Ich habe dich immer gern gehabt! Es war mir furchtbar schwer, damals mitzumachen, aber wir hatten unsere Befehle!«

»Du hast geweint, als du mich geschlagen hast, ich weiß.«

»Das war Tulsa. Er ist halb verrückt. Ihm machen solche Sachen Spaß.«

»Wo finde ich Valerez?«

»In der Hölle. Sie haben ihn vor sechs Monaten in San Antonio erledigt. Es war eine Weibergeschichte, und einer hat ihm ein Messer in den Leib gestoßen. Eine Woche lang hat er noch gelebt, aber die Verwundung war zu schwer. Ich will dir wirklich mit Tulsa helfen. Und Harry auch.«

»Wen hat Harry außer dir und Tulsa sonst noch als Totschläger um sich?«

»Niemand. Darum brauchst du keine Sorge zu haben, Lloyd. Dieses Tau schneidet mich in der Mitte durch. Warte eine Minute, Lloyd, und höre zu. Denk mal, was passiert, wenn ich plötzlich verschwinde. Dann wird Harry nervös und läßt sich aus Chicago ein paar richtige Gorillas schicken. Für den Notfall. Und dann wird es auch für dich gefährlich werden.«

Lloyd stand auf und nahm einen Stein, der ungefähr so groß wie ein Basketball war. Er warf ihn in den Abgrund, und sie beobachteten, wie er unten aufschlug und zersplitterte. Der Fall schien sehr lange gedauert zu haben. Benny fing wieder an zu schreien, kniff die Augen zu, schlug mit Armen und Beinen in der Luft herum, bis er keuchend schlaff herunterhing.

»Ich glaube, du machst es wirklich«, sagte er mit schwacher Stimme. »Ich habe keine Chancen mehr.«

»Du hast recht.«

»Würdest du es auch auf andere Art tun?«

»Was meinst du damit?«

»Wo ist meine Pistole?«

»Im Wagen.«

»Auf so kurze Entfernung kannst du kaum danebenschießen, wenn du auf meinen Kopf zielst. Und dann kannst du das verdammte Tau durchschneiden.«

Lloyd hielt wieder die Schneide des Dolches an das Seil. Er wußte, daß er nur einen einzigen schnellen Schnitt zu machen brauchte, und Benny würde in die Tiefe fallen. Aber er brachte es nicht über sich, diesen schnellen Schnitt zu tun. Er war zu keiner endgültigen, entscheidenden Bewegung fähig. Langsam, zögernd fuhr er fast zärtlich mit dem Dolch über das Seil. Ein paar Fasern wurden durchschnitten, dann ein Strang, dessen Enden sich zusammenrollten.

Abermals fing Benny an zu kreischen. Der Laut verlor sich in der Weite dieser Landschaft.

Plötzlich durchfuhr Lloyd die Erkenntnis, daß er diesen langen Weg von Mexiko bis hierher hinter sich gebracht hatte, um etwas über sich selbst zu lernen. Den Weg und im ganzen mehr als zwei Jahre hatte er gebraucht, um herauszufinden, daß er nicht töten konnte. Er versuchte, nur daran zu denken, daß dieser Mann böse von Jugend auf war und durch seine Verbrechen den Tod verdiente. Lloyds Haß und Wut hatten ihm damals Kraft gegeben und ihn am Leben erhalten. Er hatte geglaubt, er wäre hart wie Stahl geworden und könnte ohne jedes Erbarmen handeln. Jetzt merkte er, daß er doch noch eine schwache Stelle hatte.

Er beobachtete Benny. Die Angstkrämpfe wollten nicht mehr aufhören. Er rief ihn an, ohne seine Aufmerksamkeit erregen zu können. Lloyd erkannte, daß irgend etwas in ihm gebrochen war. Er konnte ihn nicht da hängen lassen. Er konnte das Tau nicht durchschneiden. Es blieb ihm nichts anderes übrig, als ihn wieder herauszuziehen.

Er überlegte, daß es am einfachsten wäre, wenn er Benny dazu bringen könnte, so weit hin und her zu schwingen, daß er ein Hand- oder Fußgelenk packen konnte. Aber in seiner rasenden Angst bekam Benny es womöglich fertig, ihn über den Felsenrand zu ziehen. Vielleicht war es besser, Benny an den Ast heranzuziehen. Dann konnte er ihn fassen und zum Baum hin schleppen, ohne selbst in Gefahr zu geraten.

Er zog den jetzt Halbverrückten hoch, bis Benny den Ast zu fassen bekam, sich mit Mühe halb umdrehte und ein Bein über den Ast hängte. Er krümmte und quälte sich, bis er flach auf dem Ast lag, ihn mit Armen und Beinen fest umklammernd. Die Augen hielt er geschlossen, und jeder Atemzug war ein Schluchzen.

Lloyd wartete sehr lange und rief ihn schließlich an. Benny reagierte nicht. Er lag dort wie angefroren. Als Lloyd am Seil zog, hielt Benny den Ast nur noch fester. Es war beinahe lächerlich, ihn fast in Sicherheit zu haben, ohne daß er sich dessen bewußt wurde. Jetzt blieb ihm nur noch eins übrig. Benny wurde durch das Tau sicher gehalten. Lloyd wollte ihn mit aller Kraft von dem Ast herunter und bis an den Baumstamm ziehen. Wenn er dabei abrutschte und fiel, konnte er nicht weit fallen. Es würde nicht schwer sein, ihn auch dann nach oben zu ziehen.

Lloyd zog mit aller Gewalt. Der Ast knarrte. Er zog weiter. Plötzlich krachte und splitterte etwas, und sowohl Benny als auch der Ast fielen. Das unerwartete Gewicht riß das Seil durch Lloyds Hände, bis es zuletzt die ganze Länge des Seils straffte. Einige der Schlingen um den Felsblock waren bei diesem Manöver abgerutscht, doch die letzte Schlinge saß sicher fest.

Dann knallte das Seil laut und hing schlaff in seinen durchgescheuerten Händen. Nach dem Knall hörte Lloyd einen heiseren Laut aus einer Kehle, die sich zu sehr gequält hatte, um noch laut schreien zu können.

Lange saß Lloyd in Gedanken versunken, bis er aufstand und zu einem Abstieg ging, der ein paar hundert Meter weiter in den Abgrund führte. Er schnitt das Seil vom Körper, wandte sich ab und übergab sich. Dann bedeckte er den toten Benny mit Sand und Steinen und vergrub das Seil an einer anderen Stelle.

Eine Stunde später war er an seiner Arbeit. Um ihn herum herrschte der übliche Küchenlärm. Kellner unterhielten sich und lachten. Aber durch alle Geräusche hörte Lloyd jenen heiseren Laut aus dem Abgrund.

12

Zwei volle Tage vergingen, ehe Lloyd anfing, sich zu erholen. Seine Arbeit machte er fehlerlos, ohne zu denken, ganz mechanisch, und sprach nur, wenn es gar nicht zu vermeiden war. In seiner freien Zeit lag er auf seinem Bett und grübelte darüber nach, weshalb er einen so starken Schock bekommen hatte.

Er hatte sich für ebenso hart gehalten, wie sie ihn behandelt hatten, sich aber darin getäuscht. Ein menschliches Leben zu vernichten widersprach derart den Moralbegriffen, in denen er aufgewachsen war, daß er jetzt Abscheu vor sich selbst empfand.

Die Flüchtlinge von Pinal Blanco hatten eine primitivere Einstellung zu Leben und Tod als er. Ihre Moral wurde von Ehre und Stolz diktiert. Er hatte geglaubt, sich ihre Philosophie zu eigen machen zu können, war innerlich jedoch der bürgerliche Kleinstadtjunge geblieben.

Lloyd wußte nicht, was er als nächstes tun sollte. Es schien ihm nicht länger nötig zu sein, hier zu arbeiten. Es schien ihm auch nicht mehr nötig, stolz auf die Geschicklichkeit zu sein, mit der er sich in die Nähe der Männer geschmuggelt hatte, die er töten wollte. Selbst sein früherer Haß kam ihm jetzt beschämend vor.

Er beschloß, noch so lange hier zu arbeiten, bis er zu einer Entscheidung über seine Zukunft gekommen war.

Als er wieder erwachte, spürte er eine Bewegung und hörte das Geräusch von Metallrädern auf Stein. Auf sein Gesicht drückte etwas Weiches, das nach schmutziger Wäsche roch. Er lag mit den Knien auf der Brust zusammengedrückt. In seinem Kopf hämmerte etwas.

Das Rädergeräusch hörte auf. Eine schwere Tür wurde geschlossen. Dann kippte das um, worin er lag, und er rollte auf einen Zementfußboden. Zwischen schmutzigen Hemden und Handtüchern setzte er sich auf. Neben ihm lag einer der fahrbaren Wäschekörbe, die von den Zimmermädchen benutzt wurden.

Tulsa Haynes stand mit den Fäusten auf den Hüften und dem ausdruckslosen Indianergesicht über ihm. Neben ihm stand Harry Danton und starrte wie gebannt auf Lloyd, indem er eine Hand so hielt, daß er nur den oberen Teil seines Gesichtes sah.

»Du könntest recht haben«, sagte Danton.

»Ich weiß selbst nicht, wie das möglich sein sollte, weiß aber trotzdem, daß ich recht habe!«

»Steh mal auf und laufe!« befahl Danton.

»Was soll das alles bedeuten, Mister Danton?«

»Steh auf und laufe!«

»Ja, Sir.«

Er lief hin und her, während sie ihn beobachteten.

»Sehen Sie es?« fragte Tulsa.

»Er ist ebenso groß, aber viel kräftiger. Er hat auch langsamere Bewegungen, und seine Stimme ist tiefer.«

»In der ersten Minute, als ich ihn sah, habe ich über ihn nachdenken müssen«, sagte Tulsa. »Als Benny verschwand, habe ich mich noch mehr gewundert. Ich habe ihn nicht für Wescott gehalten, sondern für irgend jemanden, den ich früher mal gekannt habe. Charlie hat ihn erkannt. Er hat ihn sich ein paarmal gründlich angesehen und dann gesagt, es könnte Wescott sein. Und jetzt finde ich es auch.«

»Würde Wescott so dumm sein, hierherzukommen?«

»Vielleicht. Was ist mit Benny los? Sie wollen es wissen.«

»Kannst du es aus ihm herausprügeln?«

»Das brauche ich gar nicht. Zieh dein Hemd an, Wescott.«

Da Lloyd sich nur in einer zweistündigen Pause auf sein Bett gelegt hatte, trug er Socken, dunkle Hosen und ein weißes Hemd. Er sah Tulsa und Harry an. Der Raum, in dem sie standen, hatte Betonwände, an der Decke entlanglaufende Röhren und eine einzige schwere Tür. Er lag also im Keller, der viele solcher Räume enthielt.

Lloyd wußte, daß Tulsa die Narben auf seiner Brust suchen und ihn dadurch identifizieren wollte.

»Nett, Sie wieder mal zu sehen, Harry!« sagte er.

Harry schüttelte erstaunt den Kopf. »Verdammter armer Dummkopf!« sagte er und wandte sich scharf zu Tulsa um. »Du hast es damals nicht richtig gemacht.«

»Wenn Sie es mit angesehen hätten, würden Sie das nicht sagen. Sehen Sie sich das Gesicht genau an und erklären Sie mir dann, weshalb er an solchen Wunden nicht gestorben ist.«

»Du bist schwer umzubringen, mein Junge. Vielen Dank dafür, daß du zurückgekommen bist und uns noch mal eine Chance geboten hast. Hast du Benny um die Ecke gebracht?«

Lloyd zögerte. »Ja.«

»Wie?« fragte Tulsa.

»Ich habe ihn von einem Felsen fallen lassen.«

»Wer sollte der nächste sein?«

»Du.«

»Und dann ich«, sagte Harry. »Ihr müßt den Jungen wirklich durcheinander gebracht haben. Erledige das, Tulsa.«

»Wollen Sie nicht dabeisein?«

»Ich habe so etwas oft genug gesehen.«

Harry ging zur Tür, schüttelte wieder den Kopf und sagte abermals: »Verdammter armer Dummkopf.«

Er zog die Tür hinter sich ins Schloß.

Der Raum hatte zwei Wandlampen, von denen eine brannte.

Tulsa schaltete auch die zweite ein und pfiff leise vor sich hin. Er zog sein Khakihemd aus und legte es in eine Ecke. Arme und Schultern bewegte er wie ein Boxer, der auf den Gong wartet.

»Benny war ein guter Junge«, sagte Tulsa.

»Ich denke anders darüber.«

»Wir sind sehr lange zusammen gewesen, und ich werde ihn sehr vermissen. Dich wird hier keiner vermissen, Wescott, wenn ich dich fertigmache. Aber ich werde mir Zeit dabei lassen. Hier unten können wir eine ganze Woche lang Walzer tanzen, ohne daß uns einer stört. Oder hast du es eilig?«

Lloyd stand gespannt und wechselte seine Stellung vorsichtig, indem er den Bewegungen Tulsas folgte.

»Gefällt dir diese Linke? Paß gut auf!«

Der Hieb traf Lloyd am Kopf. Er trat zur Seite und mußte denken, ob sein Gesicht viel vertragen konnte. Würden die Wundnarben wieder aufreißen, die geflickten Knochen neu brechen? Aber das waren überflüssige Gedanken. Tulsa ging es nur darum, ihn zu töten. Er sprang trotz seines Gewichtes mit gummiartiger Elastizität umher, von einer Seite zur anderen, machte Scheinangriffe, grinste, und Lloyd wurde klar, daß er in eine Ecke manövriert wurde.

Er versuchte, auszuweichen, wollte Tulsa mit einem rechten Haken treffen, den Tulsa jedoch mit der Schulter abfing. Dann war er wieder so hilflos wie damals in dem Motel bei Talascatan. Tulsa drängte ihn in die Ecke, schlug auf ihn ein, und es kam ihm vor, als ob Tulsas Fäuste Löcher in seinen Körper rissen und seine Kraft durch diese Löcher davonlief. Haltlos fiel er zuletzt gegen Tulsa. Der Raum schien sich zu drehen. Plötzlich sah er ein kleines, braunes Ohr vor sich. Ohne zu überlegen, packte er es mit den Zähnen und biß mit aller Gewalt zu.

Tulsa stieß einen schrillen Schrei aus, wie ein Pferd, das in einer brennenden Scheune eingesperrt ist. Er drückte eine Hand auf das Ohr. Blut rann ihm übers Gesicht. Halb verrückt vor Schmerz holte er zu einem Hieb aus, der Lloyd töten sollte und vielleicht dadurch getötet hätte, daß sein Kopf zwischen Tulsas Faust und der Betonwand zerquetscht wurde.

Obwohl ihm übel war, bekam Lloyd es fertig, seinen Kopf gerade so weit nach rechts zu drehen, daß die Faust seine linke Wange leicht streifte, ehe sie mit so mörderischer Gewalt die Wand traf, daß Tulsa sich die Handknochen brach.

Tulsa schrie nicht. Er ließ sich auf die Knie fallen, preßte die zerschmetterte Hand an den Leib und krümmte sich darüber, bis sein Gesicht fast den Fußboden berührte. Lloyd trat zur Seite, stolperte und fiel. Es dauerte lange, bis er die Kraft fand aufzustehen.

Er taumelte zu Tulsa hinüber, um den Kampf schnell zu beenden. Aber Tulsa rollte sich schnell auf ihn zu, riß ihm die Füße unter dem Leib weg, legte sich halb auf ihn und schaffte es, mit der riesigen, unverletzten Hand Lloyds Kehle zu packen.

Lloyd straffte seine Halsmuskeln. Tulsa preßte sein Gesicht gegen Lloyds Brust, und seine Finger zogen sich fester zusammen. Lloyd versuchte, die Finger auseinanderzubiegen, aber es gelang ihm nicht, und er spürte, daß es dunkel um ihn zu werden begann, weil ihm die Luft knapp wurde. Im letzten Augenblick kam ihm ein Gedanke: Er schob seine Hände unter Tulsas dunklen Kopf, suchte nach den Augen und drückte seine Daumen mit letzter Kraft hinein. Nach einer Weile keuchte Tulsa, ließ Lloyd los und rollte sich zur Seite.

Lloyd sah gerade noch rechtzeitig, daß Tulsa seinen riesigen Schuh schwang und ihm ins Gesicht treten wollte. Er packte das Fußgelenk, riß es herum, schwankte zur Wand, lehnte sich dagegen und atmete schwer. Tulsa drehte sich zu ihm um.

Schwerfällig stand er auf. Die gebrochene Hand baumelte herunter; die linke hielt er bereit und ging langsam auf Lloyd zu. Lloyd stieß sich von der Wand ab und schlug mit bleischweren Armen nach dem Gesicht seines Gegners. Seine Schläge trafen, aber auch er selbst wurde schwer am Kopf getroffen und fiel gegen die Wand zurück. Er trat vor und schlug wieder zu, keuchend und schwankend. Ein Schlag auf die Brust warf ihn zurück. Ein Fußtritt traf seinen Oberschenkel. Tulsa ließ sich gegen ihn fallen, packte ihn um die Taille, drückte eine Schulter unter sein Kinn. Lloyds Rippen schmerzten, als ob sie gebrochen wären. Sein Oberkörper wurde nach hinten gebogen. Er griff hinter seinen Rücken. Tulsa hatte die linke Hand um das Gelenk der verletzten rechten gelegt und hielt ihn so fest. Lloyd griff nach der gebrochenen Hand, und Tulsa holte mehrere Male tief Luft und warf sich zurück.

Lloyd folgte ihm schwerfällig, und es gelang ihm, Tulsas linkes Handgelenk mit beiden Händen zu fassen. Tulsa versuchte sich loszureißen, schaffte es aber nicht. Eine Weile standen sie, ohne sich zu bewegen. Dann schob Lloyd sich hinter Tulsa, zog das

Handgelenk höher, bis es zwischen Tulsas breiten Schultern lag. Tulsa trat kräftig zu, aber Lloyd schleuderte ihn mit dem Rest seiner Kraft gegen die vier Meter entfernte Betonwand. Tulsa stürzte nach dem Anprall, und Lloyd fiel auf ihn. Er kroch ein paar Schritte beiseite, lehnte sich sitzend mit dem Rücken an die Wand, mit geschlossenen Augen, den Kopf auf den Knien, und atmete wie ein Erstickender.

Es dauerte lange, bis sein Atem ruhiger ging. Langsam stand er auf, stützte sich mit einer Hand an der Mauer und trat zu Tulsa, der still liegengeblieben war. Er beugte sich über ihn und drehte ihn mit Mühe auf den Rücken. Die Augen standen halb offen. Die riesige Brust hob und senkte sich nicht mehr. Der Gangster hatte sich das Genick gebrochen.

Lloyd schob den Wäschekorb neben Tulsa und legte ihn auf die Seite. Er legte mit Anstrengung den riesigen Körper hinein, kippte den Korb hoch, bis er auf seinen Rädern stand, und häufte die schmutzige Wäsche auf Tulsa. Den Korb schob er in die entlegenste Ecke, öffnete die Tür und schaltete das Licht aus.

Er ging durch die Kellergänge bis zu dem Fahrstuhl für den Personalflügel. Ungesehen gelangte er in sein Zimmer, wusch sich und zog sich um. Er hatte eine kleine Quetschung unter dem linken und einen langen Kratzer über dem rechten Auge. Es war erstaunlich, daß dieser harte Kampf nicht mehr sichtbare Spuren hinterlassen hatte. Innerlich jedoch fühlte Lloyd sich wie ein sehr alter Mann.

Er packte seine wenigen Sachen und trug den Koffer zum Wagen. Es war elf Uhr dreißig. Er ging durch den dunklen Park und schlüpfte durch die Hecke um Dantons Haus, aus dem südamerikanische Musik klang. Vorsichtig trat er an die Wohnzimmerfenster und blickte hindurch. Harry saß in Hemdsärmeln am entgegengesetzten Ende des großen Raums, eine Aktentasche auf dem Fußboden neben sich, und las mit der Maschine geschriebene Seiten.

Das blonde Mädchen tanzte halb träumerisch und ohne Anmut allein. Sie hatte starke Hüften und wirkte ordinär. Wenn sie bei ihren Runden durch das Zimmer am Plattenspieler vorbeikam, nahm sie ihr dort stehendes Glas und trank einen Schluck daraus.

Lloyd sah, daß Harry ärgerlich mit ihr sprach, konnte die Worte jedoch nicht verstehen. Sie setzte sich schmollend in einen tiefen Sessel. Er beobachtete Harry. Es war ihm klar, daß er jetzt zu einem Ende kommen mußte.

Das Mädchen gähnte, reckte sich, stand auf und ging durch die hintere Tür zu dem kleinen Swimmingpool Dantons. Die Lampen am Pool brannten nicht. Er ging um das ganze Gebäude herum, geduldig und vorsichtig wie ein Tier. Er fand sie nicht, bis er das Aufflammen eines Feuerzeugs sah. Sie saß in einem der Aluminiumsessel auf der anderen Seite des Pools. Die offenen Stellen wurden vom Sternenlicht erhellt. Lloyd vermied sie und schlich sich auf Umwegen zu dem Mädchen. Als er ziemlich dicht bei ihr war, warf sie ihre Zigarette in den Pool. Er wartete und dachte, sie würde aufstehen und ins Haus gehen. Sie seufzte, legte den Kopf zurück und blickte zu den Sternen hinauf. Ihr blondes Haar hing über der Sessellehne. Im Haus lief immer noch der Plattenspieler.

Lloyd trat hinter den Sessel, kniete nieder, legte eine Hand auf ihren Mund, einen Arm um ihre Taille und hielt sie so fest. Sie wand sich krampfhaft, und ihre hohen Absätze klapperten auf den Fliesen, die den Pool einfaßten. Lloyd zog ihren Kopf zurück, bis sie aufhörte, sich zu wehren.

»Einen Laut, und ich bringe dich um!« drohte er.

Als er seine Hand lockerte, hörte er sie tief Atem holen, als ob sie möglichst laut schreien wollte. Schnell nahm er ihre Nase zwischen Daumen und Zeigefinger und drückte sie zu. Sie zerkratzte seine Hand mit ihren langen Nägeln. Allmählich aber wurde sie schwächer und lag schließlich still. Er hob sie aus dem Sessel und legte sie auf die Fliesen, riß Streifen von ihren weiten Hosen und fesselte sie, machte auch einen Knebel aus demselben Material. Dann zog er sie in den Schatten und schob sie unter einen Strauch. Sie atmete jetzt ganz ruhig.

Er lauschte eine Weile, ehe er sich aufrichtete, langsam auf das Haus zu und durch die Tür ins beleuchtete Innere trat. Hinter Harrys Sessel blieb er stehen.

»Mach mir noch einen Drink, Selma«, sagte Harry ohne aufzublicken. Lloyd rührte sich nicht. Harry sah sich ärgerlich um. Lloyd schlug ihm die Papiere aus der Hand, packte seine Handgelenke, riß ihn aus dem Sessel hoch und stieß ihn in eine Ecke, in die man von den Fenstern aus nicht sehen konnte. Hier gab er ihm einen Schlag ins Gesicht, von dem die Brille durch das halbe Zimmer flog und Harry umkippte. Lloyd tastete ihn schnell nach Waffen ab und trat dann zurück.

Harry schüttelte den Kopf und richtete sich auf.

»Tulsa?« fragte er.

»Tot, Harry.«

Harry nahm es ruhig auf. »Und was nun?«

»Was denkst du?«

»Ich denke, ich habe dich falsch eingeschätzt, mein Junge. Von Anfang an. Du bist richtig hart geworden. Kommst hierher und erledigst beide. Eine glänzende Leistung!«

»Sage mir, wenn du mit deiner Ansprache fertig bist.« Er sah, daß Harrys Blicke zwischen ihm und den Glastüren hin und her gingen. »Selma kommt dir bestimmt nicht zu Hilfe.«

»Wir könnten uns einigen, Wescott.«

»Keine Einigung.«

»Du könntest hierher zurückkommen. Wegen Benny und Tulsa würde ich dich decken. Du kannst das Hotel wieder übernehmen und es so leiten, wie du es für richtig hältst. Ich sorge außerdem dafür, daß du einen Anteil von den Kasino-Erträgen und ein Aktienpaket der Gesellschaft bekommst.«

»Nein.«

»Überlege dir das genau. Wenn du tust, was du willst, wirst du ewig auf der Flucht sein. Wenn du auf meine Vorschläge eingehst, lebst du sicher und gut. Ich kann vergessen, daß du mich betrogen hast. Zum Teufel – Benny und Tulsa haben es auch schon getan. Und ich war damals nicht einmal dabei.«

»Aber es waren deine Befehle, Harry.«

Auf Dantons Stirn standen Schweißtropfen, und Lloyd roch die Angst förmlich.

»Was hast du davon, wenn ich tot bin?« fragte Danton. Er versuchte, ruhig und beherrscht zu sprechen, aber seine Stimme war viel höher als sonst.

»Was habe ich davon gehabt, daß Sylvia tot ist?«

»Sie hat dich von vorn bis hinten belogen, mein Junge. Sie war eine Hure. Bei der ersten Gelegenheit hätte sie dir das Geld abgenommen und dich sitzenlassen.«

»Weshalb hast du eine Hure geheiratet, Harry?«

»Du hast Benny und Tulsa erledigt.«

»Schrei ruhig, Harry. Du hast dieses Haus so bauen lassen, daß keiner dich stört. Schrei mal und paß auf, ob einer kommt.«

»Ich begreife, daß du nicht hierher zurückkommen willst. Was hältst du davon: Ich decke dich wegen der beiden und gebe dir außerdem hunderttausend Dollar bar.«

»Nein, danke. Alles, was ich haben will, bist du, Harry.«

»Was hast du von meinem Tod?«

»Ich werde dich nicht töten.«

»Wie?«

»Ich werde dich nicht umbringen, Harry. Du siehst wie ein Geschäftsmann aus, und ich werde dein Gesicht so zurichten, daß du so wie ich aussiehst. Du sollst bekommen, was ich nach deinen Befehlen von Tulsa bekommen habe. Du sollst am Leben bleiben, Harry. Ich bin dahintergekommen, daß es keinen Spaß macht, Menschen zu töten. Ich gehöre nicht zu deinen Gangstern. Aber ich kann dir ein Gesicht verschaffen, das du selbst nicht wiedererkennen wirst.«

Lloyd hob beide Hände und ballte die rechte zur Faust. »Paß auf, Harry!«

Harrys Hände flogen hin und her. Er stieß einen seltsamen Laut aus. Seine Augen traten hervor, und er starrte auf Lloyd, durch Lloyd hindurch und irgendwohin in weite Ferne. In seinem Blick lag eine ungeheure Überraschung. Seine Lippen bewegten sich, doch es kam kein Wort darüber. Er lehnte sich an die Wand und rutschte daran herunter, bis er auf den Absätzen hockte. Sein Gesicht war grau geworden. Sein Kopf schlug gegen die Wand und senkte sich dann langsam nach vorn, bis das Kinn auf der Brust lag.

Er fiel zur Seite. Seine rechte Hand kratzte auf dem Teppich umher, sein rechtes Bein zuckte ein paarmal, bis er still lag. Lloyd legte ein Ohr auf seine Brust und lauschte. Er hörte ein schwaches, unsicheres Schlagen, das plötzlich aufhörte. Nach einer Pause schlug es noch viermal und hörte abermals auf. Lloyd wußte, es würde nie wieder schlagen.

Er stand auf, ging zur Bar und schenkte sich einen großen Whisky ein. Nach einer Weile hörte er auf zu zittern, setzte sich und versuchte, seine Gedanken zu ordnen. Ihm fiel ein, was er tun müsse, um Zeit zu gewinnen, doch konnte er sich nur schwer dazu überwinden.

Als er sich endlich gefaßt hatte, ging er ans Werk. Er trug die Leiche ins Schlafzimmer, ließ die Jalousien herunter und schaltete das Licht ein. Er entkleidete Danton und zog ihm den seidenen Pyjama an, der auf einem der Betten lag, legte ihn ins Bett und deckte ihn zu. Dantons Brille legte er auf den Nachttisch. In der Hose fand er achthundertfünfzig Dollar, ließ hundertfünfzig zurück und nahm sich das andere Geld, ehe er die Hose in den Kleiderschrank hängte.

Nun mußte er noch mit dem Mädchen fertig werden. Er ging

hinaus und hatte sie eben angehoben, als ihm einfiel, daß sie bisher sein Gesicht noch nicht gesehen hatte. Er legte sie noch einmal hin, holte ein Handtuch aus dem Haus und verbarg ihr die Augen. Als er sie hineintrug, spürte er an den Bewegungen ihres Körpers, daß sie bei Bewußtsein war. Er setzte sich auf den Rand des anderen Bettes.

»Nicke, wenn du mich verstehen kannst, Selma«, sagte er.

Sie nickte und stieß hinter dem Knebel einen gedämpften Laut aus. Lloyd holte einen Bademantel aus dem Schrank. »Ich werde dir jetzt die Hände losbinden. Laß die Finger von der Augenbinde. Wenn du mich siehst, muß ich dich umbringen, verstehst du?«

Wieder nickte sie.

Als ihre Hände frei waren, rieb sie sie aneinander. Er half ihr in den Bademantel und sagte: »Jetzt nehme ich dir den Knebel aus dem Mund. Versuche nicht zu schreien. Es ist niemand da, der dich hören kann.«

Er zog ihr den Knebel aus dem Mund. Sie machte kauende Bewegungen und leckte sich die Lippen. »Was, zum Teufel, ist hier los? Wer sind Sie? Wo ist Harry?«

»Harry ist tot.«

»Haben Sie ihn umgebracht?«

»Nein. Er ist an einem Herzanfall oder einem Gehirnschlag oder so was Ähnlichem gestorben.«

Sie schluckte schwer. »Wo – ist er?«

»Kümmere dich nicht darum, wo er ist. Du sollst mir jetzt ein paar Fragen beantworten.«

»Gehen Sie zur Hölle!« sagte sie mit schwacher Stimme.

Er schlug sie ins Gesicht. »Willst du jetzt antworten?«

»Ja.«

»Wann stehst du hier meistens auf?«

»Ich – gegen Mittag.«

»Und Harry?«

»Ein bißchen früher, aber nicht viel. Gegen elf vielleicht.«

»Schlaft ihr beide manchmal länger?«

»Nach einer wilden Nacht. Vielleicht bis zwei Uhr nachmittags.«

»Sind Schlafmittel im Haus?«

»Im Badezimmerschrank. Gelbe Tabletten in einer eckigen Flasche.«

»Wieviel brauchst du, damit du tief schläfst?«

»Zwei.«

»Dann wirst du jetzt vier nehmen.«

»Weshalb, um Himmel willen?«

»Das werde ich dir erklären. Du wirst sehr spät aufwachen und entdecken, daß Harry im Schlaf gestorben ist. Alles andere von heute abend und daß ich hier war, wirst du vergessen. Glauben würde dir sowieso niemand. Wenn du die Polizei rufst, verdächtigt sie dich zuerst.«

»Liegt er – liegt er im anderen Bett?«

»Ja. Er hat seinen Pyjama an.«

»Ich will nicht hier schlafen! Bitte, ich will nicht!«

»Mach keine Dummheiten, während ich die Schlaftabletten hole, Selma. So schnell bekommst du deine Füße nicht frei, und wenn du die Augenbinde abreißt, mußt du alle Tabletten aus der Flasche schlucken. Dann können sie euch beide tot finden.«

»Ich mache bestimmt keine Dummheiten!«

Lloyd fand die Tabletten und hielt die Flasche in einem Handtuch, während er vier herausschüttelte. Ein Wasserglas füllte er mit Whisky und Eis, ging ins Schlafzimmer und gab es ihr in die Hand. Er rechnete damit, daß sie versuchen würde, ihn zu täuschen und die Tabletten nicht zu nehmen, aber die Nähe der Leiche hatte sie eingeschüchtert. Sie schluckte sie gehorsam. Hinterher trank sie tüchtig von dem Whisky.

Gleich darauf fing sie an, verschwommenes Zeug zu reden. Entweder vertrug sie sehr wenig oder sie hatte vorher schon zuviel getrunken. Zweimal kämpfte sie dagegen an, auf dem Bett nach hinten zu fallen. Beim drittenmal fiel sie wirklich.

Er ließ den Whiskyrest auslaufen und das Glas unter das Bett rollen und versuchte, sie zu wecken, ohne daß es ihm gelang. Er zog ihr den Bademantel aus, hängte ihn in den Schrank, nahm ihr das Handtuch von den Augen, die Stoffstreifen von den Fußgelenken, legte sie ins Bett und deckte sie zu. Er schaltete das Licht aus und zog die Jalousien hoch. Als er in der Tür stand, hörte er sie tief atmen.

Als er den Plattenspieler abdrehte, der immer noch lief, schwieg die Musik mitten in einem Takt.

Er schaltete auch die Lampen im Wohnzimmer aus, schloß die Glastüren und verschwand in der Nacht.

In allen Völkern, zu allen Zeiten der Geschichte hatte es Wanderer gegeben. Männer ohne Ziel, die sich selbst aus der Gesellschaft ausgestoßen haben. Nie sind sie Herdentiere gewesen, und es gibt kein Vorbild für ihre Wanderungen.

Zu Anfang war Lloyds Wanderung eine Flucht. Er hatte genug Zeit erübrigt, um sein Geld von der Oasis-Springs-Bank abholen zu lassen. Bei Einbruch der Nacht war er achthundert Kilometer von Oasis Springs entfernt und fuhr nach Nordwesten.

Wenn Charlie Bliss oder einer seiner Leute die Leiche von Haynes fanden, war es wahrscheinlich, daß sie die Sache stillschweigend abmachten und Tulsa in der Sandwüste in ein tiefes, unerkenntliches Grab legten. Aber dann fand ein alter Mann, der zu den Technikern gehörte, die Leiche, ein Mann, der das Hotel, das Spielen, die Gäste und die meisten Angestellten verabscheute. Er betrachtete die Leiche zufrieden, deckte sie wieder zu, ging in die Stadt und erstattete beim Polizeichef, Carl Hand, Anzeige wegen Mordes.

Selbst jetzt wäre es noch möglich gewesen, alles zu vertuschen, wenn Harry Danton noch gelebt hätte. Geld kann die seltsamsten Verdrehungen einleuchtender Tatsachen bewirken. Mit ein paar Requisiten, einer Leiter zum Beispiel und einem Schraubenschlüssel, hätte nachgewiesen werden können, daß Haynes beim Arbeiten an den Röhren unter der Decke zu Tode gestürzt und womöglich durch den Aufprall in den Wäschekorb geflogen wäre. Aber Danton war friedlich im Schlaf gestorben, und Charlie Bliss verfügte nicht über das Talent seines Meisters im Umgang mit Behörden. Überdies ließ die Direktion des Safari-Hotels wissen, daß ein großer Eifer in dieser Angelegenheit mit dem Resultat eines schlechten Rufes für das Hotel Green Oasis nicht unbelohnt bleiben würde.

Überdies gab es in diesem Staat zu viele geachtete und ehrliche Eigentümer und Direktoren von Hotels und Kasinos – vorausgesetzt natürlich, daß gesetzliches Glücksspiel überhaupt als geachtet und ehrlich betrachtet werden kann –, die in diesem Ereignis eine Chance für die Einführung einer strengen polizeilichen Überwachung aller Glücksspiele erblickten. Vorübergehend wurden alle Lizenzen aufgehoben und alle Betriebe Harry Dantons geschlossen. Die Laufbahn Harry Dantons erschien mit Schlagzeilen in allen Zeitungen und Zeitschriften. Besonders hervorgehoben wurde, daß er dreiundzwanzig Verhaftungen, fünf Anklagen und ein Urteil mit Bewährungsfrist hinter sich hatte. Herman ›Tulsa‹ Haynes bekam fast ebensoviel Publicity, blieb jedoch mit seinen Leistungen weit hinter Danton zurück. Er hatte dreieinhalb Jahre im Gefängnis gesessen.

Dank seiner Vorliebe für fantastische Bilderbücher hatte Benny früher schon den Spitznamen ›Monstrum‹ bekommen. Das Monstrum wurde vermißt und für tot gehalten. In manchen Zeitungen wurde Verdacht gegen Charlie Bliss geäußert, doch schnell wieder von Leuten unterdrückt, die Charlies Wert für ähnliche Organisationen erkannten. Bilder von Sylvia und Selma wurden veröffentlicht. Betrug, Unzucht, Mord und Gangsterkrieg mußten beseitigt werden. Der große Besen fegte energisch. Das Green-Oasis-Hotel zeigte eine glänzende Leere. Die Tugend hatte triumphiert.

Kaum stand es leer, begannen die ersten Verhandlungen. Hier war etwas sehr billig zu haben. Mit einem neuen Namen, neuen Aktionären, neuem Einfluß würde es eines Tages bestimmt wieder eröffnet werden.

Selbst dem dümmsten Dorfpolizisten wäre Robert Rose verdächtig erschienen. Er war ohne Kündigung und Abschied aus dem Hotel verschwunden. Er hatte sein Bankkonto – eine überraschend hohe Summe – abgehoben. In seinem Zimmer fanden sie mehrere Fingerabdrücke von ihm. Ein Zeichner machte eine Skizze von ihm, die von den Leuten, die mit ihm zusammen gearbeitet hatten, sehr ähnlich gefunden wurde. Kleine Kinder, die sie sahen, bekamen einen Schreck. Das Modell seines Wagens und die Polizeinummer waren bekannt. Ein Zehnstaatenalarm wurde gegen ihn erlassen.

Lloyd wußte, daß sie hinter ihm her waren, regte sich jedoch nicht darüber auf. Seine Flucht verlief automatisch. Wäre er ängstlich gewesen, hätte er Fehler begehen können. Da er jedoch gleichgültig war, handelte er intelligent und ohne einen Fehler zu machen. Der Bart war sein auffallendstes Merkmal. Er rasierte sich mit kaltem Wasser unter einer kleinen kalifornischen Brücke. Seinen Wagen ließ er auf einem Riesenplatz für Gebrauchtwagen stehen, nahm die Nummernschilder ab, legte sie zusammen und machte ein Päckchen daraus, das er in einen Müllkasten warf. Am selben Abend bearbeitete er sein Haar und die Augenbrauen vorsichtig mit Wasserstoffsuperoxyd. Das nackte Gesicht sah zerschlagen und wild aus; die Blässe des unteren Teils wirkte verräterisch.

Von nun an reiste er nach Norden, wechselte von Eisenbahn zu Bus und umgekehrt zu jedesmal nur kurzen Fahrten. Nichts konnte mehr an Robert Rose erinnern.

Als er an einem Werktag morgens in Portland ankam, suchte er im Telefonbuch nach der Adresse der Wescott-Holz-Gesellschaft. In einem Taxi fuhr er hinaus und sah beim Aussteigen Tom in Hemdsärmeln vor der Tür stehen und mit einem Mann in Arbeitskleidung etwas besprechen. Lloyd wartete, bis sein Bruder wieder hineingehen wollte, und rief: »Tom!«

Tom war älter, schwerer und nicht so groß wie er. Er starrte Lloyd an. »Kenne ich Sie?«

Lloyd trat zu ihm. »Du hast mich früher sehr gut gekannt.«

»Lloyd«, flüsterte Tom. »Um alles in der Welt! Was... Komm herein!«

Er schloß die Tür seines Arbeitszimmers, und sie schüttelten sich die Hände. »Wir waren alle fest davon überzeugt, daß du tot wärst. Ich habe sogar eine Detektivagentur damit beauftragt, dich zu suchen, und sie hat nichts erreicht. Was ist dir denn passiert?«

»Ich hatte einen schweren Unfall und hinterher Gedächtnisschwund.«

»Hattest du keine Papiere bei dir?«

»Sie sind bei dem Unfall offenbar verlorengegangen.«

»Hast du versucht, dich mit Mutter in Verbindung zu setzen?«

»Ich bin zuerst hierher gekommen.«

»Vater ist im vergangenen Jahr gestorben, und sie wohnt jetzt bei uns. Sie spricht oft von dir und grübelt darüber nach, was dir passiert sein könnte. Sie als einzige wollte nie glauben, daß du tot wärst. Das wird viel für sie bedeuten.«

Es bedeutete wirklich viel für sie. Lloyd blieb drei Wochen bei ihnen. Das Haus war nicht groß genug für vier Erwachsene und vier Kinder. Lloyd merkte, daß Toms Frau unzufrieden mit seinem Besuch war. Er wußte auch, daß er kein guter Gast war. Es fehlte ihm jede Leichtigkeit. Er konnte auch nicht plaudern. Die Kinder schienen ihm aus dem Weg zu gehen. Wenn Tom oder seine Mutter ihn etwas fragten, antwortete er unbestimmt und interesselos. Er wurde von großer Ruhelosigkeit und einer inneren Leere beherrscht und konnte seinen Verwandten innerlich nicht näherkommen. Tom und seine Mutter liebten einen Mann, der nicht mehr existierte. Außerdem ließ Tom sich anmerken, daß es ihm nicht paßte, die Mutter allein unterhalten zu müssen.

Er ging ohne Abschied. Nur für Tom und seine Mutter hinterließ er einen Brief, für Tom überdies fünfundzwanzigtausend Dollar in einem Schuhkarton. Er schrieb dazu: *Damit Du überflüssige Fragen vermeidest, versteckst Du dieses Geld am besten und nimmst nur davon, wenn Du etwas brauchst. Mache Dir keine Gedanken darüber, woher es kommt. Vielleicht hätte ich überhaupt nicht zurückkommen sollen. Manchmal gerät man in eine Sackgasse, ohne es zu ahnen.*

So stieß wieder ein Mann zur Gilde der Wanderer.

Viele Menschen lernten ihn in dieser Zeit kennen und machten sich Gedanken über ihn. Wenn ein Mann über die Grenze hinaus gelangt ist, bis zu der man Furcht oder Hoffnung empfinden kann, unterscheidet er sich von allen anderen. Er wirkt geheimnisvoll und wie von einer sorgfältig beherrschten Leidenschaftlichkeit erfüllt. Der Nonkonformist ist immer verdächtig. Männer spürten, daß Lloyd gewalttätig werden konnte. Frauen spürten die Einsamkeit in seinen Augen und glaubten an eine Sanftmut, die von dem zerschlagenen Gesicht verborgen wurde.

Ein großer Mann mit einem entstellten Gesicht arbeitete während der Ernte im Salinas-Tal, bis er so braun wie ein Mexikaner war.

Ein großer Mann arbeitete als Nachtportier in einem fünftklassigen Hotel in Chicago und hörte auf, als der Direktor sich zu neugierig nach seiner Vergangenheit erkundigte.

Fünf Monate lang half er einer alleinstehenden Frau ihr Motel in North Carolina leiten, teilte ihre Plackerei und ihr Bett mit ihr – und verschwand eines Tages ohne Abschied. Die Hälfte des Geldes, das er hier verdient hatte, ließ er ihr in einem Briefumschlag zurück. Sie blickte die Straße entlang, die er gegangen sein mußte, und fühlte, daß sie ihn weder vergessen noch aufhören würde, über ihn nachzudenken.

Ein Landstreicher arbeitete dreißig Tage lang beim Straßenbau in Georgia, ein Mann, dessen Sprache verriet, daß seine Herkunft und seine Erziehung nicht zu dem arbeitsharten Körper und dem zerschlagenen Gesicht paßten.

Er zog durch Süden nach Westen und nahm jede Arbeit an, die ihn erschöpfte. Aber Erschöpfung kann die Erinnerung nicht auslöschen. Schließlich wurde ihm eines Tages klar, wohin er ging, was aus ihm wurde und welches einfache Leben sein Schicksal ihm bestimmt hatte.

Ein großer Mann wanderte durch die Gebirgsdörfer. Seine Kleidung war zerlumpt, und er trug ein sehr schweres Bündel. Die Schulterbänder waren von Schweiß verfärbt. Er hatte einen rotgrauen Vollbart und sprach den Dialekt der Bergmenschen von Queretaro.

Mit einem Touristen konnte er nicht verwechselt werden. Er kannte die Sitten und die Art der Höflichkeit dieser Menschen, und für Nahrung und einen Platz zum Schlafen half er seinen Gastgebern bei der Arbeit und arbeitete für zwei. Ein sonderbarer Mann, der traurig wirkte. Er folgte mehr den Bergpfaden als den befahrenen Straßen.

An einem klaren, kalten Apriltag hatte er den halbvergessenen Pfad hinter sich, auf dem einem das Atmen schwer wurde und das Herz schneller schlug, und sah die Hütten, die schrägen Felder und die Frauen, die im Fluß unterhalb des Wasserfalls Wäsche wuschen. Sie waren so weit unter ihm, daß sie wie winzige, braune Puppen wirkten.

Obwohl er müde war, beschleunigte er seine Schritte. Er erreichte die Siedlung, und sie versammelten sich um ihn. Er ragte hoch über alle empor, lächelte und ging langsam mit ihnen zu der Hütte, seiner Hütte. Eine der Frauen schlug an die Eisenstange und rief damit die Männer von den Feldern zurück.

Isabella war unverändert und schien ihm doch fremder zu sein. Das Kind war jetzt drei Jahre alt, eine Tochter, die Carmencita hieß, die den großen Fremdling sehr schüchtern begrüßte. Auch Isabella war schüchtern.

Es gab manches Neue. Vier Hütten waren inzwischen dazugekommen, und die Siedlung zählte nun fünfunddreißig Menschen, aus denen sechsunddreißig werden sollten, wenn Concha Armando demnächst wieder ein Kind schenkte. Mit Roberto, Rosario und Armando mußte er in der ganzen Siedlung die Geschenke besichtigen, die er ihnen damals geschickt hatte und die geholfen hatten, das primitive Leben in dieser einsamen Gegend erträglicher zu machen. Am dankbarsten waren alle für die Kiste mit den Schulsachen, den vielen Büchern und Schreibutensilien. Jetzt hatten sie eine richtige Schule, und die Kinder wuchsen nicht länger in Unwissenheit auf.

Ihr Takt und ihr Verständnis hielt sie nicht nur davon ab, Überraschung über seine Rückkehr zu zeigen, sondern auch, von der Veränderung seines Gesichts oder der Länge seiner Abwesenheit zu sprechen. Lloyd wußte, daß sie ihm keine aufdringlichen Fragen stellen würden.

Isabella war schüchterner als in der ersten Zeit ihrer Ehe. Die größte Freiheit, die sie sich herausnahm, bestand darin, daß sie mit den Fingerspitzen leicht über seine Nase, die Wangen und die klein gewordene Stirnnarbe fuhr und sagte: »Es ist wie ein Wunder!«

Dann wandte sie sich ab.

Sie aßen. Hinterher ging Lloyd mit Roberto, Rosario und Armando und einer Flasche Mescal zu dem flachen Felsen. Sie setzten sich so, daß sie beobachten konnten, wie die blauen Dämmerungsschatten das Tal füllten.

Roberto erzählte großartig von den Abenteuern der dreiundzwanzig Packkisten, von der prickelnden Aufregung in der ganzen Siedlung, mit der jede geöffnet worden war und ihre Wunder enthüllt hatte.

»Mit so viel Luxus und einer Schule«, sagte Roberto, »mußten wir der Siedlung unbedingt einen Namen geben. Lange haben wir darüber nachgedacht, und aus vielen Vorschlägen wurde der Name Nuevo Pinal Blanco gewählt. Und Armando wurde Bürgermeister.«

»Eine gute Wahl«, sagte Lloyd.

Eine Weile herrschte Stille und die Flasche ging herum, bis Roberto sich räusperte und sagte: »Wie lange wirst du bei uns bleiben?«

»Immer«, sagte Lloyd. »Mein ganzes Leben lang – wenn ihr es erlaubt.«

»Wir freuen uns darüber und fühlen uns geehrt«, sagte Armando. »Es ist eine Ehre für uns, daß du dieses kleine Dorf dem Luxus und den Abwechslungen deines eigenen Landes vorziehst.«

»Meine Frau und mein Kind sind hier. Ich bin hier weggegangen um zu tun, was getan werden mußte. Die drei sind jetzt tot.«

»Das ist gut«, sagte Rosario.

»Eine Zeitlang wollte ich nicht wieder hierherkommen. Dann wurde es wichtig für mich. Es befriedigt mich, körperlich zu arbeiten. Es befriedigt mich, hier so zu sitzen, aus dieser Flasche zu trinken und mit Freunden zu plaudern.«

Als Lloyd in der Dunkelheit zu seiner Hütte kam, wartete Isabella auf ihn. Sie machte die Strohlager zurecht, und dann lag er neben ihr, ohne sie zu berühren. Er sagte sich, er hätte dem Leben den Rücken gekehrt und wäre vom Schicksal verstoßen worden.

Trotzdem war er hierher zurückgezogen worden. Vielleicht hatten diese Berge seine Seele ebenso tief gezeichnet wie sein Gesicht. Armando hatte von Luxus und Abwechslungen gesprochen. Dumme Abwechslungen zwischen Fernsehen und Kino. Anrüchiger Luxus verkommener Frauen.

Er lag neben Isabella, und etwas, das er insgeheim mit sich herumgeschleppt hatte, durchwühlte ihn. Tränen stiegen ihm in die Augen und schnürten ihm die Kehle zu.

Jäh warf er sich zu ihr herum und riß sie in die Arme, mußte plötzlich schluchzen, ohne es unterdrücken zu können.

Sie hielt ihn fest, besänftigte ihn, und nach einer Weile erst wurde er gewahr, daß sie mit ihm sprach. Und als er ihre Worte begriff, wurde ihm die Tiefe ihres Verständnisses klar, und er fühlte, wie lebenswert ihrer beider Leben sein würde.

»Es ist alles vorüber jetzt«, sagte sie immer wieder. »Du bist nach Hause gekommen. Es ist alles vorüber jetzt.«

Von allen Gegenden der Erde war diese seine Heimat.

John D. MacDonald
ein Meister
des amerikanischen Thrillers

Geboren wurde John D. MacDonald 1916 in Sharon, Pennsylvania. Schon als kleiner Junge war er eine begeisterte Leseratte. Er bewunderte den Einfallsreichtum der Schriftsteller, ohne auch nur im Traum daran zu denken, selbst Autor werden zu können. Mit zwölf Jahren erkrankte er an Scharlach und mußte fast ein Jahr lang das Bett hüten. In dieser Zeit las er alles, was für ihn erreichbar war und bekämpfte seine Langeweile damit, sich Geschichten auszudenken. Er meinte selbst einmal: »Ich glaube, daß diese lange Zeit, die ich mit Lesen verbrachte, mein weiteres Leben entscheidend geprägt hat.« Sein strenger Vater bestand auf einer ordentlichen Ausbildung. Auf Grund seines Einflusses begann John D. MacDonald an der Universität von Pennsylvania Betriebswirtschaft zu studieren, unterbrach jedoch sein Studium für ein Jahr, um als Tellerwäscher, Busschaffner, Kellner und Zeitungswerber zu arbeiten. Wenig begeistert von diesen Aushilfsjobs setzte er sein Studium an der Syracuse-Universität von New York fort und beendete es erfolgreich an der Universität von Harvard. 1940 trat er, 24jährig, in die Armee ein. Sechs Jahre später, nach seiner Entlassung als Offizier, als andere begannen, sich mit ihrem Beruf eine Existenz aufzubauen, fing er an zu schreiben. Er arbeitete 14 Stunden am Tag und sieben Tage in der Woche. Er schrieb Abenteuergeschichten, Science-fiction-Romane, Western und Hunderte von Kurzgeschichten. 1950 erschien sein erster Kriminalroman. Die große Resonanz seiner Leser und der beachtliche finanzielle Erfolg spornten ihn weiter an. Voller Ideen schrieb er oft drei Bücher nebeneinander. Triebfeder für die Entdeckung immer neuer Themen war seine nicht zu befriedigende Neugier, wie etwas funktioniert oder wie etwas nicht funktioniert. Neu erworbene Kenntnisse wurden sofort in einem

neuen Buch verarbeitet. Auf zahlreichen Ferienreisen sammelte er mit der ihm eigenen Sorgfalt Motive.
Häufige Themen seiner Romane sind Umweltpolitik und Luftverschmutzung. Schonungslos deckt er unsaubere Geschäftspraktiken auf, betrieben von Gesellschaften, die ausschließlich daran interessiert sind, Geld zu machen. Auf Grund von genauen Recherchen zeichnen sich seine Bücher durch hohen Sachverstand aus. Spannende Unterhaltung durch klug gesponnene Handlungsfäden und straffe Dialoge, aber auch aktuelle soziale Kommentare und philosophische Gedanken charakterisieren John D. MacDonalds Romane. Zahlreiche Literaturpreise und die Ehrendoktorwürde zweier Universitäten sind Zeichen seines hohen Stellenwertes als Schriftsteller. Aber nicht nur in Amerika, auch international hat John D. MacDonald sich mit über 70 Millionen verkauften Büchern einen festen Platz auf den Bestsellerlisten erobert.
John D. MacDonald starb 1987 in Florida.

Verzeichnis lieferbarer Titel

(Stand April 1989)

An einem Sonntag (01/6858)

Dunkler als Bernstein /
Die gelben Augen /
Grau auf weißer Weste (02/2200)

Gefangen im Silberregen (02/2163)

Geld oder Leben (02/2192)

Die Inselhaie (01/6965)

Das John D. MacDonald Lesebuch (02/2092)

Ein Köder für die Bestie
Mädchen / Hippie / Frau im Silbersarg (02/2217)

Planet der Träumer (06/1009)

Rote Lady Schwarz auf Weiß /
Gold wirft blutige Schatten /
Giftgrün für Vivian (02/2188)

Tausend blaue Tränen (02/2174)

Zimtbraune Haut (02/2049)

Die Bandnummern der Heyne Taschenbücher sind jeweils in Klammern angegeben

John D. MacDonald

›John D. Mac Donald ist einer der besten Thriller-Autoren der Gegenwart. Es gibt heute kaum einen, der ihn an Spannung und Originalität übertrifft.‹

New York Times

01/6858

01/6965

01/7650

Darüber hinaus sind in der Reihe »Blaue Krimis« folgende Titel erschienen: »Zimtbraune Haut« (02/2049), »Gefangen im Silberregen« (02/2163), »Geld oder Leben« (02/2192) und neun Thriller mit dem inzwischen klassischen Detektiv Travis McGee in Dreifachbänden (02/2174, 02/2188, 02/2200, 02/2217).

Wilhelm Heyne Verlag München

MOTTO: HOCHSPANNUNG

Meisterwerke der internationalen Thriller-Literatur

JUBILÄUMSBAND HEYNE VERLAG

AGENTEN
Ian Fleming
007 James Bond – Feuerball
Jack Higgins
Mitternacht ist schon vorüber
Lawrence Block
Hot Pants lassen Mörder kalt
Duncan Kyle
In letzter Sekunde
Francis Clifford
Agentenspiel
Fünf ungekürzte Romane

50/18 – DM 10,–

–Cody–
Sie war nicht nur sehr schön, sondern auch sehr gefährlich

DAVID BRIERLEY
Blutgruppe Null
Roman

01/6970 – DM 6,80

ANGELA CARTER
In der Hitze der Stadt
Roman

01/6880 – DM 6,80

William P. McGivern
SEIN LETZTER AUFTRAG
Er will Rache für den Mord an seinem Sohn doch die Täter sitzen im Zentrum der Macht.
ROMAN

01/7638 – DM 7,80

MARY HIGGINS CLARK
Schrei in der Nacht
Roman

01/6826 – DM 7,80

Der brisante Bestseller, den Amerikas Thriller-Autor N°1 nur unter Pseudonym schreiben konnte
JONATHAN **RYDER**
Die Halidon Verfolgung
ROMAN

01/6481 – DM 9,80

AMERIKAS N°1 BESTSELLER-AUTOR
Joseph **Wambaugh**
Der Delta-Stern
Roman

01/6968 – DM 8,80

ERIC VAN LUSTBADER
Der neue Thriller vom Autor des Weltbestsellers »Ninja«
SCHWARZES HERZ

01/6527 – DM 9,80

Frankreichs Bestseller-Autor Nr. 1

Sulitzer

In seinen Finanz-Thrillern dreht sich alles ums Geld: seine Helden sind die Drahtzieher in der Hochfinanz, die mächtigen und erfolgreichen, aber auch intriganten und korrupten Genies, die wissen, wie Geld gemacht wird.

Money
01/6936

Cash
01/6937

Profit 01/6938

Duell 01/7677

Wilhelm Heyne Verlag München

MARVIN H. ALBERT

Marvin H. Albert – ein Name der Hochspannung verspricht! Jeder seiner Thriller ist voll aufregender Abenteuer und atemberaubender Action.

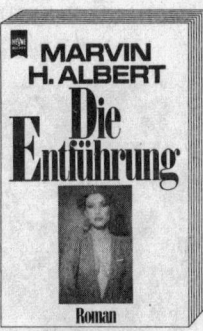

Der Don ist tot
01/6336

Der Schnüffler
01/6396

Driscoll's Diamanten
01/6472

Der Korse 01/6541

Ypsilon 01/6668

Das Tal der Mörder
01/6733

Der Dschungel
01/6802

Der Boss
01/6911

Einsatzkommando Nr. 7
01/7636

Die Entführung
01/7722

Zusätzlich sind von Marvin H. Albert der heitere Roman »Eine zuviel im Bett« (01/268) und das Filmbuch »The Untouchables – Die Unbestechlichen« (01/7641) erschienen.

WILHELM HEYNE VERLAG MÜNCHEN

MARY WESTMACOTT
besser bekannt als
AGATHA CHRISTIE

Ihr Name ist eine Legende: Unter dem Pseudonym Mary Westmacott hat Agatha Christie, die große alte Dame der angelsächsischen Spannungsliteratur, diese Romane geschrieben – raffinierte und fesselnde Psycho-Thriller.

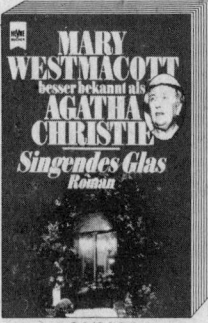
01/6832

01/6853

01/6955

01/7680

01/7743

Wilhelm Heyne Verlag München